GUSTAVE FLAUBERT
DIE ERZIEHUNG DER GEFÜHLE

GUSTAVE FLAUBERT

Die Erziehung der Gefühle

Geschichte eines jungen Mannes

ROMAN

AUS DEM FRANZÖSISCHEN
NEU ÜBERSETZT UND
MIT ANMERKUNGEN VERSEHEN
VON
CORNELIA HASTING

HAFFMANS VERLAG

DIE ORIGINALAUSGABE
»L'ÉDUCATION SENTIMENTALE.
HISTOIRE D'UN JEUNE HOMME«
ERSCHIEN 1870 – MIT DER
JAHRESZAHL 1869 – BEI MICHEL LÉVY FRÈRES
IN PARIS

KONZEPTION UND GESTALTUNG VON URS JAKOB
UMSCHLAGZEICHNUNG VON VOLKER KRIEGEL
LEKTORAT VON UTE HAFFMANS
ZWEITE, DURCHGESEHENE AUFLAGE, HERBST 2001

HERSTELLUNG: OFFIZIN ANDERSEN NEXÖ, LEIPZIG
ISBN 3 251 20305 3

Inhaltsverzeichnis

ERSTER TEIL

I

Am *15. September 1840,* gegen sechs Uhr morgens, lag die *Ville-de-Montereau* bereit zur Abfahrt am Quai Saint-Bernard und qualmte aus vollen Schloten.

Atemlos kamen Leute gerannt; Fässer, Taue, Wäschekörbe versperrten den Weg; die Matrosen gaben niemandem Antwort; man stieß und schob; die Lasten türmten sich zwischen den Radkästen, und der Krawall ging unter in dem Fauchen des Dampfes, der aus den Ventilen entweichend alles in weißen Dunst hüllte, während die Glocke am Bug in einem fort bimmelte.

Schließlich legte das Schiff ab; und die beiden Flußufer mit ihren Lagerhäusern, Werften und Fabriken zogen vorüber, als entrollte man zwei breite Bänder.

Ein junger Mann von achtzehn Jahren mit langem Haar stand, ein Album unter dem Arm, ohne sich zu rühren, beim Ruderhaus. Durch den Nebel betrachtete er Kirchtürme, Gebäude, deren Namen er nicht kannte; dann umfaßte er mit einem letzten Blick die Ile Saint-Louis, die Cité, Notre-Dame; und als bald darauf Paris verschwand, stieß er einen langen Seufzer aus.

Monsieur Frédéric Moreau, soeben examinierter Baccalaureus, fuhr zurück nach Nogent-sur-Seine, wo er zwei Monate ausharren sollte, bevor er sein *Jurastudium* antreten würde. Seine Mutter hatte ihn, mit der nötigen Summe versehen, nach Le Havre zu einem Onkel geschickt, von dem sie eine Erbschaft für ihn erhoffte; er war erst am Abend zuvor von dort zurück gewesen; und indem er auf dem längsten Wege in die Provinz zurückkehrte, entschädigte er sich dafür, nicht länger in der Hauptstadt verweilen zu können.

Der Aufruhr legte sich; alle hatten einen Platz gefunden; einige standen um die Maschine herum und wärmten sich, und der Schornstein spuckte mit trägem, rhythmischem Röcheln seine schwarze Rauchwolke; Tau rann in kleinen Tropfen über die Kupferrohre, das Deck erzitterte unter einer leichten Erschütterung im Inneren, und die beiden Räder schaufelten in schnellem Schwung das Wasser.

Der Fluß war von sandigen Ufern gesäumt. Man begegnete Flößen, die auf den Wellen des Kielwassers zu schwanken begannen, oder in einem Kahn saß ein Mann und angelte; dann zerflossen die Nebelstreifen, die Sonne kam heraus, der Höhenzug, der auf der rechten Seite dem Lauf der Seine folgte, senkte sich allmählich, und ein anderer erhob sich, näher noch, am Ufer gegenüber.

Bäume krönten ihn zwischen Häusern im italienischen Stil. Sie hatten abschüssige Gärten, gegliedert durch neue Mauern, schmiedeeiserne Gitter, Rasenflächen, Gewächshäuser und Geranientöpfe, die in regelmäßigen Abständen über Terrassen verteilt waren, wo man die Ellbogen aufstützen konnte. Manch einer wünschte sich, wenn er diese schmucken Residenzen sah, deren Eigentümer zu sein und dort bis ans Ende seiner Tage mit einem schönen Billard, einem Boot, einer Frau oder sonst einem Traum zu leben. Das ganz ungewohnte Vergnügen einer Schiffspartie förderte vertrauliche Mitteilungen. Schon begannen die Spaßvögel ihre Witze zu reißen. Viele sangen. Man war bester Stimmung. Schnapsgläser machten die Runde.

Frédéric dachte an das Zimmer, das er dort haben würde, an den Entwurf eines Dramas, an Sujets für Gemälde, an zukünftige große Liebe. Er fand, das bei seinem besonderen Wesen verdiente Glück ließe auf sich warten. Er deklamierte im stillen melancholische Verse; er lief mit schnellen Schritten über das Deck; er ging bis zum Bug, wo die Glocke hing; und in einem Kreis von Passagieren und Matrosen sah er einen Herrn, der einer Bäuerin Komplimente machte und dabei das goldene Kreuz befingerte, das sie auf der Brust trug. Es war ein fideler Kerl von ungefähr vierzig Jahren mit krausem Haar. Seine kräftige Gestalt füllte ein schwarzes Samtjackett, auf seinem Hemd aus Batist leuchteten zwei Smaragde, und seine weite, weiße Hose fiel über seltsame rote Stiefel aus russischem Leder mit blauen Mustern.

Frédérics Anwesenheit störte ihn nicht. Er drehte sich mehrmals nach ihm um und zwinkerte ihm zu; dann bot er allen Umstehenden Zigarren an. Doch offenbar gelangweilt von dieser Gesellschaft, ging er ein Stück weiter. Frédéric folgte ihm.

Das Gespräch drehte sich zuerst um die verschiedenen Tabaksorten und dann natürlich um Frauen. Der Herr in den roten Stiefeln gab dem jungen Mann Ratschläge; er stellte Theorien auf, erzählte Anekdoten, führte sich selbst als Beispiel an und gab all das in väterlichem Ton mit erheiternd unverfrorener Verdorbenheit zum besten.

Er war Republikaner; er war weitgereist, er war zu Hause in Theatern, Restaurants, Zeitungen und bei sämtlichen berühmten Künstlern, die er kumpelhaft beim Vornamen nannte; nicht lange, und Frédéric vertraute ihm seine Pläne an; er machte ihm Mut.

Doch er hielt inne, um den Schornstein zu beobachten, und murmelte dann eine lange Rechenaufgabe vor sich hin, die ergeben sollte, »wieviel jeder Kolbenstoß soundso oft pro Minute, etc.« – Als das Ergebnis gefunden war, bewunderte er die Landschaft. Er schätzte sich glücklich, den Geschäften entronnen zu sein.

Frédéric empfand eine gewisse Hochachtung für ihn

und konnte dem Wunsch, seinen Namen zu erfahren, nicht widerstehen. Der Unbekannte antwortete in einem Atemzug:

– Jacques Arnoux, Inhaber des *L'Art industriel,* Boulevard Montmartre.

Ein Diener mit goldener Tresse an der Mütze erschien und sagte:

– Wenn Monsieur sich nach unten begeben wollen? Mademoiselle weint.

Er verschwand.

L'Art industriel war ein Zwitterunternehmen, ein Kunstjournal und eine Gemäldehandlung. Frédéric hatte diesen Firmennamen mehrmals in der Auslage des Buchhändlers in seinem Heimatort gesehen, auf riesigen Werbetafeln, wo der Name Jacques Arnoux meisterlich zur Geltung kam.

Die Sonne brannte im Zenit und ließ die Eisenringe an den Masten, den Handlauf der Reling und das Wasser aufleuchten; am Bug teilte es sich in zwei Furchen, die bis an den Rand der Wiesen liefen. An jeder Flußbiegung traf man auf die gleiche Wand lichter Pappeln. Das Land war ganz verlassen. Kleine weiße Wolken standen am Himmel, – und die Langeweile, die sich unmerklich verbreitet hatte, schien dem Schiff an Fahrt zu nehmen und den Anblick der Reisenden noch unbedeutender zu machen.

Außer einigen Bourgeois in der ersten Klasse waren es Arbeiter, Ladenbesitzer mit ihren Frauen und Kindern. Da es damals üblich war, sich auf Reisen schäbig zu kleiden, trugen fast alle alte Kappen oder verblichene Hüte, abgetragene Anzüge, am Schreibtisch blank gewetzt, oder Gehröcke, deren Knöpfe durchgescheuert waren, weil sie zu lange Dienste im Laden geleistet hatten, hier und da war unter einer Strickweste mit Schalkragen ein Baumwollhemd voller Kaffeeflecken zu sehen, Nadeln aus Goldimitat steckten in zerschlissenen Halsbinden;

geflickte Gamaschen hielten Hanfgaloschen, zwei oder drei Lümmel, die Bambusstöcke mit Lederschlaufen in der Hand hatten, sahen sich verstohlen um, und Familienväter machten eine wichtige Miene und erörterten bedeutsame Fragen. Sie plauderten im Stehen oder auf ihrem Gepäck hockend; andere schliefen in den Ecken, viele aßen. Das Deck war übersät mit Schalen von Nüssen und Birnen, Zigarrenstummeln, Resten von in Papier mitgebrachten Würsten; drei Tischler in Arbeitskitteln standen vor dem Ausschank, ein Harfenspieler in Lumpen saß still auf sein Instrument gelehnt; hin und wieder hörte man das Poltern der Kohlen in der Feuerung, einen Ausruf, ein Lachen; und der Kapitän wanderte rastlos zwischen den Radkästen hin und her. Frédéric stieß das Gittertor zur ersten Klasse auf, um zurück an seinen Platz zu gelangen, und kam dabei zwei Jägern mit ihren Hunden in die Quere.

Es war wie eine Erscheinung.

Sie saß mitten auf der Bank, ganz allein; oder zumindest sah er niemand anders, so geblendet war er von ihren Augen. Als er vor ihr vorüberging, hob sie den Kopf; er duckte sich unwillkürlich; und nachdem er in derselben Richtung ein Stück weitergegangen war, betrachtete er sie.

Sie trug einen großen Strohhut mit rosa Bändern, die hinter ihr im Winde flatterten. Ihr schwarzes, gescheiteltes Haar berührte fast das Ende ihrer dunklen Brauen und schien, an den Seiten herabfallend, das Oval ihres Gesichtes zärtlich zu umschließen. Ihr Kleid aus hellem Musselin, übersät mit kleinen Tupfen, bauschte sich in unzähligen Falten. Sie war dabei, etwas zu sticken; und ihre gerade Nase, ihr Kinn, ihre ganze Gestalt stand klar vor dem Hintergrund des blauen Himmels.

Da sie in dieser Haltung verharrte, machte er mehrere Runden nach rechts und links, um sein Manöver zu kaschieren; dann stellte er sich direkt neben ihren Sonnenschirm, der an der Bank lehnte, und tat, als beobachte er eine Schaluppe auf dem Fluß.

Nie hatte er solch schimmernd dunkle Haut gesehen wie die ihre, solch verführerische Taille, noch so zarte Finger, wo das Licht hindurchschien. Mit Verblüffung betrachtete er ihren Arbeitskorb, als sei er etwas Außerordentliches. Wie war ihr Name, ihr Haus, ihr Leben, ihre Vergangenheit? Er wollte die Möbel ihres Zimmers kennenlernen, alle Kleider, die sie trug, die Leute, mit denen sie zusammenkam; ja die Begierde verschwand sogar in einem tieferen Verlangen, in einer brennenden, grenzenlosen Neugier.

Eine Negerin erschien, ein Tuch um den Kopf geschlungen, an der Hand ein schon recht großes Mädchen. Das Kind war gerade aufgewacht, und in seinen Augen schwammen Tränen. Sie nahm es auf den Schoß. »Mademoiselle war nicht brav, dabei ist sie schon bald sieben, ihre Mutter wird böse sein; man hat ihr zu sehr ihre Launen gelassen.« Und Frédéric freute sich, diese Dinge zu hören, als seien sie eine Offenbarung, eine Errungenschaft.

Er hielt sie für eine Andalusierin, vielleicht Kreolin; hatte sie die Negerin von den Inseln mitgebracht?

Indes hing ein langer Schal mit violetten Streifen hinter ihrem Rücken über dem Handlauf der Reling. Gewiß hatte sie sich etliche Male an feuchten Abenden auf hoher See hineingehüllt, ihre Füße damit zugedeckt, darin geschlafen! Doch mit den schweren Fransen kam er ins Gleiten, gleich fiele er ins Wasser, Frédéric sprang hin und griff ihn. Sie sagte:

– Ich danke Ihnen, Monsieur.

Ihre Augen begegneten sich.

– Frau, bist du soweit? rief der Sieur Arnoux, in der Treppenöffnung auftauchend.

Mademoiselle Marthe lief auf ihn zu, hängte sich an seinen Hals und zog ihn am Schnurrbart. Harfentöne erklangen, sie wollte die Musik sehen; und bald betrat der Spieler, von der Negerin herbeigeholt, die erste Klasse. Arnoux erkannte in ihm ein ehemaliges Modell, er duzte ihn, was die Umstehenden überraschte. Schließlich warf der Harfner sein langes Haar zurück, streckte die Arme aus und begann zu spielen.

Es war eine orientalische Romanze, in der von Dolchen, Blumen und Sternen die Rede war. Der Mann in Lumpen sang sie mit durchdringender Stimme; das Stampfen der Maschine gab der Melodie einen falschen Takt; er zupfte kräftiger; die Saiten erbebten, und ihre metallischen Klänge schienen aufzuschluchzen wie die Klage einer stolzen und besiegten Liebe. Von beiden Ufern neigten Wälder sich bis an den Wassersaum; ein kühler Wind strich vorüber; Madame Arnoux schaute verloren ins Weite. Als die Musik verstummte, schlug sie ein paarmal mit den Lidern, als erwache sie aus einem Traum.

Der Harfner näherte sich demutsvoll. Während Arnoux nach Geld kramte, streckte Frédéric seine geschlossene Hand über die Mütze und ließ andächtig einen Louisdor hineinfallen. Es war nicht Eitelkeit, was ihn drängte, dieses Almosen vor ihr zu geben, sondern der Gedanke an einen Segen, in den er sie einbezog, eine beinahe gläubige Herzensregung.

Arnoux bat ihn herzlich, mit nach unten zu kommen, und wies ihm den Weg. Frédéric beteuerte, er habe gerade gefrühstückt; dabei verging er vor Hunger; und er hatte keinen Centime mehr im Geldbeutel.

Dann überlegte er, daß er ja wie jeder andere auch das Recht habe, sich in der Kajüte aufzuhalten.

An runden Tischen speisten Bourgeois, ein Kellner lief auf und ab; Monsieur und Madame Arnoux waren ganz hinten rechts; er setzte sich auf die lange, samtüberzogene Bank, nachdem er nach einer Zeitung gegriffen hatte, die zufällig dort lag.

Sie mußten in Montereau die Postkutsche nach Châlons nehmen. Ihre Reise in die Schweiz würde einen Monat dauern. Madame Arnoux tadelte ihren Mann wegen seiner Nachgiebigkeit mit dem Kind. Er flüsterte ihr etwas offenbar Schmeichelhaftes ins Ohr, denn sie lächelte. Dann erhob er sich, um hinter ihr den Vorhang zu schließen.

Die niedrige, blendend weiße Decke warf ein grelles Licht zurück. Von seinem Platz gegenüber konnte Frédéric den Schatten ihrer Wimpern erkennen. Sie tauchte die Lippen in ihr Glas, zerbröckelte ein wenig trockenes Brot zwischen den Fingern; das Medaillon aus Lapislazuli, das an einer Goldkette an ihrem Handgelenk hing, schlug dann und wann gegen ihren Teller, und doch schien keiner der Anwesenden sie zu bemerken.

Manchmal sah man durch die Bullaugen die Seitenwand eines Bootes vorübergleiten, das am Schiff anlegte, um Reisende aufzunehmen oder abzusetzen. Die Leute an den Tischen beugten sich zu den Fenstern und nannten die Namen der Orte am Fluß.

Arnoux beschwerte sich über die Küche: er erhob gewaltigen Protest gegen die Rechnung und ließ sie heruntersetzen. Dann nahm er den jungen Mann mit auf das Vorschiff, um ein paar Grogs zu trinken. Doch Frédéric kehrte bald unter das Verdeck zurück, wo Madame Arnoux sich wieder niedergelassen hatte. Sie las ein dünnes Buch mit grauem Deckel. Mitunter hoben sich ihre Mundwinkel, und in ihrem Gesicht blitzte Freude auf. Eifersüchtig dachte er an den, der erfunden hatte, was sie zu beschäftigen schien. Je länger er sie betrachtete, desto klarer fühlte er, wie Abgründe sich zwischen ihnen auftaten. Ihn überfiel der Gedanke, daß er sie gleich unwiderruflich würde verlassen müssen, ohne ihrem Mund ein Wort entlockt zu haben, ja ohne ihr überhaupt in Erinnerung zu bleiben!

Zur Rechten erstreckte sich eine Ebene; zur Linken zog sich eine Weide sanft einen Hügel hinan, wo man Weingärten, Nußbäume, eine Mühle im Grünen sah, und darüber liefen schmale Wege im Zickzack über den weißen Fels, der bis in den Himmel reichte. Welch ein Glück, dort Seite an Seite, den Arm um ihre Taille gelegt, emporzusteigen, während ihr Kleid über die gelben Blätter strich, und bei ihrem strahlenden Blick ihre Stimme zu hören! Das Schiff könnte haltmachen, sie brauchten nur hinaufzusteigen, und doch war diese so einfache Sache nicht weniger schwer, als die Sonne zu bewegen!

Ein Stück weiter sah man ein Schloß mit spitzem Dach und dicken Wehrtürmen. Vor seiner Fassade erstreckte sich eine Blumenrabatte; und unter hohen Linden öffneten sich Alleen wie dunkle Torbögen. Er stellte sich vor, wie sie an diesen Laubengängen entlangschritt. In diesem Augenblick traten eine junge Dame und ein junger Mann auf die Freitreppe zwischen den Kübeln mit Orangenbäumen. Dann war alles verschwunden.

Das Mädchen tollte um ihn herum. Frédéric wollte es küssen. Es versteckte sich hinter der Kinderfrau; ihre Mutter schalt es, daß es unfreundlich sei mit dem Herrn, der ihren Schal gerettet hatte. War das eine indirekte Aufforderung?

»Wird sie endlich mit mir sprechen?« fragte er sich.

Die Zeit drängte. Wie sollte er es zu einer Einladung bei Arnoux bringen? Und ihm fiel nichts Besseres ein, als ihn auf die Herbstfarben aufmerksam zu machen, und dann sagte er noch:

– Nun ist bald Winter, Ballsaison, Zeit der Diners!

Doch Arnoux war ganz mit seinem Gepäck beschäftigt. Das Ufer von Surville erschien, die beiden Brücken kamen näher, man fuhr an einer Seilerei entlang, dann an einer Reihe niedriger Häuser; weiter unten waren Teerkessel, Splintholz; und kleine Bengel liefen über den Sand und schlugen rad. Frédéric erkannte einen Mann in einer Joppe und rief ihm zu:

– Beeil dich.

Das Schiff legte an. Mit Mühe fand er Arnoux in der Menge der Passagiere, und der drückte ihm die Hand und antwortete.

– Auf Wiedersehen, mein Lieber!

Als er auf dem Quai stand, wandte Frédéric sich um. Sie war beim Ruderhaus. Er warf ihr einen Blick zu, in den er seine ganze Seele zu legen versucht hatte; sie regte sich ebensowenig, als habe er nichts unternommen. Da rief er, ohne auf die Begrüßung seines Dieners zu achten:

– Warum hast du den Wagen nicht hierher gefahren?

Der gute Mann entschuldigte sich.

– Was für ein Trottel! Gib mir Geld!

Und er ging in einem Wirtshaus essen.

Eine Viertelstunde später überkam ihn die Lust, wie zufällig in den Droschkenhof zu treten. Er würde sie vielleicht noch einmal sehen?

»Wozu?« sagte er sich.

Und der Wagen trug ihn davon. Seiner Mutter gehörte nur eines der beiden Pferde. Das andere hatte sie von Monsieur Chambrion, dem Steuereinnehmer geliehen, um es neben dem ihren anzuspannen. Isidore, der tags zuvor losgefahren war, hatte in Bray eine Pause bis zum Abend eingelegt und in Montereau übernachtet, so daß die ausgeruhten Pferde munter trabten.

Stoppelfelder zogen sich endlos dahin. Rechts und links säumten Baumreihen die Straße, ein Steinhaufen folgte auf den anderen, und nach und nach erschienen Villeneuve-Saint-Georges, Ablon, Châtillon, Corbeil und die anderen Orte, ja seine ganze Reise wieder vor seinen Augen, so deutlich, daß er nun neue Einzelheiten, noch intimere Besonderheiten wahrnahm; unter dem letzten Volant ihres Kleides schaute in einer feinen braunen Seidenstiefelette ihr Fuß hervor; das Verdeck bildete über ihrem Kopf einen großen Himmel, und die kleinen roten Troddeln an seinem Saum zitterten fortwährend in der Brise.

Sie glich den Frauen in romantischen Büchern. Er hätte nichts zu ihrer Person hinzufügen, nichts fortnehmen wollen. Das Universum war plötzlich weiter geworden. Sie war der Brennpunkt, in dem die Gesamtheit aller Dinge zusammenlief, – und gewiegt von dem Schaukeln des Wagens, verlor er sich in einer träumerischen, endlosen Seligkeit.

In Bray wartete er nicht, bis man den Hafer gefüttert hatte. Er lief auf der Landstraße voraus, ganz allein. Arnoux hatte sie »Marie« genannt! Er rief sehr laut: »Marie!« Seine Stimme verhallte in der Weite.

Im Westen setzte ein breites Purpurrot den Himmel in Flammen. Große Getreideschober, die in den Stoppelfeldern aufragten, warfen riesige Schatten. In der Ferne begann in einem Gehöft ein Hund zu bellen. Er erschauerte, von grundloser Unruhe ergriffen.

Als Isidore ihn eingeholt hatte, nahm er auf dem Bock Platz und griff nach den Zügeln. Seine Schwäche war verflogen. Er war fest entschlossen, sich irgendwie bei den Arnouxs einzuführen und sich mit ihnen anzufreunden. Ihr Haus bot gewiß Unterhaltung, außerdem gefiel ihm Arnoux; und dann, wer weiß? Da schoß ihm das Blut ins Gesicht: es hämmerte in seinen Schläfen, er ließ die Peitsche knallen, riß an den Zügeln und trieb die Pferde so an, daß der alte Kutscher immer wieder rief:

– Langsam! langsam! Sie werden Euch noch durchgehen.

Allmählich wurde Frédéric ruhiger, und er lauschte den Reden seines Dieners.

Monsieur wurde mit großer Ungeduld erwartet. Mademoiselle Louise hatte Tränen vergossen, um in der Kutsche mitfahren zu können.

– Wer ist denn Mademoiselle Louise?

– Die Kleine von Monsieur Roque, Sie wissen doch.

– Ach ja! erwiderte Frédéric gleichgültig.

Inzwischen waren die beiden Pferde mit ihren Kräften am Ende. Sie lahmten alle beide; und es schlug neun in Saint-Laurent, als sie auf der Place d'Armes vor dem Haus seiner Mutter anlangten. Dieses Haus, geräumig, mit einem zum offenen Land hin gelegenen Garten, trug einiges zum Ansehen Madame Moreaus bei, die die meistgeachtete Person am Platze war.

Sie stammte aus einem alten, nunmehr erloschenen Adelsgeschlecht. Ihr Gemahl, ein Mann aus dem Volk, mit dem ihre Eltern sie verheiratet hatten, war während ihrer Schwangerschaft durch einen Degenhieb gestorben und hatte ihr ein zerrüttetes Vermögen hinterlassen. Sie hatte drei Mal in der Woche Besuchstag und gab von Zeit zu Zeit ein schönes Diner. Doch die Zahl der Kerzen war im voraus berechnet, und auf ihre Pachteinkünfte wartete sie mit Ungeduld. Diese wie ein Laster verborgene Not machte sie ernst. Und doch entfaltete sich ihr gutes Wesen ohne jedes Anzeichen von Engherzigkeit oder Verbitterung. Ihre kleinsten Wohltaten wirkten wie große Gaben. Sie wurde bei der Wahl der Dienstboten um Rat gefragt, bei der Erziehung junger Mädchen, der Kunst des Einkochens, und bei seinen Rundreisen im Bistum stieg Monseigneur bei ihr ab.

Madame Moreau hegte ehrgeizige Hoffnungen für ihren Sohn. Aus Vorbedacht liebte sie es nicht, Kritik an der Regierung zu hören. Erst einmal würde er Protektion brauchen, dann würde er dank seiner Möglichkeiten

Staatsrat, Botschafter, Minister werden. Seine Triumphe am Gymnasium in Sens berechtigten zu diesem Stolz; er hatte den Prix d'honneur bekommen.

Als er in den Salon trat, erhoben sich alle geräuschvoll, und man küßte ihn; mit Sesseln und Stühlen wurde ein weiter Kreis gebildet. Monsieur Gamblin fragte ihn gleich nach seiner Meinung zu Madame Lafarge. Dieser Prozeß, die neueste Sensation, mußte unweigerlich eine leidenschaftliche Debatte entfachen. Madame Moreau bereitete ihr ein Ende, allerdings zum Bedauern Monsieur Gamblins; er meinte, sie sei für den jungen Mann in seiner Eigenschaft eines zukünftigen Rechtsgelehrten nützlich, und gekränkt verließ er den Salon.

Bei einem Freund von Vater Roque konnte einen nichts überraschen! Von dem alten Roque kam man auf Monsieur Dambreuse, der soeben die Domaine de la Fortelle erworben hatte. Doch der Steuereinnehmer hatte Frédéric beiseite genommen, um zu hören, was er von der letzten Tat Monsieur Guizots hielte. Alle wollten nur zu gerne erfahren, wie es mit seinen Angelegenheiten stand; und Madame Benoît machte es ganz geschickt, indem sie sich nach dem Onkel erkundigte. Wie ging es diesem lieben Verwandten? Er ließ nichts mehr von sich hören. Hatte er nicht einen Vetter zweiten Grades in Amerika?

Die Köchin meldete, die Suppe für Monsieur sei aufgetragen. Diskret zog man sich zurück. Sobald sie allein im Speisezimmer waren, sagte seine Mutter leise:

– Nun?

Der Alte hatte ihn sehr herzlich empfangen, doch ohne seine Absichten zu offenbaren.

Madame Moreau seufzte.

»Wo ist sie jetzt?« dachte er.

Die Postkutsche rollte dahin, und gewiß war sie in den Schal gehüllt und lehnte ihr schönes schlummerndes Haupt an die Tuchbespannung des Coupés.

Sie gingen eben hinauf in ihre Zimmer, als ein Kellner des *Cygne de la Croix* ein Billett brachte.

– Was ist denn das?

– Es ist von Deslauriers, er braucht mich, sagte er.

– Ah! Dein Freund, bemerkte Madame Moreau und lachte verächtlich auf. Der Zeitpunkt ist gut gewählt, wahrhaftig!

Frédéric zögerte. Doch die Freundschaft war stärker. Er nahm seinen Hut.

– Bleib wenigstens nicht so lange! sagte seine Mutter.

II

Der Vater von Charles Deslauriers, ehemaliger Hauptmann der Infanterie, 1818 aus dem Dienst entlassen, war, um zu heiraten, nach Nogent zurückgekehrt und hatte mit Hilfe der Mitgift die Kanzlei eines Gerichtsvollziehers erworben, die ihn kaum ernährte. Verbittert durch dauernde Ungerechtigkeiten, an seinen alten Verletzungen leidend und immer noch dem Kaiser nachtrauernd, ließ er die ganze Wut, die ihn erstickte, an seiner Umgebung aus. Wenige Kinder wurden mehr geschlagen als sein Sohn. Der Bengel blieb standhaft, den Schlägen zum Trotz. Versuchte seine Mutter einzuschreiten, bekam sie es zu spüren wie er. Schließlich steckte ihn der Hauptmann in seine Amtsstube und ließ ihn den ganzen Tag, über das Pult gebeugt, Akten kopieren, wodurch seine rechte Schulter deutlich kräftiger wurde als die linke.

1833 verkaufte der Hauptmann auf Veranlassung des Gerichtspräsidenten seine Kanzlei. Seine Frau starb an einem Krebsleiden. Er zog nach Dijon; danach ließ er sich als Werber in Troyes nieder; und da er für Charles einen Freiplatz erhalten hatte, gab er ihn auf das Gymnasium in Sens, wo Frédéric ihn wiedererkannte. Doch der eine war zwölf, der andere fünfzehn Jahre alt; überdies trennten sie tausend Unterschiede in Wesen und Herkunft.

Frédéric besaß in seiner Kommode eine Sammlung von allerlei Schätzen, feine Sachen, zum Beispiel ein Necessaire. Er liebte es, morgens lange zu schlafen, die Schwalben zu beobachten, Theaterstücke zu lesen, und da er die Annehmlichkeiten des Elternhauses vermißte, fand er das Internatsleben hart.

Für den Sohn des Gerichtsvollziehers war dieses Leben eine Wohltat. Er war so fleißig, daß er am Ende des zweiten Jahres in die dritte Klasse kam. Doch wegen seiner Armut oder seiner Streitlust wurde er zum Opfer versteckter Feindseligkeiten. Als ihn einmal ein Hausdiener auf dem Schulhof Bettelkind nannte, sprang er ihm an die Kehle, und er hätte ihn umgebracht, wären nicht die drei Aufseher eingeschritten. Hingerissen schloß Frédéric ihn in die Arme. Von diesem Tage an waren sie ein Herz und eine Seele. Die Zuneigung eines *Großen* schmeichelte natürlich der Eitelkeit des Kleinen, und für den anderen war die Hingabe, die sich da zeigte, ein Glück.

In den Ferien ließ ihn sein Vater im Internat. Eine zufällig aufgeschlagene Platonübersetzung begeisterte ihn. Nun stürzte er sich ins Studium der Metaphysik; und da er es mit frischen Kräften und dem Stolz eines sich befreienden Geistes anging, machte er schnelle Fortschritte; Jouffroy, Cousin, Laromignière, Malebranche, die Schotten, was die Bibliothek nur zu bieten hatte, wurde verschlungen. Er hatte den Schlüssel stehlen müssen, um sich mit Büchern einzudecken.

Frédérics Zerstreuungen waren nicht so bedeutsam. In der Rue des Trois-Rois zeichnete er die Genealogie Christi, die in einen Pfeiler gemeißelt war, und das Portal der Kathedrale. Nach den mittelalterlichen Dramen machte er sich an die Memoiren: Froissart, Comines, Pierre de l'Estoile, Brantôme.

Die Bilder, die solche Lektüren in seinem Kopf hervorriefen, verfolgten ihn so sehr, daß es ihn drängte, ihnen Gestalt zu geben. Er wünschte sich sehnlichst, eines Tages der Walter Scott Frankreichs zu sein. Deslauriers brütete über einem großen philosophischen System, das im weitesten Sinne anwendbar wäre.

Über all das plauderten sie in den Pausen, im Hof, vor der moralischen Inschrift, die unter die große Uhr gemalt war; sie flüsterten darüber in der Kapelle unter den Augen von Saint-Louis; sie träumten davon im Schlafsaal, der über einem Friedhof lag. An Ausflugstagen blieben sie hinter den anderen zurück und führten endlose Gespräche.

Sie schmiedeten Pläne für die Zeit nach dem Gymnasium. Zunächst würden sie mit dem Geld, das Frédéric bei seiner Volljährigkeit aus seinem Vermögen nähme, eine große Reise machen. Dann kämen sie zurück nach Paris, sie würden zusammen arbeiten und sich nicht verlassen; – und als Erholung von der Arbeit hätten sie die Liebe von Prinzessinnen in mit Atlas ausgeschlagenen Boudoirs oder wilde Orgien mit illustren Kurtisanen. Auf die höchsten Hoffnungen folgten Zweifel. Nach Anfällen redseligen Übermuts versanken sie in tiefes Schweigen.

An Sommerabenden, wenn sie lange auf steinigen Wegen an den Weinbergen oder auf der Landstraße im freien Feld dahingewandert waren und das Korn in der Sonne wogte, während der Geruch von Engelwurz durch die Lüfte zog, überkam sie gleichsam ein Ersticken, und betäubt, wie von Sinnen warfen sie sich lang auf den Rücken. Die anderen spielten in Hemdsärmeln Fangen oder ließen Drachen fliegen. Der Hilfslehrer trommelte sie zusammen. Zurück ging es an Gärten, durch die kleine Bäche flossen, über schattige Boulevards zwischen alten Mauern; die verlassenen Straßen hallten unter ihren Schritten; das Tor öffnete sich, man stieg die Treppe wieder hinauf; und sie waren traurig wie nach wüsten Exzessen.

Der Inspektor behauptete, sie brächten sich gegenseitig in überspannte Zustände. Wenn aber Frédéric in den oberen Klassen lernte, dann nur durch die Ermunterungen seines Freundes; und in den Sommerferien des Jahres 1857 nahm er ihn mit zu seiner Mutter.

Der junge Mann mißfiel Madame Moreau. Er aß Unmengen, er lehnte es ab, sonntags an der Messe teilzunehmen, er schwang republikanische Reden; schließlich war sie davon überzeugt, daß er ihren Sohn an schändliche Orte geführt hatte. Man überwachte ihre Freundschaft. Sie liebten sich nur um so mehr; und es war ein schmerzlicher Abschied, als Deslauriers im nächsten Jahr das Gymnasium verließ, um in Paris Rechtswissenschaft zu studieren.

Frédéric wollte nachkommen. Sie hatten sich zwei Jahre nicht gesehen; und als sie mit ihren Umarmungen zu Ende waren, gingen sie auf die Brücken, um in aller Ruhe plaudern zu können.

Der Hauptmann, der jetzt eine Schenke in Villenauxe betrieb, war außer sich gewesen, als sein Sohn seinen Erbanteil verlangte, und hatte ihm sogar jede Unterstützung gestrichen. Da er sich jedoch später um ein Lehramt im Seminar bewerben wollte und nun mittellos war, nahm Deslauriers in Troyes die Stelle des ersten Schreibers bei einem Advokaten an. Er würde sich viertausend Francs vom Munde absparen; und wenn er vom mütterlichen Erbe nichts anzurühren brauchte, hätte er immer noch genug, um drei Jahre in Ruhe arbeiten zu können und auf eine gute Position zu warten. Den alten Plan, zusammen in der Hauptstadt zu leben, mußten sie also aufgeben, wenigstens für den Augenblick.

Frédéric senkte den Kopf. Das war der erste seiner Träume, der zusammenbrach.

– Tröste dich, sagte der Sohn des Hauptmanns, das Leben ist lang, wir sind jung. Ich werde nachkommen! Denk nicht mehr darüber nach!

Er faßte ihn bei den Händen und fragte nach seiner Reise, um ihn abzulenken.

Frédéric hatte nicht viel zu berichten. Doch mit der Erinnerung an Madame Arnoux war sein Kummer verflogen. Er erzählte nichts von ihr, ein Gefühl von Scham hielt ihn zurück. Dagegen ließ er sich lange über Arnoux aus, gab seine Reden zum besten, sein Gebaren, seine gesellschaftlichen Verbindungen; und Deslauriers riet ihm dringend, diese Bekanntschaft zu pflegen.

Frédéric hatte in letzter Zeit nichts geschrieben; sein literarischer Geschmack hatte sich gewandelt; die Liebe ging ihm über alles; Werther, René, Frank, Lara, Lelia und anderes, weit Mäßigeres begeisterte ihn fast gleichermaßen. Manchmal schien allein die Musik ihm fähig, seinen inneren Aufruhr auszudrücken; dann erträumte er Symphonien; oder er war von der Gestalt der Dinge ergriffen und wollte malen. Immerhin hatte er Verse geschrieben; Deslauriers fand sie wunderschön, fragte aber nie nach einem neuen Gedicht.

Er dagegen beschäftigte sich nicht mehr mit Metaphysik. Ihn interessierten die Sozialökonomie und die Revolution. Er war jetzt ein hochaufgeschossener, hagerer Kerl von zweiundzwanzig Jahren mit einem großen Mund und entschlossener Miene. An diesem Abend trug er einen schäbigen Überzieher aus Lasting; und seine Schuhe waren grau von Staub, denn er war den ganzen Weg von Villenauxe zu Fuß gekommen, nur um Frédéric zu sehen.

Isidore kam gelaufen. Die gnädige Frau bat den jungen Herrn zurückzukommen, und aus Furcht, er könne sich erkälten, schickte sie ihm seinen Mantel.

– Bleib doch! sagte Deslauriers.

Und sie spazierten weiter vom einen Ende zum anderen über die beiden Brücken, die sich auf die schmale Insel zwischen Kanal und Fluß stützten.

Wenn sie in Richtung Nogent gingen, hatten sie ein Gewirr schiefer Häuser vor sich; zur Rechten ragte hinter der Sägemühle, deren Schleusen geschlossen waren, die Kirche auf, und zur Linken, am Fluß entlang, standen Hecken vor Gärten, die kaum zu sehen waren. Doch auf Paris zu lief die Landstraße schnurgerade dahin, und Wiesen und Weiden verloren sich in der Ferne im nächtlichen Dunst. Die Nacht war still und von lichter Klarheit. Der Duft feuchten Laubes stieg zu ihnen empor; hundert Schritte weiter rauschte das Wasser am Wehr mit dem vollen, sanften Brausen von Gewässern in der Dunkelheit.

Deslauriers blieb stehen und sagte:

– Seltsam, wie sie da friedlich schlafen, all diese braven Leute. Aber warte nur! ein neues '89 ist im Anzug! Man hat genug von Verfassungen, Urkunden, Betrug, Lügen. Ach! hätte ich nur eine Zeitung oder ein Rednerpult, wie würde ich euch aufrütteln! Doch was man auch unternehmen will, man braucht Geld! Welch ein Fluch, der Sohn eines Schankwirtes zu sein und seine Jugend mit der Suche nach dem täglichen Brot zu vergeuden!

Er senkte den Kopf, biß sich auf die Lippen und schlotterte vor Kälte in seiner dürftigen Kleidung.

Frédéric warf ihm die Hälfte seines Mantels um die Schultern. Sie hüllten sich beide hinein; und den Arm um die Taille des anderen gelegt, wanderten sie Seite an Seite dahin.

– Wie soll ich dort ohne dich leben? sagte Frédéric. (Die Bitterkeit seines Freundes hatte seinen Trübsinn zurückgebracht.) Mit einer Frau, die mich liebt, würde ich etwas zustande bringen … Warum lachst du? Die Liebe ist der Nährboden des Genies, gewissermaßen sein Klima. Große Gefühle schaffen erhabene Werke. Aber nach der Richtigen suchen, darauf verzichte ich! Und wenn ich sie je finde, wird sie mich ohnehin abweisen. Ich gehöre zum Stamme der Enterbten, und ob ich nun einmal mit einem Schatz aus Straß oder aus Diamanten dahinscheide, steht in den Sternen.

Auf dem Straßenpflaster wuchs der Schatten eines Menschen, und im selben Augenblick hörten sie die Worte:

– Meine Empfehlung, die Herren!

Der sie gesprochen hatte, war ein kleiner Mann in einem weiten braunen Gehrock, auf dem Kopf eine Mütze, unter deren Schirm eine spitze Nase hervorsah.

– Monsieur Roque, fragte Frédéric.

– Er selbst! erwiderte die Stimme.

Der Bewohner Nogents rechtfertigte seine Gegenwart mit der Bemerkung, er habe soeben in seinem Garten am Wasser nach den Wolfsfallen gesehen.

– Und Sie sind wieder im Lande? Recht so! ich hörte es von meiner kleinen Tochter. Stets bei guter Gesundheit, hoffe ich? Sie reisen doch noch nicht ab?

Und er ging, offenbar entmutigt von Frédérics Empfang. Madame Moreau hatte nämlich keinen Umgang mit ihm; der alte Roque lebte in wilder Ehe mit seiner Haushälterin und genoß keinerlei Ansehen, obwohl er Wahlagent war, der Verwalter von Monsieur Dambreuse.

– Der Bankier aus der Rue d'Anjou? fragte Deslauriers. Weißt du, was du tun solltest, mein Lieber?

Isidore unterbrach sie von neuem. Er hatte den Auftrag, Frédéric nun endgültig zurückzuholen. Die gnädige Frau war über sein Ausbleiben beunruhigt.

– Schon gut! er kommt, sagte Deslauriers, er wird die Nacht nicht außer Haus verbringen.

Und als der Diener fort war:

– Du solltest diesen Alten bitten, dich mit den Dambreuse bekanntzumachen; nichts ist vorteilhafter, als mit einem reichen Hause zu verkehren! Du besitzt einen Frack und weiße Handschuhe, das mußt du ausnutzen! In diese Kreise solltest du gehen! Später kannst du mich dort einführen. Bedenke doch, ein Mann mit Millionen! Sieh zu, daß du ihm gefällst und seiner Frau ebenfalls. Werde ihr Geliebter!

Frédéric war entrüstet.

– Aber da sage ich dir doch etwas Altbewährtes, meine ich? Denk an Rastignac in *La Comédie humaine!* Du hast Erfolg, da bin ich sicher!

Frédéric hatte so viel Vertrauen zu Deslauriers, daß er ganz aufgeregt wurde, und Madame Arnoux außer acht lassend oder sie in die Prophezeiung, die einer anderen galt, miteinbeziehend, konnte er sich eines Lächelns nicht erwehren.

Der Schreiber fügte hinzu:

– Ein letzter Rat: mach deine Examina! Ein Titel ist immer gut; und laß endlich deine satanischen, katholischen Dichter, deren Philosophie noch nicht über das XII. Jahrhundert hinaus ist. Deine Verzweiflung ist dumm. Die größten Leute hatten es am Anfang schwerer, nimm nur Mirabeau. Im übrigen wird unsere Trennung nicht von langer Dauer sein. Ich werde meinen Gauner von Vater noch dazu bringen, etwas auszuspuken. Es ist Zeit, ich muß gehen, adieu! hast du hundert Sous, damit ich mein Abendessen bezahlen kann?

Frédéric gab ihm zehn Francs, den Rest des Geldes, das er sich am Morgen von Isidore genommen hatte.

Indes leuchtete nicht weit von den Brücken am linken Flußufer im Dachfenster eines niedrigen Hauses ein helles Licht.

Deslauriers hatte es entdeckt. Er zog den Hut und sagte theatralisch:

– Venus, Himmelskönigin, sei gegrüßt! Doch die Not ist die Mutter der Tugend. Hat man uns da nicht genug Schlimmes nachgesagt, Herrgott!

Die Anspielung auf ein gemeinsames Abenteuer

stimmte sie fröhlich. Laut lachend liefen sie durch die Straßen.

Nachdem Deslauriers seine Schuld im Wirtshaus beglichen hatte, begleitete er Frédéric bis zur Kreuzung am Hospital; – und nach einer langen, festen Umarmung trennten sich die beiden Freunde.

III

Als Frédéric zwei Monate später in der Rue Coq-Héron eintraf, war der wichtige Besuch sein erster Gedanke.

Der Zufall war ihm zu Hilfe gekommen. Der alte Roque hatte ihm eine Dokumentenrolle gebracht und ihn gebeten, sie persönlich bei Monsieur Dambreuse abzugeben; und er hatte der Sendung ein offenes Billett beigefügt, in dem er seinen jungen Landsmann vorstellte.

Madame Moreau war überrascht von diesem Schritt. Frédéric ließ sich nicht anmerken, wie sehr er sich darüber freute.

Monsieur Dambreuse hieß eigentlich Comte d'Ambreuse; doch seit 1825 hatte er dem Adel und seiner Partei mehr und mehr den Rücken gekehrt und sich der Industrie zugewandt; auf der Lauer nach günstigen Gelegenheiten, listig wie ein Grieche und fleißig wie ein Averner, hatte er sein Ohr in sämtlichen Kontoren, seine Hand in allen Unternehmen und so ein Vermögen angehäuft, das als beträchtlich galt; darüber hinaus war er Offizier der Ehrenlegion, Mitglied der Kammer im Departement Aube, Abgeordneter und demnächst Pair de France; sonst von einnehmendem Wesen, belästigte er den Minister mit ständigen Bitten um Unterstützung, Auszeichnungen, Lizenzen für Tabakkontore; und in seinem Unmut über die Regierung war er der gemäßigten Linken zugeneigt. Seine Frau, die reizende Madame Dambreuse, die in Modejournalen genannt wurde, führte den Vorsitz von Wohltätigkeitsvereinen. Sie umschmeichelte die Duchessen, beschwichtigte den Groll des adeligen Faubourg und verbreitete den Glauben, daß Monsieur Dambreuse immer noch Reue zeigen und sich gefällig erweisen könne.

Der junge Mann war aufgeregt, als er zu ihnen unterwegs war.

»Ich hätte besser den Frack anziehen sollen. Gewiß lädt man mich zum Ball nächste Woche ein. Was werden sie wohl zu mir sagen?«

Bei dem Gedanken, daß Monsieur Dambreuse lediglich ein Bourgeois war, faßte er wieder Mut und sprang schwungvoll aus dem Einspänner auf das Trottoir der Rue d'Anjou.

Nachdem er eines der beiden Tore aufgestoßen hatte, überquerte er den Hof, stieg die Freitreppe hinauf und trat in ein mit farbigem Marmor gepflastertes Vestibül.

Eine doppelläufige, gerade Treppe mit einem roten, von Messingstangen gehaltenen Läufer führte an den hohen Wänden aus strahlend weißem Stuck nach oben. Am Fuße der Stufen stand eine Bananenstaude, deren breite Blätter über das samtüberzogene Geländer fielen. Zwei bronzene Kandelaber trugen an feinen Ketten hängende Porzellanschirme. Aus den weitgeöffneten Heizungsklappen strömte dumpfe Wärme; und zu hören war nichts als das Ticken einer großen Standuhr, die am anderen Ende des Vestibüls unter einer Waffensammlung stand.

Eine Glocke erklang; ein Diener erschien und führte Frédéric in einen kleinen Raum, wo man zwei Geldschränke sowie Regale voller Aktendeckel sah. In der Mitte schrieb Monsieur Dambreuse an einem Rolldeckelpult.

Er überflog den Brief des alten Roque, schlitzte mit seinem Taschenmesser die Leinwand auf, die um die Dokumente gewickelt war, und sah sie durch.

Von weitem hätte man ihn mit seiner schmalen Statur für jung halten können. Doch sein schütteres weißes

Haar, seine dürren Glieder und vor allem seine außerordentliche Blässe verrieten seine angegriffene Verfassung. Unerbittliche Tatkraft lag in seinen graugrünen Augen, die kälter waren als Glasaugen. Er hatte hohe Wangenknochen und Hände mit knotigen Gelenken.

Schließlich erhob er sich und stellte dem jungen Mann ein paar Fragen zu den gemeinsamen Bekannten, zu Nogent, zu seinem Studium; darauf verabschiedete er ihn mit einer Verbeugung. Frédéric verließ das Haus durch einen anderen Korridor und fand sich hinten im Hof bei den Remisen wieder.

Ein blaues Coupé, vor das ein Rappe gespannt war, wartete an der Freitreppe. Der Schlag öffnete sich, eine Dame stieg ein, und der Wagen begann mit dumpfem Knirschen über den Sand zu rollen.

Frédéric war von der anderen Seite aus mit ihr zugleich in der Toreinfahrt. Es war eng, und er mußte warten. Die junge Frau beugte sich aus dem Wagenfenster und sprach leise mit dem Portier. Er sah nur ihren Rücken, bedeckt mit einem violetten Umhang. Doch er spähte ins Wageninnere, das mit blauem Rips ausgeschlagen war, verziert mit seidenen Borten und Fransen. Die Gewänder der Dame füllten es gänzlich aus; Irisduft entströmte diesem kleinen gepolsterten Gehäuse und so etwas wie der unerklärliche Wohlgeruch weiblicher Eleganz. Der Kutscher lockerte die Zügel, das Pferd streifte ungestüm den Pfeiler, und alles war verschwunden.

Frédéric kehrte zu Fuß über die Boulevards zurück.

Er bedauerte, daß er Madame Dambreuse nicht hatte sehen können.

Ein Stück oberhalb der Rue Montmartre weckte ein Gedränge von Kutschen seine Aufmerksamkeit; gegenüber, auf der anderen Straßenseite, las er auf einer Marmortafel:

Wie war es möglich, daß er nicht eher an sie gedacht hatte? Daran war Deslauriers schuld, und er ging zu dem Laden hinüber, trat jedoch nicht ein; er wartete, daß *sie* erschiene.

Die hohen Schaufenster boten in geschickter Anordnung Statuetten, Zeichnungen, Radierungen, Kataloge, einzelne Nummern des *L'Art industriel;* die Preise für ein Abonnement waren ein zweites Mal an der Tür angeschlagen, über deren Mitte die Initialen des Herausgebers prangten. An den Wänden konnte man große Gemälde mit glänzendem Firnis erkennen, im Hintergrund schließlich zwei Truhen, beladen mit Geschirr, Bronzefiguren, verlockenden Raritäten; zwischen ihnen lag eine kleine Treppe, die oben vor einer samtenen Portiere endete; ein Kronleuchter aus Meißener Porzellan, ein grüner Teppich auf den Dielen und ein Tisch mit Intarsien gaben diesem Interieur eher den Anschein eines Salons als eines Ladens.

Frédéric tat, als studiere er die Zeichnungen. Nach endlosem Zaudern trat er ein.

Ein Ladendiener hob die Portiere und ließ verlauten, vor fünf komme Monsieur nicht »ins Geschäft«. Wenn er jedoch etwas ausrichten könne…

– Nein! ich komme wieder, entgegnete Frédéric leise.

Die folgenden Tage vergingen mit der Suche nach einer Unterkunft; und er entschied sich für ein Zimmer im zweiten Stock, in einem Hotel garni, Rue Saint-Hyacinthe.

Eine nagelneue Schreibmappe unter dem Arm, ging er zur ersten Vorlesung. Dreihundert junge Leute saßen barhaupt dichtgedrängt im Halbrund eines Hörsaals, in dem ein alter Mann im roten Talar mit monotoner Stimme dozierte; Federn kratzten über das Papier. In diesem Saal fand er den Staubgeruch der Schulklassen wieder, ein ebensolches Katheder, dieselbe Langeweile! Zwei Wochen lang begab er sich dorthin. Doch sie waren noch nicht bei Artikel 3 angekommen, als er den Code civil aufgegeben hatte, und auf die Institutionen verzichtete er bei *Summa divisio personarum.*

Die Freuden, die er sich versprochen hatte, stellten sich nicht ein; und als er sich durch eine ganze Leihbibliothek gelesen, die Gemäldesammlungen des Louvre durchstreift hatte und mehrmals nacheinander im Theater gewesen war, versank er in bodenlosem Müßiggang.

Tausend neue Dinge vertieften seine Schwermut. Er mußte seine Wäsche zählen und den Portier ertragen, einen groben Kerl mit dem Gebaren eines Krankenpflegers, der brummelnd und nach Alkohol riechend morgens erschien, um sein Bett zu machen. Sein Zimmer, das mit einer Stutzuhr aus Alabaster ausgestattet war, mißfiel ihm. Die Wände waren dünn; er hörte die Studenten lachen, Punsch bereiten, singen.

Der Einsamkeit überdrüssig, machte er sich auf die Suche nach einem seiner alten Schulkameraden namens Baptiste Martinon; er fand ihn in einer schlichten Pension in der Rue Saint-Jacques, vor einem Steinkohlenfeuer seine Prozeßordnung büffelnd.

Ihm gegenüber saß eine Frau in einem Kattunkleid und stopfte Socken.

Martinon war, was man einen schönen Mann nennt: groß, pausbackig, mit gleichmäßigen Zügen und bläulichen, etwas vorstehenden Augen, sein Vater, ein reicher Großbauer, hatte ihn für den Richterstand vorgesehen, und weil er schon jetzt würdevoll wirken wollte, trug er einen Seemannsbart.

Da Frédérics Kummer keinen klaren Grund hatte und er nicht das geringste Mißgeschick anführen konnte, begriff Martinon nichts von seinen Klagen über das Leben. Er selbst ging jeden Morgen zur Universität, machte dann einen Spaziergang im Luxembourg, trank abends sein Täßchen Kaffee im Wirtshaus, und mit fünfzehnhundert Francs im Jahr und der Liebe dieser kleinen Arbeiterin war er restlos glücklich.

»Was für ein Glück!« rief Frédéric im stillen aus.

Im Seminar hatte er eine andere Bekanntschaft gemacht, die des Monsieur Cisy, Sproß einer vornehmen Familie, der mit seinen artigen Manieren wie ein Mädchen wirkte.

Monsieur de Cisy beschäftigte sich mit Zeichnen und liebte die Gotik. Mehrmals bewunderten sie gemeinsam die Sainte-Chapelle und Notre-Dame. Doch hinter dem vornehmen Wesen des jungen Patriziers verbarg sich eine äußerst dürftige Intelligenz. Alles brachte ihn zum Staunen; er lachte laut über den harmlosesten Witz und war von so grenzenloser Naivität, daß Frédéric ihn zunächst für einen Spaßvogel hielt und am Ende für einen Hohlkopf.

Vertrauliche Aussprachen waren also mit niemandem möglich; und auf die Einladung der Dambreuses wartete er immer noch.

Zum Neujahrstag sandte er ihnen seine Karte, selbst erhielt er keine.

Er war wieder zum *L'Art industriel* gegangen.

Er ging ein drittes Mal hin und traf schließlich Arnoux, der inmitten von fünf oder sechs Leuten einen heftigen Disput führte und seinen Gruß kaum erwiderte; Frédéric war verletzt. Um so mehr zerbrach er sich darüber den Kopf, wie er zu IHR gelangen könnte.

Zuerst hatte er die Idee, immer wieder zu erscheinen und Bilder zu erwerben. Dann dachte er daran, ein paar »geistreiche« Artikel in den Briefkasten der Zeitungsredaktion zu stecken, die zu einer näheren Bekanntschaft führen würden. Vielleicht sollte er lieber geradewegs auf das Ziel lossteuern und ihr seine Liebe erklären? Er entwarf einen zwölf Seiten langen Brief voll lyrischer Ergüsse und Appelle, doch er zerriß ihn und unternahm nichts, versuchte nichts, – gelähmt von der Angst vor Mißerfolg.

Über Arnoux' Laden befanden sich im ersten Stock drei Fenster, die jeden Abend hell erleuchtet waren. Schatten wanderten dahinter auf und ab, besonders einer; es war der ihre, und er scheute keinen Weg, um diese Fenster zu beobachten und auf diesen Schatten zu schauen.

Eine Negerin, der er eines Tages in den Tuilerien begegnete, hielt ein kleines Mädchen an der Hand und erinnerte ihn an die Negerin von Madame Arnoux. Gewiß kam auch sie wie die anderen hierher; jedesmal wenn er durch die Tuilerien lief, klopfte ihm das Herz voller Hoffnung, sie zu treffen. An sonnigen Tagen setzte er seinen Spaziergang bis ans Ende der Champs-Élysées fort.

Frauen, in Kaleschen hingelehnt, die Schleier im Winde flatternd, zogen beim kräftigen Schritt der Pferde in einem unmerklichen Schwanken, das die glänzenden Riemen knarren ließ, dicht an ihm vorüber. Die Kutschen wurden immer zahlreicher, verlangsamten vom Rond-Point an ihre Fahrt und füllten die ganze Fahrbahn. Mähne war an Mähne, Laterne an Laterne, stählerne Steigbügel, silberne Kandaren, Messingschnallen blitzten hier und da zwischen Kniehosen, weißen Handschuhen und Pelzen auf, die über das Wappen auf dem Wagenschlag fielen. Er fühlte sich wie verloren in einer fernen Welt. Sein Blick irrte über die weiblichen Köpfe, und vage Ähnlichkeiten riefen ihm Madame Arnoux in Erinnerung. Er sah sie vor sich, inmitten der anderen, in einem jener kleinen Coupés, gleich dem von Madame Dambreuse – doch die Sonne ging unter, und kalter

Wind wirbelte Wolken von Staub auf. Die Kutscher schoben das Kinn ins Halstuch, die Räder drehten sich schneller, der Schotter knirschte; und sich streifend, sich überholend und ausweichend fuhren alle Equipagen in scharfem Trab die lange Avenue hinunter und zerstreuten sich dann auf der Place de la Concorde. Hinter den Tuilerien nahm der Himmel die Farbe der Schieferdächer an. Die Bäume im Park, im Wipfel ins Violette übergehend, schlossen sich zu zwei riesigen Wänden. Die Gaslaternen flammten auf; und die Seine, blaßgrün in ganzer Länge, brach sich in silbrigem Schillern an den Brückenpfeilern.

Für dreiundvierzig Sous auf seiner Abonnementskarte ging er zum Abendessen in ein Restaurant in der Rue de la Harpe.

Mit Verachtung blickte er auf die alte Theke aus Mahagoniholz, auf die fleckigen Servietten, das schmutzige Silberzeug und die Hüte an der Wand. Er war umgeben von Leuten, die Studenten waren wie er. Sie plauderten über ihre Professoren, über ihre Geliebten. Was kümmerten ihn die Professoren! Hatte er etwa eine Geliebte! Um sich ihre Fröhlichkeit zu ersparen, kam er stets so spät wie möglich. Sämtliche Tische waren voller Speisereste. In den Ecken schliefen die beiden erschöpften Kellner, und ein Geruch von Küche, Öllampe und Tabak erfüllte den leeren Saal.

Dann ging er langsam wieder die Straßen hinauf. Die Laternen schwankten und ließen lange gelbliche Lichter über den Schmutz zittern. Dunkle Gestalten mit Regenschirmen huschten am Rande der Trottoirs dahin. Das Pflaster war glitschig, der Nebel fiel, und ihm war, als senke sich die feuchte Finsternis, die ihn umhüllte, tief in sein Herz.

Ihn überfiel das schlechte Gewissen. Er ging wieder zu den Vorlesungen. Doch da er von dem behandelten

Stoff nichts wußte, bereiteten die einfachsten Dinge ihm Schwierigkeiten.

Er begann einen Roman zu schreiben, mit dem Titel: *Sylvio, der Sohn des Fischers.* Das Ganze spielte in Venedig. Der Held war er selbst; die Heldin Madame Arnoux. Sie hieß Antonia; und um sie zu besitzen, brachte er ein paar Edelleute um, brannte einen Teil der Stadt nieder und sang unter ihrem Balkon, wo die roten Damastvorhänge vom Boulevard Montmartre in der Meeresbrise wehten. Er ertappte sich bei zu vielen Reminiszenzen und war entmutigt; er schrieb nicht weiter, und seine Untätigkeit wurde immer größer.

Darauf beschwor er Deslauriers, zu kommen und das Zimmer mit ihm zu teilen. Sie würden sich darauf bescheiden, von seinen zweitausend Francs Unterhalt zu leben; alles war besser als diese unerträgliche Existenz. Deslauriers konnte noch nicht aus Troyes fort. Er riet ihm, sich abzulenken und sich mit Sénécal zu treffen.

Sénécal war Repetitor für Mathematik, ein schlauer Kopf und überzeugter Republikaner, ein zukünftiger Saint-Just, wie der Schreiber sagte. Frédéric war dreimal die fünf Treppen zu ihm hinaufgestiegen, ohne auch nur einmal von ihm Besuch zu erhalten. Er ging nicht wieder hin.

Er wollte sich amüsieren. Er begab sich auf die Opernbälle. Die lärmende Fröhlichkeit ließ ihn schon am Eingang erstarren. Überdies hemmte ihn die Furcht vor Geldschwierigkeiten, als er sich vorstellte, welch großes Abenteuer ein nicht eben preiswertes Souper in einem Domino wäre.

Und doch schien ihm, man müsse ihn lieben. Manchmal erwachte er, das Herz voller Hoffnung, kleidete sich sorgfältig an wie für ein Rendezvous und machte endlose Streifzüge durch Paris. Bei jeder Frau, die vor ihm herging oder ihm entgegenkam, sagte er sich: »Das ist sie!«

Es war jedesmal eine neue Enttäuschung. Der Gedanke an Madame Arnoux machte sein Verlangen noch größer. Vielleicht liefe sie ihm über den Weg, und um sie ansprechen zu können, erfand er unerwartete Schwierigkeiten, große Gefahren, aus denen er sie retten würde.

So verstrichen die Tage mit der immer gleichen Langeweile und den neuen Gewohnheiten. Unter den Arkaden des Odéon blätterte er in Broschüren, las im Café die *Revue des Deux Mondes,* trat in einen Hörsaal des Collège de France und hörte eine Stunde lang eine Vorlesung über Chinesisch oder Nationalökonomie. Jede Woche schrieb er einen langen Brief an Deslauriers, speiste ab und zu mit Martinon und besuchte manchmal Monsieur de Cisy.

Er mietete ein Klavier und komponierte deutsche Walzer.

Eines Abends entdeckte er im Theater des Palais-Royal in einer Proszeniumsloge Arnoux mit einer Frau. War es sie? Die Blende aus grünem Taft am Rand der Loge verdeckte ihr Gesicht. Endlich hob sich der Vorhang; die Blende senkte sich. Es war eine verlebte, große Person von ungefähr dreißig Jahren, deren volle Lippen sich beim Lachen über prächtigen Zähnen öffneten. Sie plauderte ungezwungen mit Arnoux und klopfte ihm mit dem Fächer auf die Finger. Dann setzte sich ein blondes Mädchen zwischen sie, die Lider leicht gerötet, als hätte sie geweint. Nun beugte sich Arnoux über ihre Schulter und sprach auf sie ein, während sie lauschte, ohne zu antworten. Frédéric zerbrach sich den Kopf über die Stellung dieser bescheiden gekleideten Frauen in dunklen Kleidern mit flachen Kragen.

Am Ende der Vorstellung stürzte er in die Flure. Dort drängte sich die Menge. Die beiden Frauen am Arm, ging Arnoux langsam, Stufe für Stufe, die Treppe hinunter.

Plötzlich fiel auf ihn das Licht einer Gaslampe. Er trug einen Trauerflor am Hut. War sie vielleicht tot? Dieser Gedanke ängstigte Frédéric so sehr, daß er am nächsten Morgen zum *L'Art industriel* lief, kurzerhand eine der vor dem Schaufenster ausgelegten Radierungen kaufte und den Verkäufer fragte, wie sich Monsieur Arnoux befinde.

Der junge Mann erwiderte:

– Aber sehr gut!

Erbleichend fügte Frédéric hinzu:

– Und Madame?

– Madame ebenfalls.

Frédéric vergaß, seine Radierung mitzunehmen. Der Winter ging zu Ende. Im Frühling war er weniger traurig und begann sich auf seine Prüfung vorzubereiten, und als er sie recht und schlecht bestanden hatte, fuhr er nach Nogent.

Um die Bemerkungen seiner Mutter zu vermeiden, reiste er nicht nach Troyes zu seinem Freund. Zu Beginn des Wintersemesters gab er seine Unterkunft auf und mietete zwei Zimmer am Quai Napoléon, die er selbst möblierte. Die Hoffnung auf eine Einladung bei den Dambreuses hatte er aufgegeben; seine große Liebe für Madame Arnoux begann zu erlöschen.

IV

Eines Morgens im Dezember, als er auf dem Weg zur Vorlesung über Prozeßordnung war, schien ihm die Rue Saint-Jacques unruhiger als sonst. Die Studenten stürzten aus den Cafés oder riefen einander von Haus zu Haus durch die offenen Fenster etwas zu; die Ladenbesitzer standen auf den Gehsteigen und machten eine besorgte Miene; die Läden wurden geschlossen; und als er in die Rue Soufflot kam, sah er um das Panthéon eine große Menschenansammlung.

Junge Leute gingen untergehakt in verschieden großen Gruppen von fünf bis zwölf Personen auf und ab und gesellten sich zu größeren Scharen, die da und dort stehenblieben; am Ende des Platzes an den Gittertoren hielten Männer in Arbeitskitteln laute Reden, während Polizisten, den Dreispitz auf dem Kopf und die Hände auf dem Rücken, an den Gebäuden auf und ab patrouillierten, daß die schweren Stiefel auf dem Pflaster knallten. Alle sahen merkwürdig bestürzt aus; offenbar wartete man auf irgend etwas; jedem stand eine stumme Frage ins Gesicht geschrieben.

Frédéric geriet neben einen blonden jungen Mann mit freundlichem Gesicht, der wie ein Geck aus der Zeit von Louis XIII. Schnauzer und Spitzbart trug. Er fragte ihn nach der Ursache für diesen Aufruhr.

– Ich habe keine Ahnung, erwiderte der andere, und diese Leute ebensowenig! Das ist im Augenblick so Mode! Was für ein Spaß!

Und er brach in Lachen aus.

Die Petitionen für die Wahlreform, die man in der Nationalgarde unterschreiben ließ, führten, verbunden mit der Volkszählung Humanns und anderen Ereignissen, seit einem halben Jahr zu unbegreiflichen Menschenaufläufen; und sie wiederholten sich so oft, daß die Zeitungen nicht mehr davon berichteten.

– Das hat weder Hand noch Fuß, fuhr Frédérics Nachbar fort. Mich deucht, mein edler Herr, daß es mit uns bergab geht! Zur Zeit von Loys dem elften, wie bei Benjamin Constant nachzulesen, gab es mehr Widerstand unter den Scholaren. Ich finde, sie sind friedlich wie die Schafe, dumm wie Bohnenstroh und taugen zu Krämern, Herrgott! und das nennt sich nun die studierte Jugend!

Er breitete weit die Arme aus wie Frédérick Lemaître in *Robert Macaire.*

– Studierte Jugend, ich segne dich!

Dann wandte er sich an einen Lumpensammler, der an der Schwelle einer Schenke in Austernschalen wühlte:

– Gehörst du auch dazu, zur studierten Jugend?

Der Alte hob eine gräßliche Visage, wo man in einem grauen Bart eine rote Nase und zwei leere, trübe Augen erblickte.

– Nein! du scheinst mir eher *eines von diesen Galgengesichtern zu sein, die man in verschiedenen Gruppen das Gold mit vollen Händen ausgeben sieht...* Oh! gib es nur aus, Patriarch, gib es nur aus! bestich mich mit den Schätzen Albions! *Are you English?* Die Gaben von Artaxerxes schlage ich nicht aus! Plaudern wir ein wenig über die Zollunion.

Frédéric spürte, wie ihm jemand auf die Schultern tippte; er drehte sich um. Es war Martinon, der ungeheuer bleich war.

– Da haben wir's! stieß er mit einem tiefen Seufzer hervor, schon wieder ein Aufstand!

Er hatte Angst, in Schwierigkeiten zu geraten, und begann zu jammern. Besonders unheimlich waren ihm die Männer in Arbeitskitteln, da sie ja zu Geheimbünden gehören konnten.

– Gibt es denn Geheimbünde? fragte der junge Mann mit dem Schnauzbart. Das ist doch ein altes Märchen der Regierung, um die Bourgeois einzuschüchtern!

Martinon bat ihn, leiser zu sprechen, aus Furcht vor der Polizei.

– Glauben Sie etwa noch an die Polizei? woher wissen Sie denn, Monsieur, ob ich nicht selber ein Spitzel bin?

Und er musterte ihn in einer Weise, daß Martinon in seiner Aufregung den Scherz zunächst gar nicht begriff. Die Menge schob sich vorwärts, und sie waren alle drei gezwungen, sich auf die kleine Treppe zu stellen, die über einen Korridor in den neuen Hörsaal führte.

Bald darauf teilte sich das Menschengewimmel; einige Köpfe wurden entblößt; man begrüßte den berühmten Professor Samuel Rondelot, der, in seinen dicken Mantel gehüllt, die silberne Brille auf die Stirn geschoben, asthmatisch schnaufend gemächlich daherkam, um seine Vorlesung zu halten. Der Mann war eine der juristischen Größen des XIX. Jahrhunderts, Rivale von Leuten wie Zachariae und Ruhdorff. Seine neue Würde als Pair de France hatte seine Haltung um keinen Deut gewandelt. Man wußte, daß er arm war, und er genoß großen Respekt.

Indessen schrien ein paar Leute am anderen Ende des Platzes:

– Nieder mit Guizot!

– Nieder mit Pritchard!

– Nieder mit den Verrätern!

– Nieder mit Louis Philippe!

Die Menge wogte, drängte gegen das geschlossene Hoftor und hinderte den Professor am Weitergehen. Vor der Treppe blieb er stehen. Bald sah man ihn auf der obersten der drei Stufen. Er sprach; lautes Gemurmel übertönte seine Stimme. Eben noch hatte man ihn geliebt, nun haßte man ihn, denn er verkörperte die Autorität. Jedesmal wenn er sich Gehör zu verschaffen versuchte, wurden neue Rufe laut. Mit einer großen Armbewegung forderte er die Studenten auf, ihm zu folgen. Allgemeines Gebrüll war die Antwort. Er zuckte verächtlich die Achseln und trat in den Korridor. Martinon hatte seinen Platz genutzt und war im selben Augenblick verschwunden.

– Was für ein Feigling! sagte Frédéric.

– Er ist vorsichtig! erwiderte der andere.

Die Menge brach in einen Beifallssturm aus. Den Rückzug des Professors nahmen sie als Sieg. An allen Fenstern hingen Neugierige. Einige stimmten die *Marseillaise* an; andere schlugen vor, zu Béranger zu gehen.

– Zu Lafitte!

– Zu Chateaubriand!

– Zu Voltaire! brüllte der junge Mann mit dem blonden Schnauzbart.

Die Polizisten versuchten sich einen Weg zu bahnen und sagten so freundlich wie möglich:

– Gehen Sie weiter, meine Herren, räumen Sie den Platz!

Jemand schrie:

– Nieder mit den Schlächtern!

Seit den Unruhen im September war das der gängige Kampfruf. Alles brüllte ihn wieder und wieder. Die Hüter der öffentlichen Ordnung wurden verhöhnt und ausgepfiffen; sie wurden blaß; einer konnte sich nicht mehr beherrschen, nahm sich einen Jungen vor, der ihm zu nahe kam und ihm ins Gesicht lachte, und stieß ihn so grob zurück, daß er fünf Schritte weiter vor dem Geschäft des Weinhändlers auf den Rücken fiel. Alles fuhr auseinander, doch fast im selben Moment stürzte er selbst zu Boden, niedergestreckt von einem Herkules, dessen Haar wie ein Haufen Werg unter seiner Wachstuchkappe hervorquoll.

Er hatte ein paar Minuten an der Ecke der Rue Saint-Jacques gestanden und ohne zu Zögern eine große Schachtel abgesetzt, um sich auf den Polizisten zu stürzen, dessen Gesicht er nun mit kräftigen Fausthieben bearbeitete, während er ihn unter sich zu Boden drückte. Die anderen Polizisten eilten herbei. Der furchterregende Kerl war so stark, daß wenigstens vier vonnöten waren, um ihn zu bändigen. Zwei packten ihn am Kragen, zwei weitere zogen an den Armen, ein fünfter stieß ihm die Knie ins Kreuz, und alle nannten ihn Räuber, Mörder, Aufwiegler. Mit entblößter Brust und zerfetzten Kleidern beteuerte er seine Unschuld; er habe nicht kaltblütig zusehen können, wie man ein Kind schlug.

– Ich heiße Dussardier! Gebrüder Valincart, Spitzen und Mode, Rue de Cléry. Wo ist meine Schachtel? Ich will meine Schachtel! und er wiederholte: Dussardier!… Rue de Cléry. Meine Schachtel!

Doch er beruhigte sich und ließ sich mit stoischer Miene zur Polizeistation in der Rue Descartes führen. Ihm folgte eine Flut von Menschen. Frédéric und der junge Mann mit Schnauzbart gingen gleich hinter ihm, voller Bewunderung für den Ladendiener und außer sich über die Gewalttätigkeit der Regierung.

Je weiter sie gingen, desto kleiner wurde die Schar.

Von Zeit zu Zeit drehten sich die Polizisten mit grimmiger Miene um; und da es für die Randalierer nichts mehr auszurichten gab, für die Neugierigen nichts mehr zu sehen, machten sich alle nach und nach davon. Passanten, die ihnen entgegenkamen, musterten Dussardier und ergingen sich in lautstarken Beschimpfungen. Eine alte Frau unter ihrer Türe schrie sogar, er habe ein Brot gestohlen; diese Ungerechtigkeit entrüstete die beiden Freunde noch mehr. Schließlich waren sie vor der Wache angelangt. Es blieben nur noch etwa zwanzig Leute. Der Anblick der Soldaten genügte, um sie zu vertreiben.

Frédéric und sein Gefährte forderten beherzt die Freilassung des Mannes, den man soeben ins Gefängnis gesteckt hatte. Der Wachtposten drohte, er werde sie selbst einsperren, wenn sie weiter darauf bestünden. Sie verlangten den diensthabenden Offizier, nannten in ihrer Eigenschaft als Studenten der Rechtswissenschaften ihre Namen und behaupteten, der Gefangene sei ihr Studienkamerad.

Man ließ sie in einen gänzlich kahlen Raum treten, wo vier Bänke an den gekalkten Wänden entlangliefen. Im Hintergrund öffnete sich ein Schiebefenster. Es erschien das kräftige Gesicht Dussardiers, das mit den kleinen ehrlichen Augen und der platten Nase unter dem wirren Haar an einen treuen Hund erinnerte.

– Erkennst du uns denn nicht? sagte Hussonnet.

Das war der Name des jungen Mannes mit Schnauzbart.

– Aber... stammelte Dussardier.

– Spiel doch nicht den Dummen, erwiderte der andere; man weiß, daß du Student der Rechte bist wie wir.

Trotz ihres Augenzwinkerns wußte Dussardier nichts damit anzufangen. Er schien zu überlegen, dann fragte er unvermittelt:

– Hat man meine Schachtel gefunden?

Frédéric blickte entmutigt zur Decke. Hussonnet erwiderte:

– Ach! die Schachtel, in die du deine Vorlesungsnotizen tust? ja, ja! keine Sorge!

Sie verstärkten ihre Pantomime. Dussardier begriff schließlich, daß sie ihm zu Hilfe kamen, und er schwieg, aus Angst, sie zu kompromittieren. Außerdem war er beschämt, sich in den Stand eines Studenten erhoben zu sehen, auf einer Ebene mit diesen jungen Männern, die so weiße Hände hatten.

– Möchtest du jemanden benachrichtigen? fragte Frédéric.

– Nein, danke, niemanden!

– Aber deine Familie?

Er senkte den Kopf und gab keine Antwort, der arme Junge war ein uneheliches Kind. Betroffen über sein Schweigen, standen die beiden Freunde da.

– Hast du etwas zum Rauchen? fuhr Frédéric fort.

Er klopfte auf seine Taschen und holte die Überreste einer Pfeife hervor – einer schönen Meerschaumpfeife mit einem Rohr aus schwarzem Holz, silbernem Deckel und einem Mundstück aus Bernstein.

Seit drei Jahren arbeitete er daran, ein Meisterwerk daraus zu machen. Er hatte sorgfältig darauf geachtet, den Pfeifenkopf stets in eine Wildlederhülle zu stecken, sie so langsam wie möglich zu rauchen, sie nie auf Marmor zu legen und jeden Abend über dem Kopfende seines Bettes aufzuhängen. In diesem Augenblick schüttelte er in seiner Hand mit den blutenden Fingernägeln die Bruchstücke; und das Kinn auf der Brust, die Augen aufgerissen, sprachlos, schaute er mit einem Blick von unsäglicher Trauer auf die Trümmer seiner Freude.

– Wie wär's, wenn wir ihm Zigarren schenkten? sagte Hussonnet leise und machte Anstalten, ein paar herauszuholen.

Frédéric hatte bereits ein volles Zigarrenetui an den Rand des Schiebefensters gelegt.

– Nimm doch! Adieu, Kopf hoch!

Dussardier warf sich über die beiden Hände, die ihm entgegengestreckt wurden. Er drückte sie leidenschaftlich, die Stimme von Schluchzen unterbrochen.

– Wie?... für mich!... für mich!...

Die beiden Freunde entzogen sich seiner Dankbarkeit, gingen hinaus und begaben sich gemeinsam zum Déjeuner ins Café Tabourey vor dem Jardin du Luxembourg.

Während er sein Steak zerteilte, ließ Hussonnet seinen Gefährten wissen, daß er für Modejournale arbeitete und Werbung für *L'Art industriel* entwarf.

– Für Jacques Arnoux, sagte Frédéric.

– Sie kennen ihn?

– Ja! nein!... Das heißt, ich habe ihn einmal gesehen, ich bin ihm einmal begegnet.

Er fragte Hussonnet beiläufig, ob er zuweilen seine Frau zu Gesicht bekäme.

– Ab und zu, erwiderte der Künstler.

Frédéric wagte nicht, mit weiteren Fragen in ihn zu dringen; dieser Mann hatte soeben eine unermeßliche Bedeutung für sein Leben bekommen; er zahlte die Rechnung für das Essen, ohne daß es bei dem anderen irgendeinen Einwand gab.

Die Sympathie war gegenseitig, sie tauschten ihre Adressen aus, und Hussonnet bat ihn herzlich, ihn doch bis zur Rue de Fleurus zu begleiten.

Sie waren mitten im Park, als der Mitarbeiter Arnoux' die Luft anhielt, sein Gesicht zu einer gräßlichen Grimasse verzog und wie ein Hahn zu krähen begann. Sämtliche Hähne der Umgebung antworteten ihm mit langem Kikeriki.

– Ein Signal, sagte Hussonnet.

Beim Théâtre Bobino blieben sie vor einem Hause stehen, zu dem ein Gartenweg führte. Im Mansardenfenster, zwischen Kapuzinerkresse und Wicken, zeigte sich, barhaupt, im Korsett, eine junge Frau, die sich mit beiden Armen auf den Rand der Dachrinne stützte.

– Guten Tag, mein Engel, guten Tag Herzchen, rief Hussonnet und warf ihr Kußhände zu.

Mit einem Fußtritt öffnete er das Gittertor und verschwand.

Frédéric wartete die ganze Woche. Er wagte nicht, zu ihm zu gehen, damit es nicht so aussähe, als wolle er nun seinerseits zum Essen eingeladen werden, doch er suchte ihn im ganzen Quartier Latin. Eines Abends traf er ihn und nahm ihn mit in sein Zimmer am Quai Napoléon.

Das Gespräch nahm kein Ende; sie schütteten einander ihr Herz aus. Hussonnet hatte den Ehrgeiz, beim Theater zu Ruhm und Geld zu kommen. Er arbeitete an Vaudeville-Stücken mit, die nicht zur Aufführung gelangten, »hatte tausend Pläne«, verfaßte Couplets; ein paar sang er vor. Als er dann im Regal einen Band von Hugo und einen von Lamartine entdeckte, ließ er sich in sarkastischen Reden über die romantische Schule aus. Diese Dichter hatten weder gesunden Menschenverstand, noch drückten sie sich klar aus, und vor allem waren sie keine Franzosen! Er brüstete sich, seine Muttersprache zu beherrschen, und zerpflückte die schönsten Sätze mit dem bissigen Ernst, der so bezeichnend für oberflächliche Leute ist, wenn sie sich wirklicher Kunst zuwenden.

Frédéric fühlte sich in seinen Neigungen verletzt; er war kurz davor, den Kontakt abzubrechen. Warum nicht gleich das Wort wagen, von dem sein Glück abhing? Er fragte den angehenden Literaten, ob er ihn im Hause Arnoux einführen könne.

Das war nicht schwer, und sie trafen eine Vereinbarung für den nächsten Tag.

Hussonnet vergaß die Verabredung, er vergaß drei weitere. Eines Samstags, gegen vier Uhr, war er da. Doch er nutzte den Wagen aus und machte zunächst vor dem Théâtre Français halt, um einen Logenplatz zu erstehen; er ließ sich beim Schneider absetzen, bei einer Näherin; er schrieb Billetts bei den Pförtnern. Schließlich kamen sie zum Boulevard Montmartre. Frédéric ging durch den Laden und stieg die Treppe hinauf. Arnoux erkannte ihn in dem Spiegel, der gegenüber vom Schreibtisch hing; und er schrieb weiter und reichte ihm über die Schulter die Hand.

Fünf oder sechs Personen standen in dem engen Raum, der nur von einem einzigen Fenster erhellt wurde, das zum Hof hinausging; im Hintergrund füllte ein mit braunem Wolldamast bezogenes Kanapee zwischen zwei Portieren aus dem gleichen Stoff einen Alkoven. Auf dem mit Papieren übersäten Kaminsims stand eine Venus aus Bronze; zwei Leuchter mit rosafarbenen Kerzen flankierten sie zu beiden Seiten. Zur Rechten las neben einem Aktenschrank ein Mann in einem Sessel die Zeitung und hatte dabei seinen Hut auf dem Kopf behalten; die Wände verschwanden unter Drucken und Gemälden, kostbaren Stichen oder Skizzen zeitgenössischer Meister, geschmückt mit Widmungen, die Jacques Arnoux die aufrichtigste Zuneigung bezeugten.

– Immer wohlauf? ließ er vernehmen und drehte sich zu Frédéric um.

Und ohne seine Antwort abzuwarten, fragte er Hussonnet leise:

– Wie heißt gleich Ihr Freund?

Lauter fuhr er dann fort:

– Nehmen Sie sich doch eine Zigarre aus der Schachtel auf dem Aktenschrank.

L'Art industriel war, mitten in Paris gelegen, ein bequemer Treffpunkt, ein neutrales Terrain, auf dem gegnerische Parteien einträchtig Seite an Seite saßen. An diesem Tage konnte man Anténor Braive erleben, den königlichen Porträtmaler; Jules Burrieu, der dem Volk mit seinen Zeichnungen die Kriege in Algerien nahebrachte; den Karikaturisten Sombaz, den Bildhauer Vourdet und noch andere, und keiner entsprach den Erwartungen des Studenten. Sie hatten schlichte Umgangsformen und führten freizügige Reden. Der Mystiker Lovarias gab eine schlüpfrige Geschichte zum besten, und der Erfinder der orientalischen Landschaft, der berühmte Dittmer, trug eine Strickjacke unter einer Weste und fuhr mit dem Omnibus nach Hause.

Zuerst war die Rede von einer gewissen Apollonie, einem ehemaligen Modell, das Burrieu auf dem Boulevard in einem Vierspänner gesehen haben wollte. Hussonnet erklärte diese Metamorphose mit der langen Reihe der Liebhaber, von denen sie sich aushalten ließ.

– Wie dieser Kerl sich bei den Flittchen von Paris auskennt! sagte Arnoux.

– Nach Ihnen Sire, wenn noch etwas da ist, erwiderte der Bohémien mit militärischem Gruß, um den Grenadier nachzuahmen, der Napoléon seine Feldflasche anbot.

Dann sprach man über ein paar Bilder, deren Vorlage Apollonies Kopf gewesen war. Die abwesenden Kollegen wurden kritisiert. Man staunte über den Preis ihrer Werke; und alle klagten, daß sie auch nicht annähernd genug Geld verdienten, als ein Mann von mittlerer Statur hereinkam, den Rock nur mit einem Knopf geschlossen, mit lebhaften Augen und einem leicht verrückten Gesichtsausdruck.

– Was seid ihr doch für ein bourgeoiser Haufen! sagte er. Herrgott, als ob es darauf ankäme! Die Alten malten Meisterwerke und scherten sich nicht ums Geld. Correggio, Murillo…

– Nicht zu vergessen Pellerin, sagte Sombaz.

Doch ohne auf die Spötterei einzugehen, fuhr er mit solchem Feuer in seinen Reden fort, daß Arnoux zweimal wiederholen mußte:

– Meine Frau braucht Sie am Donnerstag, vergessen Sie's nicht!

Diese Bemerkung lenkte Frédérics Gedanken zurück zu Madame Arnoux. Sicher konnte man durch das Kabinett neben dem Diwan zu ihr gelangen? Arnoux war gerade hineingegangen, um ein Taschentuch zu holen, Frédéric hatte im Hintergrund einen Waschtisch bemerkt. Doch vom Kamin her kam ein Gebrumm, das war der Mensch, der im Sessel seine Zeitung las. Er maß fünf Fuß, neun Zoll, hatte leicht hängende Lider, graues Haar, eine majestätische Miene, – und hieß Regimbart.

– Was gibt's, Citoyen? sagte Arnoux.

– Noch ein Schurkenstreich der Regierung!

Es handelte sich um die Entlassung eines Schulmeisters; Pellerin fing wieder mit seinem Vergleich zwischen Michelangelo und Shakespeare an. Dittmer ging. Arnoux erwischte ihn gerade noch, um ihm zwei Scheine in die Hand zu drücken. Hussonnet hielt das für einen günstigen Augenblick.

– Könnten Sie mir nicht einen Vorschuß geben, teurer Meister?...

Doch Arnoux hatte sich wieder gesetzt und kanzelte einen schäbig aussehenden Alten ab, der eine blaue Brille trug.

– Ja, Sie haben vielleicht Humor, Vater Isaac! Jetzt sind drei Werke in Verruf gekommen, verloren! Alles macht sich über mich lustig! Nun kennt man sie! Was soll ich wohl damit anfangen? Ich kann sie nur noch nach Kalifornien schicken!... Zum Teufel! Halten Sie den Mund!

Die Spezialität dieses guten Mannes bestand darin, die Signaturen alter Meister unter seine Bilder zu setzen. Arnoux weigerte sich, ihn zu bezahlen, und warf ihn brutal hinaus. In einem anderen Tonfall begrüßte er dann einen ordengezierten förmlichen Herrn mit Backenbart und weißer Halsbinde.

Den Ellbogen auf den Fensterriegel gestützt, redete er lange mit honigsüßer Miene auf ihn ein. Schließlich platzte er laut heraus:

– Nun, um Unterhändler bin ich nicht verlegen, Monsieur le Comte.

Als der Edelmann sich in sein Schicksal ergeben hatte, zahlte Arnoux ihm fünfundzwanzig Louis, und kaum war der andere draußen:

– Unausstehlich, diese hohen Herren!

– Alles Schurken! murmelte Regimbart.

Je weiter die Zeit voranschritt, desto emsiger war Arnoux beschäftigt, er ordnete Artikel, öffnete Briefe, schloß Konten im Laden, während draußen der Hammer dröhnte, lief hinaus, um das Verpacken zu überwachen, und kehrte zu seinen Geschäften zurück; und indem er seine Stahlfeder über das Papier eilen ließ, hatte er noch für jeden einen Scherz, eine treffende Antwort. Am Abend war er bei seinem Anwalt zum Diner geladen und mußte anderntags nach Belgien reisen.

Die anderen plauderten über die Ereignisse des Tages: das Porträt von Cherubini, das halbkreisförmige Gemälde in der Académie des Beaux Arts, die kommende Ausstellung. Pellerin schimpfte auf das Institut. Klatsch und Diskussionen gingen hin und her. Der niedrige Raum war so voller Menschen, daß man sich kaum rühren konnte; und das Licht der rosafarbenen Kerzen drang durch den Zigarrenrauch wie Sonnenstrahlen durch dichten Nebel.

Die Tür neben dem Diwan tat sich auf, und herein kam eine große dünne Frau mit heftigen Bewegungen, die sämtliche Berlocken auf ihrem schwarzen Taftkleid klirren ließen.

Es war die Frau, die er im vergangenen Sommer kurz im Palais-Royal gesehen hatte. Einige begrüßten sie mit Namen und schüttelten ihr die Hand. Hussonnet hatte endlich einen Fünfziger ergattert; die Uhr schlug sieben, alle gingen nach Hause.

Arnoux bat Pellerin zu bleiben und führte Mademoiselle Vatnaz in das Kabinett.

Frédéric verstand nicht, was sie redeten; sie flüsterten. Dann aber wurde die Frauenstimme laut:

– Seit einem halben Jahr ist das Geschäft abgeschlossen, und ich warte immer noch.

Es gab ein langes Schweigen. Mademoiselle Vatnaz tauchte wieder auf. Arnoux hatte ihr erneut irgendwelche Versprechungen gemacht.

– Ach, ja! das sehen wir dann später.

– Adieu, Glücklicher! sagte sie, als sie ging.

Arnoux kehrte mit lebhaften Schritten zurück in das Kabinett, drückte Pomade auf den Schnauzbart, hob die Hosenträger, um die Stege zu spannen; und während er sich die Hände wusch, sagte er:

– Ich brauche zwei Supraporten, das Stück zu zweihundertundfünfzig, im Stil von Boucher, abgemacht?

– Einverstanden, sagte der Künstler, der rot geworden war.

– Gut! und vergessen Sie meine Frau nicht!

Frédéric begleitete Pellerin hinauf zum Faubourg Poissonnière und bat ihn um die Erlaubnis, ihn ab und zu besuchen zu dürfen, eine Gunst, die huldvoll gewährt wurde.

Pellerin las sämtliche Werke der Ästhetik, um die wahre Theorie des Schönen zu entdecken, überzeugt, er werde Meisterwerke schaffen, hätte er sie einmal gefunden. Er umgab sich mit allen erdenklichen Hilfsmitteln, Zeichnungen, Gipsabgüssen, Modellen, Stichen, und er suchte, verzehrte sich, er gab dem Wetter die Schuld, seinen Nerven, seinem Atelier, lief hinaus auf die Straße, um sich inspirieren zu lassen, erbebte, wenn er es war, gab dann sein Werk auf und träumte von einem anderen, das noch schöner sein sollte. Von Ruhmsucht gepeinigt, vergeudete er seine Tage mit Diskussionen, glaubte an tausenderlei Unsinn, an Lehrsysteme, an die Kritiker, an die Wichtigkeit einer Grundordnung oder Reform auf dem Gebiete der Kunst und hatte mit fünfzig Jahren weiter nichts als Entwürfe zustande gebracht. Sein unverwüstlicher Stolz hielt ihn davon ab, sich von irgend etwas entmutigen zu lassen, doch er war ständig gereizt und lebte in jener künstlichen und zugleich natürlichen Erregung, die den Komödianten ausmacht.

Kam man zu ihm herein, fiel der Blick auf zwei große Bilder, wo die ersten hier und da angelegten Grundtöne braune, rote und blaue Flecken auf der Leinwand bildeten. Ein Geflecht mit Kreide gezeichneter Linien zog sich wie die Maschen eines zwanzigfach geflickten Netzes darüber hin; es war ganz unmöglich, etwas darin zu erkennen. Pellerin erläuterte das Sujet der beiden Kompositionen, indem er mit dem Daumen die fehlenden Teile andeutete. Das eine sollte den *Wahnsinn Nebukadnezars,* das andere den *Brand von Rom unter Nero* darstellen. Frédéric bewunderte sie.

Er bewunderte weibliche Akte mit zerzaustem Haar, Landschaften, in denen es von sturmgepeitschten Bäumen nur so wimmelte, und vor allem mit der Feder gezeichnete Phantasiestücke, Erinnerungen an Callot, an Rembrandt oder Goya, deren Vorlagen er nicht kannte. Pellerin hielt nichts mehr von diesen Arbeiten aus seiner Jugend; er war jetzt für großen Stil; er dozierte wortreich über Phidias und Winckelmann. Die Dinge, die ihn umgaben, verstärkten die Wucht seiner Rede: man sah einen Totenschädel auf einem Betstuhl, türkische Krummdolche, eine Mönchskutte; Frédéric legte sie an.

Wenn er zeitig kam, überraschte er ihn auf seiner wakkeligen Pritsche, die hinter einem zerfetzten Wandteppich stand, denn Pellerin ging spät zu Bett, da er eifrig die Theater besuchte. Er ließ sich von einer alten Frau bedienen, aß in einer Garküche zu abend und lebte ohne Mätresse. Seine kreuz und quer aufgelesenen Kenntnisse machten seine paradoxen Ideen unterhaltsam. Sein Haß auf das Gewöhnliche und den Bourgeois entlud sich in sarkastischen Reden von prachtvollem dichterischem Schwung, und sein Glaube an die Meister war so groß, daß er ihn fast bis zu ihnen erhob.

Aber warum sprach er nie über Madame Arnoux? Ihren Mann jedenfalls nannte er bald einen netten Kerl, bald einen Scharlatan. Frédéric wartete auf ein vertrauliches Wort.

Eines Tages entdeckte er beim Durchblättern einer seiner Mappen in dem Porträt einer Künstlerin gewisse Züge von Mademoiselle Vatnaz, und da ihn diese Person interessierte, wollte er etwas über ihre Stellung erfahren.

Sie war, so glaubte Pellerin, zunächst Lehrerin in der Provinz gewesen; jetzt gab sie Privatstunden und versuchte für kleine Blätter zu schreiben.

Ihrem Umgang mit Arnoux zufolge, konnte man sie Frédérics Meinung nach für seine Geliebte halten.

– Ach was! der hat andere!

Da wandte der junge Mann sein Gesicht ab, das bei der Gemeinheit seines Gedankens schamrot geworden war, und er setzte dreist hinzu:

– Seine Frau zahlt es ihm sicher heim?

– Ganz und gar nicht! sie ist anständig!

Frédéric hatte ein schlechtes Gewissen und zeigte sich regelmäßiger in der Redaktion.

Die großen Lettern, mit denen der Name Arnoux über dem Laden auf einer Marmortafel stand, kamen ihm ganz besonders und so bedeutungsvoll wie eine sakrale Inschrift vor. Das breite Trottoir war abschüssig und machte ihm das Gehen leicht, die Tür öffnete sich wie von selbst; und der glatte Griff lag sanft und beinahe verständnisvoll wie eine Hand in der seinen. Unmerklich wurde er ebenso pünktlich wie Regimbart.

Regimbart setzte sich Tag für Tag in seinen Sessel am Kamin, griff sich den *National,* den er nicht mehr aus der Hand gab, und verlieh seinen Gedanken durch Ausrufe oder bloßes Achselzucken Ausdruck. Von Zeit zu Zeit wischte er sich die Stirn mit seinem Taschentuch, das er zu einer Wurst gerollt zwischen zwei Knöpfen seines grünen Gehrocks auf der Brust trug. Er hatte eine Hose mit Bügelfalte an, Halbstiefel, eine lange Krawatte, und in einer Menschenmenge war er an seinem Hut mit der aufgebogenen Krempe von weitem zu erkennen.

Um acht Uhr kam er von den Höhen Montmartres herunter, um in der Rue Notre-Dame-des-Victoires seinen Weißwein zu trinken. Das Déjeuner, gefolgt von einigen Partien Billard, brachte ihn bis drei Uhr. Dann lenkte er seine Schritte zur Passage des Panoramas und nahm dort einen Absinth zu sich. Nach der Sitzung bei Arnoux ging er in das Estaminet bordelais, um einen Wermut zu trinken; statt dann zu seiner Frau zurückzukehren, zog er es häufig vor, sein Diner allein in einem kleinen Wirtshaus an der Place Gaillon einzunehmen, wo er nach »Hausmannskost, etwas Einfachem« verlangte! Schließlich begab er sich zu einer anderen Schenke und blieb dort bis Mitternacht, bis ein Uhr früh, bis zu dem Augenblick, wo das Gaslicht ausgedreht und die Läden geschlossen waren und ihn der erschöpfte Wirt inständig bat, nun zu gehen.

Und es war nicht die Liebe zu den geistigen Getränken, die den Citoyen Regimbart zu jenen Orten zog, sondern die alte Gewohnheit, dort zu politisieren; mit dem Alter war sein Eifer erlahmt; geblieben war nur noch eine mürrische Schweigsamkeit.

Bei dem Ernst seines Gesichtes hätte man meinen können, er wälze die Welt in seinem Kopfe. Aber nichts drang heraus; und niemand, selbst unter seinen Freunden keiner, wußte, was er trieb, wenn er sich auch als Geschäftsmann ausgab.

Arnoux schien ihn unendlich zu schätzen. Er sagte eines Tages zu Frédéric:

– Der kennt sich aus, glauben Sie mir! Das ist ein fähiger Mann!

Ein andermal breitete Regimbart Unterlagen von Kaolinminen in der Bretagne auf seinem Schreibtisch aus; Arnoux verließ sich auf seine Erfahrung.

Frédéric schenkte Regimbart größere Aufmerksamkeit, – er ging so weit, ihn hin und wieder zu einem Absinth einzuladen; und obwohl er ihn für dumm hielt, blieb er oft eine geschlagene Stunde mit ihm zusammen, einzig und allein, weil er Jacques Arnoux' Freund war.

Als fortschrittlicher Mann versuchte der Galerist, nachdem er zeitgenössischen Meistern zu ersten Erfolgen verholfen hatte, unter Wahrung seiner künstlerischen Ambitionen seine finanziellen Vorteile zu erweitern. Er bemühte sich um die Förderung der Künste, des Erhabenen zum günstigen Preis. Alle Pariser Luxusindustrien standen unter seinem Einfluß, der im kleinen gut und im großen tödlich war. Mit seiner Sucht, der öffentlichen Meinung zu schmeicheln, brachte er begabte Künstler von ihrem Wege ab, verdarb die Talente, nahm die Schwachen aus und machte die Mittelmäßigen berühmt; seine Beziehungen und seine Zeitschrift gaben ihm die Mittel dazu. Anfänger waren darauf aus, ihre Werke in seinem Schaufenster ausgestellt zu sehen, und Dekorateure suchten sich bei ihm ihre Vorbilder für ihre Einrichtungen, Frédéric hielt ihn für einen Millionär, Dilettanten und zugleich einen Mann der Tat. Und doch fand er vieles befremdlich, denn der Sieur Arnoux war in seinen Geschäften durchtrieben.

Ein Gemälde, das er für fünfzehnhundert Francs in

Paris gekauft hatte, erhielt er irgendwo aus Deutschland oder Italien, und unter Vorweisung einer Rechnung, die sich auf viertausend belief, verkaufte er es aus Gefälligkeit für dreitausendfünfhundert. Einer seiner üblichen Tricks mit den Malern war, eine kleine Kopie ihres Bildes als Zugabe zu verlangen, unter dem Vorwand, es dann als Stich herauszubringen; das Kleinformat wurde stets verkauft, und der Stich erschien nie. Wer sich beklagte, ausgebeutet zu werden, bekam zur Antwort einen Knuff in den Bauch. Ansonsten vortrefflich, sparte er nicht mit Zigarren, duzte Unbekannte, begeisterte sich für ein Werk oder einen Mann und war, ohne Geld und Mühe zu scheuen, immer eifriger unterwegs, schrieb immer mehr Briefe, machte immer mehr Werbung. Er hielt sich für ausgesprochen anständig, und in seinem Mitteilungsbedürfnis plauderte er in aller Einfalt seine unfeinen Gepflogenheiten aus.

Um einen Kollegen zu ärgern, der mit einem großen Fest eine andere Kunstzeitschrift einweihte, bat er einmal Frédéric kurz vorher, unter seinen Augen Billetts zu schreiben, auf denen die Gäste wieder ausgeladen wurden.

– Das ist nicht gegen die Ehre, verstehen Sie?

Und der junge Mann wagte nicht, ihm die Bitte abzuschlagen.

Als er am nächsten Tag mit Hussonnet in sein Kontor trat, sah er in der Tür (jener Tür, die sich über der Treppe öffnete) den Saum eines Kleides verschwinden.

– Bitte tausendmal um Verzeihung! sagte Hussonnet. Wenn ich geahnt hätte, daß Frauen anwesend sind…

– Oh! die, das ist die meine, entgegnete Arnoux. Sie ist gerade vorbeigekommen, um mir einen kleinen Besuch abzustatten.

– Was? sagte Frédéric.

– Aber ja! sie geht jetzt nach Hause.

Der Zauber aller Dinge im Raum schwand plötzlich dahin. Was ihm dort irgendwie in der Luft zu liegen schien, hatte sich soeben verflüchtigt, oder vielmehr nie existiert. Er empfand eine grenzenlose Bestürzung und gleichsam den Schmerz eines Verrats.

Arnoux kramte in seiner Schublade und lächelte. Machte er sich über ihn lustig? Der Ladendiener legte einen Stapel feuchter Papiere auf den Tisch.

– Ach! die Plakate! rief der Händler. Heute abend komme ich nicht so bald zum Diner!

Regimbart nahm seinen Hut.

– Wie, Sie verlassen mich?

– Sieben Uhr! sagte Regimbart.

Frédéric folgte ihm.

An der Ecke Rue Montmartre drehte er sich um; er schaute auf die Fenster im ersten Stock; und im stillen lachte er mitleidig über sich selbst, als er daran dachte, mit welcher Liebe er sie so oft betrachtet hatte! Wo wohnte sie dann? Wie sollte er sie jetzt finden? Die Einsamkeit tat sich gewaltiger um seine Sehnsucht auf denn je zuvor!

– Gehen wir hin? sagte Regimbart.

– Wohin?

– In die Kneipe.

Und Frédéric gab seinem Drängen nach und ließ sich ins Estaminet bordelais führen. Während sein Begleiter mit aufgestützten Ellbogen auf die Karaffe starrte, schaute er rings umher. Da entdeckte er auf dem Trottoir das Profil Pellerins; er klopfte heftig an die Scheibe, und der Maler hatte sich noch nicht gesetzt, als Regimbart ihn schon fragte, warum er nicht mehr ins *L'Art industriel* käme.

– Verrecken will ich, wenn ich wieder hingehe! Das ist ein Vieh, ein Bourgeois, ein Gauner!

Diese Beschimpfungen waren ein Labsal für Frédérics

Wut. Und doch war er verletzt, denn ihm schien, sie träfen auch ein wenig Madame Arnoux.

– Was hat er Ihnen denn getan? sagte Regimbart.

Pellerin stampfte mit dem Fuß auf, und statt einer Antwort atmete er schwer.

Er befaßte sich mit heimlichen Arbeiten wie Porträts in zwei verschiedenen Kreiden oder Pasticchios großer Meister für weniger bewanderte Liebhaber; und da ihn diese Arbeiten demütigten, zog er es im allgemeinen vor, darüber zu schweigen. Aber »das Dreckschwein Arnoux« erbitterte ihn zu sehr. Er machte seinem Ärger Luft.

Einem Auftrag entsprechend, dessen Zeuge Frédéric gewesen war, hatte er ihm zwei Bilder gebracht. Der Händler hatte sich Kritik erlaubt! Er hatte die Komposition getadelt, die Farbe und die Zeichnung, vor allem die Zeichnung, kurz, er hatte sie um keinen Preis nehmen wollen. Doch gezwungen durch einen fälligen Wechsel, hatte Pellerin sie dem Juden Isaac überlassen; und zwei Wochen später verkaufte sie selbiger Arnoux für zweitausend Francs an einen Spanier.

– Nicht einen Sous weniger! was für eine Gemeinheit! und er bringt noch ganz andere zustande, weiß Gott! Nicht mehr lange, und wir sehen ihn vor dem Schwurgericht.

– Da übertreiben Sie aber! sagte Frédéric schüchtern.

– Schau an! ich übertreibe, schrie der Künstler und hieb die Faust auf den Tisch.

Dieser Schlag brachte den jungen Mann wieder ins Lot. Zweifellos gab es besseres Benehmen; aber wenn doch Arnoux diese beiden Gemälde…

– Schlecht fand! sprechen Sie's nur aus! Kennen Sie die Bilder? Ist das Ihr Metier? Sie müssen wissen, mein Kleiner, Amateure ertrage ich nicht!

– Nun, das ist nicht meine Sache! sagte Frédéric.

– Mit welchem Interesse verteidigen Sie ihn dann? entgegnete Pellerin kalt.

Der junge Mann stammelte:

– Oh... weil ich sein Freund bin.

– Geben Sie ihm einen Kuß von mir! guten Abend!

Und der Maler stürmte wütend hinaus, wohlverstanden, ohne ein Wort über seine Zeche zu verlieren.

Frédéric hatte sich mit der Verteidigung Arnoux' selbst überredet. In dem Aufruhr seines Plädoyers wurde er von Zärtlichkeit ergriffen für diesen klugen und wakkeren Mann, den seine Freunde verleumdeten und der jetzt ganz allein und verlassen seine Arbeit tat. Er konnte dem seltsamen Bedürfnis, ihn auf der Stelle noch einmal aufzusuchen, nicht widerstehen. Zehn Minuten später öffnete er die Ladentür.

Arnoux arbeitete mit seinem Ladendiener an riesigen Plakaten für eine Gemäldeausstellung.

– Sieh da! was führt Sie wieder her?

Die so einfache Frage brachte Frédéric in größte Verlegenheit, und da er nicht wußte, was er antworten sollte, fragte er, ob man nicht zufällig sein Notizbuch gefunden habe, ein kleines Notizbuch aus blauem Leder.

– Das, in dem Sie Ihre Damenpost aufbewahren? sagte Arnoux.

Frédéric wurde rot wie eine Jungfrau und verbat sich eine solche Unterstellung.

– Dann also Ihre Gedichte? entgegnete der Händler.

Er wendete die ausgebreiteten Probeabzüge hin und her, besprach die Form, die Farbe, die Umrandung; und Frédéric wurde immer gereizter von seiner andächtigen Miene und vor allem von seinen Händen, die über die Plakate fuhren, – dicke, ein wenig weiche Hände, mit flachen Nägeln. Endlich erhob sich Arnoux; und mit den Worten: »Das hätten wir!« griff er ihm ungezwungen unters Kinn. Diese Vertraulichkeit war Frédéric zuwider, er wich zurück; dann schritt er über die Schwelle des Kontors, wie er glaubte zum letzten Mal in seinem Leben. Madame Arnoux selbst hatte durch die Vulgarität ihres Mannes gleichsam verloren.

In derselben Woche bekam er einen Brief, in dem Deslauriers ankündigte, daß er am nächsten Donnerstag in Paris einträfe. Überschwenglich stürzte er sich nun auf diese viel verläßlichere und edlere Freundschaft. Ein solcher Mann wog sämtliche Frauen auf. Er wäre nicht mehr auf Regimbart angewiesen, auf Pellerin, auf Hussonnet, auf niemanden mehr! Um seinen Freund besser zu beherbergen, kaufte er eine eiserne Bettstelle, einen zweiten Sessel, teilte seine Wäsche auf; und am Donnerstag war er gerade beim Ankleiden, um Deslauriers abzuholen, als es an der Türe läutete. Herein kam Arnoux.

– Nur auf ein Wort! Gestern habe ich eine schöne Forelle aus Genf bekommen; wir rechnen nachher mit Ihnen, Punkt sieben... Rue de Choiseul, 24 b. Nicht vergessen!

Frédéric mußte sich setzen. Seine Knie gaben nach. Er dachte immer wieder: »Endlich! endlich!« Dann schrieb er an seinen Schneider, an seinen Hutmacher, an seinen Schuster; und er ließ die drei Billetts von drei verschiedenen Boten überbringen. Der Schlüssel drehte sich im Schloß, und es erschien der Hausmeister mit einem Koffer auf der Schulter.

Beim Anblick Deslauriers' begann Frédéric zu zittern wie eine Ehebrecherin unter den Augen ihres Gatten.

– Was hast du denn? sagte Deslauriers, du müßtest eigentlich einen Brief von mir bekommen haben?

Frédéric hatte nicht die Kraft zu lügen.

Er breitete seine Arme aus und warf sich an seine Brust.

Dann erzählte der Schreiber seine Geschichte. Sein Vater hatte den Unterhalt nicht herausrücken wollen, da er der Meinung war, ein solcher Anspruch sei nach zehn Jahren verjährt. Doch Prozeßrecht war Deslauriers' Stärke, und so hatte er am Ende den gesamten mütterlichen Erbteil erstritten, ganze siebentausend Francs, die er nun in einer alten Börse bei sich trug.

– Ein Polster für Notfälle. Ich muß mir überlegen, wie ich es anlege, und mir gleich morgen früh eine Stellung suchen. Heute jedenfalls freie Bahn, und ganz zu deiner Verfügung, alter Junge!

– Oh! laß dich nicht stören! sagte Frédéric. Wenn du heute abend etwas Wichtiges vorhast...

– Na hör mal! Da wäre ich ja ein schöner Schuft...

Dieses beiläufig hingeworfene Attribut traf Frédéric mitten ins Herz, wie eine beleidigende Anspielung.

Der Hausmeister hatte auf einem kleinen Tisch am Kamin Koteletts, Pastete, eine Languste, ein Dessert und zwei Flaschen Bordeaux aufgebaut. Ein solcher Empfang rührte Deslauriers.

– Du bewirtest mich wie einen König, wahrhaftig!

Sie plauderten über ihre Vergangenheit, über die Zukunft, und von Zeit zu Zeit reichten sie sich über den Tisch hinweg die Hände und schauten sich für einen Augenblick bewegt an. Doch nun brachte ein Bote einen neuen Hut. Deslauriers machte eine laute Bemerkung über das glänzende Futter.

Dann erschien der Schneider höchstpersönlich mit dem Frack, den er frisch gebügelt hatte.

– Man möchte meinen, du wolltest heiraten, sagte Deslauriers.

Eine Stunde darauf kam eine dritte Person herein und zog aus einem großen schwarzen Sack ein Paar prächtige Lederstiefel. Während Frédéric sie anprobierte, warf der Schuhmacher abschätzige Blicke auf das Schuhwerk des Provinzlers.

– Monsieur brauchen weiter nichts?

– Danke, entgegnete der Schreiber und zog seine alten Schnürstiefel unter den Stuhl zurück.

Diese Demütigung war Frédéric peinlich. Er schob sein Geständnis auf. Schließlich rief er, als wäre es ihm gerade eingefallen:

– Ach! verdammt, das habe ich ja ganz vergessen!

– Was denn?

– Heute abend esse ich in der Stadt!

– Bei den Dambreuses? Warum erzählst du mir in deinen Briefen nie etwas darüber?

Es war nicht bei den Dambreuses, sondern bei den Arnouxs.

– Du hättest mir Bescheid geben können! sagte Deslauriers. Dann wäre ich einen Tag später gekommen.

– Unmöglich! entgegnete Frédéric schroff. Die Einladung ist erst heute morgen gekommen, gerade eben.

Und um seine Schuld wiedergutzumachen und den Freund abzulenken, löste er die Schnüre, die um sein Gepäck gezurrt waren, legte all seine Sachen in die Kommode, wollte ihm sein eigenes Bett geben und in der Feuerholzkammer schlafen. Von vier Uhr an begann er dann mit den Vorbereitungen für seine Abendtoilette.

– Du hast doch noch Zeit! sagte der andere.

Schließlich kleidete er sich an und ging.

»Das sind die Reichen!« dachte Deslauriers.

Und er ging zum Essen in die Rue Saint-Jacques zu einem Wirt, den er kannte.

Frédéric blieb mehrmals auf der Treppe stehen, so klopfte ihm das Herz. Einer seiner zu eng geschnittenen Handschuhe platzte auf; und während er den Riß unter die Manschette steckte, packte ihn Arnoux, der hinter ihm die Treppe hinaufkam, am Arm und schob ihn hinein.

Das Vorzimmer, à la chinoise eingerichtet, hatte an der Decke eine bemalte Laterne und Bambusmöbel in den Ecken. Als er den Salon durchquerte, stolperte Frédéric über ein Tigerfell. Die großen Leuchter hatte man noch nicht angezündet, doch hinten im Boudoir brannten zwei Lampen.

Mademoiselle Marthe kam und sagte, die Mama kleide sich an. Arnoux hob sie hoch, um sie zu küssen; dann ließ er Frédéric mit dem Kind allein, da er selbst bestimmte Weine im Keller aussuchen wollte.

Sie war seit der Reise nach Montereau sehr gewachsen. Ihr braunes Haar fiel in langen Locken über die nackten Arme. Das Kleid, bauschiger als das einer Tänzerin, zeigte ihre rosigen Waden, und die ganze liebliche Gestalt duftete frisch wie ein Blumenstrauß. Kokett nahm sie Monsieurs Komplimente entgegen, sah ihn mit ihren großen Augen unverwandt an, schlüpfte dann zwischen den Möbeln hindurch und verschwand wie eine Katze.

Er spürte nicht mehr die geringste Unruhe. Die Lampenschirme, bedeckt mit Spitze aus Papier, verbreiteten einen milchigen Schein, der die mit malvenfarbenem Satin bezogenen Wände in ein sanftes Licht tauchte. Durch die Stäbe des Kamingitters, das einem großen Fächer glich, sah man die Glut; neben der Uhr stand ein Kästchen mit silbernen Schlössern. Da und dort lagen persönliche Dinge: eine Puppe mitten auf dem Sofa, ein Tuch über einer Stuhllehne und auf dem Nähtisch ein Strickzeug, aus dem, mit der Spitze nach unten, zwei Elfenbeinnadeln hingen. Es war ein friedlicher Ort, geordnet und vertraulich zugleich.

Arnoux kam wieder herein; und durch die andere Portiere erschien Madame Arnoux. Sie stand noch im Dunkeln, und so konnte er zuerst nur ihren Kopf erkennen. Sie trug ein schwarzes Samtkleid und im Haar ein langes algerisches Netz aus roter Seide, das, in einen Kamm gewunden, auf die linke Schulter fiel.

Arnoux stellte Frédéric vor.

– Oh! ich kenne Monsieur doch, antwortete sie.

Darauf trafen alle Gäste beinahe gleichzeitig ein: Dittmer, Lovarias, Burrieu, der Komponist Rosenwald, der Dichter Théophile Lorris, zwei Kunstkritiker, Kollegen von Hussonnet, ein Papierfabrikant und schließlich der berühmte Pierre-Paul Meinsius, der letzte Vertreter der großen Malkunst, der vergnügt seinen Ruhm, seine achtzig Jahre und seinen dicken Bauch vor sich her trug.

Als man ins Speisezimmer hinüberging, nahm Madame Arnoux seinen Arm. Ein Stuhl war für Pellerin frei geblieben. Arnoux liebte ihn, wenn er ihn auch ausbeutete. Außerdem fürchtete er seine scharfe Zunge – und so hatte er, um ihn zu besänftigen, sein Porträt im *L'Art industriel* veröffentlicht, begleitet von großen Elogen; und Pellerin, für Ruhm empfänglicher als für Geld, erschien ganz außer Atem gegen acht Uhr. Frédéric meinte, daß sie sich schon lange versöhnt hatten.

Die Gesellschaft, die Speisen, alles gefiel ihm. Das Zimmer war wie ein mittelalterliches Refektorium mit gehämmertem Leder ausgeschlagen; vor einem Gestell mit türkischen Pfeifen stand eine holländische Étagère; und um den Tisch bildeten böhmische Gläser in verschiedenen Farben zwischen Blumen und Früchten so etwas wie eine Gartenillumination.

Er konnte zwischen zehn Sorten Senf wählen. Er aß Gazpacho, Curry, Ingwer, Amseln aus Korsika, römische Lasagne; er trank erlesene Weine, Liebfrauenmilch und Tokaier. Offensichtlich setzte Arnoux seinen ganzen Stolz darein, seine Gäste zu verwöhnen. Für Delikatessen hofierte er sämtliche Postkutscher und stand auf bestem Fuße mit Köchen großer Häuser, die ihm Saucen verrieten.

Doch vor allem freute sich Frédéric an der Unterhaltung. Seiner Reiselust schmeichelte Dittmer, der vom Orient erzählte; seine Neugier für alles, was mit dem Theater zusammenhing, befriedigte er, indem er Rosenwald über die Oper plaudern hörte; und das harte Leben der Bohème erschien ihm lustig durch die Heiterkeit Hussonnets, der anschaulich erzählte, wie er einen ganzen Winter mit Holländerkäse als einziger Nahrung überstanden hatte. Schließlich brachte ihn eine Diskussion zwischen Lovarias und Burrieu über die Florentiner Schule auf die Spur von Meisterwerken, eröffnete ihm Horizonte, und er konnte seine Begeisterung kaum zurückhalten, als Pellerin plötzlich ausrief:

– Laßt mich bloß in Frieden mit eurer gräßlichen Realität! Was heißt das schon, die Realität? Die einen sehen schwarz, die anderen blau, die Mehrheit sieht ohne Verstand. Nichts weniger natürlich als Michelangelo, nichts gewaltiger! Das Bemühen um Wirklichkeitstreue zeigt, wie tief wir heute gesunken sind; und wenn wir so weitermachen, wird die Kunst zu irgendeinem Schmarren, in ihrer Poesie unter der Religion und von geringerem Nutzen als die Politik. Ihr Ziel werdet ihr mit euren erbärmlichen Werken trotz aller Finessen bei der Ausführung nicht erreichen, – ja, ihr Ziel! – nämlich uns in einen universalen Höhenflug zu versetzen. Nehmen wir zum Beispiel die Bilder von Gassolier: das ist hübsch, reizend, schmuck, und wiegt nicht schwer! das kann man in die Tasche stecken und mit auf Reisen nehmen! So etwas kaufen Notare für zwanzigtausend Francs, drin stecken Ideen für drei Sous; doch ohne Idee gibt es nichts Großes! ohne Größe nichts Schönes! Der Olymp ist ein Gebirge! Das kühnste Bauwerk werden für immer die Pyramiden bleiben. Besser Überschwang als Geschmack, besser eine Wüste als ein Trottoir, und lieber ein Wilder als ein Frisör!

Frédéric blickte auf Madame Arnoux, während er diesen Dingen lauschte. Sie fielen in seine Seele wie Metalle in einen Schmelzofen, verbanden sich mit seiner Leidenschaft und wurden zu Liebe.

Er saß drei Plätze weiter unten am Tisch als sie, auf derselben Seite. Ab und zu beugte sie sich ein wenig vor und wandte den Kopf, um ein paar Worte an ihre kleine Tochter zu richten; und wenn sie lächelte, bildete sich ein Grübchen in ihrer Wange, was ihrem Antlitz den Ausdruck einer noch feineren Güte verlieh.

Als die Liköre gereicht wurden, verschwand sie. Die Unterhaltung wurde sehr freizügig; Monsieur Arnoux tat sich besonders hervor, und Frédéric war erstaunt über den Zynismus dieser Männer. Doch ihr Thema, die Frau, schuf so etwas wie eine Gleichheit zwischen ihnen und ihm, die sein Selbstvertrauen hob.

Zurück im Salon, nahm er aus Verlegenheit eines der Alben zur Hand, die auf dem Tisch lagen. Bedeutende zeitgenössische Künstler hatten es mit Zeichnungen illustriert, hatten Prosa und Verse hineingeschrieben oder einfach ihre Unterschrift; zwischen berühmten Namen standen die von vielen Unbekannten, und lesenswerte Gedanken erschienen in einer Flut von Dummheiten. Alle enthielten eine mehr oder weniger direkte Huldigung Madame Arnoux'. Frédéric hätte sich nicht getraut, eine Zeile hinzuzusetzen.

Sie holte das Kästchen mit den silbernen Schlössern, das er auf dem Kamin gesehen hatte, aus ihrem Boudoir. Es war ein Geschenk ihres Mannes, eine Renaissancearbeit. Arnoux' Freunde beglückwünschten ihn dazu, seine Frau dankte ihm; er war gerührt und gab ihr vor aller Augen einen Kuß.

Dann standen alle hier und da in Gruppen zusammen und plauderten; der gute Meinsius saß bei Madame Arnoux in einem Lehnstuhl am Kamin; sie beugte sich zu seinem Ohr, ihre Köpfe berührten sich; – und Frédéric wäre gerne taub, siech und häßlich gewesen für einen berühmten Namen und weißes Haar, für irgend etwas, das ihm das Recht zu einer solchen Intimität verschaffte. Er zermarterte sich, voller Wut auf seine Jugend.

Doch sie kam in den Winkel des Salons, in dem er sich aufhielt, fragte ihn, ob er jemanden von den Gästen kenne, ob er die Malerei liebe, seit wann er in Paris studiere. Jedes Wort, das aus ihrem Munde kam, schien Frédéric etwas Neues zu sein, das ausschließlich von ihr stammen konnte. Er starrte auf die Fransen ihres Kopfschmucks, deren Enden sanft über ihre nackten Schultern strichen, und er konnte seine Augen nicht abwenden. Er senkte seine Seele in das Weiß dieses weiblichen Fleisches; und doch wagte er nicht die Lider zu heben, um weiter nach oben zu sehen, in ihr Gesicht.

Rosenwald unterbrach sie und bat Madame Arnoux, etwas zu singen. Er fing an zu spielen, sie wartete; ihre Lippen öffneten sich leicht, und ein reiner, langer, schmelzender Ton stieg in die Luft.

Frédéric verstand nichts von den italienischen Worten.

Es begann mit einem getragenen Rhythmus, wie ein Kirchenlied, dann steigerte es sich in immer häufigerem, vollem Aufjubeln zum Crescendo und verstummte, und zärtlich, breit und träge schwingend setzte die Melodie wieder ein.

Sie stand am Klavier, mit herabhängenden Armen und abwesendem Blick. Manchmal kniff sie die Augen zusammen und streckte einen Moment den Kopf vor, um die Noten zu lesen. Ihr dunkler Alt bekam in den tiefen Lagen ein unheimliches Timbre, das einen erstarren ließ, und dann neigte sich ihr schönes Haupt mit den geschwungenen Brauen zur Schulter; die Brust hob sich, die Arme breiteten sich aus, ihr Hals, dem Koloraturen entströmten, bog sich weich zurück wie unter unsichtbaren Küssen; sie schmetterte drei hohe Töne, ging wieder in die Tiefe, stieß einen noch höheren hervor und endete nach einer Pause in einer Fermate.

Rosenwald blieb am Klavier sitzen. Er spielte weiter, ganz für sich. Ab und an verschwand einer der Gäste. Um elf Uhr, als die letzten gingen, verließ Arnoux zusammen mit Pellerin das Haus, angeblich, um ihn zurückzubegleiten. Er gehörte zu den Leuten, die behaupten, sie würden krank, wenn sie nicht nach dem Diner noch *ihre Runde gemacht* hätten.

Madame Arnoux war mit ihm bis ins Vorzimmer gekommen, Dittmer und Hussonnet verabschiedeten sich von ihr, sie reichte ihnen die Hand; sie reichte sie auch Frédéric, und die Berührung drang ihm durch alle Poren.

Er ließ die Freunde stehen; er mußte allein sein. Das Herz ging ihm über. Warum diese dargebotene Hand? War das eine gedankenlose Geste oder eine Aufforderung? »Ach was! ich bin verrückt!« Was bedeutete das schon, da er ja nun ganz nach Belieben bei ihr ein- und ausgehen, in ihrer Sphäre leben konnte.

Die Straßen waren verlassen. Manchmal rumpelte ein schwerer Karren vorüber und ließ das Pflaster erzittern. Die Häuser folgten mit ihren grauen Fassaden, ihren geschlossenen Fenstern eines auf das andere, und er dachte verächtlich an all die schlafenden Menschen hinter diesen Mauern, die dahinlebten, ohne sie zu sehen, ja von denen nicht einer ahnte, daß es sie überhaupt gab! Er nahm nichts mehr wahr von der Umgebung, vom Weg, seine Absätze hallten auf dem Pflaster, er schlug mit dem Spazierstock auf die Läden der Geschäfte und lief immer weiter, aufs Geratewohl, ganz von Sinnen, wie gezogen. Um ihn legte sich ein feuchter Hauch; er fand sich am Rande der Ufermauern wieder.

Die Laternen leuchteten in zwei geraden endlosen Reihen, und lange rote Flammen zitterten in der Tiefe des Wassers. Es war schiefergrau, während der Himmel, ein wenig heller, getragen schien von den großen, massigen Schatten, die sich zu beiden Seiten des Flusses erhoben.

Gebäude, die nicht zu erkennen waren, machten die Finsternis noch schwärzer. Jenseits, über den Dächern, schwebte ein leuchtender Nebel; alle Geräusche verschmolzen zu einem einzigen Brausen; es wehte ein leichter Wind.

Er war mitten auf dem Pont-Neuf stehengeblieben, und barhaupt, mit offenem Hemd, atmete er in tiefen Zügen die frische Luft. Und doch fühlte er aus dem Innersten etwas Unerschöpfliches aufsteigen, einen Schwall von Zärtlichkeit, der ihn schwächte, wie das Schwanken der Wellen vor seinen Augen. Von einem Kirchturm schlug es eins, gedehnt, als riefe ihn eine Stimme.

Da erbebte seine Seele in einer jener Erschütterungen, bei denen man meint, in eine höhere Welt versetzt zu werden. Eine außergewöhnliche Kraft, deren Zweck er nicht kannte, war über ihn gekommen. Er fragte sich ernsthaft, ob er ein großer Maler oder ein großer Dichter würde; und er entschied sich für die Malerei, denn die Erfordernisse dieses Faches würden ihn Madame Arnoux näherbringen. Er hatte also seine Berufung gefunden! Sein Lebensziel lag nun klar vor ihm, und die Zukunft stand fest.

Als er seine Tür hinter sich geschlossen hatte, hörte er jemanden in der dunklen Kammer neben dem Zimmer schnarchen. Es war der andere. Er dachte nicht weiter darüber nach.

Im Spiegel blickte ihm sein Gesicht entgegen. Er fand sich schön; und blieb eine Minute stehen, um sich zu betrachten.

V

Am nächsten Tag, noch vor zwölf Uhr mittags, hatte er sich einen Farbkasten, Pinsel und eine Staffelei gekauft. Pellerin war bereit, ihm Stunden zu geben, und Frédéric nahm ihn mit in seine Wohnung, damit er prüfen konnte, ob an seinem Malgerät nichts fehle.

Deslauriers war zu Hause. Den zweiten Sessel besetzte eine junger Mann. Der Schreiber wies auf ihn und sagte:

– Das ist er! das ist Sénécal!

Der Kerl gefiel Frédéric nicht. Durch seinen Bürstenschnitt erschien seine Stirn noch höher. Aus den grauen Augen stach etwas Hartes, Kaltes; und sein langer schwarzer Gehrock, seine ganze Aufmachung verriet den Pädagogen und Prediger.

Zunächst sprach man über die Ereignisse des Tages, unter anderem über das *Stabat* von Rossini; Sénécal, nach seiner Meinung befragt, erklärte, er gehe nie ins Theater. Pellerin öffnete den Farbkasten.

– Ist das alles für dich? sagte der Schreiber.

– Ja, sicher!

– Nanu! was für eine Idee!

Und er beugte sich über den Tisch, wo der Repetitor für Mathematik in einem Buch von Louis Blanc blätterte. Er hatte es selber mitgebracht und las leise einzelne Absätze daraus vor, während Pellerin und Frédéric gemeinsam die Palette, den Spachtel, die Tuben prüften und sich schließlich über das Diner bei Arnoux unterhielten.

– Der Kunsthändler? fragte Sénécal. Ein sauberer Herr, wahrhaftig!

– Warum denn? sagte Pellerin.

Sénécal entgegnete:

– Ein Mann, der aus politischen Schweinereien Kapital schlägt.

Und er begann über eine berühmte Lithographie zu sprechen, die die gesamte königliche Familie mit erbaulichen Dingen beschäftigt darstellte: Louis-Philippe hielt ein Gesetzbuch in der Hand, die Königin ein Gebetbuch, die Prinzessinnen stickten, der Duc de Nemours schnallte sich den Säbel um; Monsieur de Jonville zeigte seinen jüngeren Brüdern eine Landkarte; im Hintergrund sah man ein Ehebett. Dieses Bild mit dem Titel *Eine gute Familie* war das Entzücken der Bourgeois, den Patrioten jedoch ein Dorn im Auge. Pellerin, beleidigt, als sei es von seiner Hand, entgegnete, eine Meinung sei ebenso berechtigt wie die andere; Sénécal protestierte. Das Ziel der Kunst dürfe ausschließlich die sittliche Förderung der Volksmassen sein! Sie dürfe nur Themen behandeln, die zu tugendhaften Taten anregten; alle anderen seien von Übel.

– Das kommt doch ganz auf die Ausführung an! rief Pellerin. Ich kann Meisterwerke erschaffen!

– Um so schlimmer für Sie! man hat nicht das Recht …

– Wie meinen?

– Nein, Monsieur, Sie haben nicht das Recht, mich für etwas einzunehmen, das ich verurteile. Was brauchen wir aufwendig gemachte Bagatellen, die nicht von geringstem Nutzen sind, diese Darstellungen der Venus, zum Beispiel, samt all euren Landschaften. Ich kann darin nichts Lehrreiches für das Volk erkennen! Zeigt uns vielmehr seine Nöte! begeistert uns für seine Opfer! Ach! mein Gott! es gibt doch genügend Themen: der Bauernhof, die Werkstatt …

Pellerin, vor Empörung nach Worten ringend, glaubte, ein Argument gefunden zu haben:

– Und Molière, erkennen Sie Molière an?

– Meinetwegen! sagte Sénécal. Ich bewundere ihn als Wegbereiter der französischen Revolution.

– Ach! die Revolution! Was für eine Kunst! Nie gab es eine jämmerlichere Epoche!

– Und keine größere, Monsieur!

Pellerin verschränkte die Arme und sah ihm ins Gesicht:

– Sie sind mir ein prächtiger Nationalgardist.

Sein Gegner, Diskussionen gewöhnt, antwortete.

– *Dazu* gehöre ich nicht! und ich verabscheue die Nationalgarde ebenso wie Sie! Aber mit derartigen Grundsätzen verdirbt man das Volk! Nebenbei setzt die Regierung ganz auf diese Karte! und ohne die Unterstützung eines Haufens von Schelmen wie diesem wäre sie nicht so mächtig.

Der Maler ergriff die Verteidigung des Kunsthändlers, denn Sénécals Meinungen empörten ihn. Er wagte sogar die Behauptung, Jacques Arnoux habe wahrhaft ein goldenes Herz, sei ein treuer Freund und ein liebevoller Ehemann.

– Oh! oh! wenn man ihm eine ordentliche Summe böte, ließe er seine Frau auch Modell stehen.

Frédéric wurde blaß.

– Hat er Ihnen denn so übel mitgespielt, Monsieur?

– Mir? nein! Ich habe ihn nur einmal mit einem Freund im Café getroffen. Das ist alles.

Sénécal sprach die Wahrheit. Doch die Reklametafeln des *L'Art industriel* waren ihm ein tägliches Ärgernis. Für ihn war Arnoux der Vertreter einer Welt, die er als unheilvoll für die Demokratie ansah. Als nüchterner Republikaner sah er Verderben in jeder Art von Eleganz, war des übrigen vollkommen anspruchslos und von unbeugsamer Redlichkeit.

Die Unterhaltung kam mühsam wieder in Gang. Bald

fiel dem Maler seine Verabredung ein, dem Repetitor seine Schüler; und als sie gegangen waren, hatte Deslauriers nach einem langen Schweigen verschiedene Fragen zu Arnoux.

– Du stellst mich ihm doch später einmal vor, nicht wahr, alter Junge?

– Sicher, sagte Frédéric.

Dann sprachen sie darüber, wie sie sich einrichten sollten. Deslauriers hatte ohne Mühe einen Platz als zweiter Schreiber bei einem Advokaten bekommen, hatte sich an der juristischen Fakultät eingeschrieben, die nötigen Bücher gekauft, – und das Leben, das sie so erträumt hatten, begann.

Dank ihrer strahlenden Jugend war es köstlich. Deslauriers hatte kein Wort über die Regelung der Finanzen verlauten lassen, und so machte Frédéric darüber keine Worte. Er bestritt sämtliche Ausgaben, räumte den Schrank auf, sorgte für den Haushalt; doch wenn dem Hausmeister die Meinung gesagt werden mußte, übernahm das der Schreiber und spielte wie im Gymnasium weiter die Rolle des Beschützers und des Älteren.

Den ganzen Tag über getrennt, kamen sie abends wieder zusammen. Jeder nahm seinen Platz am Kamin ein und machte sich an die Arbeit. Sie wurde bald unterbrochen. Dann gab es endlose vertrauliche Mitteilungen, grundlose Heiterkeitsausbrüche und manchmal Streit um die blakende Lampe oder ein nicht auffindbares Buch, kurze Wutanfälle, die sich in Lachen auflösten.

Die Tür zur Feuerholzkammer blieb offen, und sie schwatzten von Bett zu Bett.

Morgens spazierten sie in Hemdsärmeln über die Terrasse; die Sonne ging auf, leichte Nebel zogen über den Fluß, vom Blumenmarkt nebenan hörte man Gezeter; – und der Rauch aus ihren Pfeifen kräuselte sich in der klaren Luft, die ihre noch geschwollenen Augen erfrischte;

sie sogen sie in tiefen Zügen ein und waren voll grenzenloser Hoffnung.

Wenn es nicht regnete, gingen sie sonntags gemeinsam aus; Arm in Arm streiften sie durch die Straßen.

Fast immer kamen ihnen die gleichen Gedanken, oder aber sie waren so ins Gespräch vertieft, daß sie nichts um sich wahrnahmen. Deslauriers strebte nach Reichtum, als ein Mittel zur Macht über die Menschen. Am liebsten hätte er die Menge in Bewegung gebracht, Aufsehen erregt, drei Sekretäre zur Verfügung gehabt und einmal die Woche ein großes politisches Diner gegeben. Frédéric richtete sich einen Palast im maurischen Stil ein, um sein Leben beim Murmeln eines Springbrunnens, bedient von Negersklaven auf einem Diwan aus Kaschmir, zu verbringen; – und diese erträumten Dinge nahmen schließlich so deutliche Formen an, daß sie ihn zur Verzweiflung brachten, als hätte er sie verloren.

– Wozu über all das reden, sagte er, da wir es doch nie besitzen werden!

– Wer weiß? erwiderte Deslauriers.

Seinen demokratischen Meinungen zum Trotz riet er ihm, sich im Hause Dambreuse einzuführen. Der andere gab seine vergeblichen Versuche zu bedenken.

– Ach was! geh wieder hin! Die laden dich schon ein!

Mitte März bekamen sie außer ziemlich hohen Rechnungen auch die des Wirtes, der ihnen das Essen brachte. Frédéric hatte nicht genug Geld und lieh sich einen Hunderter von Deslauriers; vierzehn Tage später bat er ihn noch einmal um dasselbe, und der Schreiber schalt ihn wegen der hohen Ausgaben, zu denen er sich bei Arnoux hinreißen ließ.

Tatsächlich konnte er sich nicht mäßigen. Eine Ansicht von Venedig, eine Ansicht von Neapel und eine von Konstantinopel prangten mitten auf den drei Wänden, hier und da Reiterbilder von Alfred de Dreux, auf dem Kamin eine Gruppe von Pradier, auf dem Klavier verschiedene Nummern des *L'Art industriel* und Kartons in den Ecken auf dem Boden füllten das Zimmer derart, daß man kaum ein Buch ablegen, sich kaum rühren konnte. Frédéric erklärte, er brauche das alles für seine Malstudien.

Er arbeitete bei Pellerin. Doch Pellerin war oft unterwegs, – da er auf allen Beerdigungen, bei allen Ereignissen, über die in den Zeitungen berichtet wurde, zugegen zu sein pflegte; – und Frédéric war stundenlang im Atelier allein.

Die Stille dieses großen Raumes, in dem nichts zu hören war außer dem Rascheln der Mäuse, das Licht, das von der Decke fiel, ja selbst das Knistern im Ofen, alles ließ ihn sogleich in einer Art geistigem Wohlgefühl versinken. Dann wanderte sein Blick von seiner Arbeit zu den abgebröckelten Stellen an den Wänden, schweifte über die verschiedenen Dinge auf dem Regal, glitt an den Gipsbüsten entlang, auf denen, gleich zerfetztem Samt, dicker Staub lag; und wie ein Wanderer, der sich im Walde verirrt hat und den alle Wege immer zurück an dieselbe Stelle führen, endeten alle Gedanken unweigerlich bei Madame Arnoux.

Er setzte sich bestimmte Tage, an denen er sie besuchen wollte; in der zweiten Etage vor ihrer Türe angelangt, zögerte er zu klingeln. Schritte näherten sich; es wurde geöffnet, und die Worte: »Madame ist ausgegangen« waren eine Erleichterung, als sei ihm ein Stein vom Herzen gefallen.

Und doch traf er sie zuweilen an. Das erste Mal waren drei Damen bei ihr; an einem anderen Nachmittag erschien plötzlich Mademoiselle Marthes Hauslehrer. Im übrigen machten die Männer, die Madame Arnoux einzuladen pflegte, ihr keine Besuche. Aus Anstand ging er nicht wieder hin.

Doch er ließ keine Gelegenheit aus, sich regelmäßig

jeden Mittwoch im *L'Art industriel* zu zeigen, damit man ihn zu den Donnerstagsdiners einlud; und während er so tat, als betrachte er eine Zeitung, blieb er länger als alle anderen, länger als Regimbart, bis zur letzten Minute. Endlich fragte Arnoux.

– Sind Sie morgen abend frei? Er sagte zu, noch bevor der Satz zu Ende gesprochen war. Arnoux schien ihn liebzugewinnen. Er lehrte ihn die Kunst, Weine zu erkennen, Punsch zu brauen, Schnepfenragout zu bereiten. Frédéric nahm seine Ratschläge folgsam an, – denn er liebte alles, was mit Madame Arnoux zusammenhing, ihre Möbel, ihre Dienstboten, ihr Haus, ihre Straße.

Während dieser Diners sagte er kaum ein Wort; er betrachtete sie. Rechts an der Schläfe hatte sie einen kleinen Schönheitsfleck, das gescheitelte Haar war an den Seiten schwärzer und am Rande stets so, als sei es feucht; ab und an strich sie nur mit zwei Fingern leicht darüber. Er kannte die Form eines jeden ihrer Nägel, mit Genuß lauschte er dem Rascheln ihres Seidenkleides, wenn sie durch die Türen schritt, heimlich sog er tief den Duft ihres Taschentuches ein; ihr Kamm, ihre Handschuhe, ihre Ringe waren für ihn besondere Dinge, bedeutend wie Kunstwerke, beinahe beseelt wie Menschen; alles nahm ihn ein und erhöhte seine leidenschaftliche Liebe.

Er hatte nicht die Kraft gehabt, sie vor Deslauriers zu verbergen. Wenn er von Madame Arnoux kam, weckte er ihn wie aus Versehen, um über sie sprechen zu können.

Deslauriers, der in der Holzkammer neben der Wasserleitung schlief, gähnte laut. Frédéric setzte sich ans Fußende seines Bettes. Zuerst erzählte er von dem Diner, dann berichtete er tausend bedeutungslose Einzelheiten, in denen er Zeichen von Mißachtung oder Zuneigung sah. Einmal zum Beispiel hatte sie seinen Arm zurückgewiesen und den von Dittmer genommen, und Frédéric war verzweifelt.

– Ach! dummes Zeug!

Oder sie hatte ihn ihren »Freund« genannt.

– Na dann los!

– Aber ich trau mich nicht, sagte Frédéric.

– Dann vergiß es! Gute Nacht.

Deslauriers drehte sich zur Wand und schlief ein. Er begriff nichts von dieser Liebe, die er für eine letzte jugendliche Schwäche hielt; und da ihm das Leben zu zweit offenbar nicht mehr genügte, verfiel er darauf, einmal in der Woche ihre gemeinsamen Freunde einzuladen.

Sie kamen Samstag gegen neun. Die drei algerischen Vorhänge waren sorgfältig zugezogen; die Lampe und vier Kerzen brannten; mitten auf dem Tisch stand, mit Pfeifen wohlgefüllt, der Tabakstopf bereit zwischen Bierflaschen, der Teekanne, einem Flakon mit Rum und feinem Gebäck. Man erörterte die Unsterblichkeit der Seele, man verglich die Professoren.

Hussonnet brachte eines Abends einen hochgewachsenen jungen Mann in einem Rock mit zu kurzen Ärmeln mit, der äußerst verlegen war. Es war der Bursche, den sie im letzten Jahr aus der Wache befreien wollten.

Er hatte seinem Vorgesetzten die in dem Aufruhr verlorengegangene Schachtel mit den Spitzen nicht wiedergeben können, und so hatte ihn dieser des Diebstahls bezichtigt und mit dem Gericht gedroht; jetzt war er bei einem Fuhrunternehmer angestellt. Hussonnet hatte ihn am Morgen an einer Straßenecke getroffen, und er brachte ihn mit, weil Dussardier aus Dankbarkeit »den anderen« sehen wollte.

Er streckte Frédéric das immer noch volle Zigarrenetui entgegen, das er, in der Hoffnung, es zurückgeben zu können, gewissenhaft aufbewahrt hatte. Die jungen Leute luden ihn ein wiederzukommen. Er ließ nicht auf sich warten.

Alle waren sich gewogen. Da war zunächst ihr Haß auf

die Regierung, der die Dimension eines unumstößlichen Dogmas besaß. Nur Martinon versuchte Louis-Philippe zu verteidigen. Unter Berufung auf sämtliche Schlagzeilen redete man ihn nieder: die Befestigung von Paris, die Septembergesetze, Pritchard, Lord Guizot, – bis Martinon, aus Angst, jemanden zu kränken, verstummte. In sieben Jahren am Gymnasium hatte er keine einzige Strafarbeit machen müssen, und an der juristischen Fakultät wußte er den Professoren zu gefallen. Gewöhnlich trug er einen weiten beigefarbenen Gehrock und Überschuhe aus Gummi; doch eines Abends erschien er wie ein Bräutigam: Samtweste mit Schalkragen, weiße Krawatte, Goldkette.

Das Staunen wurde noch größer, als man erfuhr, daß er von Monsieur Dambreuse kam. Tatsächlich hatte der Bankier Dambreuse soeben eine beträchtliche Partie Holz von Martinons Vater gekauft; der gute Mann hatte ihm seinen Sohn vorgestellt, und er hatte beide zum Diner eingeladen.

– Gab es viele Trüffel? fragte Deslauriers; und hast du zwischen Tür und Angel seine Frau um die Taille gefaßt, *sicut decet?*

Nun kam das Gespräch auf Frauen. Pellerin wollte nicht gelten lassen, daß es schöne Frauen gab (er zog die Tiger vor); im übrigen war das Weibchen beim Menschen seinem ästhetischen Rang nach eine niedere Kreatur:

– Was euch verführt, ist gerade das, was sie als Bild herabsetzt, ich meine die Brüste, das Haar...

– Aber langes schwarzes Haar, wandte Frédéric ein, mit großen schwarzen Augen...

– Oh! das kennen wir! rief Hussonnet. Schluß mit den Andalusierinnen! Alte Kamellen? ich danke! Aber Spaß beiseite! ein Flittchen bringt einen mehr in Laune als die Venus von Milo! Wir sind doch Gallier, Herrgott noch mal! und flott, wenn es sein muß, wie damals in der Regence!

Coulez, bons vins; femmes, daignez sourire!

Nach der Dunklen die Blonde! – Meint Ihr nicht auch, Vater Dussardier?

Dussardier gab keine Antwort. Alle bedrängten ihn, um zu erfahren, wie er es damit hielt.

– Nun ja, bemerkte er errötend, ich würde am liebsten immer dieselbe lieben!

Dies wurde auf eine Weise gesprochen, daß es für einen Augenblick still war, die einen stumm vor Staunen über solche Unschuld, während die anderen vielleicht ihren geheimen Herzenswunsch darin entdeckten.

Sénécal stellte seinen Schoppen Bier auf die Fensterbank und erklärte entschieden, da die Prostitution Tyrannei und die Ehe unsittlich sei, übe man am besten Enthaltsamkeit. Für Deslauriers waren die Frauen Zerstreuung, nicht mehr. Monsieur de Cisy hegte bei ihnen alle möglichen Befürchtungen.

Unter der Obhut einer devoten Großmutter erzogen, war die Gesellschaft dieser jungen Leute für ihn verlockend wie ein verrufenes Haus und lehrreich wie die Sorbonne. Man sparte nicht mit Lektionen; und er zeigte großen Eifer, wollte sogar rauchen, trotz der Übelkeit, die ihn dann regelmäßig quälte. Frédéric war sehr um ihn bemüht. Er bewunderte seine fein abgestimmten Krawatten, den Pelz an seinem Mantel und vor allem seine Stiefel, die am Fuße saßen wie Handschuhe, und so weich waren und so eng geschnitten, daß sie nahezu unverschämt wirkten; unten auf der Straße wartete seine Kutsche.

Eines Abends, als er eben gegangen war und es schneite, begann Sénécal seinen Kutscher zu bemitleiden. Dann wetterte er gegen die Leute mit gelben Handschuhen, gegen den Jockey-Club. Ein Arbeiter bedeutete ihm mehr als diese Herren.

– Ich für meinen Teil arbeite zumindest! ich bin arm!

– Das sieht man, sagte Frédéric gereizt.

Diese Bemerkung konnte ihm der Repetitor nicht verzeihen. Doch da Regimbart erzählt hatte, daß er Sénécal ein wenig kannte, wollte Frédéric dem Freund von Arnoux eine Höflichkeit erweisen und bat ihn, zu den Samstagabenden zu kommen, und es war eine erfreuliche Begegnung für die beiden Patrioten. Ihre Meinungen gingen indessen auseinander.

Für Sénécal – der einen Spitzschädel hatte – gab es nur die verschiedenen Gesellschaftssysteme. Regimbart dagegen sah in den Tatsachen nur Tatsachen. Ihn beunruhigte hauptsächlich die Rheingrenze. Er kannte sich angeblich mit der Artillerie aus und ließ sich vom Schneider der École polytechnique einkleiden.

Am ersten Abend zuckte er verächtlich mit den Achseln, als man ihm Gebäck anbot, und erklärte, das sei etwas für Frauen, und bei den folgenden Malen war er nicht viel liebenswürdiger.

Sobald die Gedankenflüge eine gewisse Höhe erreichten, murmelte er: »Oh! keine Utopien, keine Träume!« In Fragen der Kunst waren seine Ansichten (obwohl er regelmäßig in Ateliers verkehrte, wo er manchmal aus Gefälligkeit eine Fechtstunde gab) nicht gerade erleuchtet. Er verglich den Stil von Monsieur Marrast mit dem von Voltaire und Mademoiselle Vatnaz mit Madame de Staël, wegen einer Ode über Polen, »die so gefühlvoll war«. Kurz, Regimbart ging jedem auf die Nerven, insbesondere Deslauriers, weil der Citoyen ein Vertrauter Arnoux' war. Denn der Schreiber wünschte sich sehnlichst, in diesem Hause zu verkehren, in der Hoffnung, dort nützliche Bekanntschaften zu machen. »Wann nimmst du mich mit?« sagte er immer wieder. Arnoux war überlastet, oder er verreiste, schließlich lohnte es sich nicht mehr, da die Zeit der Diners zu Ende ging.

Hätte er sein Leben für seinen Freund aufs Spiel setzen müssen, Frédéric hätte es getan. Doch da er sich unbedingt im besten Licht zeigen wollte, da er peinlich genau auf seine Sprache achtete, auf seine Umgangsformen und seine Kleidung, ja stets nur in tadellosem Aufzug im Kontor des *L'Art industriel* erschien, fürchtete er, daß Deslauriers mit seinem alten Frack, seinem Kanzlistengehabe und seinen überheblichen Reden Madame Arnoux mißfiele, was ihn selbst bloßstellen, ihn bei ihr in Verruf bringen konnte. Die anderen waren wohlgelitten, doch gerade dieser Freund hätte ihn in tausendfache Verlegenheit gebracht. Der Schreiber merkte, daß Frédéric sein Versprechen nicht halten wollte, und sein Schweigen war für ihn eine noch schlimmere Beleidigung.

Er hätte ihn gerne ganz und gar leiten, ihn sich nach dem Ideal ihrer Jugend entwickeln sehen mögen; und seine Faulenzerei empörte ihn als Ungehorsam und Verrat. Im übrigen sprach Frédéric, erfüllt von dem Bilde Madame Arnoux', oft von ihrem Mann; und Deslauriers begann einen unerträglichen *Nervenkrieg,* der darin bestand, hundertmal am Tag, wie der Tick eines Verrückten, seinen Namen zu wiederholen. Wenn es klopfte, antwortete er: »Treten Sie ein, Arnoux!« Im Restaurant bestellte er einen Brie »nach Art Arnoux«; und nachts tat er, als habe er einen Albtraum, und weckte seinen Freund, indem er: »Arnoux! Arnoux!« brüllte. Eines Tages sagte Frédéric, schließlich am Ende seiner Kraft, mit kläglicher Stimme:

– So laß mich doch in Ruhe mit Arnoux!

– Niemals! antwortete der Schreiber.

Toujours lui! lui partout! ou brûlante o glacée,
L'image de l'Arnoux…

– Sei doch still! schrie Frédéric und hob die Faust.

Er fuhr leise fort:

– In diesem Punkt bin ich empfindlich, das weißt du doch.

– Oh! Verzeihung, mein Lieber, erwiderte Deslauriers mit einer tiefen Verbeugung, von nun an werden wir auf Mademoiselles Nerven Rücksicht nehmen! Bitte abermals um Verzeihung! Entschuldige tausendmal!

Damit war der Spaß zu Ende.

Doch drei Wochen später sagte er eines Abends zu ihm:

– Übrigens, vorhin habe ich sie gesehen, die Madame Arnoux!

– Wo denn?

– Beim Palais, mit Balandard, dem Anwalt; eine Brünette, nicht wahr, mittelgroß?

Frédéric nickte zustimmend. Er wartete darauf, daß Deslauriers sich äußerte. Beim geringsten Wort der Bewunderung hätte er ihm sein ganzes Herz ausgeschüttet, ja, er wäre ihm beinahe um den Hals gefallen, der andere schwieg beharrlich; schließlich hielt er es nicht mehr aus und fragte ihn mit gleichgültiger Miene, was er über sie dächte.

Deslauriers fand sie »nicht schlecht, aber nichts Besonderes«.

– Ach! meinst du, sagte Frédéric.

Dann kam der August, die Zeit seines zweiten Examens. Nach allgemeiner Ansicht sollten zwei Wochen genügen, um sich auf die Themen vorzubereiten. Frédéric, der keinen Zweifel an seinen Fähigkeiten hatte, verleibte sich in einem Zug die vier ersten Bücher des Prozeßrechtes ein, die drei ersten des Strafgesetzbuches, mehrere Abschnitte des Strafprozeßrechtes und einen Teil des Code civil, erläutert von Monsieur Poncelet. Am Abend vor der Prüfung ließ ihn Deslauriers rekapitulieren, was sich bis zum Morgen hinzog; und um auch die letzte Viertelstunde zu nutzen, fragte er ihn noch auf dem Wege ab.

Da mehrere Prüfungen gleichzeitig stattfanden, waren viele Leute im Hof, unter anderen Hussonnet und Cisy; wenn es um Freunde ging, wollte man keines dieser Examina verpassen. Frédéric legte die traditionelle schwarze Robe an; dann trat er, gefolgt von der Menge, mit drei anderen Studenten in einen großen Raum mit Bänken an den Wänden, der von kahlen Fenstern erhellt wurde. In der Mitte standen Lederstühle um einen Tisch, den ein grüner Teppich schmückte. Er trennte die Kandidaten von den Herren Prüfern in roter Robe, die sämtlich Schulterstreifen aus Hermelin trugen und Barette mit Goldtressen auf dem Kopf hatten.

Frédéric kam als Vorletzter an die Reihe, ein schlechter Platz. Bei der ersten Frage nach dem Unterschied zwischen einer Übereinkunft und einem Vertrag gab er das eine für das andere aus, und der Professor, ein gutmütiger Mensch, sagte: – »Nur keine Aufregung, Monsieur, beruhigen Sie sich!« Dann stellte er zwei leichtere Aufgaben, auf die unklare Antworten folgten, und ging zur vierten über. Frédéric war von diesem erbärmlichen Beginn entmutigt. Ihm gegenüber, im Publikum, machte Deslauriers ihm Zeichen, daß noch nicht alles verloren sei; und bei der zweiten Fragerunde über Strafrecht zeigte er einiges Wissen. Doch als nach der dritten, die um das Testamentum mysticum ging, der Prüfer die ganze Zeit keine Miene verzog, wuchs seine Angst; Hussonnet bewegte die Hände wie zum Applaus, während Deslauriers dauernd mit den Achseln zuckte. Schließlich kam der Augenblick, wo er sich zum Prozeßrecht äußern mußte! Es handelte sich um den Einspruch eines Dritten. Der Professor war beleidigt, Theorien vernommen zu haben, die den seinen widersprachen, und fragte in brutalem Ton:

– Und Ihre Meinung, Monsieur? Wie vereinbaren Sie den Grundsatz von Artikel 1351 des Code civil mit einem solch unglaublichen Einspruchsverfahren?

Frédéric fühlte einen starken Kopfschmerz, weil er die ganze Nacht nicht geschlafen hatte. Durch einen Spalt in einer Jalousie drang ein Sonnenstrahl und traf ihn im Gesicht. Er stand hinter seinem Stuhl, wiegte sich auf den Hacken und zupfte an seinem Schnurrbart.

– Ich warte immer noch auf Ihre Antwort! hub der Mann mit dem Goldbarett von neuem an.

Und da er sich offenbar über Frédéric ärgerte:

– In Ihrem Bart werden Sie sie nicht finden!

Auf diese sarkastische Bemerkung lachte der ganze Saal, der Professor fühlte sich geschmeichelt und wurde milder. Er stellte ihm noch zwei Fragen zur Vertagung und zum summarischen Verfahren und senkte dann zustimmend den Kopf; der öffentliche Akt war beendet, Frédéric ging zurück in die Vorhalle.

Während ihm der Gerichtsdiener die Robe abnahm, um sie sogleich einem andern überzuziehen, umringten ihn seine Freunde und verwirrten ihn vollends mit ihren widersprüchlichen Meinungen über das Prüfungsergebnis. Schon bald wurde es mit dröhnender Stimme am Eingang des Saales verkündet: »Der Dritte ist… zurückgestellt!«

– Mist! sagte Hussonnet, gehen wir!

Vor der Pförtnerloge trafen sie Martinon, rot und aufgelöst, mit strahlenden Augen und dem Glorienschein des Sieges auf der Stirn. Er hatte soeben sein letztes Examen glatt bestanden. Blieb nur noch die Dissertation. In weniger als zwei Wochen wäre er Referendar. Seine Familie kannte einen Minister, vor ihm lag eine glänzende Laufbahn.

– Der schlägt dich doch noch, sagte Deslauriers.

Nichts ist demütigender, als Dummköpfe in Unternehmungen erfolgreich zu sehen, bei denen man selbst versagt. Frédéric antwortete gekränkt, das sei ihm egal. Er hatte Höheres im Sinn; und als Hussonnet sich anschickte zu gehen, nahm er ihn beiseite und sagte:

– Bei ihnen kein Wort davon, versteht sich!

Das Geheimnis war leicht zu wahren, da Arnoux am nächsten Tag nach Deutschland reiste.

Als der Schreiber am Abend nach Hause kam, fand er seinen Freund seltsam verwandelt vor: er tänzelte umher und pfiff, und als der andere sich über diese Laune wunderte, erklärte Frédéric, er fahre nicht zu seiner Mutter; er werde seine Ferien zum Arbeiten nutzen.

Bei der Nachricht von Arnoux' Abreise hatte ihn ein Freudengefühl ergriffen. Er konnte dort ganz nach Belieben erscheinen, ohne eine Störung seiner Besuche befürchten zu müssen. Das Bewußtsein absoluter Sicherheit würde ihn ermutigen. Endlich wäre er ihr nah, wäre nicht von IHR getrennt! Etwas, das stärker war als eiserne Bande, hielt ihn in Paris, eine innere Stimme rief ihm zu, zu bleiben.

Es gab einige Hindernisse. Er überwand sie mit einem Brief an seine Mutter, zunächst beichtete er sein Scheitern, das an Änderungen im Programm lag – ein Zufall, eine Ungerechtigkeit; – im übrigen hatten alle großen Advokaten (er zählte sie auf) ihre Prüfungen nicht bestanden. Aber er rechnete damit, im November wieder antreten zu können. Und so würde er dieses Jahr gar nicht nach Hause kommen, da es keine Zeit zu verlieren gab; abgesehen von dem Trimestergeld bat er um zweihundertfünfzig Francs für das Repetitorium, das sehr nützlich war; – das Ganze bekränzt von Bedauern, Anteilnahme, Schmeicheleien und Beteuerungen seiner Sohnesliebe.

Madame Moreau, die ihn am nächsten Tag erwartete, war doppelt bekümmert. Sie hielt das Mißgeschick ihres

Sohnes geheim und antwortete, er »solle trotzdem kommen«. Frédéric ließ sich nicht erweichen. Es kam zum Streit. Am Ende der Woche erhielt er nichtsdestoweniger das Trimestergeld samt der Summe für das Repetitorium, das dazu diente, eine perlgraue Hose, einen weißen Filzhut und einen Spazierstock mit Goldknauf zu bezahlen.

Als er alles zusammenhatte, fragte er sich:

– War das nicht eine Schnapsidee?

Und er verfiel in tiefe Zweifel.

Um herauszufinden, ob er zu Madame Arnoux gehen sollte, warf er dreimal eine Münze. Jedesmal standen die Zeichen günstig. Das Schicksal ließ ihm also keine Wahl. Er ließ sich in einer Droschke zur Rue de Choiseul fahren.

Mit großen Schritten stieg er die Treppe hinauf und zog an der Klingelschnur; sie gab keinen Laut; er war einer Ohnmacht nahe.

Dann riß er wütend an der schweren Quaste aus roter Seide. Ein Läuten erscholl, wurde schwächer, und man vernahm nichts mehr. Frédéric bekam Angst!

Er legte sein Ohr an die Tür; nicht das leiseste Geräusch! Er schaute durch das Schlüsselloch und sah im Vorzimmer an der Wand zwischen Papierblumen nichts als zwei Schilfkolben. Schließlich wollte er gehen, besann sich aber eines Besseren. Diesmal zog er nur ganz leicht an der Schnur. Die Tür wurde geöffnet; und auf der Schwelle erschien mit zerzaustem Haar, purpurrotem Gesicht und mürrischer Miene Arnoux höchstpersönlich.

– Sieh da! Was zum Teufel führt Sie her? Kommen Sie herein!

Er bat ihn weder in das Boudoir noch in seinen Arbeitsraum, sondern in das Speisezimmer, wo auf dem Tisch eine Flasche Champagner und zwei Gläser zu sehen waren; und er sagte in barschem Ton:

– Haben Sie eine Frage, teurer Freund?

– Nein! aber nein! stammelte der junge Mann, auf der Suche nach einem Vorwand für seinen Besuch.

Schließlich sagte er, er sei gekommen, um sich nach seinem Befinden zu erkundigen, da er ihn nach Hussonnets Bericht in Deutschland wähnte.

– Ganz und gar nicht! erwiderte Arnoux. Was ist dieser Bursche doch für ein Dummkopf, daß er alles falsch versteht!

Frédéric lief im Zimmer auf und ab, um seine Aufregung zu verbergen. Er stieß an den Fuß eines Stuhles, und ein Sonnenschirm, der darauf lag, fiel herunter; der Griff aus Elfenbein zerbrach.

– Mein Gott! rief er, es tut mir so leid, Madame Arnoux' Sonnenschirm zerbrochen zu haben!

Bei diesen Worten hob der Händler den Kopf und lächelte sonderbar. Frédéric ergriff die Gelegenheit, über sie zu sprechen, und setzte zaghaft hinzu:

– Kann ich sie nicht sehen?

Sie war in ihrem Heimatort bei ihrer kranken Mutter.

Er wagte nicht zu fragen, wie lange sie fortbliebe. Er fragte nur, woher Madame Arnoux stamme.

– Aus Chartres! Wundert Sie das?

– Mich? Nein! warum? Nicht im geringsten.

Dann hatten sie einander nichts mehr zu sagen. Arnoux, der sich eine Zigarette gedreht hatte, lief schwer atmend um den Tisch. Frédéric stand am Ofen und betrachtete die Wände, die Étagère, das Parkett: und die schönsten Bilder gingen ihm durch den Sinn, ja zogen vor seinen Augen vorüber.

Schließlich verabschiedete er sich.

Ein Stück Zeitung, zu einer Kugel gerollt, lag im Vorzimmer auf dem Boden, Arnoux hob es auf; er stellte sich auf die Zehenspitzen und stopfte es in die Türglocke, um, wie er sagte, seinen unterbrochenen Mittagsschlaf fortzusetzen. Dann drückte er ihm die Hand:

– Sagen Sie dem Portier, daß ich nicht da bin.

Und er warf heftig die Tür hinter ihm ins Schloß.

Frédéric stieg Stufe für Stufe die Treppe hinunter. Der Mißerfolg dieses ersten Versuches nahm ihm den Mut für weitere. Nun begannen drei elende Monate. Er hatte nichts zu tun, und sein Müßiggang stürzte ihn in noch tiefere Traurigkeit.

Er verbrachte Stunden damit, von seinem Balkon auf den Fluß zu schauen, der zwischen den grauen, hier und da bei den Abflußrohren schwarz verfärbten Quais dahinfloß, mit einem am Ufer vertäuten Ponton für die Wäscherinnen, wo sich manchmal Straßenjungen damit vergnügten, in dem brackigen Wasser einen Pudel zu baden. Sein Blick wanderte immer wieder von der Steinbrücke bei Notre-Dame und den drei frei schwebenden Brücken zur Linken hinüber zum Quai aux Ormes zu einer dichten Gruppe alter Bäume, gleich den Linden am Hafen von Montereau. Aus einem Gewirr von Dächern erhoben sich gegenüber der Turm von Saint-Jacques, das Rathaus, Saint-Gervais, Saint-Louis und Saint-Paul, und im Osten erstrahlte der Genius auf der Juli-Säule wie ein großer goldener Stern, während sich am anderen Ende das Kuppeldach der Tuilerien blau und massig in den Himmel wölbte. Dahinter, auf jener Seite, mußte das Haus von Madame Arnoux liegen.

Er trat zurück ins Zimmer; und auf dem Diwan verlor er sich dann in wirren Überlegungen: Arbeitspläne, gute Vorsätze, aufblitzende Zukunftsvisionen. Um von sich loszukommen, ging er schließlich aus.

Er streifte ziellos durch das sonst so lärmende Quartier Latin, das zu dieser Zeit verlassen lag, da die Studenten zu ihren Familien gefahren waren. Wie durch die Stille gewachsen, wirkten die hohen Mauern der Institute noch trostloser; man hörte allerlei friedliche Geräusche, Geflatter in Vogelkäfigen, das Summen einer Drehbank, den Hammer eines Schusters; und vergebens blickten die Altkleiderhändler in den Straßen erwartungsvoll auf jedes Fenster. Im Hintergrund der vereinsamten Schenken gähnte die Dame am Tresen zwischen ihren gefüllten Karaffen; die Zeitungen in den Leseräumen lagen geordnet auf den Tischen; in den Plättstuben fröstelte die Wäsche unter lauen Windstößen. Dann und wann blieb er vor der Auslage eines Bouquinisten stehen; ein Omnibus streifte das Trottoir, als er die Straße hinunterfuhr, und brachte ihn dazu, sich umzudrehen; und wenn er vor dem Jardin du Luxembourg angekommen war, ging er nicht mehr weiter.

Manchmal lockte ihn die Hoffnung auf Zerstreuung zu den Boulevards. Nach düsteren Gassen, denen kühle Feuchtigkeit entströmte, gelangte er auf große verlassene Plätze in blendendem Licht, wo die Denkmale gezackte schwarze Schatten auf das Pflaster warfen. Doch dann kamen wieder die Karren und Läden, und die Menge betäubte ihn, – vor allem am Sonntag, – wenn von der Bastille bis zur Madeleine eine gewaltige Masse in Staub und ununterbrochenem Stimmengewirr über den Asphalt wogte; er war angewidert von der Gemeinheit der Gesichter, der Einfalt der Reden, der dümmlichen Zufriedenheit, die aus den nassen Stirnen schwitzte! doch das Bewußtsein, mehr zu taugen als diese Menschen, milderte die Strapaze, sie zu sehen.

Er ging jeden Tag zum *L'Art industriel,* – und um zu erfahren, wann Madame Arnoux zurückkäme, erkundigte er sich ausführlich nach ihrer Mutter. Arnoux' Antwort war stets die gleiche, »es werde langsam besser«, nächste Woche wäre seine Frau mit der Kleinen zurück. Je länger sie ausblieb, desto besorgter zeigte sich Frédéric, – so daß ihn Arnoux, gerührt von so viel Anteilnahme, fünf- oder sechsmal ins Restaurant zum Diner mitnahm.

Bei diesen langen vertraulichen Gesprächen unter vier Augen merkte Frédéric, daß der Kunsthändler nicht sehr geistreich war. Arnoux konnte womöglich diese Ernüchterung bemerken, und dann war es auch die Gelegenheit, sich für seine Aufmerksamkeiten erkenntlich zu zeigen.

Da er nun seine Sache besonders gut machen wollte, verkaufte er einem Trödler für die Summe von achtzig Francs all seine neuen Anzüge; und nachdem er hundert weitere Francs, die ihm noch geblieben waren, dazugelegt hatte, ging er zu Arnoux, um ihn zum Diner abzuholen. Regimbart war auch da. Sie machten sich auf den Weg zum »Trois-frères-Provençaux«.

Der Citoyen legte erst einmal seinen Überzieher ab und gab, überzeugt von der Fügsamkeit der anderen, die Bestellung auf. Doch mochte er sich auch in die Küche begeben, um selbst mit dem Küchenchef zu sprechen, in den Keller hinuntersteigen, in dem er jeden Winkel kannte, und den Besitzer des Etablissements kommen lassen, um ihm einen »Rüffel« zu verpassen, er war weder mit den Speisen noch den Weinen noch mit der Bedienung zufrieden! Bei jedem neuen Gericht, bei jeder weiteren Flasche ließ er beim ersten Schluck die Gabel fallen oder schob das Glas weit von sich; dann stützte er sich mit ganzer Armesbreite auf das Tischtuch und schrie, man könne nicht mehr essen gehen in Paris. Als ihm schließlich nichts mehr für seinen Gaumen einfiel, bestellte sich Regimbart »ganz einfach« Bohnen in Öl, die ihn, obwohl nur halbwegs gelungen, etwas besänftigten. Dann führte er ein Zwiegespräch mit dem Kellner, das sich um die ehemaligen Kellner des »Provençaux« drehte: »Was war aus Antoine geworden? und einem gewissen Eugène? Und aus Théodore, dem Kleinen, der immer unten bediente? Damals gab es noch Delikatessen von ganz anderem Niveau und Kalbsköpfe in Burgunder, wie man sie nicht mehr zu Gesicht bekäme!«

Darauf sprach man über die Bodenpreise am Stadtrand, eine Spekulation Arnoux', absolut sicher. Inzwischen verlor er seine Zinsen. Da er um keinen Preis verkaufen wollte, würde Regimbart jemanden für ihn ausfindig machen; und mit einem Bleistift stellten die beiden Herren bis zum Ende des Desserts Berechnungen an.

Zum Café ging es dann in die Passage du Saumon in eine Kneipe im Zwischengeschoß. Frédéric stand bei endlosen, mit unzähligen Schoppen begossenen Billardpartien; – und er harrte aus, bis Mitternacht, ohne zu wissen warum, aus Feigheit, aus Dummheit, in der dunklen Hoffnung auf ein seiner Liebe irgendwie zuträgliches Ereignis.

Wann würde er sie nur wiedersehen? Frédéric kam in Verzweiflung. Doch eines Abends gegen Ende November sagte Arnoux:

– Meine Frau ist übrigens zurück!

Am nächsten Tag um fünf Uhr war er bei ihr.

Er begann mit guten Wünschen für ihre Mutter, die so schwer krank gewesen war.

– Aber nein! Wer hat Ihnen das gesagt?

– Arnoux!

Sie ließ ein leises »Ach« vernehmen, dann setzte sie hinzu, daß sie zunächst ernsthaft besorgt gewesen sei, jetzt jedoch keine Befürchtungen mehr habe.

Sie saß in dem Polstersessel am Kamin. Er hockte auf dem Kanapee, den Hut zwischen den Knien; und die Unterhaltung war mühsam, sie ließ sie alle Augenblicke versiegen; er sah keine Möglichkeit, seine Gefühle zu äußern. Doch als er klagte, er lerne Rechtsverdrehung, erwiderte sie: – »Ja…, ich verstehe…, die Fälle…!« und sie senkte den Kopf und war plötzlich tief in Gedanken.

Er brannte darauf, diese Gedanken zu erfahren, ja er dachte an nichts anderes mehr. Die Dämmerung hüllte sie in immer dichtere Schatten.

Sie erhob sich, weil sie eine Besorgung zu machen hatte, und erschien dann wieder in einer Samtkappe und einem schwarzen Mantel, gesäumt von zartgrauem Pelz. Er wagte, ihr seine Begleitung anzubieten.

Man sah die Hand nicht mehr vor Augen, es war kalt, und ein bleierner Nebel hing wie ein Pesthauch in der Luft und verwischte die Häuserfronten. Frédéric atmete ihn mit Entzücken, denn durch das Wattefutter des Mantels spürte er die Form ihres Armes; und ihre Hand, eng umschlossen von einem kleinen Wildlederhandschuh mit zwei Knöpfen, ihre kleine Hand, die er mit Küssen hätte bedecken mögen, ruhte auf seinem Ärmel. Sie schwankten über das schlüpfrige Pflaster; ihm war, als würden sie beide auf einer Wolke vom Winde gewiegt.

Der Lichterglanz auf den Boulevards brachte ihn zurück in die Wirklichkeit. Die Gelegenheit war günstig, die Zeit drängte. Er gab sich noch eine Frist bis zum Ende der Rue de Richelieu, um seine Liebe zu erklären. Doch fast im selben Augenblick blieb sie unvermittelt vor einem Geschäft mit Porzellanwaren stehen und sagte:

– Da wären wir, ich danke Ihnen! Bis Donnerstag, nicht wahr, wie gewöhnlich!

Die Diners begannen von neuem; und je häufiger er Madame Arnoux sah, desto heftiger wurde sein Verlangen.

Der Anblick dieser Frau erregte ihn wie der Gebrauch eines zu starken Parfums. Das ging bis in die tiefsten Tiefen seines Wesens und wurde fast zu einer generellen Art zu fühlen, einer neuen Art zu leben.

Die Huren, denen er im Schein der Gaslaternen begegnete, die Sängerinnen, die ihre Koloraturen schmetterten, die Reiterinnen zu Pferde im Galopp, die Bürgerinnen zu Fuß, die Grisetten an ihren Fenstern, alle Frauen erinnerten ihn durch Ähnlichkeiten oder Ge-

gensätze an diese eine. Die Läden entlang betrachtete er die Kaschmirtücher, die Spitzen und perlenschimmernden Ohrgehänge, und er sah sie um ihre Hüften drapiert, an ihre Korsage geheftet, in ihrem schwarzen Haar aufblitzen. An den Ständen der Händler öffneten sich die Blumen, um im Vorübergehen von ihr ausgesucht zu werden, im Schaufenster der Schuhmacher schienen die kleinen, mit Schwanenfedern gesäumten Satinpantoffeln auf ihren Fuß zu warten, sämtliche Straßen führten zu ihrem Haus; auf den Plätzen warteten die Wagen, nur um zu ihr zu gelangen, und die große Stadt mit all ihren Stimmen umbrauste sie wie ein gewaltiges Orchester.

Wenn er in den Jardin des Plantes ging, entführte ihn der Anblick einer Palme in ferne Länder. Sie reisten gemeinsam auf dem Rücken der Dromedare, unter dem Dach einer Sänfte auf einem Elefanten, in der Kabine einer Jacht zwischen blauen Archipelen, oder Seite an Seite auf zwei Maultieren mit Glöckchen, die im Gras an zerbrochene Säulen stießen. Manchmal blieb er im Louvre vor alten Gemälden stehen; und da ihn seine Liebe durch die Jahrhunderte begleitete, übertrug er sie auf die Gestalten auf den Bildern. Einen Spitzhut auf dem Kopf, betete sie auf den Knien hinter in Blei gefaßten Scheiben. Als Edelfrau von Kastilien oder Flandern saß sie mit gestärkter Halskrause und bauschiger Schnürbrust da. Dann stieg sie inmitten von Senatoren unter einem Baldachin aus Straußenfedern in einer Brokatrobe eine Freitreppe aus Porphyr hinab. Ein andermal erträumte er sie sich in gelbseidener Hose auf den Kissen eines Harems; – und alles Schöne, das Blinken der Sterne, gewisse Melodien, ein schwungvoller Satz, eine Kontur, brachte sie ihm jäh und unmerklich in den Sinn.

Jeder Versuch, sie zu seiner Geliebten zu machen, wäre ein ganz vergebliches Unterfangen, davon war er überzeugt.

Eines Abends küßte Dittmer sie zur Begrüßung auf die Stirn; Lovarias tat das gleiche und sagte:

– Sie erlauben doch, nicht wahr, unter Freunden? Frédéric stammelte:

– Mir scheint, wir sind alle Freunde?

– Nicht alles alte! erwiderte sie.

Das hieß, daß sie ihn von vornherein indirekt ablehnte.

Was sollte er nur tun? Ihr sagen, daß er sie liebte?

Sie würde ihn zweifellos abweisen; oder ihn empört aus dem Haus jagen! da war ihm der Schmerz schon lieber als die schreckliche Aussicht, sie nicht mehr zu sehen.

Er beneidete Pianisten um ihr Talent, Soldaten um ihre Narben. Er wünschte sich eine gefährliche Krankheit, in der Hoffnung, auf diese Weise ihr Interesse zu wecken.

Eines wunderte ihn, er war nicht eifersüchtig auf Arnoux; und er konnte sie sich nicht anders als bekleidet vorstellen, – so natürlich wirkte ihre Schamhaftigkeit, die ihr Geschlecht in ein geheimnisvolles Dunkel rückte.

Und doch träumte er von dem Glück, mit ihr zu leben, sie zu duzen, ihr langsam mit der Hand über den Scheitel zu streichen, oder am Boden, auf den Knien, beide Arme um ihre Taille gelegt, ihr die Seele aus den Augen zu trinken! Dafür hätte man das Schicksal überwältigen müssen; und unfähig, etwas zu tun, Gott fluchend und sich selbst der Feigheit bezichtigend, lief er in seiner Sehnsucht im Kreise wie ein Gefangener in seiner Zelle. Eine ständige quälende Angst erstickte ihn. Stundenlang saß er reglos da oder brach in Tränen aus; und als er eines Tages nicht die Kraft hatte, sich zu beherrschen, sagte Deslauriers:

– Ja, zum Teufel, was ist denn mit dir los?

Frédéric litt an den Nerven. Deslauriers glaubte kein

Wort. Angesichts eines solchen Schmerzes erwachte seine Zuneigung wieder, und er tröstete ihn. Ein Mann wie er und sich unterkriegen lassen, wie dumm! In der Jugend ginge das ja noch, aber später sei das reine Zeitverschwendung.

– Das ist nicht mehr mein Frédéric! Ich will den alten wieder. Kellner, noch mal das gleiche! Das war gut! Komm, rauch eine Pfeife, Rindvieh! Reiß dich ein bißchen zusammen, du bringst mich zur Verzweiflung!

– Es ist wahr, sagte Frédéric, ich bin verrückt!

Der Schreiber erwiderte:

– Ach! alter Troubadour, ich weiß, was dich bedrückt! Das kleine Herz? Gib es zu! Pah! eine verloren, vier gewonnen! Über die tugendhaften Frauen tröstet man sich mit den anderen hinweg. Soll ich dir welche vorstellen? Du brauchst nur ins Alhambra zu kommen. (Das war ein Tanzsaal, der soeben an den Champs-Élysées eröffnet hatte und durch einen für diese Art Etablissement verfrühten Luxus bereits in der zweiten Saison einging.) Wie es scheint, hat man dort seinen Spaß. Los, gehen wir! Nimm deine Freunde mit, wenn du willst, meinetwegen auch Regimbart!

Frédéric bat den Citoyen nicht hinzu. Deslauriers verzichtete auf Sénécal. Sie nahmen nur Hussonnet, Cisy und Dussardier mit, und dieselbe Droschke brachte sie alle fünf bis vor die Tür des Alhambra.

Zwei Galerien im maurischen Stil verliefen parallel zur Rechten und zur Linken. Gegenüber nahm die Mauer eines Hauses den ganzen Hinterhof ein, und die vierte Seite (die des Restaurants) stellte ein gotisches Kloster mit bunten Glasfenstern dar. Eine Art chinesisches Dach beschirmte die Estrade, auf der die Musiker spielten; ringsum war der Boden asphaltiert, und venezianische Laternen, an Pfeilern aufgehängt, bildeten von weitem einen bunten Lichterkranz über der Tanzfläche. Da und dort trug ein Sockel eine Steinschale, aus der ein dünner Wasserstrahl aufstieg. Zwischen Büschen sah man Gipsfiguren, Heben oder Cupidos, glänzend von Ölfarbe; und die vielen mit gelbem, sorgfältig geharktem Sand bestreuten Wege ließen den Garten sehr viel größer erscheinen, als er war.

Studenten führten ihre Liebchen am Arm; Ladendiener, nach letztem Schick gekleidet, stolzierten, einen Spazierstock schwenkend, umher, Gymnasiasten rauchten Regalias, alte Junggesellen strichen sich sorgfältig mit einem Kamm den gefärbten Bart, da waren Engländer, Russen, Leute aus Südamerika, drei Orientalen im Turban. Loretten, Grisetten und Dirnen waren gekommen, in der Hoffnung, einen Beschützer, einen Liebhaber oder ein Stück Gold zu finden, oder einfach um des Tanzvergnügens willen; und ihre Tunikakleider in Meergrün, Blau, Kirschrot oder Violett schwebten und schwirrten durch Buchsbaum und Fliederbüsche. Fast alle Männer trugen Karostoffe, einige, trotz der Abendkühle, weiße Hosen. Die Gaslaternen wurden angezündet.

Hussonnet kannte durch seine Beziehungen zu Modejournalen und kleinen Theatern viele Frauen; er warf ihnen Kußhände zu und ließ ab und zu seine Freunde stehen, um mit ihnen zu plaudern.

Deslauriers wurde eifersüchtig auf dieses Gebaren. Zynisch sprach er eine große, in Nankingseide gekleidete Blondine an. Nachdem sie ihn mißmutig betrachtet hatte, sagte sie: – »Nein! dir trau ich nicht, mein Lieber!« und drehte sich auf dem Absatz um.

Nun versuchte er es bei einer dicken Brünetten, die offenbar verrückt war, denn schon beim ersten Wort fuhr sie auf und drohte mit der Polizei, wenn er sie weiter belästige. Deslauriers lachte gezwungen; dann entdeckte er eine kleine Frau, die abseits unter einer Laterne saß, und forderte sie zum Tanz auf.

Die Musiker hockten wie Affen auf ihrer Estrade und kratzten und bliesen, was das Zeug hielt. Der Dirigent stand da und schlug mechanisch den Takt. Man drängte sich, man amüsierte sich; die losgeknüpften Bänder der Hüte streiften die Krawatten, die Stiefel schoben sich unter die Röcke; alles hüpfte im Takt; Deslauriers preßte die kleine Frau an sich, und vom Rausch des Cancan gepackt, gebärdete er sich auf der Tanzfläche wie eine große Marionette. Cisy und Dussardier wanderten weiter umher; der junge Aristokrat betrachtete die Dirnen durch ein Lorgnon, und trotz der Ermunterungen des Angestellten wagte er nicht, sie anzusprechen, weil er sich vorstellte, daß bei solchen Frauen stets ein Mann mit einer Pistole im Schrank versteckt war, der dann hervorkam und einen Wechsel unterschreiben ließ.

Sie kehrten zurück zu Frédéric. Deslauriers tanzte nicht mehr; und alle fragten sich, wie sie den Abend beschließen sollten, als Hussonnet ausrief:

– Sieh da! die Marquise d'Amaegui!

Es war eine blasse stupsnasige Frau mit Handschuhen bis zu den Ellbogen und dicken schwarzen Locken, die ihr an den Wangen herabhingen wie zwei Hundeohren. Hussonnet sagte:

– Wollen wir nicht ein kleines Fest bei dir machen, einen orientalischen Raout? Sieh zu, daß du für diese französischen Kavaliere ein paar von deinen Freundinnen auftreibst! Was hast du denn? Erwartest du etwa deinen Hidalgo?

Die Andalusierin senkte den Kopf; sie kannte die nicht gerade verschwenderische Art ihres Freundes und fürchtete, selbst für seine Erfrischungen aufkommen zu müssen. Als sie schließlich das Wort Geld fallenließ, bot Cisy fünf Napoléon an, seine ganze Barschaft; die Sache war beschlossen. Doch Frédéric war nicht mehr da.

Er hatte gemeint, Arnoux' Stimme erkannt zu haben,

hatte einen Damenhut bemerkt und war rasch seitwärts im Gebüsch verschwunden.

Mademoiselle Vatnaz war mit Arnoux allein.

– Verzeihung! störe ich Sie?

– Nicht im geringsten! erwiderte der Kunsthändler.

Aus den letzten Worten ihrer Unterhaltung entnahm Frédéric, daß er ins Alhambra geeilt war, um Mademoiselle Vatnaz in einer dringenden Angelegenheit zu sprechen; und offenbar war Arnoux nicht restlos beruhigt, denn er sagte in besorgtem Ton:

– Sind Sie ganz sicher?

– Absolut sicher! Man liebt Sie! Ach! was für ein Mann!

Und sie machte einen Schmollmund mit dicken Lippen, die beinahe blutig aussahen, so rot waren sie. Doch sie hatte wundervolle Augen, bernsteinfarben, mit goldenen Punkten in der Iris, voller Geist, Liebe und Sinnlichkeit. Wie Lampen erhellten sie den leicht gelblichen Ton ihres hageren Gesichtes. Arnoux schien an ihrer abweisenden Art seine Freude zu haben. Er beugte sich zu ihr und sagte:

– Sie sind reizend, küssen Sie mich!

Sie nahm ihn an beiden Ohren und küßte ihn auf die Stirn.

In diesem Augenblick waren die Tänze zu Ende, und anstelle des Dirigenten erschien ein schöner, doch zu dicker junger Mann, von wächserner Blässe. Er trug langes schwarzes Haar in einer Jesusfrisur, eine azurblaue Samtweste mit großen goldenen Palmen, war stolz wie ein Pfau und dumm wie ein Truthahn; als er das Publikum begrüßt hatte, stimmte er ein Liedchen an. Darin erzählte ein Mann vom Lande selbst von seiner Reise in die Hauptstadt; der Künstler sprach die Mundart der Bas-Normandie und spielte den Betrunkenen; der Refrain:

Ah! j'ai t'y ri, j'ai t'y ri,
Dans ce gueusard de Paris!

rief enthusiastisches Stampfen hervor. Delmas, ein »Vortragssänger«, war zu schlau, um die Begeisterung abflauen zu lassen. Schnell reichte man ihm eine Gitarre, und er sang klagend eine Romanze mit dem Titel *Le Frère de l'Albanaise.*

Die Worte erinnerten Frédéric an jene, die der Mann in Lumpen zwischen den Radkästen des Dampfers gesungen hatte. Unwillkürlich hefteten sich seine Augen auf den Saum des sich vor ihm bauschenden Kleides. Nach jeder Strophe gab es eine lange Pause, – und das Rauschen des Windes in den Bäumen erinnerte an das Rauschen der Wellen.

Mademoiselle Vatnaz schob mit einer Hand die Zweige eines Ligusters beiseite, der ihr die Aussicht auf die Estrade nahm, und blickte unverwandt, wie in wahrer Freude versunken, mit geblähten Nasenflügeln und zusammengezogenen Brauen auf den Sänger.

– Sehr schön! sagte Arnoux. Ich verstehe, warum Sie heute Abend im Alhambra sind! Delmas hat es Ihnen angetan, meine Liebe.

Sie wollte nichts zugeben.

– Ach! wie züchtig!

Und er wies auf Frédéric:

– Seinetwegen? Da hätten Sie unrecht. Einen verschwiegeneren Burschen gibt es nicht.

Auf der Suche nach ihrem Freund traten die anderen in die Laube. Hussonnet stellte sie vor. Arnoux verteilte Zigarren und versorgte die Gesellschaft mit Sorbets.

Beim Anblick Dussardiers war Mademoiselle Vatnaz errötet.

Alsbald erhob sie sich und reichte ihm die Hand:

– Erinnern Sie sich nicht an mich, Monsieur Auguste?

– Woher kennen Sie sie? fragte Frédéric.

– Wir waren in demselben Hause angestellt! erwiderte er.

Cisy zog ihn am Ärmel, sie gingen; und kaum waren sie verschwunden, begann Mademoiselle Vatnaz in höchsten Tönen sein Wesen zu loben. Sie setzte sogar hinzu, er habe *Herzensbildung*.

Dann unterhielt man sich über Delmas, der Erfolg als Mime auf dem Theater haben könnte; und es folgte eine Diskussion, in der Shakespeare, die Zensur, die Schreibkunst, das Volk, die Einnahmen des Porte Saint-Martin, Alexandre Dumas, Victor Hugo und Dumersan durcheinandergewürfelt wurden. Arnoux hatte mehrere berühmte Schauspielerinnen gekannt; die jungen Leute beugten sich vor, um nichts zu verpassen. Aber seine Worte wurden von dem Lärm der Musik übertönt; und als Quadrille oder Polka zu Ende waren, stürzten alle an die Tische, riefen nach dem Kellner, lachten; im Gebüsch knallten die Bier- und Limonadeflaschen, Frauen gakkerten wie Hühner; zuweilen wollten zwei Herren sich schlagen; ein Dieb wurde festgenommen.

Im Galopp schwärmten die Tänzer auf die Wege. Atemlos, lächelnd, mit rotem Gesicht wirbelten sie vorüber, daß die Kleider und Rockschöße flogen, die Posaune dröhnte lauter; das Tempo wurde rascher; hinter dem mittelalterlichen Kloster hörte man Geknatter, Feuerwerkskörper explodierten; Sonnenräder begannen sich zu drehen; der Schein bengalischer Lichter, smaragdgrün, erhellte minutenlang den ganzen Garten; – und bei der letzten Rakete stieg aus der Menge ein langer Seufzer.

Langsam verglomm sie. Eine Wolke von Pulverdampf hing in der Luft. Frédéric und Deslauriers schoben sich langsam durch das Gedränge, als sie durch ein besonderes Schauspiel stehenblieben: an der Aufbewahrung für Regenschirme ließ Martinon sich Geld herausgeben; er begleitete eine Frau von ungefähr fünfzig Jahren, häßlich, pompös gekleidet und von zweifelhaftem gesellschaftlichem Stand.

– Der Bursche ist nicht so blöd, wie man gedacht hätte, sagte Deslauriers. Aber wo steckt Cisy?

Dussardier zeigte ihnen die Schenke, wo sie den jungen Helden in Begleitung eines rosafarbenen Hutes vor einer Schale Punsch entdeckten.

Im selben Augenblick erschien Hussonnet, der seit fünf Minuten verschwunden war.

An seinem Arm hing ein junges Mädchen und nannte ihn laut »mein Katerchen«.

– Nicht doch! sagte er. Doch nicht in aller Öffentlichkeit! Nenn mich lieber Vicomte! Das gibt einem etwas Ritterliches, etwas von Louis XIII. und weichen Stulpenstiefeln, das gefällt mir! Ja, meine Lieben, eine alte Flamme! Ist sie nicht nett? – Er faßte sie unters Kinn. – Sag den Herren guten Tag! Das sind alles Söhne von Pairs de France! ich verkehre mit ihnen, damit sie mich zum Botschafter ernennen!

– Was sind Sie verrückt! seufzte Mademoiselle Vatnaz.

Sie bat Dussardier, sie zurück zu ihrer Wohnung zu begleiten.

Arnoux schaute ihnen nach, dann drehte er sich zu Frédéric um:

– Würde sie Ihnen gefallen, die Vatnaz? Allerdings sind Sie ja in diesem Punkt nicht ehrlich! Ich glaube, Sie halten Ihre Liebschaften geheim?

Frédéric war blaß geworden und schwor, daß er nichts geheimhielt.

– Man weiß bei Ihnen auch nichts von einer Mätresse, erwiderte Arnoux.

Frédéric hätte am liebsten irgendeinen Namen genannt. Aber das konnte *ihr* zu Ohren kommen. Er sagte, er habe tatsächlich keine Mätresse.

Der Kunsthändler machte ihm Vorhaltungen.

– Heute abend war eine gute Gelegenheit! Warum haben Sie es nicht wie die anderen gemacht, die alle mit einer Frau losziehen?

– Und was ist mit Ihnen? sagte Frédéric, verärgert über solche Hartnäckigkeit.

– Oh! mit mir! mein Kleiner! das ist etwas anderes! Ich kehre zurück zu der meinen!

Er rief einen Einspänner heran und verschwand.

Die beiden Freunde gingen zu Fuß. Der Wind blies aus Osten. Keiner von beiden sagte ein Wort. Deslauriers bedauerte, daß er nicht bei einem Zeitungsdirektor »Eindruck geschunden« hatte, und Frédéric vergrub sich in seinem Trübsinn. Schließlich sagte er, er habe den Tingeltangel blödsinnig gefunden.

– Und wer ist daran schuld? Du hättest uns eben nicht für deinen Arnoux im Stich lassen sollen!

– Ach was! was ich hätte tun können, wäre doch völlig unnütz gewesen!

Aber der Schreiber hatte seine Theorien. Um etwas zu erreichen, mußte man es nur mit aller Kraft herbeiwünschen.

– Und du selbst hast es gerade…

– Das war mir doch völlig egal! ging Deslauriers schnell über die Anspielung hinweg. Soll ich mir etwa Frauen aufhalsen!

Und er zog über ihr kindisches Geziere her, ihr dummes Gerede; kurz, er mochte sie nicht.

– Tu doch nicht so! sagte Frédéric.

Deslauriers schwieg. Dann sagte er plötzlich:

– Wettest du mit mir um hundert Francs, daß ich es mit der ersten mache, die vorbeikommt?

– Ja! einverstanden!

Die erste, die vorüberkam, war eine abstoßend häßliche Bettlerin; und sie wollten schon die Hoffnung aufgeben, als sie mitten in der Rue de Rivoli ein hochgewachsenes Mädchen bemerkten, das eine Schachtel in der Hand trug.

Deslauriers machte sich unter den Arkaden an sie heran. Sie bog unvermittelt zu den Tuilerien ab und ging gleich darauf über die Place du Carrousel; sie schaute sich nach rechts und links um. Sie rannte hinter einer Droschke her; Deslauriers erreichte sie. Er lief neben ihr her und redete gestikulierend auf sie ein. Schließlich nahm sie seinen Arm, und sie setzten den Weg an den Quais fort. Auf der Höhe vom Châtelet gingen sie dann mindestens zwanzig Minuten auf dem Trottoir auf und ab, wie zwei Matrosen auf Wache. Doch plötzlich liefen sie über den Pont au Change, den Marché aux Fleurs und den Quai Napoléon. Frédéric trat hinter ihnen ins Haus. Deslauriers gab ihm zu verstehen, daß er sie störe und er nur seinem Beispiel zu folgen brauche.

– Wieviel hast du noch?

– Zwei Hundertsous-Münzen.

– Das reicht! Gute Nacht!

Frédéric überkam das Staunen, das einen befällt, wenn man sieht, daß ein dummer Streich Erfolg hat. »Er macht sich über mich lustig«, dachte er. »Ob ich wieder hinaufgehe?« Deslauriers würde vielleicht glauben, er beneide ihn um diese Liebe? »Als hätte ich nicht auch eine, und noch dazu eine hundertmal seltenere, edlere, tiefere!« Ihn trieb die Wut.

Er stand vor der Tür von Madame Arnoux.

Zu ihrer Wohnung gehörte keines der zur Straße gelegenen Fenster. Und doch harrte er dort aus, die Augen auf die Fassade geheftet – als glaubte er, mit diesen Blikken die Mauer sprengen zu können. Nun ruhte sie gewiß, still wie eine schlummernde Blume, mit ihrem schönen schwarzen Haar in den Spitzenbordüren des Kissens, die Lippen leicht geöffnet, den Kopf auf einem Arm.

Vor seinen Augen erschien der von Arnoux. Er ging, um dieser Vision zu entfliehen.

Deslauriers' Rat fiel ihm ein; ihm graute davor. So strich er ziellos durch die Straßen.

Wenn ihm ein Fußgänger entgegenkam, versuchte er sein Gesicht zu erkennen. Von Zeit zu Zeit fiel ein Lichtstrahl zwischen seinen Beinen hindurch und beschrieb auf dem Pflaster einen riesigen Viertelkreis, und aus dem Dunkel tauchte ein Mann mit Kiepe und Laterne. Mancherorts rüttelte der Wind an der Blechtülle eines Schornsteins, ferne Klänge stiegen auf und vermischten sich mit dem Dröhnen in seinem Kopf, und in den Lüften glaubte er undeutlich das Ritornell der Kontertänze zu hören. Die Bewegung beim Gehen förderte diesen Rausch; er fand sich auf dem Pont de la Concorde wieder.

Da kam ihm die Erinnerung an jenen Abend im letzten Winter, – als er zum ersten Mal von ihr kam und stehenbleiben mußte, so schnell hatte sein Herz unter dem Ansturm seiner Hoffnungen geklopft. Nun waren sie alle dahin!

Dunkle Wolkenfetzen zogen über die Mondscheibe. Er betrachtete sie und dachte an die Größe des Weltalls, das Elend des Lebens, die Nichtigkeit aller Dinge. Der Tag brach an; seine Zähne schlugen aufeinander, und halb schlafend, halb wachend, durchnäßt vom Nebel und dem Weinen nahe, fragte er sich, warum er nicht ein Ende machen sollte? Es brauchte nur eine Bewegung! Die Last seiner Stirn zog ihn hinab, er sah seinen Leichnam auf dem Wasser schwimmen; Frédéric beugte sich vor. Die Brüstung war ein wenig breit, und aus Erschöpfung machte er keinen Versuch hinüberzusteigen.

Ihn packte das Grausen. Er erreichte die Boulevards und sank auf eine Bank. Polizisten weckten ihn, überzeugt, er habe »die Nacht durchgezecht«.

Er lief weiter. Doch er verspürte großen Hunger, und da alle Restaurants geschlossen waren, ging er in einer Schenke bei den Markthallen zum Souper. Dann schlenderte er, in der Meinung, es sei noch zu früh, in der Umgebung des Hôtel de Ville umher, bis es Viertel nach acht war.

Deslauriers hatte seine Schöne schon lange verabschiedet; er saß am Tisch in der Mitte des Zimmers und schrieb. Gegen vier Uhr kam Monsieur Cisy herein.

Dank Dussardier war er am vorigen Abend mit einer Dame einig geworden, und er hatte sie sogar samt ihrem Gatten im Wagen bis an die Schwelle ihres Hauses begleitet, wo sie ihm ein Rendezvous gewährt hatte. Dort kam er gerade her. Den Namen hatte noch niemand gehört!

– Was soll ich dabei? sagte Frédéric.

Da faselte der Edelmann allerlei wirres Zeug; er sprach von Mademoiselle Vatnaz, von der Andalusierin und all den anderen. Schließlich kam er auf vielen Umwegen zu dem Zweck seines Besuches: im Vertrauen auf die Diskretion seines Freundes bat er ihn um Beistand in einer Sache, nach der er sich endgültig als Mann betrachten würde; und Frédéric lehnte nicht ab. Er erzählte Deslauriers von der Geschichte, ohne zu sagen, welches seine Rolle dabei war.

Der Schreiber fand, »er sei auf bestem Wege«. Solche Befolgung seiner Ratschläge hob seine Laune.

Ihr war es zu verdanken, daß er vom ersten Tage an Mademoiselle Clémence Daviou verführt hatte, eine Goldstickerin für Militärausstattungen, die süßeste Person, die es gab, und schlank wie ein Schilfrohr, mit großen, unausgesetzt staunenden blauen Augen.

Der Schreiber nutzte ihre Unschuld aus und ließ sie sogar glauben, er habe einen Orden; bei ihren Verabredungen schmückte er seinen Überzieher mit einem roten Band, verzichtete darauf jedoch in der Öffentlichkeit, um seinen Vorgesetzten nicht zu demütigen, wie er sagte. Im übrigen hielt er sie auf Abstand, ließ sich verwöhnen wie ein Pascha und nannte sie mit einem Lachen »Mädchen aus dem Volk«. Sie brachte ihm jedesmal einen Strauß Veilchen mit. Eine solche Liebe hätte Frédéric nicht gewollt.

Doch wenn sie Arm in Arm das Haus verließen, um bei Pinson oder Barillot in ein Chambre séparée zu gehen, fühlte er eine seltsame Traurigkeit. Frédéric wußte nicht, wie sehr er Deslauriers seit einem Jahr jeden Donnerstag hatte leiden lassen, wenn er sich die Nägel bürstete, bevor er zum Diner in die Rue de Choiseul ging.

Eines Abends, als er ihnen gerade vom Balkon aus nachgeschaut hatte, entdeckte er von weitem Hussonnet auf dem Pont d'Arcole. Der Bohémien begann ihm Zeichen zu machen, und als Frédéric seine fünf Etagen heruntergestiegen war, sagte er.

– Folgendes: nächsten Samstag, am 24., ist der Namenstag von Madame Arnoux.

– Wie denn, sie heißt doch Marie?

– Auch Angèle, einerlei! Das Fest ist in ihrem Landhaus in Saint-Cloud; ich habe den Auftrag, Sie zu benachrichtigen! Um drei finden Sie einen Wagen bei der Redaktion! Also, abgemacht! Entschuldigen Sie die Störung. Aber ich habe so viel zu erledigen!

Frédéric hatte noch nicht wieder kehrtgemacht, als sein Portier ihm einen Brief überbrachte:

»M. und Mme Dambreuse bitten M. F. Moreau, ihnen die Ehre zu erweisen, am Samstag, dem 24. dieses Monats, zu ihnen zum Diner zu kommen. – u. A.w. g.«

»Zu spät«, dachte er.

Trotzdem zeigte er den Brief Deslauriers, der ausrief:

– Ah! endlich! Aber du siehst nicht zufrieden aus. Warum?

Frédéric sagte nach einigem Zögern, er habe am selben Tag eine andere Einladung.

– Tu mir den Gefallen und laß die Rue de Choiseul fahren. Mach keine Dummheiten! Ich werde für dich antworten, wenn es dir unangenehm ist.

Und der Schreiber verfaßte eine Zusage in der dritten Person.

Da er die Welt nie anders als im Fieber seiner Begierden gesehen hatte, stellte er sie sich wie eine künstliche, nach mathematischen Gesetzen funktionierende Schöpfung vor. Ein Diner im Restaurant, die Begegnung mit einem Menschen, das Lächeln einer hübschen Frau konnte durch eine Reihe von Aktionen, die eine aus der anderen folgten, gigantische Ergebnisse haben. Gewisse Pariser Salons waren wie jene Maschinen, die Rohstoff schlucken und ihn mit hundertfach höherem Wert wieder von sich geben. Er glaubte an Kurtisanen, die Diplomaten berieten, an reiche, durch Intrigen eingefädelte Heiraten, an das Genie von Galeerensklaven, an die Fügsamkeit des Zufalls in der Hand der Tüchtigen. Kurz, er hielt den Umgang mit den Dambreuses für so vorteilhaft und sprach so überzeugend, daß Frédéric nicht mehr wußte, wozu er sich entschließen sollte.

Aber er mußte ihr doch etwas schenken, denn es war ja Madame Arnoux' Namenstag; er dachte natürlich an einen Sonnenschirm, um sein Mißgeschick wiedergutzumachen. Er entdeckte auch einen kleinen Schirm aus schillernder Seide, mit einem Griff aus geschnitztem Elfenbein, und er kam aus China. Doch das schöne Stück kostete fünfundsiebzig Francs, und er hatte keinen Sous, ja lebte sogar auf Kredit von dem Geld für das nächste

Trimester. Indes, er wollte ihn haben, er konnte nicht darauf verzichten, und obwohl es ihm widerstrebte, wandte er sich an Deslauriers.

Deslauriers erwiderte, er habe kein Geld.

– Ich brauche es, sagte Frédéric, ich brauche es dringend!

Und als der andere dieselbe Entschuldigung wiederholte, wurde er wütend.

– Du könntest wohl gelegentlich...

– Was denn?

– Nichts!

Der Schreiber hatte verstanden. Er nahm die betreffende Summe von seinen Rücklagen, und als er sie Münze für Münze hingezählt hatte, sagte er:

– Ich verlange keine Quittung, da ich ja auf deine Kosten lebe!

Frédéric flog ihm mit tausend Freundschaftsbekundungen um den Hals. Deslauriers blieb kühl. Als er dann am nächsten Tag den Sonnenschirm auf dem Klavier liegen sah, sagte er:

– Aha! dafür war es also!

– Vielleicht schicke ich ihn, sagte Frédéric matt.

Der Zufall kam ihm zu Hilfe, denn am Abend erhielt er ein schwarzumrandetes Billett, mit dem ihm Madame Dambreuse den Verlust eines Onkels bekanntgab und sich entschuldigte, das Vergnügen seiner Bekanntschaft verschieben zu müssen.

Schon um zwei Uhr war er bei der Redaktion. Anstatt auf ihn zu warten, um ihn in seinem Wagen mitzunehmen, war Arnoux, der sein Bedürfnis nach frischer Luft nicht länger unterdrücken konnte, am Vorabend abgefahren.

Jedes Jahr zog er beim ersten Grün tagelang schon morgens los und streifte durch die Felder, trank Milch in den Bauernhöfen, schäkerte mit den Frauen im Dorf, erkundigte sich nach den Ernteerträgen und brachte im Taschentuch Salatpflanzen mit nach Hause.

Während Frédéric mit dem Ladendiener sprach, erschien Mademoiselle Vatnaz und war enttäuscht, Monsieur Arnoux nicht anzutreffen. Er bliebe vielleicht noch zwei Tage dort. Der Ladendiener riet ihr, »hinzufahren«; hinfahren konnte sie nicht; ein Brief, so fürchtete sie, könnte verlorengehen. Frédéric erbot sich, ihn mitzunehmen. Sie schrieb schnell einen Brief und beschwor ihn, ihn ohne Zeugen zu übergeben.

Vierzig Minuten später war er in Saint-Cloud.

Das Haus, hundert Schritte hinter der Brücke gelegen, befand sich auf halber Höhe des Hügels. Die Gartenmauern waren hinter zwei Lindenreihen verborgen, und ein weiter Rasen zog sich bis an den Fluß herab. Das Gittertor stand offen, Frédéric ging hinein.

Arnoux lag im Gras und spielte mit einem Wurf junger Katzen. Dieses Vergnügen schien ihn außerordentlich in Anspruch zu nehmen.

Der Brief von Mademoiselle Vatnaz riß ihn aus seiner Versunkenheit.

– Zum Teufel! Teufel auch! so etwas Dummes! sie hat recht: ich muß fort.

Nachdem er das Schreiben in seine Tasche gestopft hatte, gönnte er sich das Vergnügen, sein Anwesen zu zeigen. Er zeigte alles, den Stall, den Wagenschuppen, die Küche. Der Salon lag zur Rechten und führte auf eine von Clematis überwucherte Veranda. Doch da erscholl über ihren Köpfen eine Koloratur; Madame Arnoux glaubte sich allein und vertrieb sich die Zeit mit Singen. Sie sang Tonleitern, Triller, Arpeggien. Es gab lange Noten, die in der Luft zu stehen schienen; andere stürzten herab wie die Tropfen einer Kaskade; und ihre Stimme drang durch die Jalousie, schnitt in die tiefe Stille und stieg zum blauen Himmel empor.

Als Monsieur und Madame Oudry, zwei Nachbarn, erschienen, verstummte sie plötzlich.

Dann stand sie selbst auf der Freitreppe; und als sie die Stufen hinabschritt, sah er ihren Fuß. Sie trug leichte, offene Schuhe aus goldkäferfarbenem Leder mit drei Querriemen, die ein goldenes Gitterwerk auf ihre Strümpfe zeichneten.

Die Gäste trafen ein. Außer Maître Lefaucheux, dem Advokaten, waren es die Donnerstagsgäste. Jeder hatte ein Geschenk mitgebracht: Dittmer eine syrische Schärpe, Rosenwald ein Album mit Romanzen, Burrieu ein Aquarell, Sombaz seine eigene Karikatur und Pellerin eine Kohlezeichnung, die eine Art makabren Tanz darstellte, ein gräßliches Bild von mittelmäßiger Ausführung. Hussonnet war so frei gewesen, ohne Geschenk zu kommen.

Frédéric wartete, um das seine nach allen anderen zu überreichen.

Sie dankte ihm. Da sagte er:

– Aber... es ist ja fast eine Schuld! Ich hatte mich so geärgert.

– Worüber denn? erwiderte sie. Ich verstehe nicht!

– Zu Tisch, sagte Arnoux und faßte ihn beim Arm; dann flüsterte er ihm ins Ohr: Sie sind nicht gerade schlau, Sie!

Man konnte sich nichts Hübscheres vorstellen als das meergrün gestrichene Speisezimmer. Auf einer Seite tauchte eine steinerne Nymphe ihren großen Zeh in ein muschelförmiges Becken. Durch die offenen Fenster blickte man über den Garten mit der weiten Rasenfläche, wo am Rand eine alte, fast kahle schottische Kiefer stand; im Rasen prangten hier und da Blumenrabatten; und jenseits des Flusses erstreckten sich in weitem Halbkreis der Bois de Boulogne, Neuilly, Sèvres, Meudon. Gegenüber, vor dem Gittertor, kreuzte ein Segelboot.

Zuerst sprach man über den Blick, den man hier hatte, dann über Landschaft im allgemeinen; und das Gespräch wurde lebhaft, als Arnoux seinen Diener anwies, für halb zehn die Kutsche anzuspannen. Ein Brief von seinem Kassierer rufe ihn zurück.

– Soll ich mit dir zurückfahren? sagte Madame Arnoux.

– Aber gewiß doch! und mit einer tiefen Verbeugung: Sie wissen doch, Madame, daß man ohne Sie nicht leben kann!

Alle beglückwünschten sie zu einem so guten Ehemann.

– Oh! ich bin ja nicht allein! erwiderte sie leise und wies auf ihre kleine Tochter.

Dann kam die Unterhaltung wieder auf die Malerei, man sprach von einem Ruysdael, von dem sich Arnoux beträchtliche Summen erwartete, und Pellerin fragte ihn, ob es wahr sei, daß im vergangenen Monat der berühmte Saul Mathias aus London gekommen sei, um ihm dreiundzwanzigtausend Francs dafür zu bieten.

– In der Tat! und zu Frédéric gewandt: Das ist der Monsieur, den ich neulich im Alhambra herumgeführt habe, ganz gegen meinen Willen, glauben Sie mir, denn diese Engländer sind mit Vorsicht zu genießen!

Frédéric, der in dem Brief von Mademoiselle Vatnaz irgendeine Frauengeschichte vermutete, hatte bewundert, mit welcher Leichtigkeit der Sieur Arnoux einen Weg gefunden hatte, sich aus dem Staube zu machen; doch bei seiner neuen, gänzlich überflüssigen Lüge riß er die Augen auf.

Der Kunsthändler fügte mit unschuldiger Miene hinzu:

– Wie heißt er doch gleich, Ihr Freund, der große junge Mann?

– Deslauriers, sagte Frédéric lebhaft.

Und um die Schuld, in der er sich ihm gegenüber sah, wiedergutzumachen, pries er ihn als einen überdurchschnittlichen Kopf.

– Oh! tatsächlich? Aber er scheint kein so braver Kerl zu sein wie der andere, der Fuhrknecht.

Frédéric verwünschte Dussardier. Sie würde glauben, er habe Umgang mit gewöhnlichen Leuten.

Dann war die Rede von den Verschönerungen der Hauptstadt, den neuen Stadtteilen, und der gute Oudry erwähnte unter den großen Spekulanten Monsieur Dambreuse.

Frédéric ergriff die Gelegenheit, sich ins rechte Licht zu setzen, und sagte, er sei mit ihm bekannt. Doch Pellerin stürzte sich in eine Haßtirade gegen die Krämer; ob sie nun Kerzen oder Geld verkauften, machte für ihn keinen Unterschied. Dann plauderten Rosenwald und Burrieu über Porzellan; Arnoux unterhielt sich mit Madame Oudry über Gärtnerei; Sombaz, ein Spaßvogel alter Schule, vertrieb sich die Zeit damit, ihren Gatten aufzuziehen; er nannte ihn Odry wie den Schauspieler und behauptete, er müsse von Oudry, dem Hundemaler, abstammen, denn das Talent zur Tiermalerei stünde ihm auf die Stirn geschrieben. Er wollte sogar seinen Schädel befühlen, der andere verbat sich das, seiner Perücke wegen; und das Dessert endete mit Gelächter.

Als man rauchend unter den Linden den Kaffee zu sich genommen und mehrere Runden im Garten gemacht hatte, ging man am Fluß entlang spazieren.

Die Gesellschaft blieb vor einem Angler stehen, der in einem Fischkasten seine Aale säuberte. Fräulein Marthe wollte sie sehen. Er schüttete den Inhalt seiner Kiste ins Gras; und das kleine Mädchen warf sich auf die Knie, um sie zu fangen, lachte vor Freude, schrie vor Entsetzen. Alle entwischten. Arnoux bezahlte sie.

Dann hatte er den Einfall, eine Bootsfahrt zu machen.

Der Horizont begann an der einen Seite zu verblassen, während sich auf der anderen ein breites Orange am Himmel entfaltete, fast purpurrot an den Kuppen der Hügelkette, die vollkommen schwarz geworden war. Madame Arnoux saß auf einem großen Stein und hatte diesen Feuerschein im Rücken. Die anderen schlenderten umher; Hussonnet ließ unten am Ufer Kiesel über das Wasser springen.

Arnoux kehrte mit einem alten Kahn zurück, in den er trotz der größten Bedenken all seine Gäste verfrachtete. Er sank; man mußte aussteigen.

Schon brannten die Kerzen im Salon, der ganz persisch tapeziert war, mit Kristalleuchtern an den Wänden. Mutter Oudry nickte sanft in einem Sessel ein, und die übrigen lauschten Monsieur Lefaucheux, der über die ruhmreichen Verdienste des Anwaltsstandes sprach. Madame Arnoux stand allein am Fenster. Frédéric trat zu ihr.

Sie unterhielten sich über die Gespräche. Sie bewunderte die großen Redner; er zog den Ruhm des Schriftstellers vor. Aber man müsse doch, erwiderte sie, viel größere Freude daran finden, die Menge unmittelbar selbst zu bewegen, danach zu trachten, alle Gefühle der eigenen Seele in die ihre zu übertragen. Solche Triumphe reizten Frédéric kaum, denn er besaß nicht den geringsten Ehrgeiz.

– Oh! warum? sagte sie. Ein wenig Ehrgeiz muß man schon haben!

Sie standen dicht beieinander in der Fensternische. Die Nacht breitete sich vor ihnen aus wie ein unermeßlicher, silbern durchwirkter, dunkler Schleier. Zum ersten Mal sprachen sie nicht über unbedeutende Dinge. Er erfuhr sogar ihre Aversionen und Neigungen: gewisse Parfums taten ihr nicht wohl, sie interessierte sich für geschichtliche Werke, sie glaubte an Träume.

Er kam auf das Kapitel der Liebesabenteuer. Sie beklagte das Unheil der Leidenschaften, war aber entrüstet über schändliche Heucheleien; und dieser aufrechte Geist paßte so gut zu der ebenmäßigen Schönheit ihres Gesichtes, daß er dazuzugehören schien.

Manchmal lächelte sie und ließ minutenlang ihre Augen auf ihm ruhen. Dann fühlte er ihre Blicke in seine Seele dringen wie jene starken Sonnenstrahlen, die im Wasser bis auf den Grund fallen. Er liebte sie ohne Vorbehalt, ohne Hoffnung auf Gegenliebe, grenzenlos; und in diesem stummen Entzücken hätte er voll Dankbarkeit ihre Stirn mit einer Flut von Küssen bedecken mögen. Doch ein Sturm in seinem Innern trug ihn gleichsam aus sich heraus; es war ein Verlangen, sich zu opfern, ein Bedürfnis nach spontaner Hingabe, das um so stärker war, da er es nicht befriedigen konnte.

Er brach nicht mit den anderen auf. Hussonnet desgleichen. Sie würden im Wagen zurückfahren; und die Kutsche wartete unten an der Freitreppe, als Arnoux in den Garten hinunterging, um Rosen zu pflücken. Der Strauß war mit einem Band umwunden, und da die Stiele in ungleicher Länge daraus hervorragten, kramte er in seiner mit Papieren gefüllten Tasche, nahm aufs Geratewohl ein Blatt heraus, wickelte es um die Blumen, befestigte sein Werk mit einer Stecknadel und überreichte es mit einer gewissen Rührung seiner Frau.

– Hier, mein Liebling, verzeih, daß ich dich vergessen hatte!

Doch sie stieß einen leisen Schrei aus; die ungeschickt gesteckte Nadel hatte sie verletzt, und sie lief zurück in ihr Zimmer. Fast eine Viertelstunde wartete man auf sie. Endlich erschien sie wieder, nahm Marthe auf den Arm und warf sich in den Wagen.

– Und dein Strauß? sagte Arnoux.

– Nein! nein! nicht nötig!

Frédéric lief, um ihn zu holen; sie rief hinter ihm her:

– Ich will ihn nicht!

Doch kurz darauf brachte er ihn herbei und erklärte, er habe ihn wieder in die Hülle gesteckt, denn er hatte die Blumen auf dem Boden gefunden. Sie steckte sie hinter das Spritzleder am Sitz, und man fuhr ab.

Frédéric saß neben ihr und merkte, daß sie furchtbar zitterte. Als sie über die Brücke gefahren waren und Arnoux nach links einbog, rief sie:

– Aber nein! du nimmst den falschen Weg! da entlang! nach rechts!

Sie wirkte gereizt; alles störte sie. Als Marthe die Augen geschlossen hatte, zog sie schließlich den Strauß hervor und schleuderte ihn aus dem Wagenschlag, griff dann nach Frédérics Arm und bedeutete ihm mit der anderen Hand, kein Wort darüber zu verlieren.

Hierauf preßte sie ihr Taschentuch gegen die Lippen und rührte sich nicht mehr.

Die beiden anderen auf dem Bock plauderten über Druckwesen, Abonnenten. Arnoux, der beim Kutschieren nicht auf den Weg achtete, verirrte sich mitten im Bois de Boulogne. So schlug man Nebenwege ein. Das Pferd ging Schritt; die Zweige der Bäume streiften das Verdeck. In dem Dunkel sah Frédéric von Madame Arnoux nur die Augen; Marthe hatte sich auf ihr ausgestreckt, und er stützte ihren Kopf.

– Sie ist schwer! sagte die Mutter.

Er antwortete:

– Nein! o nein!

Träge Staubwirbel erhoben sich; man fuhr durch Auteuil; alle Häuser waren geschlossen; hier und da erhellte eine Laterne einen Mauerwinkel, dann tauchte man wieder in die Finsternis; einmal sah er, daß sie weinte.

War es ein innerer Vorwurf? ein Wunsch? was nur?

Dieser Kummer, den er nicht kannte, interessierte ihn wie etwas Persönliches; jetzt gab es ein neues Band zwischen ihnen, eine Art geheimes Einverständnis; und so zärtlich, wie er nur konnte, sagte er:

– Sie leiden?

– Ja, ein wenig, erwiderte sie.

Der Wagen rollte, und Geißblatt und Jasmin hingen weit über die Gartenmauern und sandten Wolken betäubender Düfte in die Nacht. Die unzähligen Falten ihres Kleides bedeckten seine Füße. Ihm war, als stünde er durch den Körper des Kindes, der zwischen ihnen ausgestreckt war, mit ihrer ganzen Person in Verbindung. Er beugte sich über das kleine Mädchen, strich ihr hübsches braunes Haar beiseite und küßte sie sanft auf die Stirn.

– Sie sind ein guter Mensch! sagte Madame Arnoux.

– Warum?

– Weil Sie Kinder lieben.

– Nicht alle!

Er sagte nichts weiter, aber er streckte ihr die linke Hand entgegen und ließ sie weit geöffnet, – in der Vorstellung, sie mache es vielleicht wie er, und er fände die ihre. Dann schämte er sich und zog sie zurück.

Bald kam man auf Straßenpflaster. Der Wagen fuhr schneller, die Gaslaternen nahmen zu, man war in Paris. Vor der königlichen Gerätekammer sprang Hussonnet vom Bock. Frédéric stieg erst im Hof aus; dann legte er sich an der Ecke der Rue de Choiseul auf die Lauer und sah, wie Arnoux langsam zurück zu den Boulevards ging.

Gleich am nächsten Tag fing er mit aller Kraft an zu arbeiten.

Er sah sich in einem Schwurgericht, an einem Winterabend, am Ende der Plädoyers, wenn die Geschworenen bleich sind und die atemlose Menge gegen die Saalschranken drängt, er sprach schon seit vier Stunden, seine Beweisführung zusammenfassend, neue Beweise erbringend, und in jedem Satz, bei jedem Wort, bei jeder Geste spürte er, wie das Fallbeil der Guillotine, das hinter seinem Kopf schwebte, sich hob; dann auf der Tribüne der Kammer, als Redner, von dessen Lippen das Wohl eines ganzen Volkes abhängt, seine Gegner durch die Anschaulichkeit seines Vortrags vernichtend, sie zermalmend mit seinen schlagfertigen Erwiderungen, in der Stimme Donnerhall und musikalische Phrasierung, ironisch, pathetisch, hitzig, erhaben. Sie säße da, irgendwo inmitten der anderen, unter ihrem Schleier Tränen der Begeisterung verbergend; danach wären sie wieder zusammen; – und Entmutigungen, Verleumdungen und Verwünschungen würden ihn nicht erschüttern, wenn sie sagte: »Ach! ist das schön!« und ihm dabei mit leichten Händen über die Stirne strich.

Wie Leuchtfeuer blinkten diese Bilder am Horizont seines Lebens. Sein erregter Geist wurde gewandter und stärker. Bis zum August schloß er sich ein und bestand sein letztes Examen.

Deslauriers, der solche Mühe gehabt hatte, ihm Ende November noch einmal den Stoff für das zweite und im Februar den für das dritte Examen einzutrichtern, wunderte sich über seinen Eifer. So wurden die alten Hoffnungen wieder wach. In zehn Jahren müßte Frédéric Abgeordneter sein; in fünfzehn Minister; warum nicht? Mit seinem Erbe, das er bald anträte, konnte er zunächst eine Zeitung gründen; das wäre der Anfang; dann sähe man weiter. Er selbst erstrebte immer noch einen Lehrstuhl an der juristischen Fakultät; und seine Doktorarbeit war so ausgefeilt, daß sie ihm die Komplimente der Professoren eintrug.

Frédéric promovierte drei Tage später. Er hatte die Idee, zum Abschluß der Samstagstreffen, bevor man in die Ferien fuhr, ein Essen zu improvisieren.

Er war bester Stimmung. Madame Arnoux war jetzt

bei ihrer Mutter in Chartres. Doch bald würde er sie wiedersehen und zuletzt ihr Liebhaber werden.

Deslauriers, der am selben Tag in den Debattierklub d'Orsay aufgenommen wurde, hatte dort unter großem Applaus eine Rede gehalten. Obwohl er enthaltsam war, betrank er sich und sagte beim Dessert zu Dussardier:

– Du bist ein ehrlicher Kerl! Wenn ich erst reich bin, mache ich dich zu meinem Inspektor.

Alle waren glücklich; Cisy wollte das Jurastudium nicht beenden; Martinon würde sein Referendariat in der Provinz fortsetzen, wo er zum Substituten ernannt werden sollte; Pellerin schickte sich an, ein großes Bild zu malen, das *Le Genie de la Révolution* darstellte; Hussonnet sollte in der nächsten Woche dem Direktor des Délassements den Entwurf eines Stückes vortragen und zweifelte nicht an seinem Erfolg:

– Denn das Zeug zum Dramatiker hat man mir schon bescheinigt! In der Liebe bin ich firm genug, da kenne ich mich aus; und was den Witz angeht, das ist mein Metier!

Er machte einen Satz, stand auf beiden Händen und lief, die Füße in der Luft, eine Weile um den Tisch.

Diese Kinderei konnte Sénécal nicht aufheitern. Er war soeben aus einem Pensionat geworfen worden, weil er den Sohn eines Aristokraten geschlagen hatte. Für seine zunehmende Not machte er die Gesellschaftsordnung verantwortlich, verfluchte die Reichen; und er schüttete Regimbart, der immer enttäuschter, trauriger, angewiderter wurde, sein Herz aus.

Der Citoyen wandte sich den Haushaltsfragen zu und beschuldigte die Kamarilla, Millionen in Algerien zu vergeuden.

Bevor er nicht im Estaminet Alexandre eingekehrt war, konnte er nicht schlafen, und so verschwand er bereits um elf Uhr. Die anderen gingen später; und als sich

Frédéric von Hussonnet verabschiedete, erfuhr er, daß Madame Arnoux am Abend zuvor zurückgekommen sein sollte.

Er lief zur Dampfschiffahrtslinie, um seine Abfahrt um einen Tag zu verschieben, und stand gegen sechs Uhr abends vor ihrer Tür. Ihre Rückkehr, sagte ihm der Pförtner, habe sich um eine Woche verzögert. Frédéric speiste allein und schlenderte dann über die Boulevards.

Rosige Wolken zogen sich wie Schärpen über die Dächer; man hatte begonnen, die Planen vor den Läden aufzuspannen; Sprengwagen ließen einen Regen auf dem Staub niedergehen, und eine unerwartete Frische verband sich mit den Düften der Cafés, die durch ihre offenen Türen, zwischen Silberzeug und Vergoldungen, den Blick auf große Blumensträuße freigaben, zurückgeworfen von den hohen Spiegeln. Die Menge bewegte sich langsam voran. Männer standen in Gruppen plaudernd in der Mitte der Trottoirs; und Frauen kamen vorüber, mit einer Schwäche in den Augen und jenem kamelienfarbigem Teint, den die Mattigkeit bei großer Hitze dem weiblichen Fleisch verleiht. Etwas Ungeheures senkte sich über die Stadt und hüllte sich um die Häuser. Nie war ihm Paris so schön erschienen. Er sah die Zukunft nur noch als eine endlose Reihe von Jahren voller Liebe.

Vor dem Theater der Porte-Saint-Martin blieb er stehen und betrachtete das Plakat; und aus Langeweile kaufte er ein Billett.

Man gab eine alte Feerie. Die Zuschauer waren nicht sehr zahlreich; und durch die Luken im Olymp schien in kleinen blauen Karrees das Tageslicht, während die Öllampen an der Rampe eine einzige Linie von gelben Lichtern bildeten. Die Bühne zeigte einen Sklavenmarkt in Peking mit Schellen, Tam-Tams, Sultanen, spitzen Hüten und Kalauern. Als sich dann der Vorhang wieder gesenkt hatte, irrte er alleine im Foyer umher und bewunderte unten an der Freitreppe auf dem Boulevard einen großen grünen Landauer mit zwei Schimmeln und einem Kutscher in Kniehosen auf dem Bock.

Er nahm eben wieder seinen Platz ein, als im Rang ein Herr und eine Dame in die erste Proszeniumsloge traten. Der Mann hatte ein bleiches, von einem schmalen grauen Bart umrahmtes Gesicht, den Offiziersorden und das eisige Wesen, das man Diplomaten zuschreibt.

Seine Frau, mindestens zwanzig Jahre jünger, weder groß noch klein, weder häßlich noch hübsch, trug ihr blondes Haar auf englische Art in langen Korkenzieherlocken, ein Kleid mit flacher Korsage und einen großen Fächer aus schwarzer Spitze. Wenn Leute solcher Gesellschaft zu dieser Jahreszeit ins Theater kamen, war das wohl ein Zufall oder die Verlegenheit, den Abend zu zweit verbringen zu müssen. Die Dame knabberte an ihrem Fächer, der Herr gähnte. Frédéric konnte sich nicht entsinnen, wo er dieses Gesicht schon einmal gesehen hatte.

In der nächsten Pause traf er sie im Gang; auf seinen flüchtigen Gruß erkannte ihn Monsieur Dambreuse, kam auf ihn zu und entschuldigte sich sogleich für seine unverzeihliche Nachlässigkeit. Das war eine Anspielung auf die zahlreichen, auf den Rat des Schreibers hin abgesandten Karten. Doch er verwechselte die Zeiten, in der Meinung, Frédéric sei im ersten Studienjahr. Dann beneidete er ihn um seine Reise aufs Land. Ihm könne Erholung auch nicht schaden, doch die Geschäfte hielten ihn in Paris.

Madame Dambreuse, an seinem Arm, hielt den Kopf leicht geneigt; und die geistreiche Anmut ihres Gesichtes stand in äußerstem Gegensatz zu dem verdrießlichen Ausdruck von vorher.

– Aber man findet hier doch schöne Zerstreuungen, sagte sie bei den letzten Worten ihres Mannes. Was ist diese Aufführung dumm! nicht wahr, Monsieur? Und die drei blieben zusammen stehen und plauderten über Theater und neue Stücke.

Frédéric, der nur die Grimassen bourgeoiser Provinzlerinnen kannte, hatte noch bei keiner Frau eine solch gewandte Art erlebt, jene Schlichtheit, die Raffinesse ist und in der naive Leute den Ausdruck spontaner Herzlichkeit sehen.

Man rechnete mit ihm, sobald er zurück wäre; Monsieur Dambreuse trug ihm Grüße an Vater Roque auf.

Als er nach Hause kam, erzählte Frédéric Deslauriers sofort von diesem freundlichen Empfang.

– Famos! erwiderte der Schreiber, und laß dich nicht von der Mama einwickeln! komm gleich wieder!

Am Tag nach seiner Ankunft führte Madame Moreau ihren Sohn nach dem Déjeuner in den Garten.

Sie schätzte sich glücklich, daß er nun seinen Beruf hatte, denn sie waren nicht so reich, wie man glaubte; das Land brachte wenig ein; die Pächter zahlten schlecht; sie waren sogar gezwungen gewesen, ihren Wagen zu verkaufen. Schließlich eröffnete sie ihm ihre Lage.

In den ersten Nöten ihrer Witwenschaft hatte ihr ein durchtriebener Mensch, Monsieur Roque, Geld geliehen und das Darlehen gegen ihren Willen verlängert. Dann hatte er auf einmal alles zurückgefordert; ihr war nichts übriggeblieben, als seine Bedingungen anzunehmen und ihm zu einem Spottpreis den Hof in Presle zu überlassen. Zehn Jahre später verschwand ihr Kapital in dem Konkurs eines Bankiers in Melun. Aus Angst vor Hypotheken und um für die Zukunft ihres Sohnes den Schein zu wahren, war sie, als Vater Roque sich von neuem anbot, noch einmal auf ihn eingegangen. Doch nun waren sie quitt. Kurz, es blieben ihnen ungefähr zehntausend Francs an Rente, wovon zweitausenddreihundert ihm gehörten, sein ganzes Erbe!

– Nicht möglich! rief Frédéric aus.

Sie machte eine Kopfbewegung, die besagte, daß das sehr wohl möglich war.

Aber der Onkel würde doch etwas hinterlassen?

Das war völlig ungewiß!

Und schweigend schritten sie durch den Garten. Endlich zog sie ihn an ihr Herz und sagte mit tränenerstickter Stimme:

– Ach! mein armer Junge! Ich mußte etliche Träume aufgeben!

Er setzte sich auf die Bank, im Schatten einer großen Akazie.

Sie riet ihm, sich in die Dienste von Maître Prouharam, dem Anwalt, zu begeben, der ihm seine Kanzlei abtreten würde; wenn er sie hochbrachte, könnte er sie wieder verkaufen und eine gute Partie machen.

Frédéric hörte nicht mehr zu. Er schaute gedankenverloren über die Hecke in den Garten vor ihm.

Dort war ein Mädchen von ungefähr zwölf Jahren mit rotem Haar, ganz allein. Sie hatte sich Ohrgehänge aus Vogelbeeren gemacht; ihr Leibchen aus grauem Tuch ließ die von der Sonne leicht gebräunten Schultern sehen; ihr weißer Rock war voller Marmeladenflecken; und in ihrer ganzen Person lag etwas von der Anmut eines wilden jungen Tieres, kräftig und zart zugleich. Die Anwesenheit eines Unbekannten wunderte sie offenbar, denn sie war plötzlich, die Gießkanne in der Hand, stehengeblieben und hatte ihre durchsichtig grünblauen Augen auf ihn geheftet.

– Das ist die Tochter von Monsieur Roque, sagte Madame Moreau. Er hat gerade seine Dienstmagd geheiratet und sein Kind legitimiert.

VI

Ruiniert, ausgeraubt, zugrunde gerichtet!

Wie vom Schlag getroffen war er auf der Bank sitzen geblieben. Er verfluchte das Schicksal, er hätte jemanden schlagen mögen; und zu seiner noch größeren Verzweiflung fühlte er Schimpf und Schande auf sich lasten; – denn Frédéric hatte sich eingebildet, daß sich sein väterliches Vermögen eines Tages auf fünfzehntausend Francs Rente belaufen würde, und hatte das bei den Arnouxs durchblicken lassen.

Nun stände er als Angeber, als Lügner, als Lump da, der sich in der Hoffnung auf irgendeinen Vorteil bei ihnen eingeführt hatte! Und sie, Madame Arnoux, wie sollte er sie jetzt wiedersehen?

Das war ohnehin ganz unmöglich, wenn er nur dreitausend Francs Rente besaß! Er konnte nicht auf ewig im vierten Stock wohnen, den Portier als Dienstboten haben und sich mit schäbigen schwarzen Handschuhen, die an den Spitzen blau verfärbt waren, einem speckigen Hut und das ganze Jahr über demselben Rock zeigen. Nein! nein! niemals! Dabei war das Leben ohne sie unerträglich. Viele lebten ohne Vermögen sehr gut, unter anderem Deslauriers; – und er fand, er sei ein Schuft, wenn lächerliche Dinge eine solche Bedeutung für ihn hatten. Die Armut würde seine Möglichkeiten vielleicht hundertfach vergrößern. Bei dem Gedanken an berühmte Männer, die in Dachstuben arbeiten, kam er in Begeisterung. Eine Seele wie die von Madame Arnoux mußte von diesem Anblick ergriffen sein, und sie würde weich werden. So war diese Katastrophe doch noch ein Glück; wie jene Erdbeben, die Schätze aufdecken, hatte sie ihm die geheimen Reichtümer seines Wesens offenbart. Doch es gab auf der ganzen Welt nur einen Ort, um sie zur Geltung zu bringen: Paris! denn nach seiner Vorstellung gehörten die Kunst, die Wissenschaft und die Liebe (die drei Gesichter Gottes, wie Pellerin gesagt hätte) ausschließlich der Hauptstadt.

Am Abend eröffnete er seiner Mutter, daß er zurück nach Paris ginge. Madame Moreau war überrascht und empört. Das war Wahnsinn, war absurd. Er täte besser daran, ihrem Rat zu folgen, das hieße bei ihr zu bleiben, in einer Kanzlei. Frédéric zuckte mit den Achseln: »Unmöglich!« und empfand diesen Vorschlag als reinen Hohn.

Nun wandte die gute Dame eine andere Methode an. Mit zärtlicher Stimme und kleinen Schluchzern begann sie von ihrer Einsamkeit zu sprechen, vom Alter und den Opfern, die sie gebracht hatte. Jetzt, da sie noch unglücklicher dran war, verließ er sie. Dann sagte sie im Hinblick auf ihr nahes Ende:

– Ein wenig Geduld, mein Gott, bald bist du frei!

Diese Klagen wiederholten sich drei Monate lang zwanzigmal am Tag; und gleichzeitig bestachen ihn die Köstlichkeiten der Küche; er genoß es, ein weicheres Bett zu haben, Handtücher ohne Löcher; so daß sich Frédéric schließlich zermürbt, ermattet, besiegt von der schrecklichen Macht des guten Lebens zu Maître Prouharam fahren ließ.

Dort zeigte er weder Wissen noch Können. Bis dahin hatte man ihn für einen jungen Mann mit großen Möglichkeiten gehalten, der der Stolz des Departements sein würde. Es wurde eine öffentliche Enttäuschung.

Anfangs hatte er sich gesagt: »Ich muß Madame Arnoux benachrichtigen«, und hatte eine Woche lang schwungvolle Briefe und kurze Billetts in lapidarem erhabenen Stil ausgebrütet. Die Furcht, seine Lage einzugestehen, hielt ihn zurück. Dann dachte er, es sei besser, ihrem Mann zu schreiben. Arnoux kannte das Leben und würde ihn verstehen. Nach zwei Wochen Zögern sagte er sich schließlich:

»Ach was, ich kann sie ja doch nicht mehr wiedersehen; sollen sie mich vergessen! Wenigstens werde ich ihr in guter Erinnerung bleiben! Sie wird glauben, ich sei tot, und wird mich vermissen… vielleicht.«

Da große Entschlüsse ihn nicht viel kosteten, hatte er sich geschworen, nie wieder nach Paris zurückzukehren, ja sogar, sich nicht mehr nach Madame Arnoux zu erkundigen.

Doch ihm fehlte selbst der Geruch der Gaslaternen und der Krach der Omnibusse. Er träumte von allem, was sie zu ihm gesagt hatte, vom Klang ihrer Stimme, vom Strahlen ihrer Augen, – und da er sich als toten Mann betrachtete, unternahm er nichts mehr, gar nichts mehr.

Er stand sehr spät auf und sah sich vom Fenster aus die vorüberfahrenden Fuhrleute an. Besonders die ersten sechs Monate waren erbärmlich.

An gewissen Tagen jedoch ergriff ihn Empörung über sich selbst. Dann verließ er das Haus. Er lief über die Wiesen, die im Winter zur Hälfte von den Hochwassern der Seine bedeckt waren. Sie sind von Pappelreihen durchzogen. Hier und da erhebt sich eine kleine Brücke. Er strich bis zum Abend umher, während die gelben Blätter unter seinen Schritten raschelten, atmete die feuchte Luft, sprang über Gräben; je stärker es in seinen Adern pochte, desto überwältigender wurden die Wünsche nach gewaltigen Taten; er wollte Trapper in Amerika werden, einem Pascha im Orient dienen, zur See fahren; und in langen Briefen an Deslauriers ließ er seiner Melancholie freien Lauf.

Der setzte alles daran, es zu etwas zu bringen, das untüchtige Verhalten seines Freundes und seine endlosen Klagen kam ihm lächerlich vor. Bald war ihr Briefwechsel fast erloschen. Frédéric hatte all seine Möbel Deslauriers vermacht, der seine Wohnung übernommen hatte. Von Zeit zu Zeit sprach seine Mutter ihn auf die Möbel an; eines Tages gestand er ihr schließlich sein Geschenk, und sie schalt ihn, als ein Brief für ihn eintraf.

– Was ist denn? sagte sie, du zitterst?

– Es ist nichts, erwiderte Frédéric.

Deslauriers teilte ihm mit, daß er Sénécal aufgenommen habe; und seit vierzehn Tagen lebten sie zusammen. So machte sich nun Sénécal zwischen den Dingen breit, die von Arnoux stammten! Er konnte sie verkaufen, Bemerkungen darüber machen, Witze darüber reißen. Frédéric war bis ins Innerste getroffen. Er ging hinauf in sein Zimmer. Ihm war zum Sterben zumute.

Seine Mutter rief ihn zu sich. Sie wollte ihn wegen einer Pflanzung im Garten um Rat fragen.

Diesen Garten, in englischer Art, teilte in der Mitte ein Zaun aus Pfählen, und die andere Hälfte gehörte dem alten Roque, der am Fluß noch einen für das Gemüse besaß. Die beiden zerstrittenen Nachbarn vermieden es, zur gleichen Zeit im Garten zu erscheinen. Doch seit Frédéric zurückgekommen war, ging der Alte dort häufiger umher und sparte nicht mit Artigkeiten gegenüber dem Sohn von Madame Moreau. Er bedauerte ihn, in der Kleinstadt leben zu müssen. Eines Tages erzählte er, daß sich Monsieur Dambreuse nach ihm erkundigt habe. Ein andermal ließ er sich über den Brauch der Champagne aus, nach dem einen die mütterliche Linie in den Adelsstand erhebt.

– Früher wären Sie ein hoher Herr gewesen, denn ihre Mutter hieß ja de Fouvens. Und was man auch sagen mag, wahrhaftig! ein Name, das ist doch etwas! Nun, setzte er hinzu und sah ihn listig an, schließlich hängt das vom Siegelverwalter ab.

Dieser aristokratische Anspruch stand in sonderbarem Gegensatz zu seiner Erscheinung. Da er klein war, wirkte sein Oberkörper in seinem großen braunen Rock zu lang. Wenn er seine Mütze abnahm, konnte man ein fast weibliches Gesicht mit einer ungeheuer spitzen Nase sehen; sein gelbes Haar glich einer Perücke; er grüßte alle Leute mit einer tiefen Verbeugung und drückte sich dabei an die Wände.

Bis zu seinem fünfzigsten Jahr hatte er sich mit den Diensten von Catherine begnügt, einer mit Pockennarben übersäten Lothringerin seines Alters. Aber gegen 1834 brachte er aus Paris eine schöne Blondine heim, mit einem Schafsgesicht und der »Haltung einer Königin«. Bald sah man sie mit großen Ohrringen umherstolzieren, und alles erklärte sich durch die Geburt einer Tochter, die unter dem Namen Elisabeth-Olympe-Louise Roque angemeldet wurde.

In ihrer Eifersucht meinte Catherine, daß sie das Kind verabscheuen werde. Im Gegenteil, sie liebte es. Sie umgab es mit Fürsorge, Aufmerksamkeiten und Liebkosungen, um ihre Mutter zu verdrängen und sie dem Kind verhaßt zu machen, ein Leichtes, da Madame Éléonore die Kleine vollkommen vernachlässigte und lieber mit den Lieferanten schwatzte. Gleich am Tag nach ihrer Hochzeit stattete sie der Unterpräfektur einen Besuch ab, duzte ihre Dienstboten nicht mehr und meinte aus Vornehmheit ihrem Kind gegenüber Strenge zeigen zu müssen. Sie war bei ihren Unterrichtsstunden anwesend; der Lehrer, ein alter Kontorist aus dem Rathaus, war nicht sehr geschickt. Die Schülerin wurde aufsässig, erhielt Ohrfeigen und weinte sich auf den Knien von Catherine aus, die ihr in jedem Fall recht gab. Dann gerieten die beiden Frauen in Streit; Monsieur Roque brachte sie zum

Schweigen. Er hatte aus Liebe zu seiner Tochter geheiratet und wollte nicht, daß man sie quälte.

Meist trug sie ein weißes zerlumptes Kleid, mit einer spitzenbesetzten Hose; und erschien an besonderen Feiertagen wie eine Prinzessin gekleidet, um die Bourgeois ein wenig zu demütigen, die in Anbetracht ihrer unehelichen Geburt ihren Kleinen den Umgang mit ihr untersagten.

Sie lebte allein in ihrem Garten, schaukelte auf der Schaukel, lief den Schmetterlingen nach und blieb dann plötzlich stehen, um zu beobachten, wie sich die Käfer über die Rosen hermachten. Diese Gewohnheit war es zweifellos, die ihrem Gesicht einen zugleich kühnen und verträumten Ausdruck verlieh. Überdies war sie so groß wie Marthe, so daß Frédéric gleich bei ihrer zweiten Zusammenkunft zu ihr sagte:

– Gestatten Sie mir, Sie zu küssen, Mademoiselle?

Die kleine Person hob den Kopf und antwortete:

– Aber gern!

Doch die Pfähle trennten sie voneinander.

– Sie müssen hinaufsteigen, sagte Frédéric.

– Nein, heb mich hoch!

Er beugte sich über den Zaun, hob sie an den Armen hoch und küßte sie auf beide Wangen; dann setzte er sie ebenso wieder in ihrem Garten ab, ein Vorgang, der sich bei den nächsten Malen wiederholte.

Mit weniger Scheu als bei einem vierjährigen Kind stürzte sie auf ihren Freund zu, sobald sie ihn kommen hörte, oder versteckte sich hinter einem Baum und bellte wie ein Hund, um ihn zu erschrecken.

Eines Tages, als Madame Moreau ausgegangen war, nahm er sie mit hinauf in sein Zimmer. Sie öffnete alle Parfumflakons und strich sich reichlich Pomade ins Haar; dann legte sie sich ohne jede Scham auf das Bett, wo sie mit offenen Augen lang ausgestreckt liegenblieb.

– Ich stelle mir vor, daß ich deine Frau bin, sagte sie.

Am nächsten Tag fand er sie in Tränen aufgelöst. Sie gestand, »daß sie über ihre Sünden weine«, und als er etwas darüber zu erfahren versuchte, senkte sie den Blick und antwortete:

– Frag nicht weiter!

Die erste Kommunion nahte; am Morgen hatte man sie zur Beichte gebracht. Das Sakrament machte sie nicht viel folgsamer. Bisweilen hatte sie wahre Wutanfälle; man wandte sich hilfesuchend an Monsieur Frédéric, um sie zu besänftigen.

Oft nahm er sie mit auf seine Spaziergänge. Während er beim Gehen vor sich hinträumte, pflückte sie Mohnblumen am Rande der Kornfelder, und als sie ihn einmal trauriger sah als gewöhnlich, versuchte sie ihn mit freundlichen Worten zu trösten. Sein Herz, um die Liebe betrogen, stürzte sich auf diese Zuneigung eines Kindes; er zeichnete ihr Männchen, erzählte ihr Geschichten und fing an, ihr vorzulesen.

Er begann mit den *Annales romantiques,* einer damals berühmten Gedicht- und Prosasammlung. Dann vergaß er ganz ihr Alter, so sehr bezauberte ihn ihre Intelligenz, und las ihr nacheinander *Atala, Cinq Mars* und *Les Feuilles d'automne* vor. Aber eines Nachts (am selben Abend hatte sie *Macbeth* in der schlichten Übersetzung von Letourneur gehört) wachte sie auf und schrie: »Der Fleck! der Fleck!«; sie klapperte mit den Zähnen, sie zitterte, und während sie mit weitaufgerissenen Augen auf ihre rechte Hand starrte, rieb sie daran herum und sagte: »Der Fleck geht nicht weg!« Schließlich erschien der Arzt, der ihr verordnete, Aufregungen zu vermeiden.

Die Bourgeois sahen darin nichts anderes als ein ungünstiges Vorzeichen für ihren Lebenswandel. Man sagte, »der junge Moreau« wolle später eine Schauspielerin aus ihr machen.

Bald war die Rede von einem anderen Ereignis, nämlich der Ankunft von Onkel Barthélemy. Madame Moreau überließ ihm ihr Schlafzimmer und trieb die Gefälligkeit so weit, daß sie an den Fastentagen Fleisch auf den Tisch brachte.

Die Liebenswürdigkeit des Alten hielt sich in Grenzen. Unentwegt gab es Vergleiche zwischen Le Havre und Nogent, wo er die Luft stickig, das Brot schlecht, die Straßen nicht gut gepflastert, das Essen mäßig und die Einwohner faul fand. »Was ist das bei euch für eine armselige Wirtschaft!« Er rügte die Extravaganzen seines verstorbenen Bruders, während er siebenundzwanzigtausend Francs Rente zusammengespart hatte! Am Ende der Woche reiste er schließlich wieder ab und ließ auf dem Trittbrett die nicht sehr beruhigenden Worte fallen:

– Es freut mich, euch in guten Verhältnissen zu wissen.

– Du bekommst nichts! sagte Madame Moreau, als sie zurück ins Speisezimmer trat.

Er war nur auf ihre dringenden Bitten hin gekommen, und sie hatte sich acht Tage lang vielleicht etwas zu deutlich um eine offene Aussprache bemüht. Sie bereute es, die Initiative ergriffen zu haben, und saß nun mit gesenktem Kopf und zusammengepreßten Lippen in ihrem Sessel. Frédéric, ihr gegenüber, beobachtete sie; und beide schwiegen, wie vor fünf Jahren bei der Rückkehr aus Montereau. Dieser Zufall, der ihm schlagartig bewußt wurde, erinnerte ihn an Madame Arnoux.

In diesem Augenblick erscholl Peitschengeknall unter dem Fenster, und zugleich rief jemand nach ihm.

Es war der alte Roque, allein in seinem Reisewagen. Er wollte den ganzen Tag in La Fortelle bei Monsieur Dambreuse verbringen und forderte Frédéric herzlich auf, ihn zu begleiten.

– Mit mir brauchen Sie keine Einladung; seien Sie unbesorgt!

Frédéric wollte gerne mitfahren. Doch wie sollte er erklären, daß er nun endgültig in Nogent lebte? Er hatte keinen passenden Sommeranzug, und was würde seine Mutter dazu sagen? Er lehnte ab.

Von nun an zeigte sich der Nachbar weniger freundlich; Louise wuchs heran; Madame Éléonore erkrankte schwer; und die Verbindung löste sich zur großen Freude Madame Moreaus, die beim Umgang mit solchen Leuten für die Niederlassung ihres Sohnes fürchtete.

Sie träumte davon, ihm das Amt eines Gerichtsschreibers zu kaufen, Frédéric war nicht abgeneigt. Nun begleitete er sie zur Messe, spielte am Abend seine Partie Impérial, er gewöhnte sich an die Provinz, versank in ihr; – und selbst seine Liebe hatte eine süße Trauer angenommen, einen besänftigenden Zauber. Da er seinen Schmerz in seinen Briefen abgeladen, ihn in seine Lektüren gemischt, ihn in den Feldern spazierengeführt und überall ausgeschüttet hatte, war er fast versiegt, so daß Madame Arnoux wie eine Tote für ihn war, bei der er sich wunderte, ihr Grab nicht zu kennen, so still und ergeben war dieses Gefühl geworden.

Eines Tages, am 12. Dezember 1845, gegen neun Uhr früh, brachte die Köchin einen Brief auf sein Zimmer. Die Adresse, in großen Buchstaben, war von unbekannter Hand, und Frédéric, noch im Halbschlaf, hatte es mit dem Öffnen nicht eilig. Schließlich las er:

»Friedensrichter von Le Havre,
III. Bezirk.

»Monsieur,

»M. Moreau, da Ihr Onkel *ab intestat* verstorben ist…«

Er erbte!

Als wäre hinter der Wand ein Feuer ausgebrochen, sprang er barfuß im Hemd aus dem Bett: er fuhr sich mit der Hand über das Gesicht und traute seinen Augen nicht, der Meinung, er träume noch, und um sich der Wirklichkeit zu versichern, öffnete er weit das Fenster.

Es war Schnee gefallen; die Dächer waren weiß; – und auf dem Hof erkannte er sogar einen Waschzuber, über den er noch am Abend gestolpert war.

Er las den Brief noch dreimal; tatsächlich! des Onkels gesamtes Vermögen! Siebenundzwanzigtausend Francs Rente! und bei dem Gedanken, Madame Arnoux wiederzusehen, überkam ihn eine rasende Freude.

Mit der Klarheit einer Halluzination sah er sich bei ihr, in ihrer Wohnung, wie er ihr irgendein Geschenk brachte, in Seidenpapier, während vor der Tür sein Tilbury wartete, nein, lieber ein Coupé! ein schwarzes Coupé mit einem Diener in brauner Livrée; er hörte sein Pferd stampfen, und das Rasseln der Kinnkette verschmolz mit dem Wispern ihrer Küsse. So wäre es jeden Tag von neuem, ohne Ende. Er würde sie bei sich empfangen, in seinem Haus; das Eßzimmer wäre in rotem Leder, das Boudoir in gelber Seide, überall Diwane! und was für Étagèren! was für chinesische Vasen! was für Teppiche! Die Bilder erschienen in einem solchen Wirbel, daß ihm schwindelte. Da kam ihm seine Mutter in den Sinn, und den Brief immer noch in der Hand, ging er nach unten.

Madame Moreau versuchte, ihre Erregung zu beherrschen, und fiel in Ohnmacht. Frédéric nahm sie in seine Arme und küßte sie auf die Stirn.

– Liebe Mutter, jetzt kannst du den Wagen zurückkaufen; nun lach doch, weine nicht mehr, sei glücklich!

Zehn Minuten später machte die Nachricht wie ein Lauffeuer die Runde. Jetzt eilten alle Freunde herbei,

Maître Benoist, Monsieur Gamblin, Monsieur Chambion. Frédéric zog sich kurz zurück, um Deslauriers zu schreiben. Weitere Besucher trafen ein. Der Tag verging mit Glückwünschen. Die Roque, mit der es nun »sehr schlimm« stand, geriet darüber ganz in Vergessenheit.

Am Abend, als sie beide allein waren, riet Madame Moreau ihrem Sohn, sich als Anwalt in Troyes niederzulassen. Da er in seiner Heimat bekannter war als irgendwo sonst, konnte er hier leichter eine gute Partie machen.

– Oh! nun ist es aber genug! schrie Frédéric.

Kaum hielt er sein Glück in Händen, wollte man es ihm entreißen. Er bekundete seinen ausdrücklichen Entschluß, in Paris zu leben.

– Um dort was zu tun?

– Nichts!

Madame Moreau fragte ihn, überrascht von seinem Ton, was er denn werden wolle.

– Minister! erwiderte Frédéric.

Und er beteuerte, daß er keineswegs scherze, daß er vorhabe, sich in die Diplomatie zu stürzen, daß sein Studium und seine Neigungen ihn dazu trieben. Mit Hilfe von Monsieur Dambreuse werde er zunächst in den Staatsdienst eintreten.

– Kennst du ihn denn?

– Aber ja! durch Monsieur Roque!

– Das ist ja sonderbar, sagte Madame Moreau.

Er hatte die alten ehrgeizigen Träume in ihrem Herzen wieder geweckt. Sie hing ihnen nach und sprach über die anderen kein Wort mehr.

Hätte er seiner Ungeduld nachgegeben, wäre Frédéric auf der Stelle abgereist. Am nächsten Tag waren sämtliche Plätze in den Postkutschen belegt; er quälte sich bis zum folgenden Tag, um sieben Uhr abends.

Sie setzten sich gerade zu Tisch, als von der Kirche

drei lange Glockenschläge ertönten; und die Dienstmagd kam herein und verkündete, Madame Éléonore sei soeben gestorben.

Dieser Tod war indessen für niemanden ein Unglück, nicht einmal für das Kind. Dem jungen Mädchen würde es später nur bessergehen.

Da die beiden Häuser Wand an Wand standen, hörte man ein dauerndes Hin und Her, Stimmengewirr; und der Gedanke an diese Tote ganz in ihrer Nähe warf auf ihre Trennung etwas Trostloses. Madame Moreau wischte sich zwei- oder dreimal über die Augen. Frédéric war es schwer ums Herz.

Als das Essen zu Ende war, fing ihn Catherine zwischen Tür und Angel ab. Mademoiselle wollte ihn unbedingt sehen. Sie wartete im Garten auf ihn. Er ging hinaus, stieg über die Hecke, und sich etliche Male an den Bäumen stoßend, ging er auf das Haus von Monsieur Roque zu. In einem Fenster im zweiten Stock schimmerten Lichter; dann erschien eine Gestalt in der Dunkelheit, und eine Stimme flüsterte:

– Ich bin's.

Sie kam ihm größer vor als gewöhnlich, sicher lag es an dem schwarzen Kleid. Da er nicht wußte, was er zu ihr sagen sollte, begnügte er sich damit, ihre Hände zu fassen und zu seufzen.

– Ach! meine arme Louise!

Sie gab keine Antwort. Sie schaute ihn lange tief und durchdringend an. Frédéric fürchtete, den Wagen zu verpassen; er meinte, ganz in der Nähe ein Räderrollen zu hören, und um es kurz zu machen, sagte er:

– Catherine hat mir erzählt, daß du mir etwas…

– Ja, das stimmt! ich wollte Ihnen etwas sagen…

Dieses *Ihnen* wunderte ihn; und da sie weiter schwieg, fragte er:

– Nun, was denn?

– Ich weiß es nicht mehr. Ich habe es vergessen! ist es wahr, daß Sie abreisen?

– Ja, jetzt gleich.

Sie wiederholte:

– Ach! jetzt gleich?… für immer?… wir werden uns nicht wiedersehen?

Sie schluchzte auf.

– Adieu! adieu! so küß mich doch!

Und sie schloß ihn leidenschaftlich in ihre Arme.

ZWEITER TEIL

I

Als er auf seinem Platz hinten im Wagen saß und sich die Postkutsche, gezogen von den fünf gleichzeitig antrabenden Pferden, in Bewegung setzte, fühlte er sich wie von einem Rausch überwältigt. Wie ein Architekt, der einen Palast entwirft, gestaltete er im voraus sein Leben. Er füllte es mit Pracht und Herrlichkeiten; es ragte in den Himmel; es war eine verschwenderische Vielfalt; und er war so in Gedanken versunken, daß alles um ihn verschwunden war.

Am Fuße der Anhöhe von Sourdun merkte er, wo sie sich befanden. Sie hatten höchstens fünf Kilometer zurückgelegt. Er war empört. Er ließ das Fenster herunter, um die Straße sehen zu können. Mehrmals fragte er den Kutscher, wann genau sie ankämen. Doch dann beruhigte er sich und saß still in seiner Ecke, mit offenen Augen.

Die Laterne am Sitz des Postillions erleuchtete die Kruppen der Deichselpferde. Dahinter sah er, wogend wie weiße Wellen, nur die Mähnen der vorderen Pferde; ihr Atem bildete zu beiden Seiten des Gespanns einen Nebelstreif; die Ketten rasselten; die Scheiben zitterten in ihren Rahmen; und der schwere Wagen rollte in steter Fahrt über das Pflaster. Hier und da konnte man die Wand einer Scheune oder ein einsames Wirtshaus erkennen. Manchmal, wenn man durch Dörfer kam, warf der Ofen eines Bäckers einen Feuerschein, und der riesige Schatten der Pferde huschte über das Haus gegenüber. An der Poststation, als abgeschirrt war, herrschte minutenlang lautlose Stille. Oben lief jemand polternd unter der Plane umher, und an der Türschwelle stand eine Frau und hielt schützend die Hand vor ihre Kerze. Dann sprang der Kutscher auf den Tritt, und die Postkutsche fuhr weiter.

In Mormans hörte man es Viertel nach eins schlagen.

»Heute also«, dachte er, »heute noch, heute vormittag!«

Doch seine Hoffnungen und Erinnerungen, Nogent, die Rue de Choiseul, Madame Arnoux, seine Mutter, alles verschwamm nach und nach.

Ein dumpfes Dröhnen von Holzplanken weckte ihn, sie fuhren über die Brücke von Charenton, das war Paris. Seine beiden Reisegefährten setzten ihre Hüte auf, nachdem der eine seine Mütze, der andere seinen Schal vom Kopf genommen hatte, und sie plauderten. Der erste, ein dicker roter Mensch in einem samtenen Gehrock, war ein Händler; der zweite fuhr in die Hauptstadt, um einen Arzt zu konsultieren; – und in der Befürchtung, ihn nachts gestört zu haben, entschuldigte sich Frédéric sofort, so gerührt war er vor lauter Glück.

Da der Quai am Bahnhof offenbar überschwemmt war, ging es geradeaus weiter, und man kam wieder aufs Land. In der Ferne qualmten hohe Fabrikschlote. Dann bogen sie nach Ivry ein. Sie fuhren eine Straße hinauf; plötzlich sah er die Kuppel des Panthéon.

Die wüste Ebene war wie ein unheimliches Ruinengelände. Der Ring der Stadtmauern bildete einen horizontalen Wall; und auf den ungepflasterten Trottoirs längs der Straße standen kleine astlose Bäume, geschützt mit von Nägeln starrenden Latten. Chemiewerke wechselten mit Holzlagern, hohe Tore, wie man sie in Bauernhöfen findet, boten durch ihre halboffenen Flügel Einblick in schmutzige Höfe voller Unrat mit dreckigen Pfützen in der Mitte. Langgestreckte Schenken, ochsenblutrot, hatten im ersten Stock zwischen den Fenstern zwei gekreuzte Billardqueues in einem Kranz gemalter Blumen; hier und da stand verlassen eine halbfertige Baracke aus Mörtel. Dann nahm die doppelte Reihe der Häuser kein Ende mehr; und aus ihren kahlen Fassaden ragte ab und an, als Hinweis auf einen Tabakladen, eine riesige Zigarre aus Weißblech. Schilder von Hebammen zeigten eine Matrone mit ihrer Haube, die in einem spitzenbesetzten Steckkissen ein pausbäckiges Kind wiegte. An den Ecken klebten Plakate an den Wänden, die, zu dreivierteln zerrissen, wie Lumpen im Winde flatterten. Arbeiter in Hemdsärmeln kamen vorüber, Brauereiwagen, Karren von Wäscherinnen, Schlachterfuhrwerke; ein feiner Regen fiel, es war kalt, der Himmel war trübe, doch hinter dem Dunst schimmerten zwei Augen, die ihm die Sonne waren.

Sie standen lange vor der Schranke, denn Geflügelhändler, Fuhrleute und eine Schafherde bildeten ein dichtes Gedränge. Der Wachtposten schritt mit zurückgeschlagener Kapuze vor seinem Schilderhaus auf und ab, um warm zu werden. Der Zöllner kletterte auf das Verdeck, und es erklang eine Hornfanfare. Mit klappernden Ortscheiten und losen Zügeln fuhren sie in scharfem Trab den Boulevard hinunter. Die lange Peitschenschnur knallte in der feuchten Luft. Der Kutscher rief schallend: »Holla! Holla! He!«, und die Straßenkehrer wichen zur Seite, die Fußgänger sprangen zurück, der Straßenkot spritzte an die Fenster, sie begegneten Karren, Einspännern, Omnibussen. Endlich erschien das Tor des Jardin des Plantes.

Die Seine, gelbgrau, berührte fast die Fahrbahn der Brücken. Kühle stieg aus ihr empor. Frédéric sog sie in tiefen Zügen ein, genoß die vertraute Pariser Luft, die den Duft von Liebe und Ströme von Geist zu enthalten schien; als er die erste Droschke sah, war er ergriffen. Und er liebte selbst die Schwelle der mit Stroh ausgelegten Weinschenken, die Schuhputzer mit ihren Kästen, die Krämerjungen, die ihren Kaffeeröster schüttelten. Frauen trippelten unter Regenschirmen einher; er beugte sich vor, um ihr Gesicht zu sehen, ein Zufall hätte Madame Arnoux zu einem Ausgang bewegen können.

Die Läden zogen vorbei, die Menge wurde dichter, der Lärm größer. Nach dem Quai Saint-Bernard, dem Quai de la Tournelle und dem Quai de Montebello schlugen sie den Quai Napoléon ein; er wollte seine Fenster sehen, sie waren weit weg. Auf dem Pont-Neuf überquerte der Wagen abermals die Seine, man fuhr bis zum Louvre; und durch die Straßen Saint-Honoré, Croix-des-Petits-Champs und du Bouloi erreichten sie die Rue Coq-Héron und rollten in den Posthof.

Um die Freude hinauszuzögern, kleidete sich Frédéric so langsam wie möglich an und ging sogar zu Fuß zum Boulevard Montmartre; er lächelte bei dem Gedanken, gleich auf der Marmortafel den geliebten Namen zu sehen; er hob die Augen. Keine Schaufenster mehr, keine Bilder mehr, nichts!

Er lief zur Rue de Choiseul. Dort wohnten keine Monsieur und Madame Arnoux, und die Portiersloge hütete eine Nachbarin. Frédéric wartete auf den Concierge; endlich erschien er, es war nicht mehr derselbe. Ihre Adresse kannte er nicht.

Frédéric trat in ein Café und sah während des Mittagessens im Handelsadreßbuch nach. Es gab dreihundert Arnouxs, aber keinen Jacques Arnoux! Wo konnten sie nur wohnen? Pellerin mußte es wissen.

Er lief hinauf ins Faubourg Poissonnière zu seinem Atelier. An der Tür waren weder Klingel noch Klopfer, und so schlug er mit der Faust darauf. Die Antwort war Stille.

Dann dachte er an Hussonnet. Aber wo einen solchen Mann auftreiben? Einmal hatte er ihn zu dem Haus seiner Mätresse begleitet. In der Rue de Fleurus angelangt, fiel Frédéric ein, daß er den Namen der Dame nicht kannte.

Er wandte sich an die Polizeipräfektur. Er irrte treppauf, treppab, von Büro zu Büro. Die Auskunft wurde gerade geschlossen. Man sagte ihm, er solle anderntags wiederkommen.

Schließlich ging er zu allen Galeristen, die er ausfindig machen konnte, um zu erfahren, ob nicht jemand Arnoux kannte. Monsieur Arnoux hatte das Geschäft aufgegeben.

Entmutigt, erschöpft, krank kehrte er zurück in sein Hotel und legte sich ins Bett. Als er sich zwischen den Laken ausstreckte, fuhr er bei einem Gedanken vor Freude hoch:

»Regimbart! was bin ich für ein Dummkopf, daß ich nicht an ihn gedacht habe!«

Am nächsten Tag stand er bereits ab sieben Uhr in der Rue Notre-Dame-des-Victoires vor einer Spirituosenhandlung, in der Regimbart für gewöhnlich seinen Weißwein zu sich nahm. Sie hatte noch nicht geöffnet; er machte eine kleine Runde in der Umgebung und war nach einer halben Stunde wieder dort. Regimbart war soeben gegangen. Frédéric stürzte auf die Straße. Er glaubte sogar von weitem seinen Hut zu sehen; ein Leichenwagen und Trauerkarossen schoben sich dazwischen. Als sich das Gedränge aufgelöst hatte, war die Vision verschwunden.

Zum Glück fiel ihm ein, daß der Citoyen jeden Tag Schlag elf in einem kleinen Lokal an der Place Gaillon zu speisen pflegte. Man mußte sich gedulden; und nach einem endlosen Bummel von der Bourse zur Madeleine und von der Madeleine zum Gymnase trat Frédéric Schlag elf in das Restaurant an der Place Gaillon, überzeugt, dort seinen Regimbart anzutreffen.

– Kenn ich nicht! sagte der Wirt schroff. Frédéric ließ nicht locker; er fuhr fort:

– Ich kenne ihn nicht mehr, Monsieur! und er zog geheimnisvoll die Augenbrauen hoch und wiegte den Kopf.

Aber bei ihrer letzten Zusammenkunft hatte der Citoyen doch vom Estaminet Alexandre gesprochen. Frédéric schlang eine Brioche herunter, sprang in eine Droschke und erkundigte sich beim Kutscher, ob nicht irgendwo auf der Höhe von Sainte-Geneviève ein gewisses Café Alexandre sei. Der Kutscher fuhr ihn in die Rue des Francs-Bourgeois-Saint-Michel zu einem Etablissement dieses Namens, und auf die Frage: »Monsieur Regimbart, bitte?« antwortete ihm der Wirt mit einem besonders feinen Lächeln:

– Wir haben ihn noch nicht gesehen, Monsieur, während er seiner Frau, die an der Kasse saß, einen vielsagenden Blick zuwarf.

Zur Uhr gewandt setzte er gleich hinzu:

– Aber ich hoffe, daß wir ihn in zehn Minuten, in einer Viertelstunde höchstens, hier haben werden. Célestin, schnell, die Zeitungen!

– Was wünschen der Herr zu trinken?

Obwohl er kein Bedürfnis verspürte, etwas zu sich zu nehmen, stürzte Frédéric ein Glas Rum herunter, dann ein Glas Kirsch, dann ein Glas Curaçao, dann verschiedene Grogs, sowohl kalte als heiße. Er las die gesamte Tagesausgabe des *Siècle;* und las sie noch einmal; aufmerksam, ja bis in die Körnung des Papiers betrachtete er die Karikatur im *Charivari;* zuletzt kannte er die Anzeigen auswendig. Von Zeit zu Zeit hallten Stiefel auf dem Trottoir, das mußte er sein! und hinter den Scheiben zeigte sich der Umriß eines Menschen; doch stets glitt er vorüber!

Um sich die Zeit zu vertreiben, wechselte Frédéric den Platz; er setzte sich nach hinten, dann nach rechts, darauf nach links; und mit ausgebreiteten Armen blieb er mitten auf der Bank sitzen. Doch eine Katze, die leise über den Samt der Rückenlehne schlich, ließ ihn aufschrecken, als sie plötzlich einen Satz machte, um die Sirupflecken auf dem Tablett aufzuschlecken; und das Kind des Wirtes, ein unerträgliches Gör von vier Jahren, spielte auf den Stufen zur Kasse mit einer Knarre. Seine Mutter, eine kleine bläßliche Frau mit faulen Zähnen, lächelte dümmlich. Was war nur mit Regimbart? Frédéric wartete auf ihn, in maßloser Verzweiflung versunken.

Der Regen trommelte wie Hagel auf das Verdeck der Droschke. Durch einen Spalt in der Tüllgardine sah er das arme Pferd regloser als ein Holzpferd auf der Straße stehen. Zu einem Strom angeschwollen, floß das Wasser im Rinnstein zwischen zwei Radspeichen dahin, und der Kutscher, der sich unter der Decke verkrochen hatte, döste; doch da er fürchtete, sein Bourgeois könne sich davonmachen, schaute er ab und an triefnaß zur Tür herein, – und wenn Blicke Gegenstände abnutzen könnten, hätte Frédéric die Uhr aufgelöst, so wie er die Augen darauf heftete. Doch sie tickte. Der Sieur Alexandre wanderte auf und ab und wiederholte: »Er kommt, glauben Sie mir! er kommt!«, und um ihn zu zerstreuen, hielt er lange Reden und sprach über Politik. Ja, er trieb die Gefälligkeit so weit, ihm eine Partie Domino vorzuschlagen.

Um vier Uhr schließlich sprang Frédéric, der seit zwölf Uhr mittags da war, plötzlich auf und erklärte, länger werde er nicht warten.

– Ich verstehe es selber nicht, antwortete der Wirt mit unschuldiger Miene, es ist das erste Mal, daß Monsieur Ledoux ausbleibt!

– Wie, Monsieur Ledoux?

– Aber gewiß doch, Monsieur!

– Ich sagte Regimbart! schrie Frédéric außer sich.

– Oh! Bitte tausendmal um Entschuldigung! Sie täuschen sich! – Nicht wahr, Madame Alexandre, Monsieur hat Monsieur Ledoux gesagt?

Und er rief den Kellner:

– Sie haben es doch auch gehört?

Wohl um sich an seinem Chef zu rächen, begnügte sich der Kellner mit einem Lächeln.

Frédéric ließ sich auf die Boulevards zurückfahren, empört über die verlorene Zeit, wütend auf den Citoyen; seine Gegenwart erflehend wie die eines Gottes, war er fest entschlossen, ihn aus dem hintersten Winkel der entlegensten Kneipe hervorzuziehen. Sein Wagen ärgerte ihn, er schickte ihn fort: seine Gedanken verwirrten sich; dann explodierten in seinem Kopf, gleichzeitig, wie tausend Sprengkörper eines Feuerwerks, sämtliche Namen von Wirtshäusern, die er diesen Dummkopf hatte nennen hören: Café Gascard, Café Grimbert, Café Halbout, Estaminet Bordelais, Havanais, Havrais, Bœuf à la Mode, Brasserie Allemande, Mère Morel; und eines nach dem anderen suchte er sie alle auf. Doch in einem war Regimbart gerade gegangen; in einem anderen käme er vielleicht; in einem dritten hatte man ihn seit sechs Monaten nicht gesehen; anderswo hatte er für Samstag eine Lammkeule bestellt. Bei Vautier schließlich, dem Kaffeewirt, stieß Frédéric, als er die Türe öffnete, mit dem Kellner zusammen.

– Kennen Sie Monsieur Regimbart?

– Wie, Monsieur, ob ich ihn kenne? Ich habe die Ehre, ihn zu bedienen. Er ist oben; er beendet gerade sein Diner!

Und die Serviette unter dem Arm, sprach ihn der Chef des Etablissements persönlich an:

– Sie fragen nach Monsieur Regimbart, Monsieur? Er war soeben hier.

Frédéric stieß einen Fluch aus, doch der Wirt versicherte, er fände ihn gewiß bei Bouttevilain.

– Ich gebe Ihnen mein Ehrenwort! Er ist ein wenig früher gegangen als sonst, er war mit einem Monsieur geschäftlich verabredet. Aber ich sage Ihnen, Sie finden ihn bei Bouttevilain, Rue Saint-Martin, 92, zweite Treppe links, hinten im Hof, Hochparterre, rechte Tür!

Schließlich sah er ihn, durch Pfeifenrauch, allein, hinter dem Billard am Ende der Kneipe, vor sich ein Bier, das Kinn auf der Brust, in Gedanken versunken.

– Ach! wie habe ich nach Ihnen gesucht!

Ungerührt reichte ihm Regimbart lediglich zwei Finger, und als habe er ihn gestern noch gesehen, ließ er ein paar belanglose Sätze fallen.

Frédéric unterbrach ihn und sagte so selbstverständlich wie möglich:

– Arnoux geht es gut?

Die Antwort ließ nicht lange auf sich warten, Regimbart leerte sein Glas.

– Ja, nicht schlecht!

– Wo wohnt er denn jetzt?

– Aber doch... Rue Paradis-Poissonnière, antwortete der Citoyen erstaunt.

– Welche Nummer?

– Siebenunddreißig, Gott, Sie sind ja lustig!

Frédéric erhob sich.

– Wie denn, Sie gehen?

– Ja, ja, ich muß noch etwas erledigen, eine Sache, die ich vergessen hatte! Adieu!

Mit der seltsamen Leichtigkeit, die man im Traum erlebt, lief Frédéric, wie getragen von einer lauen Brise, von der Kneipe zu Arnoux.

Bald stand er in der zweiten Etage vor einer Tür, an der die Glocke ertönte; ein Dienstmädchen erschien; eine zweite Tür öffnete sich; Madame Arnoux saß am Feuer;

Arnoux sprang auf und umarmte ihn. Sie hatte einen kleinen Jungen von ungefähr drei Jahren auf den Knien; ihre Tochter, nun ebenso groß wie sie, stand an der anderen Seite des Kamins.

– Gestatten Sie mir, Ihnen diesen Herrn vorzustellen, sagte Arnoux und hob seinen Sohn hoch.

Und ein paar Minuten lang machte er sich einen Spaß daraus, ihn in die Luft zu werfen und mit gestreckten Armen wieder aufzufangen.

– Du wirst ihn noch umbringen! ach! mein Gott! so hör doch auf! rief Madame Arnoux.

Aber Arnoux beteuerte, da sei keine Gefahr, und fuhr damit fort, wobei er sogar Zärtlichkeiten in Marseiller Mundart, seiner Heimatsprache, lispelte. »Ah! mein süßer Kleiner, mein Spätzchen!« Dann fragte er Frédéric, warum er so lange nicht geschrieben habe, was er denn dort getrieben und was ihn zurückbrächte.

– Ich bin jetzt Fayencenhändler, mein lieber Freund. Aber sprechen wir von Ihnen!

Frédéric führte einen langen Prozeß an, die Krankheit seiner Mutter; davon sprach er mit besonderem Nachdruck, um Teilnahme zu wecken. Kurz, diesmal nun lasse er sich endgültig in Paris nieder; und er erwähnte nichts von der Erbschaft, – aus Angst, seiner Vergangenheit zu schaden.

Die Vorhänge waren aus braunem Wolldamast; am Kopfpolster des Bettes lagen dicht nebeneinander zwei Kissen; der Wasserkessel summte über der Glut; und der Lampenschirm am Rande der Kommode tauchte das Zimmer in dämmriges Licht. Madame Arnoux trug ein Hauskleid aus dunkelblauer Merinowolle. Den Blick auf der Asche und eine Hand auf der Schulter des Kleinen, löste sie mit der anderen das Band seines Leibchens; der Knirps im Hemd weinte und kratzte sich dabei am Kopf, ganz wie Monsieur Alexandre junior.

Frédéric hatte mit Anfällen von Seligkeit gerechnet, aber die Leidenschaften verkümmern, wenn man sie verpflanzt, und da er Madame Arnoux nicht mehr in der Umgebung vorfand, in der er sie kennengelernt hatte, schien sie ihm verloren zu haben, irgendwie entwürdigt, kurz nicht mehr dieselbe zu sein. Die Ruhe seines Herzens verblüffte ihn. Er fragte nach den alten Freunden, unter anderem nach Pellerin.

– Ich sehe ihn nur selten, sagte Arnoux.

Sie setzte hinzu:

– Wir empfangen nicht mehr wie früher!

Wollte sie ihm zu verstehen geben, daß er mit einer Einladung nicht zu rechnen habe? Doch Arnoux war weiterhin herzlich und machte ihm Vorhaltungen, daß er nicht einfach zum Essen gekommen sei; und er erklärte, warum er die Branche gewechselt habe.

– Was bleibt einem übrig in einer Zeit des Verfalls wie der unseren? Die große Malerei ist aus der Mode! Außerdem kann alles Kunst sein! Sie wissen ja, ich liebe das Schöne! in den nächsten Tagen muß ich Sie einmal mit in meine Fabrik nehmen.

Und er wollte ihm sofort in seinem Laden im Hochparterre einige seiner Produkte zeigen.

Der Fußboden stand voller Platten, Terrinen, Teller und Schüsseln. An den Wänden lehnten große Kacheln für Badezimmer und Toiletten mit mythologischen Motiven im Renaissancestil, während in der Mitte eine Doppelétagère, die bis zur Decke reichte, Gefäße für Eis trug, Blumentöpfe, Leuchter, Jardinièren und große bunte Figuren, die einen Neger oder eine Pompadourschäferin darstellten. Arnoux' Erklärungen langweilten Frédéric, der fror und hungrig war.

Er eilte ins Café Anglais, nahm dort ein herrliches Abendessen zu sich und sagte sich, während er speiste:

– Was war ich doch für ein Dummkopf mit meinem

Schmerz! Sie hat mich kaum wiedererkannt! was für eine Bourgeoise!

Und in einer jähen Genesung beschloß er, nur noch an sich zu denken.

Sein Herz fühlte sich hart an wie der Tisch, auf dem seine Ellbogen ruhten! Nun konnte er sich furchtlos in die Gesellschaft stürzen. Er dachte an die Dambreuses, er würde sie brauchen können; dann fiel ihm Deslauriers ein. »Ach! herrje, auch das noch!« Und doch schickte er ihm ein Billett mit einer Einladung für den nächsten Tag ins Palais-Royal zum gemeinsamen Déjeuner.

Jenem war das Glück nicht so hold.

Er hatte sich mit einer Doktorarbeit über das *Recht letzter Verfügungen* einem Wettbewerb der Kammer gestellt und die Ansicht vertreten, man müsse dieses Recht so weit wie möglich einschränken; und als ihn die gegnerische Partei reizte, um ihn hereinzulegen, hatte er lauter Unsinn geredet, während die Prüfer nicht mit der Wimper zuckten. Der Zufall wollte es, daß er im Losverfahren als Prüfungsthema die Verjährung zog. Dabei hatte sich Deslauriers in verheerende Theorien verstiegen; verjährte Streitigkeiten sollten wie neue vorgebracht werden können; warum sollte der Eigentümer seines Besitzes beraubt werden, weil er die Urkunden erst nach Ablauf von einunddreißig Jahren vorzeigen könne? Das hieße, die Sicherheit des Ehrbaren den Erben des Gauners schenken, der sich bereichert hatte. Sämtliche Ungerechtigkeiten würden sanktioniert durch eine Ausweitung dieses Gesetzes, das Tyrannei war, Mißbrauch der Macht! Er hatte sogar gerufen:

– Schaffen wir es ab, und die Franken werden nicht länger die Gallier unterdrücken, die Engländer nicht die Iren, die Yankees nicht die Rothäute, die Türken nicht die Araber, die Weißen nicht die Neger, Polen…

Der Präsident hatte ihn unterbrochen.

– Gut! gut! Monsieur! Ihre politischen Ansichten sind hier nicht gefragt, Sie können sich später noch einmal stellen.

Deslauriers wollte sich nicht noch einmal stellen. Doch dieser elende Paragraph xx. im iii. Buch des Code civil war ein Stein des Anstoßes für ihn geworden. Er arbeitete ein großes Werk aus über die *Verjährung als Grundlage des Zivilrechts und des Naturrechts der Völker;* und er war versunken in Dunod, Rogérius, Balbus, Merlin, Vazeille, Savigny, Troplong und andere bedeutende Texte. Um sich dieser Arbeit widmen zu können, hatte er seine Stellung als Kanzleivorsteher aufgegeben. Er lebte von Repetitorstunden und dem Anfertigen von Doktorarbeiten, und auf den Sitzungen des Debattierklubs verschreckte er mit seiner Heftigkeit die Konservativen, all die jungen Theoretiker aus der Schule Monsieur Guizots, – so daß er in bestimmten Kreisen eine gewisse Berühmtheit genoß, gemischt mit einigem Argwohn seiner Person gegenüber.

Zu der Verabredung erschien er in einem weiten, mit rotem Flanell gefütterten Paletot wie ehemals Sénécal. Die Scheu vor der vorbeiströmenden Menge hielt sie davon ab, sich lange zu umarmen, und untergehakt, wiehernd vor Vergnügen, eine Träne im Auge, gingen sie bis zu Véfour. Kaum waren sie allein, rief Deslauriers:

– Ach! Teufel nochmal, jetzt werden wir's uns gutgehen lassen!

Frédéric konnte diese Art, sich gleich als Teilhaber seines Vermögens zu sehen, nicht leiden. Sein Freund freute sich zu sehr für sie beide und nicht genügend für ihn.

Dann berichtete Deslauriers von seinem Mißerfolg und schließlich auch von seiner Arbeit, sprach stoisch von seinem Leben und mit Bitterkeit von anderen. Alles mißfiel ihm. Kein Staatsbeamter, der nicht ein Idiot oder ein Schurke war. Wegen eines schlecht gespülten Glases fuhr er den Kellner an, und auf Frédérics leisen Vorwurf antwortete er:

– Soll ich etwa ein Blatt vor den Mund nehmen bei solchen Kerlen, die sechs- bis achttausend Francs im Jahr verdienen, die Wähler sind, wählbar womöglich! Oh! nein, nein!

Dann, mit heiterer Miene:

– Aber ich vergaß, daß ich mit einem Kapitalisten spreche, mit einem Krösus, denn du bist doch jetzt ein Krösus!

Und dann kam er auf die Erbschaft zurück und äußerte die Ansicht: daß Erbschaften in der Seitenlinie (eigentlich ein Unrecht, wenn er sich auch über diese freue) alsbald in der kommenden Revolution abgeschafft würden.

– Meinst du? sagte Frédéric.

– Verlaß dich drauf! antwortete er. So kann das nicht weitergehen! Die Not ist zu groß! Wenn ich Leute wie Sénécal im Elend sehe...

»Immer dieser Sénécal!« dachte Frédéric.

– Was gibt es sonst Neues? Bist du noch in Madame Arnoux verliebt? Das ist vorbei, was?

Frédéric, der nicht wußte, was er antworten sollte, schloß die Augen und senkte den Kopf.

Deslauriers erzählte ihm über Arnoux, dessen Zeitung gehöre jetzt Hussonnet, der sie verändert habe. Sie hieß jetzt »Die Kunst, literarisches Institut, Aktiengesellschaft, die Aktie zu hundert Francs; Geschäftskapital: vierzigtausend Francs«, mit der Möglichkeit für jeden Aktionär, dort seine Schriften unterzubringen; denn »erklärtes Ziel der Gesellschaft ist, die Werke von Debütanten zu veröffentlichen, dem Talent, ja vielleicht Genie die schmerzlichen, harten Auseinandersetzungen zu ersparen, etc.«, du siehst den Schwindel! Aber da gäbe es etwas zu tun, nämlich das Niveau besagten Blattes heben, und dann plötzlich, unter Beibehaltung derselben Redakteure und mit dem Versprechen, das Feuilleton weiterzuführen, den Abonnenten eine politsche Zeitung bieten; die Anfangskosten seien überschaubar.

– Was hältst du davon? willst du einsteigen?

Frédéric wies den Vorschlag nicht zurück. Aber man müsse warten, bis seine Angelegenheiten geregelt seien.

– Also, wenn du irgend etwas brauchst…

– Danke, mein Kleiner! sagte Deslauriers.

Dann rauchten sie Puros, die Ellbogen auf dem samtüberzogenen Fensterbrett. Die Sonne schien, die Luft war mild, Vogelschwärme ließen sich im Garten nieder; vom Regen frisch gewaschen, glänzten die Bronze- und Marmorstatuen; Hausmädchen in Schürze saßen plaudernd auf den Stühlen; und man hörte das Lachen der Kinder beim fortwährenden Plätschern der Fontäne im Springbrunnen.

Deslauriers Bitterkeit hatte Frédéric verwirrt; doch unter dem Einfluß des Weines, der in seinen Adern kreiste, schläfrig, ganz benommen und die Sonne im Gesicht, fühlte er, wie eine von Wärme und Feuchigkeit gesättigte Pflanze, nur noch ein unendlich wollüstiges dumpfes Behagen. Mit halbgeschlossenen Lidern schaute Deslauriers gedankenverloren in die Ferne. Seine Brust hob sich, und er begann:

– Ach! schöner war es doch, als Camille Desmoulins dort drüben auf einem Tisch stand und das Volk zur Bastille trieb! Damals lebte man noch, konnte sich betätigen, seine Kräfte beweisen! einfache Advokaten befehligten Generäle, arme Teufel schlugen Könige, während jetzt…

Er schwieg und sagte dann plötzlich:

– Pah! die Zukunft ist groß!

Und auf die Scheiben trommelnd deklamierte er die Verse von Barthélemy:

Elle reparaîtra, la terrible Assemblée
Dont, après quarante ans, votre tête est troublée,
Colosse qui sans peur marche d'un pas puissant.

– Weiter weiß ich nicht mehr! Aber es ist spät, gehen wir?

Und auf der Straße fuhr er fort, seine Theorien zu entwickeln.

Frédéric betrachtete, ohne ihm zuzuhören, Stoffe und Möbel in den Auslagen, die für seine Einrichtung in Frage kamen, und vielleicht war es der Gedanke an Madame Arnoux, der ihn am Schaufenster eines Trödlers vor drei Fayencetellern stehenbleiben ließ. Sie waren mit gelben, metallisch glänzenden Rankenmustern geschmückt und kosteten das Stück hundert Écus. Er ließ sie sich beiseitestellen.

– Ich an deiner Stelle würde lieber Silbergeschirr kaufen, sagte Deslauriers und verriet mit dieser Liebe zum Prunk den Mann aus kleinem Hause.

Sobald er allein war, ging Frédéric zu dem berühmten Pomadère, wo er drei Beinkleider, zwei Röcke, eine Pelzmantille sowie fünf Westen bestellte; dann zu einem Schuster, einem Hemdenschneider und einem Hutmacher, wobei er überall befahl, man möge sich so sehr als möglich beeilen.

Drei Tage später fand er abends bei seiner Rückkehr aus Le Havre seine vollständige Garderobe zu Hause vor, und da er es nicht erwarten konnte, sie zu nutzen, beschloß er sogleich, einen Besuch bei den Dambreuses zu machen. Aber es war zu früh, kaum acht Uhr.

»Wie, wenn ich zu den anderen ginge?« sagte er sich.

Arnoux stand allein vor dem Spiegel und war im Begriff, sich zu rasieren. Er schlug ihm vor, ihn an einen Ort zu führen, wo er sich gut unterhalten würde, und sagte auf den Namen Dambreuse hin:

– Ach! das trifft sich gut! Sie werden dort Freunde von ihm treffen; kommen Sie doch mit! das wird lustig!

Frédéric entschuldigte sich, Madame Arnoux erkannte seine Stimme und wünschte ihm durch die Wand einen guten Tag, da ihre Tochter nicht wohl und sie selber leidend war; man hörte das Klingeln eines Löffels in einem Glas und all das leise Rumoren vorsichtig hin- und herbewegter Dinge, das in einem Krankenzimmer herrscht. Dann verschwand Arnoux, um seiner Frau adieu zu sagen. Er brachte eine Menge Gründe vor:

– Du weißt doch, daß es wichtig ist! Ich muß hin, es ist nötig, ich werde erwartet.

– Geh nur, geh, mein Freund. Amüsier dich!

Arnoux rief eine Droschke heran.

– Palais-Royal! Galerie Montpensier, 7.

Und als er sich in die Polster fallen ließ:

– Ach! bin ich erschöpft! das bringt mich noch um. Aber Ihnen kann ich es ja sagen.

Er beugte sich zu seinem Ohr und flüsterte geheimnisvoll:

– Ich versuche das Kupferrot der Chinesen zu finden.

Und er erklärte, was Glasur und langsames Brennen sei.

Bei Chevet händigte man ihm einen großen Korb aus, den er in die Droschke setzen ließ. Für »seine arme Frau« wählte er dann Weintrauben, Ananas, verschiedene Köstlichkeiten und bat dringend darum, sie am nächsten Tag gleich morgens zu liefern.

Anschließend fuhren sie zu einem Kostümverleiher; es handelte sich um einen Ball. Arnoux nahm eine blaue Samthose, eine ebensolche Jacke, eine rote Perücke; Frédéric einen Domino, und sie stiegen in der Rue de Laval vor einem Hause aus, dessen zweite Etage von bunten Laternen erleuchtet war.

Schon unten an der Treppe hörte man das Fiedeln der Geigen.

– Wo zum Teufel führen Sie mich hin? sagte Frédéric.

– Es ist ein braves Mädchen! keine Angst!

Ein Butler öffnete ihnen die Tür, und sie traten in das Vorzimmer, wo Paletots, Mäntel und Schals in Haufen über Stühle geworfen waren. Soeben wurde es von einer jungen Frau in einem Dragonerkostüm im Stil Louis XV. durchquert. Es war Mademoiselle Rosanette-Bron, die Herrin des Hauses.

– Nun? sagte Arnoux.

– Erledigt! antwortete sie.

– Ah! danke mein Engel!

Und er wollte sie umarmen.

– Paß doch auf, Dummkopf! du verschmierst mir die Schminke!

Arnoux stellte Frédéric vor.

– Hereinspaziert, Monsieur, herzlich willkommen!

Sie schlug eine Portiere hinter sich auf und rief emphatisch:

– Der Sieur Arnoux, Küchenjunge, und einer von seinen Freunden, ein Prinz!

Anfangs war Frédéric geblendet von den Lichtern; er sah nur Seide, Samt, nackte Schultern, ein Meer von Farben, das zu den Klängen eines hinter Grünpflanzen versteckten Orchesters zwischen mit gelber Seide bespannten Wänden hin- und herwogte, hier und da Pastellporträts und Kristalleuchter im Stil Louis XVI. Hohe Lampen, deren matte Schirme an Schneebälle erinnerten, überragten Körbe mit Blumen, die in den Ecken auf Konsolen standen; – und gegenüber war hinter einem kleinen Raum in einem dritten Gemach ein Bett mit gedrehten Säulen zu sehen, mit einem venezianischen Spiegel am Kopfende.

Der Tanz brach ab, und es gab lauten Beifall, ein Freudengeheul beim Anblick von Arnoux, der mit seinem Korb auf dem Kopf ins Zimmer trat; die Viktualien türmten sich. – »Achtung, der Kronleuchter!« Frédéric hob den Blick: es war der Kronleuchter aus Meißener Porzellan, der den Laden des *L'Art industriel* geziert hatte; die Erinnerungen an alte Tage schossen ihm durch den Kopf; doch ein Linieninfanterist in Dienstuniform mit der üblichen dummen Rekrutenmiene baute sich vor ihm auf und breitete beide Arme aus, um seine Überraschung auszudrücken, und trotz des fürchterlichen, extrahoch gezwirbelten Schnurrbartes, der ihn entstellte, erkannte er seinen alten Freund Hussonnet. In einem Kauderwelsch, halb elsässisch, halb Negersprache, überschüttete der Bohémien Frédéric mit Glückwünschen und nannte ihn seinen Oberst. Frédéric, von all diesen Menschen aus der Fassung gebracht, wußte nicht, was er antworten sollte. Ein Geigenbogen klopfte an ein Notenpult, Tänzer und Tänzerinnen begaben sich auf ihre Plätze.

Es waren an die sechzig Personen, die Frauen meist als Mädchen vom Lande oder als Marquisen verkleidet, die Männer, fast sämtlich in reifem Alter, im Kostüm eines Fuhrmanns, Schiffsladers oder Matrosen.

Frédéric lehnte an der Wand und sah der Quadrille zu.

Ein alter Schönling, in langem Talar aus purpurroter Seide wie ein venezianischer Doge gekleidet, tanzte mit Madame Rosanette, die einen grünen Rock, Trikothosen und Stulpenstiefel mit goldenen Sporen trug. Das Paar gegenüber war ein mit Krummdolchen bestückter Albaner und eine blauäugige Schweizerin, weiß wie Milch, fett wie eine Wachtel, in Hemdsärmeln und rotem Mieder. Um ihr Haar zur Geltung zu bringen, das ihr bis in die Kniekehlen fiel, hatte sich eine große Blondine, eine Statistin von der Oper, als Wilde zurechtgemacht; und über ihrem braunen Trikot trug sie nichts als einen ledernen Lendenschurz, Armbänder aus Glasperlen und ein

Rauschgolddiadem, aus dem ein langes Büschel Pfauenfedern aufragte. Vor ihr schlug ein Pritchard, der sich mit einem lächerlich weiten Frack ausstaffiert hatte, mit den Ellbogen den Takt auf seiner Tabaksdose.

Ein kleiner Watteauhirte, himmelblau und silbern wie Mondenschein, hieb seinen Hirtenstab gegen den Thyrsus einer mit Trauben gekrönten Bacchantin, die zu Kothurnen mit goldenen Bändern ein Leopardenfell über der linken Hüfte trug. Auf der anderen Seite schwenkte eine Polin in hellrotem Samtspenzer ihren Tüllrock über perlgrauen Seidenstrümpfen, die in rosafarbenen Stiefeln mit weißer Pelzbordüre steckten. Sie lächelte einem dickbauchigen Vierziger zu, der als Chorknabe verkleidet war und große Luftsprünge machte, wobei er mit der einen Hand sein Chorhemd hoch- und mit der andern sein rotes Käppi festhielt. Die Königin jedoch, der Star, war Mademoiselle Loulou, die berühmte Tänzerin der Volksbälle. Da sie jetzt reich war, trug sie einen großen Spitzenkragen auf ihrer einfarbig schwarzen Samtjacke, und ihre weite Hose aus hochroter Seide, die eng am Hintern saß und in der Taille von einem Kaschmirschal gehalten wurde, war die ganze Seitennaht entlang mit frischen kleinen weißen Kamelien besetzt. Ihr bleiches, ein wenig aufgedunsenes stupsnasiges Gesicht wirkte noch frecher durch die zerzauste Perücke, auf der ein Männerhut aus grauem Filz aufs rechte Ohr gedrückt war; und bei den Sprüngen, die sie machte, trafen ihre Tanzschuhe mit diamantenen Schnallen beinahe die Nase ihres Partners, eines hochgewachsenen Barons aus dem Mittelalter, der ganz und gar in eine eiserne Rüstung gezwängt war. Es gab auch einen Engel mit einem goldenen Schwert in der Hand und zwei Schwanenflügeln auf dem Rücken, der hin- und herirrend seinen Edelmann im Stil Louis XIV. alle Augenblicke verlor, da er die Figuren nicht kannte und so den Kontertanz in Unordnung brachte.

Frédéric bekam beim Anblick dieser Menschen ein Gefühl der Verlassenheit, der Beklemmung. Er dachte immer noch an Madame Arnoux, und ihm war, als nehme er an etwas Feindlichem teil, das man gegen sie anzettelte.

Als die Quadrille zu Ende war, kam Madame Rosanette auf ihn zu. Sie war ein wenig außer Atem, und der spiegelblanke Ringkragen hob und senkte sich leicht unter ihrem Kinn.

– Und Sie, Monsieur, sagte sie, Sie tanzen nicht?

Frédéric entschuldigte sich, er könne nicht tanzen.

– Na hören Sie! mit mir schon? oder?

Und Standbein, Spielbein, mit der linken Hand den Perlmuttknauf ihres Degens streichelnd, betrachtete sie ihn eine Minute lang, halb bittend, halb spöttisch. Schließlich stieß sie ein »Bonsoir!« hervor, drehte eine Pirouette und verschwand.

Frédéric, mit sich selber unzufrieden, wußte nicht, was er tun sollte, und begann ziellos in dem Ballgetümmel umherzustreifen.

Er trat in das Boudoir, das mit blaßblauer Seide mit einem Muster aus Feldblumensträußen ausgekleidet war, während an der Decke in einem vergoldeten Holzrahmen Amorfiguren aus einem azurblauen Himmel auftauchten und auf Wolken in Form von Federbetten herumtändelten. Solche Eleganz, die heutzutage für Damen wie Rosanette erbärmlich wäre, verblüffte ihn; und er bewunderte alles: die künstlichen Winden, die den Rahmen des Spiegels zierten, die Vorhänge am Kamin, den türkischen Diwan und in einer Nische ein Zelt, gefüttert mit roter Seide, darüber weißer Musselin. Schwarze Möbel mit Messingbeschlägen bildeten die Einrichtung des Schlafzimmers, wo auf einer mit Schwanenhaut ausgelegten Estrade das Bett mit Baldachin und Straußenfedern prangte. In Nähkissen gesteckte Nadeln mit Köpfen aus

Edelsteinen, auf Präsentiertellern herumliegende Ringe, goldgerahmte Medaillons und Silberkästchen schimmerten im Dämmerlicht unter dem Schein, den eine an drei Ketten hängende bunte Ampel verbreitete. Durch eine kleine halbgeöffnete Tür sah man einen Wintergarten, der beinahe die ganze Fläche einer Terrasse einnahm und hinten in einer Volière endete.

In dieser Umgebung konnte es einem gefallen. In einem jähen Aufbäumen seiner Jugend schwor er sich, sie zu genießen, und nahm allen Mut zusammen; zurück am Eingang zum Salon, in dem jetzt noch mehr Leute waren (alles wirbelte wie in einem leuchtenden Staubgeflirr), blieb er stehen und betrachtete die Quadrillen, kniff die Augen zusammen, um besser sehen zu können, – und sog tief die süßen Frauendüfte ein, die vorüberwehten wie ein endloser Kuß.

Doch neben ihm, an der anderen Seite der Tür, stand Pellerin; – Pellerin in großer Aufmachung, die linke Hand in den Rock geschoben, in der rechten einen Hut und einen zerrissenen weißen Handschuh.

– Na, Sie hat man ja lange nicht zu Gesicht bekommen! Wo zum Teufel haben Sie gesteckt? verreist, nach Italien? Schablone, Italien, was? nicht so toll, wie man sagt? Wie auch immer! bringen Sie mir nächstens mal Ihre Skizzen.

Und ohne seine Antwort abzuwarten, begann der Künstler über sich zu sprechen.

Er hatte große Fortschritte gemacht, indem er endlich die Unsinnigkeit der Linie erkannt hatte. Man durfte in einem Werk nicht so sehr nach Schönheit und Klarheit trachten, als vielmehr nach dem Wesentlichen und der Vielfalt der Dinge.

– Denn in der Natur ist alles vorhanden, also alles erlaubt, alles Kunst. Es geht nur darum, den richtigen Ton zu treffen, das ist es. Ich habe das Geheimnis gefunden!

Und während er ihm einen Stoß mit dem Ellbogen versetzte, wiederholte er mehrmals: – Ich habe das Geheimnis gefunden! Schauen Sie sich doch einmal diese kleine Frau mit der Sphinxfrisur an, die mit einem russischen Postillion tanzt, das ist klar und deutlich, unverwechselbar, alles halbflächig und in grellen Farben: unter den Augen Indigoblau, auf der Wange einen Klecks Zinnoberrot, auf der Schläfe Nußbraun; Piff! Paff! Und er warf mit dem Daumen Pinselstriche in die Luft. – Während die Dicke dort hinten, fuhr er fort und zeigte auf eine Fischhändlerin in kirschrotem Kleid mit Goldkreuz um den Hals und im Rücken geknotetem Brusttuch aus Linon, – nichts als Rundungen; die Nasenflügel blähen sich wie die Flügel ihrer Haube, die Mundwinkel zeigen nach oben, das Kinn hängt, alles ist fett, verschwommen, massig, ruhig und sonnig, ein echter Rubens! und dabei sind sie perfekt! Wo bleibt da der Idealtypus? – Er kam in Rage. – Was ist denn eine schöne Frau? Was ist denn das Schöne? Ah! das Schöne! werden Sie sagen…

Frédéric unterbrach ihn, um zu erfahren, wer der Pierrot mit dem Bocksprofil sei, der gerade mitten in einer Pastorelle alle Tänzer segnete.

– Ein Niemand! ein Witwer, Vater von drei Knaben. Er läßt sie ohne Hosen herumlaufen, verbringt sein Leben im Club und schläft mit dem Hausmädchen!

– Und der dort, in der Tracht eines Landvogts, der in der Fensternische mit einer Marquise Pompadour spricht?

– Die Marquise ist Madame Vandael, ehemals Schauspielerin am Gymnase, die Geliebte des Dogen, des Comte de Palazot. Jetzt sind sie schon zwanzig Jahre zusammen; warum weiß man nicht. Was hatte die Frau früher schöne Augen! Der Citoyen neben ihr wird Capitaine d'Herbigny genannt, ein Veteran der alten Garde, einziges Vermögen das Kreuz der Ehrenlegion und seine Pension, der bei

Feierlichkeiten den Grisetten als Onkel dient, Duelle organisiert und sich zum Diner einladen läßt.

– Ein Schuft? sagte Frédéric.

– Nein! ein Ehrenmann!

– Ach!

Der Künstler nannte noch andere, als er einen Herrn entdeckte, wie die Ärzte bei Molière in einem Talar aus schwarzer Serge, der aber von oben bis unten offenstand, um all seine Berlocken zu zeigen:

– Hier haben wir den Doktor Des Rogis, der vor Wut, daß er nicht berühmt ist, ein Buch über medizinische Pornographie verfaßt hat, in der feinen Gesellschaft den Leuten die Stiefel leckt und sehr verschwiegen ist; die Damen beten ihn an. Er und seine Gattin (diese dürre Burgfrau im grauen Kleid) treiben sich auf sämtlichen öffentlichen und nichtöffentlichen gesellschaftlichen Ereignissen herum. Trotz knapper Kasse hat man einen *Jour,* – Künstlertees, wo Gedichte vorgetragen werden. – Achtung!

Tatsächlich kam der Doktor auf sie zu; und bald bildeten alle drei im Eingang zum Salon eine Plauderrunde, zu der sich Hussonnet gesellte, dann der Liebhaber der Wilden, ein junger Dichter, der unter einer kurzen Mantille im Stil François I. die erbärmlichste Anatomie aufwies, und schließlich ein junger, als Jahrmarktstürke verkleideter Schöngeist. Doch seine Jacke mit den gelben Tressen war so weit auf den Rücken fahrender Dentisten gereist, seine weite Pluderhose war von einem so verschossenen Rot, sein nach Tartarenart wie ein Aal gewundener Turban wirkte so kümmerlich, sein ganzes Kostüm war derart jammervoll und gelungen, daß die Frauen ihren Abscheu nicht verhehlten. Mit einem großen Loblied auf seine Mätresse, die Lastenträgerin, tröstete ihn der Doktor darüber hinweg. Dieser Türke war der Sohn eines Bankiers.

Zwischen zwei Quadrillen steuerte Rosanette auf den Kamin zu, wo ein beleibter kleiner Alter in kastanienbraunem Frack mit Goldknöpfen in einem Sessel saß. Trotz der welken Wangen, die über die hohe weiße Halsbinde hingen, verlieh ihm das noch blonde, wie bei einem Pudel gekräuselte Haar etwas Keckes.

Über sein Gesicht gebeugt, hörte sie ihm zu. Dann versorgte sie ihn mit einem Glas Sirup; und es gab keinen lieblicheren Anblick als ihre Hände unter den Spitzenrüschen, die aus den Ärmelaufschlägen des grünen Rocks hervorschauten. Als der Alte getrunken hatte, küßte er sie.

– Aber das ist doch Monsieur Oudry, Arnoux' Nachbar!

– Den ist er los! sagte Pellerin lachend.

– Wieso?

Ein Postillion von Longjumeau faßte sie um die Taille, ein Walzer begann. Alle Frauen, die auf Bänken rings um den Saal saßen, erhoben sich nun eilig eine nach der anderen; und ihre Röcke, ihre Schärpen, ihre Hüte und Frisuren begannen sich zu drehen.

Sie drehten sich so dicht vor ihm, daß Frédéric die Tröpfchen auf ihrer Stirn erkennen konnte; – und dieses Kreisen, immer schneller und gleichmäßiger, schwindelerregend, übertrug sich auf seine Gedanken wie ein Rausch und ließ andere Bilder darin erstehen, während alle in einem einzigen blendenen Wirbel an ihm vorüberzogen, jede mit einem besonderen Reiz je nach Art ihrer Schönheit. Die Polin in ihrer schmachtenden Hingabe weckte in ihm das Verlangen, sie ans Herz zu drücken und mit ihr in einem Schlitten über eine schneebedeckte Ebene zu fliegen. Horizonte stiller Lust in einer Hütte am Ufer eines Sees eröffneten sich unter den Schritten der Schweizerin, die mit geradem Oberkörper und gesenkten Lidern dahinwalzte. Dann beugte plötzlich die

Bacchantin ihren braunen Kopf nach hinten und ließ ihn von heißen Zärtlichkeiten in Oleanderbüschen während eines Gewitters bei dumpfem Trommelschlag träumen. Die Fischhändlerin, von dem zu schnellen Tempo außer Atem, lachte hell auf; und er hätte gerne in den Porcherons mit ihr gezecht und ihr wie in der guten alten Zeit das Brusttuch zerwühlt. Aber die Lastenträgerin, deren flinke Zehen das Parkett kaum streiften, schien in der Biegsamkeit ihrer Glieder und dem Ernst ihres Gesichtes sämtliche Raffinessen moderner Liebe zu vereinen, die exakt wie eine Wissenschaft und schnell wie ein Vogel ist. Rosanette drehte sich, die Faust auf der Hüfte; ihre Perücke hüpfte über dem Kragen auf und nieder und hüllte sie in eine Wolke von Irispuder; und bei jeder Runde streifte sie Frédéric fast mit der Spitze ihrer goldenen Sporen.

Beim Schlußakkord des Walzers erschien Mademoiselle Vatnaz. Sie trug ein algerisches Tuch auf dem Kopf, viele Piaster auf der Stirn, Antimon um die Augen, nebst einer Art Paletot aus schwarzem Kaschmir, der über einen hellen, mit Silberfäden durchwirkten Rock fiel, und in der Hand hielt sie eine baskische Trommel.

Hinter ihr schritt ein großer junger Mann im klassischen Dantekostüm, und dies war (jetzt machte sie keinen Hehl mehr daraus) der ehemalige Sänger aus der Alhambra, – Auguste Delamare mit Namen, der sich einfach Anténor Dellamare hatte nennen lassen, dann Delmas, darauf Belmar und schließlich Delmar, so seinen Namen seinem wachsenden Ruhm entsprechend verändernd und vervollkommnend; denn er hatte das Tanzlokal mit der Bühne vertauscht und sogar gerade ein rauschendes Début in *Gaspardo le Pêcheur* beim Ambigu gehabt.

Hussonnet zog ein Gesicht, als er ihn sah. Seitdem man sein Stück abgelehnt hatte, verabscheute er die Schauspieler. Die Eitelkeit dieser Herren war unvorstellbar, vor allem bei diesem! – »Schaut euch nur diesen Wichtigtuer an!«

Nach einer flüchtigen Begrüßung Rosanettes hatte sich Delmar an den Kamin gelehnt; und eine Hand auf dem Herzen, den linken Fuß vorgeschoben, die Augen zum Himmel erhoben, blieb er reglos dort stehen, den vergoldeten Lorbeerkranz über der Kapuze, und gab sich dabei die größte Mühe, viel Poesie in seinen Blick zu legen, um die Damen zu bezaubern. In einigem Abstand bildete man einen großen Kreis um ihn.

Doch die Vatnaz kam, nachdem sie Rosanette ausführlich umarmt hatte, zu Hussonnet, um ihn zu bitten, eine Arbeit über Erziehung, die sie veröffentlichen wollte, auf den Stil hin durchzusehen: *La Guirlande des jeunes Personnes,* eine Sammlung literarischer und moralischer Schriften. Der Literat versprach seinen Beistand. Dann fragte sie ihn, ob er nicht ihren Freund in einem der Blätter, zu denen er Zugang hatte, ein wenig hervorheben lassen und ihm später vielleicht sogar eine Rolle anvertrauen könnte. Hussonnet vergaß darüber, ein Glas Punsch zu nehmen.

Den hatte Arnoux gebraut; und gefolgt von dem Groom des Comte, der ein leeres Tablett trug, bot er ihn hochzufrieden seinen Gästen an.

Als er bei Monsieur Oudry vorüberkam, hielt Rosanette ihn auf.

– Was ist nun mit dieser Sache?

Er errötete ein wenig; dann wandte er sich an den Alten:

– Unsere Freundin meinte, Sie wären so liebenswürdig…

– Aber sicher, Herr Nachbar! ganz zu Ihrer Verfügung.

Und es fiel der Name von Monsieur Dambreuse; da

sie sich mit gedämpfter Stimme unterhielten, verstand Frédéric nur Bruchstücke; er begab sich auf die andere Seite des Kamins, wo Rosanette und Delmar miteinander plauderten.

Der Komödiant hatte grobe Züge, wie Theaterdekor, das darauf zugeschnitten ist, von weitem betrachtet zu werden, dicke Hände, große Füße, kräftige Kinnladen; und er lästerte über die berühmtesten Schauspieler, sprach von oben herab über die Dichter, sagte: »mein Organ, meine Erscheinung, meine Mittel« und staffierte dabei seine Rede mit Worten aus, die für ihn selbst kaum verständlich waren, die er jedoch liebte, wie »Morbidezza, analog und Homogenität«.

Rosanette lauschte ihm mit kleinen zustimmenden Kopfbewegungen. Unter der Schminke auf ihren Wangen sah man Bewunderung aufschimmern, und etwas Feuchtes legte sich wie ein Schleier über ihre hellen Augen von unbestimmter Farbe. Wie konnte ein solcher Mann sie bezaubern? Frédéric verfiel in noch größere Verachtung, vielleicht um den Neid zu unterdrücken, den er auf ihn hatte.

Mademoiselle Vatnaz war jetzt bei Arnoux, und laut auflachend warf sie dann und wann einen Blick auf ihre Freundin, die von Monsieur Oudry nicht aus den Augen gelassen wurde.

Dann verschwanden Arnoux und die Vatnaz; der Alte kam heran, um leise mit Rosanette zu sprechen.

– Aber ja, es bleibt dabei! Lassen Sie mich in Ruhe.

Und sie bat Frédéric nachzusehen, ob Monsieur Arnoux nicht in der Küche sei.

Der Fußboden stand voll einem Bataillon halbgefüllter Gläser; Schmor- und Fleischtöpfe, Fisch- und Bratpfannen schmurgelten. Arnoux kommandierte die Dienstboten herum, duzte sie, rührte die Remoulade, kostete die Saucen, schäkerte mit dem Hausmädchen.

– Gut, sagte er, sagen Sie ihr Bescheid! Ich lasse auftragen.

Es wurde nicht mehr getanzt, die Frauen hatten soeben wieder Platz genommen, die Männer spazierten umher. In der Mitte des Salons blähte sich ein Vorhang vor einem Fenster im Wind; und die Sphinx hielt trotz allgemeiner Einwände ihre schweißnassen Arme in den Luftzug. Aber wo war Rosanette? Frédéric ging weiter nach ihr auf die Suche, bis ins Boudoir und ins Schlafzimmer. Einige hatten sich dorthin zurückgezogen, um allein oder ungestört zu zweien zu sein. Das Dunkel war voller Geflüster. Leises Lachen erklang hinter Taschentüchern, und über dem Rand der Mieder konnte man das Beben der Fächer erkennen, schwach und träge wie das Flügelzucken eines verletzten Vogels.

Als er in den Wintergarten kam, sah er unter den großen Blättern eines Caladiums neben dem Springbrunnen Delmar bäuchlings auf dem leinenüberzogenen Kanapee liegen, bei ihm saß Rosanette und hatte die Hand in seinem Haar; sie schauten sich in die Augen. Im selben Augenblick kam an der anderen Seite bei der Voliere Arnoux herein. Delmar war mit einem Satz auf den Beinen und ging, ohne sich umzudrehen, ruhigen Schrittes hinaus; er blieb sogar an der Türe stehen, um eine Hibiskusblüte zu pflücken, mit der er sein Knopfloch schmückte. Rosanette senkte den Kopf; Frédéric, der sie im Profil sah, bemerkte, daß sie weinte.

– Aber, aber, was hast du denn? sagte Arnoux.

Sie zuckte mit den Achseln und gab keine Antwort.

– Ist es seinetwegen? fuhr er fort.

Sie schlang die Arme um seinen Hals, küßte ihn auf die Stirn und sagte langsam:

– Du weißt doch, daß ich dich immer lieben werde, mein Dicker. Denken wir nicht mehr daran! Gehen wir zum Essen!

Ein Messingleuchter mit vierzig Kerzen erhellte das Speisezimmer, dessen Wände unter alten Fayencen verschwanden; und das von oben herabfallende grelle Licht ließ einen riesigen Steinbutt noch weißer schimmern, der zwischen Vorspeisen und Früchten, umgeben von Tellern voller Krebssuppe, inmitten der Tafel prangte. Mit einem Aufrauschen von Stoffen nahmen die Frauen, Röcke, Ärmel und Schärpen zusammenschiebend, eine neben der anderen Platz; die Männer stellten sich an die Tischenden. Pellerin und Monsieur Oudry wurden neben Rosanette gesetzt; Arnoux saß gegenüber. Palazot und seine Freundin waren soeben gegangen.

– Auf geht's, sagte sie, greifen wir zu!

Und der Meßdiener, ein scherzhafter Mensch, schlug ein großes Kreuz und begann das *Bénédicte* herzusagen.

Die Damen waren empört, besonders die Fischhändlerin, Mutter einer Tochter, aus der sie eine anständige Frau machen wollte. Auch Arnoux »liebte dergleichen nicht«, da er fand, man habe die Religion zu achten.

Eine deutsche Uhr, die mit einem Vogel ausgestattet war, schlug zwei und bot Anlaß für derbe Scherze über das Kuckuck, Kuckuck. Daraus ergaben sich alle möglichen Unterhaltungen: Kalauer, Anekdoten, Prahlereien, Wetten, Lügen, die als Wahrheit durchgingen, unhaltbare Behauptungen, ein Stimmengewirr, das sich bald in einzelne Gespräche auflöste. Die Weine kreisten, die Platten folgten einander, der Doktor schnitt das Fleisch vor. Man warf sich von weitem eine Orange, einen Korken zu; man verließ seinen Platz, um mit jemandem zu plaudern. Rosanette wandte sich immer wieder nach Delmar um, der reglos hinter ihr stand; Pellerin schwatzte, Monsieur Oudry lächelte. Mademoiselle Vatnaz verspeiste fast ganz allein die Pyramide von Krebsen, und die Schalen krachten unter ihren langen Zähnen. Der Engel, der sich auf dem Klavierhocker niedergelassen hatte (dem einzigen Platz, auf dem seine Flügel ihm zu sitzen gestatteten), kaute ununterbrochen vor sich hin.

– Was für ein Schmaus! wiederholte der Meßdiener staunend, was für ein Schmaus!

Und die Sphinx trank Schnaps, schrie aus vollem Halse und gebärdete sich wie ein Dämon. Plötzlich blähten sich ihre Wangen, und da sie das Blut, das ihr den Atem nahm, nicht länger zurückhalten konnte, nahm sie die Serviette an die Lippen und warf sie dann unter den Tisch.

Frédéric war es nicht entgangen.

– Das hat nichts zu bedeuten!

Und auf seine dringende Bitte, sie möge doch gehen und sich schonen, antwortete sie träge:

– Ach was! wozu? so oder so! das Leben ist nicht lustig.

Da ergriff ihn eine eisige Trauer, und ihn fröstelte, als hätte er ganze Welten von Not und Verzweiflung erblickt, ein Kohlenbecken neben einer Pritsche und die Toten aus der Morgue im Lederschurz mit dem Wasserhahn, aus dem ihnen kaltes Wasser über das Haar rinnt.

Indessen grölte Hussonnet, der zu Füßen der Wilden hockte, wie der Schauspieler Grassot mit heiserer Stimme:

– Sei nicht grausam, o Celuta! dieses kleine Familienfest ist bezaubernd! Berauscht mich mit euren Wonnen, meine Lieben! Nur lustig! lustig!

Und er begann die Frauen auf die Schultern zu küssen. Sie fuhren zusammen unter seinem stacheligen Schnauzbart; dann hatte er die Idee, einen Teller an seinem Kopf zu zertrümmern, indem er ihn kurz dagegen schlug. Andere taten es ihm gleich; die Fayencen flogen in Scherben umher wie Schindeln im Sturm, und die Lastenträgerin rief:

– Laßt euch nicht stören! Das kostet nichts! Der Bourgeois, der sie fabriziert, hat noch mehr davon für uns!

Alle Augen richteten sich auf Arnoux. Er erwiderte:

– Oh! aber nur gegen Rechnung, wenn Sie erlauben! offenbar bemüht, nicht oder nicht mehr als Rosanettes Liebhaber zu gelten.

Doch nun erhoben sich zwei wütende Stimmen:

– Schwachkopf!

– Lump!

– Stehe zur Verfügung!

– Ebenfalls!

Es waren der Ritter aus dem Mittelalter und der Postillion, die sich stritten; letzterer hatte behauptet, daß Rüstungen einen davon befreiten, tapfer zu sein, der andere hatte das für eine Beleidigung gehalten. Er wollte sich duellieren, alle warfen sich dazwischen, und in dem Aufruhr versuchte der Hauptmann sich Gehör zu verschaffen.

– Meine Herren, hören Sie mich an! nur ein Wort! Ich habe da Erfahrung, meine Herren!

Rosanette hatte mit ihrem Messer an ein Glas geschlagen und schließlich erreicht, daß Ruhe einkehrte; sie wandte sich an den Ritter, der seinen Helm auf dem Kopf behalten hatte, und dann an den Postillion, der eine dicke Fellmütze trug:

– Nehmt Ihr erst einmal Euren Deckel ab! das regt mich auf! – und Ihr dort hinten Eure Löwenmähne. – Wollte Ihr mir wohl gehorchen, sapperlot! Schaut Euch meine Épauletten an! Ich bin Eure Marschallin!

Sie nahmen ihre Kopfbedeckungen ab, und alle applaudierten und riefen:

– Es lebe die Marschallin! es lebe die Marschallin!

Nun nahm sie eine Flasche Champagner, die auf dem Ofen stand, und füllte mit hocherhobenem Arm die Gläser, die man ihr entgegenstreckte. Der Tisch war zu breit, und so begaben sich die Gäste, vor allem die Frauen, auf ihre Seite, stellten sich auf Zehenspitzen, auf Stuhlleisten, was minutenlang eine Pyramide von frisierten Köpfen, nackten Schultern, ausgestreckten Armen, gebeugten Leibern entstehen ließ; – und überall glitzerten Champagnerfontänen, da der Pierrot und Arnoux in zwei Ecken des Saales jeder eine Flasche entkorkt hatten und die Gesichter bespritzten. Die kleinen Vögel aus der Voliere, deren Tür man offengelassen hatte, flogen erschreckt im Saal umher, flatterten um den Kronleuchter, stießen gegen die Scheiben, gegen die Möbel; und einige, die sich auf den Köpfen niedergelassen hatten, sahen in den Haarschöpfen wie große Blüten aus.

Die Musiker waren gegangen. Man zog das Klavier vom Vorzimmer in den Salon. Die Vatnaz setzte sich davor, und vom Meßdiener begleitet, der die baskische Trommel schlug, stimmte sie einen furiosen Kontertanz an, wobei sie die Tasten drosch wie ein stampfendes Pferd und sich in der Taille wiegte, um genauer den Takt anzugeben. Die Marschallin zog Frédéric mit sich, Hussonnet schlug rad, die Lastenträgerin machte Verrenkungen wie ein Clown, der Pierrot führte sich auf wie ein Orang-Utan, die Wilde schwankte mit ausgebreiteten Armen wie eine Schaluppe. Schließlich hielten alle ermattet inne; und man öffnete ein Fenster.

Das helle Tageslicht und die Morgenkühle strömten herein. Es gab einen Ausruf des Erstaunens, dann war es still. Die gelben Flammen der Kerzen flackerten und ließen von Zeit zu Zeit die Leuchtermanschetten zerspringen; Bänder, Blumen und Perlen lagen verstreut auf dem Parkett umher; die Regale klebten von Punsch und Sirupflecken; die Tapeten waren beschmutzt, die Kostüme zerknittert und staubig; das Haar hing in langen Flechten über die Schultern; und unter der Schminke, die mit dem Schweiß herabrann, kamen bleiche Gesichter mit blinzelnden roten Lidern zum Vorschein.

Die Marschallin, frisch wie aus dem Bade, hatte rosige Wangen und strahlende Augen. Sie schleuderte ihre Perücke von sich; und ihr Haar fiel über sie hinab wie ein Vlies, so daß von ihrem ganzen Aufzug nur noch die Hose zu sehen war, was einen komischen und zugleich reizenden Eindruck machte.

Die Sphinx, die im Fieber mit den Zähnen klapperte, brauchte einen Schal.

Rosanette lief ins Schlafzimmer, um ihn zu holen, und als die andere ihr folgen wollte, schlug sie ihr heftig die Tür vor der Nase zu.

Der Türke bemerkte laut, daß man Monsieur Oudry nicht habe fortgehen sehen. Niemand nahm diese Bosheit zur Kenntnis, so sehr war man erschöpft.

In Erwartung der Wagen hüllte man sich in Kapuzen und Mäntel. Es schlug sieben.

Der Engel saß noch immer am Tisch im Speisezimmer vor in Butter gedünsteten Sardinen; und die Fischhändlerin neben ihr rauchte Zigaretten und gab ihr Ratschläge fürs Leben.

Als schließlich die Droschken erschienen, machten sich die Gäste auf den Weg: Hussonnet, der als Korrespondent für die Provinz angestellt war, mußte noch vor dem Mittagessen dreiundfünfzig Zeitungen lesen; die Wilde hatte eine Probe in ihrem Theater, Pellerin ein Modell, der Chorknabe drei Verabredungen. Doch der Engel, den die ersten Anzeichen einer Magenverstimmung befielen, konnte sich nicht mehr erheben, der Baron aus dem Mittelalter trug sie bis zur Droschke.

– Paß auf ihre Flügel auf! rief die Lastenträgerin aus dem Fenster. Auf dem Treppenabsatz sagte Mademoiselle Vatnaz zu Rosanette:

– Adieu, meine Liebe! Deine Soirée war sehr schön.

Dann neigte sie sich zu ihrem Ohr und flüsterte:

– Behalt ihn!

– Bis auf bessere Zeiten, erwiderte die Marschallin und kehrte ihr langsam den Rücken.

Arnoux und Frédéric gingen zusammen fort, so wie sie gekommen waren. Der Fayencenhändler machte eine so düstere Miene, daß sein Begleiter glaubte, ihm sei nicht wohl.

– Mir? nicht doch!

Er kaute an seinem Schnurrbart, zog die Brauen zusammen, und Frédéric fragte ihn, ob es nicht die Geschäfte seien, die ihm Sorgen machten.

– Keineswegs!

Dann sagte er plötzlich:

– Sie kennen ihn doch, den Vater Oudry, oder?

Und mit gehässigem Ausdruck:

– Er ist reich, der alte Schuft!

Dann sprach Arnoux von einem wichtigen Brand, der heute in seiner Fabrik fertig werden sollte. Er wollte ihn begutachten. Der Zug ging in einer Stunde. »Aber erst muß ich noch meine Frau umarmen.«

»Ah! seine Frau«, dachte Frédéric.

Mit einem unerträglichen Schmerz im Hinterkopf legte er sich dann zu Bett; und er trank eine Karaffe Wasser, um seinen Durst zu stillen.

Ein anderer Durst war ihm gekommen, der Durst nach Frauen, nach Luxus und nach allem, was das Leben in Paris ausmacht. Er fühlte sich ein wenig betäubt, wie jemand, der aus einem Schiff gestiegen ist; und in den Trugbildern des ersten Schlafes sah er unentwegt die Schultern der Fischhändlerin, die Hüften der Lastenträgerin, die Waden der Polin, den Schopf der Wilden hin- und herschweben. Dann erschienen zwei große dunkle Augen, die nicht auf dem Ball gewesen waren; und leicht wie Schmetterlinge, brennend wie Fackeln, kamen und gingen sie, stiegen auf zum Gesims und hinab bis zu seinem Mund. Frédéric versuchte verzweifelt diese Augen zu erkennen, doch es gelang ihm nicht. Schon hatte der Traum ihn überwältigt; ihm war, als sei er neben Arnoux an der Deichsel einer Kutsche angeschirrt, und auf ihm säße rittlings die Marschallin und stieße ihm ihre goldenen Sporen in die Flanken.

II

An der Ecke der Rue Rumfort fand Frédéric ein kleines Haus, und er kaufte sich, alles auf einmal, das Coupé, das Pferd, die Möbel und von Arnoux zwei Jardinièren, die er im Salon zu beiden Seiten der Tür aufstellen wollte. Hinter diesem Raum lagen ein Schlafzimmer und ein Kabinett. Ihm kam der Gedanke, Deslauriers dort einzuquartieren. Aber wie sollte er *sie* dann empfangen, seine zukünftige Mätresse? Die Gegenwart eines Freundes würde ihn stören. Er ließ die Zwischenwand einreißen, um den Salon zu vergrößern, und machte aus dem Kabinett ein Rauchzimmer.

Er kaufte die Dichter, die er liebte, Reiseberichte, Atlanten, Wörterbücher, denn er hatte Arbeitspläne ohne Zahl, er drängte die Handwerker, lief von Laden zu Laden, und in seinem Streben nach Vergnügen nahm er alles, ohne zu handeln.

Aus den Rechnungen der Lieferanten ersah Frédéric, daß er demnächst an die vierzigtausend auf den Tisch legen mußte, nicht inbegriffen die Erbschaftssteuer, die mehr als siebenunddreißigtausend betragen würde; da sein Vermögen in Grundstücken bestand, schrieb er dem Notar in Le Havre, er möge einen Teil verkaufen, um seine Schuld zu begleichen und etwas Geld zur Verfügung zu haben. Darauf fragte er in einem Billett die Dambreuses, ob sie ihn empfangen könnten, denn nun wollte er endlich diese unheimliche, schillernde und unerklärliche Angelegenheit kennenlernen, die man die *große Gesellschaft* nennt.

Madame antwortete, sie erwarte seinen Besuch am folgenden Tag.

Es war Empfangstag. Im Hof standen Wagen. Zwei Diener stürzten unter das Regendach, und ein dritter begann oben an der Treppe vor ihm herzuschreiten.

Er ging durch ein Vorzimmer, durch einen zweiten Raum, dann durch einen großen Salon mit hohen Fenstern, auf dessen gewaltigem Kamin eine Uhr in Form einer Himmelskugel stand, samt zwei monströse Porzellanvasen, auf denen wie zwei goldene Büsche, zwei Sträuße von Leuchtern emporragten. An den Wänden waren Bilder im Stil von Spagnoletto aufgehängt; die schweren Portieren aus Gobelin fielen majestätisch nieder; und Sessel, Konsolen, Tische, die ganze Einrichtung im Empirestil hatte etwas Imposantes, Repräsentatives. Unwillkürlich lächelte Frédéric vor Vergnügen.

Schließlich kam er in einen ovalen Raum, mit Rosenholz getäfelt, voller reizender Möbel und nur von einem einzigen Fenster erhellt, das auf den Garten hinausging. Madame Dambreuse saß am Kamin, im Kreise von etwa zwölf Personen. Mit freundlichen Worten wies sie ihm einen Platz, schien jedoch nicht überrascht, ihn so lange nicht gesehen zu haben.

Als er ins Zimmer trat, rühmte man die Redekunst des Abbé Cœur. Dann wurde die fehlende Moral der Dienstboten beklagt, anläßlich eines Diebstahls, den der Kammerdiener begangen hatte; und der Klatsch spann sich weiter. Die alte Dame de Sommery war erkältet, Mademoiselle de Turvisot heiratete, die Montcharrons wären nicht vor Ende Januar zurück, die Bretancourts ebenfalls nicht, man blieb jetzt lange auf dem Lande; und die Erbärmlichkeit der Gespräche wurde von dem Luxus der Umgebung gleichsam unterstrichen, doch was man sich sagte, war weniger dumm als die Art, wie man sprach, ziellos, zusammenhanglos und ohne innere Beteiligung.

Und doch gab es da Männer, die im Leben standen, einen ehemaligen Minister, den Pfarrer einer großen Gemeinde, zwei oder drei hohe Regierungsbeamte; sie hielten sich mit den abgedroschensten Themen auf. Einige erinnerten an müde vornehme Witwen, andere hatten die Gestalt eines Pferdehändlers; und Greise begleiteten ihre Frauen, deren Großväter sie hätten sein können.

Madame Dambreuse empfing alle mit großer Gunst. Sobald von einem Kranken gesprochen wurde, zog sie schmerzbewegt die Augenbrauen zusammen und setzte eine fröhliche Miene auf, wenn von Bällen oder Soiréen die Rede war. Bald sei sie gezwungen, auf solche Freuden zu verzichten, denn sie würde die Nichte ihres Mannes, ein Waisenkind, aus einer Pension zu sich nehmen. Man pries ihre Hingabe, darin zeige sich die wahre Familienmutter.

Frédéric beobachtete sie. Die matte Haut ihres Gesichtes wirkte gespannt und hatte die glanzlose Frische einer konservierten Frucht. Aber ihr Haar, auf englische Art in langen Locken frisiert, war feiner als Seide, ihre Augen von einem strahlenden Blau, all ihre Bewegungen voller Anmut. Sie saß am Ende des Raumes auf einem kleinen Sofa und streichelte die roten Fransen eines japanischen Wandschirmes, gewiß um ihre Hände zur Geltung zu bringen, lange, schmale, ein wenig magere Hände mit nach oben gebogenen Fingern an den Spitzen. Sie trug ein Kleid aus grauem Mohair mit hochgeschlossener Korsage, wie eine Puritanerin.

Frédéric fragte sie, ob sie dieses Jahr nicht nach La Fortelle käme. Madame Dambreuse konnte es nicht sagen. Das verstand er, ja: Nogent müsse sie langweilen. Die Besuche wurden immer zahlreicher. Es war ein fortwährendes Rauschen von Kleidern auf den Teppichen; die auf den Stuhlkanten sitzenden Damen gaben leises Gelächter von sich, sprachen zwei oder drei Worte und gingen nach fünf Minuten mit ihren erwachsenen Töchtern wieder fort. Bald wurde es unmöglich, der Unterhaltung zu folgen, und Frédéric war im Begriff zu gehen, als Madame Dambreuse zu ihm sagte:

– Immer mittwochs, nicht wahr, Monsieur Moreau? und mit diesem einen Satz ausglich, was sie an Gleichgültigkeit gezeigt hatte.

Er war zufrieden. Und doch nahm er auf der Straße einen tiefen Atemzug; und in dem Bedürfnis nach einer weniger künstlichen Umgebung fiel Frédéric ein, daß er der Marschallin einen Besuch schuldete.

Die Tür zum Vorzimmer stand offen. Zwei kleine Havaneser Hunde kamen angelaufen. Eine Stimme rief:

– Delphine! Delphine! – Seid Ihr es, Félix?

Er tat keinen Schritt; die beiden kleinen Hunde kläfften weiter. Endlich erschien Rosanette, in einen spitzenbesetzten Morgenrock aus weißem Musselin gehüllt, barfuß in Pantoffeln.

– Ach! Verzeihung, Monsieur! Ich hatte Sie für den Friseur gehalten. Eine Minute! Ich bin gleich da!

Und er blieb im Speisezimmer allein.

Die Läden waren geschlossen. In Erinnerung an das Spektakel der letzten Nacht ließ Frédéric seine Blicke schweifen, als er in der Mitte auf dem Tisch einen Männerhut bemerkte, einen alten zerbeulten Filzhut, speckig und dreckig. Wem gehörte wohl dieser Hut? Schamlos das aufgeplatzte Futter zeigend, schien er zu sagen: »Mir ist es gleich! Ich bin hier der Herr!«

Die Marschallin erschien. Sie nahm ihn, öffnete den Wintergarten, warf ihn hinein und schloß die Tür wieder (gleichzeitig wurden andere Türen geöffnet und geschlossen), und nachdem sie Frédéric durch die Küche geleitet hatte, führte sie ihn in ihr Ankleidezimmer.

Man sah sogleich, daß dies der meistgenutzte Raum des Hauses war, gleichsam sein wahres geistiges Zentrum. Wände, Sessel und ein ausladend weichgefederter Diwan waren mit einem mit großen Ranken bedruckten Stoff bezogen. Auf einem Tisch aus weißem Marmor prangten zwei große Waschschüsseln aus blauer Fayence; Platten aus Kristallglas bildeten darüber eine Étagère, vollgestellt mit Flakons, Bürsten, Kämmen, Stangenpomade, Puderdosen; das Feuer spiegelte sich in einem großen Drehspiegel; aus einer Badewanne hing ein Laken, die Luft war erfüllt von Mandelcreme- und Benzoedüften.

– Verzeihen Sie die Unordnung! Ich esse heute abend in der Stadt.

Und als sie sich auf dem Absatz umdrehte, hätte sie fast eines der Hündchen zertreten. Frédéric erklärte, sie seien bezaubernd. Sie hob beide empor und streckte ihm ihre schwarzen Schnauzen entgegen:

– Na kommt! seid lieb, gebt dem Monsieur einen Kuß.

Ein Mann in einem schmutzigen Mantel mit Pelzkragen trat unerwartet ins Zimmer.

– Félix, mein Guter, sagte sie, Ihr bekommt Euer Geld nächsten Sonntag, auf jeden Fall.

Der Mann begann sie zu frisieren. Er brachte ihr Neuigkeiten von ihren Freundinnen: Madame de Rochegune, Madame de Saint-Florentin, Madame Lombard, lauter feine Leute wie im Hause Dambreuse. Dann erzählte er vom Theater; heute abend gab man im Ambigu eine besondere Vorstellung.

– Gehen Sie hin?

– Aber nein! Ich bleibe daheim.

Delphine kam herein. Sie schalt sie, weil sie ohne ihre Erlaubnis aus dem Haus gegangen sei. Die andere beteuerte, sie »käme vom Markt«.

– Nun, dann bringen Sie mir Ihr Buch! – Sie erlauben doch, nicht wahr?

Und während sie halblaut das Heft durchlas, hatte sie Einwände bei jedem Posten. Die Summe war falsch.

– Ich bekomme noch vier Sous!

Delphine gab ihr das Geld, und als sie sie hinausgeschickt hatte:

– Ach! Heilige Jungfrau! was ist man geschlagen mit diesen Leuten!

Frédéric war betroffen von diesen Beschwerden. Sie erinnerten zu sehr an die anderen und schufen zwischen beiden Häusern eine unangenehme Übereinstimmung.

Delphine, die zurückgekommen war, trat zur Marschallin, um ihr ein paar Worte ins Ohr zu flüstern.

– Nein, nein! ich will nicht!

Delphine erschien nochmals.

– Madame, sie besteht darauf.

– Ach! wie widerwärtig! wirf sie hinaus!

Im selben Augenblick stieß eine schwarzgekleidete alte Dame die Tür auf. Frédéric hörte nichts, sah nichts; Rosanette war ihr in das Zimmer entgegengestürzt.

Als sie wieder auftauchte, hatte sie rote Wangen und setzte sich ohne ein Wort in einen der Sessel. Eine Träne lief ihr über die Wange, dann wandte sie sich dem jungen Mann zu und fragte leise:

– Wie ist Ihr Vorname?

– Frédéric.

– Ah! Federico! es stört Sie doch nicht, wenn ich Sie so nenne?

Und schmeichelnd, fast verliebt sah sie ihn an. Beim Anblick von Mademoiselle Vatnaz stieß sie plötzlich einen Freudenschrei aus.

Die Künstlerin hatte keine Zeit zu verlieren, bevor sie Punkt sechs den Vorsitz bei ihrer Tischrunde führen mußte; sie atmete schwer, war völlig erschöpft. Erst zog sie aus ihrem Korb eine Uhrenkette samt Papier, dann verschiedene Dinge, Einkäufe.

– Du weißt, daß es in der Rue Joubert wunderbare schwedische Handschuhe zu sechsunddreißig Sous gibt! Dein Färber bittet noch um acht Tage. Ich habe gesagt, daß wegen der Guipurespitze noch jemand vorbeikommt. Bugneaux hat die Anzahlung erhalten. Das ist, glaube ich, alles? Macht fünfundachtzig Francs, die du mir schuldest!

Rosanette nahm zehn Napoléons aus einer Schublade. Keine von beiden hatte Kleingeld. Frédéric bot ihnen welches an.

– Ich gebe sie Ihnen wieder, sagte die Vatnaz und stopfte die fünfzehn Francs in ihren Beutel. Aber Sie sind ein Schlimmer. Ich mag Sie nicht mehr, Sie haben neulich nicht ein einziges Mal mit mir getanzt! – Ach! meine Liebe, ich habe in einem Laden am Quai Voltaire einen Glaskasten mit ausgestopften Kolibris entdeckt, ganz allerliebst. An deiner Stelle würde ich sie mir gönnen. Schau mal! Wie findest du das?

Und sie breitete einen Rest rosafarbener Seide aus, den sie im Temple gekauft hatte, um ein mittelalterliches Wams für Delmar daraus zu machen.

– Er war heute hier, oder?

– Nein!

– Seltsam!

Und eine Minute später:

– Wohin gehst du heute abend?

– Zu Alphonsine, sagte Rosanette; das war die dritte Version der Art und Weise, wie sie ihren Abend verbringen würde.

Mademoiselle Vatnaz fuhr fort:

– Und der alte de la Montagne, gibt's was Neues?

Doch mit heftigem Augenzwinkern gebot ihr die Marschallin zu schweigen; und sie begleitete Frédéric zurück ins Vorzimmer, um zu erfahren, ob er Arnoux bald träfe.

– Bitten Sie ihn doch zu kommen; selbstverständlich nicht in Anwesenheit seiner Frau!

Oben an der Treppe lehnte ein Regenschirm neben einem Paar Überschuhen an der Wand.

– Die Gummischuhe der Vatnaz, sagte Rosanette. Was für ein Fuß! hm? Sie ist nicht gerade zierlich, meine Freundin!

Und in melodramatischem Ton sagte sie mit rollendem R:

– Der ist nicht zu trrraun!

Durch diese Art Intimität ermutigt, wollte Frédéric sie auf den Hals küssen. Sie sagte kalt:

– Oh! nur zu! Das kostet nichts.

Er war wohlgelaunt, als er aus dem Hause trat, im festen Glauben, daß die Marschallin bald seine Mätresse werden würde. Dieses Verlangen weckte ein anderes, und trotz eines gewissen Grolls, den er gegen sie hegte, hatte er Lust, Madame Arnoux zu sehen.

Außerdem mußte er wegen Rosanettes Anliegen hingehen.

»Aber jetzt, dachte er (es schlug sechs) ist Arnoux sicher zu Hause.«

Er verschob den Besuch auf den nächsten Tag.

Sie saß in der gleichen Haltung da wie beim erstenmal und nähte an einem Kinderhemd. Der Kleine zu ihren Füßen spielte mit einer Holzmenagerie; ein wenig weiter saß Marthe und schrieb.

Zunächst beglückwünschte er sie zu ihren Kindern. Sie antwortete ohne jeden dumm übertriebenen Mutterstolz.

Das Zimmer war ein Bild der Ruhe. Heller Sonnenschein fiel durch die Scheiben, die Möbel blinkten an Ecken und Kanten, und da Madame Arnoux am Fenster saß, fiel das volle Licht auf die Locken in ihrem Nacken und durchdrang in einem goldenen Strom ihre bernsteinfarbene Haut. Dann sagte er:

– Die junge Dame hier ist in den drei Jahren sehr gewachsen! – Wissen Sie noch, Mademoiselle, wie Sie in der Kutsche auf meinen Knien schliefen? – Marthe erinnerte sich nicht. – An einem Abend auf dem Rückweg von Saint-Cloud?

Madame Arnoux bekam einen eigenartig traurigen Blick. Hieß das, daß sie ihm jede Anspielung auf ihre gemeinsame Erinnerung verbot?

Ihre schönen schwarzen Augen mit den glänzenden Augäpfeln bewegten sich langsam unter den ein wenig schweren Lidern, und in der Tiefe ihres Blickes lag eine unendliche Güte. Von neuem ergriff ihn eine Liebe, stärker als je zuvor, grenzenlos: dieser Anblick raubte ihm den Verstand, und doch versuchte er ihn abzuschütteln. Wie sollte er sich gebührend darstellen? mit welchen Mitteln? Und nach langem Überlegen fiel Frédéric nichts Besseres als das Geld ein. Er begann vom Wetter zu sprechen, das weniger kalt sei als in Le Havre.

– Waren Sie dort?

– Ja, in einer … einer Familienangelegenheit … einer Erbschaft.

– Ach! das freut mich, erwiderte sie mit dem Ausdruck solch wahrer Freude, daß er gerührt war, als habe sie ihm einen großen Dienst erwiesen.

Dann fragte sie ihn nach seinen Plänen, ein Mann müsse sich ja mit irgend etwas beschäftigen. Er dachte an seine Lüge und sagte, er hoffe, dank Monsieur Dambreuse, dem Abgeordneten, in den Staatsrat zu kommen.

– Sie kennen ihn vielleicht?

– Nur dem Namen nach.

Dann sagte sie leise:

– *Er* hat Sie neulich mit auf einen Ball genommen, nicht wahr?

Frédéric schwieg.

– Das wollte ich nur wissen, danke.

Dann stellte sie ihm zwei oder drei höfliche Fragen zu seiner Familie und seiner Heimat in der Provinz. Es war sehr nett, daß er sie in der ganzen langen Zeit dort nicht vergessen hatte.

– Aber ... wie sollte ich? erwiderte er. Können Sie daran zweifeln?

Madame Arnoux erhob sich.

– Ich glaube, Sie sind uns in guter und echter Freundschaft verbunden. Adieu ... auf Wiedersehen!

Und sie reichte ihm offen und herzlich die Hand. War das nicht eine Aufforderung, ein Versprechen? Frédéric war erfüllt von dem Glück zu leben; er mußte an sich halten, um nicht zu singen, er hatte das Bedürfnis, sich wohltätig zu zeigen, Spenden und Almosen zu verteilen. Er sah sich um, ob niemand da sei, dem er helfen konnte. Kein einziger Hilfsbedürftiger kam vorüber; und seine Anwandlung von Aufopferung erlosch, denn er war nicht der Mensch, der lange nach einer passenden Gelegenheit suchte.

Dann fielen ihm seine Freunde wieder ein. Der erste, an den er dachte, war Hussonnet, der nächste Pellerin. Die niedrige Stellung Dussardiers verlangte natürlich Rücksichten; was Cisy anging, war er froh, daß er ihm ein wenig seinen Reichtum zeigen konnte. Er schrieb also an alle, am nächsten Sonntag, Punkt elf den Einstand bei ihm zu feiern, und er trug Deslauriers auf, Sénécal mitzubringen.

Der Repetitor war aus seiner dritten Pensionatsstelle entlassen worden, weil er die Preisverleihung ablehnte, einen Brauch, den er als verderblich für die Gleichheit erachtete. Er war jetzt bei einem Maschinenbauer und wohnte seit sechs Monaten nicht mehr bei Deslauriers.

Ihre Trennung hatte nichts Schmerzliches gehabt, Sénécal bekam in letzter Zeit Besuch von Männern in Kittelhemden, samt und sonders Patrioten, Arbeiter, anständige Leute, deren Gesellschaft dem Advokaten jedoch unangenehm war.

Gewisse Vorstellungen seines Freundes, als Kriegswaffen ausgezeichnet, mißfielen ihm im übrigen. Er schwieg aus Ehrgeiz, weil er behutsam mit ihm umgehen wollte, um ihn zu lenken, denn er erwartete mit Ungeduld einen großen Umsturz, in dem er es zu etwas bringen würde und seinen Platz zu finden gedachte.

Sénécals Überzeugungen waren weniger eigennützig. Jeden Abend stieg er nach getaner Arbeit wieder hinauf in sein Dachzimmer und suchte in den Büchern nach der Rechtfertigung seiner Träume. Er hatte den *Contrat social* mit Anmerkungen versehen. Er verschlang die *Revue indépendante*. Er kannte Mably, Morelly, Fourier, Saint-Simon, Comte, Cabet, Louis-Blanc, die ganze schwere Fuhre der sozialistischen Schriftsteller, die Kasernenniveau für die Menschheit fordern, sie in Bordellen unterhalten oder über einen Ladentisch krümmen wollen; und aus der Mischung von alledem hatte er sich das Ideal einer tugendhaften Demokratie gezimmert, die das Doppelgesicht eines Pachthofes und einer Spinnerei trug, eine Art amerikanisches Lacedämon, in dem das Individuum nur exisierte, um der Gesellschaft zu dienen, die allmächtiger, vollkommener, unfehlbarer und göttlicher war als die Dalai Lamas und die Nebukadnezars. Er hatte keinen Zweifel an der baldigen Verwirklichung dieses Konzeptes; und alles, was dem seiner Ansicht nach entgegenstand, bekämpfte Sénécal mit den Argumenten eines Feldmessers und dem Glauben eines Inquisitors. Adelstitel, Orden und Federbüsche, vor allem Livreen versetzten ihn in Empörung, – da seine Studien und seine Not jeden Tag seinen tiefen Haß auf jegliche Auszeichnung oder Überlegenheit schürten.

– Was schulde ich diesem Herrn, daß ich ihm schmeicheln soll? Soll er kommen, wenn er etwas von mir will!

Deslauriers schleppte ihn an.

Sie fanden den Freund in seinem Schlafzimmer. Stores und doppelte Vorhänge, venezianische Spiegel, es fehlte an nichts; Frédéric lag in einer Samtjacke hingegossen in einem Polstersessel und rauchte Zigaretten aus türkischem Tabak.

Sénécals Antlitz verdüsterte sich wie das eines Frömmlers, den man in lustige Gesellschaft gebracht hat. Deslauriers registrierte alles mit einem Blick; dann machte er eine tiefe Verbeugung und sagte:

– Monseigneur! ich entbiete Euch meine Hochachtung!

Dussardier fiel ihm um den Hals.

– Sie sind jetzt also reich? Ach, verdammt, um so besser, um so besser!

Cisy erschien mit einem Trauerflor am Hut. Seit dem Tode seiner Großmutter erfreute er sich eines beträchtlichen Vermögens und war weniger darauf bedacht, sich zu vergnügen, als vielmehr sich von anderen abzusetzen, nicht wie alle Welt zu sein, kurz »eine persönliche Note zu haben«. Das war sein geflügeltes Wort.

Nun war es Mittag, und alle gähnten; Frédéric erwartete noch jemanden. Bei dem Namen Arnoux machte Pellerin eine Grimasse. Seitdem er die Künste im Stich gelassen hatte, betrachtete er ihn als Renegaten.

– Und wenn wir auf ihn verzichten? was haltet ihr davon?

Alle stimmten zu.

Ein Diener in langen Gamaschen öffnete die Tür, und man erblickte das Speisezimmer mit dem hohen, goldverzierten Eichengetäfel und den beiden Anrichten voller Geschirr. Auf dem Ofen standen die Weinflaschen warm; neben den Austern blitzten die Klingen der neuen Messer; der milchige Ton der mattgeschliffenen Gläser hatte etwas freundlich Einladendes, und der Tisch verschwand unter Wildbret, Früchten und erlesenen Dingen. Solche Aufmerksamkeiten waren für Sénécal vergebens.

Er fragte gleich nach selbstgebackenem Brot (so kräftig wie möglich) und erwähnte in diesem Zusammenhang die Mordfälle von Buzançais und die Ernährungskrise.

Nichts von alledem wäre geschehen, wenn die Landwirtschaft besser unterstützt würde, wenn nicht alles dem Konkurrenzkampf überlassen wäre, der Anarchie, der erbärmlichen Maxime des »laissez faire, laisser passer«. So entstünde eben die Feudalherrschaft des Geldes, die schlimmer sei als die andere! aber man möge auf der Hut sein! das Volk werde am Ende genug haben und könne sich seine Leiden von den Kapitalisten in blutigen Scherbengerichten oder durch Plündern ihrer Häuser bezahlen lassen.

Frédéric sah blitzartig eine Menschenmenge mit nackten Armen in Madame Dambreuses großen Salon einfallen und mit Picken die Spiegel zerschlagen.

Sénécal fuhr fort: der Arbeiter sei bei den schwachen Löhnen unglücklicher dran als ein Helote, Neger oder Paria, vor allem, wenn er Kinder habe.

– Soll er sie ersticken, um sie loszuwerden, wie es ihm irgendein englischer Arzt aus der Schule von Malthus rät?

Und zu Cisy gewandt:

– Bleiben uns etwa nur noch die Ratschläge des niederträchtigen Malthus?

Cisy, der nichts von der Niedertracht oder überhaupt der Existenz des Malthus wußte, entgegnete, daß doch aber viel Hilfe in der Not geleistet würde und daß die gebildeten Schichten…

– Ach! die gebildeten Schichten, sagte der Sozialist mit hämischem Lachen. Zunächst einmal gibt es gar keine gebildeten Schichten; gebildet ist man nur im Herzen! Wir wollen keine Almosen, verstehen Sie! sondern Gleichheit, die gerechte Verteilung der Güter.

Er forderte, daß der Arbeiter Kapitalist werden konnte, wie der Soldat Oberst. Zumindest verhinderten die Zünfte durch die Begrenzung der Lehrstellen eine Überzahl von Arbeitern, und das Gefühl der Brüderlichkeit werde durch Feste und Fahnen erhalten.

Hussonnet als Dichter vermißte die Fahnen; Pellerin ebenso, eine Vorliebe, die er im Café Dagneaux gefaßt hatte, als er die Phalansterier reden hörte. Er nannte Fourier einen großen Mann.

– Ach was! sagte Deslauriers. Ein alter Dummkopf! der in dem Sturz von Kaiserreichen die Wirkungen göttlicher Rache sieht! Genau wie der Sieur Saint-Simon und seine Kirche mit seinem Haß auf die französische Revolution. Ein Haufen Schwindler, die uns den Katholizismus wieder bescheren wollen!

Offenbar in dem Bedürfnis nach Aufklärung oder um eine guten Eindruck zu machen, begann Monsieur de Cisy leise:

– Diese beiden Gelehrten sind also nicht Voltaires Meinung?

– Den schenke ich Ihnen! erwiderte Sénécal.

– Wie denn? ich dachte…

– Aber nein! der hat das Volk nicht geliebt!

Dann sank die Unterhaltung auf die Ebene der Tagesereignisse: die spanischen Heiraten, die Verschwendungen Rocheforts, das neue Kapitel von Saint-Denis, das eine weitere Steuererhöhung bringen würde. Sénécal zufolge zahlte man doch schon genug!

– Und wozu, mein Gott? um für die Affen im Museum Paläste zu errichten, um glanzvolle Generäle auf unseren Plätzen paradieren zu lassen oder bei den Dienern im Schloß eine gotische Etikette aufrechtzuerhalten!

– Ich habe in *La Mode* gelesen, sagte Cisy, daß zu Saint-Ferdinand bei dem Ball in den Tuilerien alle als Harlekin verkleidet waren.

– Ist das nicht jämmerlich! stieß der Sozialist hervor und zuckte angewidert die Achseln.

– Und das Museum in Versailles! rief Pellerin. Reden wir einmal davon! Diese Idioten haben einen Delacroix beschnitten und einen Gros verlängert! Im Louvre ist an sämtlichen Gemälden so schön herumrestauriert, -gekratzt und -gefingert worden, daß in zehn Jahren vielleicht kein einziges mehr übrig ist. Was die Fehler im Katalog angeht, so hat ein Deutscher darüber ein ganzes Buch geschrieben. Ich kann euch sagen, die Ausländer machen sich über uns lustig!

– Ja, wir sind das Gespött Europas, sagte Sénécal.

– Das liegt daran, daß die Kunst der Krone untersteht.

– Solange wir nicht das allgemeine Wahlrecht haben…

– Na, hören Sie! der Künstler, der seit zwanzig Jahren in allen Salons abgelehnt worden war, hatte einen Haß auf die Regierung. Ach! man soll uns doch in Ruhe lassen. Ich für meinen Teil fordere gar nichts! nur müßten die Kammern für die Interessen der Kunst eintreten. Es müßte ein Lehrstuhl für Ästhetik eingerichtet werden, und der Professor, ein Mann der Praxis und zugleich ein Philosoph, sollte es schaffen, Ordnung in das Durcheinander zu bringen.

– Sie täten gut daran, Hussonnet, darüber ein Wort in Ihrer Zeitung zu sagen.

– Sind die Zeitungen frei? sind wir es? sagte Deslauriers hitzig. Wenn ich bedenke, daß manchmal bis zu achtundzwanzig Formulare erforderlich sind, um auf einem Fluß ein kleines Boot fahren zu dürfen, bekomme ich Lust, bei den Menschenfressern zu leben! Die Regierung verschlingt uns! Ihr gehört alles, die Philosophie, das Recht, die Künste, der freie Himmel; und Frankreich röchelt am Ende seiner Kraft unter dem Stiefel des Gendarmen und der Soutane des Pfaffen!

Der zukünftige Mirabeau redete sich seinen Zorn vom Herzen. Schließlich ergriff er sein Glas, erhob sich und rief, die Faust in die Hüfte gestemmt, mit leuchtenden Augen:

– Ich trinke auf die vollständige Zerschlagung der heutigen Ordnung, das heißt alles, was Privileg, Monopol, Führung, Hierarchie, Autorität, Staat genannt wird! und mit erhobener Stimme: »die ich zerschlagen möchte, wie dieses Glas!«, wobei er das schöne Stielglas auf den Tisch schmetterte, daß es in tausend Stücke zersprang.

Alle applaudierten, besonders Dussardier.

Die Aufzählungen der Ungerechtigkeiten ließen sein Herz höher schlagen. Barbès beunruhigte ihn; er gehörte zu den Leuten, die sich unter den Wagen werfen, um gestürzten Pferden zu Hilfe zu kommen. Sein Wissen beschränkte sich auf zwei Werke, das eine *Crime des rois* betitelt, das andere *Mystères du Vatican.* Mit offenem Mund, hingerissen, hatte er dem Advokaten zugehört. Schließlich hielt er es nicht mehr aus:

– Und ich werfe Louis-Philippe vor, daß er die Polen im Stich läßt!

– Einen Augenblick! sagte Hussonnet. Zunächst einmal gibt es Polen gar nicht; es ist eine Erfindung von Lafayette! Die Polen stammen in der Regel alle aus dem Faubourg Saint-Marceau, da die wahren sich mit Poniatowski ertränkt haben.

Kurz, »davon hielte er nichts mehr«, damit »sei er fertig!« Das sei so etwas wie die Seeschlange, die Aufhebung des Edikts von Nantes und »die alte Lüge von der Bartholomäusnacht!«

Ohne die Polen zu verteidigen, korrigierte Sénécal die

letzten Worte des Literaten. Man hatte die Päpste verleumdet, die immerhin für das Volk einträten, und die Liga nannte er »das Morgenrot der Demokratie, eine große Bewegung für die Gleichheit, gegen den Individualismus der Protestanten.«

Frédéric staunte ein wenig über diese Ideen. Cisy langweilten sie wahrscheinlich, denn er brachte das Gespräch auf die lebenden Bilder des Gymnase, die jetzt für viele eine Attraktion waren.

Für Sénécal war das betrüblich. Solche Darstellungen verdarben die Mädchen des Proletariats; danach sähe man sie einen unverschämten Luxus zur Schau tragen. Er stimmte auch den bayrischen Studenten zu, die Lola Montez beschimpft hatten. Wie Rousseau bedeutete ihm die Frau eines Köhlers mehr als die Mätresse eines Königs.

– Ihr schmäht die Trüffel! erwiderte Hussonnet würdevoll. Und er ergriff die Verteidigung dieser Damen, zugunsten von Rosanette. Als er dann über ihren Ball und Arnoux' Kostüm sprach, meinte Pellerin:

– Man sagt, es stünde mit ihm ziemlich auf der Kippe?

Der Kunsthändler hatte gerade wegen seiner Ländereien in Belleville einen Prozeß gehabt und war augenblicklich Teilhaber einer niederbretonischen Kaolingesellschaft, zusammen mit anderen Schwindlern seines Schlages.

Dussardier wußte mehr darüber; sein Chef, Monsieur Moussinot, hatte bei dem Bankier Oscar Lefèbre Auskünfte über Arnoux eingeholt, und die Antwort war, daß er ihn für nicht sehr solide hielt, da er von einigen seiner Wechselverlängerungen wußte.

Das Dessert war beendet; man ging hinüber in den Salon, der wie der Salon der Marschallin mit gelbem Damast tapeziert und im Stil Louis XVI. möbliert war.

Pellerin hielt Frédéric vor, nicht vielmehr den neoklassizistischen Stil gewählt zu haben; Sénécal rieb die Streichhölzer an den Tapeten an; Deslauriers sagte gar nichts. In der Bibliothek, die er eine Jungmädchenbibliothek nannte, machte er ein paar Bemerkungen. Dort fand sich die Mehrzahl der zeitgenössischen Schriftsteller. Es war unmöglich, sich über ihre Werke zu unterhalten, weil Hussonnet sofort Anekdoten zu ihrer Person, ihren Gesichtern, ihrem Lebenswandel erzählte, ihre Kleidung kritisierte, wobei er Geister letzten Ranges lobte, erstklassige Leute in den Dreck zog und selbstverständlich die heutige Dekadenz beklagte. Schon irgendein kleines Volkslied besaß mehr Poesie als die gesamten Lyriker des XIX. Jahrhunderts; Balzac wurde überschätzt, Byron war erledigt, Hugo verstand nichts vom Theater, etc.

– Warum, sagte Sénécal, haben Sie denn keine Bücher von unseren Arbeiterdichtern?

Und Monsieur de Cisy, der sich mit Literatur befaßte, wunderte sich, daß er »nicht ein paar dieser neuen Physiologien« auf Frédérics Tisch sah, »Physiologie des Rauchers, des Anglers, des Zollbeamten«.

Schließlich verärgerten sie ihn so sehr, daß er Lust verspürte, sie an den Schultern hinauszuschieben. »Ich werde wahnsinnig!« Und er nahm Dussardier beiseite und fragte ihn, ob er ihm irgendwie behilflich sein könne.

Dann ging Frédéric mit Deslauriers in sein Schlafzimmer und holte zweitausend Francs aus dem Sekretär:

– Hier, mein Lieber, steck ein! Der Rest meiner alten Schulden.

– Ja... und die Zeitung? sagte der Advokat. Ich habe Hussonnet davon erzählt. Das weißt du doch.

Und als Frédéric erwiderte, er sei »gerade ein wenig knapp bei Kasse«, erschien auf dem Gesicht des anderen ein böses Lächeln.

Nach den Likören wurde Bier getrunken; nach dem

Bier Grog; man rauchte wieder Pfeife. Um fünf Uhr nachmittags brachen schließlich alle auf; und sie liefen stumm nebeneinanderher, als Dussardier das Wort ergriff und sagte, daß Frédéric sie aufs beste bewirtet habe. Alle stimmten zu.

Hussonnet meinte, das Essen sei ein wenig zu schwer gewesen. Sénécal tadelte die Oberflächlichkeit seiner Einrichtung. Cisy war derselben Meinung. Es mangelte ganz und gar an »persönlicher Note«.

– Ich für meinen Teil finde, sagte Pellerin, er hätte wohl ein Bild bei mir bestellen können.

Deslauriers schwieg und hielt in der Hosentasche seine Scheine fest.

Frédéric war allein zurückgeblieben. Er dachte an seine Freunde und hatte das Gefühl, daß ein dunkler Graben ihn von ihnen trenne. Dabei hatte er ihnen die Hand gereicht, und sie hatten seine freigebige Herzlichkeit nicht gewürdigt.

Pellerins und Dussardiers Bemerkungen über Arnoux kamen ihm in den Sinn. Das war gewiß erfunden, eine Verleumdung. Aber warum? Und er sah Madame Arnoux ruiniert, weinend, im Begriff, ihre Möbel zu verkaufen. Dieser Gedanke quälte ihn die ganze Nacht; am nächsten Tag war er bei ihr.

Da er nicht wußte, wie er über das Gehörte sprechen sollte, fragte er sie beiläufig, ob Arnoux seine Grundstücke in Belleville noch besäße.

– Ja, die hat er noch.

– Er ist jetzt, glaube ich, Teilhaber einer Kaolingesellschaft in der Bretagne?

– Genau.

– Seine Fabrik geht sehr gut, nicht wahr?

– Ja… das nehme ich doch an.

Und da er nicht weitersprach:

– Was haben Sie denn? Sie machen mir angst!

Er erzählte ihr die Geschichte von den verlängerten Wechseln.

Sie senkte den Kopf und sagte:

– Ich dachte es mir!

Tatsächlich hatte Arnoux wegen Spekulationen darauf verzichtet, seine Grundstücke zu verkaufen, und sie ausgiebig beliehen, und als er keine Käufer fand, hatte er geglaubt, er könne sich durch die Gründung einer Manufaktur wieder fangen.

Die Ausgaben hatten die veranschlagten Kosten überschritten. Mehr wußte sie nicht; er wich jeder Frage aus und versicherte ständig, »es liefe sehr gut«.

Frédéric versuchte sie zu beruhigen. Vielleicht waren es vorübergehende Schwierigkeiten. Sollte er etwas erfahren, würde er es ihr im übrigen mitteilen.

– Oh! ja, nicht wahr? sagte sie und legte auf bezaubernd flehende Weise die Hände zusammen.

Er konnte ihr also dienlich sein. Nun trat er in ihr Leben, in ihr Herz.

Arnoux erschien.

– Ach! wie nett, daß Sie mich zum Diner abholen!

Frédéric blieb stumm.

Arnoux redete über bedeutungslose Dinge, dann verkündete er seiner Frau, er käme sehr spät heim, da er eine Verabredung mit Monsieur Oudry habe.

– Bei ihm?

– Aber natürlich bei ihm.

Schon während sie die Treppe hinuntergingen, bekannte er, daß sie einen schönen Abend im Moulin Rouge verbringen wollten, denn die Marschallin sei frei; und da er stets jemanden brauchte, um sich auszusprechen, ließ er sich von Frédéric bis vor die Tür fahren.

Anstatt hineinzugehen, spazierte er auf dem Trottoir auf und ab und beobachtete die Fenster im zweiten Stock. Plötzlich öffneten sich die Vorhänge.

– Ah! Bravo! der alte Oudry ist nicht mehr da. Guten Abend!

Es war also der alte Oudry, der sie aushielt? Jetzt wußte Frédéric nicht mehr, was er denken sollte.

Von diesem Tage an war Arnoux noch herzlicher als zuvor; er lud ihn zu seiner Mätresse zum Diner ein, und bald ging Frédéric in beiden Häusern ein und aus.

Das von Rosanette amüsierte ihn. Dort erschien man am Abend, nach dem Club oder dem Theater; man trank eine Tasse Tee, man spielte eine Partie Lotto; sonntags wurden Scharaden gespielt; Rosanette, die ausgelassener war als die anderen, tat sich mit lustigen Einfällen hervor, wie auf allen vieren zu laufen oder sich ein Häubchen auf den Kopf zu setzen. Um am Fenster die vorübergehenden Leute zu beobachten, setzte sie einen Lederhut auf; sie rauchte türkische Pfeifen und sang Tirolerlieder. Nachmittags schnitt sie zum Zeitvertreib Blumen aus einem Stück persischer Leinwand aus, klebte sie eigenhändig auf die Fensterscheiben, verunstaltete ihre beiden Hundchen mit Schminke, verbrannte Räucherkerzen oder legte sich Karten. Unfähig, sich auch nur einen Wunsch zu versagen, war sie versessen auf eine Nippsache, die sie entdeckt hatte und die ihr keine Ruhe ließ, lief los, um sie zu kaufen, tauschte sie gegen eine andere um, vergeudete Stoffe, verlor ihren Schmuck, verschwendete ihr Geld und hätte für eine Proszeniumsloge ihr Hemd verkauft. Oftmals bat sie Frédéric um die Erklärung eines Wortes, das sie gelesen hatte, hörte jedoch nicht auf seine Antwort, denn schnell war sie beim nächsten Gedanken und stellte eine Frage nach der anderen. Auf Heiterkeitsausbrüche folgten Anfälle von kindlicher Wut; oder sie saß mit gesenktem Kopf und mit beiden Händen die Knie umfassend träumend am Boden vor dem Kamin, regloser als eine Natter. Unbekümmert kleidete sie sich vor ihm an, zog langsam die Strümpfe hoch und wusch sich darauf mit großen Mengen Wasser das Gesicht, wobei sie sich wand wie eine fröstelnde Najade; und ihr Lachen mit den weißen Zähnen, die blitzenden Augen, ihre Schönheit, ihre Fröhlichkeit raubten Frédéric den Verstand und versetzten seine Nerven in Hochspannung.

Madame Arnoux traf er fast immer dabei an, ihrem Kleinen das Lesen beizubringen, oder sie stand hinter Marthe, die auf dem Klavier ihre Tonleitern übte; wenn sie an einer Näharbeit saß, war es ein großes Glück, manchmal ihre Schere aufzuheben. All ihre Bewegungen waren von majestätischer Ruhe; die kleinen Hände schienen dazu geschaffen, Almosen zu verteilen und Tränen zu trocknen, und ihre Stimme, von Natur ein wenig dumpf, hatte zärtliche Töne und war leicht wie eine Brise.

Sie schwärmte nicht für Literatur, aber ihr Geist bezauberte durch schlichte und treffende Worte. Sie liebte Reisen, das Rauschen des Windes in den Zweigen und barhaupt durch den Regen zu gehen. Frédéric lauschte diesen Dingen mit Entzücken, da er darin zu sehen glaubte, daß sie sich zu öffnen begann.

Der Umgang mit diesen beiden Frauen trug in sein Leben gleichsam zwei Arten von Musik: die eine ausgelassen, wild, vergnügt, die andere ernst und beinahe fromm; sie ertönten zur gleichen Zeit in ständiger Steigerung und begannen zu verschmelzen; – denn hatte ihn Madame Arnoux nur mit dem Finger gestreift, stand ihm sogleich verlockend das Bild der anderen vor Augen, da er dort bessere Aussichten hatte; – und ging ihm in Gesellschaft von Rosanette einmal etwas nahe, fiel ihm sofort seine große Liebe ein.

Diese Verwirrung wurde durch Ähnlichkeiten beider Wohnungen hervorgerufen. Eine der Truhen, die ehemals am Boulevard Montmartre zu sehen gewesen waren, schmückte jetzt Rosanettes Speisezimmer, die andere den

Salon Madame Arnoux'. In beiden Häusern gab es das gleiche Geschirr, und man sah sogar dasselbe Samtkäppchen auf den Sesseln herumliegen; eine Unmenge kleiner Geschenke, Kaminschirme, Schachteln, Fächer wanderten vom Hause der Mätresse zu dem der Gattin, denn Arnoux nahm oft ohne Scham der einen wieder fort, was er ihr geschenkt hatte, um es der anderen zu geben.

Die Marschallin lachte mit Frédéric über Arnoux' üble Manieren. Eines Sonntags nach dem Diner führte sie ihn hinter die Tür und zeigte ihm in Arnoux' Mantel eine Tüte voller Gebäck, das er soeben vom Tisch hatte verschwinden lassen, wohl um seine kleine Familie damit zu erfreuen, Monsieur Arnoux leistete sich Schelmenstreiche, die an Gaunereien grenzten. Für ihn war es eine Pflicht, die Steuer zu umgehen; ins Theater ging er nie für Geld, versuchte stets, mit einem Billett für die hinteren Plätze die vorderen zu ergattern und erzählte als tollen Witz, daß er in der Badeanstalt statt eine Zehnsousmünze einen Hosenknopf in die Büchse das Wärters zu legen pflegte, was die Marschallin nicht hinderte, ihn zu lieben.

Eines Tages sagte sie jedoch, als sie von ihm sprach:

– Ach! er geht mir langsam auf die Nerven! Mir reicht's! Nein wirklich, ich finde einen andern!

Frédéric glaubte, »der andere« sei bereits gefunden und heiße Monsieur Oudry.

– Nun, sagte Rosanette, was macht das schon?

Und mit Tränen in der Stimme:

– Ich bitte ihn doch um gar nicht viel, und er will nicht, der Idiot! Er will nicht! Aber seine Versprechungen, oh! die sehen anders aus.

Er hatte ihr sogar ein Viertel seiner Gewinne aus den großartigen Kaolinminen versprochen; kein einziger Gewinn ließ sich blicken, ebensowenig wie der Kaschmirschal, mit dem er sie seit sechs Monaten köderte.

Frédéric hatte sofort den Gedanken, ihr einen zu schenken. Arnoux könnte das für eine Warnung halten und böse werden.

Und doch war er ein guter Mann, seine Frau sagte es selbst. Aber so verrückt! Statt jeden Tag jemanden zum Diner mit nach Hause zu bringen, bewirtete er seine Bekannten im Restaurant. Er kaufte vollkommen unnütze Dinge wie Goldketten, Stutzuhren, Hausgerät. Madame Arnoux zeigte Frédéric sogar im Flur einen riesigen Vorrat an Bettflaschen, Fußwärmern und Samowars. Eines Tages vertraute sie ihm schließlich ihre Sorgen an: Arnoux hatte sie einen Wechsel auf Order von Monsieur Dambreuse unterzeichnen lassen.

Frédéric hielt indessen, als sei es gleichsam Ehrensache, an seinen literarischen Absichten fest. Er wollte eine Geschichte der Ästhetik schreiben, Fazit seiner Gespräche mit Pellerin, danach verschiedene Epochen der französischen Revolution dramatisieren und, indirekt von Deslauriers und Hussonnet beeinflußt, eine große Komödie verfassen. Mitten in der Arbeit erschien ihm oft das Gesicht der einen oder der anderen; er kämpfte gegen den Wunsch, sie zu sehen, und es dauerte nicht lange, bis er ihm nachgab; und kam er dann von Madame Arnoux zurück, war er noch trauriger.

Eines Morgens, als er am Kamin in seine Melancholie versunken war, trat Deslauriers ins Zimmer. Sénécals Brandreden hatten seinen Brotherrn beunruhigt, und er war ein weiteres Mal ohne Einkünfte.

– Was soll ich da tun? sagte Frédéric.

– Nichts! du hast kein Geld, ich weiß. Aber es wird dich kaum in Verlegenheit bringen, ihm eine Stellung zu verschaffen, sei es bei Monsieur Dambreuse oder bei Arnoux?

Arnoux brauchte gewiß Ingenieure in seinem Unternehmen. Frédéric hatte eine Eingebung: Sénécal konnte ihm die Abwesenheit des Gatten melden, Briefe überbringen und ihm bei tausend guten Gelegenheiten behilflich sein. Unter Männern leistet man sich immer solche Dienste. Im übrigen wüßte er dann schon, wie er ihn beschäftigen konnte; und Gleichgültigkeit heuchelnd erwiderte er, daß sich in der Sache vielleicht etwas machen lasse, und er werde sich ihrer annehmen.

Er nahm sich ihrer unverzüglich an. Arnoux gab sich in seiner Fabrik viel Mühe. Er suchte das Kupferrot der Chinesen; aber beim Brennen verflüchtigten sich die Farben. Um Risse in den Fayencen zu vermeiden, mischte er Kalk in den Ton; die meisten Stücke platzten, die auf den Rohling gemalte Glasur schlug Blasen, die großen Kacheln bogen sich; er machte die schlechte Ausrüstung für seine Irrtümer verantwortlich und wollte sich andere Mühlen, andere Trockenkammern bauen lassen. Frédéric erinnerte sich an einige dieser Dinge; er ging zu ihm und verkündete, er habe einen sehr tüchtigen Mann entdeckt, der in der Lage sei, sein berühmtes Rot zu finden: Arnoux sprang vor Freude in die Höhe, doch als er ihn angehört hatte, erwiderte er, er brauche niemanden.

Frédéric pries die wunderbaren Kenntnisse Sénécals in den höchsten Tönen, der Ingenieur, Chemiker und Buchhalter zugleich sei, und dabei ein Mathematiker ersten Ranges.

Der Fayencenhändler erklärte sich bereit, ihn zu sehen.

Die beiden stritten sich über das Gehalt. Frédéric versuchte zu vermitteln und hatte sie am Ende der Woche zu einer Einigung gebracht.

Aber da die Fabrik in Creil lag, konnte Sénécal ihm überhaupt nicht behilflich sein. Diese schlichte Überlegung entmutigte ihn wie ein Mißgeschick.

Er dachte, je mehr Arnoux sich seiner Frau entfremdete, desto größere Aussichten habe er bei ihr. So begann er nun ständig Rosanette zu verteidigen, er hielt ihm vor, wo er ihr überall Unrecht täte, berichtete von den heimlichen Drohungen von neulich und erwähnte sogar den Kaschmirschal, ohne zu verschweigen, daß sie ihm Geiz vorwarf.

Von diesem Wort verletzt (und außerdem Böses ahnend) brachte Arnoux Rosanette den Kaschmirschal, schalt sie jedoch, daß sie sich bei Frédéric beklagt habe; als sie ihm sagte, sie habe ihn hundertmal an sein Versprechen erinnert, behauptete er, er habe es vergessen, weil er zu beschäftigt sei.

Am nächsten Tag war Frédéric bei ihr. Obwohl es zwei Uhr war, lag die Marschallin noch im Bett, und am Kopfende saß an einem kleinen runden Tisch Delmar und verspeiste eine Scheibe Gänseleberpastete. Sie rief schon von weitem: »Ich habe ihn, ich habe ihn«, dann nahm sie ihn bei den Ohren und küßte ihn auf die Stirn, dankte ihm viele Male, duzte ihn und wollte ihn sogar auf ihrem Bett sitzen lassen; ihre hübschen, sanften Augen funkelten, ihr feuchter Mund lächelte, die runden Arme kamen aus dem ärmellosen Hemd, und zuweilen erkannte er unter dem Batist die festen Formen ihres Körpers. Delmar rollte derweilen mit den Augen.

– Nein, wahrhaftig, meine Freundin, meine liebe Freundin!

Die folgenden Male war es dasselbe. Sobald Frédéric ins Zimmer trat, stieg sie auf die Kissen, damit er sie besser küssen konnte, nannte ihn ihren Liebling, ihren Schatz, steckte ihm eine Blume ins Knopfloch und richtete sein Halstuch; diese Aufmerksamkeiten nahmen noch zu, wenn Delmar anwesend war.

Waren das Annäherungsversuche? Frédéric meinte das. Einen Freund zu hintergehen, Arnoux hätte das wohl nicht gestört! und bei seiner Mätresse mußte er doch keine besondere Tugend walten lassen, da er mit seiner Gattin doch stets tugendhaft gewesen war; denn das glaubte er jedenfalls, oder hätte es sich vielmehr gerne eingeredet, um seine ungeheure Feigheit zu rechtfertigen. Und doch fand er sich dumm und beschloß, mit der Marschallin keine großen Umstände zu machen.

So näherte er sich ihr eines Nachmittags, als sie gebückt vor ihrer Kommode stand, mit einer so eindeutigen Geste, daß sie sich mit purpurrotem Gesicht wieder aufrichtete. Er begann sogleich noch einmal; da brach sie in Tränen aus und sagte, sie sei unglücklich genug, und das sei kein Grund, sie zu verachten.

Er probierte es von neuem. Sie versuchte es auf eine andere Art und lachte dauernd. Er hielt es für klug, im selben Ton und mit noch übertriebenerer Fröhlichkeit zu antworten. Aber er gab sich zu lustig, als daß sie ihn für aufrichtig halten konnte; und ihr lockeres Geplauder verhinderte jede Eröffnung echter Gefühle. Schließlich sagte sie eines Tages, sie gäbe sich nicht mit den Resten einer anderen zufrieden.

– Welcher anderen?

– Ach! geh doch zu Madame Arnoux!

Denn Frédéric sprach häufig von ihr; Arnoux hatte ebenfalls diese Manie; sie war es endlich leid, dauernd das Loblied dieser Frau zu hören; und ihre Bemerkung war eine Art Rache.

Frédéric nahm sie ihr nachhaltig übel.

Im übrigen begann sie ihm furchtbar auf die Nerven zu gehen. Manchmal spielte sie die Erfahrene und redete schlecht von der Liebe, mit einem skeptischen Lachen, das ihm Lust machte, sie zu ohrfeigen. Eine Viertelstunde später war die Liebe das Wichtigste auf der Welt, und die Arme um ihre Brust schlingend, als wolle sie jemanden an sich drücken, murmelte sie mit halbgeschlossenen Lidern und beinahe außer sich vor Wonne: »Oh! ja, das ist gut! so gut!« Man konnte unmöglich klug aus ihr werden, zum Beispiel wissen, ob sie Arnoux liebte, denn sie machte sich über ihn lustig und schien auf ihn eifersüchtig. Ebenso mit der Vatnaz, die sie einmal ein Miststück und dann wieder ihre beste Freundin nannte. Überhaupt lag in ihrer ganzen Person und bis in die Windungen ihres Haarknotens etwas Unbeschreibliches, das einer Herausforderung glich; – und er begehrte sie vor allem um des Vergnügens willen, sie zu besiegen und zu beherrschen.

Wie sollte er das anstellen? denn oftmals schickte sie ihn ohne alle Umstände wieder fort, erschien für eine Minute zwischen zwei Türen und flüsterte: »Ich bin beschäftigt; bis heute abend!«, oder er traf sie mit einem Dutzend Leuten an; und waren sie allein, hätte man wetten können, daß ein Hindernis dem anderen folgte. Er lud sie zum Diner, sie lehnte stets ab; einmal nahm sie die Einladung an, erschien jedoch nicht.

Ihm kam ein machiavellistischer Gedanke.

Durch Dussardier wußte er, daß Pellerin sich über ihn beklagt hatte, und ihm fiel ein, er könne das Porträt der Marschallin bei ihm in Auftrag geben, ein Porträt in Lebensgröße, das viele Sitzungen erforderte; er würde keine einzige versäumen; die notorische Unpünktlichkeit des Künstlers würde Intimitäten erleichtern. So bewog er Rosanette, sich malen zu lassen, um ihrem lieben Arnoux ihr Bild zu schenken. Sie war einverstanden, denn sie sah sich bereits mitten im Grand Salon am Ehrenplatz, davor eine Menschenmenge, die Zeitungen würden davon sprechen, und sie stände mit einem Schlag »im Rampenlicht«.

Pellerin für seinen Teil nahm den Auftrag begierig an. Dieses Porträt würde ihn zum großen Mann machen, ja ein Meisterwerk sein.

Er ging in Gedanken sämtliche Meisterporträts durch, die er kannte, und entschied sich schließlich für einen

Tizian, dessen Wirkung noch durch Ausschmückungen im Stil von Veronese hervorgehoben werden sollte. Er würde also seine Idee ohne künstliche Schatten ausführen, in einem hellen Licht, das das Fleisch in einem einzigen Ton schimmern und die Accessoires glänzen ließe.

»Wenn ich ihr nun, dachte er, ein Kleid aus rosafarbener Seide anziehe, mit einem orientalischen Burnus! oder wenn ich sie eher in blauen Samt kleide, vor einem grauen, sehr kräftigen Hintergrund? Man könnte ihr auch einen weißen Spitzenkragen geben, dazu einen schwarzen Fächer und dahinter einen scharlachroten Vorhang?«

So überlegte er hin und her, erweiterte jeden Tag seinen Plan und war davon entzückt.

Ihm klopfte das Herz, als Rosanette in Frédérics Begleitung zur ersten Sitzung bei ihm erschien. Er stellte sie auf eine Art Estrade in der Mitte des Raumes; und während er über das Licht und den Verlust seines alten Ateliers klagte, ließ er sie zunächst an einem Postament lehnen, dann in einem Sessel sitzen, und mal zurücktretend und sich ihr dann wieder nähernd, um mit einem Stupser die Falten ihres Kleides zu korrigieren, betrachtete er sie durch die halbgeschlossenen Lider und fragte Frédéric um Rat.

– Ach nein! rief er. Ich bleibe bei meiner Idee! Ich bringe Sie als Venezianerin auf die Leinwand!

Sie sollte ein Kleid aus hochrotem Samt mit einem goldgeschmiedeten Gürtel tragen, und der weite, hermelingefütterte Ärmel ließe den nackten Arm sehen, der auf dem Geländer einer hinter ihr emporsteigenden Treppe läge. Zu ihrer Linken würde eine hohe Säule bis zum oberen Bildrand aufragen, wo sie sich mit einem Bogen des Gebäudes verbände. Darunter sähe man undeutlich Orangenbäume als beinahe schwarze Masse, von der sich ein blauer, mit weißen Wolken durchzogener Himmel abheben sollte. Auf dem mit einem Teppich bedeckten Geländer läge in einer silbernen Schale ein Blumenstrauß, ein Rosenkranz aus Bernstein, ein Dolch und ein Kästchen aus altem, leicht vergilbten Elfenbein, überquellend von Zechinen, einige bildeten, hier und da zu Boden gefallen, sogar eine ganze Reihe schimmernder Flecken, so daß der Blick auf ihre Fußspitze gelenkt würde, denn sie sollte in einer natürlichen Bewegung und in vollem Lichte auf der vorletzten Stufe stehen.

Er holte einen Gemäldekasten, den er auf die Estrade legte, um die Stufe anzudeuten, auf einem Schemel statt des Geländers arrangierte er als Requisiten seine Jacke, einen Schild, eine Sardinenbüchse, ein Bündel Federn, ein Messer, und nachdem er ein Dutzend großer Sousmünzen vor Rosanette hingeworfen hatte, ließ er sie die Pose einnehmen.

– Stellen Sie sich vor, daß diese Dinge hier Reichtümer, kostbare Geschenke sind. Den Kopf ein wenig nach hinten rechts! ausgezeichnet! und nicht mehr bewegen! Diese majestätische Haltung paßt gut zu Ihrer Art von Schönheit.

Sie trug ein schottisches Kleid samt einem dicken Muff und mußte an sich halten, um nicht zu lachen.

Was die Frisur angeht, so werden wir einen Strang Perlen einflechten: das macht sich in rotem Haar immer gut.

Die Marschallin protestierte und sagte, sie habe kein rotes Haar.

– Lassen sie nur! Das Rot der Maler ist nicht das der Bourgeois!

Er begann die Anordnung der Flächen zu skizzieren; und die großen Künstler der Renaissance beschäftigten ihn so sehr, daß er von ihnen sprach. Eine Stunde lang träumte er laut von diesen herrlichen Existenzen, voller Genie, Ruhm und Pracht, mit siegreichem Einzug in die

Städte und Galaabenden bei Fackelschein zwischen halbnackten Frauen, schön wie Göttinnen.

– Sie wären geschaffen, in diesen Zeiten zu leben. Ein Wesen Ihres Schlages hätte eine Durchlaucht verdient!

Rosanette fand seine Komplimente sehr reizend. Der Tag für die nächste Sitzung wurde festgelegt; Frédéric wollte für die Requisiten sorgen.

Da die Ofenhitze sie leicht benommen gemacht hatte, kehrten sie zu Fuß durch die Rue du Bac zurück und kamen auf den Pont Royal.

Das Wetter war gut, kalt und strahlend. Die Sonne sank; ein paar Fenster der Häuser in der Cité glänzten in der Ferne wie goldene Tafeln, während sich dahinter, zur Rechten, die Türme von Notre-Dame schwarz vor dem blauen Himmel abzeichneten, der am Horizont weich in grauem Dunst verschwamm. Es war windig; und da Rosanette erklärt hatte, sie habe Hunger, traten sie in die Pâtisserie Anglaise.

Junge Frauen mit ihren Kindern aßen im Stehen, an die Marmortheke gelehnt, auf der unter Glasglocken viele Teller mit Törtchen standen. Rosanette verschlang zwei Cremeschnitten. Der Puderzucker bildete an ihren Mundwinkeln einen Bart. Hin und wieder zog sie das Taschentuch aus dem Muff, um ihn abzuwischen; und unter ihrem Kapotthut aus grüner Seide glich sie einer zwischen ihren Blättern erblühten Rose.

Sie setzten ihren Weg fort; in der Rue de la Paix blieb sie vor einem Juwelierladen stehen, um ein Armband zu betrachten; Frédéric wollte es ihr schenken.

– Nein, sagte sie, behalte dein Geld.

Diese Antwort verletzte ihn.

– Was hat er denn, mein Kleiner? sind wir traurig?

Und als das Gespräch wieder aufgenommen war, ging er wie üblich zu Liebeserklärungen über.

– Du weißt doch, daß das unmöglich ist!

– Warum?

– Ach! weil…

Sie gingen Seite an Seite, sie an seinem Arm, und die Volants ihres Kleides schlugen ihm an die Beine. Da fiel ihm ein Winterabend ein, an dem Madame Arnoux auf demselben Trottoir in der Dämmerung ebenso an seiner Seite gegangen war; und die Erinnerung nahm ihn derart gefangen, daß er Rosanette gar nicht mehr bemerkte, nicht mehr an sie dachte.

Sie schaute gedankenverloren vor sich hin und ließ sich ein wenig ziehen wie ein träges Kind. Es war die Stunde, wo man von der Ausfahrt zurückkehrte, und eine nach der anderen rollten Equipagen in scharfem Trab über das trockene Pflaster. Offenbar kamen ihr Pellerins Schmeicheleien wieder in den Sinn, denn sie stieß einen Seufzer aus.

– Ach! manche haben Glück! ich bin entschieden für einen reichen Mann geschaffen.

Er erwiderte in brutalem Ton:

– Sie haben doch einen! denn Monsieur Oudry galt als dreifacher Millionär.

Sie wollte ihn nur zu gerne loswerden.

– Wer hindert Sie daran?

Und er machte sich in bitteren Scherzen über diesen alten Bourgeois mit der Perücke Luft und hielt ihr vor, daß eine solche Verbindung schändlich sei und daß sie sie lösen müsse!

– Ja, antwortete die Marschallin, als spreche sie zu sich selbst. Das werde ich schließlich wohl auch tun!

Frédéric war von dieser Uneigennützigkeit entzückt. Sie ging langsamer, er glaubte, sie sei müde. Sie wollte um keinen Preis einen Wagen und verabschiedete ihn vor der Tür, indem sie ihm mit den Fingerspitzen eine Kußhand zuwarf.

»Ach! wie schade! und zu denken, daß Idioten mich für einen reichen Mann halten!«

Er war in düsterer Stimmung, als er zu Hause ankam. Hussonnet und Deslauriers warteten auf ihn.

Der Bohémien saß an seinem Tisch und zeichnete Türkenköpfe, der Anwalt lag mit schmutzigen Stiefeln auf dem Diwan und döste.

– Ach! endlich! rief er. Aber was für eine wilde Miene! Hast du ein Ohr für mich?

Seine Beliebtheit als Repetitor schwand, denn er stopfte seine Schüler mit Theorien voll, die ihren Prüfungen abträglich waren. Zwei oder drei Mal hatte er eine Verteidigung geführt und verloren, und jede neue Enttäuschung trieb ihn noch stärker zurück zu seinem alten Traum: eine Zeitung, in der er sich verbreiten, sich rächen, seinen Zorn und seine Ideen versprühen konnte. Geld und Ansehen würden dann schon folgen. In dieser Hoffnung hatte er den Bohémien für sich gewonnen, da Hussonnet ein Blatt besaß.

Gegenwärtig druckte er auf rosafarbenem Papier; er erfand Zeitungsenten, verfaßte Rebusrätsel, versuchte Polemiken zu entfachen und wollte sogar (trotz fehlender Räumlichkeiten) Konzerte veranstalten. Ein Jahresabonnement gab »Anrecht auf einen Sperrsitz in einem großen Pariser Theater; darüber hinaus übernahm es die Redaktion, Herrschaften von außerhalb mit allen wünschenswerten Auskünften zur Kunstszene oder sonstigem zu versorgen«.

Jedoch der Drucker drohte schon, dem Eigentümer war man drei Monatsmieten schuldig, allerlei Schwierigkeiten tauchten auf; und ohne die Ermunterungen des Anwalts, der ihm täglich Zunder gab, hätte Hussonnet *L'Art* eingehen lassen. Er hatte ihn mitgenommen, um seiner Anfrage mehr Nachdruck zu verleihen.

– Wir kommen wegen der Zeitung, sagte er.

– Schau an, das hast du immer noch im Kopf! antwortete Frédéric zerstreut.

– Sicher habe ich das im Kopf!

Und er entwickelte von neuem seinen Plan. Durch Börsenberichte würden sie sich mit Finanzleuten in Verbindung setzen und so die unerläßlichen hunderttausend Francs Kaution erhalten. Doch um das Blatt in eine politische Zeitung zu verwandeln, brauchte man zunächst einen großen Leserkreis und mußte sich zu einigen Ausgaben entschließen, Kosten für Papier, Druck, Verwaltung, kurz, eine Summe von fünfzehntausend Francs.

– Ich habe kein Geld, sagte Frédéric.

– Wir etwa! stieß Deslauriers hervor und verschränkte die Arme.

Verletzt von dieser Geste, erwiderte Frédéric:

– Ist das meine Schuld?...

– Ah! sehr gut! Gewisse Leute haben Holz im Kamin, Trüffel auf dem Tisch, ein weiches Bett, eine Bibliothek, einen Wagen, alle Annehmlichkeiten! Und ein anderer schlottert vor Kälte unter dem Dach, speist für zwanzig Sous, arbeitet wie ein Sträfling und verkommt im Elend! ist das ihre Schuld?

Und mit ciceronischer Ironie, die nach Gerichtshof klang, wiederholte er: »Ist das ihre Schuld?« Frédéric wollte sprechen.

– Aber ich verstehe, man hat seine... aristokratischen Bedürfnisse; denn ohne Zweifel... eine gewisse Frau...

– Na und wenn? – Bin ich nicht frei?...

– Oh! ganz frei!

Und nach einer Minute des Schweigens:

– Versprechungen sind ja so bequem!

– Mein Gott! ich leugne sie nicht! sagte Frédéric.

Der Anwalt fuhr fort:

– Im Gymnasium leistet man Schwüre, man wird eine Phalanx bilden, man wird wie *les Treize* von Balzac sein!

Und trifft man sich dann wieder: Bonsoir, alter Junge, geh zum Teufel! Denn wer dem anderen zu Hilfe kommen könnte, behält alles fein für sich selbst.

– Wie?

– Ja, du hast uns noch nicht einmal bei den Dambreuses eingeführt!

Frédéric sah ihn an; mit seinem erbärmlichen Gehrock, der schlecht geputzten Brille und dem bleichen Gesicht wirkte der Anwalt so jämmerlich auf ihn, daß er ein abschätziges Lächeln auf seinen Lippen nicht unterdrükken konnte. Deslauriers bemerkte es und errötete.

Er hatte schon den Hut in der Hand, um zu gehen. Höchst besorgt versuchte Hussonnet ihn mit flehenden Blicken zu besänftigen, und als Frédéric ihm den Rücken kehrte, sagte er:

– Kommen Sie, mein Lieber! Seien Sie mein Mäzen! Tun Sie etwas für die Kunst!

In einem jähen Anfall von Resignation nahm Frédéric ein Blatt Papier, kritzelte ein paar Zeilen darauf und streckte es ihm entgegen. Das Gesicht des Bohémien leuchtete auf. Dann reichte er Deslauriers das Blatt und sagte:

– Leisten Sie Abbitte, mein Herr!

Der Freund beschwor den Notar, ihm schnellstens fünfzehntausend Francs zu schicken.

– Ja! So kenne ich dich wieder! sagte Deslauriers.

– Beim Wort eines Edelmannes! fuhr der Bohémien fort, Sie sind ein toller Kerl, man wird Sie in die Galerie der unverzichtbaren Männer aufnehmen!

Der Anwalt sagte noch:

– Du wirst nichts verlieren, die Spekulation ist ausgezeichnet.

– Bei Gott! rief Hussonnet, dafür wette ich meinen Kopf.

Und er gab so viel dummes Zeug von sich und versprach derartige Wunder (an die er vielleicht glaubte), daß Frédéric nicht wußte, ob er sich über sich selbst oder über andere lustig machen wollte.

Am selben Abend bekam er einen Brief von seiner Mutter.

Sie war erstaunt, daß er noch nicht Minister war, und zog ihn ein wenig damit auf. Dann sprach sie von ihrem Befinden und erzählte, daß sie nun Besuch von Monsieur Roque bekam. »Seit er Witwer ist, hielt ich es nicht für unpassend, ihn zu empfangen. Louise hat sich sehr zu ihrem Vorteil verändert.« Und als Postskriptum: »Du schreibst mir nichts über Deine feine Bekanntschaft, Monsieur Dambreuse; an Deiner Stelle würde ich sie nutzen.«

Warum nicht? Seine geistigen Ambitionen hatten ihn verlassen, und sein Vermögen (das sah er wohl) war nicht hinlänglich groß; denn wenn seine Schulden beglichen und den anderen die vereinbarte Summe ausgehändigt war, wäre sein Kapital um mindestens viertausend Francs geschmälert! Im übrigen verspürte er das Bedürfnis, aus dieser Existenz herauszukommen und sich an etwas zu binden. So sagte er, als er am folgenden Tag bei Madame Arnoux zu Abend speiste, daß seine Mutter ihn dränge, einen Beruf zu ergreifen.

– Aber ich dachte, entgegnete Madame Arnoux, daß Monsieur Dambreuse sie in den Staatsrat bringen wollte. Das wäre genau das richtige für Sie.

Sie wollte es also. Er gehorchte.

Der Bankier saß wie beim ersten Mal an seinem Schreibtisch und bat ihn mit einer Handbewegung, ein paar Minuten zu warten, da ein Herr, der der Tür den Rücken kehrte, Wichtiges mit ihm zu besprechen hatte. Es handelte sich um Steinkohle und um eine Fusion, die zwischen mehreren Gesellschaften vorzunehmen war.

Die Porträts von General Foy und Louis-Philippe hingen zu beiden Seiten des Kamins; Aktenschränke stiegen an der Täfelung bis an die Decke, und es gab sechs Rohrstühle, denn Monsieur Dambreuse brauchte für seine Geschäfte keinen schöneren Raum; es war wie eine jener finsteren Küchen, in denen Festessen entstehen.

Frédéric fielen vor allem zwei ungeheuer große Geldschränke auf, die in den Ecken standen. Er fragte sich, wie viele Millionen sie wohl fassen mochten. Der Bankier öffnete den einen, die Eisenplatte schwang beiseite und gab im Innern lediglich den Blick auf Hefte aus blauem Papier frei.

Schließlich ging der Unbekannte an Frédéric vorüber. Es war der alte Oudry. Errötend grüßten sie sich, was Monsieur Dambreuse zu erstaunen schien. Ansonsten erwies er sich als äußerst freundlich. Nichts leichter, als seinen jungen Freund dem Justizminister zu empfehlen. Man wäre nur zu glücklich, ihn zu bekommen; und er beschloß seine Liebenswürdigkeiten mit der Einladung zu einer Soirée, die er in ein paar Tagen geben werde.

Frédéric stieg eben in das Coupé, um sich dorthin zu begeben, als ein Billett der Marschallin eintraf. Beim Schein der Laternen las er:

»Mein Lieber, ich bin Ihrem Rat gefolgt. Gerade habe ich meinen Osagen hinausgeworfen. Von morgen abend an, Freiheit! Sagen Sie bloß, daß ich nicht mutig bin.«

Weiter nichts! Aber das hieß doch, daß sie ihm den freien Platz anbot. Er stieß einen leisen Schrei aus, stopfte das Billett in die Tasche und fuhr los.

Zwei Mann standen hoch zu Roß auf der Straße Wache. In der Einfahrt brannte zu beiden Seiten eine Reihe von Lichtern; und im Hof hallten die Rufe der Diener, um die Kutschen an den Fuß der Freitreppe bis unter das Regendach fahren zu lassen. Im Vestibül war der Lärm dann plötzlich verstummt.

Im Treppenhaus standen große Bäume; Lampenschirme aus Porzellan verbreiteten ein Licht, das wie weißer Satin über die Wände fiel. Frédéric stieg in Hochstimmung die Stufen hinauf. Ein Lakai rief tönend seinen Namen: Monsieur Dambreuse reichte ihm die Hand; fast im selben Augenblick erschien Madame Dambreuse.

Sie trug ein malvenfarbenes Kleid, noch stärker gelocktes Haar als gewöhnlich und nicht ein einziges Schmuckstück.

Sie beklagte sich über die Seltenheit seiner Besuche, plauderte ein wenig. Die Gäste trafen ein; zur Begrüßung wandten sie den Oberkörper zur Seite, verbeugten sich tief oder neigten lediglich das Haupt; dann kamen ein Ehepaar, eine Familie vorüber, und alles schwärmte in den bereits vollen Salon.

In der Mitte unter dem Kronleuchter erhob sich aus einem riesigen Rundsofa eine Jardinière, von der die Blumen, sich wie Federbüsche neigend, über die Köpfe der ringsum sitzenden Damen hinabhingen, und andere saßen auf Sofas, die zwei gerade Reihen bildeten, in regelmäßigen Abständen unterbrochen von den großen Vorhängen aus hellrotem Samt und den hohen, innen vergoldeten Türnischen.

Die Gruppe der Herren, die, den Hut in der Hand, auf dem Parkett herumstanden, erschien von weitem als eine einzige schwarze Wand, die hier und da durch die Ordensbänder mit roten Punkten durchsetzt war, durch das eintönige Weiß der Halsbinden aber noch düsterer wirkte. Außer den ganz jungen Leuten mit erstem Bartflaum schienen sich alle zu langweilen; einige Dandys wiegten sich mit mürrischer Miene auf ihren Absätzen. Graue Häupter, Perücken waren zahlreich vertreten; da und dort leuchtete ein kahler Kopf; und die Gesichter, purpurrot oder sehr fahl, ließen, welk wie sie waren, die Spur ungeheurer Erschöpfungen erkennen, – die

Anwesenden standen im Dienste von Politik oder Wirtschaft. Monsieur Dambreuse hatte auch mehrere Wissenschaftler eingeladen, Richter, zwei oder drei berühmte Ärzte, und in demütigen Gebärden wehrte er die Lobeshymnen ab, mit denen seine Soirée und die Zeichen seines Reichtums gepriesen wurden.

Überall kreiste eine Dienerschaft mit breiten Goldtressen. Die großen Leuchter überstrahlten die Wandbespannungen wie Feuergarben; sie wiederholten sich in den Spiegeln; und am Ende des Speisesaales, das ein Spalier Jasmin zierte, glich das Buffet dem Hochaltar einer Kathedrale oder einer Ausstellung der Goldschmiedekunst, – so sehr war es beladen mit Platten, Glocken, Tafelgerät und Kellen aus Silber und vergoldetem Silber, inmitten von geschliffenem Kristall, das irisierende Lichter über die Fleischgerichte warf. Die drei anderen Salons strotzten von Kunstgegenständen: an den Wänden Landschaften alter Meister, die Tische umrahmt von Elfenbein und Porzellan, auf den Konsolen Chinoiserien, vor den Fenstern entfalteten sich lackglänzende Paravents, auf den Kaminen prangten Kamelienbüsche; und von ferne tönte wie Bienengesumm leise Musik.

Es gab nicht sehr viele Quadrillen und die Tänzer schienen in der lässigen Art, wie sie ihre Schuhe schleifen ließen, lediglich einer Verpflichtung nachzukommen. Frédéric hörte Sätze wie:

– Waren sie auf dem letzten Wohltätigkeitsfest des Hauses Lambert, Mademoiselle?

– Nein, Monsieur!

– Das wird eine Hitze hier!

– Oh! ja! zum Ersticken!

– Von wem ist denn diese Polka?

– Gott! ich weiß es nicht, Madame!

Und hinter ihm machten drei alte Stutzer, die sich in einer Fensternische postiert hatten, flüsternd obszöne

Bemerkungen; andere plauderten über die Eisenbahn, den Freihandel; ein sportsman erzählte eine Jagdgeschichte; ein Legitimist diskutierte mit einem Orléanisten.

Von einer Gruppe zur anderen irrend kam er in den Spielsaal, wo er in einem Kreis biederer Leute Martinon entdeckte, »derzeit im Dienst der hauptstädtischen Staatsanwaltschaft«.

Sein dickes, wachsfarbenes Gesicht füllte gebührlich seinen Bartkranz, der ein wahres Wunderwerk war, so gleichmäßig waren die schwarzen Haarstoppeln ausgerichtet; und er hielt genau die Mitte zwischen der seinem Alter gemäßen Eleganz und der Würde, die seine Stellung verlangte, er hängte, dem Brauch der Gecken folgend, die Daumen in das Armloch der Weste, dann schob er vorn bei den Knöpfen professoral die Hand hinein. Er trug auf Hochglanz polierte Lackstiefel, aber er hatte sich die Schläfen ausrasiert, um sich eine Denkerstirn zu geben.

Nach ein paar kühl hingeworfenen Worten wandte er sich wieder seinem Zirkel zu. Ein Hausbesitzer sagte:

– Das ist eine Klasse von Männern, die vom Umsturz der Gesellschaft träumt!

– Sie verlangen die Beschaffung von Arbeit! fuhr ein anderer fort. Ist denn das zu fassen?

– Was wollen Sie! versetzte ein dritter, wenn man sieht, wie Monsieur Genoude dem Siècle die Hand reicht!

– Und selbst Inspektoren sich progressiv nennen! Um uns was zu bringen? die Republik! als ob sie in Frankreich möglich wäre!

Alle erklärten, daß eine Republik in Frankreich nicht möglich sei.

– Wie auch immer, bemerkte ein Herr mit lauter Stimme. Man beschäftigt sich zu sehr mit der Revolution; ein Haufen Geschichten und Bücher wird darüber gedruckt!...

– Ohne zu bedenken, sagte Martinon, daß es vielleicht wichtigere Studienobjekte gibt!

Ein Ministerieller machte sich über die Theaterskandale her:

– Also zum Beispiel dieses neue Drama *La Reine Margot,* das geht ja wirklich zu weit! Hatten wir es nötig, über die Valois unterrichtet zu werden? All das zeigt das Königtum in einem schlechten Licht! Wie eure Presse! Die Septembergesetze sind viel zu locker, was man auch sagen mag! Ich bin für Kriegsgerichte, um den Journalisten das Maul zu stopfen! Bei der kleinsten Unverschämtheit vor einen Kriegsrat! und Schluß!

– Oh! sachte, Monsieur, sachte! sagte ein Professor, greifen Sie nicht unsere kostbaren Errungenschaften von 1830 an! halten wir unsere Freiheit in Ehren. Man sollte vielmehr dezentralisieren, den Überschuß der Städte auf das Land verteilen.

– Aber sie sind verderbt! rief ein Katholik. Erreichen Sie es erst einmal, daß die Religion wieder gestärkt wird!

Martinon beeilte sich zu sagen:

– In der Tat, sie hält alles im Zaum!

Das ganze Übel lag in dieser modernen Sucht, sich über seinen Stand zu erheben, im Luxus leben zu wollen.

– Allerdings, wandte ein Industrieller ein, fördert der Luxus den Handel. Da kann ich dem Duc de Nemours nur zustimmen, daß er bei seinen Soiréen Kniehosen vorschreibt.

– Monsieur Thiers ist in langen Beinkleidern gekommen. Kennen Sie seine Bemerkung?

– Ja, charmant! Aber er wird zum Demagogen, und seine Rede über die Frage der Unvereinbarkeiten ist nicht ohne Wirkung auf das Attentat vom 12. Mai gewesen.

– Ach was!

– Hört! hört!

Der Kreis war gezwungen, sich zu öffnen, um einen Diener mit einem Tablett durchzulassen, der versuchte, in den Spielsaal zu gelangen.

Unter den grünen Lampenschirmen bedeckten ganze Reihen von Karten und Goldstücken den Tisch. Frédéric blieb vor einer Reihe stehen, verlor die fünfzehn Napoléons, die er in der Tasche hatte, machte auf dem Absatz kehrt und sah sich an der Schwelle des Boudoirs, in dem Madame Dambreuse sich nun aufhielt.

Es war voller Damen, die dicht nebeneinander auf Polstersitzen saßen. Die langen Kleider umrauschten sie wie Wogen, aus denen der Oberkörper auftauchte, und in den weitausgeschnittenen Korsagen boten sich die Busen den Blicken dar. Der gedämpfte Ton der Handschuhe hob noch das Weiß der Arme; Fransen, Gräser hingen ihnen auf die Schultern, und bei manchem Rascheln meinte man bisweilen, das Kleid müsse fallen. Doch der Anstand der Gesichter nahm die aufreizende Wirkung der Kleidung zurück, einige besaßen sogar eine beinahe tierhafte Sanftmut, und diese Versammlung halbnackter Frauen ließ an das Innere eines Harems denken; dem jungen Mann schoß ein noch derberer Vergleich durch den Kopf. Dort fand sich wirklich jede Art von Schönheit: Engländerinnen mit dem Profil eines Keepsake, eine Italienerin, deren schwarze Augen Feuer sprühten wie ein Vesuv, drei Schwestern in Blau, drei Normanninnen, frisch wie Apfelbäume im April, eine große Rothaarige mit einer Amethystparüre; – und das weiße Flimmern der Diamanten, die als Broschen in den Frisuren zitterten, die leuchtenden Tupfen der auf den Busen ausgebreiteten Juwelen und der sanfte Glanz der die Gesichter umrahmenden Perlen mischten sich mit dem Aufblitzen der goldenen Ringe, mit den Spitzen, dem Puder, den Federn, dem Zinnoberrot der kleinen Münder, dem

Perlmutt der Zähne. Die kuppelförmige Decke gab dem Boudoir die Form einer Börsenhalle; und unter dem Schlag der Fächer erhoben sich Ströme von Parfum.

Frédéric, der sich, das Monokel am Auge, hinter ihnen aufgebaut hatte, fand nicht alle Schultern makellos; er dachte an die Marschallin, und das hielt die Versuchungen im Zaum oder tröstete ihn darüber hinweg.

Indessen betrachtete er Madame Dambreuse, und er fand sie trotz ihres ein wenig breiten Mundes und den zu weiten Nasenflügeln bezaubernd. Ja, ihre Anmut war von besonderer Art. Die Locken besaßen etwas leidenschaftlich Schmachtendes, und die achatfarbene Stirn schien vieles zu bergen und verriet Überlegenheit.

Sie hatte die Nichte ihres Gatten neben sich gesetzt, eine junge, ziemlich häßliche Person. Von Zeit zu Zeit erhob sie sich, um die Eintretenden zu empfangen; und das anschwellende Murmeln der Frauenstimmen klang wie Vogelgeschwätz.

Es ging um die tunesischen Gesandten und ihre Kleidung. Eine Dame hatte die jüngst erfolgte Aufnahme in die Académie miterlebt; eine andere sprach über den *Don Juan* von Molière, der aufs neue im Français aufgeführt wurde. Madame Dambreuse jedoch legte mit einem Blick auf ihre Nichte einen Finger an den Mund, während ein Lächeln auf ihren Lippen diese Strenge Lügen strafte.

Plötzlich erschien Martinon in der Tür gegenüber. Sie erhob sich. Er reichte ihr den Arm. Um zu sehen, wie er seine Artigkeiten fortsetzte, ging Frédéric zwischen den Spieltischen hindurch und holte sie im großen Salon wieder ein; sogleich verließ Madame Dambreuse ihren Kavalier und verwickelte ihn in ein vertrauliches Gespräch.

Sie verstand, daß er nicht spielte, nicht tanzte.

– In der Jugend ist man traurig!

Dann umfaßte sie mit einem Blick den ganzen Ball:

– Überhaupt ist das alles nicht lustig! zumindest für gewisse Naturen nicht!

Und sie blieb vor der langen Reihe der Fauteuils stehen, ließ hier und da ein freundliches Wort fallen, während alte Herren mit Brille sich näherten, um ihr den Hof zu machen. Einigen stellte sie Frédéric vor. Monsieur Dambreuse berührte ihn sachte am Ellbogen und führte ihn hinaus auf die Terrasse.

Er hatte mit dem Minister gesprochen. Die Sache war nicht einfach. Bevor man als Beisitzer in den Staatsrat gebeten wurde, mußte man eine Prüfung ablegen; in plötzlicher unerklärlicher Zuversicht erwiderte Frédéric, daß ihm das Gebiet vertraut sei.

Nach all den Lobreden, die Monsieur Roque auf ihn gehalten hatte, war der Bankier nicht überrascht.

Bei diesem Namen sah Frédéric die kleine Louise vor sich, sein Haus, sein Zimmer; und ihm kamen ähnliche Nächte in den Sinn, wo er am Fenster stand und auf die vorbeirollenden Fuhrwerke hörte. Die Erinnerung an seine schwermütigen Zeiten lenkte die Gedanken auf Madame Arnoux, und er schwieg, während er weiter auf der Terrasse auf und ab ging. Die Fenster ragten in der Finsternis auf wie große rote Tafeln; der Lärm des Balls wurde schwächer; die Wagen begannen davonzufahren.

– Warum nur, fing Monsieur Dambreuse von neuem an, wollen Sie unbedingt in den Staatsrat?

Und im Ton eines Liberalen versicherte er, daß die öffentlichen Ämter zu nichts führten, das wisse er aus Erfahrung, Geschäfte seien von größerem Nutzen. Frédéric wandte ein, wie schwierig es sei, sie zu erlernen.

– Ach was! da habe ich Sie binnen kurzem eingeweiht.

Wollte er ihn an seinem Unternehmen beteiligen?

Der junge Mann sah blitzartig ein gewaltiges Vermögen, das daraus entstehen würde.

– Gehen wir wieder hinein, sagte der Bankier. Sie bleiben doch zum Souper, nicht wahr?

Es war drei Uhr, die Gäste brachen auf. Im Speisesaal erwartete ein gedeckter Tisch die engsten Vertrauten.

Monsieur Dambreuse bemerkte Martinon, trat zu seiner Frau und sagte leise:

– Haben Sie ihn eingeladen?

Sie erwiderte knapp:

– Aber ja!

Die Nichte war nicht anwesend. Es wurde ausgiebig getrunken, laut gelacht; und gewagte Scherze erregten keinerlei Anstoß, da alle die Erleichterung empfanden, die allzu langem Druck folgt. Nur Martinon zeigte Anstand; er weigerte sich, Champagner zu trinken, um den guten Ton zu wahren, was nebenbei äußerst einfühlsam und höflich war, denn Monsieur Dambreuse, der ein Lungenleiden hatte, klagte über Beklemmungen, und Martinon erkundigte sich wiederholt nach seinem Wohlbefinden; darauf ließ er seine wäßrigblauen Augen zu Madame Dambreuse schweifen.

Sie fragte Frédéric, welche junge Damen ihm denn gefallen hätten. Ihm war keine besonders aufgefallen, und außerdem waren ihm Frauen von dreißig Jahren lieber.

– Das ist vielleicht gar nicht so dumm! erwiderte sie.

Als dann die Pelze und Mäntel angezogen wurden, sagte Monsieur Dambreuse zu ihm:

– Kommen Sie mich in den nächsten Tagen vormittags besuchen, wir reden dann miteinander!

Am Fuße der Treppe zündete Martinon eine Zigarre an; und als er daran sog, bot er ein so massiges Profil, daß seinem Gefährten der Satz entfuhr:

– Du hast wirklich einen Charakterkopf!

– Er hat schon mancher den Kopf verdreht! erwiderte der junge Richter in zugleich überzeugtem und beleidigtem Ton.

Beim Schlafengehen überdachte Frédéric noch einmal die ganze Soirée. Zunächst ließ seine Kleidung (er hatte sich mehrmals in den Spiegeln betrachtet) vom Schnitt des Fracks bis zur Schleife auf den Schuhen nichts zu wünschen übrig; er hatte mit bedeutenden Männern gesprochen, hatte reiche Frauen aus nächster Nähe gesehen, Monsieur Dambreuse hatte sich als vortrefflich erwiesen und Madame Dambreuse beinahe einnehmend. Eines nach dem andern erwog er ihre geringsten Worte, ihre Blicke, tausend unerklärliche und doch sprechende Dinge. Es wäre verdammt schön, so eine Mätresse zu haben! Warum eigentlich nicht? Er konnte es mit jedem anderen aufnehmen! Vielleicht machte sie keine Umstände? Martinon fiel ihm ein; und beim Einschlafen lächelte er mitleidig über diesen biederen Kerl.

Der Gedanke an die Marschallin weckte ihn; die Worte auf ihrem Billet: »von morgen an« waren ja eine Einladung für den heutigen Tag. Er wartete bis neun Uhr und eilte zu ihr.

Jemand, der vor ihm die Treppe hinaufstieg, schloß die Tür. Er zog die Klingelschnur; Delphine öffnete und behauptete, Madame sei nicht da.

Frédéric bat, bettelte. Er habe ihr etwas sehr Wichtiges mitzuteilen, nur ein Wort: Das Argument eines Hundertsousstückes führte endlich zum Erfolg, und das Dienstmädchen ließ ihn im Vorzimmer allein. Rosanette erschien. Sie war ihm Hemd, mit offenem Haar; und schon von weitem schüttelte sie den Kopf und machte eine große Geste mit den Armen, um anzudeuten, daß sie ihn nicht empfangen könne.

Frédéric stieg langsam die Treppe hinunter. Diese Laune übertraf alle anderen. Er begriff überhaupt nichts.

Vor der Portiersloge hielt Mademoiselle Vatnaz ihn auf.

– Hat sie Sie empfangen?

– Nein!

– Man hat Ihnen die Tür gewiesen?

– Woher wissen Sie das?

– Das sieht man! Aber kommen Sie! gehen wir! ich ersticke!

Sie führte ihn auf die Straße. Sie schnaubte. Er spürte, wie ihr magerer Arm auf dem seinen zitterte. Plötzlich platzte sie los:

– Ah! der Schuft!

– Wer denn?

– Na er doch! er! Delmar!

Diese Enthüllung kränkte Frédéric; er fragte noch einmal:

– Sind Sie ganz sicher?

– Aber wenn ich Ihnen doch sage, daß ich ihm gefolgt bin! schrie die Vatnaz; ich habe ihn hineingehen sehen! Begreifen Sie jetzt? Dabei hätte ich damit rechnen müssen; ich selbst habe ihn in meiner Dummheit bei ihr eingeführt. Und wenn Sie wüßten, mein Gott! Ich habe ihn aufgenommen, ich habe ihn ernährt, ich habe ihn eingekleidet; und all meine Bemühungen bei den Zeitungen! Wie eine Mutter habe ich ihn geliebt! – Dann, mit einem Hohnlachen: – Ah! der Herr braucht Samtgewänder! darauf hat er spekuliert, das können Sie glauben! Und sie! Wenn man bedenkt, daß ich sie als Weißnäherin kennengelernt habe! Ohne mich wäre sie mehr als zwanzigmal in der Gosse gelandet. Aber ich werde sie hineinstoßen! o ja! Sie soll im Elend krepieren! Man wird alles erfahren!

Und wie eine Welle Spülwasser schwemmte ihre Wut laut tosend die Schandtaten ihrer Rivalin vor Frédérics Füße.

– Sie hat mit Jumillac geschlafen, mit Flacourt, mit dem kleinen Allard, mit Bertinaux, mit Saint-Valéry, dem Pockennarbigen. Nein! dem anderen! Es sind zwei Brüder, wie auch immer! Und wenn sie in Schwierigkeiten war, habe ich alles geregelt. Was hatte ich davon? Sie ist ja so geizig! Und außerdem, das werden Sie mir zugeben, war es eine große Gefälligkeit, mit ihr zu verkehren, denn wir sind schließlich nicht aus denselben Kreisen! Bin ich etwa ein Flittchen! Verkaufe ich mich! Davon abgesehen, daß sie strohdumm ist! Kategorie schreibt sie mit *th*. Da passen sie ja gut zusammen; da ist einer wie der andere, auch wenn er sich Künstler nennt und sich für genial hält. Ja, mein Gott, wenn er auch nur ein Fünkchen Verstand besäße, hätte er keine solche Gemeinheit begangen! Man verläßt doch keine höhergestellte Frau für eine Schlampe! Aber ich pfeife darauf. Er wird häßlich! Ich verabscheue ihn! Wenn ich ihn treffe, hören Sie, spucke ich ihm ins Gesicht. – Sie spuckte aus. – Ja, so viel mache ich mir jetzt noch daraus! Und Arnoux? Ist das nicht eine Schande? So oft hat er ihr verziehen! Seine Opfer sind unvorstellbar! Sie müßte ihm die Füße küssen! Er ist so großzügig, so gut!

Frédéric war es eine Freude zu hören, wie Delmar verunglimpft wurde. Arnoux hatte er akzeptiert. Rosanettes Schamlosigkeit erschien ihm gemein, gewissenlos; und von der Aufregung des alten Mädchens angesteckt, hatte er sogar irgendwie Mitleid mit ihr. Plötzlich stand er vor seiner Tür; ohne daß er es bemerkt hatte, war Mademoiselle Vatnaz mit ihm den Faubourg Poisonnière hinuntergegangen.

– Da sind wir, sagte sie. Ich kann nicht hinaufgehen. Aber Sie hindert doch nichts daran?

– Woran?

– Ihm alles zu sagen, herrje!

Als erwache er plötzlich, begriff Frédéric, zu welcher Gemeinheit sie ihn treiben wollte.

– Und? begann sie von neuem.

Er hob die Augen zum zweiten Stock. Bei Madame

Arnoux war Licht. Tatsächlich hinderte ihn nichts daran hinaufzugehen.

– Ich warte hier auf Sie. Nun gehen Sie schon!

Diese Order brachte ihn endgültig zur Besinnung, und er sagte:

– Ich werde lange oben bleiben. Sie tun besser daran, nach Hause zu gehen. Ich komme dann morgen zu Ihnen.

– Nein, nein! erwiderte die Vatnaz und stampfte mit dem Fuß auf. Schaffen Sie ihn her! führen Sie ihn hin! sehen Sie zu, daß er die beiden überrascht!

– Aber Delmar wird nicht mehr dort sein!

Sie senkte den Kopf.

– Ja, das stimmt vielleicht.

Und ohne ein Wort blieb sie mitten auf der Straße zwischen den Wagen stehen; dann heftete sie ihre Wildkatzenaugen auf ihn:

– Ich kann mit Ihnen rechnen, oder? Wir sind jetzt Verschworene! Tun Sie Ihr Bestes. Bis morgen!

Als Frédéric über den Flur ging, hörte er zwei streitende Stimmen. Madame Arnoux' Stimme sagte:

– Lüg nicht! lüg doch nicht!

Er trat ein. Sie verstummten.

Arnoux schritt im Zimmer auf und ab, und Madame Arnoux saß äußerst bleich, mit starrem Blick auf einem kleinen Stuhl am Kamin. Frédéric machte eine Bewegung, um sich zurückzuziehen. Arnoux ergriff seine Hand, froh über die ihm zuteil gewordene Hilfe.

– Aber ich fürchte…, sagte Frédéric.

– Bleiben Sie doch! flüsterte Arnoux ihm ins Ohr.

Madame sagte:

– Sie müssen nachsichtig sein, Monsieur Moreau! solchen Dingen begegnet man zuweilen in einer Ehe.

– Das heißt, sie werden dort angerührt, sagte Arnoux fröhlich. Die Frauen sind manchmal ganz schön schrullig. Diese hier zum Beispiel ist gar nicht schlecht! Jetzt ist sie seit einer Stunde damit beschäftigt, mich mit einer Menge Geschichten zu ärgern.

– Sie sind wahr! erwiderte Madame Arnoux ungeduldig. Schließlich hast du ihn gekauft.

– Ich?

– Ja, du selbst! im »Persan«!

»Der Kaschmirschal!« dachte Frédéric.

Er fühlte sich schuldig und hatte Angst.

Dann fuhr sie fort:

– Letzten Monat, an einem Samstag, dem 14.

– Ach! genau da war ich in Creil! Da hast du's!

– Eben nicht! Am 14. waren wir bei den Bertins zum Diner.

– Am 14.?... wiederholte Arnoux und hob den Blick, als suche er ein Datum.

– Und der Verkäufer, der ihn verkauft hat, war blond!

– Kann ich mich etwa an den Verkäufer erinnern!

– Dabei hat er noch unter deinem Diktat die Adresse geschrieben: Rue de Laval 18.

– Woher weißt du denn das? fragte Arnoux bestürzt.

Sie zuckte die Achseln.

– Oh! das ist ganz einfach: ich war dort, um meinen Kaschmirschal ausbessern zu lassen, und ein Abteilungsleiter hat mir mitgeteilt, ein ebensolcher Schal sei Madame Arnoux geschickt worden.

– Was kann ich dafür, wenn in derselben Straße eine Madame Arnoux wohnt?

– Ja, aber nicht Jacques Arnoux, erwiderte sie.

Nun begann er Ausflüchte zu suchen und seine Unschuld zu beteuern. Es war ein Mißverständnis, ein Zufall, eines der unerklärlichen Dinge, wie sie vorkommen. Man dürfe niemanden auf bloßen Verdacht, auf vage Indizien hin verurteilen; und er zitierte das Beispiel des unglücklichen Lesurques.

– Also, ich sage dir, daß du dich täuschst! Soll ich dir mein Ehrenwort geben?

– Nicht nötig!

– Warum?

Sie sah ihm mitten ins Gesicht, ohne ein Wort; dann streckte sie die Hand aus, nahm das Silberkästchen vom Kamin und reichte ihm eine in voller Größe entfaltete Rechnung.

Arnoux lief über beide Ohren rot an, und sein verzerrtes Gesicht blies sich auf.

– Nun?

– Aber… erwiderte er langsam, was beweist das?

– Ach! rief sie, und ihre Stimme hatte einen seltsamen Klang, in dem Schmerz und Ironie lag. Ach!

Arnoux hielt die Quittung in der Hand, und ohne die Augen davon zu lassen, drehte und wendete er sie, als ob er die Lösung einer schweren Rechenaufgabe darin finden müsse.

– Oh! ja, ja ich erinnere mich, sagte er schließlich. Das ist ein Auftrag. – Sie werden es wissen, Frédéric? – Frédéric schwieg. – Ein Auftrag, den ich bekommen hatte… vom… vom alten Oudry.

– Und für wen?

– Für seine Mätresse!

– Für die Ihre! schrie Madame Arnoux und stand kerzengerade auf.

– Ich schwöre dir…

– Fangen Sie nicht wieder an! Ich weiß alles!

– Ach! sehr gut! man spioniert mir also nach!

Sie erwiderte kalt:

– Das verletzt vielleicht Ihr Zartgefühl?

– Wenn man sich aufregt, entgegnete Arnoux und suchte seinen Hut, ist kein vernünftiges Gespräch mehr möglich!

Dann sagte er mit einem tiefen Seufzer:

– Heiraten Sie nicht, mein armer Freund, nein, glauben Sie mir!

Und er verschwand, da er dringend frische Luft brauchte.

Nun entstand eine große Stille; und alles im Raum erschien noch regloser. Ein Lichtkreis bildete über einer Carcellampe einen hellen Fleck an der Decke, während sich in den Winkeln die Schatten ausbreiteten wie doppelt und dreifache schwarze Schleier; man hörte das Ticken der Uhr und das Prasseln des Feuers.

Madame Arnoux hatte sich wieder in den Sessel auf der andern Seite des Kamins gesetzt; sie biß sich auf die Lippen; ihre Hände hoben sich, sie schluchzte auf, sie weinte.

Er setzte sich auf den kleinen Stuhl; und mit sanfter Stimme, wie man zu einem Kranken spricht, sagte er:

– Sie zweifeln wohl nicht an meinem Mitgefühl...?

Sie gab keine Antwort. Doch laut ihre Gedanken verfolgend, sagte sie:

– Ich lasse ihm jede Freiheit! Er brauchte nicht zu lügen!

– Gewiß, sagte Frédéric.

Es war sicher die Folge seiner Lebensgewohnheiten, er war nur unbedacht gewesen, und es konnte doch sein, daß bei ernsteren Dingen...

– Was sehen Sie denn noch Ernsteres?

– Oh! nichts!

Frédéric verneigte sich und lächelte gehorsam. Arnoux besaß doch aber gewisse Qualitäten, er liebte seine Kinder.

– Ach! und er tut alles, um sie zu ruinieren!

Das kam von seiner leichtlebigen Art; eigentlich war er ein guter Kerl.

Sie schrie:

– Was heißt denn das, ein guter Kerl?

So verteidigte er ihn mit den unbestimmtesten Worten, die ihm einfielen, und während er sie bedauerte, war er im Grunde seines Herzens froh, ja entzückt. Aus Rache oder Hunger nach Zuneigung würde sie sich zu ihm flüchten. Die maßlos gesteigerte Hoffnung verstärkte seine Liebe.

Nie war sie ihm so fesselnd erschienen, so vollendet schön. Von Zeit zu Zeit hob ein Atemzug ihre Brust, die Augen waren wie durch eine innere Vision geweitet, und der Mund blieb leicht geöffnet, als wolle er die Seele herauslassen. Manchmal preßte sie heftig ihr Taschentuch darauf; dieses tränennasse Stückchen Batist hätte er gerne gehabt. Unwillkürlich schaute er auf das Bett am Ende des Alkovens und stellte sich ihren Kopf auf dem Kissen vor; so deutlich sah er das vor sich, daß er sich beherrschen mußte, um sie nicht in die Arme zu nehmen. Sie schloß die Lider, ermattet, leblos. Er trat näher, und über sie gebeugt betrachtete er gierig ihr Gesicht. Im Flur hallten Stiefel, das war der andere. Sie hörten, wie er die Tür seines Zimmers schloß. Frédéric fragte Madame Arnoux mit einem Zeichen, ob er hinübergehen solle.

Auf dieselbe Weise erwiderte sie »ja«; und dieser stumme Austausch ihrer Gedanken war wie ein Einverständnis, ein Beginn von Ehebruch.

Arnoux, im Begriff, schlafen zu gehen, knöpfte seinen Gehrock auf.

– Nun, wie geht es ihr?

– Oh! besser! sagte Frédéric. Das geht vorüber!

Aber Arnoux war besorgt.

– Sie kennen sie nicht! Sie hat jetzt Zustände!… Idiot von Verkäufer! Das hat man davon, wenn man zu gutmütig ist! Hätte ich bloß Rosanette diesen verdammten Schal nicht geschenkt!

– Da gibt es nichts zu bedauern! Dankbarer kann man nicht sein!

– Meinen Sie?

Frédéric hatte keinen Zweifel. Der Beweis war, daß sie dem alten Oudry den Abschied gegeben hatte.

– Ach! armer Schatz!

Und im Überschwang seiner Gefühle wollte er zu ihr eilen.

– Nicht nötig! ich komme gerade von ihr. Sie ist krank!

– Dann gerade!

Er schlüpfte schnell in seinen Rock und hatte schon den Leuchter in der Hand. Frédéric verfluchte sich in seiner Dummheit und gab ihm zu bedenken, daß er an diesem Abend anstandshalber bei seiner Frau bleiben müsse. Er dürfe sie nicht allein lassen, das wäre sehr schlecht.

– Ehrlich gesagt, das wäre ein Fehler! Dort hat es keine Eile! Sie gehen dann morgen hin! Kommen Sie! tun Sie es mir zuliebe.

Arnoux stellte den Leuchter wieder ab, umarmte ihn und sagte:

– Sie sind ein guter Mensch!

III

Nun begann ein elendes Dasein für Frédéric. Er wurde zum Parasiten des Hauses.

War jemand nicht wohlauf, kam er dreimal am Tag, um sich nach ihm zu erkundigen, ging zum Klavierstimmer, ersann tausend Aufmerksamkeiten; und mit zufriedenem Gesicht erduldete er Mademoiselle Marthes Launen und die Liebkosungen des jungen Eugène, der ihm ständig mit seinen klebrigen Fingern ins Gesicht fuhr. Er nahm an Diners teil, bei denen Monsieur und Madame, einander gegenüber, kein einziges Wort wechselten: oder Arnoux fiel seiner Frau mit abgeschmackten Bemerkungen auf die Nerven. War die Mahlzeit beendet, spielte der Vater mit seinem Sohn, versteckte sich hinter den Möbeln, oder trug ihn wie der Béarneser auf allen vieren auf dem Rücken. Endlich ging er; und sofort kam sie auf den ewigen Gegenstand ihrer Klagen: Arnoux.

Nicht sein Lebenswandel empörte sie. Aber sie schien in ihrem Stolz zu leiden; ließ ihren Abscheu erkennen vor diesem Mann ohne Feingefühl, ohne Würde, ohne Ehre.

– Oder er ist schlicht verrückt! sagte sie.

Geschickt bemühte sich Frédéric um ihre Bekenntnisse. Bald kannte er ihr ganzes Leben.

Ihre Eltern waren Kleinbürger aus Chartres. Eines Tages hatte Arnoux, während er am Flußufer zeichnete (er hielt sich damals für einen Maler), sie entdeckt, wie sie aus der Kirche kam, und um ihre Hand gebeten; bei seinem Vermögen habe man nicht gezögert. Überdies liebte er sie glühend. Sie setzte hinzu:

– Mein Gott, er liebt mich immer noch! auf seine Art!

In den ersten Monaten waren sie durch Italien gereist. Trotz seiner Begeisterung für die Meisterwerke und die Landschaft hatte Arnoux nur über den Wein gestöhnt und, um sich zu zerstreuen, Picknicks mit Engländern veranstaltet.

Ein paar mit Gewinn weiterverkaufte Gemälde hatten ihn auf den Kunsthandel gebracht. Später hatte er einen Narren an Fayencenmanufaktur gefressen. Im Augenblick lockten ihn andere Spekulationen, und während er immer gewöhnlicher wurde, nahm er immer vulgärere und kostspieligere Gewohnheiten an. Sie hatte ihm weniger seine Laster vorzuwerfen als seine unsinnigen Geschäfte. Daran würde sich nichts ändern, und ihr Unglück sei besiegelt.

Frédéric versicherte, daß auch sein Leben verfehlt sei.

Er sei doch noch jung. Warum verzweifeln? Und sie gab ihm gute Ratschläge: »Arbeiten Sie! heiraten Sie!« Er antwortete stets mit einem bitteren Lächeln; denn anstatt den wahren Grund seines Kummers auszusprechen, heuchelte er einen anderen, erhabenen, spielte ein wenig den Anthony, den Außenseiter, – eine Sprache, die im übrigen sein Denken nicht völlig falsch wiedergab.

Für gewisse Männer ist Handeln um so unmöglicher, je größer die Sehnsucht ist. Das Mißtrauen sich selbst gegenüber verwirrt sie, die Furcht, nicht zu gefallen, verschreckt sie; ihre tiefen Gefühle gleichen denen anständiger Frauen; sie haben Angst, entdeckt zu werden, und gehen gesenkten Auges durchs Leben.

Obwohl er Madame Arnoux nun näher kannte (vielleicht gerade darum), war er noch feiger als zuvor. Jeden Morgen schwor er sich, kühn zu sein. Eine unüberwindliche Scham hinderte ihn daran; und er konnte sich an nichts halten, denn diese Frau war anders als alle anderen. Seine mächtigen Träume hatten ihr einen Platz jenseits alles Menschlichen gegeben. Neben ihr fühlte er sich bedeutungsloser auf dieser Erde als die Seidenfädchen, die von ihrer Schere fielen.

Dann ersann er ungeheure, absurde Dinge, wie nächtliche Überfälle mit Dietrich und Betäubungsmitteln, – alles erschien ihm einfacher, als sich ihrer Verachtung auszusetzen.

Außerdem bildeten die Kinder, die beiden Dienstmädchen, die Anordnung der Zimmer unüberwindliche Hindernisse. So entschied er, sie ganz allein besitzen zu wollen und weit fort in tiefer Einsamkeit mit ihr zu leben; er überlegte sogar, welcher See blau genug, welcher Strand warm genug dafür wäre, ob in Spanien, der Schweiz oder dem Orient; und mit Vorbedacht wählte er Tage, an denen sie noch aufgewühlter zu sein schien, um ihr zu sagen, sie müsse dort heraus, müsse einen Weg finden, und daß er keinen anderen sähe als die Trennung. Aber bei der Liebe zu ihren Kindern würde sie so weit nie gehen. So viel Tugend erhöhte noch seine Ehrfurcht.

Die Nachmittage vergingen mit der Erinnerung an den Besuch des Vorabends und der Sehnsucht nach dem des kommenden Abends. Ging er nicht zu ihnen zum Diner, stellte er sich gegen neun Uhr an die Ecke der Straße; und kaum hatte Arnoux die Haustüre geschlossen, stieg Frédéric eilends die beiden Stockwerke hinauf und fragte das Mädchen mit harmloser Miene:

– Ist Monsieur zu Hause?

Und spielte den Überraschten, wenn er ihn nicht antraf.

Arnoux kam manchmal unerwartet zurück. Dann mußte er ihn in ein kleines Café in der Rue Saint-Anne begleiten, in dem Regimbart jetzt verkehrte.

Der Citoyen brachte erst einmal ein paar neue Klagen gegen die Krone vor. Darauf plauderten sie miteinander, indem sie sich freundschaftlich einiges an den Kopf warfen; denn der Fabrikant hielt Regimbart für einen Denker von Rang, und bekümmert über soviel verlorene Möglichkeiten, neckte er ihn wegen seiner Faulheit. Der Citoyen sah in Arnoux einen Mann mit viel Herz und Phantasie, der jedoch entschieden zu verdorben war; und so behandelte er ihn ohne jede Nachsicht und weigerte sich sogar, zu ihm zum Diner zu kommen, da ihm »Zeremonielles zum Halse heraushinge«.

Manchmal überkam Arnoux, wenn man gehen wollte, ein wahrer Heißhunger. Er »mußte« ein Omelett oder Pellkartoffeln essen; und da diese Speisen nie in dem jeweiligen Lokal zu haben waren, ließ er sie holen. Man wartete. Regimbart rührte sich nicht vom Fleck und nahm schließlich brummend mit irgend etwas vorlieb.

Nichtsdestoweniger war er düsterer Stimmung, denn er saß stundenlang vor demselben halbvollen Glas. Da die Vorsehung die Dinge keineswegs nach seinen Ideen lenkte, wurde er zum Hypochonder, wollte nicht einmal mehr die Zeitungen lesen und stieß allein beim Namen England ein Gebrüll aus. Als ihn einmal ein Kellner schlecht bediente, schrie er:

– Haben wir nicht schon genug Ärger mit dem Ausland!

Abgesehen von diesen Krisen blieb er schweigsam und brütete über einem »Schlag, der den ganzen Laden hochgehen lassen würde«.

Während er in seine Betrachtungen versunken war, erzählte Arnoux mit monotoner Stimme und leicht glasigem Blick unglaubliche Geschichten, in denen er stets einen großen Auftritt gehabt hatte; und Frédéric (das hing gewiß mit unergründlichen Ähnlichkeiten zusammen) fühlte sich irgendwie zu ihm hingezogen. Er warf sich diese Schwäche vor, weil er fand, daß er ihn im Gegenteil hätte hassen müssen.

Arnoux beklagte sich bei ihm über die Launen seiner

Frau, über ihren Eigensinn, ihre ungerechten Verdächtigungen. Früher war sie nicht so gewesen.

– An Ihrer Stelle, sagte Frédéric, würde ich ihr eine Pension aussetzen und allein leben.

Arnoux gab keine Antwort; und gleich darauf stimmte er ihr Loblied an. Ja, sie war gut, hingebungsvoll, klug, tugendhaft; und als er auf ihre körperlichen Vorzüge kam, erging er sich in Enthüllungen mit der Schamlosigkeit von Leuten, die ihre Schätze in Herbergen ausbreiten.

Eine Katastrophe brachte ihn aus dem Gleichgewicht.

Er war als Mitglied des Aufsichtsrats in eine Kaolingesellschaft eingetreten. Doch da er sich auf alles verließ, was man ihm erzählte, hatte er unwahre Berichte abgezeichnet und ungeprüft die vom Geschäftsführer gefälschte jährliche Bestandsaufnahme genehmigt. Nun war die Gesellschaft zusammengebrochen, und Arnoux, zivilrechtlich verantwortlich, war gerade mit den anderen zur Leistung des Schadenersatzes verurteilt worden, was einen Verlust von ungefähr dreißigtausend Francs für ihn bedeutete, der sich durch die Urteilsbegründung noch verschärfte.

Frédéric erfuhr es aus der Zeitung und stürzte zur Rue de Paradis.

Man empfing ihn im Zimmer von Madame. Es war Frühstückszeit. Ein kleiner runder Tisch am Kamin stand voller Schalen mit Milchkaffee. Auf dem Teppich lagen Pantoffeln, auf den Sesseln Kleidungsstücke. Arnoux, in Unterhosen und Strickjacke, hatte rote Augen und zerzaustes Haar, der kleine Eugène weinte wegen seines Ziegenpeters und knabberte an seinem Butterbrot; die Schwester kaute still vor sich hin; Madame Arnoux, ein wenig bleicher als gewöhnlich, bediente alle drei.

– Nun, sagte Arnoux und stieß einen langen Seufzer aus, Sie wissen es also! – Und als Frédéric eine Geste des

Mitleids gemacht hatte: – Sehen Sie! Ich bin ein Opfer meiner Gutgläubigkeit!

Dann verstummte er; und er war so niedergeschlagen, daß er das Frühstück fortschob. Madame Arnoux hob den Blick und zuckte die Achseln. Er fuhr sich mit den Händen über die Stirn.

– Jedenfalls ist es nicht meine Schuld. Ich habe mir nichts vorzuwerfen. Es ist ein Unglücksfall! Es wird schon eine Lösung geben! Ach was! egal!

Und er schnitt ein Hörnchen auf und folgte damit schließlich den Bitten seiner Frau.

Am Abend wollte er mit ihr allein im Chambre séparée des Maison d'Or dinieren. Madame Arnoux hatte kein Verständnis für diese Herzensregung und war sogar empört, wie eine Lorette behandelt zu werden; für Arnoux dagegen war es ein Liebesbeweis. Dann ging er, da er sich langweilte, zur Marschallin, um sich zu zerstreuen.

Bis jetzt hatte man ihm dank seines gutmütigen Wesens vieles durchgehen lassen. Sein Prozeß reihte ihn unter die anrüchigen Leute ein. Es wurde still um sein Haus.

Frédéric glaubte, es sei Ehrensache, mehr denn je mit ihnen zu verkehren. Er mietete eine Parterreloge in der Italienischen und kutschierte sie jede Woche hin. Sie jedoch waren an dem Punkt, wo in zerrütteten Ehen aus den Zugeständnissen, die man sich gemacht hat, ein unüberwindlicher Überdruß entsteht und das Leben unerträglich wird. Madame Arnoux beherrschte sich, um nicht zu explodieren, Arnoux wurde immer düsterer; und der Anblick dieser beiden Unglücklichen stimmte Frédéric traurig.

Er besaß ihr Vertrauen, und so hatte sie ihn damit beauftragt, Auskünfte über ihre Angelegenheiten einzuholen. Doch er schämte sich, er litt darunter, Arnoux' Diners zu verspeisen und es dabei auf seine Frau abgesehen zu haben. Nichtsdestoweniger fuhr er damit fort und sagte sich zur Entschuldigung, daß er sie beschützen müsse und sich ja eine Gelegenheit zeigen könne, ihr nützlich zu sein.

Eine Woche nach dem Ball hatte er Monsieur Dambreuse einen Besuch abgestattet. Der Bankier hatte ihm etwa zwanzig Aktien seines Steinkohleunternehmens angeboten; Frédéric war nicht wieder hingegangen. Deslauriers schrieb ihm; er antwortete nicht. Pellerin hatte ihn gebeten, sich das Porträt anzusehen; er versetzte ihn jedesmal. Cisy indessen, der ihm damit in den Ohren lag, die Bekanntschaft Rosanettes zu machen, gab er nach.

Sie empfing ihn äußerst freundlich, jedoch ohne ihm wie sonst um den Hals zu fallen. Sein Begleiter war glücklich, bei einer Ehrlosen Zutritt zu haben und vor allem mit einem Schauspieler zu sprechen: Delmar war anwesend.

Ein Stück, in dem er einen Bauernlümmel gespielt hatte, der Louis XIV. die Leviten liest und das '89 prophezeit, hatte ihn so bekannt gemacht, daß immer wieder die gleiche Rolle für ihn geschaffen wurde; seine Aufgabe bestand jetzt darin, die Monarchen aller Länder zu verhöhnen. Als englischer Bierbrauer putzte er Charles I. herunter; als Student aus Salamanka verfluchte er Philippe II.; oder er empörte sich als herzensguter Familienvater gegen die Pompadour, das war das schönste! Am Bühneneingang warteten junge Leute auf ihn, um ihn zu sehen; und seine Biographie, die in den Pausen verkauft wurde, schilderte ihn als jemanden, der seine alte Mutter pflegt, das Evangelium liest, die Armen unterstützt, kurz in den Farben eines Heiligen Vincent de Paul, vermischt mit Brutus und Mirabeau. Es hieß: »Unser Delmar.« Er hatte eine Mission, er wurde Christus.

All das hatte Rosanette betört; und sie hatte sich den

alten Oudry vom Halse geschafft, ohne sich irgendwelche Sorgen zu machen, denn habgierig war sie nicht.

Arnoux, der sie kannte, hatte lange seinen Nutzen davon gehabt und sie ohne große Kosten ausgehalten; der gute Alte war erschienen, und alle drei hatten wohlweislich geschwiegen. Als Arnoux meinte, sie habe dem anderen nur seinetwegen den Laufpaß gegeben, hatte er ihre Pension erhöht. Doch ihre Forderungen wurden unerklärlicherweise immer höher, dabei führte sie nun ein bescheidenes Leben; sie hatte sogar den Kaschmirschal verkauft, um sich von alten Schulden zu befreien, wie sie sagte; und er zahlte immer noch, sie umgarnte ihn, sie nutzte ihn aus, erbarmungslos. Es regnete Rechnungen und Einschreiben ins Haus. Frédéric spürte, daß eine Krise nicht mehr fern war.

Eines Tages erschien er, um Madame Arnoux zu besuchen. Sie war ausgegangen. Monsieur arbeitete unten im Laden.

Tatsächlich versuchte Arnoux inmitten all seines chinesischen Porzellans ein junges Paar zu *beschwatzen,* Bourgeois aus der Provinz. Er sprach von Handgedrehtem und maschinell Gefertigtem, von Schrühbrand und Glasur; die beiden wollten nicht dastehen, als hätten sie keine Ahnung, nickten verständnisvoll und kauften.

Als die Kunden gegangen waren, erzählte er, daß er am Morgen eine kleine Auseinandersetzung mit seiner Frau gehabt habe. Um Kritik an seinen Ausgaben zuvorzukommen, hatte er behauptet, die Marschallin sei nicht mehr seine Mätresse.

– Ich habe ihr sogar gesagt, sie sei die Ihre.

Frédéric war außer sich; doch Vorwürfe konnten ihn verraten; er stammelte:

– Ach! das war aber nicht richtig von Ihnen, gar nicht richtig!

– Was macht das? sagte Arnoux. Es ist ja wohl keine

Schande, als ihr Liebhaber zu gelten? Ich bin es ja selber! Wären Sie nicht geschmeichelt, ihr Liebhaber zu sein?

Hatte sie etwas gesagt? War das eine Anspielung? Frédéric antwortet eilig:

– Nein! keineswegs! im Gegenteil!

– Na und?

– Ja, das stimmt! es macht nichts.

Arnoux erwiderte:

– Warum kommen Sie nicht mehr?

Frédéric versprach, sich wieder sehen zu lassen.

– Ach! ich vergaß! Sie sollten…, wenn Sie von Rosanette sprechen…, meiner Frau gegenüber irgend etwas erwähnen… ich weiß nicht was, aber Ihnen wird schon etwas einfallen…, etwas, das sie davon überzeugt, daß Sie ihr Liebhaber sind. Ich bitte Sie darum als einen Freundschaftsdienst, ja?

Der junge Mann zog als einzige Antwort ein zweideutiges Gesicht. Diese Verleumdung stürzte ihn ins Verderben. Noch am selben Abend ging er zu ihr und schwor, daß Arnoux' Behauptung falsch war.

– Wirklich?

Es schien ihm ernst zu sein; sie atmete tief und sagte mit einem schönen Lächeln: »Ich glaube Ihnen«, dann senkte sie den Kopf und setzte, ohne ihn anzusehen, hinzu:

– Im übrigen hat niemand ein Recht auf Sie!

Sie ahnte also nichts, und sie verachtete ihn, da sie nicht glaubte, daß er sie genügend liebte, um ihr treu zu sein! Frédéric vergaß seine Versuche bei der anderen und fand ihre Erlaubnis beleidigend.

Dann bat sie ihn, hin und wieder zu dieser »Frau zu gehen«, um ein wenig auf dem laufenden zu sein.

Arnoux erschien und wollte ihn fünf Minuten später mit zu Rosanette schleppen.

Die Lage wurde unerträglich.

Der Brief des Notars, der ihm am nächsten Tag fünfzehntausend Francs schicken wollte, lenkte ihn davon ab; und um seine Gleichgültigkeit wiedergutzumachen, brachte er Deslauriers sofort die gute Nachricht.

Der Anwalt hauste in der Rue des Trois-Maries im fünften Stock zum Hof hinaus. Sein Büro, ein kleiner, gefliester, kalter Raum mit grauen Tapeten, besaß als einzigen Schmuck in einem Ebenholzrahmen neben dem Spiegel eine goldene Medaille, den Preis für seine Doktorarbeit. Ein Bücherschrank aus Mahagoni enthielt ungefähr hundert Bände hinter Glas. Der lederbezogene Schreibtisch nahm die Mitte des Zimmers ein. Vier alte grüne Samtsessel standen in den Ecken. Holzspäne loderten im Kamin, wo stets ein Reisigbündel bereitlag, um angezündet zu werden, wenn es läutete. Es war Sprechzeit; der Anwalt trug eine weiße Halsbinde.

Bei der Ankündigung der fünftausend Francs (offenbar rechnete er nicht mehr damit) lachte er vor Freude.

– Das ist gut, mein Lieber, das ist gut, sehr gut!

Er warf Holz ins Feuer, setzte sich wieder und sprach sofort von der Zeitung. Das erste, was zu tun sei, war, Hussonnet loszuwerden.

– Dieser Idiot macht mich fertig! Wenn es darum geht, eine Meinung zu vertreten, ist es meiner Ansicht nach am besten, keine zu haben.

Frédéric schien verwundert.

– Nein, im Ernst! Es wäre an der Zeit, die Politik wissenschaftlich zu behandeln. Die Alten des XVIII. Jahrhunderts hatten damit begonnen, als Rousseau und die Literaten zur größten Freude der Katholiken die Philanthropie, die Poesie und anderen Blödsinn hineinbrachten; übrigens eine natürliche Allianz, da die modernen Reformatoren (das kann ich beweisen) alle an die Offenbarung glauben. Aber wenn ihr Messen für Polen lest, wenn ihr statt des Gottes der Domenikaner, der ein Henker war, den Gott der Romantiker nehmt, der ein Tapezierer ist; wenn ihr am Ende vom Absoluten keinen höheren Begriff habt als eure Altvorderen, dann wird die Monarchie unter euren republikanischen Formen durchbrechen, und eure Mütze wird immer nur ein Pfaffenkäppchen sein! Nur daß das Zuchthausregime die Folter ersetzt hat, die Verhöhnung der Religion das Sakrileg, das vereinte Europa die Heilige Allianz; und in dieser schönen, allseits bewunderten Ordnung, bestehend aus Überresten von Louis XIV., imperial übertünchten Ruinen Voltaires und Fragmenten der englischen Verfassung, wird man erleben, wie der Stadtrat den Bürgermeister schikaniert, die Generalräte den Präfekten, die Kammer den König, die Presse die Regierung, die Verwaltung alle Welt! Doch die braven Gemüter geraten in Verzückung über den Code civil, ein, was man auch sagen mag, in kleinlicher, tyrannischer Absicht verfaßtes Werk; denn der Gesetzgeber hat, anstatt seine Arbeit zu tun, nämlich die Sitten zu regeln, die Gesellschaft modellieren wollen wie ein Lykurg! Warum beschränkt das Gesetz den Familienvater in Testamentssachen? Warum erschwert es die Zwangsversteigerung von Immobilien? Warum bestraft es die Landstreicherei, die nicht einmal eine Übertretung sein sollte, wie ein Vergehen? Und andere Fälle! Ich kenne sie! ich werde sogar einen kleinen Roman mit dem Titel *Histoire de l'idée de justice* schreiben, der lustig wird. Aber ich habe einen abscheulichen Durst! und du?

Er beugte sich aus dem Fenster und rief dem Portier zu, er solle Grog aus der Wirtschaft holen.

– Kurz, ich sehe drei Parteien … nein! drei Gruppen, – und mich interessiert keine von ihnen: die, die haben, die, die nicht mehr haben, und die, die versuchen, etwas zu haben. Aber in der idiotischen Vergötterung der Macht sind sie sich alle einig! Zum Beispiel: Mably empfiehlt, Philosophen an der Verbreitung ihrer Lehren zu hindern; Monsieur Wronski, der Geometer, nennt in seiner Sprache die Zensur »kritische Unterdrückung der spekulativen Spontaneität«; Pater Enfantin segnet die Habsburger, daß sie »eine kräftige Hand über die Alpen gestreckt haben, um Italien im Zaum zu halten«; Pierre Leroux will uns zwingen, einem Redner zuzuhören, und Louis Blanc drängt zur Staatsreligion, so sehr ist dieses Volk von Vasallen darauf versessen, regiert zu werden! Dabei ist keiner legitim, trotz ihrer ewigen Prinzipien. Aber *Prinzip* bedeutet *Ursprung,* und so läuft es immer wieder auf eine Revolution hinaus, auf einen Gewaltakt, eine transitorische Tat. Das Prinzip unserer Leute ist eben die Nationalherrschaft, in Form der parlamentarischen Ordnung, obwohl ihr das Parlament nicht gerecht wird! Aber worin wäre die Herrschaft des Volkes heiliger als das göttliche Recht? Beides sind Erfindungen! Schluß mit der Metaphysik, keine Phantome mehr! Man braucht keine Dogmen, um die Straße kehren zu lassen! Man wird sagen, ich stürze die Gesellschaft! Na und wenn? was wäre daran schlecht? Wirklich sauber, deine Gesellschaft!

Frédéric hätte ihm vieles zu antworten gehabt. Aber da er sah, daß er von Sénécals Theorien weit entfernt war, hatte er Nachsicht. Er beschränkte sich auf den Einwand, daß ein solches System allgemeinen Haß auf sie zöge.

– Im Gegenteil, da wir jeder Partei Grund geben werden, die andere zu hassen, werden alle zu uns stehen. Du wirst dich auch daranmachen und uns transzendentale Kritik schreiben!

Die Gemeinplätze mußten bekämpft werden, die Académie, die Schule, das Konservatorium, die Comédie-Française, alles, was auch nur an eine Institution erinnerte. So würden sie ihrer Revue eine theoretische Grundlage geben. Wenn sie dann gut angekommen sei, würde das Blatt plötzlich täglich erscheinen; dann würden sie die Menschen aufs Korn nehmen.

– Und man wird Respekt vor uns haben, da kannst du sicher sein!

Deslauriers war wieder bei seinem alten Traum: dem Posten eines Chefredakteurs, das heißt, dem unbeschreiblichen Glück, andere zu leiten, nach Belieben in ihren Artikeln herumzustreichen, Aufträge zu erteilen, abzulehnen. Seine Augen funkelten hinter den Brillengläsern, er geriet ins Schwärmen und trank Schluck für Schluck mechanisch ein Gläschen nach den anderen.

– Einmal die Woche wirst du ein Diner geben müssen. Das muß sein, und sollte die Hälfte deines Geldes dabei draufgehen! Man wird nicht fehlen wollen, für die anderen wird es ein Mittelpunkt, für dich ein Hebel sein; und wenn wir die öffentliche Meinung an beiden Enden packen, Literatur und Politik, wirst du sehen, daß wir noch vor Ablauf von sechs Monaten die Nummer eins sind in Paris.

Frédéric hatte beim Zuhören ein Gefühl der Verjüngung, wie ein Mensch, der nach langem Aufenthalt im Zimmer ins Freie gebracht wird. Diese Begeisterung überwältigte ihn.

– Ja, ich war ein Faulpelz, ein Trottel, du hast recht!

– Endlich! rief Deslauriers aus; ich habe meinen Frédéric wieder.

Und er hielt ihm die Faust unters Kinn:

– Ach! was habe ich um dich gelitten. Wie auch immer! ich liebe dich trotzdem.

Sie standen da und sahen sich an, beide gerührt und kurz davor, sich zu umarmen.

An der Schwelle zum Vorzimmer erschien die Haube einer Frau.

– Was führt dich her? sagte Deslauriers.

Es war Mademoiselle Clémence, seine Geliebte.

Sie antwortete, daß sie dem Wunsch, ihn zu sehen, nicht habe widerstehen können, als sie zufällig an seinem Haus vorüberging, und um zusammen einen kleinen Imbiß einzunehmen, bringe sie ihm Törtchen, die sie auf den Tisch stellte.

– Paß auf meine Unterlagen auf! erwiderte der Anwalt scharf. Außerdem verbiete ich dir nun schon zum dritten Mal, in meiner Sprechzeit zu kommen.

Sie wollte ihn küssen.

– Ist gut! geh schon! verschwinde!

Er stieß sie zurück, sie schluchzte laut auf.

– Ach! du gehst mir langsam auf die Nerven!

– Aber ich liebe dich doch!

– Ich bitte nicht darum, geliebt zu werden, sondern darum, daß man meinen Wünschen nachkommt.

Die harten Worte brachten die Tränen von Clémence zum Versiegen. Sie trat ans Fenster und stand, ohne sich zu rühren, die Stirn an die Scheibe gelehnt.

Ihre Haltung und ihr Schweigen reizten Deslauriers.

– Wenn du fertig bist, bestellst du dir deine Kutsche, klar?

Sie fuhr herum.

– Du schickst mich fort!

– Ganz genau!

Offenbar in einem letzten flehentlichen Bitten heftete sie ihre großen blauen Augen auf ihn, dann schlug sie die beiden Enden ihres wollenen Schultertuches übereinander, wartete noch einen Augenblick und ging.

– Du solltest sie zurückrufen, sagte Frédéric.

– Ach was!

Und da er aus dem Haus mußte, ging Deslauriers hinüber in die Küche, die sein Ankleidezimmer war. Am Spülstein standen neben einem Paar Stiefel die Überreste eines mageren Mittagsmahles, und in der Ecke am Boden lag eine aufgerollte Matratze samt einer Decke.

– Hier kannst du sehen, sagte er, daß ich nicht sehr viele Marquisen empfange! Darauf kann man leicht verzichten, glaub mir! und auf andere auch. Die, die nichts kosten, stehlen einem die Zeit; und das ist gewissermaßen das Geld; denn ich bin nicht reich! Und dann sind sie alle so dumm! so dumm! Kannst du mit einer Frau reden?

Sie trennten sich an der Ecke des Pont-Neuf.

– Also abgemacht! du bringst mir die Sache morgen, wenn du sie hast.

– Abgemacht! sagte Frédéric.

Am nächsten Tag erhielt er beim Aufwachen einen Bankscheck über fünfzehntausend Francs.

Dieser Fetzen Papier waren für ihn fünfzehn dicke Säcke Geld, und er sagte sich, was er mit einer solchen Summe anfangen könne: zunächst einmal seinen Wagen noch drei Jahre behalten, statt ihn zu verkaufen, wie er es bald würde tun müssen, oder zwei schöne damaszierte Rüstungen erstehen, die er am Quai Voltaire entdeckt hatte, dann eine Menge anderer Dinge, Gemälde, Bücher, und wie viele Blumensträuße und Geschenke für Madame Arnoux! Schließlich wäre alles besser, als so viel Geld in dieser Zeitung aufs Spiel zu setzen, ja zu verlieren! Deslauriers kam ihm anmaßend vor, seine Herzlosigkeit vom vorigen Abend hatte die Begeisterung für ihn abgekühlt, und Frédéric erging sich in diesen Reuegedanken, als er zu seiner großen Überraschung Arnoux ins Zimmer treten sah, – der sich wie ein völlig niedergeschmetterter Mann schwer auf die Bettkante fallen ließ.

– Was ist denn los?

– Ich bin verloren.

Er mußte noch am selben Tag achtzehntausend Francs bezahlen, die ihm ein gewisser Vanneroy in der Kanzlei von Monsieur Beauminet, ein Notar in der Rue Sainte-Anne, geliehen hatte.

– Eine unfaßbare Katastrophe! Dabei habe ich ihm einen Pfandbrief gegeben, der ihn beruhigen müßte! Aber er droht mir mit einem Zahlungsbefehl, wenn das Geld nicht gleich heute nachmittag da ist!

– Und dann?

– Dann, das ist sehr einfach! Er wird mir das Haus pfänden. Der erste Anschlagzettel ruiniert mich, ganz einfach! Ach! wenn ich nur jemanden fände, der mir diese verdammte Summe vorstrecken könnte, er würde an Vanneroys Stelle treten, und ich wäre gerettet! Sie haben sie nicht zufällig?

Die Anweisung lag noch auf dem Nachttisch, neben einem Buch. Frédéric nahm den Band hoch, legte ihn darauf und erwiderte:

– Mein Gott, nein, mein lieber Freund!

Aber es kostete ihn einiges, Arnoux abzuweisen.

– Ja fällt Ihnen denn niemand ein, der vielleicht…?

– Niemand! und dabei bekomme ich in acht Tagen Geld! Man schuldet mir etwa… fünfzehntausend Francs bis zum Ende des Monats!

– Könnten Sie nicht die Leute, die Ihnen etwas schulden, bitten, etwas vorzustrecken…?

– Ach ja!

– Aber Sie haben doch irgendwelche Wertgegenstände, Wechsel?

– Nichts!

– Was tun? sagte Frédéric.

– Das frage ich mich auch, erwiderte Arnoux.

Er schwieg und ging im Zimmer auf und ab.

– Es ist ja nicht für mich, mein Gott! sondern für meine Kinder, für meine arme Frau!

Dann sagte er, jedes Wort betonend:

– Nun gut… ich werde stark sein… ich werde alles zusammenpacken … und mein Glück versuchen … irgendwo!

– Unmöglich! schrie Frédéric.

Arnoux entgegnete gelassen:

– Wie soll ich denn jetzt Ihrer Meinung nach in Paris leben?

Es war lange still.

Frédéric fing an zu sprechen:

– Wann würden Sie das Geld zurückzahlen?

Nicht, daß er es hätte, im Gegenteil! Aber es hinderte ihn ja nicht, Freunde aufzusuchen, etwas zu unternehmen. Und er läutete nach seinem Diener, um sich anzukleiden. Arnoux dankte ihm.

– Sie brauchen achtzehntausend Francs, nicht wahr?

– Oh! ich wäre auch mit sechzehntausend zufrieden! Denn gut zweitausendfünfhundert, dreitausend mache ich noch mit meinem Silber, wenn Vanneroy sich nur bis morgen geduldet; und ich sage Ihnen nochmals, Sie können den Leuten versichern, ja schwören, daß sie das Geld in einer Woche, vielleicht sogar in fünf oder sechs Tagen zurückhaben. Die Hypothek ist ja auch eine Sicherheit. Da besteht also keine Gefahr, verstehen Sie?

Frédéric beteuerte, daß er verstand und daß er sich gleich auf den Weg machen würde.

Er blieb zu Hause und verfluchte Deslauriers, denn er wollte Wort halten und doch Arnoux den Gefallen tun.

»Wenn ich mich nun an Monsieur Dambreuse wende? Aber unter welchem Vorwand Geld verlangen? Es ist vielmehr an mir, ihm welches für seine Kohlenaktien zu bringen! Ach! soll er zum Teufel fahren mit seinen Aktien! ich bin sie ihm nicht schuldig!«

Und als habe er Monsieur Dambreuse eine Bitte abgeschlagen, beglückwünschte sich Frédéric zu seiner Unabhängigkeit.

»Nun gut, sagte er sich dann, hier mache ich also Verlust… denn mit fünfzehntausend Francs könnte ich hunderttausend verdienen! Das erlebt man ja manchmal an der Börse... den lasse ich einfach im Stich, ich bin doch frei?... Im übrigen braucht Deslauriers nur zu warten! – Nein, nein, das ist nicht gut, gehen wir!«

Er sah auf die Uhr.

»Ach! das eilt nicht! die Bank schließt erst um fünf.«

Und als er um halb fünf sein Geld abgehoben hatte:

»Jetzt hat es keinen Sinn. Ich treffe ihn doch nicht an; ich gehe heute abend hin!« und bewahrte sich so die Möglichkeit, die Entscheidung noch offenzulassen, denn von den eigenen Ausflüchten liegt einem immer etwas auf der Seele; es bleibt davon ein Nachgeschmack wie von einem schlechten Likör.

Er schlenderte über die Boulevards und aß allein in einem Restaurant zu Abend. Dann hörte er sich einen Akt im Vaudeville an, um sich zu zerstreuen. Aber die Scheine drückten ihn, als habe er sie gestohlen. Er wäre nicht sehr traurig gewesen, wenn er sie verloren hätte.

Als er nach Hause kam, fand er einen Brief mit den Worten:

»Was gibt es Neues? Meine Frau schließt sich mir in der Hoffnung an, lieber Freund, etc.

Der Ihre.«

Und ein Namenszug.

»Seine Frau! sie bittet mich!«

Im selben Augenblick erschien Arnoux, um zu hören, ob er die nötige Summe aufgetrieben habe.

– Hier ist sie! sagte Frédéric.

Und vierundzwanzig Stunden später antwortete er Deslauriers:

– Ich habe nichts erhalten.

Der Anwalt kam drei Tage hintereinander. Er drängte ihn, dem Notar zu schreiben. Er bot ihm sogar an, die Reise nach Le Havre zu machen.

– Nein! nicht nötig! ich fahre hin!

Als die Woche um war, fragte Frédéric den Herrn Arnoux vorsichtig nach seinen fünfzehntausend Francs.

Arnoux vertröstete ihn auf den nächsten Tag, dann auf den übernächsten.

In der Angst, von Deslauriers überrascht zu werden, wagte sich Frédéric nur bei stockfinsterer Nacht aus dem Haus.

Eines Abends stieß an der Ecke der Madeleine jemand mit ihm zusammen. Er war es.

– Ich hole es, sagte er.

Und Deslauriers begleitete ihn bis an die Tür eines Hauses im Faubourg Poissonnière.

– Warte auf mich!

Er wartete. Nach dreiundvierzig Minuten kam Frédéric schließlich mit Arnoux wieder heraus und machte ihm ein Zeichen, sich noch ein wenig zu gedulden. Der Fayencenhändler und sein Begleiter gingen Arm in Arm die Rue d'Hauteville hinauf und bogen dann in die Rue de Chabrol ein.

Die Nacht war schwarz, mit Böen von lauem Wind. Arnoux ging langsam und sprach von den Galeries du Commerce: einer Reihe von überdachten Passagen, die vom Boulevard Saint-Denis bis zum Châtelet führen sollten, ein wunderbares Projekt, in das er gerne einsteigen würde; und dann und wann blieb er stehen, um sich in den Schaufenstern die Gesichter der Grisetten anzuschauen, und fuhr dann in seiner Rede fort.

Frédéric hörte Deslauriers Schritte hinter sich wie Vorwürfe, wie Schläge auf sein Gewissen. Aber aus falscher Scham und in der Angst, es sei zwecklos, wagte er nicht, seine Forderung zu stellen. Der andere kam näher. Er faßte sich ein Herz.

Arnoux sagte ganz unbekümmert, daß er sein Geld nicht habe eintreiben können und daß er im Augenblick außerstande sei, die fünfzehntausend Francs zurückzugeben.

– Sie brauchen sie ja wohl nicht, denke ich?

In diesem Moment war Deslauriers neben ihm und zog ihn beiseite.

– Sei ehrlich, hast du es, ja oder nein?

– Nun ja, nein! sagte Frédéric, ich habe es verloren!

– Ach! und wobei?

– Beim Spiel!

Deslauriers erwiderte kein Wort, verneigte sich sehr tief und ging. Arnoux hatte die Gelegenheit genutzt, sich in einem Tabakladen eine Zigarre anzuzünden. Er kam zurück und fragte, wer denn dieser junge Mann sei.

– Ach nichts! ein Freund!

Drei Minuten später sagte Arnoux vor Rosanettes Tür:

– Kommen Sie doch mit hinauf, sie wird sich freuen, Sie zu sehen! Was sind Sie doch jetzt für ein Eigenbrötler!

Eine Straßenlaterne gegenüber beleuchtete ihn; und mit seiner Zigarre zwischen den weißen Zähnen und dem glücklichen Gesichtsausdruck hatte er etwas Unerträgliches.

– Ach! Übrigens war heute morgen mein Notar bei dem Ihren, wegen seiner Eintragung der Hypothek. Meine Frau hat mich daran erinnert.

– Eine Frau mit Verstand! erwiderte Frédéric mechanisch.

– Das will ich meinen!

Und Arnoux stimmte von neuem ihr Loblied an. Sie hatte, was Geist, Herz und Sparsamkeit anging, nicht ihresgleichen; die Augen verdrehend, setzte er leise hinzu:

– Und ihr Körper!

– Adieu! sagte Frédéric.

Arnoux schrak auf.

– He! warum?

Und die Hand halb ihm entgegengestreckt, ganz verblüfft über die Wut in seinem Gesicht, sah er ihn forschend an.

Frédéric erwiderte knapp:

– Adieu!

Wie ein Stein, der ins Rollen gerät, lief er die Rue de Breda hinunter, außer sich über Arnoux, mit dem Schwur, ihn nie wiederzusehen, und auch sie nicht, blutenden Herzens, verzweifelt. Statt der Trennung, die er erwartet hatte, fing der andere auch noch an, sie innig zu lieben, und das ganz und gar, von den Haarspitzen bis in die tiefste Seele. Die Gemeinheit dieses Mannes erbitterte Frédéric. Dem gehörte also alles! Auf der Schwelle der Lorette hatte er ihn angetroffen; und zu der Kasteiung einer Trennung kam noch die Wut über seine Ohnmacht. Außerdem demütigte ihn der Anstand Arnoux', der ihm Sicherheiten für sein Geld geboten hatte; er hätte ihn erdrosseln mögen; und wie ein Nebel schwebte über seinem Kummer im Innern das Gefühl des Versagens gegenüber dem Freund. Er erstickte an Tränen.

Laut fluchend vor Empörung stürmte Deslauriers die Rue des Martyrs hinunter; denn wie ein gestürzter Obelisk kam ihm jetzt sein Projekt unglaublich groß vor. Er fühlte sich bestohlen, als habe er großen Schaden erlitten. Seine Freundschaft zu Frédéric war gestorben, und das gab ihm ein Hochgefühl; es glich die Sache aus! Ihn überkam ein Haß auf die Reichen. Er fühlte sich zu Sénécals Anschauungen hingezogen und nahm sich vor, ihnen zu dienen.

Arnoux unterdessen schlürfte bequem in einem Sessel am Kamin seine Tasse Tee, die Marschallin auf den Knien.

Frédéric dachte nicht daran, wieder zu ihnen zu gehen, und um sich von seiner unseligen Leidenschaft abzulenken, griff er zu dem nächstbesten Gegenstand, der sich ihm bot, und beschloß, eine *Histoire de la Renaissance* zu verfassen. Wahllos packte er Humanisten, Philosophen und Dichter auf den Tisch; er ging ins Kupferstichkabinett, um die Stiche von Marc-Aurel zu sehen; er versuchte Machiavelli zu begreifen. Nach und nach besänftigte ihn der Ernst der Arbeit. Indem er sich in die Persönlichkeit anderer vertiefte, vergaß er die eigene, vielleicht das einzige Mittel, nicht unter ihr zu leiden.

Eines Tages, als er still bei seinen Notizen saß, öffnete sich die Tür, und der Diener meldete Madame Arnoux.

Sie war es wirklich! allein? Aber nein! an der Hand hatte sie den kleinen Eugène, gefolgt von dem Kindermädchen in weißer Schürze. Sie setzte sich; und nachdem sie sich geräuspert hatte, sagte sie:

– Sie sind lange nicht gekommen.

Da Frédéric nichts zu seiner Entschuldigung zu sagen wußte, fügte sie hinzu:

– Das zeigt Ihr Feingefühl!

Er erwiderte:

– Welches Feingefühl?

– Das, was Sie Arnoux erwiesen haben! sagte sie.

Frédéric machte eine Bewegung, die bedeutete: »Das ist mir gleich! es war für Sie!«

Sie schickte das Kind mit dem Kindermädchen zum Spielen in den Salon. Sie wechselten zwei oder drei Worte über die Gesundheit, dann erstarb die Unterhaltung.

Sie trug ein Kleid aus brauner Seide, von der Farbe spanischen Weines, und einen schwarzen, mit Marder verbrämten Samtmantel; der Pelz weckte die Lust, mit der Hand darüberzustreichen, und das lange, glatt gescheitelte Haar zog die Lippen an. Doch sie war unruhig, schaute zur Tür und sagte:

– Es ist etwas warm hier!

Frédéric ahnte, welche Sorge sich hinter ihrem Blick verbarg.

– Verzeihung! die Tür ist nur angelehnt.

– Ja! richtig!

Und sie lächelte, als wolle sie sagen: »Ich fürchte nichts.«

Er fragte sie sofort, was sie herführe.

– Mein Mann, erwiderte sie unter Anstrengung, hat mich gebeten, zu Ihnen zu gehen, da er diesen Schritt nicht selbst tun wollte.

– Und warum?

– Sie kennen Monsieur Dambreuse, nicht wahr?

– Ja, ein wenig!

– Ah! ein wenig.

Sie schwieg.

– Das macht nichts! sprechen Sie zu Ende.

Nun erzählte sie, daß Arnoux vor zwei Tagen vier auf den Bankier ausgestellte Wechsel, die er sie hatte unterschreiben lassen, nicht habe bezahlen können. Es reute sie, das Vermögen ihrer Kinder angegriffen zu haben. Aber alles war besser als die Schande; und wenn Monsieur Dambreuse die Klage zurückzöge, würden sie ihn ganz sicher bald bezahlen; denn sie wollte ein Haus in Chartres, das sie besaß, verkaufen.

– Arme Frau! murmelte Frédéric. – Ich gehe zu ihm! verlassen Sie sich auf mich.

– Danke! Und sie erhob sich, um zu gehen.

– Oh! Sie haben doch noch Zeit!

Sie blieb stehen und betrachtete aufmerksam die Mongolenpfeile, die an der Decke aufgehängt waren; sie nahm die Bronzeschale hoch, in der die Federn lagen; ihr Fuß berührte an verschiedenen Stellen den Teppich. Sie war mehrmals zu Frédéric gekommen, aber immer mit Arnoux. Jetzt waren sie allein, – allein in seinem eigenen Hause; – es war ein besonderes Ereignis, fast ein Glücksfall.

Sie wollte sein Gärtchen sehen; er bot ihr den Arm,

um ihr seinen Besitz zu zeigen, dreißig Fuß Land, von Häusern umschlossen, mit Sträuchern in den Ecken und in der Mitte geziert von einem Blumenbeet.

Man war in den ersten Apriltagen. Der Flieder grünte schon, ein frischer Hauch wehte durch die Luft, und kleine Vögel piepsten und ließen ihr Lied im Wechsel mit dem fernen Dröhnen einer Wagenschmiede erschallen.

Frédéric holte eine Feuerschaufel; und während sie Seite an Seite dahinwandelten, grub das Kind kleine Sandhaufen auf dem Weg.

Madame Arnoux glaubte nicht, daß er später viel Phantasie zeigen werde, aber er sei ein sanftes Gemüt. Seine Schwester hingegen besaß eine angeborene Schroffheit, die sie manchmal verletzte.

– Das ändert sich noch, sagte Frédéric. Man darf nie verzagen.

Sie wiederholte:

– Man darf nie verzagen!

Diese unwillkürliche Wiederholung seiner Worte erschien ihm wie eine Ermutigung; er pflückte eine Rose, die einzige des Gartens.

– Wissen Sie noch … ein gewisser Rosenstrauß, eines Abends in der Kutsche?

Sie errötete ein wenig; und mit einer Art spöttischen Mitleids sagte sie:

– Ach! ich war sehr jung!

– Und diese hier, erwiderte Frédéric leise, wird es ihr ebenso ergehen?

Sie drehte den Stengel wie einen Zwirn zwischen den Fingern und antwortete:

– Nein! ich werde sie behalten!

Sie winkte dem Kindermädchen, die das Kind auf den Arm nahm; auf der Schwelle zur Straße sog sie, den Kopf zur Schulter geneigt, den Duft der Blume ein, mit einem Blick so süß wie ein Kuß.

Als er wieder hinauf in sein Arbeitszimmer gegangen war, betrachtete er den Sessel, in dem sie gesessen, und die Dinge, die sie berührt hatte. Ein Teil ihres Wesens war um ihn. Das Glück ihrer Gegenwart hielt an.

»Sie ist also hergekommen!« sagte er sich.

Und ihn überwältigte die Flut einer unendlichen Zärtlichkeit.

Am nächsten Tag war er um elf Uhr bei Monsieur Dambreuse. Man empfing ihn im Speisesaal. Der Bankier war, seiner Frau gegenüber, beim Déjeuner. Neben ihr saß die Nichte und an der anderen Seite die Erzieherin, eine stark pockennarbige Engländerin.

Monsieur Dambreuse bat seinen jungen Freund, sich zu setzen, und als er ablehnte, sagte er:

– Was kann ich für Sie tun? Ich höre.

Mit gespielter Gleichgültigkeit gestand Frédéric, daß er mit einer Bitte für einen gewissen Arnoux gekommen sei.

– Ah ja! der ehemalige Kunsthändler, sagte der Bankier und entblößte in einem lautlosen Lachen die Zähne. Früher stand Oudry für ihn ein, sie haben sich verfeindet.

Und er begann die Briefe und Zeitungen durchzusehen, die neben seinem Gedeck lagen.

Zwei Dienstboten bedienten ihn, ohne einen Laut auf dem Parkett hervorzurufen; und der hohe Saal mit seinen drei Gobelinportieren und den beiden Marmorbrunnen, der Glanz der Wärmeplatten, die Folge der Vorspeisen, ja selbst die steifen Falten der Servietten, der ganze üppige Luxus grub sich in Frédérics Bewußtsein als Gegensatz zu einem anderen Déjeuner bei Arnoux. Er wagte nicht, Monsieur Dambreuse zu unterbrechen.

Madame bemerkte seine Verwirrung.

– Sehen Sie zuweilen noch unseren Freund Martinon?

– Er kommt heute abend, sagte das junge Mädchen lebhaft.

– Ach! das weißt du? entgegnete ihre Tante und heftete einen kalten Blick auf sie.

Als sich dann einer der Diener zu ihrem Ohr gebeugt hatte, sagte sie:

– Deine Schneiderin, mein Kind!… Miss John!

Und gehorsam verschwand die Erzieherin mit ihrem Zögling.

Von dem Stühlerücken gestört, fragte Monsieur Dambreuse, was es gäbe.

– Madame Regimbart ist da.

– Schau an! Regimbart! den Namen kenne ich. Die Unterschrift ist mir begegnet.

Endlich kam Frédéric zur Sache; Arnoux verdiente Anteilnahme; er war sogar im Begriff, ein Haus seiner Frau zu verkaufen, einzig und allein, um seine Verpflichtungen zu erfüllen.

Sie gilt als sehr hübsch, sagte Madame Dambreuse.

Der Bankier setzte gutmütig hinzu:

– Sind Sie… ein enger Freund?

Ohne eine klare Antwort zu geben, sagte Frédéric, er sei ihm sehr dankbar, wenn er bedächte…

– Nun gut, wenn es Ihnen Freude macht! warten wir! Ich habe noch Zeit. Gehen wir doch hinunter in mein Büro, ja?

Das Déjeuner war beendet; Madame Dambreuse verneigte sich leicht, mit einem seltsamen Lächeln, voller Höflichkeit und zugleich Ironie. Frédéric blieb keine Zeit, darüber nachzudenken; denn kaum waren sie allein, sagte Monsieur Dambreuse:

– Sie haben sich Ihre Aktien nicht geholt.

Und ohne ihm eine Entschuldigung zu gestatten:

– Gut! gut! schon richtig, daß Sie ein wenig mehr über die Sache wissen sollten.

Er bot ihm eine Zigarette an und begann.

Die *Union générale des Houilles françaises* war gegründet;

man wartete nur noch auf die amtliche Eintragung. Allein der Akt der Fusion verringerte die Betriebs- und Lohnkosten und erhöhte den Gewinn. Des weiteren hatte die Gesellschaft etwas Neues vor, und zwar die Arbeiter an dem Unternehmen zu beteiligen. Sie würde ihnen Häuser bauen, gesunde Wohnungen, kurz, sie würde als Lieferant ihrer Angestellten auftreten und ihnen alles zum Selbstkostenpreis überlassen.

– Und Sie werden dabei verdienen, mein Herr; hier liegt der wahre Fortschritt; das ist die entscheidende Antwort auf gewisses republikanisches Geplärre! In unserem Aufsichtsrat (er breitete den Prospekt aus) haben wir einen Pair de France, einen Universitätsprofessor, einen hohen Offizier a. D. des Pionierkorps, bekannte Namen! Solche Elemente beruhigen ängstliche Eigner und rufen verständige Anleger auf den Plan! Die Gesellschaft hätte die staatlichen Aufträge, außerdem die Eisenbahn, die Dampfschiffahrt, die Metallindustrie, die Gasanstalten, die privaten Haushalte. So heizen wir, beleuchten, dringen bis an den Herd der kleinsten Hütte. Aber wie, werden Sie fragen, können wir den Verkauf sichern? Mit Hilfe von Monopolrechten, mein lieber Herr, und wir werden sie bekommen, das ist unsere Sache! ich jedenfalls bin offener Anhänger des Einfuhrverbots! Das Vaterland über alles!

Man hatte ihn zum Direktor ernannt; aber es fehlte ihm die Zeit, sich um bestimmte Einzelheiten zu kümmern, unter anderem den Schriftwechsel. »Ich stehe mit meinen Autoren ein wenig auf Kriegsfuß, mein Griechisch habe ich ganz vergessen! Ich brauche jemanden… der meine Gedanken formulieren kann.« Und plötzlich: »Wollen Sie dieser Mann sein, mit dem Titel eines Generalsekretärs?«

Frédéric wußte nicht, was er antworten sollte.

– Nun, was hindert Sie?

Seine Aufgaben würden sich darauf beschränken, jedes Jahr einen Bericht für die Aktionäre zu schreiben. Er würde täglich mit den bedeutendsten Männern von Paris zusammentreffen. Da er die Gesellschaft bei den Arbeitern vertreten würde, hätte er natürlich bald ihre Gunst, was ihm später erlaubte, sich als Abgeordneter in den Aufsichtsrat wählen zu lassen.

Frédéric klangen die Ohren. Woher kam dieses Wohlwollen? Er überbot sich in Dankesworten.

Aber auf keinen Fall, sagte der Bankier, dürfe er von irgend jemandem abhängig sein. Das beste Mittel war, Aktien zu erwerben. »Im übrigen eine glänzende Geldanlage, da Ihr Kapital Ihre Stellung sichert, wie Ihre Stellung Ihr Kapital.«

– Auf wieviel muß es sich denn ungefähr belaufen, sagte Frédéric.

– Mein Gott! wie Sie wollen, vierzig- bis sechzigtausend Francs, denke ich.

Diese Summe war für Monsieur Dambreuse so gering und seine Autorität so groß, daß der junge Mann beschloß, einen Bauernhof zu verkaufen. Er schlug ein. Monsieur Dambreuse würde in den nächsten Tagen einen Termin nennen, um ihr Geschäft zum Abschluß zu bringen.

– Ich kann also Jacques Arnoux sagen...?

– Was Sie nur wollen! der arme Kerl! Was Sie nur wollen!

Frédéric schrieb den Arnouxs, sie mögen sich beruhigen, und ließ den Brief von seinem Dienstboten überbringen, der die Antwort erhielt:

– Sehr gut!

Seine Bemühungen hatten doch Besseres verdient. Er rechnete mit einem Besuch, einem Brief zumindest. Es kam kein Besuch. Er erhielt keinen Brief.

War das Vergeßlichkeit ihrerseits, oder Absicht? Ein

Mal war Madame Arnoux schon zu ihm gekommen, was hinderte sie daran, es wieder zu tun? Diese Anspielung, das halbe Geständnis, das sie ihm gemacht hatte, war also nur ein taktisches Manöver? »Haben sie ihr Spiel mit mir getrieben? ist sie seine Komplizin?« Eine gewisse Scham hielt ihn trotz seines Verlangens davon ab, wieder zu ihnen zu gehen.

Eines Morgens (drei Wochen nach ihrer Unterredung) schrieb ihm Monsieur Dambreuse, daß er ihn heute noch, in einer Stunde erwarte.

Unterwegs überfiel ihn von neuem der Gedanke an die Arnouxs, und da er sich ihr Verhalten nicht erklären konnte, bekam er Angst, eine düstere Vorahnung. Um sich davon zu befreien, rief er einen Einspänner und ließ sich in die Rue Paradis fahren.

Arnoux war verreist.

– Und Madame?

– Auf dem Land, in der Fabrik!

– Wann kommt Monsieur zurück?

– Morgen, auf jeden Fall!

Er würde sie allein antreffen; das war der Moment. Etwas Gebieterisches rief in seinem Innern: »Fahr hin!«

Aber Monsieur Dambreuse? »Nun, was soll's! Ich sage, daß ich krank war.«

Er lief zum Bahnhof; dann im Zug: »Vielleicht ist es ein Fehler? Ach was! einerlei!«

Rechts und links dehnten sich grüne Ebenen; der Zug rollte dahin; die Wärterhäuschen glitten vorüber wie Kulissen, und die Lokomotive spuckte ihre dicken Rauchwolken immer zur gleichen Seite, wo sie eine Weile über dem Gras tanzten und dann zerstoben.

Allein auf seiner Bank, schaute Frédéric gelangweilt zu, in jener tiefen Ermattung, die gerade bei maßloser Ungeduld entsteht. Nun aber tauchten Kräne auf, Lagerhäuser. Das war Creil.

Die Stadt, am Hang zweier niedriger Hügel erbaut (von denen der eine kahl und der andere bewaldet ist), mit ihrem Kirchturm, ihren verschiedenen Häusern und der Steinbrücke hatte für ihn etwas Heiteres, Verschwiegenes und Gutes. Ein großer Lastkahn fuhr durch die vom Wind gepeitschten, klatschenden Wellen den Strom hinab; am Fuße des Wegekreuzes pickten die Hühner im Stroh; eine Frau mit nasser Wäsche auf dem Kopf ging vorüber.

Nach der Brücke stand er auf einer Insel, wo zur Rechten die Ruinen einer Abtei zu sehen sind. Eine Mühle drehte sich und staute mit ihrer ganzen Breite den zweiten Arm der Oise, über dem die Fabrik aufragt. Die Größe dieser Anlage überraschte Frédéric. Er bekam noch mehr Respekt vor Arnoux. Drei Schritte weiter bog er in eine schmale Gasse ein, die vor einem Tor endete.

Er war hineingegangen. Die Pförtnerin rief ihn zurück:

– Haben Sie eine Erlaubnis?

– Wofür?

– Um das Werk zu besichtigen.

Frédéric sagte in barschem Ton, er wolle zu Monsieur Arnoux.

– Wer ist denn Monsieur Arnoux?

– Aber doch der Chef, der Herr, der Besitzer eben!

– Nein, Monsieur, dies ist die Fabrik der Herren Lebœuf und Millet!

Die gute Frau scherzte offenbar. Arbeiter kamen; er sprach zwei oder drei von ihnen an; die Antwort war dieselbe.

Taumelnd wie ein Betrunkener verließ Frédéric den Hof; er machte einen so bestürzten Eindruck, daß ihn ein Bourgeois, der auf dem Pont de la Boucherie seine Pfeife rauchte, fragte, ob er etwas suche. Dieser Mann kannte Arnoux' Manufaktur. Sie lag in Montataire.

Frédéric fragte nach einem Wagen, Droschken gab es nur am Bahnhof. Er lief dorthin zurück. Eine klapprige Kalesche mit einem alten Pferd, dessen loses Zaumzeug auf die Deichsel hing, stand einsam vor dem Gepäckraum.

Ein kleiner Junge erbot sich, »Vater Pilon« ausfindig zu machen. Nach zehn Minuten kam er wieder; der alte Pilon war beim Essen. Frédéric hielt es nicht mehr aus und ging. Aber die Schranke war geschlossen. Er mußte warten, bis zwei Züge durchgefahren waren. Endlich stürmte er aufs freie Land hinaus.

In seinem eintönigen Grün glich es einem riesigen Billardtisch. Eisenschlacken waren wie ein breiter Kieselstreifen an beide Straßenseiten geschüttet. Etwas weiter qualmten Fabrikschlote, einer neben dem anderen. Vor ihm erhob sich auf einem runden Hügel ein kleines Schloß mit Türmchen und der viereckige Glockenturm einer Kirche. Darunter bildeten lange Mauern unregelmäßige Linien zwischen den Bäumen; und ganz unten zogen sich die Häuser des Dorfes hin.

Sie sind einstöckig, mit einer Treppe von drei Stufen, aus Steinblöcken ohne Mörtel aufgeschichtet. Dann und wann hörte man die Türglocke eines Krämers. Schwere Schritte stapften durch den dunklen Straßenkot, und ein feiner Regen fiel und überzog den fahlen Himmel mit tausend Streifen.

Frédéric hielt sich in der Mitte des Pflasters; dann entdeckte er zur Linken am Beginn eines Weges auf einem großen Tor aus Holz die goldenen Lettern: FAYENCEN.

Nicht ohne Grund hatte Jacques Arnoux die Nachbarschaft von Creil gewählt; indem er seine Manufaktur so dicht wie möglich bei der anderen, schon lange bekannten errichtete, schuf er beim Publikum eine Verwirrung, die durchaus in seinem Interesse war.

Das Hauptgebäude lag direkt an einem Fluß, der

durch die Wiesen dahinfließt. Das Herrenhaus, umgeben von einem Garten, war mit seiner Freitreppe, auf der vier Töpfe mit Kakteen prangten, weithin sichtbar. In den Schuppen trockneten Haufen von hellem Lehm; andere lagen unter freiem Himmel; und mitten auf dem Hof stand Sénécal in seinem unvermeidlichen blauen Paletot mit rotem Futter.

Der ehemalige Repetitor streckte seine kalte Hand aus.

– Wollen Sie zum Chef? Der ist nicht da.

Frédéric, ganz aus der Fassung, erwiderte dumm:

– Ich weiß. Doch gleich besann er sich wieder: Ich komme in einer Angelegenheit, die Madame Arnoux betrifft. Kann sie mich empfangen?

– Oh! ich habe sie seit drei Tagen nicht gesehen, sagte Sénécal.

Und er stimmte eine Litanei von Klagen an. Als er die Bedingungen des Fabrikanten angenommen hatte, war er davon ausgegangen, in Paris wohnen zu können und sich nicht hier auf dem Lande vergraben zu müssen, fern von seinen Freunden, ohne jede Zeitung. Nun ja! er war darüber hinweg! Aber Arnoux schien seine Verdienste überhaupt nicht zu würdigen. Außerdem war er beschränkt, rückständig und unwissend wie kein anderer. Statt nach künstlerischer Vollkommenheit zu suchen, wäre es besser gewesen, Kohle- und Gasfeuerung einzuführen. Der Bourgeois *ruinierte sich;* Sénécal verweilte mit Nachdruck auf diesem Wort. Kurz, seine Tätigkeit mißfiel ihm; und fast verlangte er von Frédéric, für ihn einzutreten, damit seine Bezüge erhöht würden.

– Seien Sie unbesorgt! erwiderte der andere.

Auf der Treppe begegnete er niemandem. Im ersten Stock steckte er den Kopf in einen leeren Raum; es war der Salon. Er rief laut. Keine Antwort; die Köchin war sicher ausgegangen, das Dienstmädchen auch; schließlich im zweiten Stock angelangt, stieß er eine Türe auf. Madame Arnoux stand allein vor einem Spiegelschrank. Der Gürtel ihres offenen Morgenrockes hing an den Hüften herab. Die Hälfte ihres Haars fiel ihr in einer schwarzen Flut über die rechte Schulter; sie hatte beide Arme erhoben und hielt mit der einen Hand ihren Nackenknoten, während die andere eine Nadel hineinschob. Sie schrie auf und verschwand.

Dann kehrte sie korrekt gekleidet zurück. Ihre Figur, ihre Augen, das Rascheln ihres Kleides, alles bezauberte ihn. Frédéric mußte sich beherrschen, um sie nicht mit Küssen zu bedecken.

– Bitte verzeihen Sie, sagte sie, aber ich konnte nicht…

Er hatte die Kühnheit, sie zu unterbrechen:

– Aber… Sie sahen eben… sehr gut aus.

Offenbar fand sie das Kompliment etwas plump, denn ihre Wangen färbten sich. Er fürchtete, sie verletzt zu haben. Sie entgegnete:

– Welch schöner Zufall hat Sie hergeführt?

Er wußte nichts zu antworten; und nach einem kurzen Lachen, das ihm Zeit zum Nachdenken ließ, sagte er:

– Wenn ich es Ihnen sage, würden Sie mir glauben?

– Warum nicht?

Frédéric erzählte, er habe in der vorigen Nacht einen schrecklichen Traum gehabt:

– Ich habe geträumt, Sie seien schwerkrank, nahe daran zu sterben.

– Oh! weder ich noch mein Mann sind jemals krank!

– Ich habe nur von Ihnen geträumt, sagte er.

Sie blickte ihn still an.

– Träume werden nicht immer wahr.

Frédéric begann zu stammeln, suchte nach Worten und stürzte sich schließlich in eine lange Abhandlung über die Seelenverwandtschaft. Es gab eine Macht, die über alle Entfernung hinweg zwei Menschen in Kontakt bringen, sie über die Gefühle des anderen unterrichten und sie zusammenführen konnte.

Sie lauschte mit gesenktem Kopf und lächelte dabei ihr schönes Lächeln. Verstohlen beobachtete er sie, voller Freude, und bei dem unverfänglichen Allerweltsthema ließ er seiner Liebe freieren Lauf. Sie schlug ihm vor, ihm die Fabrik zu zeigen; sie bestand darauf, und er willigte ein.

Um ihn zunächst mit etwas Amüsantem zu unterhalten, zeigte sie ihm eine Art Museum, das die Treppe schmückte. Die an den Wänden aufgehängten oder auf Leisten gestellten Stücke zeugten von Arnoux' fortwährenden Anstrengungen und Narreteien. Nach seinen Versuchen, das Kupferrot der Chinesen zu finden, wollte er Majoliken machen, Fayencen, Etruskisches, Orientalisches, kurz, er hatte sich um Verbesserungen bemüht, von denen später einige gelangen. So sah man in der Serie dickbauchiger chinesischer Vasen, die Mandarine zierten, Schalen in schillernder Goldkäferfarbe, Töpfe mit arabischer Schrift, Kannen im Renaissancestil und große Teller mit zwei wie in Rötel fein und duftig gezeichneten Gestalten. Jetzt stellte er Namenslettern her, Schilder für Wein, aber seine Intelligenz war nicht groß genug, um nur den Gewinn im Auge zu haben, so daß er sich zugrunde richtete, ohne jemanden zufriedenzustellen. Sie waren beide bei diesen Betrachtungen, als Mademoiselle Marthe vorüberging.

– Kennst du ihn denn nicht mehr? fragte die Mutter.

– O doch! erwiderte sie und grüßte ihn, während ihr klarer und mißtrauischer Blick, der Blick einer Jungfrau, zu sagen schien: »Was willst du denn hier?« und den Kopf leicht über die Schulter gewandt, stieg sie die Treppe hinauf.

Madame Arnoux nahm Frédéric mit auf den Hof,

dann erklärte sie ihm mit großem Ernst, wie der Ton gemahlen, gereinigt und gesiebt wird.

– Das Wichtige ist die Zubereitung der Masse.

Und sie führte ihn in eine Halle voller Bottiche, in denen sich eine mit Seitenarmen ausgerüstete senkrechte Welle drehte. Frédéric ärgerte sich, daß er ihren Vorschlag eben nicht einfach abgelehnt hatte.

– Das sind die Rührer, sagte sie.

Er fand das Wort grotesk und in ihrem Mund irgendwie ungehörig.

Breite Treibriemen liefen vom einen Ende der Decke zum anderen und dann über Trommeln, und alles war in ständiger Bewegung, mathematisch, aufreizend.

Sie gingen hinaus und kamen an einer verfallenen Hütte vorüber, die früher zur Aufbewahrung der Gartengeräte gedient hatte.

– Sie wird nicht mehr benutzt, sagte Madame Arnoux.

Er erwiderte mit bebender Stimme:

– Das Glück hätte darin Platz!

Das Sausen des Gebläses übertönte seine Worte, und sie traten in die Töpferei. An einem schmalen Tisch saßen Männer und legten einen Tonklumpen vor sich auf eine Drehscheibe, die Linke höhlte das Innere, die Rechte strich über die Oberfläche, und man sah Vasen emporwachsen wie erblühende Blumen.

Madame Arnoux ließ die Formen für die schwierigeren Arbeiten herbeibringen.

In einem anderen Raum wurde Filigranes, Öffnungen und Reliefs gemacht. In der oberen Etage glättete man die Nahtstellen und schloß mit Gips die kleinen Löcher, die die vorigen Arbeitsgänge hinterlassen hatten.

Auf Gittern, in den Ecken, auf den Gängen, überall standen reihenweise Töpferwaren.

Frédéric begann sich zu langweilen.

– Das ist vielleicht ermüdend für Sie? sagte sie.

Aus Angst, seinen Besuch dabei belassen zu müssen, zeigte er gerade besonders viel Begeisterung. Er bedauerte sogar, sich nicht diesem Industriezweig gewidmet zu haben.

Sie schien überrascht.

– Aber ja! dann hätte ich in Ihrer Nähe leben können!

Und da er ihren Blick suchte, nahm Madame Arnoux, um ihm auszuweichen Tonklumpen von mißlungenen Stücken aus einem Bord, preßte sie zu Fladen und drückte ihre Hand hinein.

– Darf ich das mitnehmen? sagte Frédéric.

– Mein Gott, sind Sie ein Kind!

Er wollte antworten. Sénécal kam herein.

Der stellvertretende Direktor bemerkte schon auf der Schwelle eine Übertretung der Vorschriften. Die Werkstätten sollten jede Woche ausgefegt werden; es war Sonnabend, und da die Arbeiter nichts dergleichen getan hatten, erklärte ihnen Sénécal, daß sie eine Stunde länger bleiben mußten.

– Das ist euer Pech!

Sie beugten sich über ihre Arbeit, ohne zu murren; doch bei den heftigen Atemzügen ahnte man ihre Wut. Sie waren im übrigen nicht leicht zu lenken, da sie alle in der großen Fabrik hinausgeworfen worden waren. Der Republikaner führte sie mit harter Hand. Als Theoretiker sah er nur die Massen und hatte mit den einzelnen kein Erbarmen.

Frédéric fühlte sich durch seine Gegenwart gestört und fragte Madame Arnoux leise, ob es nicht möglich sei, die Brennöfen zu sehen. Sie gingen hinunter ins Parterre; und sie war gerade im Begriff, den Gebrauch der Brennkästen zu erklären, als Sénécal, der ihnen gefolgt war, zwischen sie trat.

Er fuhr selbst mit dem Vortrag fort, ließ sich über die verschiedenen Brennmaterialien, das Einschieben, die Pyroskope, die Glut, die Einschlüsse, die Glasuren und Metalle aus, wobei er mit chemischen Begriffen um sich warf, wie Chlor, Schwefel, Borax und Karbonat. Frédéric verstand kein Wort und drehte sich dauernd zu Madame Arnoux um.

– Sie hören ja nicht zu, sagte sie, dabei drückt sich Monsieur Sénécal sehr klar aus. Er weiß besser über diese Dinge Bescheid als ich.

Von dem Lob geschmeichelt, schlug der Mathematiker vor, den Auftrag der Farben zu zeigen. Frédéric warf Madame Arnoux einen flehentlichen Blick zu. Sie machte eine undurchdringliche Miene, da sie offenbar weder mit ihm allein sein noch ihn verlassen wollte. Er bot ihr seinen Arm.

– Nein! vielen Dank! die Treppe ist zu schmal!

Als sie oben waren, öffnete Sénécal die Tür eines Raumes, der voller Frauen war.

Sie hantierten mit Pinseln, Fläschchen, Schalen und Glasplatten. An der Wand waren den ganzen Sims entlang Druckplatten aufgereiht; Papierfetzen flogen umher; und ein eiserner Ofen verströmte eine widerwärtige Hitze, die sich mit dem Terpentingeruch verband.

Die Arbeiterinnen hatten fast alle schmutzige Kleider. Doch eine war zu sehen, die Madras und lange Ohrringe trug. Sie war klein und rundlich, hatte große schwarze Augen und die vollen Lippen einer Negerin. Die üppige Brust wölbte sich unter dem Hemd, das in der Taille von dem Rockbund gehalten wurde; und den Ellbogen auf den Arbeitstisch gestützt, während der andere Arm herabhing, schaute sie gedankenverloren in die Ferne aufs Land hinaus. Neben ihr stand eine Flasche Wein, daneben lag Wurst.

Die Vorschrift verbot das Essen in den Werkstätten, eine Maßnahme für die Sauberkeit der Arbeit und der Hygiene für die Arbeiter.

Aus Pflichtgefühl oder einer despotischen Laune brüllte Sénécal schon von weitem und zeigte auf einen Anschlagzettel in einem Rahmen:

– He! die Dame aus Bordeaux da hinten! lesen Sie mir mal laut den Artikel 9 vor!

– Na, und dann?

– Dann, Mademoiselle? Dann zahlen Sie drei Francs Strafe!

Sie sah ihm frech ins Gesicht.

– Was macht mir das? Wenn der Chef zurückkommt, hebt er sie wieder auf, Ihre Strafe! Du kannst mich mal, mein Lieber!

Sénécal, der, die Hände auf dem Rücken, wie ein Aufsichtslehrer durch ein Klassenzimmer schritt, begnügte sich damit zu lächeln.

– Artikel 13, Ungehorsam im Dienst, zehn Francs!

Die Frau aus Bordeaux machte sich wieder an die Arbeit. Madame Arnoux schwieg geflissentlich, aber sie runzelte die Stirn. Frédéric murmelte:

– Oh! für einen Demokraten sind Sie sehr hart!

Der andere erwiderte herrisch:

– Demokratie heißt nicht die schamlose Ausbreitung des Individualismus. Sie ist Gleichheit vor dem Gesetz, gerechte Verteilung der Arbeit, Ordnung!

– Sie vergessen die Menschlichkeit, sagte Frédéric.

Madame Arnoux nahm seinen Arm; Sénécal, vielleicht verletzt durch dieses wortlose Einverständnis, ging weg.

Frédéric verspürte eine unendliche Erleichterung.

Seit dem Morgen suchte er nach einer Gelegenheit, seine Liebe zu erklären; nun war sie gekommen. Überdies schien ihm Madame Arnoux' spontane Regung sehr vielversprechend; und als wolle er sich die Füße wärmen, bat er darum, in ihr Zimmer hinaufzugehen. Doch als er neben ihr saß, wurde er verlegen; er wußte nicht, wie er beginnen sollte. Zum Glück fiel ihm Sénécal wieder ein.

– Nichts alberner, sagte er, als diese Bestrafung!

Madame Arnoux erwiderte:

– Manchmal ist Strenge unerläßlich.

– Das sagen Sie, die Sie so gut sind! Oh! aber ich täusche mich! denn manchmal gefällt es Ihnen, andere leiden zu lassen!

– Rätsel verstehe ich nicht, mein Freund.

Und ihr strenger Blick brachte ihn zum Schweigen, mehr noch als diese Worte. Frédéric war fest entschlossen fortzufahren. Auf der Kommode lag zufällig ein Band von Musset. Er schlug ein paar Seiten um und fing dann an, von Liebe zu reden, von ihren Verzweiflungen und ihren Stürmen.

All das war Madame Arnoux zufolge sündhaft oder verlogen.

Der junge Mann fühlte sich von dieser Widerrede verletzt; und um sie zu widerlegen, führte er als Beweis die Selbstmorde an, die in den Zeitungen stünden, und pries die großen literarischen Gestalten, Phädra, Dido, Romeo, Des Grieux. Er verstrickte sich in Widersprüche.

Das Feuer im Kamin war erloschen, der Regen prasselte an die Scheiben. Madame Arnoux saß regungslos da, die Hände auf den Lehnen ihres Sessels; die Flügel ihrer Haube fielen herab wie das Kopftuch einer Sphinx; ihr klares Profil stand bleich in der Dunkelheit.

Er hatte Lust, sich vor ihr auf die Knie zu werfen. Im Flur knarrte es; er wagte nichts.

Außerdem hielt ihn eine Art religiöser Furcht zurück. Dieses Kleid, das mit der Finsternis verschwamm, schien ihm riesenhaft, unheimlich, nicht zu lüften, und gerade das verstärkte sein Verlangen. Aber die Angst, zuviel und nicht genug zu tun, nahm ihm jedes Urteilsvermögen.

»Wenn ich ihr nicht gefalle, dachte er, soll sie mich wegjagen! Und wenn sie mich will, soll sie mich ermutigen!«

Seufzend sagte er:

– Sie lassen also nicht gelten, daß man … eine Frau lieben kann?

Madame Arnoux erwiderte:

– Wenn sie frei ist, heiratet man sie; gehört sie einem anderen, zieht man sich zurück.

– Das Glück ist also unmöglich?

– Nein! Aber man findet es niemals in der Lüge, in Ängsten und Gewissensbissen.

– Was macht das schon! wenn es doch mit himmlischen Freuden belohnt wird.

– Der Versuch ist zu teuer!

Er wollte ihr mit Ironie beikommen.

– Die Tugend wäre also nur Feigheit?

– Sagen wir lieber Weitblick. Für die, denen Pflicht oder Glaube nichts bedeuten, mag der gesunde Menschenverstand genügen. Der Egoismus ist eine solide Basis für die Sittsamkeit.

– Ach! was für bourgeoise Grundsätze Sie haben!

– Aber ich rühme mich ja nicht, eine große Dame zu sein!

In diesem Augenblick kam der Kleine angelaufen.

– Mama, kommst du zum Essen?

– Ja, sofort!

Frédéric erhob sich; zur gleichen Zeit erschien Marthe. Er konnte sich nicht entschließen zu gehen; und mit einem flehentlichen Blick sagte er:

– Die Frauen, von denen Sie sprechen, sind also ganz gefühllos?

– Nein! aber taub, wenn es sein muß.

Und sie blieb auf der Schwelle ihres Zimmers stehen, die beiden Kinder an der Seite. Er verneigte sich ohne ein Wort. Stumm erwiderte sie seinen Gruß.

Sein erstes Gefühl war eine ungeheure Bestürzung. Diese Art, ihm die Vergeblichkeit seiner Hoffnungen zu verstehen zu geben, vernichtete ihn. Er fühlte sich verloren wie ein Mann, der in die Tiefe eines Abgrunds gestürzt ist und weiß, daß es keine Hilfe gibt und daß er sterben muß.

Und doch lief er weiter, blindlings, ohne etwas wahrzunehmen; er stolperte über Steine; er verirrte sich. Neben ihm klapperten Holzschuhe; es waren die Arbeiter, die aus der Gießerei kamen. Da wußte er, wo er war.

Am Horizont zogen die Lichter der Bahn eine leuchtende Linie. Er kam an, als ein Zug gerade abfuhr, er ließ sich in ein Abteil schieben und schlief ein.

Eine Stunde später, auf den Boulevards, rückte die abendliche Pariser Fröhlichkeit seine Reise in weite Ferne. Er wollte stark sein und erleichterte sein Herz, indem er Madame Arnoux mit heftigen Worten schlechtmachte:

»Idiotin, dumme Pute, blöde Kuh, vergessen wir's!«

Zu Hause fand er im Arbeitszimmer einen acht Seiten langen Brief auf hellblauen Bogen mit den Initialen R. A.

Es begann mit freundschaftlichen Vorwürfen:

»Was ist mit Ihnen, mein Lieber? Ich langweile mich.«

Aber die Schrift war so abscheulich, daß Frédéric das ganze Bündel wegwerfen wollte, als er als Postskriptum die Worte entdeckte:

»Ich rechne morgen mit Ihnen, um mich zum Rennen zu begleiten.«

Was hatte diese Einladung zu bedeuten? war das ein weiterer Streich der Marschallin? Aber man hält nicht zweimal ohne Grund denselben zum Narren; neugierig geworden, las er aufmerksam den ganzen Brief.

Frédéric entzifferte: »Mißverständnis ... auf dem falschen Weg ... Enttäuschung ... Wir armen Geschöpfe ... Wie zwei Flüsse, die sich finden!« etc.

Dieser Stil stand in absolutem Gegensatz zur gewöhnlichen Sprache der Lorette. Was war nur geschehen?

Lange hielt er die Blätter in den Fingern. Sie dufteten nach Iris, und in der Form der Buchstaben und dem unregelmäßigen Abstand der Zeilen lag etwas wie durcheinandergeworfene Kleider, das ihn verletzte.

»Warum soll ich nicht hinfahren?« sagte er sich endlich.

»Aber wenn Madame Arnoux es erfährt! Ach! soll sie es nur erfahren! Um so besser! soll sie nur eifersüchtig werden! das wird mich rächen!«

IV

Die Marschallin war bereit und erwartete ihn.

– Das ist wirklich nett! sagte sie und heftete ihre schönen, zugleich zärtlichen und fröhlichen Augen auf ihn.

Als sie ihre Hutbänder geknüpft hatte, setzte sie sich auf den Diwan und schwieg.

– Fahren wir? sagte Frédéric.

Sie sah auf die Stutzuhr.

– Oh! nein! nicht vor halb zwei, als habe sie im stillen ihrer Unschlüssigkeit eine Grenze gesetzt.

Als es endlich halb zwei geschlagen hatte:

– Also, *andiamo, caro mio!*

Und sie strich sich ein letztes Mal über das glatt gescheitelte Haar und gab Delphine ihre Anweisungen.

– Kommt Madame zum Diner zurück?

– Aber wo denn? Wir essen irgendwo zusammen, im Café Anglais, wo Sie wollen?

– Gut!

Ihre Hündchen sprangen kläffend um sie herum.

– Wir können sie doch mitnehmen, oder?

Frédéric trug sie eigenhändig in die Kutsche.

Es war eine Berline, ein Mietwagen mit zwei Kurierpferden und einem Postillion; seinen Diener hatte er hinten aufsitzen lassen. Die Marschallin schien mit seinen Bemühungen zufrieden; sobald sie Platz genommen hatte, fragte sie, ob er in der letzten Zeit bei Arnoux gewesen sei.

– Seit einem Monat nicht mehr, sagte Frédéric.

– Ich traf ihn vorgestern, er wollte sogar heute kommen. Aber er hat alle möglichen Scherereien, wieder einen Prozeß, ich weiß nicht was. Was für eine seltsamer Mann!

– Ja, sehr seltsam!

Frédéric fügte mit gleichgültiger Miene hinzu:

– Übrigens, sehen Sie immer noch… wie nennen Sie ihn doch gleich?… diesen ehemaligen Sänger… Delmar?

Sie entgegnete knapp:

– Nein! das ist aus.

Ihre Trennung war also gewiß. Frédéric schöpfte Hoffnung.

Im Schritt fuhren sie das Quartier Bréda hinunter; die Straßen waren verlassen, denn es war Sonntag, und hinter den Scheiben erschienen die Gesichter der Bourgeois. Der Wagen kam in Fahrt; das Rollen der Räder ließ die Vorübergehenden den Kopf wenden, das Leder des zurückgeschlagenen Verdecks glänzte, der Diener saß in strammer Haltung, und die beiden Havaneser Hündchen sahen nebeneinander auf den Kissen aus wie zwei Muffs aus Hermelin. Frédéric überließ sich dem Schaukeln der Federung. Die Marschallin drehte lächelnd den Kopf nach rechts und links.

Ihr perlmuttfarbener Strohhut war mit schwarzer Spitze verziert. Die Kapuze ihres Burnus flatterte im Wind; und unter einem Schirm aus lila Satin, oben spitz wie eine Pagode, schützte sie sich vor der Sonne.

– Was für süße kleine Finger! sagte Frédéric und nahm vorsichtig die andere Hand, die Linke, die mit einem goldenen Gliederarmband geschmückt war. Ach, wie reizend, woher stammt das?

– Oh! Das habe ich schon lange, sagte die Marschallin.

Der junge Mann sagte nichts zu dieser heuchlerischen Antwort. Lieber wollte er die Gelegenheit nutzen. Und weiter ihr Handgelenk haltend, drückte er zwischen Handschuh und Manschette seine Lippen darauf.

– Hören Sie auf, man kann uns sehen!

– Pah! was macht das!

Nach der Place de la Concorde nahmen sie den Weg über den Quai de la Conférence und den Quai de Billy, wo in einem Garten eine Zeder zu sehen ist. Rosanette meinte, der Libanon läge in China; sie lachte selbst über ihre Unwissenheit und bat Frédéric, ihr Geographieunterricht zu geben. Den Trocadéro ließen sie zur Rechten, fuhren über den Pont d'Iéna und hielten schließlich mitten auf dem Champs de Mars neben anderen Kutschen, die schon auf dem Rennplatz aufgereiht standen.

Die Rasenhügel waren voller einfacher Leute. Man sah Neugierige auf dem Balkon der École militaire; und die beiden Pavillons außerhalb des Wiegeplatzes, die beiden Bühnen der Arena und eine dritte vor der Königstribüne waren mit einer eleganten Menge besetzt, die durch ihre Würde diesem noch neuen Vergnügen ihre Ehrerbietung erwies. Das Publikum der Pferderennen war damals erlesener und von weniger vulgärem Aussehen; es war die Zeit der Steghosen, der Samtkragen und weißen Handschuhe. Die Frauen, in leuchtenden Farben gekleidet, trugen Roben mit tiefen Taillen und wirkten auf den Stufen der Estrade wie große Blumenbeete, hier und da schwarzgesprenkelt durch die dunklen Anzüge der Männer. Doch alle Blicke waren auf den berühmten Algerier Bou-Maza gerichtet, der unerschüttert zwischen zwei Stabsoffizieren auf der Sondertribüne saß. Die des Jockeyclubs war ausschließlich von würdigen Herren besetzt.

Die leidenschaftlichsten Anhänger hatten sich unten an die Bahn gestellt, die durch zwei Reihen von mit Seilen verbundenen Pfosten abgesperrt war; in dem riesigen Oval, das diese Allee beschrieb, schwenkten Kokosnußhändler ihre Knarren, andere verkauften das Programm für das Rennen, wieder andere priesen Zigarren an, ein gewaltiges Stimmengewirr erhob sich; Polizeidiener liefen auf und ab; eine Glocke erklang, die an einem mit Zahlen bedeckten Pfahl hing. Fünf Pferde erschienen, und alles begab sich auf die Tribünen.

Mittlerweile streiften dicke Wolken mit ihren quellenden Rändern die Wipfel der Ulmen gegenüber. Rosanette befürchtete Regen.

– Ich habe große Schirme, sagte Frédéric, und alles mögliche für unseren Spaß, setzte er hinzu und hob den Deckel des Wagenkastens, wo sich ein Korb mit allerlei Proviant befand.

– Bravo! wir verstehen uns!

– Und wir werden uns noch besser verstehen, nicht wahr?

– Kann sein! erwiderte sie errötend.

Die Jockeys im seidenen Kasack bemühten sich, ihre Pferde in eine Reihe zu bringen, und hielten sie mit beiden Händen zurück. Jemand senkte eine rote Fahne. Da beugten sich alle fünf über die Mähnen und stürmten los. Zunächst blieben sie auf einem Haufen; bald aber zog er sich in die Länge und fiel auseinander; der Jockey mit dem gelben Kasack wäre in der ersten Runde beinahe gestürzt; lange stand es unentschieden zwischen Filly und Tibi; dann ging Däumling in Führung; aber Clubstick, der seit dem Start zurücklag, holte sie ein und kam als erster durchs Ziel; wobei er Sir-Charles um zwei Längen schlug; das war eine Überraschung; alles schrie; die Bretterbauten erzitterten unter dem Getrampel.

– Wir amüsieren uns gut! sagte die Marschallin. Ich liebe dich, mein Schatz!

Frédéric hatte keinen Zweifel mehr an seinem Glück; die letzten Worte von Rosanette hatten ihn überzeugt.

Hundert Schritte weiter erschien eine Dame in einem feinen englischen Einspänner. Sie beugte sich über den

Schlag und fuhr dann heftig zurück; das wiederholte sich mehrmals; Frédéric konnte ihr Gesicht nicht erkennen. Er hatte einen Verdacht, ihm schien, es war Madame Arnoux. Das war doch nicht möglich! Warum sollte sie gekommen sein? Unter dem Vorwand, sich auf dem Wiegeplatz umsehen zu wollen, stieg er aus dem Wagen.

– Sie sind nicht gerade galant! sagte Rosanette.

Er hörte nicht darauf und ging weiter. Der Einspänner wendete und setzte sich in Bewegung.

Im selben Augenblick wurde Frédéric von Cisy angesprochen.

– Guten Tag, mein Lieber! wie geht es Ihnen? Hussonnet ist da hinten! So hören Sie doch!

Frédéric versuchte sich loszumachen, um den Einspänner zu erreichen. Die Marschallin gab ihm das Zeichen, doch zu ihr zurückzukommen. Cisy hatte sie entdeckt und wollte ihr unbedingt guten Tag sagen.

Seit die Trauerzeit für seine Großmutter vorüber war, verwirklichte er sein Ideal, er brachte es zu einer »persönlichen Note«. Weste mit Schottenkaro, kurzer Frack, dicke Schleifen auf den feinen Schuhen und die Eintrittskarte am Hutband, es fehlte wirklich nichts an seinem »Chic«, dem Chic eines Anglophilen und Musketiers. Er fing an, sich über den Champ de Mars zu beklagen, einem abscheulichen Turf, sprach danach über die Rennen von Chantilly und die Späße, die man dort trieb, schwor, daß er Mitternacht während der zwölf Glockenschläge zwölf Gläser Champagner trinken konnte, schlug der Marschallin vor zu wetten, streichelte zärtlich ihre beiden Lieblinge; und den anderen Ellbogen auf den Wagenschlag gestützt, gab er weitere Albernheiten von sich, den Knauf seines Stöckchens im Mund, die Beine gespreizt, das Kreuz gestreckt. Frédéric neben ihm rauchte, wobei er immer noch herauszufinden versuchte, was aus dem Einspänner geworden war.

Die Glocke hatte geläutet, Cisy ging weg, zur großen Freude von Rosanette, die er sehr langweilte, wie sie sagte.

Beim zweiten Durchgang geschah nichts Besonderes, auch beim dritten nicht, außer daß ein Mann auf einer Bahre weggetragen wurde. Der vierte, in dem acht Pferde um den Preis der Stadt kämpften, war interessanter.

Die Zuschauer auf den Tribünen waren auf die Bänke gestiegen. Die anderen verfolgten in den Kutschen stehend mit Lorgnons in der Hand das Fortkommen der Jockeys; wie rote, gelbe, weiße und blaue Flecken sah man sie vor der langen Front der Menge, die das Rund des Rennplatzes säumte, vorbeigaloppieren. Von weitem hatte ihre Geschwindigkeit nichts Außergewöhnliches; am anderen Ende des Champ de Mars schienen sie sogar langsamer zu werden und nur noch durch eine Art Gleiten voranzukommen, bei dem die Bäuche der Pferde den Boden berührten, ohne daß die gestreckten Beine sich beugten. Doch im Nu zurück, wurden sie größer; ihr rasender Galopp schnitt den Wind, der Boden zitterte, Kiesel flogen; die Luft fing sich in den Kasacks der Jockeys und blähte sie wie Segel; mit weitausholenden Peitschenhieben trieben sie ihre Tiere an, um das Ziel, den Pfahl, zu erreichen. Man nahm die Zahlen ab, eine neue Nummer wurde aufgesteckt; und unter rauschendem Beifall schleppte sich das siegreiche Pferd schweißüberströmt, mit steifen Knien und gesenktem Nacken, zum Wiegeplatz, während sich der Reiter, als läge er im Sattel in den letzten Zügen, die Seiten hielt.

Ein Streit verzögerte den letzten Start. Die gelangweilte Menge strömte auseinander. Einzelne Gruppen plauderten am Fuße der Tribünen. Die Reden waren sehr frei; Damen der Gesellschaft fuhren ab, empört über die Nachbarschaft der Loretten.

Es waren auch Berühmtheiten der öffentlichen Bälle

anwesend, Komödiantinnen vom Boulevard; – und am meisten geehrt wurden nicht die schönsten Damen. Die alte Georgine Aubert, die ein Vaudevilledichter den Louis XI. der Prostitution nannte, lag grauenhaft geschminkt wie im Winter unter einem Marderfell und stieß, hingegossen in ihrer langen Kalesche, dann und wann ein grunzendes Lachen aus. Madame de Remoussot, in Mode gekommen durch ihren Prozeß, thronte in Gesellschaft von Amerikanern auf dem Sitz eines Break; und Thérèse Bachelu füllte mit dem Gesichtsausdruck einer gotischen Madonna mit ihren zwölf Volants das Innere einer Schnecke, die anstelle des Spritzleders einen Korb voller Rosen besaß. Die Marschallin war eifersüchtig auf diese Herrlichkeiten; um bemerkt zu werden, begann sie zu gestikulieren und sehr laut zu sprechen.

Etliche Gentlemen erkannten sie und winkten herüber. Sie erwiderte die Grüße und nannte dabei Frédéric ihre Namen. Es waren sämtlich Grafen, Vicomtes, Herzöge und Marquis; und er warf sich in die Brust, denn alle Augen zeigten einen gewissen Respekt vor seinem Glück.

Cisy sah in dem Kreis reifer Männer, der ihn umgab, nicht minder glücklich aus. Sie lächelten über ihren Halsbinden, als machten sie sich über ihn lustig; schließlich gab er dem Ältesten die Hand und ging auf die Marschallin zu.

Sie aß mit gekünstelter Gier eine Scheibe Leberpastete; Frédéric tat es ihr gehorsam nach, eine Flasche Wein auf den Knien.

Der Einspänner tauchte wieder auf, es war Madame Arnoux. Sie wurde ungeheuer blaß.

– Gib mir Champagner! sagte Rosanette.

Und sie hob das volle Glas, so hoch sie konnte, und rief:

– He, da drüben! ihr anständigen Frauen, Gattin meines Beschützers, heda!

Ringsum erscholl Gelächter, der Einspänner verschwand. Frédéric zog an ihrem Kleid, er war außer sich vor Wut. Aber da war Cisy, in derselben Haltung wie eben; und mit großer Dreistigkeit lud er Rosanette noch am selben Abend zum Diner.

– Unmöglich! erwiderte sie. Wir gehen zusammen ins Café Anglais.

Frédéric blieb stumm, als habe er nichts gehört; und Cisy verließ die Marschallin mit enttäuschter Miene.

Während er am rechten Wagenschlag stand und mit ihr sprach, war plötzlich an der linken Seite Hussonnet aufgetaucht, und das Wort Café Anglais aufschnappend, sagte er:

– Ein hübsches Lokal! wie wär's, wenn wir dort ein Häppchen äßen?

– Wie Sie wollen, sagte Frédéric, der, in die Ecke der Berline gesunken, den Einspänner am Horizont verschwinden sah, mit dem Gefühl, daß sich soeben etwas ereignet hatte, das nicht wiedergutzumachen war, und daß er seine große Liebe verloren hatte. Und da, neben ihm, war die andere, die unbeschwerte leichte Liebe! Doch erschöpft, voller widersprüchlicher Begierden und sich gar nicht mehr darüber im klaren, was er eigentlich wollte, empfand er eine maßlose Traurigkeit, den Wunsch zu sterben.

Laute Schritte und ein großes Stimmengewirr ließen ihn den Kopf heben; die Straßenjungen stiegen über die Seile an der Bahn und kamen herüber, um sich die Tribünen anzusehen; alles brach auf. Ein paar Tropfen fielen. Das Gedränge der Kutschen wurde größer. Hussonnet war weg.

– Nun, um so besser! sagte Frédéric.

– Ist man lieber allein? fuhr die Marschallin fort und legte ihre Hand auf die seine.

Blitzend von Messing und Stahl fuhr ein prächtiger

Landauer vorüber, bespannt mit vier Pferden und à la Daumont kutschiert von zwei Jockeys in Samtweste mit goldenen Fransen. Madame Dambreuse saß neben ihrem Gatten. Martinon gegenüber auf der anderen Bank; alle drei machten erstaunte Gesichter.

»Sie haben mich erkannt!« sagte sich Frédéric.

Rosanette wollte anhalten, um das Défilé besser betrachten zu können. Womöglich tauchte Madame Arnoux wieder auf. Er rief dem Kutscher zu:

– Fahr weiter! so fahr doch! vorwärts!

Und die Berline sauste inmitten der anderen Wagen in Richtung Champs-Élysées, zwischen Kaleschen, Britschkas, Wurts, Tandems, Tilburys, Dogcarts, Kremsern mit Ledervorhängen, in denen Arbeiter fröhlich sangen, vierrädrigen Einspännern, vorsichtig und mit eigener Hand von Familienvätern gelenkt. In überfüllten Victorias saß mancher Bursche auf den Füßen der anderen und ließ beide Beine heraushängen. Große Coupés mit tuchbespannten Sitzen fuhren vornehme Witwen spazieren, die vor sich hindösten; oder ein herrlicher Traber kam vorüber, der eine Chaise davontrug, schlicht und schmuck wie der Frack eines Dandys. Indessen wurde der Schauer stärker. Man holte Regenschirme, Sonnenschirme und Gummimäntel hervor; man rief sich von weitem zu: »Guten Tag! – Geht's gut? – Ja! – Nein! – Bis nachher!« und die Gesichter folgten einander so rasch wie in einem chinesischen Schattenspiel. Frédéric und Rosanette wechselten kein Wort, vom Anblick der neben ihnen sich fortwährend drehenden Räder abgestumpft.

Manchmal blieben die zu dichten Wagenketten alle zugleich in mehreren Reihen stehen. Dann hielt einer neben dem anderen, und man musterte sich eingehend. Über wappengeschmückte Wagenschläge fielen gleichgültige Blicke auf die Menge; im Fond von Droschken schimmerten Augen voller Neid; verächtliches Lächeln antwortete auf hoch erhobene Köpfe; aufgerissene Münder zeigten blinde Bewunderung, und da und dort sprang mitten auf der Fahrbahn ein Spaziergänger mit einem Satz zurück, um einem Reiter auszuweichen, der zwischen den Wagen dahergaloppierte und nun auf freie Bahn gelangte. Dann setzte sich alles wieder in Bewegung; die Kutscher gaben die Zügel nach und senkten die langen Peitschen; lebhaft schüttelten die Pferde, ringsum Schaum verspritzend, ihre Trensen; und die Kruppen und feuchten Geschirre dampften in dem von der untergehenden Sonne durchbrochenen Dunst. Als sie durch den Arc de Triomphe fuhren, verbreitete sie in Mannshöhe einen langen rötlichen Schein, der Radnaben, Türgriffe, Deichselspitzen und Geschirringe aufblinken ließ; und zu beiden Seiten der großen Avenue – gleich einem Fluß, wo Mähnen, Kleider und Menschenhäupter wogten – erhoben sich die regennaß glitzernden Bäume wie zwei grüne Wände. Darüber glänzte, matt wie Atlas, an einzelnen Stellen wieder das Blau des Himmels.

Frédéric kamen jene schon fernen Tage in den Sinn, an denen er sich sehnsüchtig das unbeschreibliche Glück gewünscht hatte, in einer dieser Kutschen neben einer dieser Frauen zu sitzen. Nun besaß er dieses Glück und war darum nicht froher.

Der Regen hatte aufgehört. Die Passanten, die sich unter die Säulen der königlichen Gerätekammer geflüchtet hatten, gingen weiter. An der Rue Royale schlenderten Spaziergänger zum Boulevard hinauf. Vor dem Gebäude des Auswärtigen Amtes stand auf den Stufen eine Reihe von Gaffern.

Beim Chinesischen Bad verlangsamte die Berline ihre Fahrt, da das Straßenpflaster Löcher hatte. Ein Mann mit nußbraunem Paletot ging am Rande des Trottoirs. Unter den Wagenfedern spritzte Straßenkot auf und traf ihn am

Rücken. Wütend drehte der Mann sich um. Frédéric erbleichte, er hatte Deslauriers erkannt.

An der Tür des Café Anglais schickte er den Wagen fort. Rosanette war vor ihm hinaufgestiegen, während er den Postillion bezahlte.

Er traf sie auf der Treppe im Gespräch mit einem Herrn. Frédéric nahm ihren Arm. Doch im Gang hielt ein zweiter Herr sie auf.

– Geh nur! sagte sie, ich bin gleich für dich da!

Und er trat allein in das Kabinett. Durch die beiden Fenster sah man Leute an den Fenstern der gegenüberliegenden Häuser. Große Wasserlachen schillerten auf dem trockenen Asphalt, und eine Magnolie, die am Rande des Balkons stand, erfüllte den Raum mit ihrem Wohlgeruch. Der Duft und die Kühle beruhigten seine Nerven; er sank in den roten Diwan unter dem Spiegel.

Die Marschallin kehrte zurück; und ihn auf die Stirn küssend:

– Haben wir Kummer, arme Maus?

– Vielleicht! erwiderte er.

– Da bist du nicht der einzige, komm! das sollte heißen:

»Vergessen wir jeder unsere Sorgen in gemeinsamem Glück!«

Dann nahm sie ein Blütenblatt zwischen die Lippen und hielt es ihm zum Knabbern entgegen. Diese Regung von einer anmutigen und beinahe sanften Sinnlichkeit rührte Frédéric.

– Warum quälst du mich? sagte er und dachte an Madame Arnoux.

– Ich, dich quälen?

Und mit halbgeschlossenen Lidern, beide Hände auf seinen Schultern, stand sie vor ihm und blickte ihn an.

All seine Tugend, all sein Groll versank in einer bodenlosen Feigheit.

Er fuhr fort:

– Da du mich ja nicht lieben willst! und zog sie auf seine Knie.

Sie ließ es sich gefallen; er legte beide Arme um ihre Taille; das Knistern ihres Seidenkleides erregte ihn.

– Wo sind sie? sagte Hussonnets Stimme auf dem Gang.

Die Marschallin stand unvermittelt auf und setzte sich mit dem Rücken zur Tür auf die andere Seite des Kabinetts.

Sie verlangte Austern; und sie begaben sich zu Tisch.

Hussonnet war nicht gerade wohlgelaunt. Durch sein tägliches Schreiben über alle möglichen Themen, das viele Zeitunglesen, die vielen Diskussionen und den Unsinn, den er verbreitete, um Aufsehen zu erregen, hatte er schließlich den klaren Begriff der Dinge verloren, da er sich selbst mit seinen flauen Knalleffekten blendete. Die Mühen eines ehemals leichten, nun aber schwierigen Lebens hielten ihn in ständiger Hetze; und seine Unfähigkeit, die er sich nicht eingestehen wollte, machte ihn bissig und sarkastisch. Anläßlich von *Ozai,* einem neuen Ballett, wetterte er ausgiebig gegen den Tanz, und à propos Tanz gegen die Oper; bei der Oper schließlich gegen die Italiener, jetzt durch eine Truppe von spanischen Schauspielern ersetzt, »als hätte man nicht genug von den Kastiliern!« Frédéric fühlte sich getroffen in seiner romantischen Liebe zu Spanien; um das Gespräch abzubrechen, fragte er nach dem Collège de France, aus dem soeben Edgar Quinet und Mickiewicz ausgeschlossen worden waren. Doch Hussonnet, ein Verehrer von Monsieur de Maistre, sprach sich für Autorität und Spiritualismus aus. Und doch zweifelte er an den erwiesensten Tatsachen, leugnete die Geschichte und bestritt die erprobtesten Dinge, um schließlich beim Wort Geometrie auszurufen: »Was ist die Geometrie doch für ein Schwindel!« Das ganze durchsetzt von schauspielerischen Einlagen. Sein Vorbild war vor allem Sainville.

Dieses dumme Gerede langweilte Frédéric zu Tode. Bei einer ungeduldigen Bewegung traf er mit dem Stiefel eines der beiden Hündchen unter dem Tisch.

Beide erhoben ein widerwärtiges Gekläff.

– Sie sollten sie nach Hause bringen lassen, sagte er schroff.

Rosanette hatte zu niemandem Vertrauen.

Da wandte er sich an den Bohémien.

– Wie wär's mit Ihnen, Hussonnet, erbarmen Sie sich!

– Oh! ja, mein Kleiner! Das wäre sehr nett!

Hussonnet ging, ohne sich bitten zu lassen.

Wie sollte er seine Gefälligkeit belohnen? Frédéric dachte nicht weiter darüber nach. Er begann sogar das vertrauliche Stelldichein zu genießen, als ein Kellner eintrat.

– Madame, jemand wünscht Sie zu sprechen!

– Was! schon wieder?

– Ich muß wenigstens nachsehen! sagte Rosanette.

Ihn dürstete, ihn verlangte nach ihr. Dieses Verschwinden schien ihm ein Frevel, fast eine Gemeinheit. Was wollte sie denn? war es nicht genug, Madame Arnoux gekränkt zu haben? Um die war es im übrigen nicht schade! Jetzt haßte er alle Frauen; und Tränen erstickten ihn, weil seine Liebe verkannt und sein Begehren verlacht worden war.

Die Marschallin kam wieder herein und präsentierte ihm Cisy.

– Ich habe Monsieur eingeladen. Das war doch richtig, nicht wahr?

– Aber ja doch! gewiß!

Mit dem Lächeln eines Märtyrers bedeutete Frédéric dem Edelmann, sich zu setzen.

Die Marschallin begann, bei seltsamen Namen verweilend, die Karte zu überfliegen.

– Sollen wir einen Hasenturban à la Richelieu und einen Pudding à la d'Orléans essen?

– Oh! nicht aus Orléans, rief Cisy, der Legitimist war und einen Scherz zu machen glaubte.

– Hätten Sie lieber einen Steinbutt à la Chambord? entgegnete sie.

Diese Artigkeit empörte Frédéric.

Die Marschallin entschied sich für einen schlichten Tournedos, Krebse, Trüffel, einen Ananassalat und Vanillesorbets.

– Danach sehen wir weiter. Nun gehen Sie schon! Ach! das habe ich noch vergessen! Bringen Sie mir ein Würstchen! ohne Knoblauch!

Und sie nannte den Kellner »junger Mann«, schlug mit dem Messer gegen das Glas, warf ihre Brotkrümel an die Decke. Sie wollte gleich Burgunder trinken.

– Den trinkt man nicht am Anfang, sagte Frédéric.

Dem Vicomte zufolge tat man das manchmal schon.

– Aber nein! niemals!

– O doch, ich versichere es Ihnen!

– Ach! siehst du!

Der Blick, mit dem sie den Satz begleitete, hieß: »Das ist ein reicher Mann, hör auf ihn!«

Indessen öffnete sich alle Augenblicke die Tür, die Kellner schrien, und in dem Kabinett nebenan hämmerte jemand auf einem infernalischen Klavier einen Walzer. Durch das Pferderennen kam schließlich das Gespräch auf die Reitkunst und die beiden rivalisierenden Systeme. Cisy verteidigte Baucher, Frédéric den Comte d'Aure, als Rosanette die Achseln zuckte.

– Genug jetzt, mein Gott! er versteht mehr davon als du!

Den Ellbogen auf den Tisch gestützt, biß sie in einen

Granatapfel; vor ihr flackerten die Kerzen auf dem Leuchter im Wind; das weiße Licht überzog ihre Haut mit Perlmutt, legte einen rosigen Schein auf ihre Lider, ließ ihre Augen glänzen; die Röte der Frucht vermischte sich mit dem Purpur ihrer Lippen, die feinen Nasenflügel bebten; und ihre ganze Person hatte etwas Freches, Tolles, Maßloses, das Frédéric aufbrachte und doch wahnsinnige Gelüste in sein Herz goß.

Dann fragte sie mit sanfter Stimme, wem denn der große Landauer mit der kastanienbraunen Livree gehöre.

– Der Comtesse Dambreuse, erwiderte Cisy.

– Sie ist sehr reich, nicht wahr?

– O ja! sehr reich! obwohl Madame Dambreuse, die ganz einfach eine Demoiselle Boutron, die Tochter eines Präfekten, war, ein recht bescheidenes Vermögen habe.

Ihr Gatte dagegen müsse wohl mehrere Erbschaften machen, Cisy zählte sie auf; da er bei den Dambreuses verkehrte, kannte er ihre Geschichte.

Um ihn zu ärgern, versteifte sich Frédéric darauf, ihm zu widersprechen. Er behauptete, Madame Dambreuse hieße de Boutron, und verbürgte sich für ihren Adel.

– Wie auch immer! die Equipagen hätte ich gern! sagte die Marschallin und lehnte sich im Sessel zurück.

Und der Ärmel ihres Kleides glitt ein wenig nach hinten, so daß am linken Handgelenk ein mit drei Opalen verziertes Armband sichtbar wurde.

Frédéric hatte es entdeckt:

– Sieh da! aber…

Alle drei schauten sich an und erröteten.

Die Tür öffnete sich einen Spaltbreit, es erschien eine Hutkrempe, darauf das Profil Hussonnets.

– Entschuldigt die Störung, ihr Verliebten!

Doch beim Anblick von Cisy hielt er inne, verwundert, daß der seinen Platz eingenommen hatte.

Ein weiteres Gedeck wurde gebracht; und da er großen Hunger hatte, nahm er sich wahllos von den Resten des Diners, Fleisch von einer Platte, Früchte aus einem Korb, trank mit der einen Hand, bediente sich mit der anderen und berichtete dabei von seiner Mission. Die beiden Hündchen waren zurückgebracht. Zu Hause war alles beim alten. Er hatte die Köchin mit einem Soldaten angetroffen, ein Lügenmärchen, einzig und allein erfunden, um Eindruck zu machen.

Die Marschallin nahm ihren Hut vom Haken. Frédéric stürzte zur Klingel und rief dem Kellner schon von weitem zu:

– Einen Wagen!

– Ich habe meinen Wagen, sagte der Vicomte.

– Aber Monsieur!

– O ja, Monsieur!

Und sie sahen sich in die Augen, beide bleich und mit zitternden Händen.

Schließlich nahm die Marschallin Cisys Arm, und auf den tafelnden Bohémien weisend sagte sie:

– Kümmern Sie sich um ihn! er erstickt noch, ich möchte nicht, daß ihn die Aufopferung für meine kleinen Kläffer umbringt!

Die Tür fiel ins Schloß.

– Und? sagte Hussonnet.

– Und was?

– Ich dachte...

– Was dachten Sie?

– Wollten Sie nicht...?

Er vollendete den Satz mit einer Handbewegung.

– Aber nein! nie im Leben!

Hussonnet fragte nicht weiter.

Er hatte sich mit einer bestimmten Absicht zum Diner eingeladen. Seine Zeitung, die nicht mehr »L'Art«, sondern »Le Flambard« hieß, mit dem Motto: »Kanonier an die Geschütze!« kam nicht in Gang, er wollte gerne eine Wochenzeitschrift daraus machen, allein, ohne Deslauriers Hilfe. Er sprach wieder von seinem alten Projekt und erklärte seinen neuen Plan.

Frédéric, der offensichtlich nicht begriff, gab unbestimmte Antworten. Hussonnet nahm mehrere Zigarren vom Tisch, sagte: »Adieu, mein Guter«, und verschwand.

Frédéric verlangte die Rechnung. Sie war lang; und der Kellner, die Serviette unter dem Arm, wartete auf sein Geld, als ein anderer, ein blasser Mensch, der an Martinon erinnerte, erschien und sagte:

– Verzeihen Sie, man hat an der Kasse vergessen, die Droschke aufzuschreiben.

– Welche Droschke?

– Die vorhin der Herr für die Hündchen genommen hat.

Und das Gesicht des Kellners zog sich in die Länge, als habe er Mitleid mit dem jungen Mann. Frédéric hätte ihn am liebsten geohrfeigt. Die zwanzig Francs, die er zurückbekam, gab er als Trinkgeld.

– Danke, gnädiger Herr! sagte der Mann mit der Serviette und verneigte sich tief.

Frédéric verbrachte den ganzen Tag damit, seine Wut und Demütigung in sich hineinzufressen. Er ärgerte sich, daß er Cisy nicht ins Gesicht geschlagen hatte. Was die Marschallin betraf, schwor er sich, sie nicht wiederzusehen; es gab genug andere, die ebenso schön waren, und da Geld vonnöten war, um diese Frauen zu besitzen, würde er mit dem Erlös seines Landgutes an der Börse spekulieren, er wäre reich, er würde die Marschallin und alle Welt mit seinem Luxus vernichten. Als es Abend war, wunderte er sich, daß er nicht an Madame Arnoux gedacht hatte.

»Um so besser! wozu auch?«

Am übernächsten Tag stattete ihm Pellerin schon um

acht Uhr einen Besuch ab. Er begann mit bewundernden Worten über die Einrichtung, Schmeicheleien. Dann sagte er plötzlich:

– Waren Sie am Sonntag beim Rennen?

– Ja, leider!

Nun zog der Maler gegen die Anatomie der englischen Pferde zu Felde, pries die Pferde von Géricault, die Pferde des Parthenon. »Rosanette war mit Ihnen dort?« Und geschickt stimmte er ihr Loblied an.

Die Kälte Frédérics brachte ihn aus der Fassung. Er wußte nicht, wie er auf das Porträt kommen sollte.

Seine erste Absicht war ein Tizian gewesen. Doch nach und nach hatte die vielfältige Farbigkeit seines Modells ihn verführt; und er hatte frei drauflos gearbeitet und Schicht für Schicht, Helligkeit für Helligkeit aufgetragen. Rosanette war zuerst entzückt; ihre Zusammenkünfte mit Delmar hatten die Sitzungen unterbrochen und Pellerin genügend Zeit gelassen, sich zu entfalten. Als sich dann die Bewunderung legte, hatte er sich gefragt, ob es seiner Malerei nicht an Größe fehle. Er hatte sich noch einmal die Tizians angesehen, begriffen, wie weit er davon entfernt war, und seinen Fehler erkannt; er hatte lediglich die Umrisse überarbeitet. Dann hatte er versucht, durch Abtönen die Farben des Kopfes und des Hintergrundes ineinander übergehen zu lassen und zu verschmelzen; und das Gesicht hatte Konsistenz, die Schatten Tiefe angenommen, alles wirkte geschlossener. Schließlich war die Marschallin wieder aufgetaucht. Sie hatte sich sogar kritische Bemerkungen erlaubt; der Künstler war natürlich standhaft geblieben. Nach großen Wutausbrüchen über ihre Dummheit hatte er sich gesagt, daß sie vielleicht doch recht habe. Nun begann die Zeit der Zweifel, ein zermürbendes Gegrübel, das zu Magenkrämpfen führte, Schlaflosigkeit, Fieber, Ekel vor sich selbst; er hatte den Mut gefunden zu retuschieren, aber ohne Überzeugung und mit dem Gefühl, daß seine Arbeit nichts tauge.

Er klagte nur darüber, vom Salon abgelehnt worden zu sein, dann machte er Frédéric Vorwürfe, daß er sich das Porträt der Marschallin noch nicht angesehen habe.

– Die Marschallin kann mir gestohlen bleiben!

Eine solche Erklärung ließ ihn kühner werden.

– Meinen Sie, diese Kuh will es jetzt nicht mehr?

Was er nicht erwähnte, war, daß er tausend Écus von ihr verlangt hatte. Die Marschallin hatte sich jedoch keine großen Gedanken darüber gemacht, wer zahlen würde, und da sie Arnoux lieber für dringendere Dinge nutzte, noch nicht einmal mit ihm darüber gesprochen.

– Nun, und Arnoux? sagte Frédéric.

Sie hatte ihn auf ihn zurückverwiesen. Der ehemalige Kunsthändler konnte mit dem Porträt nichts anfangen.

– Er behauptete, das sei Rosanettes Angelegenheit.

– Allerdings ist es ihre Sache.

– Wie denn! sie schickt mich zu Ihnen! entgegnete Pellerin.

Hätte er an die Meisterschaft seines Werkes geglaubt, wäre es ihm vielleicht nicht eingefallen, Kapital daraus zu schlagen. Aber eine Summe Geld, und zwar eine ansehnliche, würde die Kritik Lügen strafen und ihm den Rücken stärken. Um ihn loszuwerden, erkundigte sich Frédéric höflich nach seinen Forderungen.

Die übertriebene Höhe des Betrages empörte ihn, er erwiderte:

– Nein, o nein!

– Aber Sie sind doch ihr Liebhaber, Sie haben mir doch den Auftrag gegeben!

– Ich habe ihn vermittelt, erlauben Sie!

– Aber ich kann doch nicht darauf sitzenbleiben!

Der Künstler geriet in Wut.

– Oh! ich hatte Sie nicht für so geldgierig gehalten.

– Und ich Sie nicht für so geizig. Empfehle mich!

Er war eben gegangen, als Sénécal erschien.

Erschrocken fuhr Frédéric hoch.

– Was gibt's?

Sénécal erzählte seine Geschichte.

– Am Samstag gegen neun hat Madame Arnoux einen Brief bekommen, der sie nach Paris rief; da zufällig niemand da war, um einen Wagen aus Creil zu holen, wollte sie mich hinschicken. Ich habe mich geweigert, denn das gehört nicht zu meinen Aufgaben. Sie ist weggefahren und am Sonntag abend wiedergekommen. Gestern morgen taucht Arnoux in der Fabrik auf. Die Frau aus Bordeaux hat sich beklagt. Ich weiß nicht, was zwischen ihnen vorgeht, aber er hat ihr vor allen Leuten die Strafe erlassen. Wir hatten einen heftigen Wortwechsel. Kurz, er hat mich ausbezahlt, und nun bin ich hier!

Dann sagte er mit Nachdruck:

– Außerdem bedaure ich es nicht im geringsten, ich habe meine Pflicht getan. Nun ja, es ist wegen Ihnen!

– Wieso? rief Frédéric, der befürchtete, daß Sénécal ihn durchschaut hatte.

Sénécal hatte nichts durchschaut, denn er erwiderte:

– Das heißt, ohne Sie hätte ich vielleicht etwas Besseres gefunden.

Frédéric bekam irgendwie ein schlechtes Gewissen.

– Wie kann ich Ihnen jetzt weiterhelfen?

Sénécal brauchte irgendeine Beschäftigung, eine Anstellung.

– Für Sie ist das doch leicht. Sie kennen so viele Leute, unter anderem Monsieur Dambreuse, wie Deslauriers mir gesagt hat.

Die Erinnerung an Deslauriers war dem Freund unangenehm. Nach der Begegnung auf dem Champ de Mars lag ihm nicht viel daran, die Dambreuses wiederzusehen.

– Ich bin mit diesem Hause nicht intim genug, um jemanden empfehlen zu können.

Der Demokrat nahm die abschlägige Antwort mit stoischer Miene zur Kenntnis, und nach einem kurzen Schweigen sagte er:

– Das kommt alles von der Bordelaiserin, da bin ich sicher, und auch von Ihrer Madame Arnoux.

Dieses *Ihre* raubte Frédéric das wenige an gutem Willen, das er noch bewahrt hatte. Aus lauter Rücksicht holte er jedoch den Schlüssel zu seinem Schreibtisch.

Sénécal hielt ihn zurück.

– Danke!

Dann vergaß er sein Elend und sprach von den Problemen des Landes, den zum Geburtstage des Königs verschwenderisch verteilten Kreuzen der Ehrenlegion, von einem Wechsel im Kabinett, von den Affairen Drouillard und Bénier, den Skandalen des Tages, wetterte gegen die Bourgeois und sagte eine Revolution voraus.

Sein Blick blieb an einem japanischen Dolch an der Wand hängen. Er nahm ihn, wog prüfend den Griff in der Hand und warf ihn dann angewidert auf das Kanapee.

– Also, adieu! Ich muß noch zu Notre-Dame-de-Lorette.

– Ach! warum?

– Heute ist die Gedenkmesse für Godefroy Cavaignac. Der ist für die Sache gestorben. Aber noch ist nicht alles zu Ende… Wer weiß?

Und Sénécal hielt ihm offen die Hand entgegen.

– Wir sehen uns vielleicht nie wieder! Adieu!

Das zweifache Adieu, das Stirnrunzeln beim Betrachten des Dolches, seine Schicksalsergebenheit und vor allem sein feierliches Wesen machten Frédéric nachdenklich, doch bald schon dachte er nicht mehr daran.

In derselben Woche schickte ihm sein Notar aus Le

Havre den Erlös seines Hofes, einhundertvierzigtausend Francs. Er teilte ihn, legte die eine Häfte in Staatspapieren an und brachte die andere zu einem Wechselmakler, um sie an der Börse einzusetzen.

Er speiste in Lokalen, die in Mode waren, ging ins Theater und versuchte sich zu zerstreuen, als Hussonnet ihm einen Brief sandte, in dem er fröhlich berichtete, daß die Marschallin Cisy bereits am Tage nach dem Rennen den Abschied gegeben hatte. Frédéric war glücklich, ohne weiter nachzuforschen, warum der Bohémien ihm dieses Ergebnis mitteilte.

Der Zufall wollte es, daß er Cisy drei Tage später begegnete. Der Edelmann zeigte Haltung und lud ihn sogar für nächsten Mittwoch zum Diner ein.

Am Morgen dieses Tages erhielt Frédéric durch den Gerichtsvollzieher einen Bescheid, in dem ihn Monsieur Charles-Jean-Baptiste Oudry benachrichtigte, daß er nach Gerichtsbeschluß zum Käufer eines in Belleville gelegenen Besitzes geworden sei, der einem Sieur Jacques Arnoux gehöre, und er sei auch bereit, die einhundertzwanzigtausend Francs des Verkaufspreises zu bezahlen. Aus demselben Akt sei jedoch hervorgegangen, daß die Summe an Hypotheken, mit denen das Haus belastet sei, den Kaufpreis übersteige und Frédérics Schuldforderung nun gänzlich verloren sei.

Das ganze Übel resultiere daraus, daß eine Hypothek nicht rechtzeitig erneuert worden sei. Arnoux habe sich dazu verpflichtet und es dann vergessen. Frédéric verfluchte ihn, und als sein Zorn verraucht war, sagte er sich:

»Nun, … was soll's! wenn ihn das retten kann, um so besser! ich gehe daran nicht zugrunde!«

Doch als er in seinen Papieren auf dem Schreibtisch kramte, kam ihm Hussonnets Brief in die Finger, und er bemerkte das Postskriptum, das er beim ersten Mal übersehen hatte. Der Bohémien forderte fünfzehntausend Francs, um das Zeitungsunternehmen in Gang zu bringen.

»Ach! der geht mir auf die Nerven!«

Und in einem kurzen Billett verweigerte er das Geld. Worauf er sich ankleidete, um sich zum Maison d'Or zu begeben.

Cisy stellte seine Gäste vor, beginnend mit dem Ehrwürdigsten, einem beleibten Herrn:

– Der Marquis Gilbert des Aulnays, mein Pate. Monsieur Anselme de Forchambeaux, sagte er darauf (das war ein blonder, schmächtiger, bereits kahlköpfiger junger Mann); dann wies er auf einen Vierzigjährigen mit schlichten Umgangsformen: »Joseph Boffreu, mein Cousin; und hier, mein ehemaliger Professor, Monsieur Vezou«, ein Mensch, halb Fuhrmann, halb Seminarist, mit dickem Backenbart und einem langen Gehrock, der unten mit einem einzigen Knopf geschlossen war, so daß er wie ein Schal über der Brust lag.

Cisy erwartete noch jemanden, den Baron de Comaing, »vielleicht kommt er, sicher ist es nicht«. Alle Augenblicke lief er vor die Tür und schien sehr beunruhigt; um acht Uhr begab man sich schließlich in einen prächtig erleuchteten Saal, der für die Zahl der Gäste zu geräumig war; nachenförmige Schalen mit süß und salzig Eingelegtem bildeten den Rahmen; in Abständen ragten Krüge mit rosigem, eisgekühltem Wein empor; vor jedem Gedeck standen fünf Gläser unterschiedlicher Höhe aufgereiht, nebst lauter Dingen, deren Gebrauch rätselhaft war, tausenderlei raffiniertes Eßgerät; – und schon als ersten Gang gab es: Störkopf in Champagner, Yorkschinken in Tokaier, gratinierte Drosseln, gebratene Wachteln, eine Béchamelpastete, ein Rebhuhnragout und zur Abrundung des Ganzen mit Trüffeln gemischte Kartoffelscheibchen. Ein Kronleuchter und mehrarmige Kerzenhalter erhellten den mit rotem Damast tapezierten Raum. Vier Diener im Frack standen hinter den Saffianfauteuils. Bei diesem Anblick brachen die Gäste, allen voran der Lehrer, in Rufe der Bewunderung aus.

– Bei meiner Ehre, unser Amphitryon hat wahre Tollheiten vollbracht! Das ist zu schön!

– Das! sagte der Vicomte de Cisy, ach was!

Und gleich nach dem ersten Löffel:

– Nun, mein guter alter des Aulnays, waren Sie im Palais Royal, um sich *Père et Portier* anzusehen?

– Du weißt doch, daß ich dazu keine Zeit habe! erwiderte der Marquis.

Seine Vormittage verbrachte er mit einem Kurs über Obstbaumzucht, seine Abende mit dem Zirkel der Landwirte und sämtliche Nachmittage mit Studien in Fabriken für Ackergerät. Da er dreiviertel des Jahres in Saintonge lebte, nutzte er seine Reisen in die Hauptstadt, um sich fortzubilden; sein breitkrempiger Hut, der in einer Konsole lag, war mit Broschüren gefüllt.

Cisy hatte bemerkt, daß Monsieur de Forchambeaux keinen Wein trank:

– So trinken Sie doch, zum Teufel! Für Ihr letztes Junggesellenmahl gehen Sie nicht gerade ran!

Bei diesen Worten verneigten sich alle, man beglückwünschte ihn.

– Und die junge Dame ist sicher bezaubernd? sagte der Hauslehrer.

– Bei Gott! rief Cisy. Und doch macht er einen Fehler; es ist so dumm zu heiraten!

– Du redest ohne Verstand, mein Freund, entgegnete Monsieur des Aulnays, während ihm beim Andenken an seine verstorbene Frau eine Träne ins Auge trat.

Und Forchambeaux wiederholte grinsend mehrere Male hintereinander:

– Da kommen auch Sie hin, da kommen auch Sie hin!

Cisy protestierte. Er wollte lieber sein Vergnügen haben, »auf der Höhe seiner Zeit sein«. Er wollte boxen lernen, um wie der Prinz Rodolphe in *Mystère de Paris* die Spelunken der Cité besuchen zu können, zog eine Stummelpfeife aus der Tasche, fuhr die Kellner an, trank unmäßig; und um besonderen Eindruck zu machen, lästerte er über sämtliche Gerichte. Sogar die Trüffel schickte er zurück, und der Hauslehrer, der sich daran ergötzte, sagte unterwürfig:

– Die Soufflés Ihrer Frau Großmutter waren besser!

Dann fuhr er fort, mit seinem Nachbarn zu plaudern, dem Agronomen, der das Leben auf dem Lande besonders schätzte, und sei es nur, um seine Töchter im Sinne des einfachen Lebens erziehen zu können. Der Hauslehrer begrüßte seine Ideen und schmeichelte ihm, da er ihm Einfluß auf seinen Schüler zuschrieb, dessen Verwalter zu sein er sich heimlich wünschte.

Frédéric war voller Groll auf Cisy erschienen; seine Dummheit hatte ihn entwaffnet. Doch seine Gesten, sein Gesicht, seine ganze Person erinnerten ihn an das Diner im Café Anglais und reizten ihn mehr und mehr; und er lauschte den abfälligen Bemerkungen, die der Cousin Joseph, ein gutmütiger Kerl ohne Vermögen, Jagdfreund und Börsenspekulant, mit gedämpfter Stimme von sich gab. Cisy nannte ihn mehrmals scherzhaft »Dieb«; dann sagte er plötzlich:

– Ah! der Baron!

Herein trat ein Lebemann von dreißig Jahren mit harten Zügen und biegsamen Gliedern, den Hut schräg auf dem Kopf und eine Blume im Knopfloch. Das war das Idol des Vicomte. Er war entzückt, ihn dazuhaben; und weil seine Gegenwart ihn in Hochstimmung versetzte, versuchte er es sogar mit einem Kalauer, denn als ein Coq de bruyère gereicht wurde, sagte er:

– Da kommt der beste der Charaktere von La Bruyère!

Dann richtete er an Monsieur de Comaing eine Unmenge von Fragen zu Personen, die niemandem in der Runde bekannt waren; und als sei es ihm gerade eingefallen, fragte er:

– Sagen Sie, haben Sie an mich gedacht?

Der andere zuckte die Achseln.

– Sie haben nicht das richtige Alter, mein Kleiner! Unmöglich!

Cisy hatte ihn gebeten, ihn in seinen Club einzuführen. Doch der Baron, der offenbar Mitleid mit seinem Ehrgefühl hatte, sagte:

– Ach! ich habe ganz vergessen! Herzlichen Glückwunsch zu Ihrer Wette, mein Lieber!

– Welche Wette?

– Die Wette beim Pferderennen, noch am selben Abend zu jener Dame zu gehen.

Frédéric fühlte sich wie von einem Peitschenhieb getroffen.

Doch als er das fassungslose Gesicht Cisys sah, war er schnell wieder beruhigt.

Tatsächlich hatte es die Marschallin bereits am nächsten Tage gereut, als Arnoux, ihr erster Liebhaber, ihr Mann, noch am selben Morgen erschienen war. Beide hatten dem Vicomte zu verstehen gegeben, daß er »störe«, und ihn ohne große Umstände hinausgeworfen.

Er tat, als habe er nichts gehört. Der Baron fragte weiter:

– Wie geht es denn der guten Rose? Hat sie immer noch so hübsche Beine? Und stellte mit diesen Worten seine intimen Kenntnisse unter Beweis.

Frédéric war über diese Offenbarung empört.

– Kein Grund, rot zu werden, fuhr der Baron fort; das ist doch eine tolle Sache!

Cisy schnalzte mit der Zunge.

– Pah! so toll auch wieder nicht!

– Aha!

– Mein Gott ja! Erstens finde ich nichts Besonderes an ihr, und dann kann man von dieser Sorte haben, soviel man will, denn schließlich… ist sie käuflich!

– Nicht für jeden, entgegnete Frédéric scharf.

– Er hält sich für etwas Besseres! erwiderte Cisy, ein Witz!

Rings um den Tisch ertönte Gelächter.

Frédéric schlug das Herz bis zum Halse. Er stürzte hintereinander zwei Glas Wasser hinunter.

Doch der Baron hatte Rosanette in bester Erinnerung:

– Ist sie immer noch mit einem gewissen Arnoux zusammen?

– Keine Ahnung, sagte Cisy. Ich kenne diesen Herrn nicht!

Nichtsdestoweniger behauptete er, das sei auch so ein Gauner.

– Einen Augenblick! rief Frédéric.

– Aber natürlich, ein klarer Fall! Er stand sogar vor Gericht.

– Das ist nicht wahr!

Frédéric begann Arnoux zu verteidigen. Er verbürgte sich für seine Redlichkeit, glaubte schließlich selbst daran, erfand Zahlen, Beweise. Der Vicomte, der voller Rache und außerdem betrunken war, bestand eigensinnig auf seinen Behauptungen, so daß Frédéric sehr ernst sagte:

– Wollen Sie mich beleidigen, Monsieur?

Und er sah ihn an mit Augen, die wie seine Zigarre glühten.

– Oh! keineswegs, ich gebe sogar zu, daß er etwas sehr Gutes hat: seine Frau.

– Sie kennen sie?

– Mein Gott! Sophie Arnoux, die kennt doch jeder!

– Wie meinen Sie?

Cisy, der sich erhoben hatte, wiederholte stotternd:

– Die kennt doch jeder!

– Schweigen Sie! Das sind wohl nicht die Frauen, mit denen Sie verkehren!

– Ich habe das Vergnügen!

Frédéric schleuderte ihm seinen Teller ins Gesicht.

Wie ein Blitz flog er über den Tisch, warf zwei Flaschen um, zerschlug eine Kompottschale, zerschellte am Tafelaufsatz in drei Stücke und landete auf dem Bauch des Vicomte.

Alle erhoben sich, um ihn zurückzuhalten. Er schrie und schlug um sich, wie vom Wahnsinn ergriffen; Monsieur des Aulnays sagte ein um das andere Mal:

– Beruhigen Sie sich doch! kommen Sie! liebes Kind!

– Aber das ist ja gräßlich! brüllte der Hauslehrer.

Forchambeaux, bleich wie die Wand, zitterte, Joseph lachte schallend; die Kellner wischten den Wein auf, sammelten die Scherben am Boden ein; und der Baron ging das Fenster schließen, da der Radau trotz des Kutschenlärms noch auf dem Boulevard zu hören sein mochte.

Da in dem Augenblick, als der Teller geschleudert wurde, alle durcheinandergeredet hatten, war es unmöglich, die Ursache dieser Beleidigung festzustellen, zu wissen, ob es nun um Arnoux, Madame Arnoux, Rosanette oder jemand anderen gegangen war. Außer Zweifel stand nur Frédérics unbeschreibliche Roheit; er weigerte sich entschieden, auch nur das leiseste Bedauern zu zeigen.

Monsieur des Aulnays versuchte ihn zu besänftigen, desgleichen der Cousin Joseph, der Hauslehrer, selbst Forchambeaux. Cisy, dem die Nerven versagten, vergoß Tränen. Frédéric dagegen erregte sich mehr und mehr;

und es wäre bis zum Morgen so weitergegangen, wenn nicht der Baron, um ein Ende zu machen, gesagt hätte:

– Der Vicomte schickt Ihnen morgen seine Sekundanten, Monsieur.

– Ihre Zeit?

– Um zwölf, wenn es beliebt.

– Vortrefflich, Monsieur.

Auf der Straße angekommen, atmete Frédéric in tiefen Zügen. Zu lange schon hielt er seine Gefühle im Zaum. Endlich hatte er ihnen freien Lauf gelassen; er verspürte eine Art Mannesstolz, einen Überschuß innerer Kräfte, der ihn berauschte. Er brauchte zwei Sekundanten. Der erste, an den er dachte, war Regimbart; und er begab sich sogleich zu einer Schenke in der Rue Saint-Denis. Die Läden waren geschlossen. Doch in einem Fenster über der Tür schimmerte Licht. Sie wurde geöffnet, er bückte sich tief unter das Vordach und trat ein.

Ein Talglicht am Ende des Tresens erhellte den Raum. Sämtliche Schemel waren mit den Beinen nach oben auf die Tische gestellt. In einem Winkel neben der Küche saßen der Wirt und die Wirtin mit ihrem Kellner beim Nachtessen; – und den Hut auf dem Kopf, war Regimbart mit von der Partie und ständig dem Kellner im Wege, der bei jedem Bissen gezwungen war, sich ein wenig zur Seite zu drehen. Nachdem Frédéric ihm kurz die Sache berichtet hatte, bat er ihn um seinen Beistand. Der Citoyen gab zunächst keine Antwort; er rollte mit den Augen, schien nachzudenken, machte ein paar Runden im Saal und sagte schließlich:

– Ja, gerne!

Und ein mörderisches Lächeln ließ sein Gesicht aufleuchten, als er erfuhr, daß der Gegner ein Adeliger war.

– Wir werden ihm schon Beine machen, seien Sie unbesorgt! Zuerst… mit dem Degen…

– Aber vielleicht, wandte Frédéric ein, habe ich nicht das Recht...

– Ich sage Ihnen doch, Degen! entgegnete der Citoyen grob. Können Sie fechten?

– Ein wenig!

– Ach! ein wenig! so sind sie alle! Und dann wollen sie sich selbst überbieten! Was zeigt uns der Fechtboden? Hören Sie zu: halten Sie gut Abstand, verteidigen Sie sich in Kreisen, und dann Ausfall! Ausfall! Das ist erlaubt. Machen Sie ihn müde! Dann stechen Sie einfach zu! Und vor allem keine Tricks, keine Stöße à la Fougère! nein! schlichte Eins-zwei, und weg von der Klinge des Gegners. So, schauen Sie? das Handgelenk drehen, als wollten Sie ein Schloß öffnen. – Vater Vauthier, geben Sie mir Ihren Spazierstock! ja! das genügt.

Er griff nach dem Stab, der zum Anzünden des Gaslichts diente, bog den linken Arm, winkelte den rechten an und begann Stöße gegen die Wand zu führen. Er stampfte mit dem Fuß, kam in Rage, tat sogar, als geriete er in Schwierigkeiten, und schrie: »Wo bleibst du? wo bleibst du denn?« und sein riesiger Schatten mit dem Hut, der fast die Decke zu berühren schien, huschte über die Wände. Der Schankwirt sagte von Zeit zu Zeit: »Bravo! sehr gut!« Auch seine Gattin, obwohl in Aufregung, bewunderte ihn; und Théodore, ein ehemaliger Soldat und im übrigen begeisterter Anhänger von Monsieur Regimbart, war starr vor Staunen.

Am nächsten Tag lief Frédéric gleich frühmorgens zu Dussardiers Geschäft. Nach einer Flucht von Räumen voller Stoffe, die in Regalen lagen oder über Tischen ausgebreitet waren, während hier und da große Umschlagtücher über hölzernen Hutständern hingen, entdeckte er ihn in einer Art vergittertem Gehäuse, inmitten von Kontobüchern an einem Stehpult schreibend. Der gute Junge ließ unverzüglich seine Arbeit liegen.

Die Sekundanten erschienen vor zwölf Uhr. Frédéric meinte aus Anstand, nicht an der Besprechung teilnehmen zu sollen.

Der Baron und Monsieur Joseph erklärten, sich schon mit den einfachsten Entschuldigungen zufriedengeben zu wollen. Aber Regimbart, der aus Prinzip niemals nachgab und darauf bestand, Arnoux' Ehre zu verteidigen (Frédéric hatte von nichts anderem gesprochen), verlangte, daß der Vicomte sich entschuldigte. Monsieur de Comaing war empört über diese Vermessenheit. Der Citoyen wollte nicht lockerlassen. Da keine Versöhnung möglich war, würde man sich duellieren.

Es gab noch weitere Schwierigkeiten; denn dem Gesetz nach oblag Cisy als dem Beleidigten die Wahl der Waffen. Regimbart behauptete jedoch, durch das Absenden der Herausforderung zeige sich, wer der Angreifer sei. Cisys Sekundanten erhoben lauten Protest, da eine Ohrfeige die schlimmste aller Beleidigungen sei. Der Citoyen hatte an jedem Wort etwas auszusetzen, ein Wurf sei keine Ohrfeige. Schließlich entschied man, den Rat von Militärs einzuholen; und die vier Sekundanten zogen los, um in irgendeiner Kaserne Offiziere zu konsultieren.

Sie wählten die am Quai d'Orsay. Monsieur de Comaing erklärte den Fall zwei Hauptleuten, die er angesprochen hatte.

Die Hauptleute begriffen nicht das geringste, da die Sache durch die Einwände des Citoyen unverständlich wurde. Kurz, sie rieten dem Herrn, ein Protokoll zu schreiben; dann würden sie entscheiden.

Danach begab man sich in ein Café; und um die Sache diskreter zu behandeln, wurde Cisy mit einem H und Frédéric mit einem K bezeichnet.

Darauf kehrten sie in die Kasernen zurück. Die Offiziere waren ausgegangen. Als sie wieder erschienen, erklärten sie, die Wahl der Waffen läge selbstverständlich bei Monsieur H. Alles begab sich wieder zu Cisy. Regimbart und Dussardier blieben auf dem Trottoir stehen.

Bei der Mitteilung der Antwort geriet der Vicomte in so große Erregung, daß er sie sich mehrmals wiederholen ließ; und als Monsieur de Comaing auf Regimbarts Behauptungen kam, murmelte er »nun ja«, innerlich kurz davor, sich ihnen zu fügen. Dann ließ er sich in einen Sessel sinken und erklärte, er werde sich nicht duellieren.

– Was? Wie? sagte der Baron.

Nun verlor sich Cisy in wirren Reden. Er wollte sich mit der Büchse duellieren, aus nächster Nähe mit einer einzigen Pistole.

– Oder wir gießen Arsen in ein Glas, das ausgelost wird. Manchmal wird es so gemacht, das habe ich gelesen!

Der Baron, von Natur nicht sehr geduldig, fuhr ihn hart an.

– Die Herren warten auf Ihre Antwort. Das ist doch keine Art! Was nehmen Sie? Nun los! Den Degen?

Der Vicomte gab mit einer Kopfbewegung sein »Ja«; und die Begegnung wurde auf den nächsten Morgen, Punkt sieben Uhr an der Porte Maillot festgelegt.

Da Dussardier gezwungen war, zu seinen Geschäften zurückzukehren, machte sich Regimbart auf den Weg, um Frédéric zu informieren.

Man hatte ihn den ganzen Tag ohne Nachricht gelassen; seine Ungeduld war nicht mehr zu ertragen.

– Um so besser! rief er aus.

Der Citoyen war mit seiner Haltung zufrieden.

– Sie haben Entschuldigungen von uns verlangt, können Sie sich das vorstellen? ein Nichts, nur ein Wort! Aber ich habe es ihnen ganz schön gezeigt! Das war ja meine Aufgabe, nicht wahr!

– Zweifellos, sagte Frédéric und dachte, daß er besser daran getan hätte, einen anderen Sekundanten zu wählen.

Als er allein war, sagte er mehrmals laut zu sich selbst:

»Ich werde mich duellieren. Wahrhaftig, ich werde mich duellieren! Seltsam!«

Und da er im Zimmer umherschritt und am Spiegel vorüberging, sah er, daß er totenbleich war.

»Habe ich etwa Angst?«

Unbändiges Entsetzen ergriff ihn bei der Vorstellung, auf dem Kampfplatz den Mut zu verlieren.

»Und wenn ich getötet werde? So ist mein Vater gestorben. Ja, ich werde sterben!«

Und plötzlich sah er seine Mutter, in Schwarz; unzusammenhängende Bilder schossen ihm durch den Kopf. Seine eigene Feigheit erbitterte ihn. Er bekam einen Anfall von Heldenmut, von Blutdurst. Ein Bataillon hätte ihn nicht in die Flucht geschlagen. Nachdem dieses Fieber sich gelegt hatte, fühlte er sich zu seinem Glück unerschütterlich. Um sich zu zerstreuen, ging er in die Oper, wo ein Ballett gegeben wurde. Er lauschte der Musik, betrachtete durch sein Lorgnon die Tänzerinnen, und in der Pause trank er ein Glas Punsch. Doch als er nach Hause kam, verließ ihn beim Anblick seines Arbeitszimmers, der häuslichen Umgebung, in der er sich vielleicht zum letzten Male befand, alle Kraft.

Er ging hinunter in den Garten: die Sterne glänzten; er blickte zu ihnen empor. Der Gedanke, sich für eine Frau zu schlagen, gab ihm in seinen Augen Größe, Adel. Dann legte er sich ruhig zu Bett.

Anders war es mit Cisy. Nachdem der Baron gegangen war, hatte Joseph versucht, ihm Mut zu machen, und da der Vicomte wie erstarrt blieb, sagte er:

– Nun, mein Guter, wenn du es lieber dabei bewenden lassen willst, werde ich es ihnen sagen.

Cisy wagte nicht, »allerdings« zu antworten, doch er nahm es seinem Cousin übel, daß er ihm nicht wortlos diesen Gefallen tat.

Er wünschte, Frédéric träfe in der Nacht der Schlag, oder am nächsten Tag gäbe es plötzlich einen Aufruhr und so viele Barrikaden, daß sämtliche Zufahrtswege zum Bois de Boulogne gesperrt wären, oder einer der Sekundanten wäre durch ein unvorhergesehenes Ereignis verhindert; denn ohne Sekundanten fände das Duell nicht statt. Am liebsten wäre er mit einem Expreßzug irgendwohin verschwunden. Er bedauerte, kein Mediziner zu sein, um etwas einzunehmen, das, ohne sein Leben zu gefährden, seinen Tod glaubhaft machte. Ja, zuletzt sehnte er sich danach, ernstlich krank zu sein.

Um einen Rat, um Beistand zu bekommen, schickte er nach Monsieur des Aulnays. Der vortreffliche Mann war auf eine Depesche hin, die ihm die Erkrankung einer seiner Töchter mitteilte, zurück nach Saintonge gefahren. Cisy schien das ein schlechtes Zeichen. Zum Glück besuchte ihn Monsieur Vezou, sein Hauslehrer. Er schüttete ihm sein Herz aus.

– Was soll man nur tun, mein Gott! was soll man tun?

– Ich an Eurer Stelle, Monsieur le Comte, würde einen Lastenträger bezahlen, der ihm eine Tracht Prügel verabreicht.

– Er wüßte ja doch, von wem das kommt! erwiderte Cisy.

Und von Zeit zu Zeit stöhnte er laut auf; dann sagte er:

– Hat man überhaupt das Recht, sich im Duell zu schlagen?

– Es ist ein Rest von Barbarei! Da ist nichts zu machen!

Aus Gefälligkeit lud sich der Pädagoge selbst zum Diner ein. Sein Schüler aß nichts, und nach der Mahlzeit verspürte er das Bedürfnis nach einem Spaziergang.

Als sie an einer Kirche vorüberkamen, sagte er:

– Sollten wir nicht mal… hineinschauen?

Nichts war Monsieur Vezou lieber, und er reichte ihm sogar das Weihwasser.

Es war der Marienmonat, Blumen bedeckten den Altar, Stimmen sangen, die Orgel dröhnte. Doch es war ihm unmöglich zu beten, die religiöse Pracht weckte Begräbnisphantasien; er hörte schon das dumpfe Gemurmel des *De Profundis*.

– Gehen wir! Mir ist nicht wohl!

Sie verbrachten die ganze Nacht beim Kartenspiel. Der Vicomte bemühte sich zu verlieren, um das Unglück zu bannen, zum Vorteil von Monsieur Vezou. Im ersten Morgengrauen schließlich sank Cisy, der mit seinen Kräften am Ende war, auf das grüne Tuch und fiel in einen Schlaf voller übler Träume.

Besteht jedoch der Mut darin, seine Schwäche überwinden zu wollen, so war der Vicomte mutig, denn beim Anblick seiner Sekundanten, die erschienen, um ihn abzuholen, nahm er sich mächtig zusammen, da die Eitelkeit ihm zu verstehen gab, daß ein Rückzug sein Verderben wäre. Monsieur de Comaing beglückwünschte ihn zu seiner guten Haltung.

Aber unterwegs ließen das Schaukeln der Kutsche und die morgendliche Sonnenwärme ihn schwach werden. Alle Kraft hatte ihn wieder verlassen. Er wußte nicht einmal mehr, wo sie sich befanden.

Der Baron machte sich einen Spaß daraus, seine Angst zu schüren, er sprach von der »Leiche« und wie sie heimlich zurück in die Stadt geschafft werden konnte. Joseph gab die Antworten; beide hielten die Sache für eine Lappalie und waren überzeugt, daß sich schon alles finden werde.

Cisy hatte den Kopf auf die Brust gesenkt; er hob ihn ein wenig und wandte ein, daß man keinen Arzt mitgenommen hatte.

– Das ist nicht nötig, sagte der Baron.
– Es besteht also keine Gefahr?
Joseph erwiderte in ernstem Ton:
– Hoffen wir's!
Und niemand im Wagen sprach mehr ein Wort.

Um sieben Uhr zehn war man an der Porte Maillot. Frédéric und seine Sekundanten standen schon da, alle drei in Schwarz. Regimbart trug anstelle einer Krawatte einen Roßhaarkragen wie ein Soldat; und in der Hand hatte er eine Art Geigenkasten; ein besonderes Merkmal dieser Sorte von Abenteuern. Man wechselte kühl einen Gruß. Dann verschwanden alle auf der Route de Madrid im Bois de Boulogne, um einen geeigneten Platz zu finden.

Regimbart sagte zu Frédéric, der zwischen ihm und Dussardier ging:

– Na, was machen denn die weichen Knie? Tun Sie sich keinen Zwang an, wenn Sie ein Bedürfnis verspüren, ich kenne das! Die Angst ist dem Menschen angeboren.

Dann, mit leiser Stimme:
– Hören Sie auf zu rauchen, das schwächt!
Frédéric warf die Zigarre weg, die ihm schon lästig geworden war, und setzte mit festem Schritt seinen Weg fort. Der Vicomte folgte, am Arm seiner beiden Sekundanten.

Sie begegneten nur wenigen Passanten. Der Himmel war blau, dann und wann hörte man Kaninchen springen. An einer Wegbiegung plauderte eine Frau mit einem Kopftuch mit einem Mann im Kittelhemd, und in der großen Avenue bewegten Diener in Leinenjacken ihre Pferde. Cisy dachte an die glücklichen Tage, wo er auf einem Fuchs, das Monokel im Auge, am Wagenschlag der Kaleschen entlanggeritten war; die Erinnerungen steigerten seine Panik; ein unerträglicher Durst verzehrte ihn; das Summen der Fliegen verband sich mit dem Klopfen in seinen Adern; die Füße sanken in den Sand, ihm war, als liefe er schon eine Ewigkeit.

Die Sekundanten hielten zu beiden Seiten des Weges Ausschau. Man beriet, ob man zum Croix Catelan oder unter die Mauern der Bagatelle gehen sollte. Schließlich bogen sie nach rechts ein; und auf einer Lichtung zwischen Fichten wurde haltgemacht.

Man wählte einen Platz, der eine ebene Fläche bot. Die beiden Punkte, an denen die Gegner Aufstellung nehmen sollten, wurden markiert. Dann öffnete Regimbart seinen Kasten. Er enthielt auf einem Polster aus rotem Schafleder vier reizende Degen mit Blutrinne und kunstvollen filigranen Knäufen. Ein Lichtstrahl, der durch die Blätter drang, fiel darauf; und Cisy kam es vor, als glänzten sie wie silbrige Vipern in einer Blutlache.

Der Citoyen zeigte, daß sie die gleiche Länge hatten, er selbst nahm den dritten, um die Kombattanten zu trennen, wenn es nötig sein sollte. Monsieur de Comaing hatte einen Spazierstock. Es wurde still. Man sah einander an. Auf allen Gesichtern lag etwas Bestürztes oder Grausames.

Frédéric hatte Rock und Weste abgelegt. Joseph half Cisy, es ihm nachzutun; als die Krawatte gelöst war, sah man an seinem Hals eine geweihte Medaille. Das entlockte Regimbart ein mitleidiges Lächeln.

Nun versuchte Monsieur de Comaing (um Frédéric Zeit zum Überlegen zu geben) einen Streit zu entfachen. Er forderte das Recht, einen Handschuh zu tragen, um den Degen des Gegners mit der linken Hand greifen zu können; Regimbart, der nicht mehr abwarten konnte, war einverstanden. Schließlich wandte sich der Baron an Frédéric:

– Alles liegt bei Ihnen, Monsieur! Es war noch nie eine Schande, seine Fehler einzugestehen.

Dussardier machte eine zustimmende Geste. Der Citoyen wurde wütend.

– Glauben Sie, wir sind hier, um Enten zu rupfen, zum Teufel?... In Stellung!

Die Gegner standen einander gegenüber, ihre Sekundanten zu beiden Seiten. Er rief das Kommando:

– Los!

Cisy wurde furchtbar bleich. Sein Klinge zitterte an der Spitze wie eine Reitpeitsche. Der Kopf sank zurück, die Arme öffneten sich, er fiel ohnmächtig auf den Rükken. Joseph hob ihn auf; er hielt ihm ein Fläschchen unter die Nase und schüttelte ihn kräftig. Der Vicomte öffnete die Augen und stürzte sich plötzlich wie ein Rasender auf seinen Degen. Frédéric hatte den seinen in der Hand behalten; und er erwartete ihn mit starrem Blick und erhobener Hand.

– Aufhören, aufhören! rief eine Stimme von der Straße her, und man hörte Pferdegalopp; das Verdeck eines Einspänners brach durch die Zweige! Ein Mann lehnte sich heraus, schwenkte ein Taschentuch und schrie immerfort: »Aufhören, aufhören!«

Im Glauben, es handele sich um ein Einschreiten der Polizei, hob Monsieur de Comaing den Stock.

– Schluß, Schluß! der Vicomte blutet!

– Ich? sagte Cisy.

Tatsächlich hatte er sich bei seinem Sturz den Daumen der linken Hand aufgeschürft.

– Das ist doch beim Fallen passiert, erklärte der Citoyen.

Der Baron tat, als höre er nicht.

Arnoux war aus dem Cabriolet gesprungen.

– Ich komme zu spät! Nein! Gott sei Dank!

Er umschlang Frédéric mit beiden Armen, betastete ihn, bedeckte sein Gesicht mit Küssen.

– Ich kenne den Grund, Sie wollten Ihren alten

Freund verteidigen! Das ist schön, sehr schön! ich werde es nie vergessen! Wie gut Sie sind! Ach! liebes Kind!

Er betrachtete ihn, und während er noch vor Freude lachte, vergoß er Tränen. Der Baron drehte sich zu Joseph um.

– Ich glaube, wir sind bei diesem kleinen Familienfest überflüssig. Das war's, nicht wahr, meine Herren?

– Vicomte, legen Sie Ihren Arm in eine Binde; hier, nehmen Sie meinen Schal. Dann, mit gebieterischer Geste: Kommen Sie! keinen Groll! Versteht sich!

Die beiden Kombattanten gaben sich willenlos die Hand. Der Vicomte, Monsieur de Comaing und Joseph verschwanden in die eine Richtung und Frédéric mit seinen Freunden in die andere.

Da das Restaurant Madrid nicht weit war, schlug Arnoux vor, sich dorthin zu begeben, um ein Glas Bier zu trinken.

– Wir könnten sogar frühstücken, sagte Regimbart.

Aber Dussardier hatte nicht genug Zeit, und so begnügten sie sich mit einer Erfrischung im Garten. Alle fühlten die große Erleichterung, die glücklichen Lösungen folgt. Der Citoyen jedoch war böse, daß das Duell im entscheidenden Moment unterbrochen worden war.

Arnoux hatte durch einen gewissen Compain, einen Freund Regimbarts, davon erfahren; und in einem Anfall von Herzensregung war er herbeigeeilt, um ihn davon abzuhalten, zumal er meinte, die Ursache zu sein. Er bat Frédéric, ihm Einzelheiten zu erzählen. Frédéric, gerührt von den Beweisen seiner Liebe, hatte Skrupel, seiner Illusion weitere Nahrung zu geben:

– Ich bitte Sie, sprechen wir nicht mehr davon!

Arnoux fand diese Bescheidenheit äußerst vornehm. Dann kam er mit seiner gewohnten Leichtigkeit auf ein anderes Thema:

– Was gibt es Neues, Citoyen?

Und sie begannen, über Geschäfte und Termine zu reden. Um ungestörter zu sein, setzten sie sich sogar abseits an einen anderen Tisch und flüsterten miteinander.

Frédéric hörte die Worte: »Sie unterzeichnen mir doch… – ja! Sie, selbstverständlich… Ich habe es schließlich für dreihundert verkauft! – Schöne Provision, wirklich!« Kurz, es war klar, daß Arnoux etliche Geschäfte mit dem Citoyen machte.

Frédéric dachte daran, ihn an seine fünfzehntausend Francs zu erinnern. Aber sein jüngster Auftritt verbot jeden Vorwurf, selbst den leisesten. Im übrigen war er erschöpft. Dies war dafür nicht der richtige Ort. Er verschob es auf einen anderen Tag.

Arnoux saß im Schatten eines Ligusters und rauchte mit heiterem Blick. Er schaute auf die Türen der kleinen Zimmer, die alle zum Garten hinausgingen, und sagte, früher sei er nicht selten dort gewesen.

– Wohl nicht allein? erwiderte der Citoyen.

– Weiß Gott nicht!

– Was sind Sie doch für ein Lump! ein verheirateter Mann!

– Und wie steht es denn mit Ihnen! entgegnete Arnoux; und mit einem nachsichtigen Lächeln: ich bin sogar sicher, dieser Schlingel hat da irgendwo ein Zimmer, wo er kleine Mädchen empfängt.

Der Citoyen hob nur die Brauen und gestand damit, daß dies die Wahrheit war. Nun ließen sich die beiden Herren über ihren Geschmack aus: Arnoux zog nunmehr die Jugend vor, die Arbeiterinnen; Regimbart verabscheute »die Zierpuppen« und war vor allem fürs Handfeste. Der Schluß, den der Fayencenhändler daraus zog, war, daß man die Frauen nicht ernst nehmen dürfe.

»Dabei liebt er die seine!« dachte Frédéric und wandte sich ab; er fand, daß Arnoux kein ehrenhafter Mensch sei. Er war ihm böse wegen des Duells, als sei er es gewesen, für den er eben sein Leben aufs Spiel gesetzt hatte.

Doch Dussardier war er dankbar für seine Ergebenheit; auf sein Bitten besuchte der Schreiber ihn bald schon jeden Tag.

Frédéric lieh ihm Bücher: Thiers, Dulaure, Barante, *Les Girondins* von Lamartine. Der gute Junge hörte ihm andächtig zu und akzeptierte seine Meinungen, wie die eines Lehrers.

Eines Abends erschien er in heller Aufregung. Am Morgen hatte ihn ein Mann angerempelt, der atemlos den Boulevard entlanggerannt kam; und als er ihn als Freund von Sénécal erkannt hatte, rief er ihm zu:

– Er ist gerade geschnappt worden, ich verdufte!

Es war die ganze Wahrheit. Dussardier hatte den Tag mit Erkundigungen verbracht. Sénécal war hinter Schloß und Riegel, unter Anklage eines politischen Attentats.

Als Sohn eines Werkmeisters in Lyon geboren, hatte er einen ehemaligen Anhänger Chaliers zum Lehrer gehabt und war, kaum in Paris, der Société des Familles beigetreten; seine Aktivitäten waren bekannt; die Polizei überwachte ihn. Er hatte bei dem Putsch vom Mai 1839 mitgekämpft und war seitdem untergetaucht, aber als fanatischer Anhänger von Alibaud geriet er mehr und mehr in Rage, vermischte seine Anklagen gegen die Gesellschaft mit denen des Volkes gegen die Monarchie, und jeden Morgen erwachte er in der Hoffnung auf eine Revolution, die in zwei Wochen oder einem Monat die Welt ändern sollte. Angewidert von der schlaffen Haltung seiner Genossen, voller Wut auf die Hemmnisse, die man seinen Träumen in den Weg stellte, und am Vaterland verzweifelnd, hatte er sich schließlich als Chemiker der Bombenverschwörung zugesellt; und nun hatte man ihn mit Sprengstoff erwischt, den er auf dem Montmartre zünden wollte, als äußersten Versuch, die Republik einzuführen.

Dussardier lag sie nicht weniger am Herzen, denn wie er glaubte, bedeutete sie Befreiung und allgemeines Glück. Er hatte eines Tages – er war fünfzehn – in der Rue Transnonain vor einem Krämerladen Soldaten gesehen, deren Bajonette rot von Blut waren, und an ihren Gewehrkolben klebten Haare; seither empörte ihn die Regierung als die Verkörperung des Unrechts selbst. Mörder und Polizisten waren für ihn fast dasselbe; ein Spitzel war in seinen Augen so viel wie ein Vatermörder. Das ganze Übel auf Erden schrieb er in aller Einfalt der Regierung zu; und er haßte sie mit einem echten, unauslöschlichen Haß, der sein ganzes Herz gefangennahm und seine Empfindsamkeit schärfte. Sénécals Reden hatten ihn geblendet. Schuldig oder nicht, samt seinem abscheulichen Plan, das war ganz gleich! Von dem Augenblick an, wo er das Opfer der Staatsgewalt war, mußte man ihm zu Hilfe kommen.

– Die Pairs werden ihn bestimmt verurteilen! Dann schaffen sie ihn wie einen Galeerensträfling in einem Gefängniswagen fort und sperren ihn in den Mont-Saint-Michel, wo die Regierung sie verrecken läßt! Austen ist wahnsinnig geworden! Steuben hat sich umgebracht! Um Barbès in einen Kerker zu bringen, haben sie ihn an Haaren und Beinen hineingeschleift! Sie haben ihn mit Füßen getreten, und sein Körper ist die ganze Treppe hinunter auf jede Stufe aufgeschlagen. Wie grauenhaft! die Schufte!

Zornige Schluchzer erstickten ihn, und er lief im Zimmer umher wie in großer Bedrängnis.

– Man müßte doch etwas tun! Was machen wir nur! Ich weiß es nicht! Und wenn wir nun versuchen, ihn zu befreien? wenn er ins Luxembourg gebracht wird, können wir uns im Flur auf das Begleitkommando stürzen! Ein Dutzend entschlossener Männer, und das klappt.

Seine Augen hatten ein solches Feuer, daß Frédéric erschauerte.

Sénécal erschien ihm nun bedeutsamer, als er geglaubt hatte. Er dachte an seine Not, sein hartes Leben; er empfand für ihn nicht dieselbe Begeisterung wie Dussardier, aber er fühlte die Bewunderung, die jeder Mensch weckt, der sein Leben einer Idee opfert. Er sagte sich, daß es mit Sénécal nicht soweit gekommen wäre, wenn er ihn unterstützt hätte; und die beiden Freunde suchten fieberhaft nach Mitteln und Wegen, ihn zu retten.

Es war ihnen unmöglich, bis zu ihm durchzudringen.

Frédéric forschte in den Zeitungen nach seinem Los und besuchte drei Wochen lang die Lesehallen.

Eines Tages fielen ihm etliche Nummern des *Flambard* in die Hände. Der Leitartikel hatte jeweils die Aufgabe, einen berühmten Mann zu ruinieren. Dann kamen die gesellschaftlichen Ereignisse, der Klatsch. Schließlich machte man sich über das Odéon lustig, über Carpentras und die Fischzucht, und wenn es sie gab, über die zum Tode Verurteilten. Das spurlose Verschwinden eines Postschiffes bot ein Jahr lang Stoff für Spott und Hohn. In der dritten Spalte brachte ein Kurier der Künste in anekdotischer oder beratender Form Reklame für Modeschneider samt Berichten über Soiréen, Verkaufsanzeigen, Rezensionen verschiedener Werke, wobei ein Gedichtband in einem Atem mit einem Paar Stiefel besprochen wurde. Der einzige ernsthafte Teil war die Kritik der kleinen Theater, wo man über zwei oder drei Direktoren wetterte; und an die Interessen der Kunst wurde anläßlich der Bühnenbilder des Funambule oder einer jungen Liebhaberin des Délassement appelliert.

Frédéric wollte gerade alles beiseite legen, als sein Blick auf einen Artikel fiel, der den Titel trug: *Ein junges Huhn zwischen drei Gockeln.* Es war die Geschichte seines Duells, erzählt in anzüglichem, derbem Stil. Er erkannte sich mühelos wieder, denn er war durch den Scherz gekennzeichnet: »Ein junger Mann aus dem Collège von Sens, dem es *daran* fehlt.« Man stellte ihn sogar als einen armen Teufel aus der Provinz hin, einen unbekannten Tropf, der versucht, mit den großen Herren zu verkehren. Der Vicomte dagegen hatte die schöne Rolle, zunächst bei einem Souper, zu dem er sich gewaltsam Zutritt verschafft hatte, dann bei einer Wette, da er mit dem Mädchen davonzog, und schließlich auf dem Kampfplatz, wo er sich als Edelmann gezeigt hatte. Frédérics Heldenmut wurde nicht gerade bestritten, aber man ließ durchblicken, daß genau im richtigen Moment der *Gönner* selbst erschienen war. Das ganze endete mit einem Satz, der vielleicht boshafter nicht sein konnte:

»Was ist der Anlaß dieser innigen Freundschaft? Ein Rätsel! und wie Basile sagt, wer zum Teufel wird hier gefoppt?«

Das war, ohne den geringsten Zweifel, Hussonnets Rache an Frédéric, weil er ihm fünftausend Francs verweigert hatte.

Was tun? Wenn er ihn zur Rede stellte, würde der Bohémien seine Unschuld beteuern, und er hätte nichts gewonnen. Das beste war, die Sache schweigend hinzunehmen. Außerdem las ja niemand *Le Flambard*.

Als er aus dem Lesesaal kam, fiel sein Blick auf eine Menschenansammlung vor dem Laden eines Bilderhändlers. Man betrachtete ein Frauenporträt, unter dem in schwarzen Lettern die Zeile stand: »Mademoiselle Rose-Annette Bron, Eigentum von Monsieur Frédéric Moreau aus Nogent.«

Sie war es wirklich – oder annähernd wirklich –, von vorn gesehen, mit entblößtem Busen und offenem Haar, in der Hand einen Geldbeutel aus rotem Samt, während ein Pfau von hinten seinen Schnabel über ihre Schulter streckte und mit seinem großen Rad die Wand verdeckte.

Pellerin hatte diese Schau veranstaltet, um Frédéric zum Bezahlen zu zwingen, in der Überzeugung, er sei berühmt und ganz Paris werde sich für ihn einsetzen und sich mit dieser Lappalie befassen.

War das eine Verschwörung? Hatten der Maler und der Journalist die Sache gemeinsam ausgeheckt?

Sein Duell hatte nichts verhindert. Er wurde zur lächerlichen Figur, alle machten sich über ihn lustig.

Drei Tage später, Ende Juni, waren die Aktien der Nordkohle um fünfzehn Francs gestiegen, und da er im letzten Monat zweitausend davon gekauft hatte, sah er sich nun um deißigtausend Francs reicher. Diese Gunst des Glücks gab ihm wieder Vertrauen. Er sagte sich, daß er auf niemanden angewiesen war und daß all seine Schwierigkeiten von seiner Schüchternheit und Unschlüssigkeit herrührten. Er hätte die Marschallin brutal nehmen, Hussonnet von Anfang an abweisen und sich nicht auf Pellerin einlassen sollen; und um zu zeigen, daß er in bester Verfassung war, begab er sich zu Madame Dambreuse, zu einer ihrer gewohnten Soiréen.

Mitten im Vorzimmer drehte sich Martinon, der zur gleichen Zeit eingetroffen war, zu ihm um.

– Was, du kommst hierher, du? sagte er, überrascht, ja sogar verärgert, ihn zu sehen.

– Warum nicht?

Und während er noch nach einem Grund für einen solchen Empfang suchte, ging Frédéric in den Salon.

Das Licht war nur schwach, trotz der Lampen in den Ecken; denn die drei weitgeöffneten Fenster bildeten nebeneinander drei große nachtschwarze Vierecke. Unter den Bildern standen Jardinièren in Mannshöhe an den Wänden; und im Hintergrund spiegelte sich eine silberne Teekanne mit einem Samowar in einem Spiegel. Gedämpftes Gemurmel war zu hören. Man vernahm das Knarren von Lackschuhen auf dem Teppich.

Er konnte Fräcke erkennen, dann einen runden Tisch im Lichtkreis eines großen Lampenschirms, sieben oder acht Frauen in Sommertoilette und ein wenig weiter in einem Schaukelstuhl Madame Dambreuse. Ihr Kleid aus lila Taft hatte geschlitzte Ärmel, aus denen dichte Musselinrüschen hervortraten, während die sanfte Farbe des Stoffes den feinen Haarton ergänzte; und sie saß leicht zurückgelehnt, die Fußspitze auf einem Polster – reglos wie ein kostbares Kunstwerk, eine edle Blume.

Monsieur Dambreuse und ein alter Mann mit weißem Haar schritten im Salon auf und ab. Einige Leute saßen verstreut am Rande kleiner Diwane und unterhielten sich; andere standen in der Mitte in einem Kreis zusammen.

Sie sprachen über die Wahlen, über Änderungen und Zusätze zu den Änderungen, über die Reden von Monsieur Grandin und die Republik von Monsieur Benoist. Die dritte Partei ging entschieden zu weit! Das linke Zentrum hätte sich etwas mehr auf seinen Ursprung besinnen sollen! Das Ministerium war schwer getroffen worden! Es war immerhin tröstlich, daß kein Nachfolger in Sicht war. Kurz, die Situation entsprach genau der von 1834.

Frédéric langweilten diese Dinge, und so ging er zu den Frauen. Da stand Martinon, den Hut unter dem Arm, das Gesicht leicht im Profil und so makellos, daß er einer Figur aus Sèvres-Porzellan glich. Er nahm eine Ausgabe der *Revue des deux Mondes,* die zwischen einer *Imitation* und einem *Annuaire de Gotha* auf dem Tisch lag, und sprach herablassend über einen berühmten Dichter, behauptete, er besuche die Versammlungen in der Franziskanerkirche, klagte über seinen Kehlkopf, schluckte hin und wieder eine Pastille, und dabei plauderte er über Musik und mimte den Mann von Welt. Mademoiselle Cécile, Monsieur Dambreuses Nichte, die an einem Paar Manschetten stickte, schaute mit ihren blaßblauen Augen zu ihm hinauf; und Miss John, die Erzieherin, hatte ihre Gobelinarbeit sinken lassen; beide schienen innerlich auszurufen:

»Wie schön er ist!«

Madame Dambreuse wandte sich zu ihm um.

– Reichen Sie mir doch meinen Fächer, er liegt dort hinten auf der Konsole. Nein, nicht den! den anderen!

Sie erhob sich; und als er wieder zurückkam, trafen sie sich mitten im Zimmer und standen einander Auge in Auge gegenüber; sie richtete einige lebhafte Worte an ihn, ihrem herrischen Gesichtsausdruck nach offenbar Vorwürfe; Martinon versuchte zu lächeln; dann mischte er sich unter den Stehkonvent der bedeutenden Männer. Madame Dambreuse nahm ihren Platz wieder ein, und über die Sessellehne gebeugt sagte sie zu Frédéric:

– Vorgestern habe ich jemanden getroffen, der von Ihnen sprach, einen Monsieur de Cisy; Sie kennen ihn doch, nicht wahr?

– Ja... entfernt.

Plötzlich rief Madame Dambreuse:

– Duchesse, ach! was für ein Glück!

Und sie ging bis zur Tür einer kleinen Dame entgegen, die ein hellbraunes Taftkleid und eine bestickte Spitzenhaube mit langen Bändern trug. Als Tochter eines Exilfreundes des Comte d'Artois und Witwe eines Feldmarschalls aus dem Empire, der 1830 zum Pair de France ernannt worden war, gehörte sie sowohl zum alten als auch zum neuen Hof und konnte vieles erreichen. Die Umstehenden traten auseinander und nahmen dann ihre Unterhaltung wieder auf.

Nun ging es um das Elend des Volkes, das diesen Herren zufolge stark übertrieben wurde.

– Und doch gibt es die Armut, wandte Martinon ein,

das muß man zugeben! Aber das Heilmittel liegt weder bei der Wissenschaft noch bei der Regierung. Das ist ein rein persönliches Problem. Wenn sich die unteren Klassen von ihren Lastern befreien würden, wären sie ihre Nöte los. Das Volk muß einfach tugendhafter werden, dann wird es nicht mehr so arm sein!

Nach Meinung von Monsieur Dambreuse kam man ohne einen Überschuß an Kapital zu nichts. Das einzig Wahre war daher, den Fortschritt denen anzuvertrauen, »wie es die Saint-Simonisten im übrigen ja wollten (mein Gott, sie hatten auch ihr Gutes! tun wir niemandem unrecht), denen anzuvertrauen, sage ich, die den gesellschaftlichen Reichtum vermehren können«. Unversehens war man bei der Schwerindustrie, der Eisenbahn und der Steinkohle. Und Monsieur Dambreuse wandte sich an Frédéric und sagte leise:

– Sie sind nicht zu unserer Besprechung gekommen.

Frédéric schützte Krankheit vor; doch er spürte, daß diese Entschuldigung zu dumm war, und sagte:

– Außerdem brauche ich mein Geld.

– Um einen Wagen zu kaufen? fiel Madame Dambreuse ein, die eine Tasse Tee in der Hand an ihm vorüberging; und sie betrachtete ihn eine Minute lang, den Kopf leicht zur Schulter geneigt.

Sie hielt ihn für Rosanettes Liebhaber; die Anspielung war eindeutig. Frédéric meinte sogar, daß sämtliche Damen ihn von weitem beobachteten und über ihn flüsterten. Um genauer zu erfahren, was sie dachten, ging er abermals zu ihnen hinüber.

An der anderen Seite des Tisches blätterte Martinon neben Mademoiselle Cécile in einem Album. Es waren Lithographien spanischer Trachten. Er las laut die Bildunterschriften: »Frau aus Sévilla, – Gärtner aus Valencia, – andalusischer Picador«; und unten an der Seite angelangt, fuhr er im selben Atem fort:

– Jacques Arnoux, Herausgeber. – Einer deiner Freunde, nicht wahr?

– Stimmt, sagte Frédéric, verletzt von seinem Ton.

Madame Dambreuse warf ein:

– Tatsächlich, Sie kamen doch einmal morgens… wegen… eines Hauses, glaube ich? ja, ein Haus, das seiner Frau gehört. (Das hieß: »Sie ist Ihre Mätresse.«)

Er errötete über beide Ohren; und Monsieur Dambreuse, der im selben Augenblick dazutrat, sagte noch:

– Sie schienen sich ja sehr für sie zu interessieren.

Die letzten Worte brachten Frédéric vollends aus der Fassung. Die Verwirrung, die man ihm ansah, wie er meinte, mußte den Verdacht bestätigen, und Monsieur Dambreuse kam noch näher und sagte in ernstem Ton:

– Sie machen doch wohl keine Geschäfte mit ihm, hoffe ich?

Er protestierte mit heftigem Kopfschütteln, ohne die Absicht des Kapitalisten zu begreifen, der ihm einen Rat geben wollte.

Am liebsten wäre er gegangen. Die Angst, feige zu erscheinen, hielt ihn zurück. Ein Diener räumte die Teetassen ab; Madame Dambreuse plauderte mit einem Diplomaten in blauem Frack; zwei junge Mädchen steckten die Köpfe zusammen und zeigten sich einen Ring; die anderen saßen im Halbkreis in den Sesseln und bewegten leise ihre hellen, von schwarzem oder blondem Haar umrahmten Gesichter; niemand kümmerte sich mehr um ihn. Frédéric machte auf dem Absatz kehrt; nach langem Hin- und Herlaufen hatte er fast die Tür erreicht, als er im Vorübergehen auf einer Konsole zwischen einer chinesischen Vase und der Holztäfelung eine zusammengefaltete Zeitung bemerkte. Er zog daran und las die Worte: *Le Flambard.*

Wer hatte sie mitgebracht? Cisy! offenbar kein anderer als er! Aber das war nun auch gleich! Alle würden sie dem Artikel Glauben schenken, glaubten vielleicht schon daran. Warum diese Hartnäckigkeit? Er war von stillem Hohn umgeben, er fühlte sich verloren wie in einer Wüste. Nun aber wurde Martinons Stimme laut:

– Apropos Arnoux, unter den Angeklagten des Bombenattentats habe ich den Namen eines seiner Angestellten gelesen, Sénécal. Ist das unser Sénécal?

– Er selbst, sagte Frédéric.

Martinon wiederholte in einem Aufschrei:

– Wie, unser Sénécal! unser Sénécal!

Nun fragte man ihn nach der Verschwörung; durch seine Stellung bei Gericht wußte er sicher Näheres.

Er gestand, daß er nichts wußte. Im übrigen kannte er den Menschen nur flüchtig, da er ihn nur zwei- oder dreimal gesehen hatte; und überhaupt hielt er ihn für einen ziemlich üblen Burschen. Frédéric rief empört:

– Keineswegs! das ist ein anständiger Kerl!

– Aber, Monsieur, sagte ein Gutsbesitzer, man ist nicht anständig, wenn man konspiriert!

Die meisten der anwesenden Männer hatten mindestens vier Regierungen gedient, und sie hätten Frankreich oder die Menschheit verkauft, um ihr Vermögen zu retten, sich ein Ungemach, ein Ärgernis zu ersparen, oder ganz einfach aus Niedertracht, aus instinktiver Verehrung der Macht. Alle erklärten politische Verbrechen für unentschuldbar. Man solle vielmehr jenen verzeihen, die sich aus Not schuldig machten! und man versäumte nicht, das unvermeidliche Beispiel des Familienvaters anzuführen, der bei dem unvermeidlichen Bäcker das unvermeidliche Stück Brot stiehlt.

Ein Verwaltungsbeamter rief sogar:

– Ich, Monsieur, würde selbst meinen Bruder anzeigen, wenn ich erführe, daß er an einer Verschwörung teilnimmt!

Frédéric erinnerte an das Recht auf Widerstand; und

dank einiger Sätze, die Deslauriers ihm gesagt hatte, zitierte er Desolme, Blackstone, die Bill of Rights in England und den Artikel 2 der Verfassung von 91. Dieses Recht war sogar die Grundlage dafür gewesen, Napoleons Fall zu verkünden; 1830 war es anerkannt und an den Kopf der Verfassung gesetzt worden.

– Im übrigen will es das Gesetz, daß der Herrscher gestürzt wird, wenn er den Staatsvertrag bricht.

– Aber das ist ja abscheulich! rief die Frau eines Präfekten.

Alle anderen schwiegen irgendwie erschreckt, als hätten sie das Pfeifen von Kugeln vernommen. Madame Dambreuse wiegte sich in ihrem Sessel und hörte ihm lächelnd zu.

Ein Industrieller, ehemaliger Carbonaro, versuchte ihm zu erklären, daß die Orléans eine gute Familie seien; gewiß gab es da auch Mißbrauch…

– Ja, und?

– Aber das darf man nicht erwähnen, mein lieber Herr! Wenn Sie wüßten, wie all das Gezeter der Opposition den Geschäften schadet!

– Ich pfeife auf die Geschäfte! erwiderte Frédéric.

Die Verdorbenheit dieser Greise brachte ihn in Harnisch, und mitgerissen von jener Kühnheit, die manchmal die Schüchternsten befällt, griff er die Finanziers an, die Regierung, den König, verteidigte die Araber und gab eine Menge Unsinn von sich. Einige ermutigten ihn ironisch: »Nur zu! weiter so!«, während andere murmelten: »Zum Teufel! was für ein Spinner!« Schließlich hielt er es für angebracht, sich zurückzuziehen; und als er gehen wollte, sagte ihm Monsieur Dambreuse in Anspielung auf die Stelle als Sekretär:

– Es ist noch nichts entschieden! Aber beeilen Sie sich!

Und Madame Dambreuse:

– Auf bald, nicht wahr?

Frédéric hielt ihren Abschiedsgruß für einen letzten Hohn. Er war entschlossen, dieses Haus nie wieder zu betreten, mit all diesen Leuten nicht länger zu verkehren. Er glaubte, sie verletzt zu haben, da er nicht wußte, welch breites Fundament an Gleichgültigkeit die Gesellschaft besitzt! Vor allem ärgerten ihn die Frauen. Nicht eine, die ihn unterstützt hätte, nicht einmal mit einem Blick. Er nahm es ihnen übel, daß er ihnen keinen Eindruck gemacht hatte. Was Madame Dambreuse anging, so fand er sie schwärmerisch und gefühllos zugleich, und das machte es unmöglich, sie in einem Wort zu fassen. Hatte sie einen Liebhaber? Und welchen? War es der Diplomat oder ein anderer? Vielleicht Martinon? Ausgeschlossen! Und doch war er irgendwie auf ihn eifersüchtig, und ihr gegenüber empfand er eine unerklärliche Feindseligkeit.

Dussardier, der an diesem Abend wie gewohnt gekommen war, wartete auf ihn. Frédéric war äußerst bedrückt, er schüttete ihm sein Herz aus, und war sein Kummer auch vage und schwer zu verstehen, machte er den guten Schreiber doch traurig; er klagte sogar über seine Vereinsamung. Nach einigem Zögern schlug Dussardier vor, Deslauriers zu besuchen.

Beim Namen des Advokaten überkam Frédéric ein brennendes Bedürfnis, ihn wiederzusehen. Seine geistige Einsamkeit war bodenlos, Dussardiers Gesellschaft reichte ihm nicht aus. Er sagte ihm, er solle alles nach seinem Gutdünken abmachen.

Seit ihrem Zerwürfnis empfand Deslauriers, daß etwas in seinem Leben fehle. Er ging ohne weiteres auf das herzliche Entgegenkommen ein.

Beide umarmten sich und begannen über harmlose Dinge zu plaudern.

Deslauriers' reservierte Art traf Frédéric; und um ihn

irgendwie zu entschädigen, erzählte er ihm anderntags von den fünfzehntausend Francs, die er verloren hatte, ohne zu erwähnen, daß diese fünfzehntausend ursprünglich für ihn bestimmt waren. Der Advokat hatte daran gleichwohl keinen Zweifel. Dieses Mißgeschick bestätigte seine Vorurteile gegen Arnoux und beschwichtigte gänzlich seinen Groll, und er verlor kein Wort mehr über das alte Versprechen.

Durch sein Schweigen irregeführt, meinte Frédéric, er habe es vergessen. Ein paar Tage darauf fragte er ihn, ob es keine Möglichkeit gäbe, sein Geld zurückzubekommen.

Man konnte die bevorrechteten Hypotheken anfechten, Arnoux als Grundstücksschwindler verklagen, mit Pfändung gegen die Frau vorgehen.

– Nein! nein! nicht gegen sie! rief Frédéric; und auf die Fragen des ehemaligen Kanzlisten gestand er schließlich die Wahrheit.

Deslauriers war überzeugt, daß er aus Anstand nicht die ganze Wahrheit sagte. Dieser Mangel an Vertrauen verletzte ihn.

Und doch waren sie ebenso verbunden wie früher, ja sie hatten sogar so viel Freude an ihrem Zusammensein, daß Dussardiers Gegenwart sie störte. Sie gaben andere Verabredungen vor und wurden ihn nach und nach los. Es gibt Menschen, deren einzige Aufgabe bei anderen darin besteht, als Vermittler zu dienen; man geht über sie hinweg wie über Brücken und setzt seinen Weg fort.

Es gab nichts, was Frédéric seinem alten Freund verheimlichte. Er erzählte ihm von dem Steinkohlegeschäft und dem Vorschlag von Monsieur Dambreuse. Der Anwalt wurde nachdenklich.

– Seltsam! dieser Posten verlangt jemanden, der juristisch ziemlich erfahren ist!

– Aber du kannst mir doch helfen, erwiderte Frédéric.

– Ja... natürlich..., weiß Gott! sicher.

In derselben Woche zeigte er ihm einen Brief von seiner Mutter.

Madame Moreau machte sich Vorwürfe, daß sie Monsieur Roque, der befriedigende Erklärungen für sein Verhalten gegeben hatte, falsch eingeschätzt habe. Dann sprach sie von seinem Vermögen und der späteren Möglichkeit einer Heirat mit Louise.

– Das wäre vielleicht nicht dumm! sagte Deslauriers. Frédéric wollte nichts davon wissen, Vater Roque war außerdem ein altes Schlitzohr. Für den Anwalt war das kein Hindernis.

Ende Juli fielen durch einen unerklärlichen Kurseinbruch die Aktien der Nordbahn. Frédéric hatte seine nicht verkauft; er verlor auf einen Schlag sechzigtausend Francs. Seine Einkünfte waren empfindlich vermindert. Entweder mußte er seine Ausgaben einschränken, einen Beruf ergreifen, oder reich heiraten.

Nun sprach Deslauriers über Mademoiselle Roque. Nichts hinderte ihn, selbst ein wenig zu sehen, wie die Dinge lagen. Frédéric war etwas erschöpft; die Provinz und das mütterliche Haus würden ihn stärken. Er reiste ab.

Der Anblick der Straßen von Nogent, durch die er bei Mondschein schritt, versetzte ihn in alte Zeiten; und ihm war beklommen zumute, wie einem, der von langen Reisen zurückkehrt.

Bei seiner Mutter saßen sämtliche alten Bekannten: die Herren Gamblin, Heudras, Chambrion, die Familie Lebrun, »die Demoiselles Auger«; des weiteren der alte Roque und gegenüber von Madame Moreau, an einem Spieltisch, Mademoiselle Louise. Sie war nun eine Frau. Sie erhob sich und stieß einen Schrei aus. Alle kamen in

Bewegung. Sie stand reglos da; und die vier silbernen Leuchter auf dem Tisch machten sie noch bleicher. Als sie sich wieder dem Spiel zuwandte, zitterte ihre Hand. Frédéric mit seinem gekränkten Stolz fühlte sich von dieser Erregung maßlos geschmeichelt; er sagte sich: »Du jedenfalls wirst mich lieben!«, und als Rache für die Enttäuschungen, die er in der Hauptstadt erlitten hatte, begann er jetzt den Pariser zu spielen, den Salonlöwen, brachte Neuigkeiten vom Theater, erzählte Geschichten aus der großen Welt, die aus der Boulevardpresse stammten, kurz, er versetzte seine Landsleute in blinde Begeisterung.

Am folgenden Tag ließ sich Madame Moreau über Louises gute Eigenschaften aus; dann zählte sie die Wälder und Landgüter auf, die sie besitzen würde. Monsieur Roques Vermögen war beträchtlich.

Er hatte es durch Anlagegeschäfte für Monsieur Dambreuse erworben; denn er gab Leuten Kredit, die gute Sicherheiten zu bieten hatten, was ihm erlaubte, Zuschüsse oder Provisionen zu verlangen. Das Kapital blieb dank seiner ständigen Beobachtung unangetastet. Außerdem schreckte der alte Roque nie vor einer Pfändung zurück; die gepfändeten Güter kaufte er dann zu einem Spottpreis zurück, und da Monsieur Dambreuse seine Gelder eingehen sah, fand er, daß die Geschäfte sehr gut standen.

Doch diese ungesetzlichen Umtriebe machten ihn von seinem Verwalter abhängig. Er konnte ihm nichts abschlagen. Seine Bitten waren es auch gewesen, auf die jener Frédéric so freundlich aufgenommen hatte.

Tatsächlich hegte der alte Roque im Grunde seiner Seele einen ehrgeizigen Plan. Er wollte seine Tochter zur Comtesse machen; und um dieses Ziel zu erreichen, ohne das Glück seines Kindes aufs Spiel zu setzen, fiel ihm kein anderer ein als dieser junge Mann.

Durch Protektion von Monsieur Dambreuse würde man ihm den Titel seines Großvaters verschaffen, denn Madame Moreau war die Tochter eines Comte de Fouvens und außerdem verwandt mit den ältesten Familien der Champagne, den Lavernades und Étrignys. Was die Moreaus betraf, so sprach eine gotische Inschrift bei den Mühlen von Villeneuve-l'Archevêque von einem Jacob Moreau, der sie 1596 wiederaufgebaut hatte; und das Grab seines Sohnes Pierre Moreau, des ersten königlichen Stallmeisters unter Louis XIV., befand sich in der Kapelle Saint-Nicolas.

So viel edles Blut betörte Monsieur Roque, den Sohn eines ehemaligen Dieners. War die Grafenkrone nicht zu erreichen, würde er sich mit anderem trösten; denn Frédéric konnte zum Abgeordneten werden, wenn Monsieur Dambreuse zur Pairswürde aufstiege, und er konnte ihn bei seinen Geschäften unterstützen, ihm Angebote und Konzessionen verschaffen. Der junge Mann hatte es ihm persönlich angetan. Kurz, er wollte ihn als Schwiegersohn, weil er schon lange von dieser Idee besessen war, die sich immer mehr festsetzte.

Er war jetzt regelmäßiger Kirchgänger; – vor allem aber hatte er Madame Moreau mit der Hoffnung auf den Titel verführt. Sie hatte sich jedoch gehütet, eine endgültige Antwort zu geben.

So galt Frédéric, ohne daß irgend etwas versprochen war, eine Woche später als der »Zukünftige« von Mademoiselle Louise; und der alte Roque, der keine großen Skrupel hatte, ließ die beiden manchmal zusammen allein.

V

Deslauriers hatte von Frédéric die Abschrift der Subrogationsurkunde mitgenommen, samt einer regelrechten Vollmacht, die ihm absolute Handlungsfreiheit gewährte; doch als er wieder die fünf Stockwerke hinaufgestiegen war und allein in seinem trostlosen Zimmer in dem alten Ledersessel saß, widerte der Anblick des Stempelpapiers ihn an.

Er war sie leid, diese Dinge, die Restaurants für zweiunddreißig Sous, die Omnibusfahrten, seine Armut, seine Plackerei. Er nahm den Papierkram wieder zur Hand; es waren noch andere Unterlagen dabei; Prospekte der Steinkohlegesellschaft mit der Liste der Gruben und dem eingehenden Bericht ihrer Erträge, denn Frédéric hatte ihm alles anvertraut, um seine Meinung zu hören.

Ihm kam ein Gedanke: die Idee, sich bei Monsieur Dambreuse vorzustellen und um die Stellung als Sekretär zu bitten. Diese Stellung war natürlich nicht ohne den Ankauf einer gewissen Zahl von Aktien zu haben. Er begriff, wie unsinnig sein Plan war, und sagte sich:

»Oh! nein! das wäre schlecht.«

Dann überlegte er, wie er es anstellen könnte, die fünfzehntausend Francs wieder einzutreiben. Eine derartige Summe war für Frédéric bedeutungslos! Doch hätte er selbst sie gehabt, was für eine Chance! Und der ehemalige Schreiber empörte sich, daß das Vermögen des anderen groß war.

»Er geht erbärmlich damit um. Ein Egoist. Ach! ich pfeife auf seine fünfzehntausend Francs!«

Warum hatte er sie verliehen? Für die schönen Augen von Madame Arnoux. »Noch etwas, für das man Geld braucht!« Haßerfüllte Gedanken ergriffen von ihm Besitz.

Dann dachte er an Frédéric selbst. Seine Person hatte stets einen beinahe weiblichen Zauber für ihn gehabt; und bald bewunderte er ihn sogar für einen Erfolg, den er sich selbst nicht zutraute.

Aber war nicht der Wille die wichtigste Basis aller Unternehmungen? und da er über alles siegt…

»Ja! das wäre ein Spaß!«

Doch er schämte sich für diesen heimtückischen Plan; kurz darauf sagte er sich:

»Pah, was habe ich denn zu befürchten?«

Madame Arnoux (er hatte so viel von ihr gehört) war schließlich in seiner Vorstellung zu etwas ganz Besonderem geworden. Die Beständigkeit dieser Liebe reizte ihn wie eine ungelöste Frage. Ihr etwas theatralischer Ernst ging ihm nun auf die Nerven. Überdies versetzte die Frau von Welt (oder was er dafür hielt) den Advokaten in blinde Begeisterung, als Symbol und Inbegriff tausend unbekannter Freuden. Arm wie er war, schielte er nach dem Luxus in seiner reinsten Form.

»Soll er sich doch ärgern, nur zu! Er hat mich zu schlecht behandelt, als daß ich mir Zwang antun müßte! Woher weiß ich denn, ob sie seine Mätresse ist! Mir gegenüber hat er es abgestritten! Ich bin also frei!«

Der Wunsch, diesen Schritt zu tun, ließ ihn nicht mehr los. Es war eine Kraftprobe für ihn; und so polierte er plötzlich eines Tages seine Stiefel, kaufte weiße Handschuhe und machte sich auf den Weg, an Frédérics Stelle und beinahe in dem Gefühl, er zu sein, in einem seltsamen Gedankengang, in dem zugleich Rache und Sympathie, Nachahmung und Frechheit lag.

Er ließ den »Doktor Deslauriers« melden.

Madame Arnoux war überrascht, da sie keinen Arzt gerufen hatte.

– Ach! verzeihen Sie tausendmal! Doktor der Rechte. Ich komme in der Angelegenheit von Monsieur Moreau.

Der Name schien sie zu verwirren.

»Um so besser! dachte der ehemalige Schreiber; da sie ihn haben wollte, wird sie auch mich wollen!«, und er machte sich mit der allgemein verbreiteten Ansicht Mut, ein Geliebter sei leichter auszustechen als ein Ehemann.

Er hatte das Vergnügen gehabt, ihr einmal im Palais zu begegnen, er nannte sogar das Datum. Ein so gutes Gedächtnis wunderte Madame Arnoux. Er fuhr in süßlichem Ton fort:

– Sie hatten bereits... einige Scherereien... mit Ihren Geschäften!

Sie gab keine Antwort; es war also wahr.

Er begann über dieses und jenes zu sprechen, über ihre Wohnung, über die Fabrik; und als er neben dem Spiegel Medaillons entdeckte:

– Ah! gewiß Familienporträts?

Er bemerkte das Bild einer alten Frau, der Mutter von Madame Arnoux.

– Sie muß eine vortreffliche Person sein, ein südlicher Typ.

Und auf den Einwand, daß sie aus Chartres stammte:

– Chartres! eine hübsche Stadt.

Er rühmte die Kathedrale und die Pasteten; dann kam er auf die Porträts zurück, und ihr indirekt schmeichelnd, fand er Ähnlichkeiten mit Madame Arnoux. Es mißfiel ihr nicht. Er faßte Vertrauen und sagte, er kenne Arnoux schon lange.

– Ein guter Kerl! der sich aber in Gefahr bringt! Zum Beispiel mit dieser Hypothek, unvorstellbar, dieser Leichtsinn...

– Ja! ich weiß, sagte sie und hob die Schultern.

Dieses unfreiwillige Zeichen von Verachtung veranlaßte Deslauriers, noch weiter zu gehen.

– Seine Kaolingeschichte, vielleicht wissen Sie das gar nicht, wäre beinahe sehr schlimm ausgegangen, und selbst sein Ruf…

Ein Stirnrunzeln brachte ihn zum Schweigen.

Da beschränkte er sich auf allgemeine Betrachtungen und bedauerte die armen Frauen, deren Männer das Vermögen durchbringen…

– Aber es ist sein Geld, Monsieur; ich besitze nichts!

Nun denn! Wie dem auch sei… Eine erfahrene Person konnte von Nutzen sein. Er bot seine ergebensten Dienste an, rühmte seine Fähigkeiten; und durch die glänzenden Brillengläser blickte er ihr unverwandt ins Gesicht.

Sie erstarrte gleichsam; aber plötzlich sagte sie:

– Kommen Sie bitte zur Sache!

Er legte die Akte auf den Tisch.

– Dies ist Frédérics Vollmacht. Eine solche Urkunde in der Hand eines Gerichtsvollziehers, der einen Zahlungsbefehl erläßt, und die Sache läuft: binnen vierundzwanzig Stunden… (Sie verzog keine Miene, er verlegte sich auf eine andere Taktik.) Ich begreife übrigens gar nicht, was ihn dazu bringt, diese Summe zurückzufordern; er ist doch wirklich nicht darauf angewiesen!

– Wie denn! Monsieur Moreau war so freundlich…

– Oh! gewiß!

Und Deslauriers stimmte sein Loblied an und ging dann langsam dazu über, ihn schlechtzumachen, ihn als unzuverlässig, selbstsüchtig, geizig hinzustellen.

– Ich dachte, es sei Ihr Freund, Monsieur?

– Das hindert mich nicht, seine Fehler zu sehen. Er ist auch ziemlich undankbar für… wie soll ich sagen? Sympathie…

Madame Arnoux schlug die Seiten des dicken Heftes um. Sie unterbrach ihn und ließ sich ein Wort erklären.

Er beugte sich über ihre Schulter, so nah, daß er ihre Wange streifte. Sie errötete; diese Röte entzückte Deslauriers; er küßte ihr gierig die Hand.

– Was tun Sie, Monsieur!

Und aufrecht vor der Wand hielt sie ihn mit ihren großen, schwarzen, zornigen Augen in Schach.

– Hören Sie mich an! Ich liebe Sie!

Sie brach in lautes Lachen aus, ein spitzes, verzweifeltes grausames Lachen. Deslauriers war so wütend, daß er sie hätte erwürgen können. Er beherrschte sich; und mit der Miene eines Besiegten, der um Gnade bittet, sagte er:

– Ach! wie unrecht Sie mir tun! Mit mir wäre es nicht wie mit ihm...

– Von wem sprechen Sie denn?

– Von Frédéric!

– Nun! Monsieur Moreau interessiert mich wenig, ich erwähnte es bereits!

– Oh! Verzeihung!... Verzeihung!

Dann sagte er mit beißender Stimme und sehr gedehnt:

– Ich dachte, Sie seien immerhin soweit an diesem Menschen interessiert, um mit Freuden zu erfahren...

Sie wurde sehr bleich. Der ehemalige Schreiber fuhr fort:

– Er heiratet!

– Er!

– Spätestens in einem Monat, Mademoiselle Roque, die Tochter des Verwalters von Monsieur Dambreuse. Er ist sogar eigens dafür nach Nogent gefahren.

Sie griff sich ans Herz, als sei sie schwer getroffen; doch schon im nächsten Augenblick zog sie die Glocke. Deslauriers wartete nicht, bis man ihn hinauswarf. Als sie sich umwandte, war er verschwunden.

Madame Arnoux rang nach Luft. Sie trat ans Fenster, um Atem zu holen.

Auf der anderen Straßenseite auf dem Trottoir nagelte ein Packer in Hemdsärmeln eine Kiste zusammen. Droschken fuhren vorüber. Sie schloß das Fenster und setzte sich wieder. Die hohen Nachbarhäuser verdeckten die Sonne, und ein kaltes Licht fiel ins Zimmer. Die Kinder waren ausgegangen; nichts regte sich um sie. Es war wie ein ungeheures Verlassenwerden.

»Er heiratet! ist es möglich!«

Und es befiel sie ein nervöses Zittern.

»Warum nur? liebe ich ihn denn?«

Und plötzlich:

»Aber ja, ich liebe ihn!... ich liebe ihn!«

Ihr war, als sinke sie in eine Tiefe, die kein Ende nahm. Die Uhr schlug drei. Sie hörte die Töne verklingen. Und aufrecht, mit starrem Blick, saß sie in ihrem Sessel und lächelte.

Am selben Nachmittag spazierten im selben Augenblick Frédéric und Mademoiselle Louise durch den Garten, den Monsieur Roque am anderen Ende der Insel besaß. Die alte Catherine beobachtete sie von weitem; sie gingen Seite an Seite, und Frédéric sagte:

– Wissen Sie noch, als ich Sie mit aufs Land nahm?

– Wie gut Sie zu mir waren! erwiderte sie. Sie haben Sandkuchen mit mir gebacken, haben mir geholfen, die Gießkanne zu füllen, und haben mir beim Schaukeln Schwung gegeben!

– Was ist aus Ihren Puppen geworden, die alle Namen von Königinnen und Marquisen hatten?

– Mein Gott, ich weiß es nicht!

– Und Ihr Mops Moricaud?

– Er ist ertrunken, der arme Schatz!

– Und der Don Quichotte, in dem wir zusammen die Stiche ausgemalt haben?

– Den habe ich noch!

Er erinnerte sie an den Tag ihrer Erstkommunion und

sagte, wie hübsch sie bei der Vesper mit ihrem weißen Schleier und der großen Kerze gewesen war, als sie alle, während die Glocke erklang, um den Chor schritten.

Diese Erinnerungen besaßen für Mademoiselle Roque offenbar keinen besonderen Reiz; sie wußte nichts darauf zu antworten; und eine Minute später sagte sie:

– Sie Böser! nicht ein Wort von sich hören zu lassen!

Frédéric schützte seine zahlreichen Pflichten vor.

– Was tun Sie denn?

Die Frage verwirrte ihn, dann sagte er, er studiere Politik.

– Ach!

Und ohne weiter nachzufragen:

– Da sind Sie beschäftigt, aber ich!...

Nun erzählte sie ihm, wie freudlos ihr Leben war, in dem es niemanden zu besuchen gab, nicht das kleinste Vergnügen, nicht die mindeste Abwechslung! Sie wollte so gerne reiten.

– Der Vikar meint, das schicke sich nicht für ein junges Mädchen; zu albern, diese Anstandsregeln! Früher durfte ich tun und lassen, was ich wollte; und jetzt nichts!

– Ihr Vater liebt Sie doch!

– Ja; aber...

Sie stieß einen Seufzer aus, der bedeutete: »Das reicht mir nicht zu meinem Glück.«

Dann herrschte Schweigen. Sie hörten nur das Knirschen des Sandes unter ihren Füßen und das Rauschen des Wasserfalls; denn oberhalb von Nogent teilt sich die Seine in zwei Arme. Der die Mühlen antreibt, ergießt sich an dieser Stelle in seine Fluten, um weiter unten in den natürlichen Flußlauf einzumünden; und kommt man von der Brücke her, erblickt man zur Rechten am anderen Steilufer einen Rasenhang, auf dem ein weißes Haus steht. Zur Linken ziehen sich Pappelreihen durch die Wiesen, und geradeaus schließt eine Biegung des Flusses den Horizont; er war glatt wie ein Spiegel; große Insekten liefen über das stille Wasser. Hier und da war er von dichtem Schilf und Büscheln von Binsen gesäumt; allerlei Pflanzen hatten sich dort angesiedelt und entfalteten ihre goldenen Knospen, ließen gelbe Dolden herabhängen, streckten spindelförmige amarantrote Blüten empor, wucherten wild in grünen Rauten. In einer flachen Bucht breiteten sich Seerosen aus; und eine Reihe alter Weiden, unter denen sich die Wolfsfallen verbargen, bildeten auf dieser Seite der Insel den einzigen Schutz des Gartens.

Diesseits, im Innern, umschlossen vier schiefergedeckte Mauern den Gemüsegarten, wo die frisch umgegrabenen Beete als braune Flächen dalagen. Die Melonenhauben schimmmerten in Reih und Glied auf ihrem schmalen Mistbeet; Artischocken, Bohnen, Spinat, Möhren, Tomaten wechselten bis zu einem Spargelfeld, das einem kleinen Wald von Federn glich.

Das ganze Terrain war unter dem Directoire etwas gewesen, das man damals einen *»Traum«* nannte. Die Bäume waren seitdem ungeheuer gewachsen. Clematis versperrte die Laubengänge; die Wege waren mit Moos bedeckt, überall wucherten Brombeeren. Von zerbrochenen Statuen krümelte der Gips in das Grün. Beim Gehen verfing man sich in losem Draht. Von dem Pavillon waren nur noch zwei Zimmer zu ebener Erde mit zerfetzter blauer Tapete geblieben. Vor der Fassade verlief eine Pergola, wo Wein über ein auf Mauerpfosten ruhendes Holzgitter wuchs.

Sie traten beide darunter, und da das Licht durch die verschieden großen Öffnungen im Laub schien, beobachtete Frédéric, als er mit Louise sprach, von der Seite den Schatten der Blätter auf ihrem Gesicht.

In dem roten Haar trug sie im Knoten eine Nadel mit einer grünen Glaskugel als falschem Smaragden; und an den Füßen hatte sie trotz der Trauer (so einfältig war ihr schlechter Geschmack) mit rosafarbenem Satin verzierte Bastpantoffeln, eine billige Rarität, die gewiß auf irgendeinem Jahrmarkt erstanden worden war.

Er bemerkte sie und machte ihr spöttische Komplimente.

– Machen Sie sich nicht über mich lustig! erwiderte sie.

Dann betrachtete sie ihn von oben bis unten, von dem grauen Filzhut bis zu den seidenen Strümpfen, und sagte:

– Wie elegant Sie sind!

Schließlich bat sie ihn, ihr Bücher zu empfehlen. Er nannte mehrere; und sie meinte:

– Oh! Sie wissen soviel!

Als Mädchen war sie in eine jener kindlichen Liebesphantasien entbrannt, die die Reinheit einer Religion und zugleich die Leidenschaft der Begierde besitzen. Er war ihr Kamerad gewesen, ihr Bruder, ihr Lehrer, hatte ihren Geist beschäftigt und ungewollt ihr Inneres in einen fortwährenden geheimen Rausch versetzt. Dann hatte er sie, kaum daß die Mutter gestorben war, gerade an diesem tragischen Wendepunkt verlassen, ein doppeltes Unheil. Die Abwesenheit hatte ihn in ihrer Erinnerung zum Idealbild gemacht; er kehrte wie in einem Glorienschein zurück, und in aller Unbefangenheit überließ sie sich dem Glück, ihn zu sehen.

Zum erstenmal im Leben fühlte sich Frédéric geliebt; und dieses unbekannte Vergnügen, das den Grad angenehmer Gefühle nicht übertraf, hob seine Stimmung; so daß er die Arme ausbreitete und den Kopf zurückwarf.

Eine große Wolke zog über den Himmel.

– Sie zieht nach Paris, sagte Louise, Sie würden ihr gerne folgen, nicht wahr?

– Ich! warum?

– Wer weiß?

Und ihn mit einem forschenden Blick betrachtend:

– Vielleicht haben Sie dort … (sie suchte nach dem richtigen Wort) ein Verhältnis.

– Ach was! Ich habe kein Verhältnis!

– Wirklich nicht?

– Aber nein, Mademoiselle, wirklich nicht!

In weniger als einem Jahr war in dem jungen Mädchen eine seltsame Veränderung vorgegangen, die Frédéric staunen ließ. Nach einer Minute des Schweigens fuhr er fort:

– Wir sollten uns duzen, wie früher, meinen Sie nicht?

– Nein.

– Warum nicht?

– Darum.

Er bestand darauf. Sie senkte den Kopf und erwiderte:

– Ich wage es nicht!

Sie waren zum Ende des Gartens ans Ufer des Livon gelangt. Frédéric ließ übermütig einen Kieselstein auf dem Wasser springen. Sie gebot ihm, sich zu setzen. Er gehorchte; dann sagte er mit einem Blick auf den Wasserfall:

– Wie der Niagara!

Er begann von fernen Ländern und großen Reisen zu sprechen. Die Vorstellung zu reisen entzückte sie. Nichts würde ihr Angst machen, weder Stürme noch Löwen.

Sie saßen nebeneinander, griffen vor sich in den Sand und ließen ihn beim Plaudern durch die Finger rieseln; – und der warme Wind aus der Ebene trug Wolken von Lavendelduft herbei, zusammen mit Teergeruch, der von einem Boot hinter der Schleuse aufstieg. Das Sonnenlicht traf auf das herabstürzende Wasser; die grünlichen Steinblöcke der kleinen Mauer, über die es floß, schienen wie unter einem ständig fallenden Silberschleier. Unten bildete sich wieder und wieder eine lange Schaumspur. Dahinter gurgelten Strudel und Wirbel in tausend entgegengesetzten Strömungen, die schließlich zu einer einzigen durchsichtigen Fläche zusammenliefen.

Louise murmelte vor sich hin, sie beneide die Fische um ihr Dasein.

– Es muß so gut sein, dort nach Lust und Laune umherzuschwimmen, sich überall gestreichelt zu fühlen.

Und sie räkelte sich in sinnlichem Schauder.

Da rief eine Stimme:

– Wo bist du?

– Ihr Mädchen ruft nach Ihnen, sagte Frédéric.

– Ja! ja!

Louise ließ sich nicht stören,

– Sie wird böse werden, fuhr er fort.

– Das ist mir gleich! und außerdem ... Mademoiselle gab durch eine Handbewegung zu verstehen, daß sie auf ihre Verschwiegenheit zählte.

Sie erhob sich dennoch und klagte dann über Kopfschmerzen. Und als sie an einem großen Schuppen voller Reisigbündel vorüberkamen:

– Wollen wir uns nicht hineinsetzen, nur so *zum Spaß?*

Er tat, als verstände er dieses im Dialekt gesprochene Wort nicht, und neckte sie sogar wegen ihrer Aussprache. Ihre Mundwinkel zogen sich immer weiter herab, sie biß sich auf die Lippen, sie ging weg, um zu schmollen.

Frédéric kam ihr nach und versicherte, daß er sie nicht habe kränken wollen und daß er sie sehr liebe.

– Ist das wahr? rief sie und schaute ihn mit einem Lächeln an, das ihr ganzes etwas sommersprossiges Gesicht zum Strahlen brachte.

Solch heftigem Gefühl, dieser reinen Jugend konnte er nicht widerstehen, und er erwiderte:

– Warum sollte ich dich belügen? ... zweifelst du daran, ja? und er legte ihr den linken Arm um die Taille.

Ein Schrei, süß wie das Gurren einer Taube, drang aus ihrer Kehle; ihr Kopf sank zurück, sie wurde ohnmächtig, er fing sie auf. Und alle Bedenken seiner Redlichkeit waren überflüssig; vor dieser Jungfrau, die sich hingab, hatte ihn die Angst gepackt. Vorsichtig half er ihr, ein paar Schritte zu tun. Seine schmeichelnden Reden waren verstummt; er wollte nur noch harmlose Dinge sagen, er sprach mit ihr über die Leute aus Nogent.

Plötzlich stieß sie ihn zurück und sagte in bitterem Ton:

– Du hättest nicht den Mut, mich mitzunehmen!

Sprachlos blieb er stehen. Sie brach in Tränen aus und preßte ihren Kopf an seine Brust.

– Kann ich denn ohne dich leben!

Er versuchte sie zu beruhigen. Sie legte ihm die Hände auf die Schultern, um ihm besser ins Gesicht blicken zu können, und sah ihn mit ihren grünen, in ihrem feuchten Glanz fast wild aussehenden Augen an:

– Willst du mein Mann sein?

– Aber … erwiderte Frédéric und suchte nach einer Antwort. Gewiß … Nichts lieber als das.

In diesem Augenblick erschien hinter einem Fliederbusch die Mütze von Monsieur Roque.

Er lud seinen »jungen Freund« für zwei Tage zu einer kleinen Reise in die Umgebung auf seine Besitzungen ein; und als Frédéric zurückkam, fand er bei seiner Mutter drei Briefe.

Der erste war eine Karte von Monsieur Dambreuse, der ihn für den vorigen Dienstag zum Diner bat. Weshalb diese Aufmerksamkeit? Hatte man ihm also seinen Schnitzer verziehen?

Der zweite war von Rosanette; sie dankte ihm, sein Leben für sie aufs Spiel gesetzt zu haben; Frédéric wußte zuerst nicht, was sie sagen wollte; nach vielen Umschweifen bat sie ihn schließlich flehentlich, unter Berufung auf seine Freundschaft und auf sein Zartgefühl bauend, angesichts dringender Zwänge, auf Knien und wie man um ein Stück Brot bittet, um die kleine Unterstützung von fünfhundert Francs. Er beschloß sofort, sie zu schicken.

Der dritte Brief kam von Deslauriers, ging um die Vollmacht und war lang und umständlich. Der Advokat hatte noch nichts entschieden. Er riet ihm, keine Umstände zu machen: »Es ist nicht nötig, daß du kommst!«, worauf er sogar mit eigentümlichem Nachdruck beharrte.

Frédéric verlor sich in allen möglichen Vermutungen und wäre am liebsten zurückgefahren; die Anmaßung, über seine Lebensführung entscheiden zu wollen, empörte ihn.

Überdies begann er sich nach dem Boulevard zurückzusehnen; und dann setzte seine Mutter ihm dermaßen zu, umkreiste Monsieur Roque ihn so emsig und liebte Mademoiselle Louise ihn so inbrünstig, daß er nicht länger bleiben konnte, ohne sich zu erklären. Er mußte nachdenken, aus der Ferne würde er die Dinge klarer sehen.

Um seine Reise zu begründen, erfand Frédéric eine Geschichte; und er reiste ab, indem er allen sagte, was er auch selber glaubte, daß er bald zurück sei.

VI

Die Rückkehr nach Paris bereitete ihm keine Freude; es war Abend, Ende August, der Boulevard wie ausgestorben, die Passanten gingen mit lustloser Miene ihrer Wege, hier und da dampfte ein Kessel mit Asphalt, in vielen Häusern waren die Läden fest geschlossen; er kam nach Haus, Staub bedeckte die Tapeten, und als er allein zu Abend aß, befiel Frédéric ein seltsames Gefühl der Verlassenheit; da dachte er an Mademoiselle Roque.

Der Gedanke zu heiraten hatte nichts Unvorstellbares mehr. Sie würden reisen, nach Italien, in den Orient fahren! Und er sah sie auf einem Hügel die Landschaft betrachten oder an seinem Arm in einer Florentiner Gemäldegalerie vor den Bilder stehenbleiben. Was für eine Glück wäre es, dieses liebe kleine Wesen vor den Herrlichkeiten von Kunst und Natur aufblühen zu sehen! Ihrem Milieu erst einmal entronnen, wäre sie binnen kurzem eine bezaubernde Gefährtin. Überdies lockte ihn das Vermögen von Monsieur Roque. Und doch, ein solcher Entschluß widerstrebte ihm wie ein Gebrechen, eine Erniedrigung.

Aber er war fest entschlossen (was immer er auch tun mußte), sein Leben zu ändern, das heißt sein Herz nicht länger in fruchtlosen Leidenschaften zu verlieren; ja, er zögerte sogar, den Auftrag zu erledigen, den Louise ihm gegeben hatte. Er sollte für sie bei Jacques Arnoux zwei große bunte Negerstatuen kaufen, wie die in der Präfektur in Troyes. Sie kannte das Firmenzeichen des Fabrikanten und wollte nichts anderes. Frédéric fürchtete, ein weiteres Mal der alten Liebe zu verfallen, wenn er wieder *zu ihnen* ging.

Diese Überlegungen beschäftigten ihn den ganzen Abend; und er wollte gerade zu Bett gehen, als eine Frau ins Zimmer trat.

– Ich bin es, sagte Mademoiselle Vatnaz lachend. Ich komme von Rosanette.

Sie hatten sich also versöhnt?

– Mein Gott, ja! Ich bin kein Unmensch, das wissen Sie doch. Und außerdem, das arme Mädchen… Aber das wäre eine zu lange Geschichte.

Kurz, die Marschallin wünschte ihn zu sehen, sie wartete auf Antwort, da ihr Brief von Paris bis Nogent gegangen war; sein Inhalt war Mademoiselle Vatnaz nicht bekannt. Frédéric erkundigte sich nach der Marschallin.

Sie war jetzt mit einem sehr reichen Mann *liiert,* einem Russen, dem Fürsten Černukov, der sie im vergangenen Sommer bei dem Rennen im Champ de Mars gesehen hatte.

– Man hat drei Kutschen, ein Reitpferd, Bediente, einen Butler nach englischem Chic, ein Landhaus, eine Loge in der italienischen Oper und eine Menge anderes. So sieht das aus, mein Lieber.

Und als sei dieses neue Glück für sie von Vorteil, wirkte Mademoiselle Vatnaz fröhlicher, ja glücklich. Sie zog ihre Handschuhe aus und betrachtete die Möbel und die Nippes im Zimmer. Wie ein Trödler schätzte sie ihren Preis. Er hätte sie um Rat fragen sollen, um sie billiger zu bekommen; und sie beglückwünschte ihn zu seinem guten Geschmack:

– Ah! allerliebst, wunderschön! Das konnte nur Ihnen einfallen.

Als sie am Kopfende des Bettes eine Tür bemerkte, sagte sie:

– Da läßt man dann die kleinen Freundinnen verschwinden, hm?

Und sie griff ihm freundschaftlich unters Kinn. Er erschauerte bei der Berührung dieser langen, mageren und zugleich schlaffen Hände. Sie trug Spitze an den Handgelenken und an der Korsage ihres grünen Kleides Tressen wie ein Husar. Ihr Hut aus schwarzem Tüll fiel mit seiner tiefen Krempe ein wenig in die Stirn; darunter schimmerten ihre Augen; aus dem glatt frisierten Haar strömte Patschuliduft; die Lampe auf dem Tisch beleuchtete sie von unten wie von einer Bühnenrampe und ließ ihr Kinn hervortreten, – und vor dieser häßlichen Frau, die sich in der Taille wiegte wie ein Panther, fühlte Frédéric plötzlich ein ungeheures Verlangen, eine bestialische Begierde.

Sie zog drei Zettel aus ihrem Geldbeutel und sagte mit salbungsvoller Stimme:

– Sie nehmen mir das sicher ab!

Es waren drei Plätze für eine Vorstellung zugunsten Delmars.

– Wie! der?

– Oh, ja!

Ohne weitere Erklärungen fuhr Mademoiselle Vatnaz fort, daß sie ihn mehr vergöttere denn je. Ihrer Meinung nach gehörte der Komödiant zu den »Größen der Zeit«. Und er stellte nicht etwa diese oder jene Figur dar, sondern den Genius Frankreichs selbst, das Volk! Sein »Herz schlug für die Menschheit; er hatte das heilige Amt der Kunst verstanden!« Um von diesen Lobeshymnen erlöst zu werden, gab Frédéric ihr das Geld für die drei Plätze.

– Nicht nötig, es dort zu erwähnen! – Mein Gott, schon so spät! Ich muß Sie verlassen. Ach! ich vergaß die Adresse: Rue Grange-Batelière 14.

Und an der Tür:

– Adieu, geliebter Mann!

»Von wem geliebt? fragte sich Frédéric. Welch seltsame Person!«

Und ihm fiel ein, daß Dussardier eines Tages über sie gesagt hatte: »Oh! das ist nichts Tolles!«, als wollte er damit auf nicht eben ehrenhafte Geschichten anspielen.

Am nächsten Tag ging er zur Marschallin. Sie bewohnte ein neues Haus, dessen Läden bis auf die Straße reichten. Auf jedem Treppenabsatz war ein Spiegel an der Wand, vor den Fenstern ein ländlicher Blumenkasten, über die Stufen lief ein Leinenteppich; und kam man von draußen herein, war die Kühle des Treppenhauses eine Erholung.

Ein männlicher Bediensteter öffnete die Tür, ein Lakai in roter Weste. Im Vorzimmer warteten auf einer Bank, wie im Vestibül eines Ministers, eine Frau und drei Männer, offenbar Lieferanten. Zur Linken sah man durch die halbgeöffnete Tür zum Speisezimmer leere Flaschen auf den Buffets und Servietten über den Stuhllehnen; und parallel dazu verlief eine Galerie, darauf ein Rosenspalier mit goldenen Stäben. Unten im Hof polierten zwei Burschen in Hemdsärmeln einen Landauer. Ihre Stimmen klangen herauf, und ab und an das Klopfen eines Striegels, der gegen einen Stein geschlagen wurde.

Der Diener kehrte zurück. »Madame läßt Monsieur bitten«; und er führte ihn durch ein zweites Vorzimmer und dann durch einen großen Salon, der mit gelbem Brokatell ausgeschlagen war, in den Ecken Kordeln, die an der Decke zusammenliefen und sich in dem rankenartigen Geäst des Kronleuchters zu verlieren schienen. Offensichtlich war in der letzten Nacht gefeiert worden. Auf den Konsolen lag noch die Asche von Zigarren.

Schließlich trat er in eine Art Boudoir, das von Fenstern aus buntem Glas spärlich erleuchtet wurde. Holzgeschnitzte Kleeblätter schmückten den Türsims; hinter einer Balustrade bildeten drei purpurrote Polster einen

Diwan, darauf war der Schlauch einer Wasserpfeife aus Platin liegengeblieben! Der Kamin hatte statt des Spiegels eine pyramidenförmige Étagère, die auf ihren Stufen eine ganze Sammlung seltsamer Dinge bot: alte Silberuhren, Vasen aus böhmischem Kristall, juwelenbesetzte Broschen, Jadeknöpfe, Porzellanäffchen, eine kleine byzantinische Marienfigur mit purpurrotem Umhang; und all das verschwamm in dem Blau des Teppichs, dem Perlmuttglanz der Schemel und dem gedämpften Ton der braunen Ledertapeten in einem goldenen Dämmerlicht: In den Ecken standen Bronzevasen auf Podesten, übervoll mit Blumen, die die Luft schwer machten.

Rosanette erschien in einer Jacke aus rosafarbenem Atlas, weißer Kaschmirhose, einer Piasterkette und roter, von einem Jasminzweig umwundener Kappe.

Frédéric machte eine überraschte Bewegung; dann sagte er, er bringe »das Betreffende« und reichte ihr die Banknote.

Sie schaute ihn verblüfft an; und da er den Schein immer noch in der Hand hielt und nicht wußte, wohin er ihn legen sollte, sagte er:

– Nehmen Sie ihn doch!

Sie griff ihn; und als sie ihn auf den Diwan geworfen hatte:

– Sie sind sehr freundlich.

Es ging um den Kauf eines Grundstückes in Bellevue, das sie in jährlichen Raten bezahlte. Eine solche Ungeniertheit verletzte Frédéric. Nun ja, um so besser! das entschädigte ihn für Vergangenes.

– Setzen Sie sich! sagte sie. Hier, ein wenig näher. Und in ernstem Ton erklärte sie: »Zunächst muß ich Ihnen danken, mein Lieber, daß Sie Ihr Leben aufs Spiel gesetzt haben.«

– Oh! das ist nichts!

– Wie! das ist doch sehr schön!

Und die Marschallin bezeugte ihm eine erdrückende Dankbarkeit; denn sie mußte meinen, er habe sich ausschließlich für Arnoux geschlagen, der, im selben Glauben, seinem Mitteilungsbedürfnis gewiß nachgegeben hatte.

»Vielleicht macht sie sich über mich lustig«, dachte Frédéric.

Er hatte weiter nichts zu tun, und so führte er eine Verabredung an und erhob sich.

– Aber nein! bleiben Sie!

Er setzte sich wieder und beglückwünschte sie zu ihrem Kostüm.

Sie erwiderte mit gequälter Miene:

– Der Prinz möchte mich so sehen! Und dann muß man solche Dinger rauchen! fuhr Rosanette fort und zeigte auf die Wasserpfeife. Wir könnten es mal versuchen? möchten Sie?

Man brachte Feuer; als der Tombak nicht gleich brennen wollte, stampfte sie vor Ungeduld mit den Füßen. Dann überkam sie eine Mattigkeit; und reglos lag sie auf dem Diwan, ein Kissen unter der Achsel, den Leib ein wenig gewunden, das eine Bein angewinkelt, das andere ausgestreckt. Der lange Schlauch aus rotem Saffian, der sich am Boden ringelte, wand sich um ihren Arm. Sie setzte das Bernsteinmundstück an die Lippen, und durch den Rauch, dessen Schwaden sie umhüllten, blickte sie blinzelnd auf Frédéric. Der Atem aus ihrer Brust ließ das Wasser gurgeln, und dann und wann murmelte sie:

– Der arme Liebling! der arme Schatz!

Er versuchte ein erfreuliches Gesprächsthema zu finden; ihm fiel wieder die Vatnaz ein.

Er sagte, sie sei ihm sehr elegant vorgekommen.

– Weiß Gott! Die kann froh sein, daß sie mich hat! erwiderte die Marschallin, ohne ein weiteres Wort zu verlieren, so beklommen war ihre Unterhaltung.

Beide fühlten sich bedrückt, gehemmt. Tatsächlich hatte das Duell, dessen Ursache sie zu sein glaubte, Rosanettes Eigenliebe geschmeichelt. Dann war sie sehr erstaunt gewesen, daß er nicht zu ihr geeilt war, um sich den Lohn für seine Tat zu holen; und um ihn zur Rückkehr zu bewegen, hatte sie die fehlenden fünfhundert Francs erfunden. Wie kam es, daß Frédéric nicht ein wenig Zärtlichkeit als Gegengabe verlangte! Das war ein Taktgefühl, das sie entzückte, und in einem Anfall von Begeisterung sagte sie:

– Möchten Sie mit uns in die Seebäder fahren?

– Wer ist *wir?*

– Ich und mein Alter; ich würde Sie als meinen Cousin ausgeben, wie früher in den Komödien.

– Tausend Dank!

– O ja, und dann mieten Sie sich in unserer Nähe ein.

Der Gedanke, sich vor einem reichen Mann zu verstecken, demütigte ihn.

– Nein! das ist unmöglich.

– Wie Sie wollen!

Eine Träne an den Wimpern, wandte Rosanette sich ab. Frédéric bemerkte es; und um Teilnahme zu zeigen, sagte er, wie froh er sei, sie in einer so guten Lage zu sehen.

Sie hob die Schultern. Was bekümmerte sie nur? Konnte es sein, daß sie nicht geliebt wurde?

– Oh! mich liebt man immer!

Sie fügte hinzu:

– Fragt sich nur, auf welche Weise.

Sie klagte, sie »komme um vor Hitze« und knöpfte die Jacke auf; und ohne ein anderes Kleidungsstück über den Hüften als ihr seidenes Hemd, neigte sie mit sklavischer Miene aufreizend den Kopf auf die Schulter.

Einem Mann von bedenkenloserem Egoismus wäre

nicht in den Sinn gekommen, daß der Vicomte, Monsieur de Comaing oder sonst jemand auftauchen konnte. Doch Frédéric war schon zu oft von solchen Blicken an der Nase herumgeführt worden, um sich einer Demütigung auszusetzen.

Sie fragte nach seinen Beziehungen, seinen Freunden; sie erkundigte sich sogar nach seinen Geschäften und bot ihm auch noch Geld an, sollte er welches brauchen. Frédéric hielt es nicht mehr aus und nahm seinen Hut.

– Also, meine Liebe, viel Vergnügen da oben; auf Wiedersehen!

Sie riß die Augen auf; dann sagte sie trocken:

– Auf Wiedersehen!

Er kam wieder durch den gelben Salon und das zweite Vorzimmer. Auf dem Tisch stand zwischen einer Schale voller Visitenkarten und einem Schreibetui ein ziseliertes Silberkästchen. Es war das von Madame Arnoux. Er war bewegt und hatte zugleich das Gefühl eines skandalösen Sakrilegs.

Am liebsten hätte er die Hände darauf gelegt, es geöffnet. Er fürchtete, entdeckt zu werden, und ging.

Frédéric wurde tugendhaft. Er kehrte nicht zu Arnoux zurück.

Er schickte seinen Diener, um die beiden Negerfiguren zu kaufen, nachdem er ihm alle nötigen Anweisungen gegeben hatte; und die Kiste ging noch am selben Abend nach Nogent ab. Als er am nächsten Tag unterwegs zu Deslauriers war, stand plötzlich auf dem Boulevard, Ecke Rue Vivienne, Madame Arnoux Auge in Auge vor ihm.

In einer ersten Regung wichen beide zurück; dann erschien das gleiche Lächeln auf beider Lippen, und sie begrüßten sich. Eine Minute lang sprach keiner ein Wort.

Sie stand in voller Sonne; – und ihr ovales Gesicht, die

langen Augenbrauen, der schwarze Spitzenschal, das in allen Farben wie ein Taubenhals schillernde Seidenkleid, der Veilchenstrauß unten am Kapotthut, alles schien ihm unglaublich strahlend. Eine grenzenlose Sanftheit strömte aus ihren schönen Augen; und stammelnd nach den erstbesten Worten suchend, sagte er:

– Wie geht es Arnoux?

– Danke der Nachfrage!

– Und den Kindern?

– Sehr gut!

– Ach! ... ja! – Was für schönes Wetter wir haben, nicht wahr?

– Wirklich herrlich!

– Sie machen Besorgungen?

– Ja.

Und langsam den Kopf neigend:

– Adieu!

Sie hatte ihm nicht die Hand gereicht, kein einziges inniges Wort gesagt, ja, ihn nicht einmal eingeladen, aber was machte das schon! nicht für das schönste Abenteuer hätte er diese Begegnung gegeben; und während er seinen Weg fortsetzte, genoß er die Süße dieses Augenblicks.

Deslauriers war überrascht, ihn zu sehen, und ließ sich seinen Verdruß nicht anmerken, – denn hartnäckig machte er sich noch Hoffnungen auf Madame Arnoux; und er hatte Frédéric geschrieben, er solle dort bleiben, um freier schalten und walten zu können.

Immerhin erzählte er, daß er bei ihr gewesen war, um zu erfahren, ob ihr Ehevertrag Gütergemeinschaft einschlösse: dann hätte man gegen die Frau vorgehen können, »und sie hat schön dumm ausgesehen, als ich ihr gesagt habe, daß du heiratest«.

– He! was für ein Einfall!

– Das mußte sein, um zu zeigen, daß du dein Geld

brauchst! Jemand Gleichgültiges wäre nicht wie sie beinahe in Ohnmacht gefallen.

– Ist das wahr? rief Frédéric.

– Ah! mein Lieber, du verrätst dich! Sei ehrlich, komm!

Den Verehrer der Madame Arnoux befiel eine unendliche Schwäche.

– Aber nein!... wirklich nicht!... Ehrenwort!

Sein fadenscheiniges Leugnen überzeugte Delauriers vollends. Er beglückwünschte ihn. Er fragte nach »Einzelheiten«. Frédéric hatte keine Einzelheiten zu erzählen und ließ sich auch nicht dazu hinreißen, welche zu erfinden.

Hinsichtlich der Hypothek bat er ihn, einfach nur zu warten. Deslauriers fand, er habe unrecht, und wurde in seinen Vorhaltungen sogar grob.

Im übrigen war er düsterer, gehässiger und jähzorniger denn je. Wenn sein Los sich nicht ändere, würde er sich in einem Jahr nach Amerika einschiffen oder sich eine Kugel durch den Kopf schießen. Kurz, er schien so wütend auf alles und so bedingungslos radikal, daß Frédéric unwillkürlich sagte:

– Nun bist du schon wie Sénécal.

In diesem Zusammenhang erwähnte Deslauriers, daß Sénécal aus Sainte-Pélagie heraus sei, da die Ermittlungen offenbar nicht genügend Beweise erbracht hatten, um ihn zu verurteilen.

Vor Freude über diese Freilassung wollte Dussardier »einen Punsch ausgeben«, und er bat Frédéric, »mit von der Partie« zu sein, wobei er ihm aber gleich sagte, daß er auch Hussonnet vorfände, der sich phantastisch für Sénécal eingesetzt habe.

Tatsächlich hatte sich der *Flambard* gerade eine Kanzlei zugelegt, auf deren Prospekten stand: »Weinkontor. – Anzeigen. – Büro für Schuldeintreibungen und Auskünfte, etc.«, aber der Bohémien war besorgt, daß der Betrieb seinem literarischen Ansehen schaden könne, und hatte den Mathematiker für die Buchführung eingestellt. Obwohl es eine armselige Stellung war, wäre Sénécal doch ohne sie Hungers gestorben. Frédéric wollte den guten Schreiber nicht betrüben und nahm seine Einladung an.

Dussardier hatte drei Tage im voraus eigenhändig die Fliesen seiner Mansarde gewachst, den Sessel ausgeklopft und den Kamin abgestaubt, wo zwischen einem Stalaktiten und einer Kokosnuß unter einem Glassturz eine Stutzuhr aus Alabaster zu sehen war. Da die beiden Kerzenhalter und der Handleuchter nicht ausreichten, hatte er beim Hausmeister zwei mehrarmige Leuchter geliehen; und diese fünf Lichtquellen erstrahlten auf der Kommode, die mit drei Servietten bedeckt war, um Makronen, Biskuits, eine Brioche und zwölf Flaschen Bier besser hervorzuheben. Gegenüber an der gelb tapezierten Wand barg ein kleiner Bücherschrank aus Mahagoni die *Fables de Lachambeaudie,* die *Mystères de Paris,* den *Napoléon* von Norvins, – und mitten im Alkoven lächelte aus einem Palisanderrahmen das Gesicht Bérangers!

Die Gäste waren (außer Deslauriers und Sénécal) ein soeben approbierter Apotheker, der jedoch nicht die Mittel hatte, sich niederzulassen; ein junger Mann aus *seiner* Firma, ein Weinhändler, ein Architekt und ein Herr, der im Versicherungswesen angestellt war. Regimbart hatte nicht kommen können. Man vermißte ihn.

Sie empfingen Frédéric mit dem Ausdruck großer Sympathie, da alle durch Dussardier von seiner Rede bei Monsieur Dambreuse gehört hatten. Sénécal begnügte sich damit, ihm würdevoll die Hand zu reichen.

Er stand am Kamin. Die anderen saßen da, die Pfeife im Munde, und lauschten seinem Sermon über das allgemeine Wahlrecht, das den Sieg der Demokratie und die

Anwendung der Lehren des Evangeliums zur Folge haben mußte. Außerdem war der entscheidende Augenblick nicht mehr fern; in den Provinzen mehrten sich die Bankette der Reformisten; Piemont, Neapel, die Toskana...

– Stimmt, sagte Deslauriers und schnitt ihm das Wort ab, so kann es nicht weitergehen!

Und er begann ein Bild der Lage zu entwerfen.

Wir hatten Holland geopfert, um von England die Anerkennung Louis-Philippes zu erreichen; und diese denkwürdige englische Allianz war nun dank der spanischen Heiraten verloren! In der Schweiz verteidigte Monsieur Guizot im Schlepptau des Österreichers die Abkommen von 1815. Preußen mit seinem Zollverein bereitete uns Schwierigkeiten. Die Orientfrage blieb ungelöst.

– Und auch wenn der Großherzog Konstantin Monsieur d'Aumale Geschenke schickt, kann man sich noch lange nicht auf Rußland verlassen. Was die Innenpolitik betrifft, soviel Blindheit, soviel Dummheit hat man noch nie gesehen. Selbst ihre Mehrheit hält sich nicht mehr! Kurz, alles ist, wie man so schön sagt, nichts! nichts! nichts! Und angesichts solcher Schändlichkeiten, fuhr der Advokat fort und stemmte die Fäuste in die Hüften, erklären sie sich zufrieden!

Diese Anspielung auf ein berühmtes Wahlergebnis weckte Beifall. Dussardier öffnete eine Flasche Bier; der Schaum spritzte auf die Vorhänge, er achtete nicht darauf; er stopfte die Pfeifen, schnitt die Brioche auf, reichte sie herum, war schon mehrmals hinuntergegangen, um zu sehen, ob der Punsch käme; und bald gerieten alle in Erregung, denn alle hatten die gleiche Wut auf die Regierung. Es war eine erbitterte Wut, einzig begründet in dem Haß auf die Ungerechtigkeit; und sie vermengten berechtigte Beschwerden mit den dümmsten Vorwürfen.

Der Apotheker stöhnte über den erbärmlichen Zustand unserer Flotte. Der Versicherungsagent fand die

Schildwachen des Marschalls Soult unerträglich. Deslauriers zog über die Jesuiten her, die sich gerade öffentlich in Lille niedergelassen hatten. Sénécal verabscheute Monsieur Cousin weit mehr; denn der Eklektizismus fördere mit seiner Vernunftslehre den Egoismus und zerstöre die Solidarität; der Weinhändler, der von diesen Dingen wenig verstand, rief laut dazwischen, daß er entscheidende Gemeinheiten außer acht ließe.

– Der Königswaggon der Nordbahn soll achtzigtausend Francs kosten! Wer soll das bezahlen?

– Ja, wer soll das bezahlen? wiederholte der Ladendiener aufgebracht, als hätte man das Geld aus seiner Tasche genommen.

Es folgten Klagen über die Börsenhaie und die Korruption der Beamten. Laut Sénécal mußte man noch höher hinaufgehen und die Schuld zuallererst bei den Fürsten suchen, die die Sitten der Régence wiederaufleben ließen.

– Habt ihr nicht gesehen, wie neulich die Freunde des Duc de Montpensier sichtlich betrunken aus Vincennes kamen und mit ihren Liedern die Arbeiter vom Faubourg Saint-Antoine gestört haben?

– Es wurde sogar gerufen: »Nieder mit den Dieben!« sagte der Apotheker. Ich war dabei und habe mitgerufen!

– Um so besser! seit dem Teste-Cubières-Prozeß wacht das Volk endlich auf.

– Mir hat dieser Prozeß weh getan, sagte Dussardier, weil da ein alter Soldat entehrt wurde.

– Wißt ihr, fuhr Sénécal fort, daß man bei der Duchesse de Praslin entdeckt hat…?

Doch ein Fußtritt öffnete die Tür. Hussonnet kam herein.

– Seid gegrüßt, ihr Herren! sagte er und setzte sich aufs Bett.

Es fiel kein Wort über seinen Artikel, den er im übrigen bedauerte, denn die Marschallin hatte ihn schwer getadelt.

Er hatte eben in Dumas' Theater *Le Chevalier de Maison Rouge* gesehen und »fand es gräßlich«.

Ein solches Urteil wunderte die Demokraten, – denn dieses Drama in seiner Tendenz, mehr noch seiner Ausstattung, schmeichelte ihren Leidenschaften. Sie protestierten. Um ein Ende zu machen, fragte Sénécal, ob das Stück der Demokratie diene.

– Ja…, vielleicht; aber es hat einen Stil…

– Nun ja, dann ist es doch gut; was heißt schon Stil? auf die Idee kommt es an!

Und ohne Frédéric zu Wort kommen zu lassen:

– Ich wollte gerade sagen, in der Praslin-Affäre…

Hussonnet unterbrach ihn.

– Ah! wieder das alte Lied! wie mich das anödet!

– Und nicht nur Sie! warf Deslauriers ein. Nicht weniger als fünf Zeitungen sind deshalb konfisziert worden. Hört euch das an.

Und er zog sein Notizbuch aus der Tasche und las:

»Seit Errichtung der besten aller Republiken sind zwölfhundertneunundzwanzig Prozesse gegen die Presse angestrengt worden mit folgendem Ergebnis für die Schriftsteller: dreitausendeinhundertundeinundvierzig Jahre Gefängnis samt der kleinen Summe von sieben Millionen, einhundertzehntausendfünfhundert Francs Geldstrafe.« – Ganz hübsch, was?

Alles lachte bitter. Frédéric, in Rage wie die anderen, fuhr fort:

– *La Démocratie pacifique* steht vor Gericht wegen ihres Feuilletons, eines Romans mit dem Titel *La Part des femmes.*

– Das ist ja noch schöner! sagte Hussonnet. Wenn man uns auch noch unsere Damenwelt verbietet!

– Was ist denn nicht verboten? rief Deslauriers. Im

Luxembourg darf man nicht rauchen, die Hymne von Pius IX. darf man nicht singen!

– Und sie verbieten das Festessen der Typographen, sprach eine dumpfe Stimme.

Es war die des Architekten, der im Schatten des Alkovens verborgen war und bisher geschwiegen hatte. Er fügte hinzu, daß man in der vergangenen Woche einen gewissen Rouget wegen Majestätsbeleidigung verurteilt hatte.

– Der Rouget ist in der Pfanne, sagte Hussonnet.

Dieser Scherz erschien Sénécal dermaßen unpassend, daß er ihm vorwarf, er verteidige den Gaukler aus dem Rathaus, den Freund des Verräters Dumouriez.

– Ich? im Gegenteil!

Er fand Louis Philippe abgeschmackt, nationalgardistisch, mehr als krämerisch und schlafmützig! Und die Hand aufs Herz legend, gab der Bohémien die geflügelten Worte von sich; – »Es gereicht uns zur Ehre… – Die polnische Nation wird nicht untergehen… – Unsere großen Aufgaben werden gelöst werden… – Geben Sie mir Geld für meine kleine Familie…« Alle lachten laut los und nannten ihn einen köstlichen Burschen und so geistreich; beim Anblick der Punschschale, die der Schankwirt hereintrug, stieg die Stimmung noch mehr.

Die Flammen des Alkohols und der Kerzen heizten den kleinen Raum schnell auf; und das Licht aus der Mansarde fiel über den Hof hinweg auf den Rand eines Daches mit dem Kaminrohr, das schwarz in die Nacht ragte. Sie sprachen sehr laut und alle zugleich; sie hatten die Röcke abgelegt; sie stießen an die Möbel und ließen die Gläser klingen.

Hussonnet rief:

– Holt die großen Damen herauf, damit es mehr Tour de Nesle wird, Lokalkolorit und rembrandesk, zum Kuckuck!

Und der Apotheker, der ewig den Punsch umrührte, sang aus voller Brust:

> J'ai deux grands bœufs dans mon étable
> Deux grands bœufs blancs…

Sénécal hielt ihm den Mund zu, er liebte keine Ausschweifungen; und überrascht von dem ungewöhnlichen Spektakel, das sich in Dussardiers Zimmer ereignete, erschienen die Hausbewohner in ihren Fenstern.

Der gute Junge war glücklich und sagte, das erinnere ihn an ihre ehemaligen kleinen Sitzungen am Quai Napoléon; doch es fehlten ja einige, wie Pellerin…

– Auf den können wir verzichten, erwiderte Frédéric.

Deslauriers erkundigte sich nach Martinon.

– Was ist aus ihm geworden, diesem interessanten Herrn?

Sogleich ließ Frédéric seinem ganzen Ärger über ihn freien Lauf und zog über seinen Geist her, sein Wesen, seine falsche Eleganz, über den ganzen Mann. Er war wirklich das Paradebeispiel des emporgekommenen Bauern! Die neue Aristokratie, die Bourgeoisie, konnte es mit der alten, dem Adel, nicht aufnehmen. Das war seine Behauptung; und die Demokraten pflichteten ihm bei, – als gehöre er der einen an, während sie mit der anderen in Verbindung standen. Man war von ihm entzückt. Der Apotheker verglich ihn sogar mit Monsieur d'Alton Shée, der, obwohl Pair de France, für die Sache des Volkes eintrat.

Es war Zeit zu gehen. Alle schüttelten sich lange die Hände; liebevoll geleitete Dussardier Frédéric und Deslauriers nach Hause. Als sie unten auf der Straße standen, schien der Anwalt nachzudenken und sagte nach kurzem Schweigen:

– Du bist Pellerin wohl ziemlich böse?

Frédéric machte aus seinem Groll keinen Hehl.

Der Maler habe indessen das merkwürdige Gemälde aus der Auslage genommen. Wegen Lappalien sollte man sich nicht streiten! Wozu sich einen Feind schaffen?

– Er hat einem Affekt nachgegeben, verzeihlich bei einem Mann, der keinen Sous hat. Du jedenfalls kannst das nicht verstehen!

Und als Deslauriers hinauf in seine Wohnung gegangen war, wich der Ladendiener nicht von Frédérics Seite; er riet ihm sogar, das Porträt zu kaufen. Tatsächlich hatte Pellerin, nachdem es keine Hoffnung mehr gab, Frédéric einzuschüchtern, die beiden beredet, damit er ihnen zuliebe das Ding nahm.

Deslauriers fing wieder davon an, ließ nicht locker. Die Forderungen des Künstlers seien nicht übertrieben.

– Ich bin sicher, daß vielleicht für ungefähr fünfhundert Francs...

– Ach! gib sie ihm! hier ist das Geld, sagte Frédéric.

Das Bild wurde noch am selben Abend gebracht. Es schien ihm abscheulicher als beim letzten Mal. Halbtöne und Schatten waren unter den zu zahlreichen Retuschen fahl geworden und wirkten trübe im Vergleich zu den Lichtern, die, hier und da strahlend geblieben, aus dem Ganzen herausstachen.

Frédéric rächte sich daran, daß er es bezahlt hatte, indem er es schonungslos schlechtmachte, Deslauriers gab ihm vollkommen recht und billigte sein Vorgehen, denn er hatte es immer noch darauf abgesehen, eine Phalanx zu bilden, deren Oberhaupt er wäre; gewissen Menschen bereitet es Vergnügen, ihre Freunde zu Dingen zu verleiten, die ihnen widerstreben.

Indessen war Frédéric nicht wieder zu den Dambreuses gegangen. Ihm fehlten die Kapitalien. Es würde endloser Erklärungen bedürfen; er wußte nicht, wie er sich entscheiden sollte.

Vielleicht hatte er recht? Nichts war jetzt sicher, das Steinkohlegeschäft ebensowenig wie ein anderes; eine solche Welt mußte man verlassen; zuletzt brachte Deslauriers ihn von dem Unternehmen ab. Aus Haß wurde er tugendhaft; und dann sah er auch Frédéric lieber in ärmeren Verhältnissen. So bliebe er seinesgleichen und enger mit ihm verbunden.

Der Auftrag von Mademoiselle Roque war sehr schlecht ausgeführt worden. Ihr Vater schrieb ihm mit genaueren Angaben und schloß den Brief mit dem Scherz: »Auf die Gefahr, Sie auf schwarze Gedanken zu bringen.«

Frédéric mußte wohl oder übel zu Arnoux zurückkehren. Er stieg hinauf in den Laden und sah niemanden. Da es mit dem Geschäft bergab ging, folgten die Angestellten dem Schlendrian ihres Herrn.

Er ging an dem mit Fayencen beladenen Regal entlang, das den Raum in der Mitte vom einen zum anderen Ende einnahm; hinten vor dem Kontor angekommen, trat er fester auf, um sich bemerkbar zu machen.

Die Portiere hob sich, Madame Arnoux erschien.

– Wie, Sie hier! Sie!

– Ja, stammelte sie, ein wenig verwirrt. Ich suchte...

Er sah ihr Taschentuch auf dem Pult und erriet, daß sie zu ihrem Mann heruntergekommen war, um sich Klarheit zu verschaffen, gewiß um Licht in eine beunruhigende Frage zu bringen.

– Aber... Sie brauchen vielleicht etwas? sagte sie.

– Nur eine Kleinigkeit, Madame.

– Die Verkäufer sind unerträglich! ständig verlassen sie den Laden.

Man sollte sie nicht tadeln. Im Gegenteil, er beglückwünschte sich zu der Gelegenheit.

Sie blickte ihn spöttisch an.

– Nun, und diese Heirat?

– Welche Heirat?

– Ihre!

– Ich! Nie im Leben!

Sie machte eine zurückweisende Geste.

– Wann sollte das wohl sein? Man flüchtet sich ins Mäßige, wenn man an dem Schönen verzweifelt, das man sich erträumt hat!

– Ihre Träume waren aber nicht alle so… unschuldig.

– Was meinen Sie damit?

– Als Sie auf dem Rennplatz spazierenfuhren mit… gewissen Personen.

Er verwünschte die Marschallin. Da fiel ihm etwas ein.

– Aber Sie baten mich doch selbst einmal, sie aufzusuchen, wegen Arnoux!

Sie antwortete mit einem Kopfschütteln:

– Und Sie nutzen es aus, um sich zu amüsieren.

– Mein Gott! vergessen wir all diese Dummheiten!

– Richtig, da Sie ja heiraten!

Und sie hielt ein Seufzen zurück und biß sich auf die Lippen.

Da rief er aus:

– Aber ich sage Ihnen doch, daß ich das nicht tue! Wie können Sie glauben, daß ich, bei meinen geistigen Bedürfnissen, meinen Gewohnheiten, mich in der Provinz vergrabe, um Karten zu spielen, die Maurer zu beaufsichtigen und in Pantinen herumzuschlurfen! Zu welchem Zweck? Man hat Ihnen erzählt, sie sei reich, nicht wahr? Ah! das Geld kann mir gestohlen bleiben! Kann ich denn, nachdem ich das Schönste ersehnt habe, das Lieblichste, das Bezauberndste, ein Paradies in Menschengestalt, und es doch schließlich gefunden habe, dieses Ideal, und diese Vision mir alle anderen verdunkelt…

Und er nahm ihren Kopf in beide Hände und begann sie auf die Lider zu küssen, indem er wieder und wieder sagte:

– Nein! nein! nein! nie werde ich heiraten! niemals! niemals!

Sie nahm seine Zärtlichkeiten an, starr vor Überraschung und Entzücken.

Die Ladentür an der Treppe fiel zu. Sie sprang zurück; und sie blieb mit ausgestreckter Hand stehen, wie um ihm Schweigen zu gebieten. Schritte näherten sich. Dann sagte draußen jemand:

– Madame, sind Sie da?

– Herein!

Madame Arnoux stützte den Ellbogen auf das Kontor und drehte ruhig eine Feder in der Hand, als der Buchhalter die Portiere zurückschlug.

Frédéric erhob sich.

– Leben Sie wohl, Madame. Das Service wird bald fertig sein, nicht wahr? ich kann damit rechnen?

Sie gab keine Antwort: doch dieses stille Einverständnis ließ ihr Gesicht mit der Röte des Ehebruchs erglühen.

Am nächsten Tag kam er wieder und wurde empfangen; um noch mehr zu erreichen, begann sich Frédéric sofort und ohne Umschweife zu rechtfertigen. Nur zufällig habe er sich dort mit jener Frau befunden. Selbst wenn sie hübsch wäre (was gar nicht der Fall sei), wie könne sie ihn auch nur eine Minute lang beschäftigen, da er doch eine andere liebe!

– Das wissen Sie, ich habe es Ihnen gesagt.

Madame Arnoux senkte den Kopf.

– Es kränkt mich, daß Sie es mir gesagt haben.

– Warum?

– Die einfachsten Regeln der Schicklichkeit erfordern jetzt, daß ich Sie nicht wiedersehe!

Er beteuerte die Unschuld seiner Liebe. Die Vergangenheit müsse doch für die Zukunft bürgen; er habe sich gelobt, ihr Leben nicht zu stören, sie nicht mit seinen Klagen zu betäuben.

– Aber gestern ist mir das Herz übergegangen.

– An diesen Augenblick dürfen wir nicht mehr denken, mein Freund!

Ja, wo sei denn das Unrecht, wenn zwei arme Wesen ihre Trauer gemeinsam trügen?

– Denn auch Sie sind nicht glücklich! Oh! ich kenne Sie, Sie haben niemanden, der Ihrem Wunsch nach Liebe, nach Hingabe entspricht; ich tue alles, was Sie wollen! Ich werde Sie nicht verletzen!… das schwöre ich Ihnen.

Und unwillkürlich sank er auf die Knie, wie unter einer inneren Last, die zu schwer war.

– Stehen Sie auf! sagte sie, ich wünsche es!

Und gebieterisch erklärte sie ihm, wenn er nicht gehorche, werde er sie nie wiedersehen.

– Ach! das dürfen Sie mir nicht antun! erwiderte Frédéric. Was soll ich auf der Welt? Die anderen reißen sich um Reichtum, Ruhm, Macht! Ich habe keine Bestimmung, Sie sind mein einziges Interesse, mein ganzes Glück, das Ziel, der Mittelpunkt meines Lebens, meiner Gedanken. Ich kann ohne Sie so wenig leben wie ohne die Luft des Himmels. Spüren Sie denn nicht, wie sich meine Seele nach der Ihren sehnt und daß sie eins werden müssen, und daß ich mich danach verzehre!

Madame Arnoux begann am ganzen Leibe zu zittern.

– Oh! gehen Sie! ich bitte Sie!

Die Bestürzung in ihrem Gesicht ließ ihn stehenbleiben. Dann trat er einen Schritt vor. Doch sie wich zurück und legte die Hände zusammen.

– Lassen Sie mich! um Himmels willen! Erbarmen!

Und Frédéric liebte sie so sehr, daß er ging.

Bald packte ihn der Zorn auf sich selbst, er schalt sich einen Idioten, und vierundzwanzig Stunden später kam er wieder.

Madame war nicht da. Er blieb auf dem Treppenabsatz stehen, betäubt von Wut und Empörung. Arnoux erschien und sagte ihm, seine Frau sei am Morgen abgereist, um sich in einem kleinen Landhaus einzurichten, das sie in Auteuil gemietet hatten, da sie das in Saint-Cloud nicht mehr besaßen.

– Wieder einer ihrer sonderbaren Einfälle! nun, wenn es ihr paßt! mir übrigens auch; um so besser! Speisen wir heute abend zusammen?

Frédéric schützte eine dringende Angelegenheit vor, dann eilte er nach Auteuil.

Madame Arnoux stieß einen Freudenschrei aus. Da war sein ganzer Ärger verflogen.

Er sagte kein Wort über seine Liebe. Um ihr mehr Vertrauen einzuflößen, übte er sogar übertriebene Rücksicht; und als er fragte, ob er wiederkommen dürfe, antwortete sie: »Aber sicher«, und reichte ihm ihre Hand, die sie beinahe im selben Moment zurückzog.

Von nun an wurden Frédérics Besuche immer häufiger. Er versprach dem Kutscher große Trinkgelder. Doch oft wurde er ungeduldig über das langsame Pferd und stieg aus; dann sprang er außer Atem in einen Omnibus; und mit welcher Verachtung sah er in die Gesichter der vor ihm sitzenden Leute, die nicht zu ihr fuhren!

Von weitem erkannte er ihr Haus an einem riesigen Geißblatt, das auf einer Seite die Dachbalken bedeckte; es war eine Art Schweizerhaus, rotgestrichen, mit einem Balkon ringsum. Im Garten standen drei Kastanienbäume, und in der Mitte, auf einer Anhöhe, ein Sonnendach aus Stroh auf einem Baumstumpf. Unter den Schindeln an den Wänden baumelten hier und da die schlecht befestigten Zweige eines großen Weinstocks wie ein verrottetes Tau. Die Glocke an der Pforte, ein wenig schwer zu ziehen, klang lange nach, und immer dauerte es, bis jemand kam. Jedesmal fühlte er eine Bangigkeit, eine unbestimmte Angst.

Dann hörte er die Pantoffeln der Magd auf dem Sandweg knirschen; oder es erschien Madame Arnoux selbst. Eines Tages stand er gleich hinter ihr, da sie vor dem Rasen kauerte, um Veilchen zu suchen.

Das launische Wesen ihrer Tochter hatte sie genötigt, sie in eine Klosterschule zu geben. Ihr kleiner Sohn verbrachte die Nachmittage in einer Schule. Arnoux hielt lange Déjeuners im Palais-Royal ab, mit Regimbart und dem Freund Compain. Kein Störenfried konnte sie überraschen.

Es verstand sich von selbst, daß sie einander nicht angehören durften. Diese Übereinkunft schützte sie vor Gefahr und erleichterte ihre Geständnisse.

Sie erzählte ihm von ihrem früheren Leben in Chartres bei ihrer Mutter; von ihrer Gläubigkeit im Alter von zwölf Jahren; dann von ihrer Leidenschaft für die Musik, als sie die ganze Nacht in ihrem Zimmer sang, von dem aus man auf den Stadtwall sah. Er berichtete ihr von seiner Melancholie im Gymnasium und davon, wie in seinem Himmel der Poesie ein Frauengesicht leuchtete, so daß er sie gleich erkannt habe, als er sie zum ersten Male sah.

Diese Gespräche umfaßten für gewöhnlich nur die Jahre ihrer Bekanntschaft. Er erinnerte sie an unbedeutende Einzelheiten, die Farbe ihres Kleides zu jener Zeit, wer einmal überraschend aufgetaucht war, was sie ein andermal gesagt hatte, und sie antwortete hingerissen.

– Ja, ich erinnere mich!

Sie hatten die gleichen Neigungen, die gleichen Urteile. Oft rief der, der dem anderen zuhörte:

– Ich auch!

Und der andere rief seinerseits:

– Ich auch!

Und dann gab es endlose Klagen über die Vorsehung:

– Warum hat der Himmel es nicht gewollt! Wenn wir uns begegnet wären!…

– Ach! wenn ich jünger gewesen wäre! seufzte sie.

– Nein! ich ein wenig älter.

Und sie malten sich ein Leben aus, das nur Liebe war, reich genug, um die grenzenloseste Einsamkeit zu füllen, das über alle Freuden hinausging, allem Elend trotzte, wo die Stunden vergingen in einem nicht endenden Austausch ihrer Seelen, ein Leben, das etwas Strahlendes und Erhabenes geschaffen hätte wie das Funkeln der Sterne.

Fast immer standen sie im Freien oben an der Treppe; die Wipfel der Bäume, vom Herbst gelb gefärbt, wogten vor ihnen als runde Hügel bis an den Rand des bleichen Himmels; oder sie gingen ans Ende der Allee in einen kleinen Pavillon, dessen ganze Einrichtung in einem Kanapee aus grauem Tuch bestand.

Der Spiegel war trübe und voller schwarzer Punkte; den Wänden entströmte ein schimmeliger Geruch; – und dort saßen sie und plauderten über sich, andere, ganz gleich worüber, voller Entzücken. Manchmal brachen die Sonnenstrahlen durch die Fensterläden und spannten sich von der Decke bis zu den Fliesen wie die Saiten einer Lyra, Staubkörnchen wirbelten in diesen leuchtenden Stäben. Es machte ihr Freude, mit der Hand hindurchzufahren; – Frédéric griff vorsichtig danach; und er betrachtete das Geflecht ihrer Adern, die Poren ihrer Haut, die Form ihrer Finger. Jeder ihrer Finger war für ihn mehr als nur ein Ding, beinahe eine Person.

Sie schenkte ihm ihre Handschuhe, die Woche darauf ihr Taschentuch. Sie nannte ihn »Frédéric«, er nannte sie »Marie«, diesen Namen anbetend, der, wie er sagte, eigens dafür geschaffen war, in Ekstase geseufzt zu werden, und Wolken von Weihrauchduft, ein Bett von Rosen zu bergen schien. Sie gelangten schließlich dahin, den Tag seiner Besuche im voraus festzulegen; und als ginge sie zufällig spazieren, kam sie ihm auf der Landstraße entgegen.

Verloren in der Sorglosigkeit, die großes Glück bedeutet, tat sie nichts, um seine Liebe anzufachen. Den ganzen Herbst über trug sie ein Hauskleid aus brauner Seide, gesäumt mit Samt von gleicher Farbe, ein bequemes Kleidungsstück, das der Weichheit ihrer Bewegungen und dem Ernst ihres Gesichtes entsprach. Ja, sie hatte den August der Frauen erreicht, die Zeit des Nachdenkens und zugleich der Innigkeit, wo die beginnende Reife dem Blick ein tieferes Feuer gibt, wenn Herzensstärke sich mit Lebenserfahrung paart und das ganze Wesen am Ende seiner Entfaltung in der Harmonie seiner Schönheit an Reichtum überfließt. Nie war sie sanfter, nie duldsamer gewesen. Ihrer Unerschütterlichkeit gewiß, überließ sie sich einem Gefühl, das sie als ein durch ihren Kummer erworbenes Recht ansah. Es war ja auch so gut und so neu! Welch Abgrund zwischen Arnoux' Roheit und der Verehrung Frédérics!

Er zitterte davor, durch ein Wort alles zu verlieren, was er gewonnen zu haben glaubte, wobei er sich sagte, daß es an einer Gelegenheit nie mangele, eine Dummheit jedoch nie wieder gutzumachen sei. Er wollte, daß sie sich hingab, und nicht sie nehmen. Die Gewißheit ihrer Liebe genoß er wie den Vorgeschmack des Besitzes, und dann erregte auch der Zauber ihres Wesens mehr sein Herz als seine Sinne. Es war eine namenlose Seligkeit, ein solcher Rausch, daß er darüber sogar die Möglichkeit eines vollkommenen Glückes vergaß. Fern von ihr, verschlangen ihn wilde Begierden.

Bald waren ihre Gespräche von langem Schweigen unterbrochen. Manchmal ließ eine Art geschlechtlicher Scham sie voreinander erröten. Alle Vorsicht, ihre Liebe zu verbergen, enthüllte sie nur; je stärker sie wurde, desto zurückhaltender gingen sie miteinander um! Durch die Mühe einer solchen Lüge steigerte sich ihr Empfinden ins Unermeßliche. Voll Entzücken genossen sie den

Duft des feuchten Laubes, sie litten unter dem Ostwind, sie waren grundlos gereizt, hatten düstere Vorahnungen; das Geräusch von Schritten, das Krachen einer Holztäfelung ließ sie vor Angst vergehen, als seien sie schuldig; sie fühlten sich auf einen Abgrund zugetrieben; sie lebten in Gewitterstimmung; und entschlüpften Frédéric Klagen, gab sie sich selbst die Schuld.

– Ja! ich tue unrecht! ich benehme mich wie eine Kokette! Kommen Sie lieber nicht mehr!

Dann wiederholte er dieselben Schwüre, – denen sie jedesmal mit Freuden lauschte.

Ihre Rückkehr nach Paris und die Unruhe des Neujahrsfestes unterbrachen ihre Zusammenkünfte ein wenig. Als er wiederkam, hatte sein Auftreten etwas Kühneres. Sie ging jeden Augenblick hinaus, um Anweisungen zu erteilen, und empfing, trotz seiner Bitten, sämtliche Bourgeois, die sie aufsuchten. Dann widmete man sich Gesprächen über Léotade, Monsieur Guizot, den Papst, den Aufstand von Palermo und das Bankett des XII. Arrondissements, das Anlaß zu Besorgnis gab. Frédéric machte sich Luft, indem er auf die Regierung schimpfte; denn er hoffte wie Deslauriers auf einen allgemeinen Umsturz, so erbittert war er jetzt. Madame Arnoux ihrerseits wurde immer düsterer.

Ihr Mann, der in seinen Verrücktheiten keine Grenzen kannte, unterhielt eine Arbeiterin aus der Manufaktur, die Frau, die man die Bordelaise nannte. Madame Arnoux teilte es Frédéric selbst mit. Er wollte es als Argument nutzen, »da sie ja betrogen wurde«.

– Oh! das regt mich nicht weiter auf! sagte sie.

Diese Erklärung schien ihre Intimität gänzlich zu befestigen. Ahnte Arnoux etwas davon?

– Nein! im Augenblick nicht!

Sie erzählte ihm, daß er sie eines Abends allein gelassen habe und dann zurückgekommen sei, um hinter der

Tür zu lauschen, und da sie von harmlosen Dingen sprachen, lebte er seither in vollkommener Sicherheit.

– Mit Recht, nicht wahr? sagte Frédéric bitter.

– Ja, sicher!

Sie hätte besser nichts gesagt.

Eines Tages war sie um die Zeit, zu der er gewöhnlich kam, nicht zu Hause. Das war für ihn wie ein Verrat.

Er ärgerte sich auch darüber, daß die Blumen, die er mitbrachte, stets in ein Wasserglas gestellt wurden.

– Wo sollen sie denn hin?

– Oh! nicht da hinein! Wenigstens haben sie es da weniger kalt als an Ihrem Herzen.

Einige Zeit darauf machte er ihr Vorwürfe, daß sie am vergangenen Abend in der Italienischen gewesen sei, ohne ihn zu benachrichtigen. Andere hatten sie gesehen, bewundert, vielleicht geliebt; Frédéric klammerte sich an seine Verdächtigungen, nur um mit ihr zu streiten, sie zu quälen; denn er begann sie zu hassen, und sie sollte zumindest einen Teil seiner Leiden haben!

Eines Nachmittags (gegen Mitte Februar) traf er sie in heller Aufregung an. Eugène klagte über Halsschmerzen. Der Arzt hatte jedoch gesagt, daß es nichts Ernstes sei, eine starke Erkältung, die Grippe. Frédéric wunderte sich über das benommene Aussehen des Kindes. Aber er beruhigte die Mutter und nannte mehrere Beispiele von Kindern seines Alters, die die gleichen Beschwerden gehabt hatten und schnell genesen waren.

– Wirklich?

– Aber ja, gewiß doch!

– Oh! wie lieb Sie sind!

Und sie nahm seine Hand. Er drückte sie fest in der seinen.

– Oh! lassen Sie meine Hand.

– Was macht das denn, es ist ja nur der Tröster, dem

Sie sie reichen!... Dafür bin ich gut, und Sie trauen mir nicht... wenn ich von meiner Liebe spreche!

– Ich zweifle nicht daran, mein armer Freund!

– Warum dieser Argwohn, als wäre ich ein Schuft, der Ihr Vertrauen mißbrauchen könnte!...

– Oh! nein!

– Wenn ich nur einen Beweis hätte!...

– Welchen Beweis?

– Den man dem nächstbesten gäbe, den Sie mir selbst einmal gewährt haben.

Und er erinnerte sie daran, daß sie einmal an einem nebligen Winterabend in der Dämmerung zusammen ausgegangen waren. Das lag nun schon weit zurück! Wer hinderte sie denn, sich an seinem Arm zu zeigen, vor aller Welt, ohne Angst von ihrer Seite, ohne Hintergedanken auf der seinen, wo niemand um sie wäre, der sie stören könnte?

– Gut! sagte sie mit einer kühnen Entschlossenheit, die Frédéric zunächst erstaunte.

Doch er fuhr lebhaft fort:

– Soll ich Ecke Rue Tronchet, Rue de la Ferme auf Sie warten?

– Mein Gott, mein Freund... stammelte Madame Arnoux.

Ohne ihr Zeit zum Nachdenken zu lassen, setzte er hinzu:

– Nächsten Dienstag, denke ich?

– Dienstag?

– Ja, zwischen zwei und drei Uhr!

– Ich werde dort sein!

Und in einer Regung von Scham wandte sie sich ab. Frédéric drückte ihr die Lippen auf den Nacken.

– Oh! nicht doch, sagte sie. Sie lassen es mich noch bereuen.

Er trat zur Tür, aus Angst vor der allgemeinen Wankelmütigkeit der Frauen. Auf der Schwelle murmelte er leise, als sei es ausgemachte Sache:

– Bis Dienstag!

Sie senkte sanft und ergeben ihre schönen Augen.

Frédéric hatte einen Plan.

Er hoffte, daß er sie, dank Regen oder Sonnenschein, dazu bewegen konnte, unter eine Tür zu treten, und daß sie, erst einmal in der Tür, auch ins Haus hineinginge. Das Schwierige war, ein geeignetes zu finden.

Er machte sich also auf die Suche und sah ungefähr in der Mitte der Rue Tronchet ein Schild, auf dem er schon von weitem las: *Möblierte Zimmer.*

Der Hausdiener begriff seine Absicht und zeigte ihm im Hochparterre ein Zimmer mit Kabinett und zwei Ausgängen. Frédéric mietete es für einen Monat und bezahlte im voraus.

Dann ging er in drei Läden, um die erlesensten Parfums zu kaufen; er trieb ein Stück falsche Guipure auf, um die abscheuliche Bettdecke aus rotem Kattun zu ersetzen, er wählte ein Paar Pantoffeln aus blauem Satin; lediglich die Furcht, plump zu erscheinen, hielt ihn bei seinen Einkäufen im Zaum; er kehrte mit ihm zurück; und andächtiger, als man Altäre errichtet, stellte er die Möbel um, drapierte selbst die Vorhänge, stellte Heidekraut auf den Kamin, Veilchen auf die Kommode; am liebsten hätte er den Boden mit Gold ausgelegt. »Morgen, sagte er sich, ja, morgen, ich träume nicht!« Und er fühlte, wie sein Herz im Rausch seiner Hoffnung hämmerte; dann, als alles bereit war, behielt er den Schlüssel in der Tasche, als könne das Glück, das da schlief, entfliehen.

Zu Hause erwartete ihn ein Brief seiner Mutter.

»Warum bleibst Du so lange weg? Dein Verhalten wird langsam lächerlich. Ich verstehe, daß Du zunächst bis zu einem gewissen Grade vor dieser Verbindung gezögert hast; aber komm doch endlich zu einem Schluß!«

Und sie ging genauer darauf ein: fünfundvierzigtausend Francs Rente. Außerdem »sprach man bereits darüber«; und Monsieur Roque wartete auf eine endgültige Antwort. Was die junge Dame betraf, so war ihre Lage wirklich mißlich. »Sie liebt Dich sehr.«

Frédéric warf den Brief fort, ohne ihn zu Ende zu lesen, und öffnete einen anderen, ein Billett von Deslauriers.

»Mein Alter,

Die *Birne* ist reif. Wir rechnen mit Dir, wie Du es versprochen hast. Der Treffpunkt ist morgen, bei Tagesanbruch, Place du Panthéon. Geh ins Café Soufflot. Ich muß dich vor der Kundgebung noch sprechen.«

»Oh! ich kenne sie, ihre Kundgebungen. Tausend Dank! ich habe eine angenehmere Verabredung.«

Und am nächsten Tag war Frédéric schon um elf Uhr ausgegangen. Er wollte einen letzten Blick auf die Vorbereitungen werfen; und dann, wer weiß? durch irgendeinen Zufall konnte sie eher da sein? Als er aus der Rue Tronchet kam, hörte er hinter der Madeleine einen großen Lärm; er ging weiter; und am Ende des Platzes sah er auf der linken Seite Leute in Kittelhemden und Bourgeois.

Tatsächlich hatte hier ein in den Zeitungen veröffentlichtes Manifest sämtliche Teilnehmer des reformistischen Banketts auf den Plan gerufen. Das Ministerium hatte es nahezu unverzüglich durch einen Anschlag verboten. Am Vorabend hatte sich die parlamentarische Opposition davon distanziert; doch die Patrioten, die von dieser Entscheidung ihrer Führer nichts wußten, waren, gefolgt von einer großen Anzahl von Neugierigen, zu dem Treffen erschienen. Eine Abordnung der Hochschulen hatte sich soeben zu Odilon Barrot begeben. Jetzt war sie im Auslandsministerium; und man wußte nicht, ob das Bankett stattfände, ob die Regierung in dem Augenblick, wo die Nationalgarde anrückte, ihre Drohung wahrmachte. Man war auf die Abgeordneten ebenso erbost wie auf die Regierungsmacht. Die Menge wurde immer größer, als plötzlich der Refrain der *Marseillaise* durch die Luft zitterte.

Es war der herannahende Zug der Studenten. Sie marschierten im Gleichschritt, zu zweien, in Reih und Glied, mit erregten Gesichtern und leeren Händen, und alle riefen in regelmäßigen Abständen:

– Es lebe die Reform! nieder mit Guizot!

Frédérics Freunde waren sicherlich darunter; sie würden ihn sehen und mitschleppen. Schnell flüchtete er sich in die Rue de l'Arcade.

Als die Studenten zweimal die Runde um die Madeleine gemacht hatten, gingen sie hinunter zur Place de la Concorde. Der Platz war voller Menschen; und die dichtgedrängte Menge sah von weitem aus wie ein wogendes Feld schwarzer Ähren.

Im selben Augenblick nahmen links von der Kirche die Linientruppen Aufstellung.

Die Gruppen waren jedoch stehengeblieben. Um dem ganzen ein Ende zu bereiten, griffen Polizisten in Zivil die Aufrührerischsten und führten sie brutal zur Wache. Frédéric blieb trotz seiner Empörung stumm; man hätte ihn mit den anderen festnehmen können, und er hätte Madame Arnoux verpaßt.

Kurz darauf erschienen die Helme der Stadtgarde. Sie hieben mit flacher Klinge um sich. Ein Pferd stürzte; man eilte ihm zu Hilfe, und kaum saß der Reiter im Sattel, ergriff alles die Flucht.

Nun war es ganz still. Der feine Regen, der den Asphalt naß gemacht hatte, fiel nicht mehr. Wolken zogen davon, sachte vom Westwind getrieben.

Frédéric begann, vor und hinter sich schauend, die Rue Tronchet auf und ab zulaufen.

Endlich schlug es zwei.

»Ah! jetzt! sagte er sich, jetzt geht sie aus dem Haus, sie kommt«; und eine Minute später: »Sie könnte schon da sein.« Bis drei Uhr versuchte er sich zu beruhigen. »Nein, sie kommt nicht zu spät; ein bißchen Geduld!«

Und in seiner Untätigkeit betrachtete er die wenigen Geschäfte: eine Buchhandlung, eine Sattlerei, ein Beerdigungsunternehmen. Bald kannte er sämtliche Titel, alles Sattelzeug, alle Stoffe. Die Kaufleute wunderten sich zunächst, wie sie ihn da unablässig auf und ab spazieren sahen, dann bekamen sie es mit der Angst und schlossen ihre Läden.

Sicher war sie verhindert und litt wie er. Doch welche Freude würde das gleich sein! – Denn sie würde kommen, das war gewiß! »Sie hat es mir doch versprochen!« Doch es überkam ihn eine unerträgliche Bangigkeit.

In einer unsinnigen Regung ging er zurück in das Miethotel, als ob er sie dort hätte finden können. Vielleicht war sie gerade im selben Augenblick in der Straße angekommen. Er stürzte hinaus. Niemand! Und wieder begann er auf- und abzugehen.

Er betrachtete die Spalten im Pflaster, die Wasserspeier an den Dachrinnen, die Laternen, die Nummern über den Türen. Die kleinsten Dinge wurden ihm zu Gefährten, oder eher zu ironischen Beobachtern; und die Fassaden der Häuser erschienen ihm unerbittlich. Seine Füße waren halb erfroren. Er verging vor Niedergeschlagenheit. Seine Schritte dröhnten ihm im Kopf.

Als er sah, daß seine Uhr vier zeigte, schwindelte ihn, wie kurz vor einer Ohnmacht. Er versuchte Verse aufzusagen, zu rechnen, gleich was, eine Geschichte zu erfinden! Unmöglich! Madame Arnoux' Bild ließ ihn nicht los. Er wollte ihr entgegeneilen. Aber welchen Weg nehmen, um nicht aneinander vorbeizulaufen?

Er sprach einen Boten an, drückte ihm fünf Francs in die Hand und gab ihm den Auftrag, in die Rue Paradis zu Jacques Arnoux zu gehen, und sich beim Portier zu erkundigen, »ob Madame zu Hause sei«. Dann stellte er sich an die Ecke Rue de la Ferme, Rue Tronchet, um beide Straßen gleichzeitig überblicken zu können. Hinten auf dem Boulevard glitten schemenhafte Menschenmassen vorüber. Bisweilen konnte er den Federbusch eines Dragoners, den Hut einer Frau ausmachen; und er strengte die Augen an, um sie zu erkennen. Ein zerlumptes Kind, das ein Murmeltier in einem Kasten zeigte, bat ihn lächelnd um eine Gabe.

Der Mann mit der Samtjacke tauchte wieder auf. »Der Portier hat sie nicht hinausgehen sehen.« Wer hielt sie auf? Wäre sie krank, hätte man es erwähnt! War Besuch gekommen? Nichts leichter, als ihn abzuweisen. Er schlug sich vor die Stirn.

»Ach! bin ich dumm! Es ist der Aufstand.« Diese natürliche Erklärung ließ ihn aufatmen. Dann, plötzlich: »Aber ihr Viertel ist ruhig.« Und ihn befiel ein grauenhafter Zweifel. »Wenn sie nun nicht kommt? Wenn ihr Versprechen nur ein leeres Wort war, um mich loszuwerden? Nein! nein!« Sicher hielt ein außergewöhnlicher Zufall sie zurück, eines jener Ereignisse, die aller Voraussicht spotten. In diesem Falle hätte sie geschrieben. Und er schickte den Hoteldiener zu seiner Wohnung in die Rue Rumfort, um zu hören, ob kein Brief da sei.

Man hatte keinen Brief gebracht. Die Abwesenheit einer Nachricht tröstete ihn.

Aus der Anzahl der Münzen, die er zufällig in die Hand nahm, aus den Gesichtszügen, der Haarfarbe der

Passanten versuchte er eine Prophezeiung zu machen; und als das Orakel schlecht ausfiel, bemühte er sich, nicht daran zu glauben. In Anfällen von Wut beschimpfte er halblaut Madame Arnoux. Dann wurde ihm so schwach, daß ihn beinahe die Sinne verließen, und plötzlich stieg jäh die Hoffnung wieder auf. Sie würde kommen. Sie war da, hinter seinem Rücken. Er drehte sich um: nichts! Einmal sah er dreißig Schritte weiter eine Frau gleicher Größe, im gleichen Kleid. Er eilte ihr entgegen; sie war es nicht. Es wurde fünf! Halb sechs! sechs Uhr! Die Gaslaternen flammten auf. Madame Arnoux war nicht gekommen.

Sie hatte in der vorangehenden Nacht geträumt, sie stünde lange schon auf dem Trottoir der Rue Tronchet. Sie wartete dort auf irgend etwas, etwas Wichtiges, und ohne zu wissen, warum, fürchtete sie, entdeckt zu werden. Aber ein teuflischer kleiner Hund hatte es auf sie abgesehen und biß sie in den Saum ihres Kleides. Hartnäckig kam er immer wieder und bellte jedesmal lauter. Madame Arnoux wachte auf. Das Hundegebell hielt an. Sie horchte. Es kam aus dem Zimmer ihres Sohnes. Auf bloßen Füßen stürzte sie hinein. Das Kind hustete. Die Hände glühten, das Gesicht war rot und die Stimme seltsam rauh. Von Minute zu Minute ging der Atem schwerer. Sie blieb bis zum Morgengrauen über seine Bettdecke gebeugt, um es zu beobachten.

Um acht Uhr erschien der Trommler der Nationalgarde, um Monsieur Arnoux zu sagen, daß seine Kameraden ihn erwarteten. Er kleidete sich rasch an und versprach beim Gehen, gleich bei ihrem Arzt, Monsieur Colot, vorbeizuschauen. Um zehn war Monsieur Colot noch nicht da, und Madame Arnoux schickte ihr Zimmermädchen los. Der Doktor war verreist, auf dem Land, und der junge Mann, der ihn vertrat, war unterwegs.

Eugène hielt den Kopf auf dem Polster zur Seite gewandt, zog ständig die Brauen zusammen und wölbte die Nasenflügel; sein armes kleines Gesicht wurde weißer als die Laken; und bei jedem Atemzug kam aus seiner Kehle ein immer heiserer Pfeifton, trocken und gleichsam metallisch. Sein Husten erinnerte an das Geräusch jener grausamen Mechanismen, die Papphunde zum Kläffen bringen.

Madame Arnoux ergriff Entsetzen. Sie stürzte zur Klingel, rief um Hilfe, schrie:

– Einen Arzt! einen Arzt!

Zehn Minuten später erschien ein alter Herr mit weißer Krawatte und grauem, sorgfältig gestutztem Backenbart. Er stellte viele Fragen zu Gewohnheiten, Alter und Wesen des jungen Patienten, dann sah er ihm in den Hals, legte das Ohr an seinen Rücken und schrieb ein Rezept. Die gelassene Art dieses guten Mannes war widerwärtig. Er roch nach Einbalsamierung. Sie hätte ihn schlagen mögen. Er sagte, er werde am Abend wiederkommen.

Bald begannen die schrecklichen Hustenanfälle von neuem. Manchmal richtete sich das Kind jäh auf. Die Brustmuskeln zuckten in Krämpfen, und bei jedem Luftholen bildete der Bauch ein Kuhle, als sei es nach einem schnellen Lauf außer Atem. Dann fiel es, den Kopf hintenüber, den Mund weit geöffnet, wieder zurück. Mit unendlicher Vorsicht versuchte Madame Arnoux ihm den Inhalt der Fläschchen einzuflößen, Brechwurzelsirup, ein Antimonelixier. Aber es stieß den Löffel zurück und stöhnte leise. Es klang, als flüstere es etwas.

Von Zeit zu Zeit las sie wieder und wieder die Verordnungen durch. Die Angaben auf dem Blatt erschreckten sie; vielleicht hatte der Apotheker sich geirrt! Ihre Ohnmacht ließ sie verzweifeln. Der Schüler von Monsieur Colot erschien.

Es war ein junger Mann von bescheidenem Auftreten, neu im Beruf, und er verbarg nicht, wie berührt er war. Aus Angst, sich bloßzustellen, gab er zunächst keine klare Auskunft und verschrieb dann einen Eisbeutel. Es dauerte lange, bis man das Eis aufgetrieben hatte. Die Blase, in der die Stücke steckten, platzte. Das Hemd mußte gewechselt werden. Der ganze Aufruhr rief einen neuen, noch schrecklicheren Anfall hervor.

Das Kind begann sich die Tücher vom Halse zu zerren, als wolle es das Hindernis, das ihm die Luft nahm, herausreißen, und es fuhr mit den Nägeln über die Wand, krallte sich in den Bettvorhängen fest, auf der Suche nach einem Halt zum Atmen. Sein Gesicht war jetzt blau angelaufen, und der ganze Körper, von kaltem Schweiß bedeckt, schien weniger zu werden. Voller Entsetzen hingen seine verstörten Augen an der Mutter. Es schlang ihr die Arme um den Hals, hängte sich verzweifelt an sie; und die Tränen zurückdrängend, stammelte sie zärtliche Worte:

– Ja, mein Liebling, mein Engel, mein Schatz!

Dann gab es plötzlich Augenblicke der Ruhe.

Sie holte etwas zum Spielen, einen Hampelmann, ein Bilderbuch, und breitete alles auf seinem Bett aus, um ihn abzulenken. Sie versuchte sogar zu singen.

Sie begann ein Lied zu singen, das sie ihm früher vorgesungen hatte, wenn sie ihn beim Wickeln auf demselben kleinen Tapetenstuhl wiegte. Doch er zitterte am ganzen Leibe, wie Wasser unter einem Windstoß; die Augäpfel traten hervor; sie glaubte, er stürbe, und wandte sich ab, um ihn nicht sehen zu müssen.

Einen Augenblick darauf hatte sie die Kraft, ihn anzusehen. Er lebte noch. Die Stunden folgten einander, schwer, bleiern, nicht enden wollend, zum Verzweifeln; und sie zählte die Minuten nur nach dem Fortschreiten dieses Todeskampfes. Die Stöße seiner Brust warfen ihn nach vorn, wie um ihn zu zerbrechen; schließlich erbrach er etwas Seltsames, das einer Pergamentröhre glich. Was war das? Sie bildete sich ein, er habe ein Stück seiner Eingeweide von sich gegeben. Doch er atmete tief und regelmäßig. Dieses scheinbare Wohlsein erschreckte sie mehr als alles andere; sie stand wie versteinert, mit hängenden Armen und starrem Blick, als Monsieur Colot erschien. Seiner Meinung nach war das Kind gerettet.

Sie begriff zuerst nicht und ließ sich den Satz wiederholen. War das nicht eine der üblichen Tröstungen der Ärzte? Der Doktor ging mit ruhiger Miene fort. Da war es, als hätten sich die Stricke, die ihr Herz zusammenschnürten, gelöst.

– Gerettet! Ist es denn möglich!

Mit einem Schlag stand ihr das Bild Frédérics in unerbittlicher Klarheit vor Augen. Das war eine Warnung der Vorsehung. Aber der Herr hatte sie in seiner Barmherzigkeit nicht ganz vernichten wollen! Welche Buße, wenn sie mit dieser Liebe fortführe! Gewiß würde man ihren Sohn ihretwegen beleidigen; und Madame Arnoux sah ihn als jungen Mann, im Duell verletzt, sterbend auf einer Bahre. Mit einem Satz warf sie sich über den kleinen Stuhl, und mit allen Kräften lenkte sie ihre Seele zum Himmel und bot Gott, wie einen Holocaust, das Opfer ihrer ersten Liebe, ihrer einzigen Schwäche.

Frédéric war nach Hause zurückgekehrt. Er saß in seinem Sessel ohne auch nur die Kraft, sie zu verfluchen. Ihn überkam eine Art Schlaf; und in seinem bösen Traum hörte er den Regen fallen und meinte, er stünde immer noch dort auf dem Trottoir.

Am nächsten Tag schickte er in einer letzten Feigheit einen Boten zu Madame Arnoux.

Sei es, daß der Savoyarde den Auftrag nicht ausgeführt hatte, oder daß sie zu vieles zu sagen hatte, um sich in ein paar Zeilen zu äußern, die Auskunft war die gleiche. Die Frechheit war zu stark! Ihn packte ein wütender Stolz. Er schwor sich, nicht die geringste Sehnsucht mehr zu haben; und wie ein Sturm einen Baum entblättert, war seine Liebe verschwunden. Er fühlte Erleichterung, eine stoische Freude, dann wilden Tatendrang; und er ging los und lief aufs Geratewohl durch die Straßen.

Leute aus der Vorstadt kamen vorüber, bewaffnet mit Gewehren, mit alten Säbeln, einige trugen rote Mützen, und alle sangen die *Marseillaise* oder die *Girondins.* Hier und da beeilte sich ein Nationalgardist, sein Bezirksamt zu erreichen. Von ferne dröhnten Trommeln. An der Porte Saint-Martin wurde gekämpft. Etwas Ausgelassenes, Kriegerisches lag in der Luft. Frédéric lief immer weiter. Die Erregung der großen Stadt machte ihn froh.

Auf der Höhe von Frascati fiel sein Blick auf die Fenster der Marschallin; ihm kam ein verrückter Gedanke, eine Regung der Jugend. Er überquerte den Boulevard.

Das Hoftor wurde gerade geschlossen; und Delphine, das Zimmermädchen, schrieb mit Kreide darauf: »Waffen abgeliefert«, und sagte aufgeregt zu ihm:

– Oh! Madame ist in einer schönen Verfassung! heute morgen hat sie ihren Butler entlassen, weil er sie beschimpft hat. Sie glaubt, daß man überall plündern wird! sie stirbt vor Angst! um so mehr, als Monsieur fort ist!

– Welcher Monsieur?

– Der Fürst!

Frédéric trat in das Boudoir. Die Marschallin erschien im Hemd, mit aufgelöstem Haar, außer sich.

– Oh! danke, du bist meine Rettung! zum zweiten Mal! und nie fragst du nach dem Preis!

– Bitte tausendmal um Entschuldigung! sagte Frédéric und faßte mit beiden Händen ihre Taille.

– Wie? was tust du? stammelte die Marschallin, von seinem Benehmen zugleich überrascht und belustigt.

Er antwortete:

– Ich gehe mit der Mode, ich reformiere mich.

Sie ließ sich auf den Diwan werfen und fuhr fort, unter seinen Küssen zu lachen.

Sie verbrachten den Nachmittag damit, von ihrem Fenster das Volk auf der Straße zu beobachten. Dann führte er sie zum Diner ins Trois-Frères-Provencaux. Das Mahl war lang und köstlich. Da kein Wagen zu haben war, gingen sie zu Fuß zurück.

Die Nachricht von dem Wechsel im Ministerium hatte Paris verwandelt. Alle waren im Hochstimmung; man flanierte umher, und die Laternen in jedem Stockwerk machten die Nacht zum Tage. Langsam rückten die Soldaten, erschöpft und traurig, wieder in die Kasernen ein. Man rief ihnen zu: »Es lebe die Truppe!« Sie liefen wortlos weiter. In der Nationalgarde dagegen schwangen die Offiziere, rot vor Begeisterung, die Säbel und brüllten: »Es lebe die Reform!«, und dieser Ruf brachte das Liebespaar jedesmal zum Lachen. Frédéric riß Witze und war sehr vergnügt.

Durch die Rue Duphot kamen sie auf die Boulevards. An den Häusern hingen ganze Lichtergirlanden von venezianischen Laternen. Darunter wimmelte es von Menschen; aus dem Schwarz blitzten hier und da weiß die Bajonette auf. Es erhob sich ein lärmendes Geschrei. Die Menge war zu dicht, eine direkte Umkehr unmöglich; und sie bogen in die Rue Caumartin, wo es plötzlich hinter ihnen krachte, als zerrisse man ein riesiges Stück Seide. Es war das Gewehrfeuer vom Boulevard des Capucines.

– Ah! da werden ein paar Bourgeois erledigt, sagte Frédéric ruhig, denn es gibt Momente, in denen auch der friedfertigste Mensch so weit von den anderen entfernt ist, daß er getrost zusehen könnte, wie die Menschheit untergeht.

Die Marschallin klammerte sich an seinen Arm und klapperte mit den Zähnen. Sie sagte, sie könne keine zwanzig Schritt mehr tun. Da führte er sie, in einem auf die Spitze getriebenen Haß und um Madame Arnoux in seinem Innern noch mehr zu schmähen, zu dem Miethotel in die Rue Tronchet, in das Zimmer, das für die andere hergerichtet war.

Die Blumen waren nicht verwelkt. Die Guipure lag über dem Bett. Er zog die kleinen Pantoffeln aus dem Schrank. Rosanette fand diese Aufmerksamkeiten besonders fein.

Gegen ein Uhr wurde sie von fernem Geschützdonner geweckt; und sie sah ihn schluchzen, das Gesicht im Kissen vergraben.

– Was hast du denn, Liebster?

– Das Glück ist zu groß, sagte Frédéric. Ich hatte mich zu lange nach dir gesehnt.

DRITTER TEIL

I

Das Krachen einer Gewehrsalve riß ihn jäh aus dem Schlaf; und trotz Rosanettes inständiger Bitten wollte Frédéric um jeden Preis sehen, was geschah.

Er lief die Champs-Élysées hinunter, woher die Schüsse gekommen waren. An der Ecke der Rue Saint-Honoré begegneten ihm Männer in Kittelhemden, die schrien:

– Nein! nicht da entlang! zum Palais Royal!

Frédéric folgte ihnen. Man hatte das Gitter vor der Assomption herausgerissen. Weiter hinten sah er mitten auf der Fahrbahn drei Steinhaufen, offenbar der Beginn einer Barrikade, sowie Flaschenscherben und Stacheldrahtrollen, um die Kavallerie aufzuhalten; im selben Moment kam plötzlich aus einer Gasse ein großer, bleicher junger Mann gestürmt, dessen schwarzes Haar auf einer getupften Trikotjacke bis über die Schultern fiel. Er trug ein langes Armeegewehr in der Hand und lief in seinen Pantoffeln auf Zehenspitzen, mit dem Gesichtsausdruck eines Schlafwandlers und geschmeidig wie ein Tiger. In regelmäßigen Abständen hörte man ein Knallen.

Am Vorabend hatte der Anblick eines Karrens mit fünf Leichen, die zwischen anderen auf dem Boulevard des Capucines aufgesammelt worden waren, die Stimmung im Volk gewandelt; und während in den Tuilerien ein Adjutant dem anderen folgte und Monsieur Molé, im Begriff, ein neues Kabinett aufzustellen, nicht wieder erschien, und Monsieur Thiers versuchte, ein neues zustande zu bringen, und der König zankte und zauderte, und schließlich Bugeaud die allgemeine Befehlsgewalt erteilte, um ihn dann daran zu hindern, sich ihrer zu bedienen, formierte sich der Aufstand glänzend und wie von einem Arm geführt. Männer mit dröhnender Wortgewalt sprachen an den Straßenecken zu der Menge; andere läuteten in den Kirchen Sturm; man goß Blei, man rollte Patronen; die Bäume auf den Boulevards, die Pissoirs, Bänke, Zäune, Laternenpfähle, alles wurde herausgerissen, umgestürzt; am Morgen war Paris voller Barrikaden. Der Widerstand war schnell gebrochen; überall hieb die Nationalgarde dazwischen; – so daß das Volk um acht Uhr früh, friedlich oder mit Gewalt, fünf Kasernen, fast sämtliche Bürgermeisterämter und die wichtigsten strategischen Punkte besetzt hatte. Die Monarchie brach ohne zu zucken von selbst in sich zusammen; und jetzt wurde der Wachtposten des Chateau d'Eau angegriffen, um fünfzig Gefangene zu befreien, die sich gar nicht darin befanden.

Frédéric blieb gezwungenermaßen am Rande des Platzes stehen. Er war voller bewaffneter Gruppen. Kompagnien der Linie hielten die Rue Saint-Thomas und die Rue Fromenteau besetzt. Eine gewaltige Barrikade versperrte die Rue de Valois. Der Qualm, der über ihr hing, teilte sich, wild gestikulierend rannten Männer darauf entlang und verschwanden; dann setzte das Gewehrfeuer von neuem ein. Der Posten schoß zurück, ohne daß man innen jemanden wahrnehmen konnte; die von eichenen Läden geschützten Fenster waren mit Schießscharten versehen; und das Gebäude mit seinen zwei Stockwerken, den zwei Flügeln, dem Springbrunnen im Hof und der kleinen Tür in der Mitte wurde unter dem Kugelhagel langsam weiß gesprenkelt. Die drei Stufen der Freitreppe blieben leer.

Neben Frédéric stritt sich ein Mann in Freiheitsmütze

und mit einer Patronentasche über der Strickweste mit einer Frau mit einem Kopftuch. Sie sagte:

– Komm zurück! So komm doch zurück!

– Laß mich in Ruhe! erwiderte ihr Mann. Die Loge kannst du auch alleine hüten. Ich frage Sie, Citoyen, ist das gerecht? Überall habe ich meine Pflicht getan, 1830, 32, 34, 39! Heute ist Kampftag! Und ich muß kämpfen!

– Geh schon!

Und die Portiersfrau gab schließlich seinen Vorhaltungen nach und denen eines Nationalgardisten neben ihnen, eines Vierzigjährigen, dessen gutmütiges Gesicht ein blonder Bartkranz schmückte. Er lud seine Waffe und schoß, noch während er mit Frédéric sprach, inmitten des Kampfgetümmels so ruhig wie ein Gärtner in seinem Garten. Ein Junge in Leinwandschürze wollte ihm Zündhütchen abschwatzen, um sein Gewehr benutzen zu können, ein schönes Jagdgewehr, das ihm »ein Herr« geschenkt hatte.

– Hol dir hinten welche raus, sagte der Bourgeois, und verschwinde! sonst erwischt es dich noch!

Die Trommeln wirbelten zum Angriff. Gellende Schreie, triumphierendes Hurra stiegen auf. Ein fortwährendes Gedränge ließ die Menge hin- und herschwappen. Frédéric, zwischen zwei dichten Haufen gefangen, rührte sich nicht von der Stelle, gebannt und aufs höchste unterhalten. Die niederstürzenden Verletzten, die hingestreckten Toten sahen nicht aus wie wirkliche Verletzte, wirkliche Tote. Ihm war, als sei er im Theater.

Mitten in dem Gewoge sah man über den Köpfen einen Greis im Frack auf einem Schimmel mit Samtsattel. In der einen Hand hielt er einen grünen Zweig, in der anderen ein Blatt Papier und schwenkte beides wie besessen. Schließlich gab er es auf, sich verständlich zu machen, und zog sich zurück.

Die Linientruppe war verschwunden, und die Stadtgarde blieb alleine übrig, um den Posten zu verteidigen. Ein Haufen von Furchtlosen stürzte auf die Freitreppe; sie wurden niedergemetzelt, andere tauchten auf; und die Tür erzitterte und dröhnte unter den Stößen von Eisenstangen; die Stadtgarde wich und wankte nicht. Doch dann wurde eine Kalesche voller Heu, brennend wie eine riesige Fackel, vor die Mauer gezogen.

Rasch brachte man Reisigbündel, Stroh, ein Fäßchen Branntwein. Das Feuer stieg an den Steinen empor; das Bauwerk begann überall zu qualmen wie eine Schwefelgrube; und ganz oben schlugen mit schrillem Pfeifen hohe Flammen aus der Dachbalustrade. Der erste Stock des Palais Royal hatte sich mit Nationalgardisten bevölkert. Aus sämtlichen Fenstern am Platz wurde geschossen; die Kugeln pfiffen; das Wasser aus dem zertrümmerten Brunnen mischte sich mit dem Blut und bildete Pfützen am Boden; man glitschte im Straßenkot über Kleider, Tschakos, Waffen; Frédéric spürte etwas Weiches unter seinem Fuß; es war die Hand eines Polizisten in grauer Kappe, der mit dem Gesicht im Rinnstein lag. Ständig erschienen neue Volkstruppen und drängten auf die Kämpfenden an der Wache. Das Gewehrfeuer wurde heftiger. Die Weinschenken waren geöffnet; von Zeit zu Zeit ging man eine Pfeife rauchen und trank einen Schoppen; dann schlug man sich weiter. Ein umherirrender Hund heulte. Das reizte zum Lachen.

Frédéric wurde fast umgeworfen von dem Aufprall eines Mannes, der mit einer Kugel im Rücken röchelnd gegen seine Schulter fiel. Bei diesem Schuß, der vielleicht ihm gegolten hatte, packte ihn die Wut; und er wollte losstürmen, als ein Nationalgardist ihn aufhielt.

– Nicht nötig! der König ist weg. Ach! sehen Sie selbst nach, wenn Sie mir nicht glauben!

Eine solche Erklärung besänftigte Frédéric. Die Place du Carrousel sah ruhig aus. Das Hôtel de Nantes ragte immer noch einsam in die Höhe; und die Häuser dahinter, die Kuppel des Louvre gegenüber, die lange Holzgalerie zur Rechten und das leere Gelände, das sich bis zu den Buden der fliegenden Händler hinzog, waren wie versunken in der grauen Luft, wo fernes Gemurmel mit dem Nebel zu verschmelzen schien, – während am anderen Ende des Platzes ein grelles Licht, das zwischen den Wolken hindurch auf die Fassaden der Tuilerien fiel, sämtliche Fenster aufblitzen ließ. Neben dem Triumphbogen lag ein totes Pferd am Boden hingestreckt. Hinter den Zäunen standen Gruppen von fünf oder sechs Personen und plauderten. Die Türen des Schlosses waren offen; die Diener an der Schwelle ließen jeden hinein.

Unten standen in einem kleinen Saal noch Schalen mit Milchkaffee. Ein paar Neugierige setzten sich scherzend an den Tisch; die anderen blieben stehen, darunter ein Droschkenkutscher. Er griff mit beiden Händen nach einem Glas mit Streuzucker, sah sich ängstlich um, steckte die Nase hinein und fing gierig an zu essen. Am Fuße der großen Treppe trug ein Mann seinen Namen in ein Register ein. Frédéric erkannte ihn schon von hinten.

– Sieh da, Hussonnet!

– Aber ja, erwiderte der Bohème. Ich führe mich bei Hofe ein. Ein toller Spaß, was?

– Wollen wir nicht hinaufgehen?

Und sie kamen in den Marschallsaal. Die Porträts dieser illustren Männer waren mit Ausnahme des Bildes von Bugeaud, dessen Bauch durchbohrt war, sämtlich unversehrt. Da standen sie, auf ihren Säbel gelehnt, hinter sich eine Kanonenlafette, in imposanten Haltungen den Umständen trotzend. Eine große Uhr zeigte zwanzig nach eins.

Plötzlich erscholl die *Marseillaise.* Hussonnet und Frédéric beugten sich über das Geländer. Es war das Volk.

Es stürmte die Treppe, schwindelerregende Wogen von bloßen Köpfen, Helmen, Jakobinermützen, Bajonetten und Schultern, daß die einzelnen untergingen in diesem wimmelnden Haufen, wie ein Fluß, der in großem Brausen mit unwiderstehlicher Macht von einer Springflut zurückgedrängt wird. Oben strömte alles auseinander, und der Gesang erstarb.

Man hörte nur noch das Scharren der Schuhe und das Plätschern der Stimmen. Die friedliche Menge begnügte sich damit, alles zu betrachten. Doch ab und an stieß im Gedränge ein Ellbogen ein Fenster ein; oder eine Vase, eine Statue fiel von einer Konsole zu Boden. Die Täfelung krachte unter dem Andrang. Alle Gesichter waren rot, der Schweiß lief in Strömen; Hussonnet machte die Bemerkung:

– Die Helden riechen nicht gut!

– Ach! Sie sind gräßlich, erwiderte Frédéric.

Und gegen ihren Willen vorwärtsgeschoben, traten sie in ein Zimmer, wo sich ein Baldachin aus rotem Samt unter der Decke wölbte.

Auf dem Thron darunter saß ein Proletarier mit schwarzem Bart, offenem Hemd und dummdreistem, äffischem Gesicht. Andere stiegen auf die Estrade, um sich auf seinen Platz zu setzen.

– Was für ein Mythos! sagte Hussonnet. Das Volk als Staatsoberhaupt!

Der Thronsessel wurde mit vereinten Kräften hochgehoben und schwebte schwankend durch den Saal.

– Zum Henker! wie es schlingert! Das Staatsschiff auf hoher See! Wie es tanzt! wie es tanzt!

Man hatte ihn ans Fenster getragen, und unter lautem Gejohle wurde er hinausgeworfen.

– Armes altes Ding! sagte Hussonnet, als er ihn in den Garten fallen sah, wo man sich auf ihn stürzte, um ihn schließlich zur Bastille zu bringen und zu verbrennen.

Nun brach lauter Jubel aus, als ob anstelle des Thrones eine Zukunft von grenzenlosem Glück erschienen wäre; und weniger aus Rache denn um seinen Besitz zu bestätigen, zerbrach und zerfetzte das Volk Spiegel und Vorhänge, Kronleuchter, Kerzenständer, Tische, Stühle, Hocker, sämtliches Mobiliar, bis hin zu Zeichenalben und Stickkörben. Man hatte gesiegt, sollte man sich da nicht freuen! Der Mob hüllte sich spöttisch in Spitzen und Kaschmir. Goldene Fransen fielen über Hemdsärmel, Hüte mit Straußenfedern schmückten die Häupter von Schmieden, Bänder der Ehrenlegion dienten Dirnen als Gürtel. Jeder tat, wie ihm beliebte, die einen tanzten, andere tranken. Im Schlafgemach der Königin pomadierte eine Frau ihr Haar; hinter einem Paravent spielten zwei Spieler Karten; Hussonnet zeigte Frédéric einen Menschen, der, die Ellbogen auf dem Geländer, seine Stummelpfeife rauchte; und die Raserei verdoppelte das anhaltende Getöse von zerschmettertem Porzellan und Kristall, das beim Aufprall klirrte wie eine Glasharmonika.

Dann legte sich die Wut. In schamloser Neugier wurden sämtliche Zimmer durchwühlt, alle Schubladen geöffnet. Galeerensträflinge steckten ihre Arme in die Betten von Prinzessinnen und wälzten sich darin, als Trost, sie nicht vergewaltigen zu können. Andere mit düsteren Gesichtern schlichen leise umher und versuchten etwas zu stehlen; aber die Menge war zu groß. Durch die Türöffnungen sah man in den Zimmerfluchten zwischen den Vergoldungen unter einer Staubwolke nichts als die dunkle Masse des Volkes. Alles atmete schwer; die Hitze wurde immer beklemmender; die beiden Freunde fürchteten zu ersticken und gingen hinaus.

Im Vorzimmer stand ein Freudenmädchen als Freiheitsstatue aufrecht auf einem Kleiderhaufen, reglos, mit weitaufgerissenen Augen, erschreckend.

Draußen hatten sie kaum drei Schritte getan, als ein Trupp Stadtgardisten im Soldatenrock auf sie zukam, die, die Polizeimütze ziehend und dabei ihre halbkahlen Schädel entblößend, sich tief vor dem Volk verneigten. Bei dieser Respektsbezeugung warfen sich die zerlumpten Sieger in die Brust. Auch Hussonnet und Frédéric konnten sich einer gewissen Freude nicht enthalten.

Ein inneres Feuer trieb sie voran. Sie kehrten zurück zum Palais-Royal. Vor der Rue Fromenteau lagen Soldatenleichen auf Stroh aufgeschichtet. Ungerührt gingen sie daran vorüber, sogar voller Stolz, nicht die Fassung zu verlieren.

Das Palais barst vor Menschen. Im Innenhof loderten sieben Scheiterhaufen. Aus den Fenstern flogen Klaviere, Kommoden und Standuhren. Feuerspritzen spuckten Wasser bis aufs Dach. Einige Strolche versuchten mit ihren Säbeln die Rohre zu zerschlagen. Frédéric bat einen Studenten des Polytechnikums einzuschreiten. Der Student begriff nicht und war im übrigen offenbar nicht bei Verstand. Ringsum in den Galerien widmete sich der Pöbel, nun Kellermeister, einem schrecklichen Gelage. Der Wein floß in Strömen, man bekam nasse Füße, die Straßenjungen tranken aus den Flaschenböden und torkelten grölend umher.

– Gehen wir raus, sagte Hussonnet, dieses Volk widert mich an.

Die ganze Galerie d'Orléans entlang lagerten Verletzte auf Matratzen am Boden, zugedeckt mit Vorhängen aus Purpur; und Kleinbürgerinnen aus dem Viertel brachten ihnen Bouillon und Wäsche.

– Ach was! sagte Frédéric, ich finde das Volk prachtvoll.

Die große Vorhalle brodelte von wütenden Leuten; einige Männer wollten in die oberen Stockwerke steigen, um alles gänzlich zu zerstören; auf den Stufen versuchten Nationalgardisten sie zurückzuhalten. Der Unerschrockenste war ein Jäger, barhaupt, mit zerzaustem Haar und zerfetztem Lederzeug. Das Hemd bildete einen Wulst zwischen Hose und Jacke, und erbittert schlug er zwischen den anderen um sich. Mit seinen scharfen Augen hatte Hussonnet in der Ferne Arnoux entdeckt.

Dann traten sie in den Jardin des Tuileries, um frische Luft zu schöpfen. Sie setzten sich auf eine Bank; und ein paar Minuten blieben sie mit geschlossenen Augen sitzen, so benommen, daß sie nicht mehr die Kraft zum Sprechen hatten.

Um sie herum gruppierten sich die Passanten. Die Duchesse d'Orléans war zur Regentin ernannt worden; alles war vorüber; und man empfand jenes Behagen, das schnellen Lösungen folgt, während an jedem Mansardenfenster des Schlosses Diener auftauchten und ihre Livrée zerrissen. Als Zeichen ihrer Abtrünnigkeit warfen sie die Fetzen in den Garten. Das Volk pfiff sie aus. Sie verschwanden.

Frédérics und Hussonnets Aufmerksamkeit wurde auf einen großen Kerl gelenkt, der mit einem Gewehr über der Schulter zwischen den Bäumen entlangeilte. Ein Patronengürtel hielt die rote Bluse in der Taille zusammen, unter dem Helm klebte ein Taschentuch auf der Stirn. Er wandte sich um. Es war Dussardier; und er warf sich in ihre Arme und rief:

– Ach! was für ein Glück, meine Lieben! und brachte kein Wort mehr heraus, so sehr war er außer Atem vor Freude und Erschöpfung.

Seit achtundvierzig Stunden war er auf den Beinen. Er hatte bei den Barrikaden im Quartier Latin mitgewirkt, hatte in der Rue Rambuteau gekämpft, drei Dragoner gerettet, war mit der Kolonne Dunoyer in die Tuilerien gedrungen und war dann zur Kammer und schließlich zum Hôtel de Ville gelaufen.

– Ich bin gerade zurück! alles ist gut! das Volk triumphiert! Arbeiter und Bourgeois umarmen sich! ach! wenn ihr wüßtet, was ich gesehen habe! was für tapfere Leute! wie ist das schön!

Und ohne zu merken, daß sie keine Waffen trugen:

– Ich war ganz sicher, euch hier zu finden! Einmal ging es hoch her, nun ja!

Ein Blutstropfen lief ihm über die Wange, und auf die Fragen der beiden anderen:

– Oh! nichts! ein Kratzer von einem Bajonett!

– Aber Sie müssen sich doch verbinden lassen.

– Pah! Unkraut vergeht nicht! was macht das schon? Die Republik ist ausgerufen! jetzt werden wir glücklich sein! Journalisten, die sich eben vor mir unterhielten, sagten, daß man Polen und Italien befreien wird! keine Könige mehr, versteht ihr! Die ganze Welt frei! die ganze Welt frei!

Und mit einem Blick den Horizont umfassend, breitete er triumphierend die Arme aus. Doch am Wasser lief eine lange Reihe von Männern über die Terrasse.

– Ach! zum Henker! ich vergaß! die Forts sind eingenommen. Ich muß hin! adieu! Er drehte sich noch einmal um, schwenkte sein Gewehr und rief ihnen zu:

– Es lebe die Republik!

Aus den Schornsteinen auf dem Schloß quollen funkensprühend Wolken von schwarzem Rauch. Das Glokkengeläut klang von weitem wie verstörtes Geblöke. Links und rechts, überall feuerten die Sieger ihre Gewehre ab. Frédéric war kein Krieger, doch sein gallisches Blut stieg ihm zu Kopfe. Der Magnetismus der begeisterten Massen hatte ihn gepackt. Wollüstig atmete er die stürmische Luft, voller Pulverdampf; und dabei erschauerte er unter den Strömen einer ungeheuren Liebe, einer erhabenen, universalen Ergriffenheit, als schlüge das Herz der gesamten Menschheit in seiner Brust.

Hussonnet sagte gähnend:

– Vielleicht ist es Zeit, die Volksmassen zu unterrichten!

Frédéric folgte ihm in seine Redaktion, Place de la Bourse; und er begann für die Zeitung von Troyes einen Erlebnisbericht zu verfassen, in lyrischem Stil, ein wahres Meisterstück, – das er signierte. Dann speisten sie zusammen in einer Schenke. Hussonnet war nachdenklich; die Exzentrizitäten der Revolution übertrafen die seinen.

Als sie sich nach dem Kaffee zum Hôtel de Ville begaben, um zu hören, was es Neues gab, hatte seine Lausbubennatur wieder die Oberhand gewonnen. Wie eine Gemse erklomm er die Barrikaden und rief den Wachtposten patriotische Zoten zu.

Im Schein der Fackeln hörten sie, wie die vorläufige Regierung ausgerufen wurde. Halb tot vor Müdigkeit langte Frédéric schließlich um Mitternacht wieder zu Hause an.

– Nun, sagte er zu seinem Diener, als er von ihm ausgekleidet wurde, bist du zufrieden?

– Ja gewiß, Monsieur! aber diesen Volksaufstand mag ich nicht!

Als er am nächsten Morgen erwachte, fiel Frédéric Deslauriers ein. Er eilte zu ihm. Der Advokat war eben abgereist, da man ihn zum Kommissar einer Provinz ernannt hatte. Er war am Vorabend bis zu Ledru-Rollin durchgedrungen, hatte ihm mit den Hochschulen in den Ohren gelegen und ihm eine Stellung, eine Mission abgerungen. Außerdem, sagte der Portier, werde er in der nächsten Woche schreiben, um seine Adresse zu nennen.

Woraufhin Frédéric zur Marschallin ging. Sie empfing ihn äußerst spröde, denn sie nahm es ihm übel, daß er sie sitzengelassen hatte. Ihr Groll schwand unter wiederholten Versicherungen, daß Frieden sei. Jetzt war alles ruhig, kein Grund mehr, sich zu fürchten; er küßte sie; und sie sprach sich für die Republik aus, – wie schon Monseigneur der Erzbischof von Paris es getan hatte, und wie es wunderbar schnell und eifrig: die Richter, der Staatsrat, das Institut, die Marschälle von Frankreich, Changarnier, Monsieur de Falloux, sämtliche Bonapartisten, alle Legitimisten und eine beträchtliche Anzahl von Orléanisten tun würden.

Der Sturz der Monarchie war so rasch erfolgt, daß die Bourgeois nach dem ersten Schrecken staunten, noch am Leben zu sein. Die geschlossene Exekution einiger Diebe, die ohne Urteilsspruch erschossen wurden, schien nur gerecht. Einen Monat lang war Lamartines Satz über die rote Fahne in aller Munde, »die nur den Champ de Mars umrundet hatte, während die Trikolore«, etc.; und alles stellte sich unter ihren Schutz, da jede Partei von den drei Farben nur die ihre sah – und sich gelobte, die beiden anderen wegzureißen, sobald sie die stärkste wäre.

Da die Geschäfte ruhten, trieb Sorge und Schaulust jeden aus dem Haus. Die Nachlässigkeit der Kleidung verringerte den Abstand zwischen den gesellschaftlichen Rängen, der Haß versteckte sich, die Hoffnungen breiteten sich aus, die Menge war voller Sanftmut. Auf den Gesichtern glänzte der Stolz auf ein neu erworbenes Recht. Man war in Karnevalsstimmung, benahm sich wie im Felde; nichts war vergnüglicher als der Anblick von Paris in diesen ersten Tagen.

Frédéric hakte die Marschallin unter; und sie flanierten zusammen durch die Straßen. Sie freute sich an den Rosetten in allen Knopflöchern, den Standarten, die aus allen Fenstern hingen, den Plakaten jeglicher Farbe, die an den Mauern klebten, und warf hier und da etwas Geld in die Sammelbüchse für die Verwundeten, die mitten auf der Straße auf einem Stuhle stand. Dann blieb sie vor Karikaturen stehen, die Louis Philippe als Zuckerbäcker, als Hanswurst, als Hund, als Blutsauger zeigten. Doch die Männer von Caussidière, mit ihrem Säbel und ihrer Schärpe, erschreckten sie ein wenig. Ein andermal war es ein Freiheitsbaum, der gepflanzt wurde. Die Herren Geistlichen wohnten der Zeremonie bei, und von goldbetreßten Meßdienern geleitet, segneten sie die Republik; die große Masse fand das sehr schön. Der häufigste Anblick waren Deputationen auf dem Weg zum Hôtel de Ville, um irgendwelche Forderungen zu stellen, – da jedes Handwerk, jedes Gewerbe von der Regierung die restlose Aufhebung seiner Not erwartete. Einige gingen freilich hin, um Ratschläge zu erteilen, zu gratulieren oder einfach einen kleinen Besuch zu machen, um das Räderwerk in Betrieb zu sehen.

Gegen Mitte März sah Frédéric eines Tages, als er über den Pont d'Arcole ging, weil er für Rosanette eine Besorgung im Quartier Latin gemacht hatte, einen Trupp Gestalten mit seltsamen Hüten und langen Bärten herannahen. Vorneweg marschierte ein Neger, der die Trommel schlug, ein ehemaliges Modell aus dem Atelier, und der Mann, der das Banner trug, auf dem die Inschrift: »Kunstmaler« im Winde flatterte, war kein anderer als Pellerin. Er machte Frédéric ein Zeichen zu warten und war nach fünf Minuten wieder da, weil er noch Zeit hatte, denn die Regierung empfing gerade die Steinmetze. Er wollte mit seinen Kollegen die Einrichtung eines Kunstforums fordern, einer Art Börse, wo die Interessen der Ästhetik verhandelt werden sollten; prachtvolle Werke würden entstehen, da die Schaffenden ihr Genie vereinen würden. Bald wäre Paris mit gigantischen Denkmälern bedeckt; er würde sie ausgestalten; er hatte sogar mit einem Bildnis der Republik begonnen. Einer seiner Kameraden kam ihn holen, denn die Deputation der Geflügelzüchter war ihnen bereits auf den Fersen.

– Was für ein Unsinn! brummte eine Stimme in der

Menge. Immer nur Albernheiten! Nichts Durchschlagendes!

Das war Regimbart. Er begrüßte Frédéric nicht, sondern profitierte von der Gelegenheit, um seine Bitterkeit zu verbreiten.

Der Citoyen nutzte seine Tage zu Streifzügen durch die Straßen, zupfte sich am Schnurrbart und rollte mit den Augen, während er unheilvolle Nachrichten empfing oder weitergab: »Paßt nur auf, man wird uns ausstechen!« oder auch: »Ja,verflucht! man stiehlt uns die Republik!« Er war mit allem unzufrieden, und vor allem damit, daß wir unsere angestammten Grenzen nicht wieder errungen hatten. Allein der Name von Lamartine ließ ihn die Achseln zucken. Er fand Ledru-Rollin »dem Problem nicht gewachsen«, tat Dupont (aus dem Departement Eure) als alten Schafskopf ab; Albert als Idioten; Louis Blanc als Utopisten; Blanqui als extrem gefährlichen Mann; und als Frédéric ihn fragte, was man denn hätte tun sollen, antwortete er, indem er seinen Arm drückte, als wolle er ihn brechen:

– Den Rhein einnehmen, sage ich Ihnen, den Rhein einnehmen! zum Donnerwetter!

Dann schimpfte er auf die Reaktion.

Sie zeigte ihr wahres Gesicht. Die Plünderung der Schlösser von Neuilly und Suresnes, der Brand von Batignolles, die Unruhen von Lyon, sämtliche Frevel, alle Gründe zur Beschwerde wurden jetzt auf die Spitze getrieben, und nahm man noch das Zirkular Ledru-Rollins, den Zwangskurs der Banknoten, die auf sechzig Francs gefallene Rente und schließlich, als höchstes Unrecht, als letzten Schlag, als Gipfel des Schreckens, die Steuer von fünfundvierzig Centimes! – Und schlimmer als all das, gab es auch noch den Sozialismus! Obwohl diese Theorien, so neu wie das Gänsespiel, seit vierzig Jahren ausgiebig genug diskutiert worden waren, um ganze Bibliotheken zu füllen, erschreckten sie die Bourgeois, als hagele es Meteoriten; und man war empört aufgrund des Hasses, den das Auftreten einer Idee hervorruft, weil sie eine Idee ist, ein Abscheu, aus dem die Idee später ihren Ruhm zieht und der bewirkt, daß ihre Feinde ihr stets unterlegen sind, so armselig sie auch sein mag.

So stieg die Achtung des Eigentums auf religiöse Höhen und wurde eins mit Gott. Die Angriffe auf den Besitz waren wie ein Sakrileg, ja fast Menschenfresserei. Trotz der humansten Gesetzgebung, die es je gab, erschien das Gespenst von '93, und das Fallmesser der Guillotine schwang in allen Silben des Wortes Republik; – was nicht hinderte, daß man sie für ihre Schwäche verachtete. Frankreich fühlte sich herrenlos und begann entsetzt zu schreien, wie ein Blinder ohne Stock, wie ein Kind, das seine Kinderfrau verloren hat.

Von allen Franzosen zitterte am meisten Monsieur Dambreuse. Der neue Stand der Dinge bedrohte sein Vermögen, doch vor allem strafte er seine Erfahrung Lügen. Ein so gutes System, ein so weiser König! war es denn die Möglichkeit! Die Welt würde untergehen! Gleich am nächsten Tag entließ er drei Dienstboten, verkaufte seine Pferde, kaufte sich zum Ausgehen einen weichen Hut, dachte sogar daran, sich den Bart wachsen zu lassen; und er saß zu Hause, völlig am Ende, sich voller Bitterkeit mit der Lektüre von Zeitungen vollstopfend, die seinen Anschauungen am meisten entgegenstanden, und so düster geworden, daß noch nicht einmal die Späße über Flocons Pfeife die Macht besaßen, ihn zum Lächeln zu bringen.

Als Stütze des letzten Regimes fürchtete er die Rache des Volkes an seinen Ländereien in der Champagne, als ihm Frédérics Elaborat in die Hände fiel. Nun meinte er, sein junger Freund sei eine sehr einflußreiche Persönlichkeit und er könne ihm, wenn auch nicht helfen, so doch

Schutz bieten; so daß sich eines Morgens Monsieur Dambreuse, begleitet von Martinon, bei Frédéric einfand.

Er wolle ihm, so sagte er, nur einen kleinen Besuch abstatten und ein wenig plaudern. Mit einem Wort, er freue sich über die Ereignisse und begrüße aus vollem Herzen »unsere erhabene Devise: *Freiheit, Gleichheit, Brüderlichkeit,* denn im Grunde sei er schon immer Republikaner gewesen«. Wenn er unter der anderen Regierung für das Ministerium gestimmt habe, dann nur, um den unvermeidlichen Sturz zu beschleunigen. Er wetterte sogar über Monsieur Guizot, »der uns schön in die Patsche gebracht hat, seien wir uns darüber einig«. Dafür sprach er voller Bewunderung von Lamartine, der sich »großartig« erwiesen habe, »auf mein Ehrenwort, besonders, was die rote Fahne…«

– Ja, ich weiß, sagte Frédéric.

Worauf er seine Sympathie für die Arbeiter kundtat.

»Denn schließlich sind wir mehr oder weniger alle Arbeiter!« Und er trieb die Unparteilichkeit bis zu der Äußerung, Proudhon habe recht gehabt. »Oh! sehr recht! verteufelt recht!« Dann plauderte er mit der Unbefangenheit eines überlegenen Geistes von der Gemäldeausstellung, wo er Pellerins Bild gesehen hatte. Er fand es sehr originell, sehr gelungen.

Martinon bekräftigte all seine Worte mit zustimmenden Bemerkungen; auch er meinte, »man müsse sich frei heraus der Republik anschließen«, und er erwähnte seinen Vater, den Landmann, spielte den Bauern, den Mann aus dem Volke. Bald kam man auf die Wahlen für die Nationalversammlung und auf die Kandidaten im Arrondissement La Fortelle. Der von der Opposition hatte keine Aussichten.

– Sie müßten seinen Platz einnehmen! sagte Monsieur Dambreuse.

Frédéric protestierte.

– Nun, warum nicht? Bei seiner persönlichen Meinung bekäme er die Stimmen der Radikalen und wegen seiner Familie die der Konservativen. Und vielleicht auch, fügte der Bankier lächelnd hinzu, ein wenig durch meinen Einfluß.

Frédéric wandte ein, er wisse nicht, wie er das anstellen solle. Nichts leichter als das, wenn er sich durch einen Club der Hauptstadt bei den Patrioten des Aube empfehlen ließe. Es ginge darum, nicht etwa ein Glaubensbekenntnis abzulegen, wie man es täglich zu lesen bekäme, sondern wichtige Grundsätze aufzustellen.

– Bringen Sie mir so etwas; ich weiß, was an diesem Ort gefällt! und Sie können, ich sage es nochmals, dem Vaterland, uns allen, ja mir selbst einen großen Dienst erweisen.

In solchen Zeiten müsse man sich gegenseitig unter die Arme greifen, und wenn Frédéric irgend etwas benötige, oder auch seine Freunde...

– Oh! tausend Dank, lieber Herr!

– Auf Gegenseitigkeit, wohlverstanden!

Der Bankier war wirklich ein anständiger Mann.

Frédéric konnte nicht anders, als über seinen Rat nachdenken; und bald ergriff ihn eine Art Rausch.

Die großen Gestalten des Konvents zogen im Geiste an ihm vorüber. Ihm war, als solle ein herrliches Morgenrot sich erheben. Rom, Wien, Berlin waren im Aufstand, die Österreicher aus Venedig verjagt; ganz Europa befand sich in Aufruhr. Das war der richtige Augenblick, um sich in das Räderwerk zu stürzen, vielleicht es anzutreiben; und dann bestach ihn auch die Kleidung, die die Abgeordneten dem Hörensagen nach tragen sollten. Schon sah er sich in einer Weste mit Revers, samt einer Schärpe in den Farben der Trikolore, und dieser Kitzel, diese Halluzination wurde so stark, daß er sich Dussardier anvertraute.

Die Begeisterung des braven Kerls war ungebrochen.

– Gewiß doch, natürlich! Kandidieren Sie!

Frédéric zog dennoch Deslauriers zu Rate. Die idiotische Opposition, die dem Kommissar in der Provinz die Hände band, hatte seinen Liberalismus gesteigert. Er schickte ihm unverzüglich heftige Ermahnungen.

Aber Frédéric hatte das Bedürfnis, durch eine größere Anzahl von Menschen bestätigt zu werden; und er eröffnete die Sache Rosanette, an einem Tage, als Mademoiselle Vatnaz zugegen war.

Sie war eine jener Pariser Junggesellinnen, die jeden Abend, nachdem sie ihre Stunden gegeben haben oder versucht haben, kleine Zeichnungen zu verkaufen und jämmerliche Manuskripte loszuwerden, mit kotbespritzten Röcken nach Hause kommen, ihr Diner zubereiten, es ganz alleine essen und dann, die Füße auf einem Wärmeöfchen, beim Schein einer schmutzigen Lampe von einer Liebe träumen, einer Familie, einem Heim, vom Glück, von allem, was ihnen fehlt. Wie viele andere auch hatte sie in der Revolution den Anbruch der Vergeltung begrüßt, – und sie widmete sich einer zügellosen sozialistischen Propaganda.

Die Befreiung des Proletariats war der Vatnaz zufolge nur möglich durch die Befreiung der Frau. Sie verlangte ihren Zugang zu allen Ämtern, die Vaterschaftsprüfung, ein anderes Strafgesetz, die Abschaffung oder wenigstens »sinnvollere Regelung der Ehe«. Jeder Franzose wäre dann verpflichtet, eine Französin zu heiraten oder einen Greis in Pflege zu nehmen. Ammen und Hebammen wären vom Staat bezahlte Beamtinnen; es müsse eine Jury geben, um die Werke von Frauen zu prüfen, eigene Verleger für Frauen, ein Polytechnikum für Frauen, eine Nationalgarde für Frauen, alles für Frauen! Und da die Regierung ihre Rechte verkannte, müßten sie die Gewalt mit Gewalt besiegen. Zehntausend Citoyennes mit guten Gewehren konnten das Hôtel de Ville erzittern lassen!

Frédérics Kandidatur schien ihr für ihre Ideen von Vorteil. Sie ermutigte ihn, indem sie ihm am Horizont den Ruhm zeigte. Rosanette freute sich, einen Mann zu haben, der vor der Kammer sprach.

– Und vielleicht gibt man dir dann einen guten Posten.

Frédéric, ein Mensch, der jeder Schwäche erlag, wurde von dem allgemeinen Wahn angesteckt. Er schrieb eine Rede und ging zu Monsieur Dambreuse, um sie ihm zu zeigen.

Als das große Tor ins Schloß fiel, öffnete sich hinter einem Fenster einen Spaltbreit ein Vorhang; eine Frau erschien. Er hatte nicht genügend Zeit, um sie zu erkennen; aber im Vorzimmer brachte ein Bild ihn zum Stehen, das Bild von Pellerin, das offensichtlich provisorisch auf einem Stuhl lehnte.

Es zeigte die Republik, oder den Fortschritt, oder die Zivilisation, unter dem Antlitz von Jesus Christus, der eine Lokomotive durch den Urwald lenkte. Nach kurzer Betrachtung rief Frédéric:

– Was für eine Schandtat!

– Nicht wahr? sagte Monsieur Dambreuse, der bei diesem Wort erschienen war und meinte, es beträfe nicht das Gemälde, sondern die von dem Bild verherrlichte Lehre.

Im selben Augenblick kam Martinon. Sie gingen in das Kabinett; und Frédéric zog ein Papier aus der Tasche, als plötzlich Mademoiselle Cécile ins Zimmer trat und mit Unschuldsmiene fragte:

– Ist meine Tante hier?

– Du weißt doch, daß sie nicht hier ist, entgegnete der Bankier. Nun ja! machen Sie es sich bequem, Mademoiselle.

– Oh! danke! ich gehe.

Kaum war sie fort, begann Martinon sein Taschentuch zu suchen.

– Ich habe es im Überzieher vergessen, entschuldigen Sie!

– Gern! sagte Monsieur Dambreuse.

Offensichtlich durchschaute er dieses Manöver, ja es schien sogar seine Zustimmung zu finden. Warum? Doch Martinon war bald zurück, und Frédéric begann mit seiner Rede. Schon bei der zweiten Seite, die von der Übermacht pekuniärer Interessen als einer Schande sprach, verzog Monsieur Dambreuse das Gesicht. Als er dann auf die Reformen kam, verlangte Frédéric den Freihandel.

– Wie?... aber erlauben Sie!

Der andere hörte nicht hin und fuhr fort. Er forderte die Besteuerung der Renten, Steuerprogression, eine europäische Föderation, Volksbildung und weitestgehende Förderung der Schönen Künste.

– Was schadet es, wenn das Land Männern wie Delacroix oder Hugo hunderttausend Francs Rente aussetzt?

Das Ganze endete mit Ratschlägen für die oberen Schichten.

– Seid nicht knauserig, ihr Reichen! gebt! gebt!

Er hielt inne und blieb stehen. Seine beiden Zuhörer saßen da und sagten kein Wort; Martinon sperrte die Augen auf. Monsieur Dambreuse war ganz blaß. Seine Erregung hinter einem sauren Lächeln verbergend, sagte er schließlich:

– Vollendet, Ihre Rede! Und um sich nicht zum Inhalt äußern zu müssen, lobte er sehr die Form.

Diese Bissigkeit bei einem harmlosen jungen Mann erschreckte ihn, vor allem als Symptom. Martinon versuchte ihn zu beruhigen. Die konservative Partei würde gewiß binnen kurzem Revanche nehmen; in mehreren Städten hatte man die Kommissare der provisorischen

Regierung fortgejagt. Die Wahlen waren erst auf den 23. April festgesetzt, man hatte Zeit; kurz, Monsieur Dambreuse müsse selbst im Aube kandidieren; und von nun an wich Martinon nicht mehr von seiner Seite, wurde sein Sekretär und umhegte ihn mit der Fürsorge eines Sohnes.

Frédéric kam, sehr mit sich zufrieden, zurück zu Rosanette. Delmar war anwesend und erklärte ihm, er werde »definitiv« als Kandidat bei den Wahlen im Departement Seine antreten. In einer »ans Volk« gerichteten Ankündigung, in dem er es duzte, rühmte sich der Schauspieler, daß *er* es verstehe und sich für sein Heil »ans Kreuz der Kunst« habe schlagen lassen, so daß er nun seine Inkarnation war, sein Idealbild; – denn er glaubte tatsächlich, gewaltigen Einfluß auf die Massen zu haben, und machte später sogar in einem Ministerialbüro den Vorschlag, ganz allein einen Aufstand niederwerfen zu wollen; und auf die Frage nach den Mitteln, die er anwenden wolle, gab er die Antwort:

– Keine Angst! Ich zeige ihnen meinen Kopf!

Um ihn zu ärgern, kündigte Frédéric ihm seine eigene Kandidatur an. Sobald sein zukünftiger Kollege die Provinz anvisiere, erklärte der Komödiant, sei er sein Diener, und bot ihm an, ihn in die Clubs einzuführen.

Sie besuchten sie alle, oder fast alle, die roten und die blauen, die wüsten und die stillen, die puritanischen, die schamlosen, die mystischen und die Saufclubs, die Clubs, in denen der Tod der Könige beschlossen wurde, die, in denen man den Schwarzhandel denunzierte; und überall verfluchten die Mieter die Hauseigentümer, das Kittelhemd griff den Frack an und die Reichen verschworen sich gegen die Armen. Einige forderten Entschädigungen für ehemalige Übergriffe der Polizei, andere baten um Geld, um Erfindungen in die Tat umsetzen zu können, oder es waren phalansterische Pläne, ländliche

Marktvorhaben, Einrichtung öffentlicher Belustigungen; – dann hier und da ein Geistesblitz in diesen Wolken von Dummheit, Einfälle, unerwartet wie Dreckspritzer, das Recht, formuliert in einem Fluch, und Blüten der Beredsamkeit auf den Lippen eines Flegels, der den Säbelkoppel einfach auf der hemdlosen Brust trug. Manchmal erschien auch ein Herr, ein Aristokrat von bescheidenem Auftreten, der daherredete wie ein Plebejer und sich nicht die Hände gewaschen hatte, um sie schwielig erscheinen zu lassen. Ein Patriot erkannte ihn, die Tugendhaftesten hieben auf ihn ein; und den Bauch voller Wut ging er hinaus. Um gesunden Menschenverstand zu zeigen, mußte man stets die Anwälte verdammen und so oft wie möglich Redewendungen im Munde führen wie: »seinen Stein zum Bauwerk beitragen, – soziale Probleme, – Werkstatt.«

Delmar ließ keine Gelegenheit aus, das Wort zu ergreifen, und hatte er nichts mehr zu sagen, war sein letztes Mittel, sich, die Faust in der Hüfte, die andere Hand in der Weste, aufzupflanzen und sich plötzlich ins Profil zu drehen, um seinen Kopf zur Geltung zu bringen. Dann brach hinten im Saal Beifall los, der Beifall von Mademoiselle Vatnaz.

Frédéric wagte sich trotz der Schwäche der Redner nicht vor. All diese Leute schienen ihm zu ungebildet oder zu gehässig.

Doch Dussardier machte sich auf die Suche und verkündete, in der Rue Saint-Jacques gäbe es einen Club, genannt *Club de l'Intelligence.* Ein solcher Name ließ hoffen. Außerdem brächte er Freunde mit.

Er brachte dieselben, die er zu seinem Punsch eingeladen hatte: den Buchhalter, den Weinhändler, den Architekten; selbst Pellerin war gekommen, vielleicht käme Hussonnet noch; und auf dem Trottoir vor der Tür stand Regimbart mit zwei Individuen, von denen der eine sein

Intimus Compain war, ein kleiner, stämmiger Mann mit Pockennarben und roten Augen, und der andere eine Mischung von Affe und Neger, außergewöhnlich behaart, den er nur als »Patriot aus Barcelona« kannte.

Sie gingen durch eine Allee, dann wurden sie in einen großen Raum geführt, offensichtlich die Werkstatt eines Schreiners, deren Wände noch neu waren und nach Gips rochen. Vier parallel hängende Öllampen verbreiteten ein unangenehmes Licht. Hinten auf einer Estrade stand ein Schreibtisch mit einer Glocke, darunter ein Tisch, der die Tribüne darstellte, und auf jeder Seite zwei weitere Tische für die Schreiber. Das Auditorium, das die Bänke zierte, bestand aus alten Malergesellen, Hilfslehrern und unveröffentlichten Schriftstellern. In den Reihen von Überziehern mit speckigen Kragen sah man hier und da die Haube einer Frau oder den Kittel eines Arbeiters. Hinten war der Saal sogar voller Arbeiter, offenbar erschienen, weil sie keine Beschäftigung hatten, oder Redner hatten sie mitgebracht, um sich beklatschen zu lassen.

Frédéric war darauf bedacht, sich zwischen Dussardier und Regimbart zu setzen, der, kaum auf seinem Platz, die Hände auf den Spazierstock legte, das Kinn darauf stützte und die Augen schloß, während am anderen Ende des Saales Delmar, in Positur, die Versammlung überragte.

Am Schreibtisch des Präsidenten erschien Sénécal.

Der gute Ladendiener hatte gemeint, diese Überraschung würde Frédéric gefallen. Sie ärgerte ihn.

Die Menge bezeugte ihrem Präsidenten große Ehrerbietung. Er gehörte zu denen, die am 25. Februar die sofortige Beschaffung von Arbeit gefordert hatten; am nächsten Tag hatte er sich im Prado für einen Angriff auf das Hôtel de Ville ausgesprochen; und da sich jeder an einem Vorbild orientierte, der eine Saint-Just kopierend, der andere Danton, wieder ein anderer Marat, versuchte er Blanqui zu gleichen, der wiederum Robespierre nachahmte. Die schwarzen Handschuhe und der Bürstenschnitt wirkten streng und äußerst vorteilhaft.

Er eröffnete die Sitzung mit der Erklärung der Menschen- und Bürgerrechte, dem üblichen Protokoll. Dann intonierte eine dröhnende Stimme *Les Souvenirs du peuple* von Béranger.

Andere Stimmen wurden laut:

– Nein! nein! nicht das!

– *La Casquette!* brüllten die Patrioten hinten im Saal.

Und sie sangen im Chor die Dichtung des Tages:

> Chapeau bas devant ma casquette,
> A genoux devant l'ouvrier!

Auf ein Wort des Präsidenten verstummte das Auditorium. Einer der Schreiber schritt zur Durchsicht der Briefe:

– Junge Leute kündigen an, daß sie jeden Abend vor dem Panthéon eine Nummer der *Assemblée nationale* verbrennen, und sie fordern alle Patrioten auf, ihrem Beispiel zu folgen.

– Bravo! angenommen! erwiderte die Menge.

– Der Citoyen Jean-Jacques Langreneux, Typograph, Rue Dauphine, verlangt, daß ein Denkmal zur Erinnerung an die Opfer des Thermidor errichtet wird.

– Michel-Évariste-Népomucène Vincent, ehemaliger Lehrer, äußert den Wunsch, daß die europäische Demokratie Spracheinheit einführt. Man könnte sich einer toten Sprache bedienen, wie zum Beispiel eines vervollkommneten Latein.

– Nein! kein Latein! rief der Architekt.

– Warum nicht? wollte ein Schulmeister wissen.

Und die beiden Herren entfachten eine Diskussion, in die sich noch mehr Leute mischten, wobei jeder mit seinem Beitrag glänzen wollte, ein Streit, der bald so langweilig wurde, daß viele gingen.

Doch ein kleiner Alter, der unter seiner erstaunlich hohen Stirn eine grüne Brille trug, meldete sich für eine dringende Mitteilung zu Wort.

Es war ein Gesuch zur Verteilung der Steuergelder. Die Zahlenkolonnen nahmen kein Ende. Die Ungeduld machte sich zunächst in Gemurmel, in Gerede Luft; ihn konnte nichts erschüttern. Dann begann man zu pfeifen, man nannte ihn »Azor«. Sénécal rief das Publikum zur Ruhe; der Redner fuhr fort wie eine Maschine. Man mußte ihn beim Ellenbogen nehmen, um ihm Einhalt zu gebieten. Der gute Mann schien aus einem Traum zu erwachen, und still seine Brille auf die Stirn schiebend, sagte er:

– Verzeiht! Citoyen! Verzeiht! Ich gehe schon! Bitte vielmals um Verzeihung!

Der Mißerfolg dieses Vortrags verwirrte Frédéric. Er hatte seine Rede in der Tasche, aber eine freie Ansprache wäre besser gewesen.

Schließlich verkündete der Präsident, daß sie nun zur Hauptsache kämen, der Frage der Wahl. Die republikanischen Listen stünden nicht zur Debatte. Der *Club de l'Intelligence* habe jedoch, wie jeder andere, sehr wohl das Recht, eine eigene aufzustellen, »wenn es den Herren Paschas vom Hôtel de Ville auch nicht gefällt«, und die Citoyens, die sich um ein Mandat bewerben wollten, könnten ihre Thesen vortragen.

– Los! gehen Sie schon! sagte Dussardier.

Ein Mann in Soutane mit krausem Haar und ungestümem, wildem Gesicht hatte bereits die Hand erhoben. Stammelnd erklärte er, er hieße Ducretot, sei Priester und Agronom, Autor eines Werkes mit dem Titel *Des engrais*. Man verwies ihn an einen Zirkel für Gartenbau.

Dann erklomm ein Patriot in Kittelhemd die Tribüne.

Der nun war ein Plebejer mit breiten Schultern, einem runden, sehr weichen Gesicht und langem schwarzem Haar. Er ließ einen beinahe wollüstigen Blick über die Versammlung schweifen, warf den Kopf zurück und fing, die Arme ausbreitend, schließlich an:

– Ducretot habt ihr abgewiesen, o meine Brüder! und ihr habt gut daran getan, aber nicht aus Gottlosigkeit, denn wir sind alle gläubig.

Mehrere lauschten mit offenem Mund, mit Gesichtern von Katechismusschülern, in verzückten Haltungen.

– Auch nicht, weil er Priester ist, denn auch wir sind Priester! Der Arbeiter ist Priester, wie der Begründer des Sozialismus, unser aller Meister, Jesus Christus es war!

Der Augenblick sei gekommen, das Reich Gottes zu begründen! Das Evangelium führe geradewegs zu '89! Nach der Abschaffung der Sklaverei, die Abschaffung des Proletariats. Man habe das Zeitalter des Hasses gehabt, nun beginne das Zeitalter der Liebe.

– Das Christentum ist Schlußstein und Fundament des neuen Gebäudes.

– Wollt Ihr uns zum Narren halten? rief der Weinhändler. Hat man je einen solchen Pfaffen gesehen!

Diese Unterbrechung verursachte große Aufregung. Fast alle stiegen auf die Bänke und brüllten mit geballter Faust: »Atheist! Aristokrat! Kanaille!«, während die Glocke des Präsidenten in einem fort läutete und die Rufe: »Zur Ordnung! zur Ordnung!« immer lauter wurden. Doch unerschrocken und außerdem gestärkt durch »drei Kaffee«, die er vor seinem Kommen getrunken hatte, verteidigte er sich inmitten der anderen.

– Was denn, ich! ein Aristokrat? na hört mal!

Als ihm schließlich gestattet war, seine Meinung vorzutragen, erklärte er, mit den Priestern sei man nie gut beraten, und da gerade von Sparmaßnahmen die Rede gewesen sei, sei es doch eine ausgezeichnete Ersparnis, die Kirchen abzuschaffen, die Monstranzen und letztlich alle Religionen.

Jemand hielt ihm entgegen, er ginge zu weit.

– Ja! ich gehe weit! Aber wenn ein Schiff vom Sturm überrascht worden ist…

Ohne das Ende des Vergleichs abzuwarten, antwortete ihm ein anderer:

– Gut! aber das heißt mit einem Schlag alles einreißen, wie ein Maurer, ohne Sinn und Verstand…

– Sie beleidigen die Maurer! brüllte ein mit Mörtel bedeckter Citoyen. Und im hartnäckigen Glauben, man habe ihn herausgefordert, brach er in Schimpftiraden aus, wollte sich schlagen, klammerte sich an seine Bank. Drei Männer waren nicht zuviel, ihn hinauszuwerfen.

Indessen stand der Arbeiter immer noch auf der Tribüne. Die beiden Schreiber bedeuteten ihm herunterzukommen. Er protestierte gegen die Zurücksetzung.

– Ihr werdet mich nicht davon abhalten zu rufen: Ewige Liebe zu unserem teuren Frankreich! und ewige Liebe zur Republik!

– Citoyens! sagte nun Compain, Citoyens!

Und als er durch wiederholtes Rufen von »Citoyens« ein wenig Ruhe erwirkt hatte, stützte er die roten Hände, die wie Stümpfe aussahen, auf die Tribüne, beugte sich vor und sagte blinzelnd:

– Ich meine, man sollte dem Kalbskopf größere Verbreitung verschaffen.

Alles verstummte, jeder glaubte, falsch verstanden zu haben.

– Ja! dem Kalbskopf!

Dreihundertfaches Gelächter brach mit einem Male los. Die Decke erzitterte. Vor all diesen vor Heiterkeit aufgelösten Gesichtern wich Compain zurück. Er sagte noch einmal in wütendem Ton:

– Wie! ihr kennt den Kalbskopf nicht?

Das war der Gipfel, das Delirium. Man hielt sich die Seiten. Einige stürzten sogar zu Boden und rollten unter die Bänke. Compain verlor den Mut, flüchtete zu Regimbart und wollte ihn fortziehen.

– Nein! ich bleibe bis zum Schluß! sagte der Citoyen.

Diese Antwort gab den Ausschlag für Frédéric; und als er zu seiner Unterstützung rechts und links nach seinen Freunden suchte, entdeckte er vor sich auf der Tribüne Pellerin. Der Künstler behandelte die Menge von oben herab.

– Ich hätte gerne gewußt, wo in alledem der Kandidat der Kunst bleibt? Ich für meinen Teil habe ein Bild gemalt…

– Wir brauchen nur Bilder zu malen! sagte brutal ein dürrer Mensch mit rotgefleckten Wangen.

Pellerin protestierte laut gegen die Unterbrechung.

Doch der andere fuhr in tragischem Ton fort:

– Hätte nicht die Regierung schon per Dekret Prostitution und Elend abschaffen müssen?

Und da diese Worte ihm sofort die Gunst des Volkes verschafften, wetterte er gegen das Verderben der großen Städte:

– Schimpf und Schande! Man müßte die Bourgeois abfangen, wenn sie aus dem Maison d'Or kommen, und ihnen ins Gesicht spucken! Wenn wenigstens die Regierung nicht die Unzucht noch unterstützte! Aber die Staatsdiener sind unseren Töchtern und Schwestern gegenüber von einer Schamlosigkeit…

Eine Stimme tönte von weitem:

– Sehr witzig!

– Raus!

– Man knöpft uns Steuern ab, um die Ausschweifungen zu bezahlen. Ebenso die hohen Gehälter der Schauspieler…

– Jetzt bin ich dran! rief Delmar.

Er sprang auf die Tribüne, drängte alle auseinander und nahm seine Pose ein; und nach der Erklärung, daß er solch platte Angriffe verachte, ließ er sich über den zivilisatorischen Auftrag des Komödianten aus. Das Theater sei die Heimstatt der nationalen Bildung, und so träte er für die Reform des Theaters ein; und zuallererst keine Direktion mehr, keine Privilegien!

– Ja! kein einziges!

Das Gebaren des Theatermannes heizte die Menge auf, und umstürzlerische Anträge überschlugen sich.

– Keine Akademien mehr! Keine Institute mehr!

– Keine Missionen mehr!

– Kein Bakkalaureat mehr!

– Nieder mit den akademischen Würden!

– Behalten wir sie bei, sagte Sénécal, aber sie sollen durch allgemeine Wahlen verliehen werden, durch das Volk, den einzig wahren Richter!

Das sei im übrigen nicht das Wesentliche. Zuerst müsse man die Reichen von ihrem Thron holen! Und er schilderte, wie sie sich unter ihren vergoldeten Decken an Verbrechen labten, während die Armen, sich in ihren Dachkammern vor Hunger windend, sämtliche Tugenden entwickelten. Die Beifallsbekundungen schwollen derart an, daß er innehielt. Ein paar Minuten lang stand er mit geschlossenen Augen und zurückgelegtem Kopfe da, als wiege er sich auf dieser Wut, die er aufwühlte.

Dann fing er dogmatischer zu sprechen an, mit Sätzen, gewaltig wie Gebote. Der Staat mußte sich der Banken und Versicherungen bemächtigen. Erbschaften wären abgeschafft. Man würde einen Sozialfond für Arbeiter einrichten. Viele weitere Maßnahmen seien für die Zukunft vonnöten. Diese genügten für den Augenblick; und auf die Wahlen zurückkommend, sagte er:

– Wir brauchen wahre Citoyens, vollkommen neue Menschen! Meldet sich jemand?

Frédéric erhob sich. Bei seinen Freunden gab es ein zustimmendes Geraune. Doch Sénécal bekam ein Gesicht wie Fouquier-Tinville und begann ihn nach seinen Namen, Vornamen, bisherigen Verhältnissen, nach Lebensumständen und Lebenswandel auszufragen.

Frédéric nannte ihm das Wichtigste und biß sich auf die Lippen. Sénécal fragte, ob jemand einen Hinderungsgrund für diese Kandidatur sähe.

– Nein! nein!

Aber er selbst sah einen. Alles beugte sich vor und spitzte die Ohren. Der sich bewerbende Citoyen habe eine gewisse Summe nicht ausgehändigt, die für eine demokratische Neugründung, eine Zeitung, versprochen gewesen sei. Darüber hinaus sei er, obwohl hinlänglich benachrichtigt, am 22. Februar nicht zu dem Treffen am Place du Panthéon erschienen.

– Ich schwöre, daß er in den Tuilerien war! rief Dussardier.

– Können Sie beschwören, ihn am Panthéon gesehen zu haben?

Dussardier senkte den Kopf; Frédéric schwieg; seine entrüsteten Freunde sahen ihn beunruhigt an.

– Kennen Sie wenigstens einen Patrioten, der für Ihre Grundsätze bürgt?

– Ich! sagte Dussardier.

– Oh! das reicht nicht! noch jemand!

Frédéric drehte sich zu Pellerin um. Der Künstler antwortete ihm mit überschwenglichen Gebärden, die besagen sollten:

»Ach! mein Lieber, mich haben sie abgelehnt! Teufel auch! was kann man da tun!«

Frédéric stieß Regimbart mit dem Ellbogen an.

– Ja! richtig! höchste Zeit! ich werde gehen!

Und Regimbart bestieg die Estrade, wies auf den Spanier, der ihm gefolgt war, und sagte:

– Erlaubt mir, Citoyens, euch einen Patrioten aus Barcelona vorzustellen!

Der Patriot machte eine tiefe Verbeugung, rollte wie ein Automat mit seinen glänzenden Augen und begann, die Hand auf dem Herzen:

– Ciudadanos! mucho aprecio el honor que me dispensais, y si grande es vuestra bondal mayor es vuestro atencion.

– Ich bitte ums Wort! rief Frédéric.

– Desde que se proclamo la constitucion de Cadiz, ese pacto fundamental de las libertades españolas, hasta la ultima revolucion, nuestra patria cuenta numerosos y heroicos martires.

Noch einmal wollte Frédéric sich Gehör verschaffen:

– Aber Citoyens...

Der Spanier fuhr fort:

– El martes proximo tendra lugar en la iglesia de la Magdalena un servicio funebre.

– Das ist doch absurd! niemand versteht etwas!

Diese Anmerkung brachte die Menge in Wut.

– Raus! hinaus!

– Wer? ich? fragte Frédéric.

– Genau Sie! sagte Sénécal würdevoll, verlassen Sie den Saal!

Er erhob sich, um zu gehen, und die Stimme des Spaniers verfolgte ihn:

– Y todos los Españoles descarian ver alli reunidas las deputaciones de los clubs y de la milica nacional. Une oracion funebre en honor de la libertad española y del mundo entero, sera prononciado por un miembro del puclero de Paris en la sala Bonne-Nouvelle. Honor al pueblo frances, que llamaria yo el primero pueblo del mundo, sino fuese ciudadano de otra nacion!

– Aristo! kreischte ein Lümmel und hob die Faust gegen Frédéric, der aufgebracht in den Hof stürzte.

Er warf sich seine Hingabe vor, ohne zu bedenken, daß die gegen ihn gerichteten Beschuldigungen schließlich gerechtfertigt waren. Was für eine fatale Idee, diese Kandidatur! Aber was für Esel, was für Kretins! Er verglich sich mit diesen Männern und milderte mit ihrer Dummheit seinen verletzten Stolz.

Dann hatte er das Bedürfnis, Rosanette zu sehen. Nach soviel Schwulst und Abscheulichkeiten wäre ihre reizende Person eine Erholung. Sie wußte, daß er abends seinen Auftritt im Club gehabt haben mußte. Doch als er kam, stellte sie ihm noch nicht einmal eine Frage.

Sie saß am Kamin und war dabei, das Futter eines Kleides aufzutrennen. Eine solche Tätigkeit überraschte ihn.

– Nanu! was machst du da?

– Das siehst du doch, sagte sie trocken. Ich flicke meine Klamotten! Das ist deine Republik.

– Wieso meine Republik?

– Ist es vielleicht meine?

Und sie begann ihm alles vorzuwerfen, was sich seit zwei Monaten in Frankreich abspielte, und beschuldigte ihn, die Revolution gemacht zu haben, der Grund zu sein, daß man ruiniert war, daß die reichen Leute Paris verließen und daß sie später im Armenhaus stürbe.

– Du hast leicht reden mit deinen Renten! Im übrigen, wenn das so weitergeht, wirst du sie nicht mehr lange haben, deine Renten.

– Das kann sein, sagte Frédéric, die sich am meisten aufopfern, werden immer verkannt; und wäre man nicht selbst davon überzeugt, könnten einem die Flegel, mit denen man sich kompromittiert, die Opferbereitschaft verleiden!

Rosanette sah ihn mit zusammengezogenen Brauen an.

– Hm? Was? Welche Opferbereitschaft? Monsieur ist

wohl nicht gut angekommen, wie es scheint? Um so besser! das wird dir bei patriotischen Schenkungen eine Lehre sein. Oh! lüg nicht! Ich weiß, daß du ihnen dreihundert Francs gegeben hast, denn sie läßt sich aushalten, deine Republik! Na gut, hab deinen Spaß mit ihr, mein Alter!

Unter dieser Sturzflut von Dummheiten fiel Frédéric von der anderen zerstörten Hoffnung in eine noch schwerere Enttäuschung.

Er hatte sich in den hinteren Teil des Raumes verzogen. Sie kam zu ihm.

– Komm! denk doch mal nach! In einem Land braucht man wie in einem Haus einen Meister; sonst tanzen die Mäuse. Erst mal weiß alle Welt, daß Ledru-Rollin völlig verschuldet ist! Was Lamartine angeht, wie soll deiner Meinung nach ein Dichter etwas von Politik verstehen? Ah! da kannst du noch so sehr den Kopf schütteln und dich für schlauer als die anderen halten, es ist trotzdem so! Aber du nörgelst an allem herum, mit dir kann man nicht reden! Zum Beispiel Fournier-Fontaine von den Läden Saint-Roche: weißt du, wie hoch die Schulden sind? Achthunderttausend Francs! Und Gomer, der Packer von gegenüber, noch ein Republikaner, pflegte die Feuerzange auf dem Kopf seiner Frau zu zerschlagen, und er hat so viel Absinth getrunken, daß man ihn in ein Irrenhaus bringen wird. So sind sie alle, die Republikaner! Eine fünfundzwanzigprozentige Republik! O ja! sei stolz darauf!

Frédéric ging. Die Gewöhnlichkeit dieses Mädchens, die sich plötzlich in einer pöbelhaften Sprache enthüllte, widerte ihn an. Er fühlte sich sogar wieder ein wenig mehr als Patriot.

Rosanettes schlechte Laune nahm nur noch zu. Mademoiselle Vatnaz ärgerte sie mit ihrer Begeisterung. Sie glaubte eine Mission zu haben, sie war eine besessene

Rednerin, Predigerin, und bewanderter in diesen Dingen als ihre Freundin, überhäufte sie sie mit Argumenten.

Eines Tages erschien sie ganz empört über Hussonnet, der sich im Frauenclub schmutzige Witze erlaubt hatte. Rosanette fand dieses Benehmen ganz richtig und erklärte sogar, sie zöge Männerkleidung an, um ihnen allen »die Meinung zu sagen und ihnen eins überzuziehen«. Im selben Augenblick kam Frédéric herein.

– Du begleitest mich, oder?

Und trotz seiner Gegenwart zankten sie sich, die eine die Bourgeoise, die andere die Philosophin spielend.

Die Frauen waren laut Rosanette ausschließlich für die Liebe geboren oder um Kinder aufzuziehen, um einen Haushalt zu führen.

Mademoiselle Vatnaz zufolge mußte die Frau ihren Platz im Staat haben. Ehedem machten die Gallierinnen die Gesetze, die Angelsächsinnen ebenfalls, die Frauen der Huronen gehörten dem Rat an. Das zivilisatorische Werk war ein gemeinschaftliches. Alle mußten daran mitwirken und anstelle des Egoismus die Brüderlichkeit, anstelle des Individualismus die Gesellschaft, anstelle der Zersplitterung die große Kultur setzen.

– O ja! du kennst dich ja jetzt aus mit der Kultur!

– Warum nicht? Im übrigen handelt es sich um die Menschheit, um ihre Zukunft!

– Kümmere dich um deine eigene!

– Das ist meine Sache!

Sie gerieten in Wut. Frédéric trat dazwischen. Die Vatnaz ereiferte sich und verteidigte schließlich sogar den Kommunismus.

– Was für ein Unsinn! sagte Rosanette. Läßt sich das je verwirklichen?

Die andere führte zum Beweis die Essäer an, die Herrnhuter, die Jesuiten aus Paraguay, die Familie Pingons bei Thiers in der Auvergne, und da sie groß herumgestikulierte, verfing sich ihre Uhrkette in ihrem Bund Berlocken, an einem kleinen goldenen Schaf, das dort baumelte.

Plötzlich wurde Rosanette kreidebleich.

Mademoiselle Vatnaz versuchte weiter ihren Anhänger zu befreien.

– Gib dir keine Mühe, sagte Rosanette; jetzt kenne ich deine politischen Ansichten.

– Was? erwiderte die Vatnaz, die rot geworden war wie eine Jungfrau.

– Oh! du verstehst mich schon!

Frédéric verstand nicht. Offensichtlich war etwas Entscheidenderes und Intimeres zwischen ihnen vorgefallen als der Sozialismus.

– Und wenn schon? entgegnete die Vatnaz und richtete sich furchtlos auf. Das ist ein Darlehen, meine Liebe, Schuld für Schuld!

– Bei Gott! ich streite die meine nicht ab! Wegen ein paar tausend Francs, hat man da Töne! Ich jedenfalls borge mir etwas; ich bestehle niemanden!

Mademoiselle Vatnaz rang sich ein Lachen ab.

– Oh! dafür lege ich meine Hand ins Feuer.

– Sieh dich vor! Sie ist trocken genug, um zu brennen.

Das alte Mädchen streckte ihr die Rechte entgegen und sagte, während sie sie ihr vors Gesicht hielt:

– Es gibt aber einige unter deinen Freunden, die sie ganz nach ihrem Geschmack finden!

– Andalusier vielleicht? als Kastagnetten!

– Schlampe!

Die Marschallin machte eine tiefe Verbeugung:

– Man tut, was man kann!

Mademoiselle Vatnaz gab keine Antwort. An ihren Schläfen erschienen Schweißtropfen. Ihre Augen hefteten sich auf den Teppich. Sie keuchte. Endlich erreichte sie die Tür und ließ sie heftig ins Schloß fallen:

– Guten Abend! Sie hören von mir!

– Mit Vergnügen! sagte Rosanette.

Ihre Beherrschung hatte sie zermürbt. Am ganzen Leibe zitternd, fiel sie auf den Diwan, stammelte Schmähworte und vergoß Tränen. War es die Drohung der Vatnaz, die sie quälte? Aber nein! das war ihr ganz gleich! Es sah so aus, als schulde die andere ihr Geld! Es war das goldene Schaf, ein Geschenk; und inmitten ihrer Tränen entschlüpfte ihr der Name Delmar. Sie liebte ihn also, diesen Schmierenkomödianten!

»Warum hat sie dann mich genommen? fragte sich Frédéric. Warum ist er zurückgekehrt? Wer zwingt sie, mich zu behalten? Was bedeutet das alles?«

Rosanettes leises Schluchzen dauerte an. Sie lag immer noch am Rande des Diwans auf der Seite ausgestreckt, die rechte Wange auf den Händen, – und schien ein so zartes, ahnungsloses und betrübtes Wesen, daß er zu ihr ging und sie sanft auf die Stirn küßte.

Nun versicherte sie ihn ihrer Zärtlichkeit; der Fürst war abgereist, sie wären frei. Doch augenblicklich war sie etwas… knapp dran. »Du hast es ja neulich selbst gesehen, als ich mein altes Futter verarbeitet habe.« Jetzt gab es keine Equipagen mehr! Und das war noch nicht alles: der Dekorateur drohte, die Möbel aus dem Schlafzimmer und aus dem großen Salon wieder abzuholen. Sie war ratlos.

Am liebsten hätte Frédéric erwidert: »Mach dir keine Sorgen! ich werde bezahlen!« Aber die Dame konnte lügen. Die Erfahrung hatte es ihn gelehrt. Er beschränkte sich auf tröstende Worte.

Rosanettes Befürchtungen waren nicht unberechtigt; die Möbel mußten zurückgegeben und die schöne Wohnung verlassen werden. Sie nahm eine andere am Boulevard Poissonnière im vierten Stock. Die Raritäten ihres alten Boudoirs genügten, um den Zimmern ein schmukkes Aussehen zu verleihen. Man hatte chinesische Rouleaus, ein Zelt auf der Terrasse, im Salon einen günstig erstandenen Teppich, ganz neu, samt Puffs aus rosa Seide. Frédéric hatte entscheidend zu diesen Neuerwerbungen beigetragen; er empfand die Freude eines Jungvermählten, der endlich sein eigenes Haus, seine eigene Frau besitzt; und da ihm das sehr gefiel, kam er fast jeden Abend, um dort zu schlafen.

Eines Tages sah er, als er aus dem Vorzimmer trat, im dritten Stock auf der Treppe den Tschako eines Nationalgardisten, der heraufkam. Wo ging er wohl hin? Frédéric wartete. Der Mann stieg mit leicht gesenktem Kopf immer weiter nach oben. Er blickte auf. Es war der Sieur Arnoux. Die Lage war klar. Sie erröteten gleichzeitig, von derselben Verlegenheit ergriffen.

Arnoux fand als erster einen Ausweg.

– Es geht ihr besser, nicht wahr? als sei Rosanette krank, und er wäre erschienen, um sich nach ihr zu erkundigen.

Frédéric kam diese Eröffnung sehr zugute.

– Ja, gewiß! Ihr Mädchen sagte es mir, um wenigstens zu verstehen zu geben, daß man ihn nicht empfangen habe.

Dann blieben sie Auge in Auge voreinander stehen, ratlos einer wie der andere, und betrachteten einander prüfend. Nun kam es darauf an, wer von den beiden blieb. Wieder war es Arnoux, der die Frage entschied.

– Ach was! ich komme später wieder! Wo wollten Sie hin? Ich begleite Sie!

Und als sie auf der Straße waren, plauderte er ebenso unbefangen wie gewöhnlich. Offenbar hatte er kein eifersüchtiges Wesen, oder er war zu bieder, um sich zu erregen.

Im übrigen sorgte er sich um das Vaterland. Nun legte er die Uniform gar nicht mehr ab. Am 29. März hatte er das *Pressebüro* verteidigt. Als die Kammer eingenommen wurde, zeichnete er sich durch seinen Mut aus, und er war zu dem Bankett geladen, das für die Nationalgarde von Amiens ausgerichtet wurde.

Hussonnet, stets mit ihm im Dienst, profitierte mehr als jeder andere von seiner Feldflasche und seinen Zigarren; doch von Natur respektlos, machte er sich einen Spaß daraus, ihm zu widersprechen, lästerte über den nicht eben korrekten Stil der Dekrete, über die Verhandlungen im Luxembourg, die Vesuvierinnen, die Tirolerinnen, über alles, einschließlich des Prachtwagens der Landwirtschaft, der von Pferden statt von Ochsen gezogen und von häßlichen jungen Mädchen eskortiert wurde. Arnoux hingegen verteidigte die Regierung und träumte von der Fusion der Parteien. Mit seinen Geschäften ging es indessen bergab. Er machte sich darüber keine großen Sorgen.

Die Beziehungen von Frédéric und der Marschallin hatten ihn nicht weiter bekümmert; denn diese Entdeckung gab ihm (vor seinem Gewissen) das Recht, die Pension, die er ihr seit der Abreise des Fürsten wieder zahlte, zu streichen. Er berief sich auf die widrigen Umstände, stöhnte viel, und Rosanette war großmütig. Von nun an betrachtete sich Monsieur Arnoux als Herzensschatz, – was ihn in seiner Selbstachtung erhöhte und ihn verjüngte. Es stand für ihn außer Zweifel, daß Frédéric die Marschallin bezahlte, und so gedachte er, »eine schöne Komödie daraus zu machen«, versteckte sich schließlich sogar vor ihm und überließ ihm das Feld, wenn sie sich begegneten.

Diese Teilhabe verletzte Frédéric; und die Höflichkeiten seines Rivalen schienen ihm ein Hohn, der zu weit ging. Doch wenn er seiner Wut freien Lauf ließ, nahm er sich jede Aussicht auf eine Rückkehr zu der anderen, und außerdem war es auch die einzige Möglichkeit, von ihr zu hören. Der Fayencenhändler erwähnte sie aus Gewohnheit oder vielleicht auch Gemeinheit gerne im Gespräch und fragte ihn sogar, warum er sie nicht mehr besuche.

Da ihm die Vorwände ausgegangen waren, versicherte Frédéric, er sei mehrfach vergeblich bei Madame Arnoux gewesen. Arnoux war davon überzeugt, denn ihr gegenüber äußerte er oft seine Verwunderung über das Ausbleiben des Freundes; und stets erwiderte sie, daß sie seinen Besuch verpaßt habe; so daß die beiden Lügen sich deckten, anstatt sich zu widersprechen.

Die Sanftmut des jungen Mannes und die Freude, ihn zum Narren zu halten, führten dazu, daß Arnoux ihn noch lieber hatte. Er trieb die Vertraulichkeit bis zum Letzten, nicht aus Geringschätzung, sondern echtem Vertrauen. Eines Tages schrieb er ihm, daß ihn ein dringendes Geschäft für vierundzwanzig Stunden in die Provinz rufe, er bat ihn, an seiner statt Wache zu schieben. Frédéric wagte nicht abzulehnen und bezog Posten am Carrousel.

Er hatte die Gesellschaft der Nationalgardisten zu erdulden! und außer einem Zeugsichter, einem lustigen Menschen, der unmäßig trank, schienen ihm alle dümmer als ihre Patronentasche. Das Gespräch drehte sich hauptsächlich um die Ersetzung des Lederzeugs durch den Säbelriemen. Andere entrüsteten sich über die nationalen Werkstätten. Es hieß: »Wo kommen wir da hin?« Der Angesprochene erwiderte, indem er wie am Rande eines Abgrunds die Augen aufriß: »Wo kommen wir da hin?« Dann rief ein noch Kühnerer: »So kann es nicht weitergehen! das muß ein Ende haben!« und da sich dieselben Reden bis zum Abend wiederholten, langweilte Frédéric sich tödlich.

Seine Überraschung war groß, als er um elf Uhr Arnoux auftauchen sah, der sofort sagte, daß er herbeieile, um ihn abzulösen, da sein Geschäft abgeschlossen sei.

Er hatte keine Geschäfte gemacht. Das war eine Erfindung, um vierundzwanzig Stunden mit Rosanette allein zu verbringen. Aber der gute Arnoux hatte sich zuviel zugetraut, so daß ihn in seiner Ermattung das schlechte Gewissen packte. Er bedankte sich bei Frédéric und lud ihn zum Souper ein.

– Tausend Dank! ich bin nicht hungrig! mich verlangt es nur nach meinem Bett!

– Ein Grund mehr, nachher zusammen zu frühstücken! Was sind Sie für ein Schlappschwanz! Jetzt geht man nicht mehr nach Haus! Es ist zu spät! Das kann gefährlich sein!

Frédéric gab ein weiteres Mal nach. Arnoux, mit dem man nicht gerechnet hatte, wurde von seinen Waffenbrüdern willkommen geheißen, vor allem von dem Reiniger. Alle liebten ihn, und er war ein so gutmütiger Kerl, daß er Hussonnets Anwesenheit vermißte. Doch er mußte einen Augenblick die Augen schließen, nur für ein paar Minuten.

– Legen Sie sich neben mich, sagte er zu Frédéric, während er sich auf dem Feldbett ausstreckte, ohne sein Lederzeug abzunehmen.

Aus Angst vor einem Alarm behielt er sogar gegen die Vorschrift sein Gewehr, dann stammelte er ein paar Worte: »Mein Schatz! mein Engelchen!«, und war sogleich eingeschlafen.

Die noch sprachen, verstummten, und nach und nach breitete sich tiefe Stille in dem Posten aus. Frédéric, von Flöhen geplagt, sah sich um. An der gelbgestrichenen Wand war in halber Höhe ein langes Brett angebracht, wo die Tornister eine Reihe von kleinen Buckeln bildeten, während darunter, eines neben dem anderen, die bleigrauen Gewehre lehnten; und es erdröhnte lautes

Schnarchen, hervorgebracht von den Nationalgardisten, deren Bäuche sich undeutlich im Dunkel abzeichneten. Auf dem Ofen standen eine leere Flasche und Teller. Drei Stühle mit Korbgeflecht umringten den Tisch, wo ein Kartenspiel ausgebreitet war. Mitten auf der Bank lag eine Trommel mit baumelnden Riemen. Der warme Wind, der durch die Tür hereinwehte, ließ die Lampe qualmen. Arnoux schlief mit ausgebreiteten Armen; und da sein Gewehr ein wenig schräg mit dem Griff nach unten dalag, reichte ihm die Mündung des Laufes bis unter die Achsel. Frédéric sah es und erschrak.

»Aber nein! wie dumm von mir! da ist nichts zu befürchten! Doch wenn er stürbe…«

Und sofort liefen nicht enden wollende Bilder vor ihm ab. Er sah sich mit IHR, nachts, in einer Postkutsche, dann an einem Flußufer an einem Sommerabend und im Lampenschein daheim in ihrem Haus. Seine Gedanken blieben sogar bei Haushaltsberechnungen hängen, häuslichen Planungen, er hatte sein Glück schon vor Augen, zum Greifen nah; – und um es zu verwirklichen, brauchte sich nur der Hahn am Gewehr zu lösen! Man konnte es mit der Zehenspitze anstoßen; der Schuß ginge los, es wäre ein Zufall, weiter nichts!

Frédéric spann den Gedanken weiter aus, wie ein Dramatiker beim Dichten. Plötzlich war ihm, als sei er nicht weit davon entfernt, sich in Handlung aufzulösen, und er trüge dazu bei, ja es verlangte ihn danach; da ergriff ihn eine große Angst. In diesem Schrecken empfand er Freude und tauchte immer tiefer hinein, mit Entsetzen fühlend, wie seine Skrupel schwanden; der Rest der Welt verlosch in dem Feuer seiner Träumerei; und er spürte sich selbst nur noch durch einen unerträglichen Druck auf der Brust.

– Trinken wir Weißwein? sagte der Zeugsichter, der erwachte.

Arnoux sprang auf, und als der Wein ausgetrunken war, wollte er für Frédéric Posten stehen.

Dann nahm er ihn mit zum Frühstück zu Parly, Rue de Chartres; und da er sich stärken mußte, bestellte er sich zwei Teller Fleisch, einen Hummer, ein Omelett mit Rum, einen Salat, etc., das Ganze begossen mit einem Sauternes von 1819, samt einem Romanée von '42, nicht gerechnet den Champagner und die Liköre zum Dessert.

Frédéric widersprach ihm in nichts. Er war bedrückt, als habe der andere auf seinem Gesicht die Spuren seiner Gedanken entdecken können.

Die Ellbogen auf die Tischkante gestützt und tief vornübergebeugt, vertraute ihm Arnoux, ihn mit seinen Blicken quälend, seine neuesten Ideen an.

Er wollte gerne sämtliche Dämme der Nordbahn pachten, um dort Kartoffeln anzubauen, oder auch auf den Boulevards eine gigantische Kavalkade veranstalten, wo die »Berühmtheiten des Tages« auftreten sollten. Er würde alle Fenster vermieten, was, durchschnittlich drei Francs gerechnet, einen hübschen Gewinn ergäbe. Kurz, er träumte davon, durch Wucher mit einem Schlage reich zu werden. Dabei war er moralisch, rügte die Schand- und Freveltaten, sprach von seinem »armen Vater« und prüfte, wie er sagte, jeden Abend sein Gewissen, bevor er sich Gott befahl.

– Ein wenig Curaçao, ja?

– Wie Sie wünschen.

Was die Republik betraf, so würden die Dinge schon wieder in Ordnung kommen; kurz, er hielt sich für den glücklichsten Mann der Welt, und selbstvergessen pries er Rosanettes Qualitäten, ja verglich sie sogar mit seiner Frau. Das war natürlich etwas anderes! Schönere Schenkel konnte man sich gar nicht vorstellen.

– Auf Ihr Wohl!

Frédéric stieß mit ihm an. Er hatte aus Gefälligkeit

etwas zuviel getrunken, außerdem blendete ihn die helle Sonne, und als sie zusammen die Rue Vivienne wieder hinaufgingen, berührten ihre Épauletten sich brüderlich.

Nach Haus zurückgekehrt, schlief Frédéric bis sieben Uhr. Dann ging er zur Marschallin. Sie war mit jemandem ausgegangen. Mit Arnoux vielleicht? Unschlüssig setzte er seinen Spaziergang auf dem Boulevard fort, konnte jedoch über die Porte Saint-Martin nicht hinaus, so viele Menschen waren unterwegs.

Die Not überließ eine beträchtliche Anzahl von Arbeitern sich selbst, und sie erschienen dort jeden Abend, wohl um sich mustern zu lassen und auf ein Zeichen zu warten. Trotz des Versammlungsverbots nahmen solche *Clubs du Désespoir* in erschreckender Weise zu; und viele Bourgeois begaben sich aus Hohn, aus Mode täglich dorthin.

Plötzlich bemerkte Frédéric drei Schritte entfernt Monsieur Dambreuse und Martinon; er wandte sich ab, voller Groll auf Monsieur Dambreuse, der sich zum Abgeordneten hatte ernennen lassen. Doch der Kapitalist hielt ihn an.

– Auf ein Wort, lieber Herr! Ich bin Ihnen eine Erklärung schuldig.

– Ich verlange keine.

– Ich bitte Sie! hören Sie mich an.

Es sei keineswegs seine Schuld. Man habe ihn gebeten, gewissermaßen gezwungen. Martinon bekräftigte sogleich seine Worte: eine Abordnung aus Nogent sei bei ihm erschienen.

– Außerdem meinte ich frei zu sein, von dem Augenblick an…

Ein Gedränge auf dem Trottoir zwang Monsieur Dambreuse zurückzuweichen. Eine Minute darauf war er wieder da und sagte zu Martinon:

– Sie haben mir wirklich einen Dienst erwiesen! Sie werden es nicht zu bereuen haben…

Alle drei lehnten sich an einen Laden, um bequemer plaudern zu können.

Von Zeit zu Zeit wurde geschrien: »Es lebe Napoléon! es lebe Barbès! nieder mit Marie!« Die zahllose Menge war sehr laut; – und all die Stimmen, die von den Häusern zurückgeworfen wurden, klangen wie das fortwährende Klatschen der Wellen in einem Hafen. In bestimmten Momenten verstummten sie; dann ertönte die *Marseillaise.* In den Torwegen boten Männer mit geheimnisvollem Gebaren Stockdegen an. Manchmal blinzelten sich zwei Gestalten im Vorübergehen zu und entfernten sich hastig. Gruppen von Gaffern füllten die Trottoirs; eine dichte Masse wogte über das Pflaster. Aus den Gassen kamen ganze Scharen von Polizisten und verschwanden wieder darin, kaum daß sie erschienen waren. Rote Fähnchen hier und da schienen wie Flammen; die Kutscher gestikulierten von der Höhe ihres Bocks und drehten dann um. Das war ein Leben, ein höchst lustiges Spektakel.

– Wie all das Mademoiselle Cécile amüsiert hätte! sagte Martinon.

– Meine Frau schätzt es, wie Sie wissen, nicht, daß meine Nichte mit uns kommt, erwiderte lächelnd Monsieur Dambreuse.

Er war nicht wiederzuerkennen. Seit drei Monaten rief er: »Es lebe die Republik!« und hatte sogar für die Verbannung der Orléans gestimmt. Doch die Zugeständnisse mußten ein Ende haben. Er zeigte seine Wut und trug sogar einen Totschläger in der Tasche.

Martinon hatte ebenfalls einen. Da das Richteramt nicht mehr unwiderruflich war, hatte er sich vom Gericht zurückgezogen und übertraf Monsieur Dambreuse noch an Heftigkeit.

Lamartine war dem Bankier besonders verhaßt (weil er Ledru-Rollin unterstützt hatte) und mit ihm Pierre Leroux, Proudhon, Considérant, Lamennais, all die Hirnverbrannten, all die Sozialisten.

– Was wollen sie denn auch? Man hat die Fleischzölle abgeschafft und die Schuldhaft; jetzt arbeitet man an dem Projekt einer Hypothekenbank; und das Budget für die Arbeiter enthält fünf Millionen! Aber das ist zum Glück vorbei, dank Monsieur de Falloux! gute Reise! die sollen nur verschwinden!

Da der Minister für öffentliche Arbeiten nicht wußte, wie er die hundertdreißigtausend Menschen der öffentlichen Werkstätten bezahlen sollte, hatte er tatsächlich noch am selben Tage einen Erlaß unterzeichnet, der alle Citoyens zwischen achtzehn und zwanzig Jahren aufforderte, den Militärdienst anzutreten oder aber sich in die Provinz zu begeben, um dort das Land zu beackern.

Diese Alternative brachte sie auf, denn sie waren davon überzeugt, daß man die Republik zerstören wollte. Das Dasein fern der Hauptstadt war kränkend wie eine Verbannung, sie sahen sich in unwirtlichen Gegenden an Fieber sterben. Für viele war außerdem der Ackerbau gewissermaßen eine Erniedrigung, da sie feinere Arbeit gewohnt waren; schließlich war das ein Köder, ein Hohn, die ausdrückliche Verweigerung sämtlicher Versprechen. Wenn sie Widerstand leisteten, würde man Gewalt anwenden; daran hatten sie keinen Zweifel, und sie schickten sich an, ihr zuvorzukommen.

Gegen neun Uhr fluteten die Menschenmassen, die sich an der Bastille und am Châtelet gebildet hatten, zurück auf den Boulevard. Von der Porte Saint-Denis bis zur Porte Saint-Martin gab es nur noch ein gewaltiges Gewimmel, eine einzige dunkelblaue, beinahe schwarze Masse. Die Menschen, die man flüchtig erkennen konnte, hatten sämtlich glühende Augen und ein blasses, vom

Hunger ausgezehrtes, durch das Unrecht erhitztes Gesicht. Indessen ballten sich die Wolken zusammen, der Gewitterhimmel steigerte die elektrische Spannung der Menge, sie kreiste um sich selbst, wogte mal hier- mal dorthin; und in ihren Tiefen spürte man eine unberechenbare Macht; gleichsam die Kraft eines Elements. Dann begannen alle zu singen: »Lampions! Lampions!« Mehrere Fenster blieben dunkel; man warf die Scheiben ein. Monsieur Dambreuse hielt es für ratsam zu gehen. Die beiden jungen Leute begleiteten ihn zurück.

Er sah großes Unheil voraus. Das Volk konnte noch ein weiteres Mal die Kammer überfallen; und bei dieser Gelegenheit erzählte er, wie er ohne die Aufopferung eines Nationalgardisten am 15. Mai den Tod gefunden hätte.

– Aber das ist ja Ihr Freund, das hatte ich ganz vergessen! Ihr Freund, der Fayencenfabrikant, Jacques Arnoux! – Die Aufständischen erdrückten ihn; der brave Citoyen hatte ihn in die Arme genommen und in Sicherheit gebracht. So war seitdem eine Art Verbindung entstanden. – Dieser Tage müssen wir zusammen speisen, und da Sie ihn öfters sehen, versichern Sie ihn meiner Zuneigung. Ein vortrefflicher Mann, meiner Meinung nach Opfer von Verleumdungen; und er hat Esprit, der Kerl! Nochmals meine Empfehlung! Guten Abend!…

Nachdem sich Frédéric von Monsieur Dambreuse verabschiedet hatte, kehrte er zur Marschallin zurück, und mit finsterster Miene sagte er ihr, daß sie zwischen ihm und Arnoux zu wählen habe. Sie erwiderte sanft, daß sie von »solchen Ungereimtheiten« nicht das geringste verstehe, daß sie Arnoux nicht liebe und ihr gar nichts an ihm gelegen sei. Frédéric zog es aus Paris hinaus. Sie hatte nichts gegen diesen Einfall, und schon am nächsten Tag reisten sie nach Fontainebleau.

Das Hotel, in dem sie wohnten, unterschied sich von

den anderen durch einen Springbrunnen im Hof. Die Zimmertüren führten auf einen Gang wie in einem Kloster. Das Zimmer, das man ihnen gegeben hatte, war groß, gut möbliert, mit Kattun ausgeschlagen und ruhig, bei der spärlichen Zahl von Reisenden. Bourgeois flanierten in Ferienlaune an den Häusern entlang; wenn der Abend anbrach, spielten Kinder auf der Straße unter ihren Fenstern Fangen, – und nach dem Tumult in Paris war diese Ruhe für sie wunderbar, besänftigend.

Früh am Morgen besichtigten sie das Schloß. Als sie durch das Gittertor gingen, lag die ganze Fassade vor ihnen, mit den fünf Pavillons mit spitzen Dächern und ihrer hufeisenförmigen Treppe am Ende des Hofes, der rechts und links von zwei niedrigen Gebäuden eingefaßt wird. Das Moos auf den Pflastersteinen verband sich von weitem mit dem fahlroten Ton des Backsteins, und der ganze Palast, rostfarben wie eine alte Rüstung, hatte eine königliche Strenge, eine Art militärischer und trauriger Größe.

Schließlich erschien ein Diener mit einem Schlüsselbund. Er zeigte ihnen zunächst die Räume der Königinnen, das Betzimmer des Papstes, die Galerie von François I., den kleinen Mahagonitisch, auf dem er seine Abdankung unterzeichnet hatte, und die Stelle in einem der Zimmer, die die ehemalige Hirschgalerie teilten, wo Christine Monaldeschi hatte umbringen lassen. Rosanette hörte sich die ganze Geschichte aufmerksam an, dann drehte sie sich zu Frédéric um:

– Bestimmt aus Eifersucht? nimm dich in acht!

Dann durchquerten sie den Ratssaal, den Gardesaal, den Thronsaal, den Salon Louis XIII. Durch die hohen, vorhanglosen Fenster ergoß sich ein weißes Licht, die Griffe und die Messingfüße der Konsolen waren matt von Staub; Tücher aus dicker Leinwand verhüllten überall die Sessel, über den Türen sah man Jagdszenen von

Louis XV., und hier und da stellten Gobelins die Götter des Olymp, Psyche oder die Schlachten Alexanders dar.

Wenn sie an den Spiegeln vorüberkam, blieb Rosanette einen Augenblick stehen, um ihren Scheitel zu glätten.

Nach dem Hof am Schloßturm und der Saint-Saturnin-Kapelle kamen sie in den Festsaal.

Sie waren geblendet von der Pracht der Decke, die in achteckige Flächen unterteilt war, hervorgehoben durch Gold und Silber, ausgefeilter als ein Schmuckstück, und durch die Fülle von Gemälden, die die Wände bedecken, angefangen von dem riesenhaften Kamin, wo halbmondförmige Feuerzangenhalter und Köcher die Waffen Frankreichs umgeben, bis zur Musikertribüne, die am anderen Ende die Breite des Saales einnimmt. Die zehn Bogenfenster standen weit offen, die Sonne ließ die Gemälde glänzen, der blaue Himmel setzte das Marineblau der Bögen bis ins Unendliche fort, und aus der Tiefe der Wälder, deren verschwommene Wipfel den Horizont füllten, schien das Echo der in Elfenbeinhörner geblasenen Halalis zu dringen und mythologische Balletts, die unter den Laubkronen als Nymphen und Sylvanen verkleidete Prinzessinnen und Edelleute zusammenriefen, – Zeit unschuldiger Lehren, heftiger Leidenschaften und kostbarer Künste, als das Ideal darin bestand, die Welt in einem Hesperidentraum davonzutragen, und die Mätressen der Könige sich mit den Sternen vereinten. Rechts hatte die Schönste dieser Berühmtheiten sich mit dem Antlitz Dianas, der Jagdgöttin, und sogar als Diana der Unterwelt malen lassen, offenbar um ihre Macht über das Grab hinaus zu erkennen zu geben. All diese Symbole befestigten ihren Ruhm; und dort überdauert etwas von ihr, eine schwach vernehmbare Stimme, ein anhaltender Glanz.

Frédéric überkam eine unaussprechliche nostalgische Wollust. Um sein Verlangen abzulenken, begann er Rosanette zärtlich zu betrachten und fragte sie, ob sie nicht diese Frau hätte sein mögen.

– Welche Frau?

– Diane de Poitiers!

Er wiederholte:

– Diane de Poitiers, die Mätresse von Henri II.

Sie gab ein kleines »Ah!« von sich. Das war alles.

Ihr Schweigen bewies deutlich, daß sie keine Ahnung hatte, nichts begriff, so daß er aus Mitgefühl zu ihr sagte:

– Du langweilst dich vielleicht?

– Nein, nein, im Gegenteil!

Und mit erhobenem Kinn ließ Rosanette einen vagen Blick in die Runde schweifen und bemerkte:

– Das weckt Erinnerungen!

Auf ihrem Gesicht war jedoch ein Bemühen, ein Wille zum Respekt zu sehen; und da diese ernste Miene sie hübscher machte, verzieh ihr Frédéric.

Der Karpfenteich bereitete ihr mehr Vergnügen. Eine Viertelstunde lang warf sie Brotstücke ins Wasser, um die Fische springen zu sehen.

Frédéric hatte sich zu ihr unter die Linden gesetzt. Er dachte an all die Menschen, die in diesen Mauern geweilt hatten, Charles V., die Valois, Henri IV., Peter der Große, Jean-Jacques Rousseau und »die schönen Klageweiber der Proszeniumslogen«, Voltaire, Napoléon, Pius VII., Louis-Philippe; er fühlte sich umringt, berührt von diesen ungestümen Toten; ein solches Gewirr von Bildern machte ihn schwindlig, wenn er auch einen Reiz darin fand.

Schließlich gingen sie hinunter in den Vorgarten.

Er ist ein großes Rechteck, das auf einen Blick seine breiten gelben Wege zeigt, seine Rasenvierecke, seine Buchsbaumkanten, seine pyramidenförmigen Eiben, seine niedrigen Grünpflanzen und schmalen Beete, wo spärlich gesäte Blumen die graue Erde sprenkeln. Am

Ende des Gartens dehnt sich ein Park, der in ganzer Größe von einem langen Kanal durchzogen wird.

Königliche Residenzen besitzen eine besondere Melancholie, die gewiß von ihren für die kleine Besucherzahl zu umfangreichen Ausmaßen herrührt, von der Stille, auf die man dort nach so viel Fanfarenklang mit Erstaunen trifft, von ihrer reglosen Pracht, die durch ihr Alter von der Vergänglichkeit der Dynastien zeugt, vom ewigen Elend aller Dinge; – und dieser Dunst der Jahrhunderte, betäubend und trostlos wie Mumiengeruch, ist selbst für naive Geister spürbar. Rosanette gähnte maßlos. Sie kehrten zurück ins Hotel.

Nach dem Déjeuner brachte man ihnen einen offenen Wagen. Sie verließen Fontainebleau über einen großen Straßenstern, dann fuhren sie im Schrittempo eine sandige Straße in einem kleinen Fichtenwald hinauf. Die Bäume wurden höher; und der Kutscher sagte von Zeit zu Zeit: »Dies sind die siamesischen Zwillinge, der Pharamond, das Königsbukett …«, vergaß keinen einzigen der berühmten Plätze und hielt manchmal sogar an, damit man sie bewundern konnte.

Sie kamen in den Hochwald von Franchard. Der Wagen glitt wie ein Schlitten über das Gras; Tauben gurrten, die man nicht sah; plötzlich erschien ein Kellner; und sie stiegen vor dem Tor zu einem Garten aus, in dem runde Tische standen. Dann ließen sie die Mauern einer Klosterruine zur Linken liegen, liefen über dicke Steine und standen bald auf dem Grunde der Schlucht.

Sie ist auf der einen Seite von einem Gemisch von Sandstein und Wacholder bedeckt, während sich der fast kahle Boden zur Talsohle absenkt, wo sich in dem Violett des Heidekrauts ein Pfad als blasse Linie abzeichnet; ganz in der Ferne sieht man einen abgeplatteten Bergkegel und dahinter den Turm eines Telegraphenmastes.

Eine halbe Stunde später setzten sie abermals den Fuß auf die Erde, um die Höhen von Aspremont zu erklimmen.

Der Weg läuft im Zickzack zwischen den stämmigen Fichten unter zerklüfteten Felsen dahin; dieser Teil des Waldes hat etwas Stickiges, etwas von Wildheit und Andacht. Man denkt an Eremiten, Gefährten mächtiger Hirsche, mit einem feurigen Kranz zwischen den Hörnern, Eremiten, die mit väterlichem Lächeln die großen Könige Frankreichs empfingen, die vor ihrer Grotte knieten. Harzgeruch erfüllte die warme Luft, auf dem Boden verflochten sich Wurzeln wie Adern. Rosanette stolperte darüber hin, war verzweifelt, dem Weinen nahe.

Doch ganz oben kehrte ihre Fröhlichkeit zurück, als sie unter einem Laubdach eine Art Ausschank fand, wo Holzschnitzereien verkauft wurden. Sie trank eine Flasche Limonade, kaufte einen Stab aus Ilex, und ohne einen Blick auf die Landschaft zu werfen, die man von der Hochebene aus übersieht, trat sie hinter einem Burschen mit einer Fackel in die Räuberhöhle.

Ihr Wagen wartete in Bas-Bréau.

Ein Maler in blauem Kittel arbeitete, den Farbenkasten auf den Knien, am Fuß einer Eiche. Er hob den Kopf und sah zu, wie sie vorüberfuhren.

Mitten auf der Höhe von Chailly barst plötzlich eine Wolke und zwang sie, das Verdeck hochzuschlagen. Fast augenblicklich hörte der Regen wieder auf; und das Straßenpflaster glänzte unter der Sonne, als sie in die Stadt zurückkehrten.

Neu eingetroffene Reisende berichteten, daß eine entsetzliche Straßenschlacht Paris in Blut bade. Rosanette und ihr Liebhaber waren nicht überrascht. Dann gingen alle, das Hotel wurde wieder friedlich, das Gas verlosch, und beim Plätschern des Springbrunnens im Hof schliefen sie ein.

Am nächsten Tag besuchten sie die Gorge-au-Loup, die Mare-aux-Fées, den Long-Rocher, die Marlotte; am übernächsten setzten sie ihren Ausflug aufs Geratewohl fort, wie es dem Kutscher gefiel, ohne zu fragen, wo sie seien, und oft sogar, ohne sich um die berühmten Plätze zu kümmern.

Sie waren so gut aufgehoben in ihrem alten Landauer, der tief wie ein Sofa und mit verblaßtem Streifendrell ausgeschlagen war! Gräben voller Gestrüpp zogen mit sanfter, anhaltender Bewegung unter ihren Augen vorüber. Weiße Streifen fuhren wie Pfeile durch den hohen Farn; bisweilen tat sich ein Weg, der nicht mehr benutzt wurde, in gerader Linie vor ihnen auf; hier und da erhoben sich geschmeidige Gräser. Inmitten der Kreuzungen streckte ein Wegweiser seine vier Arme aus; anderswo neigten sich Pfosten wie tote Bäume, und kleine kurvige Pfade verloren sich unter den Blättern und luden dazu ein, ihnen zu folgen; im selben Augenblick bog das Pferd ab, sie fuhren hinein, man sank in den Schlamm, weiter hinten war auf den tiefen Furchen Moos gewachsen.

Sie glaubten sich weit von allen anderen entfernt, ganz allein. Doch plötzlich kam ein Förster mit seiner Flinte vorüber, oder eine Schar zerlumpter Frauen, die lange Reisigbündel schleppten.

Wenn der Wagen anhielt, herrschte tiefe Stille, man hörte nur das Schnaufen des Pferdes in der Deichsel und einen schwachen wiederholten Vogelschrei.

Das Licht erhellte den Waldesrand an einzelnen Stellen und ließ das Innere im Dunkeln; oder es entfaltete, im Vordergrund durch eine Art Dämmerung vermindert, im violetten Dunst der Ferne einen weißen Schein. Zur Tagesmitte fiel die Sonne senkrecht auf die langen Gräser, überzog sie mit Licht, hängte silberne Tropfen an die Spitzen der Zweige, linierte die Wiese mit smaragdfarbenen Streifen, warf goldene Flecken auf die Laubschicht; legte man den Kopf zurück, sah man den Himmel zwischen den Wipfeln der Bäume. Einige glichen mit ihrer gigantischen Höhe Patriarchen und Kaisern oder bildeten mit ihren ungeheuren langen Stämmen fast Triumphbögen; andere, von unten an windschief, wirkten wie Säulen kurz vor dem Umfallen.

Die vielen dicken, senkrechten Linien wichen auseinander. Dann ergossen sich in regelmäßigen Rundungen ungeheure grüne Fluten bis auf den Talboden, wo andere Hügelrücken sich erhoben, die, über goldenen Ebenen thronend, sich schließlich in einem unbestimmten fahlen Licht verloren.

Sie standen nebeneinander auf einer solchen Anhöhe und spürten, wie ihnen, während sie den Wind atmeten, gleichsam der Stolz eines freieren Lebens in die Seele drang, mit überschwenglichen Kräften, grundloser Freude.

Die Vielfalt der Bäume bot ein wechselndes Schauspiel. Die Buchen mit heller glatter Rinde verwoben ihre Kronen; Eschen bogen geschmeidig ihr graugrünes Geäst, Stechpalmen wie aus Bronze starrten aus dem Unterholz; dann kam eine Reihe schlanker Birken, in elegischen Haltungen geneigt; und Fichten, gleichmäßig wie Orgelpfeifen, schienen, fortwährend sich wiegend, zu singen. Es gab gewaltige knorrige Eichen, die sich wanden, sich aus dem Boden reckten, einander umschlangen und, fest auf ihren Stämmen wie Torsen, sich mit ihren nackten Armen verzweifelte Rufe zusandten, wütende Drohungen, wie eine in ihrem Zorn erstarrte Gruppe von Titanen. Etwas Schwüleres, eine fiebrige Sehnsucht schwebte über den Tümpeln und ließ ihre Wasserfläche zwischen den Dornbüschen deutlich hervortreten; die Flechten am Ufer, wo die Wölfe zum Trinken kommen, sind schwefelgelb, verbrannnt wie vom Schritt der Hexen, und das ununterbrochene Quaken der Frösche antwortet dem Schrei der kreisenden Dohlen.

Dann kamen sie über eintönige Lichtungen, hier und da mit einem jungen Baum bepflanzt. Ein metallisches Dröhnen erklang, rasche zahlreiche Schläge: es war am Hang, ein Trupp Steinbrecher arbeitete an den Felsen. Die Felsen wurden immer mehr, und schließlich erfüllten sie die ganze Landschaft, kubisch wie Häuser, flach wie Steinplatten, sich stützend, sich überragend, sich vermischend, so wie die unkenntlichen monströsen Ruinen einer verschwundenen Stadt. Doch die Leidenschaft ihres Chaos läßt einen mehr noch an Vulkane denken, an Sintfluten, an große unbekannte Erdumwälzungen. Frédéric sagte, daß sie von Anbeginn der Welt da seien und bis zu ihrem Ende so blieben; Rosanette wandte sich ab, behauptete, »das mache sie verrückt«, und ging Heidekraut pflücken. Die kleinen violetten, dichtgedrängten Blüten bildeten unregelmäßige Flächen, und die Erde, die darunter hervorrieselte, legte gleichsam schwarze Fransen über den Rand der glimmerübersäten Sandflächen.

Eines Tages waren sie auf halber Höhe eines Hügels angekommen, der ganz aus Sand bestand. Sein jungfräulicher Boden, auf den noch niemand einen Schritt gesetzt hatte, war in gleichmäßigen Wellenlinien gefurcht; hier und da erhoben sich, wie Vorgebirge auf dem ausgetrockneten Bett eines Ozeans, Felsen mit unbestimmten Tierformen, Schildkröten mit vorgerecktem Kopf, kriechende Robben, Flußpferde und Bären. Kein Mensch. Nicht das leiseste Geräusch. Der Sand lag blendend weiß unter den Strahlen der Sonne; – und plötzlich schienen die Tiere sich in diesem flimmernden Licht zu bewegen. Sie kehrten schnell um, flohen fast erschrocken, bevor es ihnen schwindelte.

Der Ernst des Waldes nahm sie gefangen; und es gab verschwiegene Stunden, in denen sie, dem Schaukeln der

Wagenfederung hingegeben, gleichsam benommen in einem stillen Rausch verharrten. Den Arm um ihre Taille, hörte er sie plaudern, während die Vögel zwitscherten, sah fast zugleich die dunklen Trauben auf ihrem Kapotthut und die Wacholderbeeren, den Faltenwurf ihres Schleiers und die Wolkenberge; und wenn er sich zu ihr neigte, vermischte sich der frische Duft ihrer Haut mit der freien Waldluft. Sie hatten an allem Freude; als sei es etwas Besonderes, zeigten sie sich die Spinnfäden in den Büschen, mit Wasser gefüllte Löcher zwischen den Steinen, ein Eichhörnchen in den Zweigen, den Flug zweier Schmetterlinge, die ihnen folgten; oder es kam zwanzig Schritte von ihnen entfernt eine Hirschkuh, ihr Kitz an der Seite, ruhig, vornehm und sanft unter den Bäumen daher, Rosanette wäre am liebsten hinterhergelaufen, um es zu umarmen.

Einmal bekam sie es mit der Angst, als ein Mann, der plötzlich auftauchte, ihr in einem Kasten drei Giftnattern zeigte. Sie drängte sich heftig an Frédéric; er war glücklich, daß sie schwach war und er sich stark genug fühlen konnte, sie zu verteidigen.

An diesem Abend speisten sie in einem Wirtshaus am Ufer der Seine. Der Tisch stand am Fenster. Rosanette saß ihm gegenüber; und er betrachtete ihr feines weißes Näschen, die aufgeworfenen Lippen, die hellen Augen, die kastanienbraunen vollen Locken, das hübsche ovale Gesicht. Ihr Kleid aus grober indischer Seide lag eng an den ein wenig abfallenden Schultern; und die Hände, die aus einfachen Manschetten kamen, schnitten vor, schenkten ein, kamen auf dem Tischtuch näher. Man brachte ihnen ein Huhn, das alle viere von sich streckte, ein Aalgericht in einer Schale aus Pfeifenton, sauren Wein, Brot, das zu hart war, schartige Messer. All das erhöhte das Vergnügen, die Illusion. Fast glaubten sie sich auf einer Reise, in Italien, in den Flitterwochen.

Bevor sie zurückkehrten, spazierten sie am Steilufer entlang.

Der zartblaue, wie eine Kuppel gewölbte Himmel ruhte auf der gezackten Silhouette der Wälder. Gegenüber, am Ende der Wiese, war ein Kirchturm in einem Dorf; und weiter hinten, zur Linken, warf das Dach eines Hauses einen roten Fleck auf den Fluß, der reglos schien auf seiner ganzen gewundenen Länge. Und doch neigten sich die Binsen, und das Wasser rüttelte leise an den Stangen, die ins Ufer gerammt waren, um die Netze zu halten; da lagen eine Reuse aus Weidenruten und zwei oder drei alte Kähne. Beim Wirtshaus zog ein Mädchen mit Strohhut Eimer aus dem Brunnen; jedesmal wenn sie heraufkamen, hörte Frédéric mit unaussprechlicher Freude das Kreischen der Kette.

Er zweifelte nicht daran, daß er bis ans Ende seiner Tage glücklich sein werde, so natürlich schien ihm sein Glück mit seinem Leben und der Person dieser Frau verbunden. Es drängte ihn, ihr Zärtlichkeiten zu sagen. Sie antwortete mit lieben Worten, kleinen Klapsen auf die Schulter, Liebkosungen, deren Überraschung ihn bezauberte. Schließlich entdeckte er eine ganz neue Schönheit an ihr, die vielleicht nur der Widerschein der Dinge ringsum war, wenn nicht gar deren heimliche Wirkung sie aufblühen ließ.

Wenn sie auf dem Lande ausruhten, streckte er sich, den Kopf auf ihren Knien, unter ihrem Sonnenschirm aus; – oder sie lagen sich bäuchlings im Grase gegenüber und schauten sich unverwandt an, blickten sich tief in die Augen, gierig aufeinander, immer weiter sich sättigend, dann mit halbgeschlossenen Lidern, ohne ein Wort mehr.

Manchmal vernahmen sie ganz entfernt Trommelwirbel. Das war der Generalmarsch, zu dem man in den Dörfern aufrief, um Paris zu verteidigen.

– Ah! sieh an! der Aufstand! sagte Frédéric mit verächtlichem Mitleid, denn neben ihrer Liebe und der ewigen Natur kam ihm dieser ganze Aufruhr erbärmlich vor.

Und sie plauderten über irgend etwas, über Dinge, die sie genau kannten, Leute, die sie nicht interessierten, über tausend Nichtigkeiten. Sie unterhielt ihn mit ihrem Zimmermädchen und ihrem Friseur. Eines Tages vergaß sie sich so weit, ihr Alter zu nennen: neunundzwanzig Jahre, sie wurde alt.

Mehrmals erzählte sie ihm, ohne es zu wollen, einzelne Dinge über sich selbst. Sie war »Ladenfräulein« gewesen, hatte eine Reise nach England gemacht, hatte mit Schauspielstudien begonnen; all das ohne Übergang, und er konnte kein Ganzes daraus rekonstruieren. Sie erzählte noch mehr, als sie eines Tages unter einer Platane am Wiesenrain saßen. Unten ließ ein kleines Mädchen am Wegesrand barfuß im Staub eine Kuh weiden. Sobald es sie entdeckt hatte, kam es herbei, um sie um ein Almosen zu bitten; und während es mit der einen Hand sein zerfetztes Röckchen hielt, kratzte es sich mit der anderen im schwarzen Haar, das wie eine Perücke à la Louis XIV. seinen ganzen braunen Kopf umgab, in dem strahlende Augen leuchteten.

– Sie wird einmal sehr hübsch sein, sagte Frédéric.

– Welches Glück für sie, wenn sie keine Mutter hat! erwiderte Rosanette.

– Was? wieso?

– Aber ja; ich jedenfalls, ohne meine…

Sie seufzte und begann von ihrer Kindheit zu sprechen.

Ihre Eltern waren Seidenweber in Croix-Rouge gewesen. Sie diente ihrem Vater als Lehrling. Der arme Alte rackerte sich vergeblich ab, seine Frau beschimpfte ihn und verkaufte alles, um zu trinken. Rosanette sah noch ihr Zimmer vor sich, mit den Webrahmen, die der Länge nach am Fenster aufgereiht waren, dem Kochtopf auf dem Ofen, dem mahagonifarben gestrichenen Bett, gegenüber einem Schrank und dem dunklen Hängeboden, wo sie bis zu ihrem fünfzehnten Jahr geschlafen hatte. Schließlich war ein Monsieur erschienen, ein fetter Mann mit wachsgelbem Gesicht, devotem Auftreten, schwarz gekleidet. Die Mutter und er hatten ein Gespräch miteinander, und drei Tage darauf... Rosanette hielt inne, und mit einem Blick voller Schamlosigkeit und Bitternis:

– War es soweit!

Dann, auf Frédérics Bewegung antwortend:

– Da er verheiratet war (in seinem Hause fürchtete er sich zu kompromittieren), brachte man mich in das Zimmer eines Wirtshauses, und man sagte mir, daß ich glücklich sein und ein schönes Geschenk bekommen würde.

»Schon an der Tür war das erste, das mich beeindruckte, ein Leuchter aus Rotgold auf einem Tisch mit zwei Gedecken. Ein Spiegel an der Decke warf ihr Bild zurück, und mit den Wandtapeten aus blauer Seide sah das Zimmer wie ein Alkoven aus. Ich war sehr überrascht. Du verstehst, ein armes Ding, das noch nichts erlebt hat! Ich war geblendet, und trotzdem hatte ich Angst. Ich wollte gehen. Und doch bin ich geblieben.

Die einzige Sitzgelegenheit, die es gab, war ein Diwan am Tisch. Er gab weich unter mir nach; die Öffnung der Heizung im Teppich sandte mir einen heißen Atem entgegen, ich blieb sitzen, ohne etwas zu mir zu nehmen. Der Kellner, der danebenstand, forderte mich auf zu essen. Er hat mir gleich ein großes Glas Wein eingegossen; mir drehte sich der Kopf, ich wollte das Fenster öffnen, er sagte: »Nein, Mademoiselle, das ist verboten.« Und er ließ mich allein. Der Tisch stand voller Dinge, die ich nicht kannte. Nichts hat mir geschmeckt. Da habe ich mich über ein Glas Kompott hergemacht, und ich wartete immer noch. Ich weiß nicht, was ihn aufhielt. Es war sehr spät, fast Mitternacht, und ich konnte nicht mehr vor Müdigkeit; als ich eines der Kissen beiseite schiebe, um mich besser ausstrecken zu können, finde ich unter meiner Hand eine Art Album, ein Heft; es waren obszöne Bilder… ich schlief darauf, als er hereinkam.«

Sie senkte den Kopf und saß gedankenverloren da.

Um sie rauschten die Blätter, in einem Grasbüschel wiegte sich ein großer Fingerhut, das Licht floß wie eine Welle über die Wiese; und die Stille war in kurzen Abständen von dem Grasen der Kuh unterbrochen, die man nicht mehr sah.

Rosanette starrte auf einen Punkt am Boden, drei Schritte von ihr entfernt, mit bebenden Nasenflügeln, vollkommen abwesend. Frédéric nahm ihre Hand.

– Wie du gelitten hast, armer Liebling!

– Ja, sagte sie, mehr als du glaubst!… Ich wollte sogar ein Ende machen; sie haben mich herausgefischt.

– Wie?

– Ach! denken wir nicht mehr daran! … Ich liebe dich, ich bin glücklich! küß mich. Und eine nach der anderen las sie die Kletten ab, die am Saum ihres Kleides hingen.

Frédéric dachte vor allem an das, was sie nicht erzählt hatte. Auf welchem Wege war sie aus ihrem Elend herausgelangt? Welchem Liebhaber verdankte sie ihre Erziehung? Was war geschehen in ihrem Leben bis zu dem Tag, an dem er zum ersten Mal zu ihr gekommen war? Ihr letztes Geständnis verbot jede Frage. Er fragte sie nur, wie sie Arnoux kennengelernt habe.

– Durch die Vatnaz.

– Warst nicht du es, die ich einmal im Palais-Royal mit den beiden gesehen habe?

Er nannte das genaue Datum. Rosanette dachte angestrengt nach.

– Ja, richtig!... Damals war ich in keiner guten Stimmung!

Doch Arnoux hatte sich vorzüglich verhalten. Daran hatte Frédéric keinen Zweifel; und doch war ihr Freund ein seltsamer Mann, voller Fehler; er war darauf bedacht, an alle zu erinnern. Und sie stimmte zu.

– Nun ja!... Man liebt es trotzdem, dieses Kamel!

– Immer noch? sagte Frédéric.

Sie begann zu erröten, halb lachend, halb erbost.

– Aber nein! Das gehört zu den alten Geschichten. Vor dir halte ich nichts geheim. Und wenn schon, mit ihm ist das etwas anderes! Übrigens finde ich dich nicht sehr nett mit deinem Opfer.

– Mein Opfer?

Rosanette faßte ihn ans Kinn.

– Gewiß!

Und wie eine Kinderfrau lispelnd:

– Waren wir wohl nicht immer ganz brav! Haben wir wohl mit seiner Frau Heia gemacht!

– Ich! nie im Leben!

Rosanette lächelte. Ihr Lächeln verletzte ihn, ein Ausdruck von Gleichgültigkeit, wie er glaubte. Doch sie erwiderte sanft und mit einem jener Blicke, die um Lüge flehen:

– Wirklich nicht?

– Freilich!

Frédéric schwor bei seiner Ehre, daß er nie an Madame Arnoux gedacht habe, da er zu sehr in eine andere verliebt gewesen sei.

– Und in wen?

– Aber doch in Sie, meine Schönste!

– Ach! mach dich nicht über mich lustig! Du machst mich wütend!

Er hielt es für ratsam, eine Geschichte, eine leidenschaftliche Liebe zu erfinden. Einzelne Umstände kamen ihm gelegen. Diese Person hatte ihn jedenfalls sehr unglücklich gemacht.

– Du hast tatsächlich kein Glück! sagte Rosanette.

– Oh! nun ja! vielleicht! womit er verschiedene Liebesabenteuer andeuten wollte, um eine bessere Meinung von sich zu erwecken, so wie Rosanette auch nicht all ihre Liebhaber eingestand, damit er sie höher achte, – denn in den intimsten Geständnissen gibt es aus falscher Scham, Feingefühl, Mitleid stets Vorbehalte. Man entdeckt bei dem anderen oder in sich selbst Abgründe oder Sümpfe, die alles weitere verbieten; man spürt, daß man auch gar nicht verstanden würde; es ist schwer, alles, was auch immer es sei, in Worte zu fassen; so sind vollkommene Verbindungen denn auch selten.

Die arme Marschallin hatte bessere nie gekannt. Ihr kamen oft Tränen, wenn sie Frédéric betrachtete, dann hob sie die Augen oder richtete sie auf den Horizont, als hätte sie irgendein großes Morgenrot entdeckt, Aussichten grenzenloser Seligkeit. Eines Tages schließlich bekannte sie, daß sie eine Messe lesen lassen wolle, »damit es unserer Liebe Glück bringt«.

Wie kam es dann, daß sie sich ihm so lange verweigert hatte? Sie wußte es selber nicht. Er wiederholte seine Frage noch mehrmals; und sie nahm ihn in die Arme und antwortete:

– Ich hatte einfach Angst, dich zu sehr zu lieben, mein Schatz!

Am Sonntagmorgen las Frédéric in einer Zeitung auf einer Verletztenliste den Namen Dussardiers. Er stieß einen Schrei aus, und während er Rosanette das Blatt zeigte, erklärte er, er reise sofort ab.

– Und wozu?

– Ja, um ihn zu besuchen, zu pflegen!

– Du wirst mich doch nicht alleine lassen, denke ich?

– Komm mit.

– Ach! ich mich in ein solches Getümmel stürzen! Nein danke!

– Aber ich kann doch nicht…

– Ta, Ta, Ta! Als hätten sie nicht genug Pfleger in den Krankenhäusern! Und was hatte der denn noch dabei zu suchen? Soll sich doch jeder um sich selber kümmern!

Er war empört über diesen Egoismus; und er machte sich Vorwürfe, daß er nicht dort bei den anderen war. Soviel Gleichgültigkeit gegenüber den Nöten des Vaterlandes hatte etwas Erbärmliches und Bourgeoises. Seine Liebe lastete plötzlich auf ihm wie ein Verbrechen. Eine Stunde lang schmollten sie miteinander.

Dann beschwor sie ihn zu warten, sich nicht in Gefahr zu bringen.

– Wenn es dich nun erwischt!

– Nun! ich hätte nur meine Pflicht getan!

Rosanette sprang auf. Seine erste Pflicht war, sie zu lieben. Offenbar hatte er genug von ihr! Das war ja verrückt! Was für eine Idee, mein Gott!

Frédéric läutete, um die Rechnung zu verlangen. Aber es war nicht einfach, von dort nach Paris zurückzukehren. Der Wagen Leloir war eben abgefahren, die Lecomte-Berlinen verkehrten nicht, die Extrapost vom Bourbonnais kam erst spät nachts durch und war vielleicht voll; was wußte man. Nachdem er viel Zeit mit diesen Auskünften verloren hatte, kam ihm der Gedanke, die Postkutsche zu nehmen. Der Postmeister weigerte sich, Pferde zu besorgen, da Frédéric keinen Paß hatte. Schließlich mietete er eine Kalesche (dieselbe, die sie spazierengefahren hatte), und gegen fünf Uhr waren sie vor dem Hotel du Commerce in Melun.

Der Marktplatz stand voller Gewehrgarben. Der Präfekt hatte den Nationalgardisten verboten, auf Paris zu marschieren. Diejenigen, die nicht aus seinem Département kamen, wollten ihren Weg fortsetzen. Man schrie. Im Gasthof herrschte großer Aufruhr.

Rosanette, die Angst bekam, erklärte, daß sie nicht weiterginge, und beschwor ihn abermals zu bleiben. Der Wirt und seine Frau schlossen sich ihr an. Ein biederer Mensch, der am Tisch saß und speiste, versicherte, daß die Schlacht binnen kurzem zu Ende sei; im übrigen müsse man seine Pflicht tun. Da schluchzte die Marschallin noch lauter. Frédéric war wütend. Er gab ihr seinen Geldbeutel, umarmte sie heftig und verschwand.

In Corbeil erfuhr er am Bahnhof, daß die Aufständischen in Abständen die Schienen gelöst hatten, und der Kutscher weigerte sich, ihn weiterzufahren; die Pferde seien, wie er sagte, »fix und fertig«.

Durch seinen Beistand bekam Frédéric jedoch ein klappriges Cabriolet, das ihn für die Summe von sechzig Francs, das Trinkgeld nicht gerechnet, bis zur Barrikade an der Place d'Italie bringen sollte. Doch hundert Schritt vor der Barrikade ließ sein Chauffeur ihn aussteigen und machte kehrt. Frédéric wanderte die Straße entlang, als plötzlich eine Schildwache das Bajonett vor ihm senkte. Vier Männer packten ihn und brüllten:

– Das ist einer! Achtung! Durchsucht ihn! Räuber! Kanaille!

Und seine Bestürzung war so groß, daß er sich bis zum Posten der Barrikade auf dem Platz schleppen ließ, wo der Boulevard des Gobelins und de l'Hôpital, die Straßen Rue Godefroy und Mouffetard zusammenlaufen.

Vier Barrikaden bildeten am Ende der vier Straßen riesige Wälle von Pflastersteinen; hier und da knisterten Fackeln; trotz des emporwirbelnden Staubes konnte er Infanteristen der Linientruppen und Nationalgardisten erkennen, alle mit schwarzen Gesichtern, halbnackt, verstört. Sie hatten gerade den Platz eingenommen und etliche Männer erschossen; ihre Raserei hatte sich noch nicht gelegt. Frédéric sagte, er komme aus Fontainebleau und einem verletzten Kameraden zu Hilfe, der in der Rue Bellefond wohne; anfangs wollte niemand ihm glauben; man betrachtete prüfend seine Hände, schnüffelte sogar an seinem Ohr, um sich zu vergewissern, daß er nicht nach Pulver roch.

Da er jedoch immer dasselbe wiederholte, überzeugte er schließlich einen Hauptmann, der zwei Schützen befahl, ihn zum Posten am Jardin des Plantes zu bringen.

Sie gingen den Boulevard de l'Hôpital hinunter. Es wehte ein frischer Wind. Er machte ihn wieder munter.

Dann bogen sie in die Rue du Marché-aux-Chevaux. Zur Rechten bildete der Jardin des Plantes eine große schwarze Masse; während links die gesamte Fassade des Hôpital de la Pitié mit seinen hellen Fenstern wie eine Feuersbrunst leuchtete, und hinter den Scheiben huschten Schatten vorüber.

Frédérics Begleiter gingen fort. Ein anderer brachte ihn bis zur École Polytechnique.

Die Rue Saint-Victor lag ganz im Dunkeln, ohne eine Laterne oder ein Licht in den Häusern. Alle zehn Minuten hörte man:

– Wache! habt acht!

Und dieser mitten in die Stille gebrüllte Schrei hallte wie der Aufprall eines Steines, der in einen Abgrund fällt.

Manchmal näherte sich das Dröhnen schwerer Schritte. Es war eine Patrouille von mindestens hundert Mann; Flüstern, leises Klirren von Metall drang aus dieser dunklen Masse; und sich mit rhythmischem Schwanken entfernend, verlor sie sich in der Finsternis.

An den Straßenkreuzungen stand reglos in der Mitte ein Dragoner zu Pferde. Von Zeit zu Zeit jagte eine Stafette im Galopp vorüber, dann war es wieder still. Rollende Kanonen verursachten in der Ferne auf dem Pflaster ein furchtbares, dumpfes Grollen; das Herz zog sich einem zusammen bei diesem Geräusch, das so anders war als alle übrigen. Es schien sogar die tiefe, absolute Stille noch zu erweitern, – eine schwarze Stille. Männer in weißem Kittel traten zu den Soldaten, sagten ihnen ein paar Worte und verschwanden wie Geister.

Der Posten an der Ecke der École Polytechnique quoll über vor Menschen. Frauen, die ihren Sohn oder Mann sehen wollten, versperrten den Eingang. Sie wurden zum Panthéon geschickt, das in eine Leichenhalle verwandelt worden war, und man schenkte Frédéric kein Gehör. Er blieb hartnäckig und schwor, daß sein Freund Dussardier ihn erwarte, ja im Sterben liege. Schließlich gab man ihm einen Gefreiten mit, der ihn hinauf in die Rue Saint-Jacques zum Rathaus des XII. Arrondissements bringen sollte.

Die Place du Panthéon war voller Soldaten auf Strohlagern. Der Tag brach an. Die Lagerfeuer verloschen.

Der Aufstand hatte in diesem Viertel furchtbare Spuren hinterlassen. Das Straßenpflaster war vom einen bis zum anderen Ende aufgerissen. Auf den zerstörten Barrikaden lagen noch Omnibusse, Gasleitungen, Wagenräder; kleine schwarze Lachen an einigen Stellen waren wohl Blut. Die Häuser waren von Geschossen durchlöchert, und unter dem abgeblätterten Putz zeigte sich das Gebälk. Jalousien, noch an einem Nagel, hingen herab wie Lumpen. Da die Treppen eingestürzt waren, öffneten sich die Türen ins Leere. Man konnte das Innere der Zimmer sehen, mit zerfetzten Tapeten; besonders feine Dinge waren manchmal unversehrt geblieben. Frédérics Blick fiel auf eine Standuhr, eine Papageienstange, Stiche.

Als er ins Rathaus kam, schwatzten die Soldaten ohne Ende über den Tod von Bréa und Négrier, den des Abgeordneten Charbonnel und des Erzbischofs von Paris.

Man sagte, der Duc d'Aumale sei in Boulogne gelandet, Barbès aus Vincennes geflohen, daß Artillerie aus Bourges anrücke und Hilfe aus der Provinz herbeiströme. Gegen drei Uhr brachte jemand gute Nachrichten; aufständische Parlamentsmitglieder seien beim Präsidenten der Nationalversammlung.

Alles freute sich; und da er noch zwölf Francs besaß, ließ Frédéric zwölf Flaschen Wein kommen, in der Hoffnung, seine Freilassung zu beschleunigen. Plötzlich glaubte man Gewehrfeuer zu hören. Das Gelage brach ab; man schaute den Unbekannten mißtrauisch an; es konnte Henri v. sein.

Um keinerlei Verantwortung zu tragen, schafften sie ihn ins Rathaus des XI. Arrondissements, das er vor neun Uhr morgens nicht verlassen durfte.

Er rannte im Laufschritt zum Quai Voltaire. An einem offenen Fenster stand ein Greis in Hemdsärmeln und weinte mit erhobenen Augen. Die Seine floß friedlich dahin. Der Himmel war ganz blau; in den Bäumen der Tuilerien sangen Vögel.

Frédéric lief über die Place du Carrousel, als eine Bahre vorübergetragen wurde. Der Posten präsentierte sofort das Gewehr, und der Offizier legte die Hand an den Tschako und sagte: »Ehre dem unglücklichen Tapferen!« Diese Parole war beinahe obligatorisch geworden; wer sie aussprach, schien immer feierlich berührt. Eine Gruppe wutentbrannter Leute eskortierte die Bahre und schrie:

– Wir rächen euch! wir rächen euch!

Auf dem Boulevard fuhren Kutschen hin und her, und vor den Türen zupften Frauen Scharpie. Der Aufstand war indessen niedergeschlagen oder so gut wie besiegt; das verkündete eine soeben angeschlagene Proklamation Cavaignacs.

Oben in der Rue Vivienne erschien ein Haufen von

Mobilgardisten. Da schwenkten die Bourgeois ihre Hüte, applaudierten, tanzten, wollten sie umarmen, ihnen zu trinken geben, – und aus Damenhänden fielen Blumen von den Balkonen.

Um zehn Uhr, als die Kanonen donnerten, um das Faubourg Saint-Antoine einzunehmen, war Frédéric endlich bei Dussardier. Er fand ihn in seinem Dachzimmer schlafend auf dem Rücken ausgestreckt. Aus dem Nebenzimmer kam mit geräuschlosen Schritten eine Frau, Mademoiselle Vatnaz.

Sie zog Frédéric beiseite und erzählte ihm, wie Dussardier zu seiner Verletzung gekommen war.

Am Samstag hatte oben auf der Barrikade in der Rue Lafayette ein in die Trikolore gehüllter Bursche den Nationalgardisten zugerufen: »Schießt ihr etwa auf eure Brüder?« Als sie vorrückten, hatte Dussardier das Gewehr hingeworfen, die andern beiseite geschoben, war auf die Barrikade gesprungen, hatte den Anführer mit einem Tritt umgestoßen und ihm die Fahne entrissen. Unter den Trümmern hatte man ihn mit durchschossenem Schenkel wiedergefunden. Die Wunde mußte aufgeschnitten und das Geschoß herausgeholt werden. Mademoiselle Vatnaz war noch am selben Abend erschienen und wich seither nicht mehr von seiner Seite.

Mit großem Geschick bereitete sie alles Nötige für die Verbände vor, half ihm beim Trinken, las ihm die kleinsten Wünsche von den Augen ab, kam und ging, leichter als eine Fliege, und betrachtete ihn mit zärtlichen Blicken.

Zwei Wochen lang versäumte Frédéric nicht, ihn jeden Morgen zu besuchen; als er eines Tages über die Aufopferung der Vatnaz sprach, zuckte Dussardier die Schultern.

– Ach nein! Das ist Berechnung!

– Meinst du?

Er sagte: »Ich bin sicher!«, ohne sich weiter dazu äußern zu wollen.

Sie überhäufte ihn mit Zuvorkommenheiten und brachte ihm sogar die Zeitungen, wo man seine gute Tat pries. Diese Huldigungen schienen ihn zu belasten. Er gestand Frédéric sogar, daß er ein schlechtes Gewissen habe.

Vielleicht hätte er sich auf die andere Seite zu den Kittelhemden schlagen sollen; denn schließlich hatte man ihnen doch vieles versprochen, das nicht gehalten wurde. Ihre Besieger verabscheuten die Republik; und außerdem war man mit ihnen sehr hart umgesprungen! Sie hatten gewiß unrecht, aber vielleicht auch nicht ganz; und der gute Junge marterte sich mit dem Gedanken, daß er womöglich die Gerechtigkeit bekämpft hatte.

Sénécal, der in den Tuilerien unter der Uferterrasse eingesperrt saß, wußte von solchen Ängsten nichts.

Da saßen sie, neunhundert Mann, zusammengepfercht, im Dreck, schwarz von Pulverdampf und verkrustetem Blut, geschüttelt vom Fieber, brüllend vor Wut; und wer zwischen den anderen gestorben war, wurde nicht herausgezogen. Manchmal glaubten sie beim plötzlichen Knall einer Detonation, daß man sie alle erschießen würde; dann warfen sie sich gegen die Mauern und taumelten zurück auf ihren Platz, so stumpf vor Schmerz, daß sie in einem Albtraum zu leben meinten, einer grausigen Halluzination. Die Lampe im Deckengewölbe sah aus wie ein Blutfleck; und grüne und gelbe Flämmchen, die von den Ausdünstungen des Kellers herrührten, züngelten in der Luft. Aus Angst vor Epidemien wurde eine Kommission einberufen. Schon auf den ersten Stufen schreckte der Präsident entsetzt vom Geruch der Exkremente und Kadaver zurück. Wenn sich die Gefangenen einem Kellerloch näherten, stießen die wachhabenden Nationalgardisten, die sie hindern sollten, an den Gittern zu rütteln, ihre Bajonette aufs Geratewohl in den Haufen.

Sie waren überhaupt unerbittlich. Wer nicht gekämpft hatte, wollte sich hervortun. Es war eine Welle von Angst. Man rächte sich an Zeitungen, Klubs, Menschenaufläufen und Doktrinen zugleich, an allem, was seit drei Monaten Anlaß zu Empörung gegeben hatte; und trotz des Sieges triumphierte die Gleichheit (wie zur Strafe ihrer Verteidiger und zum Spott ihrer Feinde), eine Gleichheit viehischer Bestien, ein und dieselbe Ebene blutiger Schandtaten; denn der Fanatismus der Interessen war das Gegengewicht zum Delirium der Not, die Aristokratie raste wie der Pöbel, und die Stoffkappe zeigte sich nicht weniger gemein als die rote Mütze. Die Volksseele war außer sich wie nach großen Naturkatastrophen. Leute von Geist blieben ihr ganzes Leben lang verstört.

Der alte Roque war sehr mutig geworden, beinahe verwegen. Am 26. mit den Leuten aus Nogent in Paris eingetroffen, hatte er sich, statt mit ihnen abzuziehen, der Nationalgarde angeschlossen; und er war sehr damit zufrieden, als Wachtposten vor die Uferterrasse beordert zu sein. Da hatte er sie wenigstens unter sich, diese Räuber! Er freute sich über ihre Niederlage, ihre Niedrigkeit, und konnte sich nicht zurückhalten, sie zu beschimpfen.

Einer von ihnen, eine Junge mit langem blonden Haar, preßte sein Gesicht an das Gitter und bat um Brot. Monsieur Roque befahl ihm zu schweigen. Aber der junge Mann wiederholte mit klagender Stimme:

– Brot!

– Hab ich etwa welches!

Weitere Gefangene erschienen mit ihren stacheligen Bärten, ihren glühenden Augen am Kellerloch, drängelten, schoben und heulten:

– Brot!

Der alte Roque war empört, daß seine Autorität verkannt wurde. Um ihnen Angst zu machen, legte er auf sie an; und durch die Flut von Menschen, die ihn erdrückte, bis an das Gewölbe getragen, schrie der junge Mann mit zurückgelegtem Kopf noch einmal:

– Brot!

– Hier! da hast du was! sagte der alte Roque und drückte ab.

Es gab ein riesiges Geheul, dann nichts mehr. Am Rande des Kübels klebte etwas Weißes.

Worauf Monsieur Roque nach Hause ging, denn er besaß in der Rue Martin ein Haus, in dem er ein Quartier behalten hatte; und die von den Aufständischen an der Vorderseite seines Hauses verursachten Schäden hatten nicht wenig zu seiner Wut beigetragen. Als er die Fassade wiedersah, kam es ihm so vor, als habe er das Übel für größer gehalten, als es war. Seine eben vollbrachte Tat beruhigte ihn wie eine Entschädigung.

Es war seine Tochter selbst, die ihm die Tür öffnete. Sie sagte ihm gleich, daß sein zu langes Ausbleiben sie beunruhigt habe; sie hatte ein Unglück befürchtet, eine Verwundung.

Dieser Beweis kindlicher Liebe rührte den alten Roque. Er staunte, daß sie sich ohne Catherine auf den Weg gemacht hatte.

– Ich habe sie losgeschickt, um eine Besorgung zu machen, erwiderte Louise.

Und sie erkundigte sich nach seiner Gesundheit, nach diesem und jenem; dann fragte sie ihn mit gleichgültiger Miene, ob er nicht zufällig Frédéric begegnet sei.

– Nein! keine Spur!

Nur für ihn hatte sie die Reise gemacht.

Jemand lief über den Hausflur.

– Ach! Entschuldige…

Und sie verschwand.

Catherine hatte Frédéric nicht angetroffen. Er war seit mehreren Tagen nicht zu Hause, und sein Busenfreund, Monsieur Deslauriers, wohnte jetzt in der Provinz.

Am ganzen Leibe zitternd, ohne ein Wort herauszubringen, kehrte Louise wieder zurück. Sie stützte sich auf die Möbel.

– Was hast du? was hast du denn? rief ihr Vater.

Sie bedeutete ihm, es sei nichts, und unter großer Willensanstrengung faßte sie sich wieder.

Der Speisewirt gegenüber brachte die Suppe. Aber der alte Roque hatte zu große Aufregungen gehabt. »Es wollte nicht rutschen«, und beim Dessert bekam er eine Art Ohnmachtsanfall. Man schickte nach einem Arzt, der eine Arznei verschrieb. Als er in seinem Bett lag, verlangte Monsieur Roque so viele Decken wie möglich, um zu schwitzen. Er seufzte, er ächzte.

– Danke, meine gute Catherine! – Küß deinen armen Vater, mein Täubchen! Ach! diese Revolutionen!

Und als seine Tochter ihn schalt, aus Angst um sie krank geworden zu sein, erwiderte er:

– Ja! du hast recht! Aber es ist stärker als ich! Ich bin zu empfindsam!

II

Madame Dambreuse, in ihrem Boudoir, zwischen ihrer Nichte und Miss John, hörte Monsieur Roque zu, der von seinen soldatischen Strapazen erzählte.

Sie biß sich auf die Lippen, schien zu leiden.

– Oh! das ist nichts! das geht vorüber!

Und in anmutigem Ton:

– Zum Diner werden wir einen Ihrer Bekannten hier haben, Monsieur Moreau.

Louise erzitterte.

– Außerdem nur ein paar gute Freunde, unter anderem Alfred de Cisy.

Und sie pries seine Umgangsformen, sein Aussehen und vor allem seinen Lebenswandel.

Madame Dambreuse log weniger als sie glaubte; der Vicomte träumte von Heirat.

Er hatte es Martinon mitgeteilt und hinzugefügt, daß er sicher sei, Mademoiselle Cécile zu gefallen, und daß seine Eltern sie nicht abweisen würden.

Um ein solches Geständnis zu wagen, mußte er vielversprechende Auskünfte über die Mitgift besitzen. Nun hatte aber Martinon den Verdacht, daß Cécile Monsieur Dambreuses leibliche Tochter sei; und es sei wahrscheinlich sehr gewagt, aufs Geratewohl um ihre Hand zu bitten. Diese Kühnheit konnte gefährlich werden; bis jetzt war auch er so aufgetreten, daß er sich nicht kompromittiert hatte; im übrigen wußte er nicht, wie er die Tante loswerden sollte. Cisys Worte gaben den Ausschlag; und er hatte seinen Antrag bei dem Bankier gemacht, der, da er kein Hindernis sah, soeben Madame Dambreuse davon unterrichtet hatte.

Cisy erschien. Sie erhob sich und sagte:

– Sie vergessen uns… Cécile, shake hands!

Im selben Augenblick trat Frédéric ins Zimmer.

– Ah! na endlich! sieht man Sie wieder! rief der alte Roque. Dreimal bin ich diese Woche mit Louise bei Ihnen gewesen.

Frédéric war ihnen sorgsam aus dem Weg gegangen. Er berief sich darauf, daß er seine Tage bei einem verwundeten Kameraden verbringe. Im übrigen sei er seit langem von einer Menge Dinge abgehalten worden; und er erfand ein paar Geschichten. Glücklicherweise erschienen die Gäste: zuerst Monsieur Paul de Grémonville, der Diplomat, den er kurz auf dem Ball gesehen hatte; dann Fumichon, der Industrielle, dessen konservative Ergebenheit ihn eines Tages entrüstet hatte; die alte Duchesse de Montreuil-Nantua folgte ihnen.

Doch im Vorzimmer wurden zwei Stimmen laut.

– Ich bin ganz sicher, sagte die eine.

– Liebe schöne Dame! liebe schöne Dame! erwiderte die andere, ich bitte Sie, beruhigen Sie sich!

Es waren Monsieur de Nonancourt, ein alter Beau, das Gesicht in Coldcream mumifiziert, und Madame de Larsillois, die Gattin eines Präfekten unter Louis-Philippe. Sie zitterte maßlos, denn soeben hatte sie auf einer Drehorgel eine Polka gehört, die unter den Aufständischen als Zeichen galt. Viele Bourgeois sahen dasselbe vor sich; man glaubte, daß die Männer in den Katakomben das Faubourg Saint-Germain in die Luft jagen würden; in den Kellern rumorte es; an den Fenstern ereigneten sich verdächtige Dinge.

Indessen waren alle bemüht, Madame de Larsillois zu beruhigen. Die Ordnung war wiederhergestellt. Nichts mehr zu befürchten. »Cavaignac hat uns gerettet!« Als seien die Schrecken des Aufstands nicht zahlreich genug gewesen, übertrieb man sie noch. Auf seiten der Sozialisten waren es dreiundzwanzigtausend Gefangene, – nicht weniger!

Man wußte von vergifteten Nahrungsmitteln, Mobilgarden mit angesägten Brettern und Fahnenaufschriften, die zur Plünderung, zum Brennen aufriefen.

– Und zu noch mehr! setzte die Ex-Präfektin hinzu.

– Ah! Teuerste! sagte Madame Dambreuse diskret und wies mit einem Blick auf die drei jungen Mädchen.

Monsieur Dambreuse trat mit Martinon aus seinem Arbeitszimmer. Sie wandte sich ab und erwiderte den Gruß Pellerins, der auf sie zukam. Der Künstler schaute besorgt auf die Wände. Der Bankier nahm ihn beiseite und gab ihm zu verstehen, daß er sein revolutionäres Gemälde für den Augenblick habe verstecken müssen.

– Gewiß! sagte Pellerin, denn sein Scheitern im *Club de l'Intelligence* hatte ihn umgestimmt.

Monsieur Dambreuse ließ sehr höflich einfließen, daß er ihn mit anderen Arbeiten betrauen werde.

– Aber verzeihen Sie! … – Ah! lieber Freund! welch ein Glück!

Arnoux und Madame Arnoux standen vor Frédéric.

Es überkam ihn wie ein Schwindel. Rosanette war ihm den ganzen Nachmittag mit ihrer Bewunderung für die Soldaten auf die Nerven gegangen; und die alte Liebe erwachte.

Der Haushofmeister erschien, um Madame zu melden, daß angerichtet sei. Mit einem Blick befahl sie dem Vicomte, Céciles Arm zu nehmen, sagte leise zu Martinon: »Schuft!«, und man ging hinüber in den Speisesaal.

Unter den grünen Blättern einer Ananas dehnte sich mitten auf dem Tafeltuch eine Goldbrasse, das Maul einem Viertel Rehbock zugestreckt und mit dem Schwanz eine Krebspyramide berührend. Feigen, riesige Kirschen, Birnen und Trauben (die ersten aus Pariser Anbau) türmten sich in Körben aus Meißener Porzellan; in Abständen mischte sich ein Blumengebinde in das Funkeln des Tafelsilbers; die weißen, vor den Fenstern herabgelassenen Seidenstores erfüllten den Raum mit einem milden Licht; er wurde von zwei Springbrunnen, wo Eisstücke lagen, kühlgehalten; und hochgewachsene Diener in Kniehosen trugen auf. All das schien nach den Aufregungen der vergangenen Tage noch schöner. Man kehrte zurück zu den Genüssen der Dinge, um die man gebangt hatte; und Nonancourt gab dem allgemeinen Gefühl Ausdruck, als er sagte:

– Ach! hoffen wir, daß die Herren Republikaner uns speisen lassen!

– Trotz ihrer Brüderlichkeit! fügte der alte Roque geistreich hinzu.

Die beiden Honoratioren saßen rechts und links von Madame Dambreuse, die vor sich ihren Gatten hatte, zwischen der von dem Diplomaten flankierten Madame de Larsillois und der alten Duchesse, Seite an Seite mit Fumichon. Dann kamen der Maler, der Fayencenhändler und Mademoiselle Louise; und dank Martinon, der ihm seinen Platz weggenommen hatte, um sich neben Cécile zu setzen, fand sich Frédéric neben Madame Arnoux wieder.

Sie trug ein Kleid aus schwarzem Barège, einen Goldreif am Handgelenk, und wie am ersten Tag, als er bei ihr diniert hatte, etwas Rotes im Haar, einen in ihren Knoten geschlungenen Fuchsienzweig. Er konnte sich nicht zurückhalten, ihr zu sagen:

– Wir haben uns lange nicht gesehen!

– Ach! erwiderte sie kalt.

Mit einer Sanftheit in der Stimme, die die Frechheit der Frage milderte, fuhr er fort:

– Haben Sie manchmal an mich gedacht?

– Warum sollte ich?

Frédéric war verletzt.

– Nun ja, da haben Sie vielleicht recht.

Doch schon bereute er es und beteuerte, er habe keinen Tag ohne die Qualen seiner Erinnerung leben können.

– Ich glaube kein Wort, Monsieur.

– Aber Sie wissen doch, daß ich Sie liebe!

Sie gab keine Antwort.

– Sie wissen, daß ich Sie liebe.

Sie schwieg noch immer.

»Ach, dann fahr zum Teufel!« sagte sich Frédéric.

Und als er die Augen hob, sah er am anderen Ende der Tafel Mademoiselle Roque.

Sie hatte es für schick gehalten, sich ganz in Grün zu kleiden, eine Farbe, die gemein von dem Ton ihrer roten Haare abstach. Ihre Gürtelschnalle saß zu hoch, der Kragen ließ den Hals zu kurz erscheinen; dieser Mangel an Eleganz hatte gewiß zu Frédérics kalter Begrüßung beigetragen. Neugierig beobachtete sie ihn von weitem; und Arnoux neben ihr mochte noch so verschwenderisch mit seinen Schmeicheleien sein, er konnte ihr keine drei Worte entlocken, so daß er darauf verzichtete zu gefallen, und der Unterhaltung zuhörte. Im Augenblick drehte sie sich um die Ananaspürees vom Luxembourg.

Louis-Blanc besaß Fumichon zufolge ein herrschaftliches Haus in der Rue Saint-Dominique und weigerte sich, an Arbeiter zu vermieten.

– Und ich finde es seltsam, sagte Nonancourt, daß Ledru-Rollin auf den Krongütern jagt!

– Er schuldet einem Goldschmied zwanzigtausend Francs! setzte Cisy hinzu; und man behauptet sogar…

Madame Dambreuse unterbrach ihn.

– Ach! wie häßlich, sich über Politik zu ereifern! Ein

junger Mann, pfui! Kümmern Sie sich lieber um Ihre Nachbarin!

Dann machten sich die bedeutsamen Leute über die Zeitungen her.

Arnoux ergriff ihre Verteidigung; Frédéric mischte sich ein, nannte sie Handelshäuser wie andere auch. Ihre Schreiber seien im allgemeinen Schwachköpfe oder Spaßvögel; er tat, als kenne er sie, und zog mit sarkastischen Reden gegen die großzügigen Gefühle seines Freundes zu Felde. Madame Arnoux begriff nicht, daß es sich um eine Rache an ihr handelte.

Indessen zermarterte sich der Vicomte das Hirn, um Mademoiselle Cécile zu erobern. Zunächst prahlte er mit seinem Kunstverstand, indem er die Form der Karaffen und die Gravur der Messer tadelte. Dann sprach er über seine Stallungen, seinen Anzugschneider, seinen Hemdenschneider; schließlich nahm er sich das Kapitel der Religion vor und fand Gelegenheit, zu verstehen zu geben, daß er allen Pflichten nachkam.

Martinon machte es besser. In eintönigen Reden und sie unausgesetzt betrachtend, pries er ihr Vogelprofil, ihr fades blondes Haar, die zu kurzen Hände. Das häßliche junge Mädchen ergötzte sich an dieser Flut von Schmeicheleien.

Man konnte nichts verstehen, da alle sehr laut sprachen. Monsieur Roque verlangte »einen eisernen Arm«, um Frankreich zu regieren. Nonancourt bedauerte sogar, daß das politische Schafott abgeschafft war. Diese Lumpen hätte man allesamt umbringen müssen!

– Es sind sogar Feiglinge, sagte Fumichon. Ich kann nichts Heldenhaftes darin sehen, sich hinter die Barrikaden zu setzen!

– A propos, erzählen Sie uns doch von Dussardier! sagte Monsieur Dambreuse, indem er sich an Frédéric wandte.

Der brave Ladendiener war jetzt ein Held wie Sallesse, die Brüder Jeanson, die Péquillet, etc.

Frédéric ließ sich nicht lange bitten und gab die Geschichte seines Freundes zum besten; ihm erwuchs daraus eine Art Glorienschein.

Schließlich kam man ganz von selbst auf verschiedene Mutproben. Nach Ansicht des Diplomaten war es nicht schwer, dem Tode die Stirn zu bieten, das bewiesen jene, die sich im Duell schlugen.

– Da kann man sich an den Vicomte wenden, sagte Martinon.

Der Vicomte wurde dunkelrot.

Die Gäste schauten ihn an; und Louise, erstaunter als die anderen, murmelte:

– Worum geht es denn?

– Er hat vor Frédéric *gekniffen,* erwiderte ganz leise Arnoux.

– Sie wissen Bescheid, Mademoiselle? fragte sogleich Nonancourt; und ihre Antwort sagte er Madame Dambreuse, die sich ein wenig vorbeugte und Frédéric zu betrachten begann.

Martinon wartete nicht auf Céciles Fragen. Er erklärte ihr, daß diese Angelegenheit eine nicht näher zu bezeichnende Person betraf. Das junge Mädchen rückte unmerklich auf dem Stuhl zurück, wie um der Berührung mit diesem Lüstling auszuweichen.

Die Unterhaltung war wieder in Gang gekommen. Die großen Bordeauxweine machten die Runde, man kam in Fahrt; Pellerin ärgerte sich über die Revolution wegen des spanischen Museums, das endgültig verloren war. Das war es, was ihn als Maler am meisten bekümmerte. Bei diesen Worten sprach Monsieur Roque ihn an.

– Sind Sie nicht der Schöpfer eines sehr bemerkenswerten Bildes?

– Vielleicht! Welches?

– Es stellt eine Dame in einem ... wahrhaftig! ... ein wenig ... lockeren Aufzug dar, mit einer Börse und dahinter einem Pfau.

Nun war es Frédéric, der purpurrot wurde. Pellerin tat, als habe er nicht verstanden.

– Aber das ist doch von Ihnen! Denn darunter steht Ihr Name und auf dem Rahmen eine Zeile, die besagt, daß es Monsieur Moreaus Eigentum sei.

Als eines Tages der alte Roque und seine Tochter in seinem Hause auf ihn warteten, hatten sie das Porträt der Marschallin gesehen. Der gute Mann hatte es sogar für ein »gotisches Gemälde« gehalten.

– Nein! sagte Pellerin schroff; es ist ein Frauenbildnis.

Martinon fügte hinzu:

– Einer sehr lebendigen Frau! Nicht wahr, Cisy?

– Ach! ich habe keine Ahnung.

– Ich dachte, Sie kennen sie. Aber wenn Ihnen das peinlich ist, bitte ich tausendmal um Verzeihung!

Cisy senkte die Augen, durch seine Verlegenheit unter Beweis stellend, daß er eine erbärmliche Rolle bei diesem Porträt gespielt haben mußte. Was Frédéric betraf, so konnte das Modell nur seine Mätresse sein. Das war eine der sich unverzüglich bildenden Überzeugungen, und die Gesichter der Gesellschaft brachten es deutlich zum Ausdruck.

»Wie er mich belogen hat!« sagte sich Madame Arnoux.

»Dafür hat er mich also verlassen!« dachte Louise.

Frédéric sah, daß ihn beide Geschichten kompromittieren konnten; und als man im Garten war, machte er Martinon Vorwürfe.

Der Liebhaber Mademoiselle Céciles lachte ihm ins Gesicht.

– Oh! nicht im geringsten! es wird dir nützen! Nur zu!

Was wollte er damit sagen? Warum übrigens dieses für ihn so ungewöhnliche Wohlwollen? Ohne eine Erklärung ging er nach hinten, wo die Damen saßen. Die Männer standen, und in ihrer Mitte entwickelte Pellerin seine Ideen. Für die Kunst sei eine einsichtsvolle Monarchie am günstigsten. Die modernen Zeiten widerten ihn an. »Wenn es nur wegen der Nationalgarde wäre«, sehnte er sich zurück ins Mittelalter, zu Louis XIV.; Monsieur Roque beglückwünschte ihn zu seinen Ansichten und gestand sogar, daß sie all seine Vorurteile gegen Künstler über den Haufen warfen. Doch angezogen von der Stimme Fumichons entfernte er sich fast im selben Moment. Arnoux versuchte darzulegen, daß es zwei Arten von Sozialismus gäbe, einen guten und einen schlechten. Der Industrielle sah da keinen Unterschied, da er bei dem Wort Eigentum vor Wut den Kopf verlor.

– Das ist ein in der Natur verankertes Recht! Die Kinder hängen an ihrem Spielzeug; sämtliche Völker, alle Tiere sind meiner Meinung; selbst der Löwe würde sich, wenn er sprechen könnte, zum Eigentümer erklären! So habe ich, meine Herren, mit einem Kapital von fünfzehntausend Francs angefangen! Dreißig Jahre lang, müssen Sie wissen, bin ich jeden Morgen um vier Uhr aufgestanden! Ich habe mich verteufelt abgerackert, um mein Vermögen zu bilden! Und nun will man mir sagen, ich sei nicht Herr darüber, mein Geld sei nicht mein Geld, kurz, Eigentum sei Diebstahl!

– Aber Proudhon…

– Laßt mich mit eurem Proudhon in Ruhe! Wenn er hier wäre, würde ich ihn, glaube ich, erwürgen.

Er hätte ihn erwürgt. Vor allem nach den Likören war Fumichon völlig außer sich; und sein Schlagflußgesicht war kurz davor, wie eine Granate zu explodieren.

– Guten Tag, Arnoux, sagte Hussonnet, der über den Rasen geschlendert kam.

Er brachte Monsieur Dambreuse das erste Blatt einer Broschüre mit dem Titel *L'Hydre;* denn der Bohémien vertrat die Interessen eines reaktionären Zirkels, und der Bankier stellte ihn solchermaßen seinen Gästen vor.

Hussonnet unterhielt sie mit der Behauptung, die Talghändler hätten dreihundertzweiundneunzig Straßenjungen eingestellt, die jeden Abend »Lampions!« rufen mußten, und er verspottete die Grundsätze von '89, die Befreiung der Neger, die Redner der Linken; er wagte sich sogar soweit vor, *Prudhomme auf einer Barrikade* zu spielen, vielleicht als Auswirkung einer naiven Eifersucht auf diese Bourgeois, die gut gespeist hatten. Die Komödie gefiel nur mäßig. Die Gesichter wurden lang.

Außerdem war das nicht der Moment zu scherzen; Nonancourt sagte es, indem er an den Tod des Monseigneur Affre und den des General von Bréa erinnerte. Sie waren nicht vergessen; man stellte Vermutungen darüber an. Monsieur Roque erklärte das Hinscheiden des Erzbischofs für »das Erhabenste, was es gab«; Fumichon verlieh dem Offizier die Siegespalme; und anstatt diese beiden Morde einfach zu beklagen, diskutierte man darüber, welcher die größte Empörung hervorrufen mußte. Danach wurde ein zweiter Vergleich zwischen Lamoricière und Cavaignac gezogen, wobei Monsieur Dambreuse Cavaignac in den Himmel hob und Nonancourt Lamoricière. Niemand in der Runde, ausgenommen Arnoux, hatte sie am Werke sehen können. Alle fällten ein deshalb nicht weniger unwiderrufliches Urteil über ihre Operationen. Frédéric hatte sich für unzuständig erklärt und bekannt, daß er nicht gekämpft habe. Der Diplomat und Monsieur Dambreuse nickten ihm beifällig zu. Den Aufstand bekämpft zu haben, das hieß tatsächlich, die Republik verteidigt zu haben. Das günstige Ergebnis stärkte sie; und jetzt, da man sich der Besiegten entledigt hatte, wollte man auch die Sieger los sein.

Kaum im Garten, hatte Madame Dambreuse Cisy beiseite genommen und ihn wegen seiner Ungeschicklichkeit gescholten; beim Anblick von Martinon entließ sie ihn und wollte von ihrem zukünftigen Neffen den Grund für seine Scherze über den Vicomte erfahren.

– Da gibt es keinen Grund.

– Und all das zum Ruhme von Monsieur Moreau! Zu welchem Zweck?

– Zu keinem. Frédéric ist ein reizender Junge. Ich habe ihn sehr gern.

– Ich ebenfalls! Er soll herkommen! Gehen Sie ihn suchen!

Nach zwei oder drei nichtssagenden Bemerkungen begann sie ihre Gäste ein wenig herabzusetzen, was hieß, ihn über sie zu stellen. Er ließ die Gelegenheit nicht aus, etwas über die anderen Frauen zu lästern, eine geschickte Art, ihr Komplimente zu machen. Doch von Zeit zu Zeit verließ sie ihn, es war Empfangsabend, Damen trafen ein; dann kehrte sie auf ihren Platz zurück, und die zufällige Anordnung der Sessel erlaubte ihnen, nicht gehört zu werden.

Sie gab sich fröhlich, aufrichtig, melancholisch und nachdenklich. Die Sorgen des Tages interessierten sie nicht sehr; es gab eine ganze Reihe weniger vergänglicher Gefühle. Sie beklagte sich über die Dichter, die die Wahrheit verfälschten, dann hob sie die Augen zum Himmel und fragte ihn nach dem Namen eines Sterns.

Man hatte zwei oder drei chinesische Laternen in die Bäume gehängt; sie schwankten im Wind, die bunten Strahlen zitterten auf ihrem weißen Kleid. Sie saß wie gewöhnlich leicht zurückgelehnt in ihrem Sessel, vor sich einen Hocker; man sah die Spitze eines Schuhs aus schwarzem Atlas; und in Abständen warf Madame Dambreuse ein lauteres Wort ein, manchmal sogar ein Lachen.

Diese Koketterien drangen nicht bis zu Martinon, der mit Cécile beschäftigt war; aber sie trafen die kleine Roque, die mit Madame Arnoux plauderte. Das war die einzige unter diesen Frauen, deren Verhalten ihr nicht verächtlich vorkam. Sie hatte sich neben sie gesetzt; dann sagte sie, einem Mitteilungsbedürfnis nachgebend:

– Nicht wahr, der kann reden, der Frédéric Moreau?

– Sie kennen ihn?

– Oh! sehr gut! Wir sind Nachbarn, er hat mit mir gespielt, als ich noch ganz klein war.

Madame Arnoux warf ihr einen langen Blick zu, der bedeutete: »Sie lieben ihn doch wohl nicht?«

Der des jungen Mädchens erwiderte seelenruhig: »Doch!«

– Sie sehen ihn also oft?

– Oh! nein! nur wenn er zu seiner Mutter kommt. Jetzt ist er schon zehn Monate nicht dagewesen! Dabei hatte er versprochen, nicht mehr auf sich warten zu lassen.

– Den Versprechungen der Männer darf man nicht zu viel Glauben schenken, mein Kind.

– Aber mich hat er nicht betrogen!

– Wie andere!

Louise erschauerte: »Hat er ihr vielleicht auch etwas versprochen?«, und ihr Gesicht war verzerrt vor Argwohn und Haß.

Madame Arnoux bekam fast Angst vor ihr; am liebsten hätte sie ihre Bemerkung zurückgenommen. Dann schwiegen beide.

Da Frédéric gegenüber auf einem Klappsessel saß, betrachteten sie ihn, die eine heimlich aus den Augenwinkeln, die andere unverhohlen, mit offenem Mund, so daß Madame Dambreuse zu ihm sagte:

– Drehen Sie sich doch um, damit sie Sie sehen kann!

– Wer denn?

– Nun, die Tochter von Monsieur Roque!

Und sie neckte ihn mit der Liebe dieser jungen Provinzlerin. Er verteidigte sich mit einem mühsamen Lachen.

– Wie können Sie das glauben! ich bitte Sie! Ein so häßliches Ding!

Und doch fühlte er sich unendlich geschmeichelt. Ihm fiel der andere Abend wieder ein, den er mit einem Herzen voller Demütigungen verlassen hatte; und er atmete auf; er fühlte sich in seinem wahren Element, fast auf seiner Domäne, als ob ihm all das gehöre, einschließlich des Herrenhauses Dambreuse. Die Damen umringten ihn in einem Halbkreis und hörten ihm zu; und um vor ihnen zu glänzen, sprach er sich für die Wiedereinführung der Scheidung aus, die leicht sein müsse, so leicht, daß man einander verlassen und wieder zusammenkommen könne, sooft man wolle. Sie schrien empört auf; andere tuschelten; leise Ausrufe drangen aus dem Dunkel am Fuße der mit Waldrebe überwucherten Mauer. Es klang wie das Gegacker fröhlicher Hühner; und er entwickelte seine Theorie mit der Sicherheit, die das Bewußtsein des Erfolges verleiht. Ein Diener brachte ein Tablett mit Eis in die Gartenlaube. Die Herren traten näher. Sie unterhielten sich über die Verhaftungen.

Dann rächte sich Frédéric an dem Vicomte, indem er ihm weismachte, daß man ihn vielleicht als Legitimist verfolgen werde. Der andere wandte ein, er habe sich nicht aus seinem Zimmer gerührt; sein Gegner beschwor die drohende Gefahr; die Herren Dambreuse und Grémonville amüsierten sich. Dann beglückwünschten sie Frédéric mit dem gleichzeitigen Bedauern, daß er seine Fähigkeiten nicht zur Verteidigung der Ordnung nutze; und ihr Händedruck war herzlich; von nun an konnte er mit ihnen rechnen. Schließlich, als alle gingen, machte der Vicomte vor Cécile eine tiefe Verbeugung.

– Mademoiselle, ich habe die Ehre, Ihnen einen guten Abend zu wünschen.

Sie antwortete trocken:

– Guten Abend! Doch Martinon sandte sie ein Lächeln.

Der alte Roque schlug Monsieur Arnoux vor, ihn »sowie Madame« nach Hause zu begleiten, um ihre Unterhaltung fortsetzen zu können, da sie den gleichen Weg hatten.

Louise und Frédéric gingen voraus. Sie hatte seinen Arm genommen; und als sie ein wenig von den anderen entfernt war:

– Ach! endlich! endlich! den ganzen Abend habe ich so gelitten! Was sind diese Frauen böse! Was für eine hochnäsige Art!

Er wollte sie verteidigen.

– Zunächst einmal hättest du mich wohl begrüßen können, als du hereinkamst, wo du doch ein Jahr nicht gekommen bist!

– Kein ganzes Jahr, sagte Frédéric, froh, sie in diesem Punkte korrigieren zu können, um den übrigen auszuweichen.

– Na gut! Die Zeit ist mir eben lang vorgekommen! Aber während dieses abscheulichen Diners konnte man meinen, du hättest dich für mich geschämt! Ach! ich verstehe, ich besitze nicht, was man braucht, um zu gefallen, so wie diese Frauen.

– Du irrst, sagte Frédéric.

– Wirklich! Schwöre, daß du keine von ihnen liebst.

Er schwor.

– Und du liebst nur mich?

– Bei Gott!

Diese Beteuerung stimmte sie froh. Am liebsten wäre sie blindlings weiter durch die Straßen gelaufen, um die ganze Nacht mit ihm umherzuspazieren.

– Ich habe mich zu Hause so geängstigt! Es war nur noch von Barrikaden die Rede! Ich habe dich schon blutüberströmt auf den Rücken fallen sehen! Deine Mutter lag mit ihrem Rheuma zu Bett. Ich durfte nichts sagen! Ich habe es nicht mehr ausgehalten! Da habe ich mir Catherine genommen.

Und sie erzählte ihm von ihrer Abreise, der ganzen Fahrt und der Lüge, die sie ihrem Vater aufgetischt hatte.

– In zwei Tagen nimmt er mich mit zurück. Komm morgen abend, wie zufällig, und nutze die Gelegenheit, um meine Hand anzuhalten.

Nie war Frédéric weiter davon entfernt gewesen zu heiraten. Außerdem schien ihm Mademoiselle Roque eine ziemlich lächerliche kleine Person zu sein. Was für ein Unterschied zu einer Frau wie Madame Dambreuse! Ihm war eine ganz andere Zukunft beschieden! Heute hatte er darüber Gewißheit bekommen; daher war dies nicht der Moment, sich in einem so bedeutungsvollen Entschluß zu einer Bindung hinreißen zu lassen. Jetzt galt es entschieden vorzugehen; – und dann hatte er Madame Arnoux wiedergesehen. Doch Louises Offenheit verwirrte ihn. Er erwiderte:

– Hast du dir diesen Schritt auch gut überlegt?

– Wie! rief sie, starr vor Überraschung und Empörung.

Er sagte, daß es im Augenblick Wahnsinn sei zu heiraten.

– Du willst mich also nicht?

– Aber du verstehst mich nicht!

Er stürzte sich in einen wirren Wortschwall, um ihr begreiflich zu machen, daß höhere Rücksichten ihn abhielten, daß er unendlich viel zu tun habe, daß sogar sein Vermögen auf dem Spiel stünde (Louise schnitt alles mit einem Wort ab), kurz, daß die politischen Umstände es nicht zuließen. Das Vernünftigste sei also, sich ein wenig zu gedulden. Die Dinge würden sich gewiß regeln; so hoffte er wenigstens; und da er keine weiteren Gründe fand, tat er, als fiele ihm plötzlich ein, daß er seit zwei Stunden bei Dussardier sein sollte.

Nachdem er sich bei den anderen verabschiedet hatte, verschwand er in der Rue Hauteville, lief um das Gymnase, kam zurück auf den Boulevard und stieg im Eilschritt die vier Stockwerke zu Rosanette hinauf.

Monsieur und Madame Arnoux verließen den alten Roque und seine Tochter am Anfang der Rue Saint-Denis. Sie gingen wortlos weiter; er erschöpft vom vielen Reden, und sie mit dem Gefühl einer großen Mattigkeit; sie lehnte sich sogar an seine Schulter. Das war der einzige Mann an diesem Abend, der ehrliche Gefühle gezeigt hatte. Sie empfand Nachsicht mit ihm. Er indessen hegte einen leichten Groll gegen Frédéric.

– Hast du sein Gesicht gesehen, als von dem Porträt die Rede war? Habe ich dir nicht gesagt, daß er ihr Liebhaber ist? Du wolltest mir nicht glauben!

– Oh! ja, ich hatte unrecht!

Arnoux, beglückt von seinem Triumph, ließ nicht locker.

– Ich wette sogar, daß er uns gerade hat stehenlassen, um zu ihr zu gehen! Er ist jetzt bei ihr, o ja! Er verbringt dort die Nacht.

Madame Arnoux hatte ihre Kapuze sehr tief herabgezogen.

– Aber du zitterst ja!

– Weil mir kalt ist, erwiderte sie.

Sobald ihr Vater eingeschlafen war, trat Louise in Catherines Zimmer und rüttelte sie an der Schulter:

– Steh auf! … schnell! schneller! und hol mir eine Droschke.

Catherine erwiderte, daß es um diese Zeit keine mehr gebe.

– Dann bringst du mich eben selber hin!

– Wohin denn?

– Zu Frédéric!

– Nicht möglich! und warum?

Sie mußte ihn sprechen. Sie konnte nicht warten. Sie wollte ihn sofort sehen.

– Was fällt Ihnen ein? Einfach mitten in der Nacht bei jemandem zu erscheinen! Außerdem schläft er jetzt!

– Ich wecke ihn!

– Aber das gehört sich nicht für eine junge Dame!

– Ich bin keine junge Dame! Ich bin seine Frau! Ich liebe ihn! Komm, nimm dein Tuch.

Catherine stand neben ihrem Bett und überlegte.

Schließlich sagte sie:

– Nein! ich will nicht!

– Na gut, dann bleib! ich gehe jedenfalls!

Louise glitt wie eine Schlange die Treppe hinab. Catherine stürzte ihr nach und holte sie auf dem Trottoir ein. Ihre Vorhaltungen waren zwecklos; und während sie noch ihr Wams zuband, folgte sie ihr. Der Weg erschien ihr furchtbar lang. Sie klagte über ihre alten Beine.

– He, he, ich hab keinen Grund, so zu rennen, Gnädigste!

Dann wurde sie weich.

– Armes Herz! Schau, du hast doch noch deine Cati!

Von Zeit zu Zeit bekam sie wieder Bedenken.

– Ah! Ihr laßt mich da was Schönes machen! Wenn Ihr Vater nun aufwacht! Herr im Himmel! Hoffentlich geht das gut!

Vor dem Théâtre des Variétés wurden sie von einer Patrouille Nationalgardisten aufgehalten. Louise sagte sofort, sie ginge mit ihrem Mädchen in die Rue Rumfort, um einen Arzt zu holen. Man ließ sie passieren.

An der Madeleine begegneten sie einer zweiten Patrouille, und als Louise dieselbe Erklärung abgegeben hatte, erwiderte einer der Citoyens:

– Für eine Krankheit von neun Monaten, mein Kätzchen?

– Flegel! schrie der Hauptmann, keine Zoten im Dienst! – Meine Damen, gehen Sie weiter!

Trotz des ausdrücklichen Befehls setzten die schmutzigen Witze sich fort:

– Viel Spaß!

– Meine Empfehlung an den Doktor!

– Hütet euch vor dem Wolf!

– Sie lachen gern, sagte Catherine. Das ist die Jugend!

Schließlich waren sie bei Frédéric angelangt. Louise zog mehrmals heftig an der Klingel. Die Tür öffnete sich einen Spaltbreit, und der Concierge beantwortete ihre Frage:

– Nein!

– Aber er wird zu Bett gegangen sein?

– Ich sage Ihnen doch, nein! Er schläft schon seit fast drei Monaten nicht mehr zu Hause!

Und das kleine Fenster der Loge fiel scharf herab wie eine Guillotine. Sie standen im Dunkeln unter dem Gewölbe. Eine wütende Stimme rief ihnen zu:

– So gehen Sie doch!

Die Tür öffnete sich wieder; sie gingen hinaus.

Louise mußte sich auf den Kantstein setzen; und den Kopf in den Händen, weinte sie haltlos, herzzerreißend.

Catherine brachte sie zurück, sie stützend, sie küssend, mit allen möglichen guten Ratschlägen aus dem Schatz ihrer Erfahrungen. Für die Liebhaber brauche man nicht so zu leiden. Wenn es mit dem nichts wäre, würde sie schon andere finden.

III

Als Rosanettes Begeisterung für die Mobilgardisten sich gelegt hatte, wurde sie reizender denn je, und Frédéric ging unmerklich dazu über, bei ihr zu leben.

Das Schönste am Tage war der Morgen auf ihrer Terrasse. Im Batistmieder und barfuß in Pantoffeln lief sie um ihn herum, reinigte den Käfig ihrer Zeisige, gab den Goldfischen Wasser und gärtnerte mit der Feuerschaufel in einem Kasten voller Erde, wo ein Spalier Kapuzinerkresse emporragte, das die Mauer zierte. Dann lehnten sie am Balkongeländer und betrachteten gemeinsam die Wagen, die Passanten; und man wärmte sich in der Sonne, man machte Pläne für den Abend. Er ging höchstens für zwei Stunden aus dem Haus; dann fuhren sie in irgendein Theater, ins Proszenium, und einen dicken Blumenstrauß in der Hand, lauschte Rosanette den Instrumenten, während sich Frédéric zu ihrem Ohr beugte und ihr lustige oder verliebte Dinge sagte. Ein andermal nahmen sie eine Kalesche und ließen sich in den Bois de Boulogne fahren; bis mitten in der Nacht gingen sie spazieren. Schließlich kehrten sie durch den Arc de Triomphe und die große Avenue wieder zurück, tief die frische Luft atmend, über dem Kopf die Sterne und soweit der Blick reichte brennende Gaslaternen, aufgereiht, wie eine doppelte Schnur leuchtender Perlen.

Frédéric wartete stets auf sie, wenn sie ausgehen wollten; sie brauchte sehr lange, bis sie die beiden Bänder ihres Kapotthutes unter dem Kinn zurechtgezupft hatte; und dann lächelte sie sich selbst vor dem Spiegelschrank zu. Schließlich schob sie die Hand unter seinen Arm und zwang ihn, sich mit ihr zu bewundern:

– Wir machen eine gute Figur, wir beide, so nebeneinander! Ach! armer Schatz, ich könnte dich fressen!

Er war jetzt ihr Eigentum, ihr Besitz. Sie hatte davon ein fortwährendes Strahlen im Gesicht und wirkte dabei schwärmerischer, runder in ihren Formen; und ohne daß er sagen konnte wie, fand er sie doch verändert.

Eines Tages erzählte sie ihm als ganz wichtige Neuigkeit, daß der Sieur Arnoux einer ehemaligen Arbeiterin aus seiner Fabrik ein Weißwarengeschäft eingerichtet habe; er ginge jeden Abend hin, »sei sehr verschwenderisch und habe ihr erst vergangene Woche eine Zimmereinrichtung aus Palisander geschenkt«.

– Woher weißt du das? sagte Frédéric.

– Oh! ich bin ganz sicher!

Delphine hatte ihrem Auftrag gemäß Erkundigungen eingeholt. Sie liebte Arnoux also wirklich, wenn sie sich so stark mit ihm beschäftigte! Er begnügte sich mit der Antwort:

– Was kümmert dich das?

Rosanette sah auf diese Frage überrascht aus.

– Aber der Schuft schuldet mir Geld! Ist es nicht ekelhaft mitanzusehen, wie er Bettelweiber aushält!

Dann, mit dem Ausdruck triumphierenden Hasses:

– Im übrigen führt sie ihn schön an der Nase herum! Sie hat drei andere Typen. Um so besser! soll sie ihn nur bis zum letzten Heller ausnehmen, das würde mich freuen!

Mit der Nachsicht seniler Leidenschaften ließ Arnoux sich tatsächlich von der Bordelaiserin ausbeuten.

Seine Fabrik lief nicht mehr; seine Geschäfte waren allesamt erbärmlich; so daß er, um sie wieder in Gang zu bringen, zunächst daran gedacht hatte, eine Liederkneipe aufzumachen, wo man nur patriotische Werke gesungen hätte; wenn der Minister ihm eine Subvention gewährte, wäre dieses Etablissement ein Brennpunkt der Propaganda und zugleich eine Erwerbsquelle. Da die Regierungsspitze sich geändert hatte, war das ein Ding der Unmöglichkeit. Jetzt träumte er von einer großen Fabrikation von Militärkappen. Ihm fehlte das Anfangskapital.

In seinem häuslichen Leben war er nicht viel glücklicher. Madame Arnoux gab sich ihm gegenüber weniger sanft, ja manchmal sogar ein wenig grob. Marthe war stets auf der Seite ihres Vaters. Das erhöhte die Mißstimmung, und das Haus wurde unerträglich. Oft ging er schon morgens fort, war den ganzen Tag unterwegs, um auf andere Gedanken zu kommen, und aß dann in einem Landgasthof zu Abend, wobei er sich seinen Betrachtungen hingab.

Frédérics anhaltende Abwesenheit störte seine Gewohnheiten. Und so erschien er eines Nachmittags mit der Bitte, doch wie früher zu kommen, und erhielt eine Zusage.

Frédéric wagte nicht, zu Madame Arnoux zurückzukehren. Es kam ihm so vor, als habe er sie verraten. Ja, dieses Verhalten war wirklich schwach. Er hatte keine Entschuldigung. Damit mußte nun Schluß sein! und eines Abends machte er sich auf den Weg.

Da es regnete, war er eben in die Passage Jouffroy getreten, als ihn im Lichte der Auslagen ein dicker kleiner Mann mit Mütze ansprach. Frédéric erkannte ohne Mühe Compain, den Redner, dessen Antrag im Club so viel Gelächter hervorgerufen hatte. Er hatte sich bei einem Menschen mit roter Zuavenmütze untergehakt, dessen Oberlippe sehr lang war, das Gesicht gelb wie eine Orange, das Kinn bedeckt mit einem Bärtchen, und der ihn mit vor Bewunderung feuchten Augen groß anstarrte.

Compain war offenbar stolz auf ihn, denn er sagte:

– Ich stelle Ihnen diesen Burschen vor! Er ist Schuster, einer meiner Freunde, ein Patriot. Trinken wir etwas?

Als Frédéric dankte, wetterte er sogleich gegen den Rateau-Antrag, ein Manöver der Aristokraten! Um dem ein Ende zu setzen, mußte man wieder mit '93 anfangen! Dann erkundigte er sich nach Regimbart und ein paar anderen berühmten Leuten wie Masselin, Sanson, Lecornu, Maréchal und einem gewissen Deslauriers, der in die Affaire der kürzlich in Troyes beschlagnahmten Karabiner verwickelt war.

All das war Frédéric neu. Compain wußte auch nicht mehr. Er verließ ihn mit den Worten:

– Bis bald, nicht wahr, denn Sie sind doch dabei?

– Wobei?

– Beim Kalbskopf!

– Welcher Kalbskopf?

– Ach! Sie Schelm! erwiderte Compain und gab ihm einen Klaps auf den Bauch.

Und die beiden Terroristen verschwanden in einem Café.

Zehn Minuten später dachte Frédéric nicht mehr an Deslauriers. Er stand auf dem Trottoir vor einem Haus in der Rue Paradis und blickte auf den Schein einer Lampe hinter einem Vorhang im zweiten Stock.

Schließlich stieg er die Treppe hinauf.

– Ist Arnoux zu Hause?

Das Zimmermädchen erwiderte:

– Nein! aber kommen Sie trotzdem herein.

Und indem sie plötzlich eine Tür öffnete:

– Madame, es ist Monsieur Moreau!

Sie erhob sich, bleicher als ihre weiße Halskrause. Sie zitterte.

– Was verschafft mir die Ehre… eines so… unerwarteten Besuches?

– Nichts! Das Vergnügen, alte Freunde wiederzusehen!

Und während er sich setzte:

– Wie geht es dem guten Arnoux?

– Bestens! Er ist ausgegangen.

– Ach! ich verstehe! immer noch dieselben abendlichen Gewohnheiten! ein wenig Zerstreuung!

– Warum nicht? nach einem Geschäftstag braucht der Kopf Ruhe!

Sie pries ihren Mann sogar als fleißigen Arbeiter. Frédéric ärgerte sich über dieses Lob; und auf ein Stück schwarzes Tuch mit blauen Litzen in ihrem Schoß weisend:

– Was machen Sie da?

– Eine Jacke, die ich für meine Tochter richte.

– Ach ja, ich sehe sie gar nicht, wo ist sie denn?

– In einer Pension, erwiderte Madame Arnoux.

Tränen stiegen ihr in die Augen; sie hielt sie zurück, indem sie schnell die Nadel einstach. Er hatte eine Nummer der *Illustration* von dem Tisch neben ihr genommen, um die Fassung zu bewahren.

– Diese Karikaturen von Cham sind sehr lustig, nicht wahr?

– Ja.

Dann fielen sie zurück in ihr Schweigen.

Ein Windstoß rüttelte plötzlich an den Scheiben.

– Was für ein Wetter! sagte Frédéric.

– Wahrhaftig, es ist sehr freundlich, bei diesem gräßlichen Regen zu kommen!

– Oh! mir macht das nichts aus! Ich gehöre nicht zu den Leuten, die er offenbar von ihren Verabredungen abhält!

– Welche Verabredungen? fragte sie naiv.

– Erinnern Sie sich nicht?

Ein Schauder überkam sie, und sie senkte den Kopf.

Er legte ihr sanft die Hand auf den Arm.

– Ich versichere Ihnen, daß ich Ihretwegen sehr gelitten habe.

Mit seltsam klagender Stimme erwiderte sie:

– Aber ich hatte Angst um mein Kind!

Sie erzählte ihm von der Krankheit des kleinen Eugène und den ganzen qualvollen Ängsten dieses Tages.

– Danke! danke! Jetzt habe ich keinen Zweifel mehr! Ich liebe Sie wie immer!

– O nein! das ist nicht wahr!

– Warum?

Sie sah ihn kalt an.

– Sie vergessen die andere! Die, die Sie zum Pferderennen ausführen! Die Frau, deren Porträt Sie besitzen, Ihre Mätresse!

– O ja! rief Frédéric. Ich bestreite nichts! Ich bin ein elender Mensch! hören Sie mich an!

Wenn er sie genommen habe, dann aus Verzweiflung, so wie man sich umbringt! Im übrigen habe er sie sehr unglücklich gemacht, um seine eigene Schmach an ihr zu rächen. »Was für eine Qual! Verstehen Sie das nicht?«

Madame Arnoux wandte ihm ihr schönes Gesicht zu und reichte ihm die Hand; und versunken in einen Rausch, wie ein endloses sanftes Wiegen, schlossen sie die Augen. Dann saßen sie da und sahen einander ins Gesicht, dicht beieinander.

– Konnten Sie denn glauben, daß ich Sie nicht mehr liebe?

Sie antwortete mit leiser Stimme voller Zärtlichkeit:

– Nein! trotz allem habe ich im Grunde meiner Seele gespürt, daß das nicht sein konnte und daß eines Tages das Hindernis zwischen uns verschwinden wird!

– Ich auch! und ich bin fast gestorben vor Verlangen, Sie wiederzusehen.

– Einmal, fuhr sie fort, bin ich im Palais-Royal an Ihnen vorübergegangen.

– Wirklich?

Und er sagte ihr, welches Glück es für ihn gewesen sei, sie bei den Dambreuses wiederzutreffen.

– Aber wie ich Sie verachtet habe, als ich an jenem Abend von dort wegging!

– Armer Junge!

– Mein Leben ist so traurig!

– Und meines erst!... Wenn es nur Kummer, Sorgen und Demütigungen wären, alles, was ich als Ehefrau und Mutter erdulde, würde ich mich nicht beklagen, da man ja doch sterben muß; das Furchtbare ist meine Einsamkeit, ohne irgend jemanden...

– Aber ich bin doch da, ich!

– Oh! ja!

Ein zärtliches Schluchzen hatte sie emporgehoben. Ihre Arme öffneten sich; und stehend umschlangen sie sich in einem langen Kuß.

Das Parkett knackte. Eine Frau stand neben ihnen, Rosanette. Madame Arnoux hatte sie erkannt; voller Überraschung und Empörung starrten ihre weitaufgerissenen Augen sie an. Schließlich sagte Rosanette:

– Ich komme, um Monsieur Arnoux geschäftlich zu sprechen.

– Wie Sie sehen, ist er nicht da.

– Ach ja! erwiderte die Marschallin; Ihr Mädchen hatte recht! Bitte tausendmal um Verzeihung!

Und zu Frédéric gewandt:

– Du hier!

Dieses Duzen in ihrer Anwesenheit ließ Madame Arnoux erröten, wie ein Schlag mitten ins Gesicht.

– Er ist nicht da, ich sage es noch einmal!!

Darauf sagte die Marschallin, die sich überall umsah, ruhig:

– Fahren wir nach Haus? Ich habe unten eine Droschke.

Er tat, als höre er nicht.

– Komm schon, fahren wir!

– Aber ja! das ist eine Gelegenheit! Fahren Sie! Fahren Sie! sagte Madame Arnoux.

Sie gingen hinaus. Sie beugte sich über das Geländer, um ihnen nachzusehen; und ein spitzes, herzzerreißendes Lachen fiel vom oberen Treppenabsatz auf sie herab. Frédéric stieß Rosanette in die Droschke, setzte sich ihr gegenüber und sprach den ganzen Weg kein Wort.

Er selbst war die Ursache dieser Gemeinheit, die nun auf ihn zurückfiel. Er fühlte die Schande einer vernichtenden Demütigung und den Kummer über seine verlorene Seligkeit; endlich hielt er sie in seinen Armen, und nun war sie unwiderruflich unerreichbar! – und das war deren Schuld, die Schuld dieses Flittchens, dieser Nutte! Er hätte sie erwürgen können; er erstickte. Zu Hause warf er seinen Hut auf ein Möbelstück, riß die Krawatte herunter.

– Da hast du ja was Sauberes angestellt, gib es zu!

Sie pflanzte sich stolz vor ihm auf.

– Na und wenn? Was ist daran Schlimmes?

– Was fällt dir ein! Du spionierst mir nach?

– Ist das meine Schuld? Warum gehst du dich bei anständigen Frauen amüsieren?

– Das ist doch egal! Ich will nicht, daß du sie beleidigst.

– Womit habe ich sie beleidigt?

Er wußte nichts zu antworten; und mit einem noch feindseligeren Ton:

– Aber damals am Champ de Mars...

– Ach! du gehst mir auf die Nerven mit deinen Verflossenen!

– Elende!

Er hob die Faust.

– Bring mich nicht um! ich bin schwanger!

Frédéric fuhr zurück.

– Du lügst!

– Aber schau mich doch an!

Sie nahm einen Leuchter und zeigte ihr Gesicht.

– Kennst du dich damit aus?

Ihre seltsam aufgequollene Haut war mit kleinen gelben Flecken übersät. Frédéric konnte den offensichtlichen Beweis nicht leugnen. Er öffnete das Fenster, ging ein paarmal im Zimmer auf und ab und ließ sich dann in einen Sessel fallen.

Dieses Ereignis war ein Schlag, der erstens ihren Bruch hinausschob, – und dann all seine Pläne über den Haufen warf. Der Gedanke, Vater zu sein, kam ihm überdies grotesk und unerhört vor. Aber warum? Wenn anstelle der Marschallin …? Und er verlor sich so in seiner Träumerei, daß er eine Art Halluzination hatte. Dort auf dem Teppich vor dem Kamin sah er ein kleines Mädchen. Sie glich Madame Arnoux und ein wenig ihm selbst; – brünett und weiß, mit schwarzen Augen, weitgeschwungenen Brauen, ein rosafarbenes Band im lockigen Haar! (Oh! wie er sie geliebt hätte!) Und er meinte ihre Stimme zu hören: »Papa! Papa!«

Rosanette, die sich eben entkleidet hatte, trat zu ihm, bemerkte eine Träne an seinen Wimpern und küßte ihn ernst auf die Stirn. Er erhob sich und sagte:

– Bei Gott! Wir werden es nicht umbringen, dieses Balg!

Dann redete sie sehr viel. Es wäre gewiß ein Junge! Sie würden ihn Frédéric nennen. Man mußte seine Ausstattung in Angriff nehmen; – und als er sie so glücklich sah, überkam ihn Mitleid. Da er nicht mehr die geringste Wut verspürte, wollte er den Grund für ihr Handeln vorhin erfahren.

Mademoiselle Vatnaz hatte ihr gerade an diesem Tag einen schon lange fälligen Wechsel geschickt; und sie war zu Arnoux gelaufen, um das Geld zu bekommen.

– Ich hätte es dir gegeben! sagte Frédéric.

– Es war einfacher, mir dort zu holen, was mir gehört, und ihr die tausend Francs wiederzugeben.

– Ist das alles, was du ihr schuldest?

Sie erwiderte:

– Natürlich!

Am nächsten Tag begab sich Frédéric um neun Uhr abends (der vom Portier angegebenen Zeit) zu Mademoiselle Vatnaz.

Im Vorzimmer stieß er gegen die zusammengeschobenen Möbel. Doch Geräusch von Stimmen und Musik leiteten ihn. Er öffnete eine Tür und geriet mitten in einen *Raout.* Aufrecht am Klavier, das von einer jungen Dame mit Brille gespielt wurde, stand feierlich wie ein Hohepriester Delmar und trug eine humanitäre Dichtung über die Prostitution vor; und getragen von den vollen Akkorden dröhnte seine Grabesstimme. An der Wand entlang saß eine Reihe von Frauen, alle in dunkle Farben gekleidet, weder mit Kragen noch Manschetten. Fünf oder sechs Männer, sämtlich Denkerstirnen, saßen hier und da auf Stühlen. In einem Fauteuil lehnte ein ehemaliger Fabeldichter, ein Wrack; – und der beißende Geruch zweier Lampen mischte sich mit dem Duft der Schokolade in den Schalen, die auf dem Spieltisch standen.

Mademoiselle Vatnaz, eine orientalische Schärpe um die Hüften, stand an einer Ecke des Kamins. Dussardier war am anderen Ende gegenüber; er wirkte etwas beklommen über seine Stellung. Außerdem schüchterte dieses Künstlermilieu ihn ein.

War die Vatnaz fertig mit Delmar? Wohl kaum. Indessen schien sie eifersüchtig auf den guten Ladendiener; und sie bedeutete ihm, mit ihnen in ihr Zimmer zu gehen, nachdem Frédéric um ein ruhiges Wort gebeten hatte. Als die tausend Francs auf den Tisch gezählt waren, verlangte sie noch Zinsen.

– Das ist nicht der Rede wert, sagte Dussardier.

– Halt den Mund!

Diese Feigheit eines so mutigen Mannes war Frédéric als Rechtfertigung seiner eigenen angenehm. Er brachte den Wechsel zurück und sprach nie wieder von dem Auftritt bei Madame Arnoux. Doch seitdem sprangen ihm sämtliche Fehler der Marschallin in die Augen.

Sie hatte einen unverbesserlich schlechten Geschmack, war von unbegreiflicher Faulheit, von der Unwissenheit einer Wilden, so daß sie sogar den Doktor Desrogis für einen sehr berühmten Mann hielt; und sie war stolz darauf, ihn und seine Gattin zu empfangen, weil sie »Verheiratete« waren. Schulmeisterlich wachte sie über das Leben von Mademoiselle Irma, einem armen kleinen Geschöpf mit dünner Stimme, die einen »sehr feinen« Monsieur als Gönner hatte, einen ehemaligen Zollbeamten und großen Kartenspieler; Rosanette nannte ihn »mein Dickerchen«. Auch ständig wiederkehrende Dummheiten wie: »Alles Quatsch! Zum Teufel! Hat man Töne,etc.« konnte Frédéric nicht mehr hören, und morgens bestand sie darauf, ihre Nippsachen mit einem Paar alter weißer Handschuhe abzustauben! Vor allem war er darüber empört, wie sie mit ihrem Mädchen umsprang, – die immer zu spät bezahlt wurde und ihr sogar Geld lieh. An den Tagen, an denen sie ihre Rechnungen beglichen, keiften sie sich an wie zwei Fischweiber, und unter Küssen versöhnte man sich wieder. Das traute Leben zu zweit wurde trist. Es war eine große Erleichterung für ihn, als die Soiréen von Madame Dambreuse wieder begannen.

Mit der war es wenigstens nicht langweilig! Sie kannte die Intrigen der Gesellschaft, die Wechsel der Botschafter, die verschiedenen Näherinnen; und entschlüpften ihr

Gemeinplätze, dann in so gefälliger Form, daß ihre Bemerkung als Rücksicht oder Ironie durchgehen konnte. Man mußte sie nur inmitten von zwanzig plaudernden Personen sehen, wo sie keinen übersah, die Antworten herauslockte, die sie hören wollte, und die gefährlichen vermied! Die einfachsten Dinge klangen aus ihrem Munde wie Bekenntnisse; ihr geringstes Lächeln brachte einen zum Träumen; kurz, ihr Charme war, wie das erlesene Parfüm, das sie gewöhnlich benutzte, vielgestalt und unbeschreiblich. Frédéric empfand in ihrer Gesellschaft ständig das Vergnügen einer Entdeckung; und dabei traf er sie in immer derselben Heiterkeit an, die dem Glitzern klarer Gewässer glich. Aber warum war das Verhalten ihrer Nichte gegenüber von einer solchen Kälte? In manchen Momenten schaute sie sie sogar ganz seltsam an.

Sobald von Heirat die Rede war, hatte sie Monsieur Dambreuse die Gesundheit des »lieben Kindes« entgegengehalten und war sofort mit ihr in die Bäder von Balaruc gereist. Bei der Rückkehr gab es neue Vorwände: dem jungen Mann fehlte es an der richtigen gesellschaftlichen Stellung, diese große Liebe erschien nicht glaubwürdig, man riskierte nichts, wenn man noch wartete. Martinon hatte erwidert, er werde warten. Sein Verhalten war sublim. Er rühmte Frédéric. Er tat noch mehr: er sagte ihm, womit er Madame Dambreuse gefallen könne, und ließ dabei sogar durchblicken, daß er durch die Nichte den Seelenzustand der Tante kenne.

Was Monsieur Dambreuse betraf, so umgab er seinen jungen Freund mit tausend Aufmerksamkeiten, befragte ihn zu verschiedenen Dingen, sorgte sich sogar um seine Zukunft, so daß er ihm eines Tages, als man über den alten Roque sprach, listig ins Ohr flüsterte:

– Das haben Sie gut gemacht.

Und Cécile, Miss John, die Diener, der Portier, es gab

nicht einen, der in diesem Hause nicht reizend mit ihm war. Er ging jeden Abend hin und ließ Rosanette allein. Die zukünftige Mutterschaft machte sie ernster, sogar ein wenig traurig, als sei sie von Sorgen gequält. Auf alle Fragen antwortete sie:

– Du täuschst dich! Es geht mir gut!

Es waren fünf Wechsel, die sie einst unterzeichnet hatte; und da sie sich nach der Bezahlung des ersten nicht getraute, es Frédéric zu sagen, war sie wieder zu Arnoux gegangen, der ihr schriftlich ein Drittel seiner Einnahmen aus den Gaswerken der Städte im Languedoc versprochen hatte, wobei er ihr einschärfte, dieses Papier nicht vor der Versammlung der Aktionäre geltend zu machen; die Versammlung wurde von Woche zu Woche verschoben.

Aber die Marschallin brauchte Geld. Sie wäre lieber gestorben, als Frédéric darum zu bitten. Von ihm wollte sie kein Geld. Das hätte ihre Liebe zerstört. Er bestritt zwar die Haushaltskosten; doch ein kleiner, monatlich gemieteter Wagen und andere seit seinen regelmäßigen Besuchen bei den Dambreuses unerläßliche Aufwendungen machten es ihm unmöglich, mehr für seine Mätresse zu tun. Zwei oder drei Mal hatte er Männerrücken in den Türen verschwinden sehen, als er zu ungewöhnlicher Stunde nach Hause kam; und oft ging sie aus, ohne sagen zu wollen, wohin. Frédéric versuchte nicht, den Dingen auf den Grund zu gehen. In den nächsten Tagen würde er eine Entscheidung treffen. Er träumte von einem anderen Leben, das amüsanter und vornehmer wäre. Solche Vorstellungen machten ihn nachsichtig mit dem Hause Dambreuse.

Es war eine heimliche Filiale der Rue de Poitiers. Er traf dort den großen Monsieur A., den berühmten B., den tiefsinnigen C., den beredten Z., den gewaltigen Y., die alten Tenöre des linken Zentrums, die Paladine der Rechten, die Burggrafen der goldenen Mitte, die ewigen Schwachköpfe der Komödie. Er war bestürzt über ihre erbärmliche Sprache, ihr kleinliches Wesen, ihre Gehässigkeit, ihre Falschheit, – all diese Leute, die für die Verfassung gestimmt hatten und sich nun dafür ins Zeug legten, sie niederzureißen; – und sie regten sich furchtbar auf, brachten Manifeste, Pamphlete und Biographien heraus; die von Hussonnet über Fumichon war ein Meisterwerk. Nonancourt kümmerte sich um die Propaganda auf dem Lande, Monsieur de Grémonville bearbeitete den Klerus, Martinon versammelte die jungen Bourgeois. Jeder bemühte sich mit seinen Mitteln, sogar Cisy. Er hatte jetzt Wichtiges zu bedenken und war den ganzen Tag in seinem Cabriolet für die Partei unterwegs.

Monsieur Dambreuse zeigte wie ein Barometer stets den letzten Stand der Dinge. Man konnte nicht von Lamartine sprechen, ohne daß er das Wort eines Mannes aus dem Volk zitierte: »Genug der Gesänge!« Cavaignac war in seinen Augen nichts als ein Verräter. Der Präsident, den er drei Monate lang bewundert hatte, begann in seiner Achtung zu sinken (weil er seiner Meinung nach nicht die »nötige Kraft« fand); und da er stets einen Retter brauchte, gehörte seine ganze Dankbarkeit seit dem Vorfall im Konservatorium Changarnier: »Gott sei Dank, Changarnier... Hoffen wir, daß Changarnier... Oh! nichts zu befürchten, solange Changarnier...«

Vor allem pries man Monsieur Thiers wegen seines Buches gegen den Sozialismus, wo er sich ebensosehr als Denker wie als Schriftsteller gezeigt hatte. Es wurde ungeheuer über Pierre Leroux gelacht, der in der Kammer einzelne Texte von Philosophen zitiert hatte. Man witzelte über die Anhänger Fouriers. Man besuchte *La Foire aux Idées* und klatschte Beifall; und die Autoren wurden mit Aristophanes verglichen. Frédéric ging hin, wie die anderen.

Das Geschwätz über Politik und das gute Leben betäubten seine Urteilskraft. So erbärmlich ihm diese Gestalten auch vorkamen, er war doch stolz, sie zu kennen, und wünschte sich heimlich ein bürgerliches Ansehen. Eine Mätresse wie Madame Dambreuse würde es ihm verschaffen.

Er begann alles Nötige dafür zu tun.

Wo sie auf ihrem Spaziergang vorüberkam, stand er und ließ keine Gelegenheit aus, sie in ihrer Theaterloge zu begrüßen; und da er die Stunden kannte, zu denen sie sich in die Kirche begab, baute er sich in melancholischer Pose hinter einer Säule auf. Für Hinweise auf Raritäten, Auskünfte über ein Konzert, geliehene Bücher oder Zeitschriften kam es zu einem ständigen Austausch kleiner Billetts. Außer dem Besuch am Abend machte er ihr manchmal noch einen weiteren gegen Ende des Tages; und mit gesteigerter Freude ging er erst durch das große Tor, dann durch den Hof, durch das Vorzimmer, durch die beiden Salons; schließlich kam er in ihr Boudoir, das verschwiegen war wie ein Grab, behaglich wie ein Alkoven, wo man gegen gepolsterte Möbel stieß, zwischen allen möglichen Dingen hier und da: Nähtischchen, Wandschirmen, Schalen und Tabletts aus Lack, Schildpatt, Elfenbein, Malachit, kostspieligen Kleinigkeiten, die oft erneuert wurden. Es gab ganz einfache Sachen: drei Steine vom Strand aus Étretat, die als Briefbeschwerer dienten, eine Haube aus Friesland, die an einem chinesischen Paravent hing; und doch waren all diese Dinge miteinander im Einklang; man war sogar überrascht von der Vornehmheit des Ganzen, was vielleicht der Deckenhöhe, der Schwere der Portieren und den langen seidenen Fransen zuzuschreiben war, die über die vergoldeten Stäbe der Hocker herabflossen. Sie saß fast immer auf einem kleinen Sofa neben der Jardinière, die die Fensternische schmückte. Am Rande eines dicken Puffs mit Rollen hockend, machte er ihr die treffendsten Komplimente; und sie betrachtete ihn mit leicht geneigtem Kopf und lächelndem Mund.

Er las ihr seitenweise Gedichte vor und legte seine ganze Seele hinein, um sie zu rühren und sich bewundern zu lassen. Sie unterbrach ihn mit einer abschätzigen Bemerkung oder einer praktischen Beobachtung; und ihr Gespräch kam unablässig zurück auf die ewige Frage der Liebe! Sie fragten sich, was sie erwecke, ob die Frauen tiefer fühlten als die Männer, wo die Unterschiede lagen. Frédéric versuchte seine Meinung zu äußern, ohne seicht oder derb zu werden. Es wurde eine Art Kampf, der manchmal angenehm und dann wieder langweilig war.

An ihrer Seite fühlte er nicht jene Verzückung seines ganzen Wesens, die ihn zu Madame Arnoux zog, noch den fröhlichen Aufruhr, in den Rosanette ihn anfangs versetzt hatte. Aber er begehrte sie wie etwas Außergewöhnliches und Schwieriges, weil sie vornehm war, weil sie reich war, weil sie fromm war, und stellte sich dabei vor, daß sie delikate Gefühle besaß, erlesen wie ihre Spitzen, mit Amuletten auf der Haut und schamhafter Verdorbenheit.

Er bediente sich der alten Liebe. Wie durch sie inspiriert, sagte er ihr alles, was Madame Arnoux ihn damals hatte fühlen lassen, seine Befürchtungen, seine Träume. Sie nahm es wie jemand, der an diese Dinge gewöhnt ist, ihm nichts gewährend, ohne ihn ausdrücklich abzuweisen; und es gelang ihm ebensowenig, sie zu verführen, wie es Martinon gelang zu heiraten. Um mit dem Liebhaber ihrer Nichte ein Ende zu machen, beschuldigte sie ihn, es aufs Geld abgesehen zu haben, und bat sogar ihren Mann, ihn auf die Probe zu stellen. Monsieur Dambreuse erklärte also dem jungen Mann, daß Cécile als Waise armer Eltern weder »Aussichten« noch eine Mitgift habe.

Martinon glaubte nicht, daß dies die Wahrheit sei, und erwiderte, entweder weil er schon zu weit gegangen war, um sich zurückzuziehen, oder aus einer der Halstarrigkeiten eines Idioten, die Geniestreiche sind, daß sein väterliches Erbe, fünfzehntausend Francs an Zinsen, ihnen genüge. Diese unvermutete Uneigennützigkeit rührte den Bankier. Er versprach ihm die Kautionssumme für das Amt eines Steuereinnehmers und bemühte sich um die Stelle; und im Mai 1850 heiratete Martinon Mademoiselle Cécile. Es gab keinen Ball. Die jungen Leute reisten noch am selben Abend nach Italien. Am nächsten Morgen stattete Frédéric Madame Dambreuse einen Besuch ab. Sie schien ihm bleicher als gewöhnlich. Sie widersprach ihm scharf bei zwei oder drei Themen ohne jede Wichtigkeit. Im übrigen waren alle Männer Egoisten.

Es gab aber doch auch ergebene, und wenn nur er es war.

– Ach was! genau wie die anderen.

Ihre Lider waren rot; sie weinte. Dann, mit einem erzwungenen Lächeln:

– Verzeihen Sie! Ich habe unrecht! Mir kam gerade ein trauriger Gedanke!

Er begriff nichts.

»Wie auch immer! sie ist weniger stark, als ich glaubte«, dachte er.

Sie läutete, um sich ein Glas Wasser bringen zu lassen, trank einen Schluck, schickte es wieder zurück und beschwerte sich, daß man sie grauenhaft bediene. Um sie zu belustigen, bot er sich als Diener an und behauptete, er könne die Teller reichen, die Möbel abstauben, den Besuch ankündigen, kurz, ein Kammerdiener oder vielmehr Leibjäger sein, wenn diese Mode auch vorüber sei. Er wollte mit einem Federhut hinten auf ihrer Kutsche stehen.

– Und wie ich würdevoll hinter Ihnen herschreiten würde, mit einem Hündchen im Arm!

– Sie machen mir Spaß, sagte Madame Dambreuse.

– War es nicht idiotisch, fuhr er fort, alles ernst zu nehmen? Es gäbe schon genug Elend, ohne sich noch mehr hinzuzudichten. Nichts lohne die Qual eines Kummers. Madame Dambreuse zog mit vager Zustimmung die Brauen hoch.

Diese Entsprechung der Gefühle machte Frédéric kühner. Die ehemaligen Niederlagen schärften ihm nun den Blick. Er fuhr fort:

– Unsere Großväter wußten besser zu leben. Warum nicht unserem inneren Drang folgen? Die Liebe ist doch alles in allem nicht so wichtig.

– Aber das ist doch unmoralisch, was Sie da sagen!

Sie hatte sich wieder auf dem Sofa niedergelassen. Er setzte sich an den Rand, zu ihren Füßen.

– Sehen Sie nicht, daß ich lüge! Denn um den Frauen zu gefallen, muß man die Sorglosigkeit eines Clowns verbreiten oder tragische Leidenschaft! Sie lachen uns aus, wenn man ihnen einfach nur sagt, daß man sie liebt! Ich empfinde die Verstiegenheiten, in denen sie sich gefallen, als Schändung der wahren Liebe; und so weiß man gar nicht mehr, wie man sie zum Ausdruck bringen soll, vor allem bei denen... die... viel Geist besitzen.

Sie blickte ihn aus halbgeschlossenen Lidern an. Er senkte die Stimme und neigte sich zu ihrem Gesicht.

– Ja! Sie machen mir Angst! ich verletze Sie vielleicht?... Verzeihen Sie mir!... Ich wollte das alles nicht sagen! Es geschah gegen meinen Willen! Sie sind so schön!

Madame Dambreuse schloß die Augen; und er war überrascht, wie leicht dieser Sieg gewesen war. Die großen Bäume im Garten, die leise rauschten, verstummten. Wolken standen reglos in langen roten Streifen am Himmel, und es war, als hielte alles den Atem an. Da erinnerte er sich dunkel an ähnliche Abende mit gleicher Stille. Wo war das?…

Er kniete nieder, nahm ihre Hand und schwor ihr ewige Liebe. Als er ging, winkte sie ihn zurück und sagte ganz leise:

– Kommen Sie zum Diner wieder! Wir sind dann allein!

Als er die Treppe hinunterschritt, meinte Frédéric ein anderer geworden zu sein, als umgäbe ihn die wohlige Temperatur eines Gewächshauses und er sei nun endgültig in die obere Gesellschaft der vornehmen Ehebrüche und höheren Intrigen eingetreten. Um dort den ersten Platz einzunehmen, brauchte man nur eine Frau wie diese. Offenbar gierig auf Macht und Aktion und mit einem mittelmäßigen Mann verheiratet, dem sie wunderbar genützt hatte, sehnte sie sich nach einem Mann, der sie leitete? Jetzt war alles möglich! Er fühlte sich in der Lage, zweihundert Meilen zu Pferde zurückzulegen, mehrere Nächte hintereinander zu arbeiten, ohne zu ermüden; sein Herz floß über vor Stolz.

Vor ihm auf dem Trottoir lief ein Mann in einem alten Paletot mit gesenktem Kopf und so sorgenvoll, daß Frédéric sich umdrehte, um ihm ins Gesicht zu sehen. Der andere hob den Kopf. Es war Deslauriers. Er zögerte. Frédéric fiel ihm um den Hals.

– Ach! mein armer Alter! Wie! Du bist es!

Und er schleppte ihn mit nach Haus, wobei er ihm alle möglichen Fragen zugleich stellte.

Der Ex-Kommissar von Ledru-Rollin erzählte zunächst von den Qualen, die sie ausgestanden hatten. Da er den Konservativen die Brüderlichkeit und den Sozialisten die Achtung vor dem Gesetz predigte, hatten die einen auf ihn geschossen und die anderen einen Strick gebracht, um ihn zu hängen. Nach dem Juni hatte man ihn brutal abgesetzt. Er hatte sich in ein Komplott gestürzt, das der beschlagnahmten Waffen in Troyes. Mangels Beweisen hatte man ihn wieder freigelassen. Darauf hatte ihn das Exekutivkomitee nach London geschickt, wo er sich mitten in einem Bankett mit seinen Genossen geohrfeigt hatte. Zurück in Paris...

– Warum bist du nicht zu mir gekommen?

– Du warst nie da! Dein Portier tat so geheimnsivoll, daß ich nicht wußte, was ich glauben sollte; und außerdem wollte ich nicht als Besiegter zurückkehren.

Er hatte an die Türen der Demokratie geklopft und ihr seine Feder, seine Rede, seine Bemühungen angeboten; überall hatte man ihn abgewiesen; man traute ihm nicht; und er hatte seine Uhr, seine Bibliothek, seine Wäsche verkauft.

– Besser, man stirbt auf den Pontons von Belle-Isle mit Sénécal!

Frédéric, der seine Krawatte zurechtrückte, schien bei dieser Nachricht nicht sehr berührt.

– Ach! man hat ihn deportiert, den guten Sénécal? Deslauriers ließ einen mißgünstigen Blick über die Wände schweifen und erwiderte:

– Nicht jeder hat soviel Glück wie du!

– Entschuldige mich, sagte Frédéric, ohne die Anspielung zu bemerken, aber ich speise in der Stadt. Es wird für dich gekocht; bestell, was du willst! Nimm auch mein Bett.

Vor einer so grenzenlosen Herzlichkeit schmolz Deslauriers Verbitterung.

– Dein Bett? Aber... das wäre doch lästig für dich!

– Ach nein! Ich habe andere!

– Oh! sehr gut! erwiderte der Anwalt lachend. Wo ißt du denn?

– Bei Madame Dambreuse.

– Sollte das... etwa... zufällig?

– Du bist zu neugierig, sagte Frédéric mit einem Lächeln, das diese Vermutung bestätigte.

Er sah zur Uhr und setzte sich wieder.

– So ist das! man darf nicht verzweifeln, alter Volksverteidiger!

– Erbarmen! sollen andere sich damit beschäftigen!

Der Advokat haßte die Arbeiter, unter denen er in seiner Provinz, einem Steinkohlengebiet, gelitten hatte. Jede Grube hatte eine provisorische Regierung eingerichtet, die ihm Anweisungen erteilte.

– Außerdem haben sie sich überall reizend aufgeführt: in Lyon, in Lille, in Le Havre, in Paris! Denn nach dem Beispiel der Fabrikanten, die die ausländischen Produkte verbieten wollen, verlangen diese Herren, daß man die englischen, deutschen, belgischen und savoyardischen Arbeiter ausweist! Und was ihre Intelligenz angeht, wozu hat ihnen denn in der Restaurationszeit ihre wunderbare Genossenschaft verholfen? 1830 sind sie in die Nationalgarde eingetreten und waren noch nicht einmal so schlau, die Führung zu übernehmen! Sind nicht gleich nach '48 die Zünfte wieder aufgetaucht, mit eigenen Standarten! Sie verlangten sogar eigene Abgeordnete, die nur für sie gesprochen hätten! So wie Deputierte für Zuckerrüben sich nur um Zuckerrüben kümmern! – Ach! ich habe genug von diesen Kerlen, die sich abwechselnd vor dem Schafott Robespierres, den Stiefeln des Kaisers und dem Regenschirm Louis-Philippes in den Staub werfen, ein Pack, das ewig dem ergeben ist, der ihm das Brot in den Rachen schmeißt. Immer herrscht großes Geschrei über Talleyrands und Mirabeaus Bestechlichkeit; aber der einfache Kommissionär würde für fünfzig Centimes das Vaterland verkaufen, wenn man ihm verspräche, seinen Botengang mit drei Francs zu bezahlen! Ach! was für ein Fehler! Wir hätten Europa an allen vier Ecken in Brand setzen sollen!

Frédéric erwiderte:

– Es fehlte der Funke! Ihr wart einfach kleine Bourgeois, und die Besten unter euch waren Pedanten! Was die Arbeiter betrifft, die haben allen Grund zur Klage; denn ausgenommen einer von der zivilen Liste unterschlagenen Million, die ihr ihnen mit der gemeinsten Schmeichelei aufgedrängt habt, hattet ihr für sie nur Phrasen! Das Lohnbuch bleibt in den Händen des Meisters, und der Besoldete bleibt (selbst vor dem Gesetz) ein Untergebener seines Herrn, da sein Wort nichts gilt. Kurz, die Republik kommt mir überholt vor. Wer weiß? Vielleicht kann der Fortschritt nur durch eine Aristokratie oder einen einzigen Mann verwirklicht werden? Die Initiative kommt immer von oben! Das Volk ist unmündig, was man auch sagt!

– Das ist vielleicht wahr, sagte Deslauriers.

Nach Frédérics Meinung trachtete die große Masse der Citoyens nur nach Müßiggang (er hatte dazugelernt im Hause Dambreuse), und alle Chancen lagen bei den Konservativen. Dieser Partei fehlte es jedoch an neuen Männern.

– Ich bin sicher, wenn du antreten würdest…

Er sprach den Satz nicht zu Ende. Deslauriers begriff und strich sich mit beiden Händen über die Stirn, dann sagte er plötzlich:

– Und du? Dich hindert doch nichts? Warum solltest du nicht Abgeordneter sein? Im Aube hatte sich durch eine Doppelwahl eine freie Kandidatur ergeben. Monsieur Dambreuse, der durch die Legislative wiedergewählt worden war, gehörte zu einem anderen Bezirk. »Soll ich mich darum kümmern?« Er kannte viele Gastwirte, Lehrer, Ärzte, Kanzlisten und ihre Herrn. »Außerdem kann man den Bauern viel erzählen.«

Frédéric spürte, wie sein Ehrgeiz wieder erwachte.

Deslauriers setzte hinzu:

– Du könntest mir eigentlich eine Stelle in Paris besorgen.

– Oh! mit Monsieur Dambreuse wird das nicht schwer sein.

– Da wir über die Steinkohle sprachen, was macht eigentlich seine große Gesellschaft? Eine Beschäftigung dieser Art ist es, was ich brauche! – und ich könnte ihnen nützlich sein, und doch meine Unabhängigkeit wahren.

Frédéric versprach, ihn noch vor Ablauf von drei Tagen zu dem Bankier zu bringen.

Sein Mahl unter vier Augen mit Madame Dambreuse war eine köstliche Angelegenheit. Ihm gegenüber am anderen Ende des Tisches lächelte sie über einem Korb Blumen im Licht der Hängelampe; und da das Fenster offenstand, sah man die Sterne. Sie sprachen sehr wenig, wohl ihrer selbst nicht sicher; aber kaum kehrten die Diener ihnen den Rücken, sandten sie sich einen Kuß herüber. Er erzählte von seiner Idee einer Kandidatur. Sie hieß sie gut und erklärte sich sogar bereit, Monsieur Dambreuse dafür einzusetzen.

Abends erschienen ein paar Freunde, um sie zu beglückwünschen und zu bemitleiden: sie war sicher traurig, ihre Nichte nicht mehr um sich zu haben? Im übrigen war es gut für die jungen Leute, auf Reisen gegangen zu sein; später kämen dann die Hindernisse, die Kinder! Aber Italien entsprach nicht den Vorstellungen, die man sich davon machte. Nun ja, sie waren im Alter der Illusionen! und außerdem würde alles durch die Flitterwochen verschönt! Die beiden letzten Gäste waren Monsieur de Grémonville und Frédéric. Der Diplomat wollte nicht gehen. Um Mitternacht erhob er sich endlich. Madame Dambreuse gab Frédéric zu verstehen, daß er mit ihm gehen solle, und dankte ihm für diesen Gehorsam durch einen Händedruck, der süßer war als alles andere.

Die Marschallin stieß einen Freudenschrei aus, als sie

ihn wiedersah. Sie wartete seit fünf Uhr. Als Entschuldigung führte er eine dringende Bemühung für Deslauriers an. Sein Gesicht hatte einen triumphierenden Ausdruck, ein Strahlen, das Rosanette betörte.

– Vielleicht liegt es an deinem Frack; aber noch nie habe ich dich so schön gefunden! Wie schön du bist!

Hingerissen von Zärtlichkeit schwor sie sich, keinem anderen mehr zu gehören, was auch geschehe, und sollte sie im Elend krepieren!

Ihre schönen feuchten Augen funkelten so leidenschaftlich, daß Fréderic sie auf seine Knie zog und sich sagte: »Was bin ich für ein Schuft!«, wobei er sich zu seiner Verdorbenheit beglückwünschte.

IV

Monsieur Dambreuse gedachte sein großes Steinkohlegeschäft wiederzubeleben, als Deslauriers bei ihm erschien. Aber dieser Zusammenschluß aller Gesellschaften zu einer einzigen war nicht gern gesehen; man schrie Monopol, als seien nicht für solche Wirtschaftsunternehmen riesige Kapitalien erforderlich!

Deslauriers, der soeben eigens das Werk von Gobet und die Artikel von Monsieur Chappe im *Journal des Mines* gelesen hatte, war in dieser Frage bestens orientiert. Er wies darauf hin, daß das Gesetz von 1810 ein unveräußerliches Recht zugunsten der Konzessionsinhaber einräumte. Im übrigen konnte man dem Unternehmen einen demokratischen Anstrich geben: die Kohlekonzentration verhindern war doch ein Attentat auf das Prinzip der Bildung von Handelsgesellschaften.

Monsieur Dambreuse vertraute ihm Aufzeichnungen an, um einen Bericht zu verfassen. Was die Bezahlung seiner Arbeit betraf, so machte er Versprechungen, die um so schöner waren, als sie nichts Genaues besagten.

Deslauriers ging gleich zurück zu Frédéric und brachte ihm das Ergebnis der Verhandlungen. Noch dazu hatte er beim Gehen unten an der Treppe Madame Dambreuse gesehen.

– Mein Kompliment, Donnerwetter!

Dann sprachen sie über die Wahl. Man mußte sich etwas einfallen lassen.

Drei Tage darauf erschien Deslauriers wieder mit einem Schriftstück, das für die Presse bestimmt war, ein vertraulicher Brief, in dem Monsieur Dambreuse die Kandidatur ihres Freundes befürwortete. Unterstützt von einem Konservativen und gepriesen von einem Roten, mußte sie Erfolg haben. Wie hatte der Kapitalist ein solches Machwerk unterzeichnen können? Der Anwalt war aus freien Stücken ohne die leisesten Bedenken bei Madame Dambreuse gewesen, um es ihr zu zeigen, und da sie es sehr gut fand, hatte sie für alles Weitere gesorgt.

Dieser Schritt wunderte Frédéric. Aber er hieß ihn gut; außerdem kam Deslauriers mit Monsieur Roque zusammen, und so erzählte er ihm von seiner Situation mit Louise.

– Sag ihnen, was du willst, daß ich in schwierigen Angelegenheiten stecke; ich regele sie; sie ist jung genug, um zu warten!

Deslauriers reiste ab; und Frédéric hielt sich für einen sehr starken Mann. Außerdem empfand er eine Befriedigung, eine tiefe Genugtuung. Seine Freude, eine reiche Frau zu besitzen, war durch keinen Widerspruch getrübt; das Gefühl stand im Einklang mit der äußeren Umgebung. Sein Leben war jetzt überall voller Wonnen.

Die köstlichste war vielleicht, Madame Dambreuse in ihrem Salon zwischen verschiedenen Leuten zu betrachten. Die feinen Ungangsformen ließen ihn von anderem Verhalten träumen; während sie in kühlem Ton plauderte, dachte er an ihre gestammelten Liebesworte; der ganze Respekt für ihre Tugend entzückte ihn wie eine ihm zufallende Huldigung; und manchmal hätte er am liebsten ausgerufen: »Aber ich kenne sie besser als ihr! Sie gehört mir!«

Bald war ihr Verhältnis klar und akzeptiert. Den ganzen Winter lang schleppte Madame Dambreuse Frédéric in die feine Gesellschaft.

Er erschien fast immer vor ihr; und er sah sie hereinkommen, mit nackten Armen, den Fächer in der Hand,

Perlen im Haar. Sie blieb stets auf der Schwelle stehen (der Türsturz umgab sie wie ein Rahmen), und sie machte eine kleine Bewegung der Unentschlossenheit, indem sie die Augen zusammenkniff, um zu entdecken, ob er da sei. Sie nahm ihn in ihrem Wagen mit zurück; der Regen peitschte gegen die Scheiben; die Passanten bewegten sich wie Schatten durch den Schmutz; und dicht aneinandergeschmiegt nahmen sie all das undeutlich wahr, in stiller Verachtung. Unter verschiedenen Vorwänden blieb er noch eine gute Stunde in ihrem Zimmer.

Madame Dambreuse hatte vor allem aus Langeweile nachgegeben. Doch dieser letzte Versuch sollte nicht umsonst sein. Sie wollte eine große Liebe, sie begann ihn mit Schmeicheleien und Zärtlichkeiten zu überhäufen.

Sie schickte ihm Blumen; sie bestickte ihm einen Polstersessel; sie schenkte ihm ein Zigarrenetui, Schreibzeug, tausend Kleinigkeiten für den täglichen Gebrauch, damit er nichts tun konnte, ohne an sie erinnert zu werden. Diese Aufmerksamkeiten bezauberten ihn zunächst, und bald erschienen sie ihm ganz natürlich.

Sie stieg in eine Droschke, sandte sie am Eingang einer Passage fort, ging zum anderen Ende hinaus; dann glitt sie, einen doppelten Schleier über dem Gesicht, an den Häuserwänden entlang und erreichte die Straße, wo Frédéric schon stand und lebhaft ihren Arm nahm, um sie in sein Haus zu geleiten. Seine beiden Diener hatten Ausgang, der Portier machte Besorgungen; sie sah sich überall um; nichts zu befürchten! und sie stieß einen Seufzer aus, wie den eines Verbannten, der die Heimat wiedersieht. Die Gunst der Stunde machte sie kühner. Sie trafen sich immer häufiger. Eines Abends erschien sie plötzlich sogar in großer Balltoilette. Solche Überraschungen konnten gefährlich sein; er tadelte sie wegen ihrer Unvorsichtigkeit; im übrigen mißfiel sie ihm. Das dekolletierte Mieder entblößte zu sehr die magere Brust.

Da erkannte er, was er sich selbst nicht hatte eingestehen wollen, die Desillusion seiner Empfindungen. Er heuchelte darum nicht weniger glühende Liebe; doch um sie zu verspüren, mußte er das Bild Rosanettes oder Madame Arnoux' heraufbeschwören.

Diese Atrophie der Gefühle ließ ihm einen vollkommen klaren Kopf, und mehr denn je erstrebte er eine hohe Position in der Gesellschaft. Da er nun ein solches Sprungbrett besaß, war es doch das mindeste, daß er es nutzte.

Gegen Mitte Januar trat plötzlich Sénécal in sein Zimmer; und auf seinen Ausruf des Erstaunens antwortete er, daß er nun Deslauriers' Sekretär sei. Er brachte ihm sogar einen Brief. Er enthielt gute Nachrichten, tadelte ihn jedoch wegen seiner Nachlässigkeit; er müsse kommen.

Der zukünftige Abgeordnete sagte, er werde sich am übernächsten Tag auf den Weg machen.

Sénécal äußerte sich nicht zu dieser Kandidatur. Er sprach von sich und der Lage des Landes.

So elend sie war, sie freute ihn doch; denn man bewegte sich auf den Kommunismus zu. Zum ersten kamen die Behörden von selbst dazu, da täglich mehr und mehr von der Regierung verwaltet wurde. Das Privateigentum jedenfalls hatte die Verfassung von '48 trotz ihrer Schwächen nicht verschont; der Staat konnte nun im Interesse des Allgemeinwohls nehmen, was ihm seinem Urteil nach zustand; Sénécal sprach sich für die Autorität aus; und Frédéric konnte in seinen Reden in übertriebener Form seine eigenen Worte Deslauriers gegenüber erkennen. Der Republikaner wetterte sogar gegen die Unzulänglichkeit der Massen.

– Robespierre hat, indem er das Recht der Minderheit verteidigte, Louis XVI. vor den Konvent gebracht und das Volk gerettet. Die Dinge werden durch ihren Ausgang gerechtfertigt. Die Diktatur ist manchmal unerläßlich. Es lebe die Tyrannei, vorausgesetzt, der Tyrann tut Gutes!

Ihre Unterhaltung dauerte lange, und als er ging, bekannte Sénécal (das war vielleicht der Grund seines Besuches), daß Deslauriers sehr verzweifelt über Monsieur Dambreuses Schweigen war.

Aber Monsieur Dambreuse war krank. Frédéric sah ihn täglich, da er durch seinen Stand als Vertrauter die Möglichkeit hatte, bei ihm vorgelassen zu werden.

Die Absetzung des Generals Changarnier hatte den Kapitalisten außerordentlich aufgeregt. Am selben Abend wurde es ihm furchtbar heiß in der Brust, verbunden mit einem solchen Druck, daß er nicht liegen konnte. Blutegel brachten sofortige Erleichterung. Der trockene Husten verschwand, der Atem wurde ruhiger; und acht Tage später sagte er, eine Bouillon schlürfend:

– Ach! es geht besser! Aber beinahe hätte ich die große Reise gemacht!

– Nicht ohne mich! rief Madame Dambreuse, mit diesen Worten andeutend, daß sie es nicht vermocht hätte, ihn zu überleben.

Statt einer Antwort bedachte er sie und ihren Liebhaber mit einem seltsamen Lächeln, in dem zugleich Entsagung, Nachsicht, Ironie und sogar so etwas wie Witz lag, ein fast amüsierter Hintergedanke.

Frédéric wollte nach Nogent fahren, Madame Dambreuse erhob Einspruch; und je nach Stand der Krankheit packte er seine Sachen aus und ein.

Plötzlich erbrach Monsieur Dambreuse sehr viel Blut. Die um Rat befragten »Koryphäen der Wissenschaft« wußten nichts Neues. Seine Beine schwollen an, und die Schwäche nahm zu. Er hatte mehrmals den Wunsch geäußert, Cécile zu sehen, die sich mit ihrem seit einem Monat zum Steuereinnehmer ernannten Mann am andern Ende Frankreichs befand. Er befahl ausdrücklich, sie kommen zu lassen. Madame Dambreuse schrieb drei Briefe und zeigte sie ihm.

Sie vertraute ihn noch nicht einmal der Nonne an und verließ ihn nicht eine Sekunde, ja ging nicht mehr zu Bett. Die Leute, die beim Concierge ihren Namen hinterließen, erkundigten sich voller Bewunderung nach ihr, und die Passanten waren angesichts der Menge von Stroh, das auf der Straße unter den Fenstern lag, von Ehrfurcht ergriffen.

Am 12. Februar brach um fünf Uhr ein schrecklicher Bluthusten aus. Der Arzt nannte die Gefahr. Man eilte zu einem Priester.

Während Monsieur Dambreuses Beichte betrachtete Madame ihn neugierig von weitem. Worauf der junge Doktor ein Zugpflaster auflegte und wartete.

Die hinter Möbeln verborgenen Lampen tauchten das Zimmer in ein ungleich helles Licht. Frédéric und Madame Dambreuse beobachteten den Sterbenden vom Fußende des Bettes. In einer Fensternische sprachen der Priester und der Arzt leise miteinander; die Schwester lag auf den Knien und murmelte Gebete.

Schließlich kam ein Röcheln auf. Die Hände erkalteten, das Gesicht begann zu erbleichen. Manchmal zog er plötzlich den Atem ein; das geschah immer seltener; ihm entschlüpften zwei, drei wirre Worte; er tat einen schwachen Atemzug, verdrehte dabei die Augen, und der Kopf fiel auf dem Kissen zur Seite.

Eine Minute lang rührte sich niemand.

Madame Dambreuse trat zu ihm; und ohne Mühe schloß sie ihm in schlichter Pfichterfüllung die Augen.

Dann breitete sie die Arme aus, sich windend wie im Krampf verhaltener Verzweiflung, und auf den Arzt und die Nonne gestützt, ging sie hinaus. Eine Viertelstunde später stieg Frédéric hinauf in ihr Zimmer.

Dort genoß man einen unbeschreiblichen Duft, den

Dingen entströmend, die es füllten. Auf dem Bett lag ein schwarzes Kleid ausgebreitet, das scharf von der rosafarbenen Bettdecke abstach.

Madame Dambreuse stand am Kamin. Nicht daß er heftigen Schmerz bei ihr vermutete, aber er hielt sie für ein wenig traurig; und mit klagender Stimme sagte er:

– Du leidest?

– Ich? Ganz und gar nicht.

Als sie sich umdrehte, sah sie das Kleid und betrachtete es prüfend; dann meinte sie, er solle sich keinen Zwang antun.

– Rauche, wenn du magst! Du bist bei mir zu Hause!

Und mit einem tiefen Seufzer:

– Ach! heilige Jungfrau! welche Erlösung!

Dieser Ausruf überraschte Frédéric. Er nahm ihre Hand und erwiderte:

– Aber wir waren doch frei!

Diese Anspielung auf die Ungezwungenheit ihrer Liebe schien Madame Dambreuse zu verletzen.

– Oh! du weißt ja nicht, was ich alles für ihn getan habe, und welche Ängste ich auszustehen hatte!

– Wieso?

– Aber ja! War das Geborgenheit, immerzu diesen Bastard um sich, ein Kind, das nach fünf Jahren Ehe ins Haus gebracht wurde und das ihn, ohne mich, bestimmt zu einer Dummheit verleitet hätte?

Dann setzte sie ihm ihre Verhältnisse auseinander. Sie hatten in Gütertrennung geheiratet. Ihr väterliches Erbe belief sich auf dreihunderttausend Francs. Monsieur Dambreuse hatte ihr im Falle des Überlebens fünfzehntausend Francs Rente samt dem Herrschaftshaus zugesichert. Doch kurz darauf hatte er ein Testament gemacht, in dem er ihr sein ganzes Vermögen überließ; und sie schätzte es, soweit man es jetzt sagen konnte, auf mehr als drei Millionen.

Frédéric machte große Augen.

– Das lohnte sich, nicht wahr? Aber ich habe auch dazu beigetragen! Es war mein Geld und Gut, das ich verteidigte; Cécile hätte mich ungerechterweise beraubt.

– Warum ist sie nicht zu ihrem Vater gekommen? sagte Frédéric.

Bei dieser Frage schaute Madame Dambreuse ihn scharf an; dann sagte sie in trockenem Ton:

– Ich weiß es nicht! Wohl aus Mangel an Herz! Oh! ich kenne sie! Von mir bekommt sie keinen Sous!

Sie fiele doch nicht zur Last, zumindest nicht nach ihrer Heirat.

– Ach! ihre Heirat! stieß Madame Dambreuse mit höhnischem Lachen hervor. Und sie ärgerte sich, diese dumme Gans, die eifersüchtig, eigennützig und falsch war, zu gut behandelt zu haben. »Sämtliche Fehler ihres Vaters!« Sie sprach immer schlechter über ihn. Niemand so falsch wie er, außerdem unerbittlich, hart wie Stein, »ein übler Mensch, ein übler Mensch!«

Auch den Klügsten passieren Fehler. Mit dieser Flut von Haß war Madame Dambreuse soeben einer unterlaufen. Frédéric, ihr gegenüber in einem Lehnsessel, machte sich entrüstet seine Gedanken.

Sie erhob sich und glitt auf seinen Schoß.

– Nur du bist gut! Ich liebe nur dich!

Bei seinem Anblick wurde sie weich, eine nervöse Reaktion trieb ihr die Tränen in die Augen, und sie murmelte:

– Willst du mich heiraten?

Zuerst meinte er, nicht verstanden zu haben. Dieser Reichtum machte ihn schwindlig. Sie wiederholte lauter:

– Willst du mich heiraten?

Schließlich sagte er lächelnd:

– Zweifelst du daran?

Dann überkam ihn Scham, und um dem Verstorbenen Abbitte zu leisten, erbot er sich, bei ihm zu wachen. Doch diese fromme Regung war ihm peinlich, und so fügte er in ungezwungenem Ton hinzu:

– Das wäre vielleicht passender.

– Ja, vielleicht wirklich, sagte sie, wegen der Dienerschaft!

Man hatte das Bett ganz und gar aus dem Alkoven herausgezogen. Die Nonne saß am Fußende; und am Kopfende stand ein Priester, ein anderer, ein hagerer Mensch mit spanischem, fanatischem Aussehen. Auf dem mit einem weißen Tuch bedeckten Nachttisch brannten drei Kerzen.

Frédéric nahm einen Stuhl und betrachtete den Toten.

Sein Gesicht war gelb wie Stroh; etwas blutiger Schaum klebte an den Mundwinkeln. Um seinen Kopf war ein Seidentuch geschlungen, er trug eine Trikotjacke und auf der Brust zwischen den gekreuzten Armen ein silbernes Kruzifix.

Es war zu Ende, dieses bewegte Leben! Wieviel Gänge durch die Büros hatte er gemacht, wie viele Zahlen aneinandergereiht, Intrigen geschmiedet, Berichte angehört! Wieviel schöne Worte, Lächeln, Verbeugungen! Denn er hatte Napoléon zugejubelt, den Kosaken, Louis XVIII., 1830, den Arbeitern, sämtlichen Regimes, mit einer solchen Liebe zur Macht, daß er dafür bezahlt hätte, sich zu verkaufen.

Aber er hinterließ den Besitz von la Fortelle, drei Fabriken in der Picardie, den Wald von Crancé im Yonne, ein Gut bei Orléans, beträchtliche Immobilienwerte.

Frédéric überschlug sein Vermögen; und das sollte alles ihm gehören! Er dachte zuerst daran, »was man sagen werde«, an ein Geschenk für seine Mutter, an seine zukünftigen Gespanne, an einen alten Kutscher seiner Familie, den er zum Concierge machen wollte. Die Livree wäre natürlich eine andere. Den großen Salon nähme er als Arbeitszimmer. Wenn er drei Wände einrisse, könnte er im zweiten Stock ohne weiteres eine Gemäldegalerie einrichten. Vielleicht gab es die Möglichkeit, unten einen Saal zum türkischen Bad zu machen. Und Monsieur Dambreuses Büro, ein unangenehmer Raum, wozu konnte das dienen?

Der Priester, der sich gerade geschneuzt hatte, oder die Schwester, im Begriff, das Feuer zu schüren, unterbrach jäh diese Phantasien. Doch die Wirklichkeit bestätigte sie, der Leichnam war immer noch da. Seine Lider hatten sich wieder geöffnet; und die Pupillen besaßen, wenn auch in zähem Dunkel schwimmend, einen rätselhaften, unerträglichen Ausdruck. Frédéric glaubte darin irgendwie ein Urteil über sich zu lesen, und beinahe schlug ihm das Gewissen, denn er hatte sich nie zu beklagen gehabt über diesen Mann, der im Gegenteil ... »Ach was! ein alter Schurke!« und er betrachtete ihn aus größerer Nähe, um sich seiner Meinung zu versichern, und schrie ihm innerlich zu:

»Na und? Habe ich dich etwa umgebracht?«

Indessen las der Priester sein Brevier; die Nonne döste reglos vor sich hin; die Dochte der drei Kerzen wurden länger.

Zwei Stunden lang hörte man das dumpfe Rollen der Karren, die in langen Reihen zu den Markthallen fuhren. Hinter den Fenstern wurde es weiß, eine Droschke kam vorüber, dann ein Trupp Eselinnen, die über das Pflaster trippelten, und Hammerschläge, Rufe von fliegenden Händlern, Trompetenstöße; alles verschmolz bereits mit der großen Stimme des erwachenden Paris.

Frédéric machte sich auf den Weg. Er begab sich zuerst zum Rathaus, um den Todesfall zu melden; und als der Leichenschauer einen Totenschein ausgestellt hatte, ging er ein weiteres Mal zum Rathaus, um kundzutun, welchen Friedhof die Familie wählte, und um sich mit dem Bestattungsinstitut zu verständigen.

Der Angestellte legte ihm eine Zeichnung und ein Programm vor, das die verschiedenen Beerdigungsklassen zeigte, während erstere sämtliche Einzelheiten des Dekors darstellte. Wünschte man einen Leichenwagen mit Galerie oder einen Leichenwagen mit Helmbusch, geflochtene Mähnen bei den Pferden, Federbüsche für die Diener, Initialen oder Wappen, Trauerlampen, einen Mann, um die Orden zu tragen, und wie viele Wagen? Frédéric war großzügig; Madame Dambreuse war es wichtig, an nichts zu sparen.

Dann ging er zur Kirche.

Der für den Trauerzug verantwortliche Vikar hatte gleich tadelnde Worte über den übertriebenen Aufwand; der Offizier für die Orden war doch wirklich nicht nötig! viele Kerzen seien wünschenswerter! Man einigte sich auf eine stille Messe mit musikalischer Untermalung. Frédéric unterschrieb, was man abgemacht hatte, mit der festen Verpflichtung, sämtliche Kosten zu übernehmen.

Dann lief er zur Präfektur wegen des Ankaufs der Grabstätte. Ein Platz von zwei Metern Länge und einem Meter Breite kostete fünfhundert Francs. Sollte es ein halbhundertjähriges Anrecht oder ein dauerndes sein?

– Oh! ein dauerndes! sagte Frédéric.

Er nahm die Sache ernst, gab sich Mühe. Im Hof des Herrschaftshauses wartete ein Steinmetz, um ihm Bauzeichnungen und Pläne von griechischen, ägyptischen und maurischen Grabmalen zu zeigen; doch der Architekt des Hauses hatte bereits mit Madame konferiert; und auf dem Tisch im Vestibül lagen alle möglichen Prospekte über die Reinigung der Matratzen, die Desinfektion der Zimmer, über verschiedene Einbalsamierungsverfahren.

Nach dem Diner ging er wegen der Trauerkleidung

der Dienerschaft nochmals zum Schneider; und er mußte noch eine letzte Sache erledigen, denn er hatte Biberhaarhandschuhe bestellt, und es waren Handschuhe aus Flockseide erforderlich.

Als er am nächsten Morgen um zehn Uhr eintraf, füllte sich der große Salon mit Menschen, und fast alle kamen mit melancholischer Miene aufeinander zu und sagten:

– Und ich habe ihn noch vor einem Monat gesehen! Mein Gott! das ist unser aller Schicksal!

– Ja, aber bemühen wir uns, daß es so spät wie möglich ist!

Dann stieß man ein kleines, zufriedenes Lachen aus, und es entspannen sich Unterhaltungen, die nichts mit den Umständen zu tun hatten. Schließlich sprach der Zeremonienmeister, in schwarzem Frack à la française und Kniehosen, in Mantel, Trauerbinden, Degen an der Seite und Dreispitz unter dem Arm, die üblichen Worte: »Meine Herren, wenn es Ihnen recht ist.« Man brach auf.

Auf der Place de la Madeleine war Blumenmarkttag. Es war klar und mild; und der leichte Wind, der die Segeltuchbuden leicht erbeben ließ, blähte das riesige schwarze Tuch, das über das Portal gespannt war. Das Wappen von Monsieur Dambreuse, ein samtenes Karree füllend, wiederholte sich darauf drei Mal. Es zeigte *in schwarzem Feld einen goldenen linken Arm mit silberbehandschuhter Faust,* nebst Grafenkrone und der Devise: *Auf allen Wegen.*

Die Träger schleppten den schweren Sarg die Treppe hinauf, und man ging hinein.

Die sechs Kapellen, Apsis und Gestühl waren schwarz verhängt. Der Katafalk bildete mit seinen hohen Kerzen im Hintergrund des Hochchores einen einzigen hellen Feuerschein. In beiden Winkeln brannten Weingeistflammen in großen Leuchtern.

Die Angesehensten nahmen auf dem Hochchor Platz, die anderen im Kirchenschiff; und der Gottesdienst begann.

Mit einigen Ausnahmen war die Unkenntnis im Religiösen so groß, daß der Zeremonienmeister ihnen von Zeit zu Zeit ein Zeichen zum Aufstehen, Niederknien und Hinsetzen gab. Die Orgel und zwei Kontrabässe alternierten mit den Singstimmen; dazwischen hörte man in Augenblicken der Stille das Murmeln des Priesters am Altar; dann begannen Musik und Gesang von neuem.

Aus den drei Kuppeln fiel mattes Tageslicht, aber durch die offene Tür flutete waagerecht eine strahlende Helligkeit, die auf die unbedeckten Häupter fiel; und in halber Höhe des Kirchenschiffes schwebte ein Schatten, durchdrungen vom Widerschein der goldenen Verzierungen an den Schlußsteinen und Ranken der Kapitelle.

Frédéric lauschte dem *Dies irae*, um sich zu zerstreuen, er betrachtete die Ministranten, versuchte die viel zu hoch angebrachten Gemälde zu erkennen, die das Leben Magdalenas darstellten. Glücklicherweise setzte sich Pellerin neben ihn und begann sogleich mit einem langen Vortrag über die Fresken. Die Glocke läutete. Man verließ die Kirche.

Der Leichenwagen, mit herabhängenden Draperien und hohen Federn geschmückt, schlug den Weg zum Père Lachaise ein, gezogen von vier Rappen mit geflochtenen Mähnen und Federbüschen auf dem Kopf, die bis zu den Hufen mit großen silberdurchwirkten Pferdedecken bedeckt waren. Ihr Kutscher in hohen Reitstiefeln trug einen Dreispitz mit wallendem Krepp. Die Bahrtuchschnüre wurden von vier Persönlichkeiten gehalten: ein Schatzmeister der Abgeordnetenkammer, ein Ratsmitglied aus dem Aube, ein Delegierter der Steinkohlegesellschaft, – und Fumichon als Freund. Die Kalesche des Verstorbenen und ein Dutzend Trauerwagen folgten. Dahinter nahmen die Geladenen die ganze Mitte des Boulevards ein.

Die Passanten blieben stehen, um alles sehen zu können; Frauen, ihr Kind auf dem Arm, stiegen auf Stühle; und Leute, die in den Kneipen ihren Halben tranken, erschienen, einen Billardqueue in der Hand, in den Fenstern.

Der Weg war lang; – und wie bei feierlichen Gastmahlen, wo man zunächst zurückhaltend und dann mitteilsamer ist, – ließ die allgemeine Beherrschung bald nach. Man sprach nur noch über die dem Präsidenten von der Kammer verweigerte Bewilligung von Geldern. Monsieur Piscatory hatte sich zu streng gezeigt, Montalembert »wie immer prachtvoll«, und die Herren Chambolle, Pidoux, Creton, kurz die ganze Kommission hätte vielleicht dem Rat der Herren Quentin-Beauchart und Dufour folgen sollen.

Diese Gespräche setzten sich in der von Läden gesäumten Rue de la Roquette fort, wo man nur Ketten aus buntem Glas und schwarze, mit Zeichnungen und goldenen Buchstaben bedeckte Plaketten sieht, – so daß sie wie Tropfsteinhöhlen und Fayencengeschäfte aussehen. Doch vor dem Friedhofstor waren plötzlich alle still.

Die Gräber ragten zwischen den Bäumen empor, zerbrochene Säulen, Tempel, Dolmen, Obelisken, etruskische Grabgewölbe mit Bronzetüren. In einigen konnte man eine Art Trauerboudoir mit einfachen Sesseln und Klappstühlen erkennen. Spinnengewebe hingen wie Lumpen an den Urnenketten; und Staub bedeckte die mit Satinband umschlungenen Bouquets und die Kruzifixe. Überall zwischen den Balustraden, auf den Grabmalen, Immortellenkränze und Leuchter, Vasen, Blumen, schwarze Plaketten mit Goldbuchstaben, Gipsstatuetten: kleine Knaben und Mädchen oder an einem Messingstab in der Luft schwebende Engelchen: einige haben sogar ein Zinkdach über dem Kopf. Endlose Schnüre aus gesponnenem Glas, schwarz, weiß und himmelblau hängen in langen Windungen wie Boas von der Höhe der Stelen auf die Steinplatten herab. Die darauffallende Sonne ließ sie zwischen den schwarzen Holzkreuzen funkeln; – und der Leichenwagen rollte weiter auf den breiten Wegen, die gepflastert sind wie die Straßen einer Stadt. Dann und wann knarrten die Achsen. Frauen auf Knien, das Kleid hinter sich im Gras ausgebreitet, sprachen leise zu den Toten. Helle Rauchschwaden stiegen aus dem Grün der Eiben. Das waren zurückgebliebende Grabspenden, Überreste, die verbrannt wurden.

Die Gruft von Monsieur Dambreuse lag in Nachbarschaft von Manuel und Benjamin Constant. Das Gelände fällt hier in einem steilen Hang nach unten ab. Man hat grüne Wipfel unter sich; weiter hinten Schlote der Dampfmaschinen, dann die ganze große Stadt.

Während die Reden gehalten wurden, konnte Frédéric die Landschaft bewundern.

Die erste erfolgte im Namen der Abgeordnetenkammer, die zweite im Namen der Regierung des Aube, die dritte im Namen der Steinkohlegesellschaft Saône-et-Loire, die vierte im Namen der Landwirtschaftsvereinigung des Yonne; und dann gab es noch eine im Namen einer philanthropischen Gesellschaft. Schließlich, als alle schon gingen, begann ein Unbekannter eine sechste Rede im Namen der Antiquarsvereinigung von Amiens vorzulesen.

Und alle nutzten die Gelegenheit, gegen den Sozialismus zu wettern, als dessen Opfer Monsieur Dambreuse gestorben war. Das Schauspiel der Anarchie und seine Aufopferung für Recht und Ordnung hatten seine Tage verkürzt. Man pries seine hervorragenden Kenntnisse, seine Redlichkeit, seine Großzügigkeit und sogar seine

Schweigsamkeit als Volksvertreter, denn war er auch kein Redner, so hatte er doch jene verläßlichen, tausendmal besseren Qualitäten, etc. mit allen Worten, die gesagt werden müssen: »frühes Ende, – ewige Trauer, – die andere Heimat, – adieu, oder vielmehr auf Wiedersehen!«

Die Erde, mit Steinen vermischt, fiel herab; und in der Gesellschaft sollte von ihm keine Rede mehr sein.

Es wurde noch ein wenig darüber gesprochen, als man den Friedhof hinunterschritt; und man genierte sich nicht, ihn erbarmungslos zu verurteilen. Hussonnet, der in den Zeitungen über das Begräbnis berichten sollte, gab sogar ironisch sämtliche Reden wieder, denn der gute Dambreuse war schließlich während der letzten Regierung einer der hervorragendsten *Geldempfänger* gewesen. Dann brachten die Trauerwagen die Bourgeois zurück zu ihren Geschäften; die Feier hatte nicht zu lange gedauert; man beglückwünschte sich dazu.

Erschöpft kehrte Frédéric nach Hause zurück.

Als er am nächsten Tag im Hause Dambreuse vorsprach, sagte man ihm, Madame arbeite unten im Büro. Akten und Schubladen waren wahllos geöffnet, die Rechnungsbücher durcheinandergeworfen; eine Papierrolle mit dem Titel: »Aussichtslose Außenstände« lag auf dem Boden; er wäre fast darüber gestolpert und hob sie auf. Madame Dambreuse verschwand völlig in dem großen Lehnstuhl.

– Nun? wo sind Sie denn? was ist los?

Sie sprang auf.

– Was los ist? Ich bin ruiniert, ruiniert! verstehst du?

Monsieur Adolphe Langlois, der Notar, hatte sie in seine Kanzlei gebeten und ihr ein Testament überreicht, das ihr Mann vor ihrer Heirat geschrieben hatte. Er vermachte alles Cécile; und das andere Testament war verschwunden. Frédéric wurde sehr blaß. Sie hatte wohl nicht richtig nachgesehen?

– Sieh doch selbst! sagte Madame Dambreuse und wies auf den Raum.

Beide Tresore standen sperrangelweit offen, mit dem Vorschlaghammer aufgebrochen, und im Pult hatte sie das Unterste zuoberst gekehrt, die Schränke durchwühlt, die Strohmatten ausgeschüttelt, als sie plötzlich mit einem spitzen Schrei in eine Ecke stürzte, wo sie eine kleine Schachtel mit Messingschloß entdeckt hatte; sie öffnete sie, nichts!

– Ah! der Schuft! Und ich habe ihn mit solcher Hingabe gepflegt!

Dann brach sie in Tränen aus.

– Es ist vielleicht woanders? sagte Frédéric.

O nein! es war hier! in diesem Tresor. Ich habe es neulich noch gesehen. Es ist verbrannt! ich bin sicher!

Zu Beginn seiner Krankheit war Monsieur Dambreuse eines Tages zum Signieren nach unten gegangen.

– Da hat er es getan!

Und vernichtet sank sie auf einen Stuhl. Eine trauernde Mutter vor einer leeren Wiege ist nicht jämmerlicher, als Madame Dambreuse es vor den gähnenden Türen der Tresore war. Kurz, ihr Schmerz schien – trotz der Niedrigkeit seiner Ursache – so tief, daß er versuchte, sie zu trösten, indem er ihr sagte, daß sie immerhin nicht zum Elend verdammt sei.

– Es ist das Elend, weil ich dir kein großes Vermögen bieten kann!

Sie besaß nur noch dreißigtausend Francs Zinsen, nicht gerechnet das herrschaftliche Haus, das vielleicht achtzehn- bis zwanzigtausend wert war.

Für Frédéric war das ein immenser Reichtum, und doch war er enttäuscht. Adieu seinen Träumen und dem ganzen großen Leben, das er geführt hätte. Die Ehre gebot, Madame Dambreuse zu heiraten. Er überlegte eine Minute; dann sagte er in zärtlichem Ton:

– Ich habe ja immer noch dich!

Sie warf sich in seine Arme; und er drückte sie mit einer Rührung an sich, in der auch ein wenig Bewunderung für sich selber lag. Madame Dambreuse, deren Tränen versiegt waren, hob ihr glückstrahlendes Gesicht und ergriff seine Hand.

– Ach! an dir habe ich nie gezweifelt! Da war ich mir sicher!

Die vorausgesetzte Gewißheit über etwas, das er selbst als eine Großtat ansah, mißfiel dem jungen Mann.

Dann nahm sie ihn mit in ihr Zimmer, und sie machten Pläne. Frédéric mußte jetzt daran denken, vorwärtszukommen. Sie gab ihm sogar wunderbare Ratschläge für seine Kandidatur.

Der erste Punkt war, zwei oder drei Sätze über Volkswirtschaft sagen zu können. Man mußte etwas Spezielles wählen, zum Beispiel Gestüte, mehrere Schriften von lokalem Interesse verfassen, stets Poststationen und Tabakgeschäfte zur Verfügung haben, eine Unmenge kleiner Gefälligkeiten erweisen. Monsieur Dambreuse war da wirklich vorbildlich gewesen. So hatte er einmal auf dem Lande seine Kutsche voller Freunde vor einem Schusterladen halten lassen, zwölf Paar Schuhe für seine Gäste gekauft und für sich selbst entsetzliche Stiefel, – die er sogar zwei Wochen lang heroisch getragen hatte. Diese Geschichte heiterte sie beide auf. Sie erzählte noch andere, mit wiedererwachter Anmut, Frische und Esprit.

Seine Idee, unverzüglich nach Nogent zu fahren, hielt sie für gut. Es war ein zärtlicher Abschied; und in der Tür wisperte sie noch einmal:

– Du liebst mich doch, nicht wahr?

– Immer und ewig! erwiderte er.

Zu Hause erwartete ihn ein Bote mit einer mit Bleistift geschriebenen Notiz, daß Rosanette niederkäme. Er war seit einigen Tagen so beschäftigt gewesen, daß er gar nicht mehr daran gedacht hatte. Sie hatte sich in ein Entbindungsheim in Chaillot begeben. Frédéric nahm eine Kutsche und fuhr los.

Ecke Rue de Marbeuf las er auf einer Tafel in Großbuchstaben: – »Heil- und Entbindungsanstalt unter Leitung von Madame Alessandri, prämierte Hebamme, ehemalige Schülerin der Maternité, Autorin verschiedener Werke, etc.« In der Mitte der Straße, über einer Tür, einer kleinen Pforte, wiederholte ein Schild (ohne das Wort Entbindung): »Heilanstalt Madame Alessandri«, samt all ihren Titeln.

Frédéric ließ den Türklopfer fallen.

Ein Zimmermädchen im Aufzug einer Soubrette führte ihn in den Salon, der mit einem Mahagonitisch, Sesseln in leuchtend rotem Samt und einer Stutzuhr unter einer Glashaube ausgestattet war.

Fast augenblicklich erschien Madame. Es war eine große Brünette von vierzig Jahren mit schlanker Taille, schönen Augen, weltgewandt. Sie gab Frédéric die glückliche Entbindung der Mutter bekannt und führte ihn hinauf in ihr Zimmer.

Auf Rosanettes Gesicht erschien ein unbeschreibliches Lächeln; und wie überwältigt von den Fluten der Liebe, die ihr den Atem nahmen, sagte sie leise:

– Ein Junge, da, da! und wies auf eine Hängewiege neben ihrem Bett.

Er schob die Vorhänge beiseite und sah inmitten von Tüchern etwas gelblich Rotes, ungeheuer Runzeliges, das schlecht roch und klagend schrie.

– Küß ihn!

Um seine Abscheu zu verbergen, erwiderte er:

– Aber ich habe Angst, ihm weh zu tun!

– Nein! nein! Da küßte er mit spitzen Lippen sein Kind.

– Wie er dir ähnelt!

Und sie hing sich mit ihren schwachen Armen an seinen Hals, in einem Überschwang an Gefühlen, den er noch nie erlebt hatte.

Er mußte an Madame Dambreuse denken. Als etwas Ungeheuerliches warf er sich vor, daß er dieses arme Wesen betrog, das in der ganzen Freimütigkeit seiner Natur liebte und litt. Mehrere Tage lang leistete er ihr bis zum Abend Gesellschaft.

Sie fühlte sich wohl in diesem verschwiegenen Hause; zur Straße blieben die Läden sogar ständig geschlossen; ihr Zimmer, in hellem Blau ausgeschlagen, ging auf einen großen Garten. Madame Alessandri, deren einziger Fehler es war, berühmte Ärzte als engste Freunde auszugeben, umhegte sie mit Aufmerksamkeiten; ihre Gefährtinnen, beinahe alle Mädchen aus der Provinz, langweilten sich sehr, da sie niemanden hatten, der sie besuchte; Rosanette merkte, daß man sie beneidete, und sagte es Frédéric voller Stolz. Aber man mußte leise sprechen; die Wände waren dünn, und trotz der fortwährenden Pianoklänge hatten alle die Ohren gespitzt.

Er wollte endlich nach Nogent fahren, als er einen Brief von Deslauriers erhielt.

Zwei neue Kandidaten stellten sich vor, der eine konservativ, der andere rot; ein dritter hatte, wer auch immer es war, keine Chance. Es war Frédérics Schuld; er hatte den richtigen Zeitpunkt verstreichen lassen, er hätte früher kommen, sich rühren müssen. »Noch nicht einmal auf der Landwirtschaftsausstellung hat man dich gesehen!« Der Anwalt hielt ihm vor, daß er keinerlei Beziehungen zu den Zeitungen hatte. »Ach! hättest du früher auf mich gehört! Wenn wir unser eigenes öffentliches Blatt besäßen!« Er beharrte darauf. Außerdem ließen ihn jetzt viele Leute im Stich, die aus Hochachtung für Monsieur Dambreuse für ihn gestimmt hätten. Deslauriers gehörte dazu. Da er nichts mehr von dem Kapitalisten zu erwarten hatte, ließ er seinen Schützling fallen.

Frédéric brachte seinen Brief Madame Dambreuse.

– Du warst also gar nicht in Nogent? sagte sie.

– Warum?

– Weil ich vor drei Tagen Deslauriers gesprochen habe.

Als er von dem Tod ihres Mannes erfuhr, war Deslauriers erschienen, um Unterlagen der Steinkohlegesellschaft zurückzubringen und ihr seine Dienste als Geschäftsführer anzubieten. Das kam Frédéric seltsam vor; was tat sein Freund dort?

Madame Dambreuse wollte wissen, womit er seit ihrer Trennung seine Zeit verbracht hatte.

– Ich war krank, erwiderte er.

– Du hättest mich wenigstens benachrichtigen können.

– Oh! das lohnte sich nicht; es war auch soviel los, Termine, Besuche.

Von nun an führte er ein Doppelleben, indem er getreulich bei Rosanette schlief und den Nachmittag bei Madame Dambreuse verbrachte, so daß ihm in der Tagesmitte kaum eine freie Stunde blieb.

Das Kind war auf dem Land in Andilly. Sie besuchten es jede Woche.

Das Haus der Amme lag oben im Dorf hinten in einem kleinen Hof, der dunkel war wie ein Brunnen, mit Stroh auf der Erde, Hühnern hier und dort und einem Gemüsekarren in einem Schuppen. Rosanette küßte erst einmal ihren Pausback ab; und wie von einem Rausch ergriffen lief sie hin und her, versuchte die Ziege zu melken, aß Bauernbrot, genoß den Geruch des Misthaufens und wollte ein wenig davon in ihr Taschentuch tun.

Dann machten sie große Spaziergänge; sie trat in die Baumschulen, riß über die Mauern hängende Fliederzweige ab und schrie den Eseln vor den Karren »Hü, Grauchen!« zu, blieb stehen, um sich durch das Gittertor das Innere schöner Gärten anzuschauen; oder die Amme nahm das Kind, man legte es in den Schatten unter einen großen Nußbaum; und die beiden Frauen gaben stundenlang unerträgliche Albernheiten von sich.

Frédéric saß bei ihnen und betrachtete die viereckigen Flächen der Weinfelder am Hang, da und dort Baumkronen, staubige Pfade wie graue Bänder, das Grün durch die Häuser weiß und rot gesprenkelt; und manchmal zog waagerecht der Rauch einer Lokomotive am Fuße der laubreichen Hügel entlang, wie eine riesige Straußenfeder, deren zartes Ende davonflog.

Dann fiel sein Blick wieder auf seinen Sohn. Er stellte sich ihn als jungen Mann vor, er würde ihn zu seinem Gefährten machen; aber vielleicht wäre es ein Dummkopf, ganz sicher ein unglücklicher Mensch. Seine uneheliche Geburt würde ihn ständig bedrücken; es wäre besser für ihn gewesen, nie geboren zu sein, und Frédéric murmelte: »Armes Kind!«, das Herz erfüllt von unbegreiflicher Traurigkeit.

Oft verpaßten sie den letzten Zug. Dann schalt ihn Madame Dambreuse wegen seiner Unzuverlässigkeit. Er erzählte ihr irgendeine Geschichte.

Für Rosanette mußten auch welche erfunden werden. Sie begriff nicht, womit er all seine Abende verbrachte, und wenn man zu ihm schickte, war er nie zu Hause! Als er eines Tages da war, erschienen beide fast zur gleichen Zeit. Er schickte die Marschallin hinaus und versteckte Madame Dambreuse mit der Erklärung, daß seine Mutter käme.

Bald machten ihm diese Lügen Spaß; er wiederholte bei der einen den Schwur, den er gerade der anderen geleistet hatte, schickte ihnen die gleichen Sträuße, schrieb ihnen zur selben Zeit und stellte dann Vergleiche zwischen ihnen an; eine dritte war stets in seinen Gedanken. Die Unmöglichkeit, sie zu besitzen, rechtfertigte seine Treulosigkeiten, deren Genuß sich durch die Abwechslung erhöhte; und je mehr er eine der beiden betrogen hatte, desto mehr liebte sie ihn, als fache die eine Liebe die andere an und als wollte, wie in einem Wettkampf, die eine ihn die andere vergessen lassen.

– Bewundere mein Vertrauen! sagte eines Tages Madame Dambreuse und entfaltete ein Papier, auf dem man ihr mitteilte, daß Monsieur Moreau mit einer gewissen Rose Bron zusammenlebte.

– Ist das zufällig die Demoiselle vom Pferderennen?

– Was für ein Unsinn! erwiderte er. Laß sehen.

Der in lateinischen Buchstaben geschriebene Brief war nicht unterzeichnet. Anfangs hatte Madame Dambreuse diese Mätresse, die ihren Ehebruch deckte, geduldet. Doch als ihre Leidenschaft stärker wurde, hatte sie eine Trennung verlangt, was Frédéric zufolge schon längst geschehen war; und als er seine Beteuerungen beendet hatte, erwiderte sie mit zusammengekniffenen Augen, in denen ein Blick aufblitzte wie eine Dolchspitze unter Musselin:

– Nun gut, und die andere?

– Welche andere?

– Die Frau des Fayencenhändlers?

Er zuckte verächtlich die Achseln. Sie fragte nicht weiter.

Aber als sie einen Monat später über Ehre und Treue sprachen und er (beiläufig, aus Vorsicht) die seine rühmte, sagte sie:

– Das stimmt, du bist ehrlich, du gehst nicht mehr hin.

Frédéric, der an die Marschallin dachte, stammelte:

– Wo denn hin?

– Zu Madame Arnoux.

Er beschwor sie, ihm zu sagen, woher sie diese Auskunft habe. Sie hatte sie von ihrer zweiten Schneiderin, Madame Regimbart.

Also kannte sie sein Leben, und er wußte nichts von dem ihren!

Er hatte jedoch in ihrem Ankleidezimmer die Miniatur eines Herrn mit langem Schnurrbart entdeckt: war das derselbe, über den man ihm früher eine geheimnisvolle Selbstmordgeschichte erzählt hatte? Aber es gab nicht die geringste Möglichkeit, mehr darüber zu erfahren! Wozu auch? Die Herzen der Frauen sind wie jene kleinen Möbel mit Geheimfächern, voller ineinandergeschachtelter Schubladen; man müht sich, man bricht sich die Fingernägel ab und findet im hintersten Winkel irgendeine verdorrte Blume, ein bißchen Staub oder gar nichts! Und dann fürchtete er, vielleicht zu viel darüber zu erfahren.

Er mußte Einladungen absagen, zu denen sie ihn nicht begleiten konnte, sie ließ ihn nicht von ihrer Seite, hatte Angst, ihn zu verlieren; und trotz dieser täglich wachsenden Gemeinsamkeit eröffneten sich plötzlich bei Kleinigkeiten, bei der Einschätzung eines Menschen, eines Kunstwerks Abgründe zwischen ihnen.

Sie hatte eine Art des Klavierspiels, die korrekt war und gefühllos. Ihr Spiritualismus (Madame Dambreuse glaubte an die Seelenwanderung in den Sternen) hinderte sie nicht, auf bewundernswerte Weise ihr Geld zusammenzuhalten. Sie behandelte ihr Personal von oben herab; vor den Lumpen der Armen blieben ihre Augen trocken. Ein naiver Egoismus tönte aus ihren üblichen Reden: »Was macht mir das schon! da wäre ich ja schön dumm! hab ich das nötig!« und aus tausend unerklärlichen, widerwärtigen kleinen Handlungen. Sie hätte hinter Türen gelauscht; sicher belog sie ihren Beichtvater. Herrschsüchtig wie sie war, wollte sie, daß Frédéric sie am Sonntag in die Kirche begleitete. Er gehorchte und trug das Buch.

Der Verlust ihrer Erbschaft hatte sie erheblich verändert. Die Spuren ihres Kummers, die man dem Tode von Monsieur Dambreuse zuschrieb, machten sie interessant; und wie früher gab sie große Empfänge. Seit Frédérics Mißerfolg bei der Wahl hatte sie es für sie beide auf einen Botschafterposten in Deutschland abgesehen; so war es auch das Wichtigste, sich den herrschenden Meinungen zu unterwerfen.

Die einen wünschten sich das Kaiserreich, andere die Orléans, wieder andere den Comte de Chambord; alle waren sich jedoch einig über die dringend notwendige Dezentralisierung, und es gab mehrere Vorschläge, wie: Paris durch eine Menge großer Straßen zu teilen, um dazwischen Dörfer anzusiedeln, den Regierungssitz nach Versailles und die Schulen nach Bourges zu verlegen, die Bibliotheken abzuschaffen, alles den Generälen anzuvertrauen; – und man pries das flache Land, da der Analphabet natürlich mehr Verstand besaß als die anderen! Der Haß sprießte: Haß auf die Schulmeister und die Weinhändler, auf die Oberklassen, den Geschichtsunterricht, die Romane, auf die roten Westen, die langen Bärte, auf jegliche Art von Unabhängigkeit, jegliche Manifestation von Individualität; denn das »Prinzip der Autorität mußte hochgehalten« werden; in wessen Namen sie auch ausgeübt wurde, woher sie auch kam, vorausgesetzt, es war die Macht, die Autorität! Die Konservativen redeten jetzt wie Sénécal. Frédéric begriff nichts mehr; und bei seiner alten Mätresse hörte er dieselben Sprüche, verbreitet von denselben Männern!

Die Salons der leichten Mädchen (seither sind sie von Bedeutung) waren ein neutrales Terrain, auf dem sich die Reaktionäre verschiedener Richtungen begegneten. Hussonnet, der mit Vorliebe über die Errungenschaften seiner Zeit lästerte (ein gutes Mittel zur Wiederherstellung der Ordnung), brachte Rosanette auf die Idee, ihre eigenen Soiréen zu haben, wie andere auch; er würde darüber berichten; und er brachte erst einmal einen wichtigen Mann mit, Fumichon; dann erschienen Nonancourt, Monsieur de Grémonville, der Sieur de Larsillois, ein ehemaliger Präfekt, und Cisy, der jetzt Agronom war, Niederbretone und christlicher denn je.

Des weiteren kamen frühere Liebhaber der Marschallin, so wie der Baron de Comaing, der Comte de Jumillac und einige andere; ihr freizügiges Benehmen verletzte Frédéric.

Er hob den Lebensstil des Hauses, um zu zeigen, daß er der Herr war. Man nahm einen Butler, man zog in eine andere Wohnung und schaffte neue Möbel an. Diese Ausgaben waren dazu angetan, seine Ehe weniger gegen sein Vermögen abfallen zu lassen. Aber sie verminderten es entsetzlich; – und Rosanette verstand nichts von alledem!

Als gesunkene Bourgeoise schwärmte sie für Häuslichkeit, für ein kleines friedliches Heim. Und doch war sie froh, »einen Jour« zu haben; sagte: »Solche Weiber!«, wenn sie von ihresgleichen sprach; wollte eine »Dame von Welt« sein und meinte, sie sei es. Sie bat ihn, nicht mehr im Salon zu rauchen, bemühte sich, ihn zum Fasten zu bewegen, weil es zum guten Ton gehörte.

Sie wurde schließlich ihrer Rolle untreu, denn sie wurde seriös und stellte vor dem Schlafengehen stets ein wenig Melancholie zur Schau, so wie an den Türen einer Kneipe Zypressen stehen.

Er fand den Grund heraus: sie träumte von Heirat, – auch sie! Frédéric war außer sich. Außerdem erinnerte er sich an ihren Auftritt bei Madame Arnoux, und dann war er ihr noch immer böse, weil sie sich so lange verweigert hatte.

Er forschte darum nicht weniger nach ihren Liebhabern. Sie verleugnete sie alle. Ihn überkam eine Art Eifersucht. Er erregte sich über die Geschenke, die sie bekommen hatte, die sie bekam; – und je mehr ihn der Kern ihrer Persönlichkeit störte, desto mehr fühlte er sich in einem gierigen und bestialischen Lustgefühl zu ihr hingezogen, minutenlange Illusionen, die sich in Haß auflösten.

Ihre Reden, ihre Stimme, ihr Lächeln, alles begann ihm zu mißfallen, besonders ihre Blicke, dieser ewig klare, dümmliche Frauenblick. Manchmal war er das derart leid, daß er sie ungerührt hätte sterben sehen können. Aber worüber sollte er sich empören? Sie war von entmutigender Sanftheit.

Deslauriers tauchte wieder auf und erklärte seinen Aufenthalt in Nogent mit Verhandlungen über den Erwerb einer Anwaltskanzlei. Frédéric war glücklich, ihn wiederzusehen; das war doch jemand! Er machte ihn zum Dritten im Bunde.

Der Anwalt speiste dann und wann bei ihnen, und wenn es zu kleinen Streitigkeiten kam, trat er stets für Rosanette ein, so daß Frédéric ihm eines Tages sagte:

– He! schlaf doch mit ihr, wenn es dir Spaß macht! So sehr hoffte er auf irgendeinen Zufall, der ihn von ihr befreite.

Gegen Mitte Juni erhielt sie einen Zahlungsbefehl, in dem Maître Athanase Gautherot, ein Gerichtsdiener, sie aufforderte, viertausend Francs zurückzuzahlen, die Demoiselle Clémence Vatnaz gehörten; andernfalls käme er morgen, um sie zu pfänden.

In der Tat war von den vier damals unterschriebenen Wechseln nur ein einziger bezahlt; – das Geld, das sie seither hatte verdienen können, war für andere Dinge verbraucht worden.

Sie lief zu Arnoux. Er wohnte im Faubourg Saint-Germain, und der Portier kannte die Straße nicht. Sie begab sich zu mehreren Freunden, traf niemanden an und kehrte verzweifelt nach Hause zurück. Sie wollte Frédéric nichts davon sagen, zitternd vor Angst, daß dieses neue Problem ihrer Heirat schaden könnte.

Am nächsten Tag erschien Maître Athanase Gautherot, flankiert von zwei Gesellen, der eine blaß, mit verschlagenem Gesicht, einer neidzerfressenen Miene, der andere mit Stehkragen und sehr straffen Hosenstegen, eine Schutzkappe aus schwarzem Taft über dem Zeigefinger; – und alle beide widerlich schmutzig, mit speckigen Kragen und zu kurzen Ärmeln.

Ihr Vorgesetzter, ein dagegen äußerst schöner Mann, begann mit einer Entschuldigung für seinen peinlichen Auftrag, während er im ganzen Zimmer umherschaute, »voll hübscher Dinge, mein Ehrenwort!« Er setzte hinzu: »Neben denen, die man nicht pfänden kann.« Auf eine Handbewegung verschwanden die beiden Schergen.

Nun verdoppelten sich seine Komplimente. Konnte man denn glauben, daß eine … so bezaubernde Person keinen anständigen Freund hatte! Eine gerichtliche Versteigerung war doch ein wahres Unglück! Davon erholte man sich nicht mehr. Er versuchte ihr angst zu machen, und als er sah, daß sie unruhig wurde, schlug er plötzlich einen väterlichen Ton an. Er kannte die Welt, hatte mit all diesen Damen zu tun gehabt; und während er ihre Namen nannte, betrachtete er prüfend die Bilder an den Wänden. Es waren alte Bilder von dem guten Arnoux, Skizzen von Sombaz, Aquarelle von Burrieu, drei Landschaften von Dittmer. Offensichtlich kannte Rosanette die Preise nicht. Maître Gautherot drehte sich zu ihr um.

– Passen Sie auf! Machen wir es so, um Ihnen zu zeigen, daß ich ein guter Kerl bin: überlassen Sie mir diese Dittmer! und ich bezahle alles. Einverstanden?

In diesem Augenblick kam Frédéric, der von Delphine im Vorzimmer informiert worden war und gerade die beiden Gesellen gesehen hatte, den Hut auf dem Kopf mit brutaler Miene herein. Maître Gautherot nahm seine Würde wieder an; und da die Tür offengeblieben war:

– Also, meine Herren, schreiben Sie! Im zweiten Zimmer, sagen wir: ein Eichentisch mit zwei Auszügen, zwei Buffets ...

Frédéric unterbrach ihn mit der Frage, ob es keine Möglichkeit gäbe, die Pfändung zu verhindern.

– Oh! aber sicher! Wer hat die Möbel bezahlt?

– Ich.

– Nun, schreiben sie eine Rückforderung; dann bleibt Ihnen noch genug Zeit.

Maître Gautherot brachte rasch seine Aufzeichnungen zum Abschluß, vermerkte eine Vorladung für Mademoiselle Bron und ging.

Frédéric erhob nicht den leisesten Vorwurf. Er betrachtete die Schmutzspuren, die die Schuhe der Gehilfen auf dem Teppich hinterlassen hatten; und sprach zu sich selbst:

»Es muß Geld her!«

– Ach! mein Gott, was bin ich dumm! sagte die Marschallin.

Sie wühlte in einer Schublade, nahm einen Brief heraus und lief eiligst zur Gesellschaft für die Beleuchtung des Languedoc, um ihre Aktien einzulösen.

Eine Stunde später kehrte sie zurück. Die Wertpapiere waren jemand anderem verkauft worden! Nachdem der Angestellte ihr Dokument, Arnoux' Versprechen, gelesen hatte, hatte er ihr mitgeteilt: »Dieses Papier macht sie keineswegs zum Teilhaber. Die Gesellschaft erkennt so etwas nicht an.« Kurz, er hatte sie weggeschickt, sie rang nach Luft; und Frédéric mußte sofort zu Arnoux, um die Sache zu klären.

Aber vielleicht meinte Arnoux, er käme letztlich, um die fünfzehntausend Francs seiner verlorenen Hypothek wieder einzutreiben; und dann war doch diese Beschwerde auch eine Schande bei einem Mann, der der Geliebte seiner Mätresse gewesen war. Er wählte einen Mittelweg, besorgte sich im Hause Dambreuse die Adresse von Madame Regimbart, schickte einen Boten hin und erfuhr so den Namen der Kneipe, in der der Citoyen jetzt Stammgast war.

Es war ein kleines Café an der Place de la Bastille, wo er den ganzen Tag rechts in der hintersten Ecke saß und sich so wenig bewegte, als gehöre er zur Einrichtung.

Nachdem er hintereinander von einem kleinen Kaffee zum Grog, zum Bischof, zum Glühwein und sogar zur Weinschorle übergegangen war, war er zum Bier zurückgekehrt; und alle halbe Stunde ließ er das Wort: »Bock!« fallen, denn er hatte das Sprechen auf das Nötigste beschränkt. Frédéric fragte ihn, ob er manchmal Arnoux sähe.

– Nein!

– Ach, warum?

– Ein Idiot!

Vielleicht trennte sie die Politik, und Frédéric glaubte gut daran zu tun, sich nach Compain zu erkundigen.

– Was für ein Vieh! sagte Regimbart.

– Wieso?

– Sein Kalbskopf!

– Ach! sagen Sie, was ist denn das für ein Kalbskopf!

Regimbart bekam ein mitleidiges Lächeln.

– Dummheiten!

Nach langem Schweigen fuhr Frédéric fort:

– Er ist also umgezogen?

– Wer?

– Arnoux!

– Ja: Rue de Fleurus!

– Welche Nummer?

– Verkehre ich etwa mit Jesuiten!

– Wieso, Jesuiten?

Der Citoyen erwiderte wütend:

– Mit dem Geld eines Patrioten, mit dem ich ihn bekannt gemacht habe, hat sich dieses Schwein als Devotionalienhändler niedergelassen!

– Nicht möglich!

– Gehen Sie doch hin und sehen Sie selbst!

Es war nur allzu wahr; durch einen Anfall geschwächt, hatte sich Arnoux der Religion zugewandt; im übrigen »war er im Grunde immer gläubig gewesen«, und er hatte sich (mit der ihm angeborenen Mischung von Kaufmannsgeist und Naivität) für sein Heil und sein Vermögen auf den Handel mit kirchlichen Dingen verlegt.

Frédéric hatte keine Mühe, seinen Laden zu finden, dessen Schild verkündete: »*Aux arts gothiques.* – Belebung der Messe. – Kirchenschmuck. – Farbige Statuen. – Weihrauch der Heiligen drei Könige, etc., etc.«

In beiden Ecken der Auslage ragten zwei Holzstatuen empor, buntgescheckt in Gold, Zinnoberrot und Himmelblau; ein Heiliger Johannes der Täufer mit seinem Schaffell und eine Heilige Geneviève, Rosen in der Schürze und einen Spinnrocken unter dem Arm; dann Gruppen von Gipsfiguren; eine Nonne, die ein kleines Mädchen unterwies, eine Mutter auf Knien an einem Lager, drei Gymnasiasten vor dem Tisch des Herrn. Das Schönste war eine Art Hütte, die das Innere der Weihnachtskrippe mit Ochs und Esel und dem Jesuskind auf Stroh, echtem Stroh, darstellte. In den Regalen sah man von oben bis unten Dutzende von Medaillen, Rosenkränze aller Art, Weihwasserkessel in Muschelform und die Porträts der kirchlichen Würdenträger, unter denen, beide lächelnd, Monseigneur Affre und unser Heiliger Vater besonders hervortraten.

Arnoux, an seinem Ladentisch, döste mit hängendem Kopf vor sich hin. Er war erstaunlich gealtert, hatte sogar an den Schläfen einen Kranz roter Pusteln, und darauf fiel der Widerschein der im Sonnenlicht aufstrahlenden Goldkreuze.

Vor solchem Verfall überkam Frédéric eine große Traurigkeit. Aus Ergebenheit für die Marschallin besann er sich jedoch und trat näher; hinten im Laden erschien Madame Arnoux; da machte er kehrt.

– Ich habe ihn nicht gefunden, sagte er, als er nach Hause kam.

Und er konnte noch so oft wiederholen, er schreibe sofort seinem Anwalt, um an Geld zu kommen, Rosanette tobte. Nie hatte man einen solchen Schwächling, einen solchen Jammerlappen gesehen; während sie tausend Entbehrungen erduldete, ließen andere es sich wohl sein.

Frédéric dachte an die arme Madame Arnoux, indem er sich die beklemmende Ärmlichkeit ihres Hauses vorstellte. Er hatte sich an den Sekretär gesetzt; und da weiter Rosanettes beißende Stimme ertönte:

– Ach! sei doch still, um Himmels willen!

– Du willst sie wohl verteidigen?

– Aber ja! schrie er, denn woher kommt denn diese Erbitterung?

– Und du, warum willst du nicht, daß sie zahlen? Nur aus Angst, deiner alten Flamme zu schaden, gib es doch zu!

Er hatte Lust, sie mit der Stutzuhr zu erschlagen; ihm fehlten die Worte. Er schwieg. Doch Rosanette ging im Zimmer auf und ab und fuhr fort:

– Ich werde ihm einen Prozeß anhängen, deinem Arnoux. Oh! dich brauche ich nicht mehr! – Und mit spitzen Lippen: – Ich gehe zum Anwalt.

Drei Tage später kam Delphine hereingestürzt:

– Madame, Madame, da ist ein Mann mit einem Kleistertopf, der mir angst macht.

Rosanette ging hinüber in die Küche und sah einen Strolch, das Gesicht durchlöchert von Pockennarben, der eine Arm gelähmt, zu drei Vierteln betrunken und unsinniges Zeug vor sich hinbrabbelnd.

Es war Maître Gautherots Pfänder. Da der Einspruch gegen die Pfändung abgewiesen worden war, folgte natürlich die Versteigerung.

Für die Mühe, die Treppe erklommen zu haben, verlangte er erst einmal einen Schnaps; – dann bat er um eine weitere Gunst, um Theaterbilletts, denn er hielt Madame für eine Schauspielerin. Ein paar Minuten verbrachte er mit unverständlichem Gezwinker; schließlich erklärte er, daß er gegen vierzig Sous die Ecken des Anschlags, der unten bereits an der Türe klebte, abreißen werde. Rosanette war namentlich darauf genannt, eine erstaunliche Härte, die den ganzen Haß der Vatnaz zeigte.

Einst war sie mitfühlend gewesen und hatte in einer Stunde der Bedrängnis sogar an Béranger geschrieben, um sich seinen Rat zu holen. Doch unter den Stürmen des Lebens war sie hart geworden, denn sie hatte, eines nach dem anderen, Klavierstunden gegeben, Kostgänger gehabt, bei Modejournalen mitgearbeitet, Zimmer untervermietet, in der weiblichen Halbwelt mit Spitzen gehandelt, – wo ihre Beziehungen ihr gestatteten, vielen Leuten zu dienen, unter anderem Arnoux. Zuvor hatte sie in einem Handelshaus gearbeitet.

Dort zahlte sie die Löhne der Arbeiterinnen aus; und es gab für jede zwei Bücher, von denen eines stets in ihren Händen blieb. Dussardier, der aus Gefälligkeit das einer gewissen Hortense Baslin führte, erschien eines Tages in dem Augenblick an der Kasse, in dem Mademoiselle Vatnaz die Abrechnung für dieses Mädchen machte, 1682 Francs, die der Kassierer ihm auszahlte. Doch tags zuvor hatte Dussardier nur 1082 in das Buch der Baslin eingetragen. Er verlangte es unter einem Vorwand zurück; dann wollte er den Diebstahl vertuschen und erzählte ihr, daß er es verloren habe. Die Arbeiterin teilte diese Lüge in aller Einfalt Mademoiselle Vatnaz mit; und um sich zu vergewissern, sprach jene den braven Ladendiener darauf an. Er begnügte sich mit der Antwort: »Ich habe es verbrannt«; das war alles. Kurz darauf verließ sie das Haus, ohne an die Vernichtung des Buches zu glauben, in der Vorstellung, Dussardier habe es noch immer in Verwahrung.

Auf die Nachricht von seiner Verwundung war sie zu ihm geeilt, um es sich zu holen. Da sie trotz genauester Nachforschungen nichts fand, empfand sie Achtung und bald Liebe für diesen so treuen, freundlichen, heldischen und starken Burschen! Ein solches Glück in ihrem Alter war unverhofft. Sie stürzte sich darauf mit dem Appetit einer Menschenfresserin; – und hatte für ihn die Literatur, den Sozialismus, »die trostreichen Lehren und großherzigen Utopien«, die Vorträge, die sie über die *Désubalternation de la femme* hielt, alles, selbst Delmar fallenlassen; schließlich machte sie Dussardier das Angebot einer ehelichen Verbindung.

Obwohl sie seine Mätresse war, war er keineswegs in sie verliebt. Außerdem hatte er den Diebstahl nicht vergessen. Und dann war sie auch zu vermögend. Er wies sie ab. Da sagte sie ihm, unter Tränen, wovon sie geträumt hatte: sie wollte mit ihm ein Konfektionsgeschäft eröffnen. Sie besaß die erforderlichen Mittel, die sich in der nächsten Woche noch um viertausend Francs vermehren würden; und sie erzählte von ihrer gerichtlichen Verfolgung der Marschallin.

Dussardier war, seines Freundes wegen, darüber bekümmert. Er dachte an das Zigarrenetui auf der Wache, an die Abende am Quai Napoléon, an so viele gute Gespräche, geliehene Bücher, tausend Gefälligkeiten von Frédéric. Er bat die Vatnaz, davon abzulassen.

Sie lachte ihn aus wegen seiner Gutmütigkeit und bekundete gegen Rosanette einen unfaßbaren Abscheu; auf Wohlstand hoffte sie sogar lediglich, um sie später mit ihrer Karosse zermalmen zu können.

Diese Abgründe an Bosheit erschreckten Dussardier; und als er den genauen Tag der Versteigerung erfahren hatte, verließ er das Haus. Schon am nächsten Morgen trat er mit großer Verlegenheit in Frédérics Tür.

– Ich muß mich bei Ihnen entschuldigen.

– Weshalb denn?

– Sie werden mich für einen undankbaren Menschen halten, mich, weil Sie meine … Er stammelte. »Oh! die sieht mich nicht wieder, ich werde nicht ihr Komplize sein!« Und da der andere ihn ganz überrascht ansah: »Werden nicht in drei Tagen die Möbel Ihrer Mätresse verkauft?«

– Wer hat Ihnen das gesagt?

– Sie selbst, die Vatnaz! Aber ich habe Angst, Sie zu beleidigen …

– Unmöglich, lieber Freund!

– Ach! wahrhaftig, Sie sind so gut!

Und er reichte ihm verstohlen eine kleine Brieftasche aus Schafleder.

Es waren viertausend Francs, seine ganzen Ersparnisse.

– Wie! Oh! nein! … – nein! …

– Ich wußte doch, daß ich Sie verletzen würde, erwiderte Dussardier mit Tränen in den Augen.

Frédéric drückte seine Hand; und der gute Junge fuhr mit kläglicher Stimme fort:

– Nehmen Sie es! Machen Sie mir diese Freude! ich bin so verzweifelt! Ist nicht sowieso alles zu Ende? – Als die Revolution anfing, dachte ich, nun würden wir glücklich. Wissen Sie noch, wie schön das war? wie wir aufgeatmet haben! Aber nun stecken wir wieder tiefer drin als je zuvor.

Und den Blick auf den Boden heftend:

– Jetzt bringen sie sie um, unsere Republik, wie sie die andere umgebracht haben, die römische! und das arme Venedig, das arme Polen, das arme Ungarn! Was für Greuel! Erst haben sie die Freiheitsbäume umgehauen, dann das Wahlrecht eingeschränkt, die Clubs geschlossen, die Zensur wieder eingeführt und das Unterrichten, in Erwartung der Inquisition, den Priestern überlassen. Warum nicht? Konservative wünschen uns doch die Kosaken! Man verurteilt die Zeitungen, wenn sie gegen die Todesstrafe schreiben, Paris starrt von Bajonetten, sechzehn Departements sind im Belagerungszustand, – und die Amnestie ist wieder einmal verworfen!

Er nahm den Kopf in beide Hände, dann breitete er wie in großem Schmerz die Arme aus und sagte:

– Wenn man es wenigstens versuchen würde! Wenn man es ehrlich meinte, könnte man sich verständigen! Aber nein! Die Arbeiter sind nicht besser als die Bourgeois, wissen Sie! Bei einem Brand neulich in Elbeuf haben sie ihre Hilfe verweigert. Schufte schimpfen Barbès einen Aristokraten! Um sich über das Volk lustig zu machen, wollen sie Nadaud zum Präsidenten ernennen, einen Maurer, ich bitte Sie! Und es gibt kein Mittel dagegen, keine Hilfe! Alle sind gegen uns! – Ich für meinen Teil habe nie etwas Böses getan, und doch liegt es mir wie ein Stein auf der Brust. Ich werde noch wahnsinnig, wenn das so weitergeht. Ich habe Lust, mich umzubringen. Ich sage Ihnen, daß ich mein Geld nicht brauche! Sie können es mir ja wiedergeben, Herrgott! ich leihe es Ihnen.

Frédéric nahm schließlich notgedrungen seine viertausend Francs. So war von der Vatnaz nichts mehr zu befürchten.

Doch Rosanette verlor bald darauf ihren Prozeß gegen Arnoux und wollte aus Trotz Berufung einlegen.

Deslauriers redete sich die Seele aus dem Leib, um ihr begreiflich zu machen, daß Arnoux' Versprechen weder eine Schenkung noch eine regelrechte Übertretung darstellte; sie hörte noch nicht einmal zu und fand das Gesetz ungerecht; weil sie eine Frau war, hielten die Männer zusammen! Am Ende folgte sie doch seinem Rat.

Er benahm sich in ihrem Hause so ungeniert, daß er mehrmals Sénécal zum Essen mitbrachte. Diese Unverfrorenheit mißfiel Frédéric, der ihm Geld vorstreckte und ihn sogar von seinem Schneider einkleiden ließ; und der Anwalt gab seine alten Röcke dem Sozialisten, dessen Existenzmittel nicht bekannt waren.

Aber er hätte auch Rosanette gerne geholfen. Als sie ihm eines Tages zwölf Aktien der Kaolingesellschaft zeigte (das Unternehmen, durch das Arnoux zu dreißigtausend Francs Strafe verurteilt worden war), sagte er:

– Ja, das sieht doch nach etwas aus! wunderbar!

Sie hatte das Recht, ihn zur Rückzahlung ihrer Schuldforderungen vor Gericht zu bringen. Sie würde zunächst beweisen, daß er solidarisch verpflichtet sei, sämtliche Passiva der Gesellschaft zu zahlen, da er persönliche Schulden für Gesamtschulden erklärt hatte und schließlich etliche Wechsel der Firma unterschlagen hatte.

– All das macht ihn nach Artikel 586 und 587 des Handelsgesetzes des betrügerischen Bankrotts schuldig, und wir kriegen ihn, verlaß dich drauf, meine Süße.

Rosanette fiel ihm um den Hals. Anderntags empfahl er sie seinem ehemaligen Brotherrn, da er sich nicht selber mit dem Prozeß befassen konnte, denn er hatte in Nogent zu tun; im Notfall schriebe ihm Sénécal.

Seine Verhandlungen über den Kauf einer Kanzlei waren ein Vorwand. Er verbrachte seine Zeit bei Monsieur

Roque, wo er begonnen hatte, nicht nur Loblieder auf ihren Freund zu singen, sondern auch so gut wie möglich seine Art und seine Sprache nachzuahmen; – was ihm Louises Vertrauen eingetragen hatte, während er das ihres Vaters erwarb, indem er gegen Ledru-Rollin wetterte.

Wenn Frédéric nicht zurückkehrte, so lag das an seinem regen Umgang mit der feinen Gesellschaft; und nach und nach brachte Deslauriers ihnen bei, daß er jemanden liebte, daß er ein Kind hatte und ein Weibsstück unterhielt.

Louises Verzweiflung war maßlos, die Empörung Madame Moreaus nicht minder stark. Sie sah ihren Sohn in einen Abgrund treiben, war verletzt in ihrem Glauben an Sitte und Anstand und empfand es gleichsam als persönliche Schande, als sich plötzlich ihr Gesichtsausdruck wandelte. Auf die Fragen nach Frédéric antwortete sie verschmitzt:

– Es geht ihm gut, sehr gut.

Sie hatte von seiner Heirat mit Madame Dambreuse erfahren.

Der Zeitpunkt stand fest, und er suchte sogar nach einer Möglichkeit, Rosanette die Sache beizubringen.

Gegen Mitte des Herbstes gewann sie ihren Prozeß um die Kaolinaktien. Frédéric erfuhr es, als er vor seiner Tür auf Sénécal traf, der gerade aus dem Gerichtssaal kam.

Man hatte Monsieur Arnoux sämtlicher Betrügereien für schuldig befunden; und der ehemalige Repetitor wirkte darüber so erfreut, daß Frédéric ihn abfing und ihm versprach, Rosanette alles auszurichten. Mit aufgebrachtem Gesicht trat er in ihr Zimmer.

– Nun, jetzt bist du wohl zufrieden!

Aber ohne seine Worte wahrzunehmen:

– Sieh doch!

Und sie zeigte ihm sein Kind, das in einer Wiege am Kamin lag. Sie hatte es am Morgen so elend bei seiner Amme angetroffen, daß sie es mit nach Paris genommen hatte.

Alle Gliedmaßen waren ungeheuer abgemagert, und die Lippen waren mit weißen Punkten bedeckt, die im Mund wie geronnene Milch aussahen.

– Was hat der Arzt gesagt?

– Ach! der Arzt! er behauptet, die Reise habe sein... ich weiß nicht mehr, ein Name mit *itis,* verschlimmert... nun, er hat Soor. Kennst du das?

Frédéric zögerte nicht zu antworten: »Gewiß«, indem er hinzusetzte, das sei nichts Ernstes.

Doch am Abend war er erschrocken, wie schwach das Kind wirkte und wie sehr die weißlichen, schimmelartigen Flecken zugenommen hatten, als ließe das Leben, das diesen armen kleinen Körper schon verließ, nur noch eine Materie, auf der die Wucherung gedieh. Seine Hände waren kalt; jetzt konnte es nicht mehr trinken; und die Amme, eine andere, die der Portier aufs Geratewohl aus einem Mietbüro geholt hatte, sagte immer wieder:

– Er kommt mir sehr elend vor, sehr elend.

Rosanette war die ganze Nacht auf den Beinen.

Am Morgen holte sie Frédéric.

– So komm doch. Er rührt sich nicht mehr.

Tatsächlich, er war tot. Sie nahm ihn, schüttelte ihn, drückte ihn an sich und rief dabei die süßesten Namen, bedeckte ihn mit Küssen und Schluchzern, rannte im Kreise, fassungslos, raufte sich die Haare, stieß gellende Schreie aus, – und ließ sich auf den Rand des Diwans fallen, wo sie mit offenem Munde liegen blieb, in einer Flut von Tränen, die aus ihren aufgerissenen Augen strömte. Dann fiel sie in eine Erstarrung, und alles wurde still im Zimmer. Die Möbel waren umgestürzt. Zwei oder drei

Tücher lagen umher. Es schlug sechs. Das Nachtlicht erlosch.

Als Frédéric all das sah, glaubte er zu träumen. Sein Herz zog sich vor Angst zusammen. Ihm schien, dieser Tod sei nur ein Anfang und dahinter warte ein noch viel größeres Unglück.

Plötzlich sagte Rosanette mit sanfter Stimme:

– Wir wollen ihn erhalten, nicht wahr?

Sie wollte ihn einbalsamieren lassen. Vieles sprach dagegen. Der Haupteinwand war nach Frédérics Meinung, daß es bei so kleinen Kindern undurchführbar war. Ein Porträt wäre besser. Sie war mit dem Gedanken einverstanden. Er schrieb ein paar Zeilen an Pellerin, und Delphine lief damit los.

Pellerin kam auf der Stelle, in der Absicht, mit diesem Eifer die ganze Erinnerung an sein Benehmen auszulöschen. Er sagte zunächst:

– Armer kleiner Engel! Ach! mein Gott, was für ein Unglück!

Allmählich jedoch (denn der Künstler in ihm gewann die Oberhand) erklärte er, mit diesen düsteren Augenhöhlen, diesem bleigrauen, eingefallenen Gesicht sei nichts anzufangen, es sei ein wahres Nature morte, verlange sehr viel Talent; und er murmelte:

– Oh! das ist nicht einfach, nicht einfach!

– Wenn es nur ähnlich wird, meinte Rosanette.

– Ach! die Ähnlichkeit kann mir gestohlen bleiben! Nieder mit dem Realismus! Man malt den Geist! Laßt mich nur machen! Ich werde mir mal vorzustellen versuchen, wie das sein müßte.

Er überlegte, die Stirn in der linken Hand, den Ellbogen in der rechten; dann sagte er plötzlich:

– Ah! eine Idee! ein Pastell! mit zarten Halbtönen, fast flächig, außer an den Rändern, kann man eine schöne Tiefe erreichen.

Er schickte das Zimmermädchen nach seinem Kasten; dann begann er, einen Stuhl unter den Füßen und einen zweiten neben sich, in großen Zügen zu skizzieren, so gelassen, als arbeite er nach einem Gipsabdruck. Er pries die kleinen Heiligen Johannes von Corregio, die Infantin Rosa von Velasquez, das blühende Fleisch von Reynolds, die Vornehmheit von Lawrence und vor allem das Kind mit dem langen Haar auf den Knien der Lady Glower.

– Im übrigen findet man nichts Bezauberndere als diese kleinen Kröten! Der Inbegriff des Erhabenen (Raphael hat es mit seinen Madonnen bewiesen) ist aber doch vielleicht eine Mutter mit ihrem Kind?

Rosanette, die fast erstickte, ging hinaus; und Pellerin sagte sogleich:

– Also Arnoux!… Wissen Sie, was passiert ist?

– Nein. Was?

– So mußte es ja enden!

– Was denn?

– Vielleicht ist er jetzt… Pardon!

Der Künstler erhob sich, um den Kopf der kleinen Leiche höher zu betten.

– Sie meinten…? begann Frédéric von neuem.

Und die Augen zukneifend, um besser Maß zu nehmen, sagte Pellerin:

– Ich meinte, daß unser Freund Arnoux jetzt vielleicht im Knast ist!

Dann, in zufriedenem Ton:

– Schauen Sie mal! Ist es das?

– Ja, sehr schön! Aber Arnoux?

Pellerin legte seinen Stift beiseite.

– So wie ich es verstanden habe, wird er gerichtlich von einem gewissen Mignot verfolgt, einem Busenfreund von Regimbart, ein gutmütiger Typ, oder? Was für ein Idiot! Stellen Sie sich vor, einmal…

– Ach! es geht doch nicht um Regimbart!

– Stimmt. Nun, Arnoux mußte gestern Abend zwölftausend Francs auftreiben, wenn nicht, ist er verloren.

– Oh! das ist vielleicht übertrieben, sagte Frédéric.

– Aber nicht im geringsten! Es sah mir sehr ernst aus, sehr ernst!

In diesem Augenblick erschien Rosanette mit stark geröteten Lidern, grell wie Schminke. Sie setzte sich neben die Malpappe und betrachtete sie. Pellerin gab zu verstehen, daß er ihretwegen nicht weitersprach. Aber Frédéric achtete nicht darauf:

– Ich kann aber nicht glauben…

– Ich sage Ihnen doch, daß ich ihn gestern abend getroffen habe, sagte der Künstler, um sieben Uhr, in der Rue Jacob. Er hatte vorsichtshalber seinen Paß dabei; und er sprach davon, sich in Le Havre einzuschiffen, sich und seine ganze Sippschaft.

– Wie! Mit seiner Frau?

– Bestimmt! Er ist zu guter Familienvater, um ganz allein zu leben.

– Und Sie sind sicher?…

– Herrgott! Wo soll er denn zwölftausend Francs hernehmen?

Frédéric drehte zwei oder drei Runden im Zimmer. Er atmete schwer, biß sich auf die Lippen, dann nahm er seinen Hut.

– Wo gehst du denn hin? sagte Rosanette.

Er gab keine Antwort und verschwand.

V

Zwölftausend Francs mußten her, oder er sähe Madame Arnoux nicht wieder; denn bis heute gab es in ihm eine unerschütterliche Hoffnung. War sie nicht gleichsam die Substanz seines Herzens, der Grund seines Lebens? Minutenlang schwankte er über das Trottoir, sich verzehrend vor Angst und doch froh, daß er nicht mehr bei der anderen war.

Woher Geld nehmen? Frédéric wußte selbst, wie schwierig es ist, auf der Stelle, um jeden Preis Geld zu beschaffen. Eine einzige Person konnte ihm helfen, Madame Dambreuse. Sie hatte in ihrem Sekretär immer einige Banknoten. Er ging zu ihr; und er sagte in kühlem Ton:

– Kannst du mir zwölftausend Francs leihen?

– Warum?

Es war das Geheimnis eines anderen. Sie wollte es erfahren. Er gab nicht nach. Beide waren hartnäckig. Schließlich erklärte sie, sie werde nichts geben, bevor sie nicht den Zweck wisse. Frédéric wurde sehr rot. Einer seiner Kameraden habe einen Diebstahl begangen. Der Betrag müsse noch heute zurückgezahlt werden.

– Wie heißt er? Sein Name? Komm, sein Name?

– Dussardier!

Und er warf sich auf die Knie und flehte sie an, nichts davon verlauten zu lassen.

– Was denkst du von mir? erwiderte Madame Dambreuse. Man sollte meinen, du seist der Schuldige. Laß doch diese tragischen Allüren! Hier, da sind sie, und soll er damit glücklich werden!

Er lief zu Arnoux. Der Händler war nicht in seinem Laden. Aber er wohnte noch immer in der Rue Paradis, denn er hatte zwei Wohnungen.

In der Rue Paradis beteuerte der Portier, daß Monsieur Arnoux seit dem vergangenen Abend abwesend sei; was Madame betraf, wage er nichts zu sagen; und als Frédéric wie ein Blitz die Treppe hinaufgestürzt war, preßte er das Ohr ans Schlüsselloch. Schließlich wurde geöffnet. Madame war mit Monsieur fort. Das Mädchen wußte nicht, wann sie zurückkämen; ihr Lohn war ausbezahlt; sie selbst wollte jetzt gehen.

Plötzlich hörte man das Knacken einer Tür.

– Aber da ist doch jemand?

– Oh! Nein Monsieur! Das ist der Wind!

Da ging er. Wie es auch sein mochte, so ein plötzliches Verschwinden hatte etwas Unerklärliches.

Vielleicht konnte ihn Regimbart, als Busenfreund Mignots, aufklären. Und Frédéric ließ sich zu ihm nach Montmartre, Rue de l'Empereur fahren.

Sein Haus stand in einem kleinen Garten, umschlossen von einem mit Eisenplatten verstärkten Gitter. Eine Freitreppe von drei Stufen brachte die weiße Fassade zur Geltung; und kam man auf dem Trottoir vorüber, konnte man die beiden Zimmer im Erdgeschoß sehen, das eine ein Salon, wo lauter Kleider über den Möbeln hingen, das andere der Arbeitsraum für Madame Regimbarts Angestellte.

Alle waren davon überzeugt, daß Monsieur mit wichtigen Dingen beschäftigt sei und wichtige Verbindungen besäße, ja daß er ein außergewöhnlicher Mann sei. Wenn er mit seinem Hut mit der aufgebogenen Krempe, dem langen, ernsten Gesicht und dem grünen Rock über den Korridor ging, unterbrachen sie ihre Arbeit. Er versäumte auch nie, ein ermutigendes Wort an sie zu richten, eine Höflichkeit in Form eines Sinnspruchs; – und später zu Hause waren sie dann unglücklich, weil er ihr Ideal war.

Keine jedoch liebte ihn wie Madame Regimbart, eine kleine kluge Person, die ihn mit ihrem Metier am Leben erhielt.

Kaum hatte Monsieur Moreau seinen Namen genannt, kam sie auch schon eilig angelaufen, denn von der Dienerschaft wußte sie, was er für Madame Dambreuse bedeutete. Ihr Mann »kam in diesem Moment nach Hause«; und Frédéric, auf ihren Fersen, bewunderte die gepflegte Wohnung und den Überfluß an Wachsleinen, den es dort gab. Dann wartete er ein paar Minuten in einer Art Büro, wohin sich der Citoyen zum Nachdenken zurückzog.

Er wurde weniger rauh empfangen als gewöhnlich.

Er erzählte Arnoux' Geschichte. Der ehemalige Fayencenfabrikant hatte Mignot, einen Patrioten, Inhaber von einhundert Aktien des *Siècle,* beschwatzt, indem er ihm klarmachte, daß Geschäftsführung und Redaktion der Zeitung in demokratischer Hinsicht verändert werden müßten; und unter dem Vorwand, seinen Antrag auf der nächsten Aktionärsversammlung durchsetzen zu können, hatte er fünfzig Aktien von ihm gefordert, mit dem Hinweis, er werde sie verläßlichen Freunden weiterreichen, die seine Wahl unterstützten; Mignot habe keinerlei Verantwortung, werde sich mit niemandem überwerfen; und nach errungenem Erfolg werde er ihm eine schöne Stellung in der Verwaltung für mindestens fünf- bis sechstausend Francs beschaffen. Die Aktien waren ausgehändigt worden. Aber Arnoux hatte sie sofort verkauft; und mit dem Geld hatte er sich einem Händler für religiöse Artikel angeschlossen. Nun gab es Beschwerden von Mignot, Ausflüchte von Arnoux, schließlich hatte ihm der Patriot mit einer Klage wegen Betruges gedroht, wenn er nicht die Dokumente oder die entsprechende Summe zurückerstatte: fünfzigtausend Francs.

Frédéric machte ein verzweifeltes Gesicht.

– Das ist noch nicht alles, sagte der Citoyen. Mignot ist ein guter Mann und war mit einem Viertel einverstanden. Neue Versprechungen seitens Arnoux, neue Lügenmärchen natürlich. Kurz, vorgestern früh hat Mignot ihn gerichtlich belangen lassen, ihm binnen vierundzwanzig Stunden, unbeschadet der übrigen Summe, zwölftausend Francs zurückzuzahlen.

– Aber ich habe sie! sagte Frédéric.

Der Citoyen wandte sich langsam zu ihm um:

– Witzbold!

– Pardon! Sie sind in meiner Tasche. Ich wollte sie ihm bringen.

– Wie Sie sich ins Zeug legen! Du liebe Güte! Aber es ist zu spät; die Klage ist durch, und Arnoux ist weg.

– Allein?

– Nein! mit seiner Frau. Man hat sie am Bahnhof von Le Havre gesehen.

Frédéric wurde ungeheuer blaß. Madame Regimbart glaubte, er würde ohnmächtig. Er faßte sich und hatte sogar die Kraft, zwei oder drei Fragen nach dem Abenteuer zu stellen. Regimbart machte das sehr traurig, denn all das schade doch der Demokratie. Arnoux sei stets haltlos und chaotisch gewesen.

– Ein wahrer Strohkopf! Er wollte die Kerze an beiden Enden brennen lassen! Die Weiber haben ihn verdorben! Um ihn tut es mir nicht leid, aber um seine arme Frau! denn der Citoyen bewunderte die tugendhaften Frauen und hielt viel von Madame Arnoux. »Sie wird furchtbar gelitten haben!« Frédéric war ihm dankbar für diese Sympathie, und als sei ihm damit ein großer Dienst erwiesen, schüttelte er ihm überschwenglich die Hand.

– Hast du alles erledigt? sagte Rosanette, als sie ihn sah.

Er habe den Mut nicht gehabt, erwiderte er, und sei, um sich zu betäuben, aufs Geratewohl durch die Straßen gelaufen.

Um acht Uhr gingen sie hinüber ins Speisezimmer; aber sie saßen sich schweigend gegenüber, stießen dann und wann einen tiefen Seufzer aus und schickten den Teller zurück. Frédéric trank Schnaps. Er fühlte sich zerrüttet, zermalmt, vernichtet, sich nichts anderem mehr bewußt als einer maßlosen Müdigkeit.

Sie holte das Porträt. Rot, Gelb, Grün und Indigoblau prallten in grellen Flecken aufeinander und ergaben ein grauenhaftes, fast lächerliches Ganzes.

Im übrigen war der kleine Tote inzwischen nicht mehr zu erkennen. Der violette Ton der Lippen steigerte das Weiß seiner Haut; die Nasenflügel waren noch dünner geworden, die Augen lagen noch tiefer in den Höhlen; und der Kopf ruhte auf einem Kissen aus blauem Taft zwischen Blütenblättern von Kamelien, Herbstrosen und Veilchen; das war ein Einfall des Zimmermädchens gewesen; andächtig hatten sie ihn zusammen so zurechtgemacht. Auf dem Kamin, der mit Guipure verhängt war, standen rotgoldene Leuchter, dazwischen geweihte Buchsbaumbouquets; an den Ecken, in den beiden Vasen brannten Räucherkerzen; mit der Wiege bildete das Ganze eine Art Altar; und Frédéric dachte an seine Totenwache bei Monsieur Dambreuse.

Ungefähr alle Viertelstunde öffnete Rosanette die Vorhänge, um ihr Kind zu betrachten. Sie sah ihn vor sich, wie er in einigen Monaten zu laufen begann, dann im Gymnasium, auf dem Schulhof beim Fangen spielen; schließlich mit zwanzig, als jungen Mann; und all diese Bilder, die sie sich ausmalte, gaben ihr das Gefühl, ebenso viele Söhne verloren zu haben, – das Übermaß an Schmerz vervielfältigte ihre mütterlichen Gefühle.

Frédéric, reglos im anderen Sessel, dachte an Madame Arnoux.

Sie saß gewiß im Zug, das Gesicht am Abteilfenster, und sah die Landschaft hinter sich nach Paris fliehen, oder an Deck eines Dampfers, wie damals, als er ihr zum ersten Male begegnet war; aber dieses Schiff fuhr in entlegene Fernen, aus denen sie nicht mehr zurückkehrte. Dann sah er sie im Zimmer eines Gasthofes, Koffer ringsum auf dem Boden, zerfetzte Tapeten, die Tür im Winde klappernd. Und dann? was würde dann aus ihr werden? Lehrerin, Gesellschaftsdame, Zimmermädchen vielleicht? Sie war sämtlichen Zufällen des Elends ausgesetzt. Es quälte ihn, nichts über ihr Schicksal zu wissen. Er hätte sich ihrer Flucht widersetzen oder ihr nachfahren sollen. War er nicht ihr eigentlicher Gatte? Und bei dem Gedanken, daß er sie nie wiederfände, daß es nun wirklich zu Ende war, daß sie unwiderruflich verloren war, fühlte er, wie ein Riß durch sein ganzes Wesen ging; die seit dem Morgen aufgestauten Tränen brachen hervor.

Rosanette sah es:

– Oh! du weinst ja wie ich! Bist du traurig?

– Ja! ja! das bin ich!…

Er drückte sie ans Herz, und beide weinten Arm in Arm.

Auch Madame Dambreuse weinte, bäuchlings auf ihrem Bett, den Kopf in den Händen.

Olympe Regimbart war am Abend erschienen, um ihr das erste farbige Kleid anzupassen, und hatte von Frédérics Besuch erzählt und sogar, daß er zwölftausend Francs bei sich gehabt habe, die für Monsieur Arnoux bestimmt gewesen seien.

So war also dieses Geld, ihr Geld, dazu da, die Abreise der anderen zu verhindern, um sich eine Mätresse zu erhalten!

Zunächst hatte sie einen Wutanfall; und sie hatte beschlossen, ihn wegzujagen wie einen Lakaien. Eine Flut von Tränen machte sie ruhiger. Es war besser, alles zu begraben und nichts zu sagen.

Am nächsten Tag brachte Frédéric die zwölftausend Francs zurück.

Sie bat ihn, sie zu behalten, falls er sie doch noch für seinen Freund brauche, und sie erkundigte sich eingehend nach diesem Monsieur. Wer hatte ihn nur zu solch einem Vertrauensbruch verleitet? Gewiß eine Frau! Frauen trieben einen zu allen möglichen Verbrechen.

Dieser spöttische Ton brachte Frédéric aus der Fassung. Seine Verleumdung lag ihm schwer auf dem Gewissen. Was ihn tröstete, war, daß Madame Dambreuse die Wahrheit nicht wissen konnte.

Aber sie blieb hartnäckig; denn am übernächsten Tag fragte sie wieder nach seinem jungen Kameraden, und noch nach einem anderen, nach Deslauriers.

– Ist das ein verläßlicher, kluger Mensch?

Frédéric war voll des Lobes.

– Bitten Sie ihn, in den nächsten Tagen morgens bei mir vorbeizuschauen: ich möchte ihn in einer Sache um Rat fragen.

Sie hatte eine Rolle alter Papiere gefunden, die längst fällige Wechsel von Arnoux enthielt, unter die Madame Arnoux ihre Unterschrift gesetzt hatte. Für diese Wechsel war Frédéric einst bei Monsieur Dambreuse während seines Frühstücks erschienen; und der Kapitalist hatte sie zwar nicht eingeklagt, aber doch beim Handelsgericht nicht nur Arnoux verurteilen lassen, sondern auch seine Frau, die nichts davon ahnte, da ihr Mann es nicht für angebracht gehalten hatte, es ihr mitzuteilen.

Das war eine Waffe! Das stand für Madame Dambreuse außer Zweifel. Doch ihr Notar riete ihr vielleicht, darauf zu verzichten; ein fremder Anwalt war ihr lieber;

und ihr war dieser große Teufel mit der unverschämten Visage eingefallen, der ihr seine Dienste angeboten hatte.

Frédéric richtete in aller Einfalt ihre Nachfrage aus.

Der Anwalt war entzückt, mit einer so vornehmen Dame in Verbindung zu treten.

Er eilte herbei.

Sie setzte ihn davon in Kenntnis, daß das Erbe ihrer Nichte zufiel, ein Grund mehr, diese Außenstände einzutreiben, die sie zurückerstatten wolle, da ihr daran läge, das Ehepaar Martinon durch allerbestes Verhalten zu beschämen.

Deslauriers begriff, daß ein Geheimnis dahinter steckte; er prüfte die Wechsel und grübelte. Madame Arnoux' Name in ihrer eigenen Schrift führte sie ihm leibhaftig vor Augen, sie und die ganze Schmach, die er bei ihr erlitten hatte. Die Rache bot sich an, warum sollte man die Gelegenheit nicht ergreifen?

Er riet also Madame Dambreuse, die ausssichtslosen, zum Erbe gehörigen Schuldforderungen versteigern zu lassen. Ein Strohmann würde sie unter der Hand aufkaufen und dann einklagen. Er übernahm es, diesen Mann zu beschaffen.

Als Frédéric gegen Ende November durch Madame Arnoux' Straße ging, schaute er zu ihren Fenstern hinauf und erblickte an der Tür einen Anschlag, auf dem in großen Buchstaben zu lesen stand:

»Verkauf eines ansehnlichen Hausstandes, bestehend aus Küchengerät, Leib- und Tischwäsche, Hemden, Spitzen, Röcken, Hosen, französichen und indischen Kaschmirschals, einem Piano von Érard, zwei eichenen Renaissancetruhen, venezianischen Spiegeln, chinesischem und japanischem Porzellan.«

»Es ist ihr Hausstand!« sagte sich Frédéric; und der Portier bestätigte seinen Verdacht.

Wer die Sachen versteigern ließ, wußte er nicht. Aber der Auktionator, Maître Berthelmot, könnte vielleicht Auskunft geben.

Der Beamte wollte zunächst nicht sagen, welcher Gläubiger die Versteigerung gefordert hatte. Frédéric ließ nicht locker. Es war ein Sieur Sénécal, Geschäftsführer; und Maître Berthelmot war sogar so liebenswürdig, ihm sein Exemplar der *Petites Affiches* zu leihen.

Als Frédéric bei Rosanette ankam, warf er es aufgeschlagen auf den Tisch.

– Da, lies!

– Ja, was denn? sagte sie mit einem so sanften Gesicht, daß ihn die Wut packte.

– Ach! spiel nur die Unschuldige!

– Ich verstehe nicht.

– Du bist es doch, die da Madame Arnoux versteigert?

Sie überflog die Anzeige.

– Wo steht ihr Name?

– Oh! es ist ihr Hausstand! Du kennst ihn besser als ich!

– Was geht mich das an? sagte Rosanette und zuckte die Achseln.

– Was dich das angeht? Du rächst dich, das ist es! Das ist nun das Ergebnis deiner gerichtlichen Verfolgungen! Bist du nicht sogar so weit gegangen, bei ihr zu erscheinen! Du, ein Mädchen aus der Gosse. Die heiligste, die bezauberndste, die beste aller Frauen! Warum bist du so versessen darauf, sie zu ruinieren?

– Du irrst dich, ich versichere es dir!

– Ach was! Als hättest du nicht Sénécal vorgeschickt!

– Was für ein Unsinn!

Da geriet er außer sich.

– Du lügst! du lügst, du Luder! Du bist auf sie eifersüchtig! Du besitzt ein Urteil gegen ihren Mann! Sénécal hat auch schon seine Hand im Spiel! Er verabscheut Arnoux, da trifft sich euer Haß. Ich habe gesehen, wie er sich gefreut hat, als du deinen Kaolinprozeß gewonnen hast. Willst du das etwa leugnen?

– Ich gebe dir mein Ehrenwort...

– Oh! dein Ehrenwort kenne ich!

Und Frédéric erinnerte sie namentlich und in allen Einzelheiten an ihre Liebhaber. Rosanette wurde sehr blaß und wich zurück.

– Da staunst du! Du hast wohl geglaubt, ich sei blind, nur weil ich die Augen zugedrückt habe. Jetzt reicht es! Man stirbt nicht an dem Verrat von Frauen deines Schlages. Wenn sie zu abscheulich werden, läßt man die Finger davon; man gibt sich nicht auch noch die Blöße, sie zu bestrafen!

Sie rang die Arme.

– Mein Gott, was hat ihn so verändert?

– Niemand anders als du selbst!

– Und all das wegen Madame Arnoux!... rief Rosanette unter Tränen.

Er erwiderte kalt:

– Ich habe immer nur sie geliebt!

Bei dieser Beleidigung versiegten ihre Tränen.

– Das beweist deinen guten Geschmack! Ein Frau reifen Alters, ein Teint wie Lakritz, volle Taille, Augen so groß wie Kellerlöcher und ebenso leer! Geh doch zu ihr, wenn dir das gefällt!

– Darauf habe ich nur gewartet! Danke!

Rosanette stand reglos da, bestürzt von seinem seltsamen Gebaren. Sie wartete sogar, bis die Tür ins Schloß gefallen war; dann war sie mit einem Satz bei ihm im Vorzimmer und umschlang ihn:

– Aber du bist ja wahnsinig! du bist wahnsinnig! das ist doch albern! ich liebe dich! Sie flehte ihn an:

– Mein Gott, im Namen unseres Kleinen!

– Gib zu, daß der Anschlag von dir kommt! sagte Frédéric.

Sie beteuerte nochmals ihre Unschuld.

– Du willst es nicht zugeben?

– Nein!

– Nun denn, adieu! und zwar für immer!

– So hör doch!

Frédéric drehte sich um.

– Wenn du mich besser kennen würdest, wüßtest du, daß meine Entscheidung gefallen ist.

– Oh! oh! du kommst doch wieder!

– Nie im Leben!

Und er schlug heftig die Türe zu.

Rosanette schrieb Deslauriers, daß sie ihn sofort brauche.

Er erschien fünf Tage darauf am Abend; und als sie ihm von ihrer Trennung erzählt hatte:

– Wenn es weiter nichts ist! Ein schönes Pech!

Sie hatte zunächst geglaubt, er könne ihr Frédéric zurückbringen; nun aber war alles verloren. Sie hatte durch ihren Portier von seiner bevorstehenden Heirat mit Madame Dambreuse erfahren.

Deslauriers machte ihr Vorhaltungen, zeigte sich sogar sonderbar heiter, ja ausgelassen; und da es schon spät war, bat er sie um die Erlaubnis, die Nacht in einem Sessel verbringen zu dürfen. Am nächsten Morgen fuhr er nach Nogent und teilte ihr mit, daß er nicht wisse, wann sie sich wiedersähen; schon bald gäbe es vielleicht in seinem Leben eine große Veränderung.

Zwei Stunden nach seiner Rückkehr war die ganze Stadt in Aufruhr. Man erzählte sich, Frédéric heirate Madame Dambreuse. Die drei Damen Auger hielten es schließlich nicht mehr aus und begaben sich zu Madame Moreau, die voller Stolz die Neuigkeit bestätigte. Der alte

Roque wurde darüber krank. Louise schloß sich ein. Es gab sogar das Gerücht, sie sei wahnsinnig.

Frédéric indessen konnte seine Traurigkeit nicht verbergen. Madame Dambreuse verdoppelte ihre Aufmerksamkeiten, wohl um ihn aufzuheitern. Jeden Nachmittag fuhr sie mit ihm in ihrem Wagen spazieren; und als sie einmal über die Place de la Bourse kamen, hatte sie den Einfall, nur zum Vergnügen ins Auktionshaus zu gehen.

Es war der 1. Dezember, der Tag, an dem Madame Arnoux' Sachen versteigert werden sollten. Er erinnerte sich an das Datum, äußerte seinen Unwillen und erklärte, mit dieser Menschenmenge und all diesem Lärm sei das ein unerträglicher Ort. Sie wollte nur einen Blick hineinwerfen. Das Coupé machte halt. Er mußte ihr wohl oder übel folgen.

Im Hof sah man Waschtische ohne Schüsseln, Holzrahmen von Sesseln, alte Körbe, Porzellanscherben, leere Flaschen, Matratzen; und Männer in Kittelhemden oder schmutzigen Röcken, ganz grau von Staub, gemeine Visagen, einige mit Säcken über der Schulter plauderten in einzelnen Gruppen oder brüllten sich etwas zu.

Frédéric wandte ein, daß es Unannehmlichkeiten geben könnte, wenn sie weitergingen.

– Ach was!

Und sie stiegen die Treppe hinauf.

Im ersten Saal rechts betrachteten Herren, einen Katalog in der Hand, prüfend die Bilder; in einem anderen verkaufte man eine Sammlung chinesischer Waffen. Madame Dambreuse wollte hinuntergehen. Sie schaute auf die Nummern über den Türen, und sie führte ihn bis ans Ende des Korridors zu einem Raum voller Menschen.

Er erkannte augenblicklich die beiden Étagèren aus dem *Art industriel,* ihren Nähtisch, all ihre Möbel! Im hinteren Teil des Raumes der Größe nach aufgestapelt türmten sie sich in breiter Front vom Boden bis zu den Fenstern; und an den anderen Seiten des Saales hingen die Teppiche und die Vorhänge lang an den Wänden herab. Darunter standen stufenweise ansteigende Bankreihen, auf denen alte Männer vor sich hindösten. Zur Linken erhob sich eine Art Kontor, wo der Auktionator in weißer Halsbinde mit leichter Hand einen kleinen Hammer schwang. Ein junger Mann neben ihm war mit Schreiben beschäftigt, und weiter unten stand ein stämmiger Alter, der etwas von einem Handlungsreisenden und einem Kartenverkäufer hatte und die zu versteigernden Möbel ausrief. Drei Burschen trugen sie auf einen Tisch, an dem in einer Reihe Trödler und Hökerweiber saßen. Hinter ihnen strömte die Menge auf und ab.

Als Frédéric hereinkam, wurden gerade die Unterröcke, die Brust- und Taschentücher und sogar die Hemden von Hand zu Hand gereicht, gedreht und gewendet; manchmal warf man sie sich von weitem zu, und etwas Weißes flog plötzlich durch die Luft. Dann wurden die Kleider versteigert, dann einer ihrer Hüte, dessen geknickte Feder herabhing, dann ihre Pelze, dann drei Paar Stiefeletten; – und die Teilung all dieser Heiligtümer, in denen er undeutlich die Form ihrer Glieder wiedererkannte, kam ihm wie etwas Grauenhaftes vor, als habe er Raben ihren Leichnam zerfetzen sehen. Die Luft im Saal, stickig von Atemdunst, bereitete ihm Übelkeit. Madame Dambreuse reichte ihm ihr Riechfläschchen; sie amüsiere sich sehr, sagte sie.

Die Schlafzimmermöbel wurden vorgeführt.

Maître Berthelmot nannte einen Preis. Sogleich wiederholte der Ausrufer ihn lauter; und die drei Gehilfen warteten gelassen, bis der Hammer fiel, und trugen den Gegenstand in einen angrenzenden Raum. So verschwanden eines nach dem anderen der große blaue Teppich mit dem Kamelienmuster, über den ihre hübschen Füße strichen, wenn sie ihm entgegenkam, der kleine

Polstersessel, in den er sich immer vor sie hinsetzte, wenn sie allein waren; die beiden Kaminschirme, deren Elfenbein durch die Berührung ihrer Hände noch glatter geworden war; ein samtenes Nadelkissen, noch von Nadeln starrend. Es war, als entschwänden Teile seines Herzens mit diesen Dingen; und die Eintönigkeit der immer gleichen Stimmen und Gesten machte ihn starr vor Müdigkeit, versetzte ihn in eine tödliche Betäubung, eine Auflösung seiner selbst.

An seinem Ohr rauschte Seide; Rosanette berührte ihn.

Sie wußte durch Frédéric selbst von dieser Versteigerung. Nun, da ihr Kummer verflogen war, hatte sie den Einfall gehabt, daraus Nutzen zu ziehen. Um alles zu sehen, erschien sie in weißer Atlasweste mit Perlenknöpfen, einem Rüschenkleid, eng behandschuht, in Siegermiene.

Er erbleichte vor Wut. Sie betrachtete die Frau, die ihn begleitete.

Madame Dambreuse hatte sie erkannt; und minutenlang musterten sie einander von oben bis unten, um den Fehler, den Mangel zu entdecken, – die eine vielleicht die Jugend der anderen beneidend, und jene verärgert über den erlesenen Geschmack, die aristokratische Schlichtheit der Rivalin.

Schließlich wandte sich Madame Dambreuse mit einem unsäglich frechen Lächeln ab.

Der Ausrufer hatte ein Klavier geöffnet, – ihr Klavier! Im Stehen spielte er mit der rechten Hand eine Tonleiter, bot zwölfhundert Francs für das Instrument und ging dann herunter auf tausend, auf achthundert, auf siebenhundert.

Madame Dambreuse machte sich in ausgelassenem Ton über die alte Schabracke lustig.

Man stellte eine kleine Schatulle mit silbernen Medaillons, Beschlägen und Schließen vor die Trödler, dasselbe Kästchen, das er bei dem ersten Diner in der Rue de Choiseul gesehen hatte, das darauf bei Rosanette gewesen war und dann wieder bei Madame Arnoux; oft war sein Blick darauf gefallen, während sie miteinander sprachen; er hing an diesen seinen liebsten Erinnerungen, und ihm blutete das Herz, als Madame Dambreuse plötzlich sagte:

– Ach! das kaufe ich.

– Aber das ist doch nichts Besonderes, erwiderte er.

Sie fand es im Gegenteil äußerst hübsch; und der Ausrufer hob die Kostbarkeit hervor:

– Ein Kleinod der Renaissance! Achthundert Francs, meine Herren! Beinahe ganz aus Silber! Mit ein wenig Scheuersand glänzt das wieder!

Und als sie sich durch die Menge drängte, sagte Frédéric:

– Was für eine verrückte Idee!

– Ärgert Sie das?

– Nein! Aber was kann man schon mit diesem alten Kram anfangen?

– Wer weiß? vielleicht Liebesbriefe hineinlegen! Ihr Blick machte die Anspielung ganz deutlich.

– Ein Grund mehr, den Toten ihre Geheimnisse zu lassen.

– Ich hielt sie für nicht so tot.

Sie fuhr entschieden fort: »Achthundertachtzig Francs!«

– Es ist nicht gut, was Sie da tun, murmelte Frédéric.

Sie lachte.

– Aber, liebe Freundin, das ist das erste Mal, daß ich Sie um einen Gefallen bitte.

– Sie werden kein liebenswürdiger Gatte sein, wissen Sie?

Jemand hatte mehr geboten; sie hob die Hand.

– Neunhundert Francs!

– Neunhundert Francs! wiederholte Maître Berthelmot.

– Neunhundertzehn … fünfzehn … zwanzig … dreißig! kläffte der Ausrufer und blickte mit ruckartigen Kopfbewegungen über die Anwesenden.

– Beweisen Sie mir, daß meine Frau vernünftig ist, sagte Frédéric.

Er zog sie sachte zur Tür.

Der Auktionator fuhr fort.

– Weiter, weiter, meine Herren, neunhundertdreißig! Wer bietet mehr?

Madame Dambreuse, die auf der Schwelle angekommen war, blieb stehen; und mit lauter Stimme rief sie:

– Tausend Francs!

Ein Schaudern lief durch die Menge, dann war es still.

– Tausend Francs, meine Herren, tausend Francs! Niemand sagt etwas? haben es alle gehört? tausend Francs! – Zum ersten, zum zweiten, zum dritten!

Der Elfenbeinhammer sauste herab.

Sie ließ ihre Karte nach vorn geben, man reichte ihr die Schatulle. Sie schob sie in ihren Muff.

Frédéric durchfuhr es eiskalt.

Madame Dambreuse hatte seinen Arm nicht losgelassen; und bis auf die Straße, wo ihr Wagen stand, wagte sie nicht, ihm ins Gesicht zu sehen.

Sie warf sich hinein wie ein Dieb auf der Flucht, und als sie saß, drehte sie sich zu Frédéric um. Er hatte seinen Hut in der Hand.

– Steigen Sie nicht ein?

– Nein, Madame!

Und mit einem kalten Gruß schloß er den Schlag und gab dem Kutscher das Zeichen zur Abfahrt.

Zunächst hatte er ein Gefühl von Freude und wiedererlangter Unabhängigkeit. Er war stolz darauf, Madame Arnoux gerächt zu haben, indem er ihr ein Vermögen opferte, dann war er verwundert über sein Verhalten und fühlte sich unendlich zerschlagen.

Am nächsten Morgen brachte ihm sein Diener die neuesten Nachrichten. Der Belagerungszustand war ausgerufen, die Nationalversammlung aufgelöst und ein Teil der Volksvertreter in Mazas. Die öffentlichen Ereignisse waren ihm gleichgültig, so sehr war er mit seinen eigenen Angelegenheiten beschäftigt.

Er schrieb an die Lieferanten, um mehrere Einkäufe, die er für seine Heirat getätigt hatte, rückgängig zu machen, diese Heirat, eine, wie er jetzt meinte, irgendwie unwürdige Spekulation; und er verabscheute Madame Dambreuse, weil er ihretwegen beinahe eine Gemeinheit begangen hätte. Er vergaß darüber die Marschallin, sorgte sich nicht einmal mehr um Madame Arnoux, – denn er dachte nur noch an sich, an sich allein, – verloren in den Trümmern seiner Träume, krank, elend und entmutigt; und bei dem Haß auf die falsche Welt, in der er so gelitten hatte, sehnte er sich nach dem frischen Grün, der Ruhe der Provinz, nach einem behaglichen Leben unter dem Schutz des elterlichen Daches unter schlichten Gemütern. Am Mittwoch abend ging er endlich aus dem Haus.

Zahlreiche Menschengruppen standen auf dem Boulevard. Dann und wann trieb eine Patrouille sie auseinander, und hinter ihr schloß die Menge sich wieder. Man nahm kein Blatt vor den Mund, man brüllte der Truppe Schimpf und Spott entgegen, mehr jedoch nicht.

– Wie! wird man sich denn nicht schlagen? sagte Frédéric zu einem Arbeiter.

Der Mann im Kittelhemd erwiderte:

– Wir sind doch nicht so dumm, uns für die Bourgeois umbringen zu lassen. Sollen sie selber zusehen!

Und mit einem Seitenblick auf den Mann aus der Vorstadt brummte ein Monsieur:

– Sozialistenpack! Wenn man sie doch diesmal ausrotten könnte!

Frédéric begriff nichts von soviel Rachsucht und Dummheit. Sein Abscheu vor Paris wurde davon nur größer; und am übernächsten Tag fuhr er mit dem ersten Zug nach Nogent.

Bald verschwanden die Häuser, das Land öffnete sich. Allein in seinem Abteil, die Füße auf der Bank, grübelte er über die Ereignisse der letzten Tage nach, ja über seine ganze Vergangenheit. Ihm kam die Erinnerung an Louise.

»Die hat mich geliebt! Wie dumm, daß ich dieses Glück nicht beim Schopf gepackt habe … Ach! denken wir nicht mehr darüber nach!«

Dann, fünf Minuten darauf:

»Aber wer weiß?… später, warum nicht?«

Seine Träumerei tauchte wie sein Blick in unbestimmte Fernen.

»Sie war einfältig, eine Bäurin, fast eine Wilde, aber so gut!«

Je näher er Nogent kam, desto näher kam sie ihm. Als sie durch die Wiesen von Sourdun fuhren, sah er sie wie einst unter den Pappeln, als sie an den Tümpeln die Binsen schnitt; sie waren angekommen; er stieg aus.

Auf der Brücke lehnte er sich über das Geländer, um die Insel und den Garten wiederzusehen, wo sie an einem sonnigen Tag spazierengegangen waren; – und die betäubende Wirkung der Reise und der frischen Luft, die Schwäche, die er von seinen jüngsten Aufregungen noch spürte, versetzten ihn in eine Art Hochstimmung, er sagte sich:

»Vielleicht ist sie ausgegangen; wenn ich ihr nun begegne!«

Die Glocke von Saint-Laurent läutete; und auf dem Platz vor der Kirche stand eine Ansammlung von armen Leuten, samt einer Kalesche, der einzigen im Städtchen (die für die Hochzeiten benutzt wurde), als plötzlich im Portal in einer Schar von Bourgeois in weißer Halsbinde ein Brautpaar erschien.

Er glaubte, er sei verrückt. Aber nein! Sie war es, Louise! – im weißen Schleier, der ihr von dem roten Haar bis zu den Fersen fiel; und es war wirklich er, Deslauriers! – im blauen silberbestickten Frack, dem Anzug eines Präfekten. Warum nur?

Frédéric verbarg sich in einer Häuserecke, um den Hochzeitszug vorüber zu lassen.

Beschämt, besiegt, zerschmettert fuhr er nach Paris.

Der Droschkenkutscher versicherte ihm, daß vom Château d'Eau bis zum Gymnase Barrikaden errichtet seien, und er nahm den Weg über das Faubourg Saint-Martin. An der Ecke Rue de Province setzte Frédéric den Fuß aufs Pflaster, um die Boulevards zu erreichen.

Es war fünf Uhr, ein feiner Regen fiel. Auf der Opernseite war das Trottoir voller Bourgeois. Die Häuser gegenüber waren verschlossen. Kein Mensch an den Fenstern. Über ihre Pferde gebeugt, galoppierten Dragoner mit blankem Säbel und losem Zügel auf ganzer Breite den Boulevard entlang; und die Roßschweife auf ihren Helmen und die hinter ihnen aufflatternden großen weißen Mäntel flogen durch das Licht der Gaslaternen, die in dem Nebel im Winde zuckten. Stumm, entsetzt blickte die Menge ihnen nach.

Zwischen den Sturmangriffen der Kavallerie erschienen Trupps von Polizisten, um die Menschen zurück in die Straßen zu treiben.

Doch auf den Stufen von Tortoni stand ein Mann – Dussardier –, von weitem an seiner Größe zu erkennen, reglos wie eine Karyatide.

Einer der Polizisten, der, den Dreispitz in der Stirn, vorneweg marschierte, drohte ihm mit dem Degen.

Da trat der andere einen Schritt vor und begann zu schreien:

– Es lebe die Republik!

Mit gekreuzten Armen fiel er auf den Rücken.

Ein Schreckensschrei fuhr aus der Menge. Der Polizist ließ einmal seinen Blick über ihn schweifen; und Frédéric erkannte, sprachlos, Sénécal.

VI

Er reiste.

Er lernte die Melancholie der großen Schiffe kennen, das kalte Erwachen im Zelt, den Rausch von Landschaften und Ruinen, die Bitterkeit abgebrochener Freundschaften.

Er kehrte zurück.

Er ging unter Menschen und hatte noch andere Liebeserlebnisse. Aber die ständige Erinnerung an das erste machte sie ihm schal, und dann war auch die Heftigkeit des Verlangens, die eigentliche Leidenschaft dahin. Seine geistigen Ambitionen hatten ebenfalls abgenommen. Jahre vergingen; und er litt unter der Untätigkeit seines Verstandes und der Trägheit seines Herzens.

Gegen Ende März 1867, als es Nacht wurde und er allein in seinem Arbeitszimmer saß, trat eine Frau ein.

– Madame Arnoux!

– Frédéric!

Sie nahm ihn bei den Händen, zog ihn sanft zum Fenster, betrachtete ihn und sagte immer wieder:

– Er ist es! Ja, er ist es!

In dem Halbdunkel der Dämmerung sah er nur ihre Augen unter dem schwarzen Spitzenschleier, der ihr Gesicht verhüllte.

Als sie eine kleine Börse aus granatrotem Samt auf den Kaminsims gelegt hatte, setzte sie sich. Beide konnten lange nichts sagen und lächelten einander zu.

Schließlich begann er ihr eine Menge Fragen über sie und ihren Mann zu stellen.

Sie lebten im entlegensten Winkel der Bretagne, um Geld zu sparen und ihre Schulden zu bezahlen. Arnoux, fast ständig krank, schien nun ein Greis zu sein. Ihre Tochter war in Bordeaux verheiratet, und ihr Sohn war in Mostaganem in Garnison. Dann hob sie den Kopf:

– Aber ich sehe Sie wieder! Ich bin glücklich!

Er versäumte nicht, ihr zu sagen, daß er auf die Nachricht von ihrem verhängnisvollen Unglück zu ihnen geeilt sei.

– Ich wußte es!

– Wie?

Sie hatte ihn im Hof gesehen und sich versteckt.

– Warum?

Da sagte sie mit zitternder Stimme und langen Pausen zwischen den Worten:

– Ich hatte Angst! Ja... Angst vor Ihnen... vor mir!

Bei dieser Enthüllung überkam ihn ein Anfall von Wollust. Sein Herz schlug wild. Sie fuhr fort:

– Verzeihen Sie, daß ich nicht eher gekommen bin. (Und auf die kleine granatrote Börse weisend, die mit goldenen Palmen bestickt war): Ich habe sie für Sie gestickt, eigens für Sie. Sie enthält die Summe, für die die Grundstücke von Belleville hätten bürgen sollen.

Frédéric dankte ihr für das Geschenk und machte ihr Vorhaltungen für ihre Mühe.

– Nein, darum bin ich nicht gekommen! Mir lag an diesem Besuch, dann fahre ich wieder... zurück.

Und sie erzählte ihm von dem Ort, an dem sie lebte.

Es war ein niedriges Haus mit nur einem Stockwerk, einem Garten voll riesigem Buchsbaum und einer doppelreihigen Kastanienallee, die bis auf die Anhöhe hinaufführte, von der aus das Meer zu sehen war.

– Dort setze ich mich auf eine Bank, die ich: Frédéric-Bank genannt habe.

Dann begann sie die Möbel zu betrachten, die Nippessachen, die Bilder, um sie in ihrer Erinnerung mitzunehmen. Das Porträt der Marschallin war zur Hälfte von einem Vorhang verborgen. Doch das Gold und Weiß, das aus dem geheimnisvollen Dunkel hervorleuchtete, weckte ihre Aufmerksamkeit.

– Mir ist, als kenne ich diese Frau?

– Unmöglich! sagte Frédéric. Es ist ein altes italienisches Gemälde.

Sie gestand, sie hätte gerne an seinem Arm einen Gang durch die Straßen gemacht.

Sie gingen hinaus.

Der Lichtschein der Läden erhellte dann und wann ihr bleiches Profil; dann versank es wieder im Dunkel; und sie liefen inmitten all der Wagen, der Menge und des Lärms, ohne sich voneinander ablenken zu lassen, ohne etwas zu hören, wie Menschen, die auf dem Lande über eine Laubschicht wandern.

Sie erzählten sich von ihren alten Tagen, den Diners aus der Zeit des *L'Art industriel,* den verrückten Einfällen Arnoux', von seiner Art, die Spitzen seines Hemdkragens zurechtzuzupfen, Pomade auf seinen Schnurrbart zu schmieren und von anderen noch intimeren und bedeutungsvolleren Dingen. Mit welcher Begeisterung er sie das erste Mal hatte singen hören! Wie schön sie an ihrem Geburtstag in Saint-Cloud gewesen war! Er erinnerte sie an den kleinen Garten in Auteuil, an Theaterabende, eine Begegnung auf dem Boulevard, an ehemalige Dienstboten, an ihre Negerin.

Sie staunte über sein Gedächtnis. Sie indessen sagte ihm:

– Manchmal höre ich Ihre Worte wie ein fernes Echo, wie einen Glockenton, den der Wind herbeiträgt; und mir ist, als seien Sie da, wenn ich in Büchern von Liebe lese.

– Alles, was man dort als übertrieben abtut, haben Sie

mich empfinden lassen, sagte Frédéric. Ich begreife die Werthergestalten, die Charlottes Butterbrote nicht leid werden.

– Armer lieber Freund!

Sie seufzte, und nach langem Schweigen sagte sie:

– Nun ja, wir haben uns eben sehr geliebt.

– Doch ohne einander zu gehören!

– Das ist vielleicht besser so, erwiderte sie.

– Nein! nein! Welches Glück wir besessen hätten!

– Oh! das glaube ich, bei einer Liebe wie der Ihren!

Und sie müsse wohl sehr stark gewesen sein, um eine so lange Trennung zu überdauern!

Frédéric fragte sie, wie sie sie entdeckt habe.

– Es war ein Abend, an dem sie mir zwischen Handschuh und Ärmel das Handgelenk geküßt haben. Ich habe mir gesagt: »Aber er liebt mich ja… er liebt mich!« Und doch hatte ich Angst, mir Gewißheit zu verschaffen. Ihre Zurückhaltung war so bezaubernd, daß ich sie genoß wie eine ständige, unfreiwillige Huldigung.

Er bereute nichts. Seine Leiden von einst waren vergolten.

Als sie zurückkehrten, nahm Madame Arnoux den Hut ab. Die Lampe, die auf einer Konsole stand, beleuchtete ihr weißes Haar. Das war wie ein Stoß mitten in die Brust.

Um ihr die Enttäuschung zu verbergen, kniete er nieder, und ihre Hände fassend, begann er ihr Zärtlichkeiten zu sagen.

– Ihre Gestalt, Ihre kleinsten Bewegungen schienen mir unter den Menschen eine mehr als nur menschliche Bedeutung zu haben. Wie Staub erhob sich mein Herz hinter Ihren Schritten. Sie wirkten auf mich wie der Vollmond in einer Sommernacht, wenn alles Duft ist, weicher Schatten, Weiße, grenzenlos; und Wonnen des Fleisches und der Seele lagen für mich in Ihrem Namen, den ich mir wieder und wieder vorsagte, während ich ihn auf meinen Lippen zu küssen versuchte. Darüber hinaus erträumte ich nichts. Das war Madame Arnoux, so wie Sie waren, mit ihren beiden Kindern, zart, ernst, betörend schön und so gut! Dieses Bild löschte alle anderen aus. Dachte ich überhaupt daran! hatte ich doch stets in mir die Musik Ihrer Stimme und den strahlenden Glanz Ihrer Augen!

Mit Verzückung genoß sie die Anbetung einer Frau, die sie nicht mehr war. Frédéric, sich an seinen Worten berauschend, glaubte schließlich, was er sagte. Madame Arnoux, den Rücken im Licht, neigte sich ihm entgegen. Auf der Stirn spürte er das Streicheln ihres Atems, durch ihre Kleider undeutlich die Berührung ihres ganzen Körpers. Ihre Hände umschlossen sich; die Spitze ihrer Stiefelette schob sich unter ihrem Kleid hervor, und einer Ohnmacht nahe sagte er:

– Der Anblick Ihres Fußes verwirrt mich.

In einer Regung von Scham richtete sie sich auf. Dann, reglos und im seltsamen Tonfall der Schlafwandler:

– In meinem Alter! er! Frédéric!... Keine ist je so geliebt worden wie ich! Nein! nein, wozu jung sein? Das ist mir so gleich! ich verachte sie alle, die hierher kommen!

– Oh! es kommt doch keine mehr! erwiderte er liebevoll.

Ihr Gesicht blühte auf, und sie wollte wissen, ob er heiraten würde.

Er schwor, daß er das nicht täte.

– Wirklich? warum?

– Ihretwegen, sagte Frédéric und schloß sie in seine Arme.

Da stand sie, den Oberkörper zurückgeneigt, den Mund halbgeöffnet, die Augen erhoben. Plötzlich stieß sie ihn mit einem Ausdruck von Verzweiflung zurück;

und als er sie anflehte, ihm zu antworten, senkte sie den Kopf und sagte:

– Ich hätte Sie gerne glücklich gemacht.

Frédéric hatte den Verdacht, Madame Arnoux sei gekommen, um sich ihm hinzugeben; und wieder überfiel ihn ein Begehren, das stärker war als je, heftig, rasend. Doch er fühlte etwas Unaussprechliches, einen Widerwillen und so etwas wie das Entsetzen vor einem Inzest. Eine andere Befürchtung hielt ihn zurück, die Angst, später Abscheu davor zu empfinden. Und im übrigen, was gäbe das für Schwierigkeiten! – und aus Vorsicht, wie auch, um sein Ideal nicht zu verderben, kehrte er ihr den Rücken und begann eine Zigarette zu drehen.

Sie betrachtete ihn voller Entzücken.

– Wie taktvoll Sie sind! Es gibt nur Sie! Es gibt nur Sie!

Es schlug elf.

– Schon! sagte sie; um Viertel nach gehe ich.

Sie setzte sich wieder; doch sie beobachtete das Pendel, und er ging weiter auf und ab und rauchte. Beide fanden sich nichts mehr zu sagen. Bei Trennungen gibt es einen Augenblick, wo der geliebte Mensch schon nicht mehr bei uns ist.

Endlich, der Zeiger hatte fünfundzwanzig Minuten überschritten, nahm sie langsam ihren Hut an den Bändern.

– Adieu, mein Freund, mein lieber Freund. Ich werde Sie nicht wiedersehen. Das war mein letzter Schritt als Frau. Meine Seele wird Sie nicht verlassen. Möge der ganze Segen des Himmels auf Ihnen sein!

Und sie küßte ihn auf die Stirn wie eine Mutter.

Aber sie schien noch etwas zu suchen und bat ihn um eine Schere.

Sie löste ihren Kamm; das ganze weiße Haar fiel herab.

Sie schnitt sich brutal, an der Wurzel, eine lange Strähne heraus.

– Behalten Sie sie! Adieu!

Als sie gegangen war, öffnete Frédéric das Fenster. Auf dem Trottoir winkte Madame Arnoux eine vorüberkommende Droschke heran. Sie stieg ein. Der Wagen verschwand.

Und das war alles.

VII

Zu Beginn jenes Winters saßen Frédéric und Deslauriers am Kamin und plauderten, ein weiteres Mal versöhnt durch das Schicksal ihrer Natur, das sie stets in alter Zuneigung wieder zusammenführte.

Der eine erklärte kurz sein Zerwürfnis mit Madame Dambreuse, die sich mit einem Engländer wiedervermählt hatte.

Der andere erzählte, ohne zu erwähnen, wie er Mademoiselle Roque geheiratet hatte, daß seine Frau eines Tages mit einem Sänger davongelaufen war. Um sich ein wenig von der Lächerlichkeit reinzuwaschen, hatte er sich in seiner Präfektur durch ein Übermaß an Amtseifer blamiert. Man hatte ihn abgesetzt. Danach war er Führer der Algerienkolonisierung gewesen, Sekretär eines Pascha, Herausgeber einer Zeitung, Annoncenvermittler, um schließlich als juristischer Berater bei einer Industriegesellschaft angestellt zu werden.

Frédéric dagegen, der zwei Drittel seines Vermögens verbraucht hatte, führte das Leben eines Kleinbürgers.

Dann erkundigten sie sich gegenseitig nach ihren Freunden.

Martinon war jetzt Senator.

Hussonnet hatte eine hohe Stellung, wo ihm sämtliche Theater und die gesamte Presse unterstanden.

Cisy lebte, tiefgläubig und Vater von acht Kindern, im Schloß seiner Ahnen.

Pellerin war, nachdem er sich dem Fourierismus, der Homöopathie, dem Tischerücken, der gotischen Kunst und der Malerei im Dienste der Menschheit gewidmet hatte, Photograph geworden; und an sämtlichen Häuserwänden in Paris sah man ihn im schwarzen Frack abgebildet, mit einem winzigen Körper und einem mächtigen Kopf.

– Und dein Busenfreund Sénécal? fragte Frédéric.

– Verschwunden! Ich weiß von nichts! Und du, deine große Liebe, Madame Arnoux?

– Sie wird in Rom sein, bei ihrem Sohn, einem Jägerleutnant.

– Und ihr Mann?

– Letztes Jahr gestorben.

– Ach! sagte der Anwalt.

Dann schlug er sich an die Stirn:

– Apropos, neulich habe ich in einem Laden die gute Marschallin getroffen, und sie hatte einen kleinen Jungen an der Hand, den sie adoptiert hat. Sie ist die Witwe eines gewissen Monsieur Oudry und jetzt sehr dick, gewaltig. Was für ein Verfall! Sie, die früher eine so schlanke Taille besaß.

Deslauriers verhehlte nicht, daß er ihre Verzweiflung dazu genutzt hatte, sich selbst davon zu vergewissern.

– Wie du es mir übrigens erlaubt hattest.

Dieses Geständnis war der Ausgleich für das Schweigen, das er über seinen Versuch bei Madame Arnoux wahrte. Frédéric hätte ihm verziehen, da er nicht erfolgreich gewesen war.

Obwohl über die Eröffnung ein wenig verärgert, gab er sich belustigt; und der Gedanke an die Marschallin brachte ihn auf die Vatnaz.

Deslauriers hatte sie nie gesehen, sowenig wie viele andere, die zu Arnoux kamen; doch an Regimbart erinnerte er sich genau.

– Lebt er noch?

– Kaum! Er schleppt sich regelmäßig jeden Abend von der Rue de Grammont bis zur Rue Montmartre vor die Kneipen, entkräftet, gebeugt, ausgehöhlt, ein Gespenst!

– Ja, und Compain?

Frédéric stieß einen Freudenschrei aus und bat den ehemaligen Abgeordneten der provisorischen Regierung, ihm das Geheimnis des Kalbskopfes zu verraten.

– Das ist ein Import aus England. Als Parodie auf die Zeremonie der Royalisten am 30. Januar haben die Unabhängigen ein jährliches Bankett abgehalten, wo Kalbskopf gegessen und Rotwein aus Kalbsköpfen getrunken wurde, während man Trinksprüche auf die Ausrottung der Stuarts ausbrachte. Nach dem Thermidor haben die Terroristen eine entsprechende Bruderschaft gegründet, was beweist, daß Dummheit ansteckend ist.

– Die Politik scheint dich nicht mehr sehr zu bewegen?

– Alterserscheinung, sagte der Anwalt.

Und sie resümierten ihr Leben.

Sie hatten es beide verfehlt, der, der von der Liebe, wie der, der von der Macht geträumt hatte. Was war der Grund?

– Vielleicht fehlte es an der klaren Linie, sagte Frédéric.

– Bei dir, kann sein. Ich dagegen habe durch übertriebene Geradlinigkeit gesündigt, ohne tausend zweitrangige Dinge zu beachten, die stärker sind als alles andere. Ich hatte zuviel Vernunft und du zuviel Gefühl.

Dann gaben sie dem Zufall die Schuld, den Umständen, der Zeit, in die sie geboren waren.

Frédéric fuhr fort:

– So hatten wir es uns nicht gedacht, damals in Sens, als du eine kritische Geschichte der Philosophie schreiben wolltest und ich einen großen mittelalterlichen Roman über Nogent, dessen Thema ich bei Froissart gefunden hatte: Wie Messire Brokars de Fénestranges und der Bischof von Troyes Messire Eustache d'Ambrecicourt überfielen. Weißt du noch?

Und so gruben sie mit jedem Satz ihre Jugend aus und fragten einander:

– Weißt du noch?

Sie sahen den Schulhof des Collège wieder vor sich, die Kapelle, das Sprechzimmer, den Fechtsaal am Fuße der Treppe, Gesichter von Hilfslehrern und Schülern, einen namens Angelmarre aus Versailles, der sich Hosenstege aus alten Stiefeln schnitt, Monsieur Mirbal und seinen roten Backenbart, die beiden Lehrer für lineares Zeichnen und Kunstzeichnen, Varaud und Suriret, immer in Streit, und den Polen, Landsmann von Kopernikus, mit seinem Planetensystem aus Pappe, einen Wanderastronomen, dessen Darbietung man mit einer Mahlzeit im Speisesaal honoriert hatte, – dann ein furchtbares Besäufnis bei einem Ausflug, die ersten Pfeifen, die sie geraucht hatten, die Preisverleihungen, die Freude über die Ferien.

In den Ferien von 1837 waren sie bei der Türkin gewesen.

So wurde eine Frau genannt, die eigentlich Zoraide Turc hieß; und viele hielten sie für eine Muselmanin, eine Türkin, was die Poesie ihres Etablissements, das hinter dem Stadtwall am Wasser lag, noch erhöhte; selbst mitten im Sommer war Schatten um ihr Haus, zu erkennen an einem Goldfischglas neben einem Topf Reseden im Fenster. Junge Damen im weißen Leibchen mit Schminke auf den Wangen und langen Ohrringen klopften an die Scheibe, wenn man vorüberkam, und sangen abends mit rauher Stimme auf der Türschwelle leise vor sich hin.

Der Ort des Verderbens warf in die ganze Umgebung einen phantastischen Glanz. Man bezeichnete ihn durch

Umschreibungen: »Der bekannte Ort, – eine gewisse Straße, – unten an den Brücken.« Die Bäuerinnen im Umkreis bangten für ihre Männer, die Damen der Bourgeoisie fürchteten wegen ihrer Hausmägde, weil die Köchin des Herrn Unterpräfekten dort überrascht worden war; und es war, wohlverstanden, die heimliche Obsession aller Halbwüchsigen.

So geschah es eines Sonntags, als alles bei der Abendmesse war, daß Frédéric und Deslauriers, die sich vorher das Haar hatten kräuseln lassen, Blumen im Garten von Madame Moreau pflückten, dann durch die Pforte zu den Feldern verschwanden, nach einem großen Umweg durch die Weinberge über den Fischplatz zurückkehrten und, die dicken Sträuße immer noch in der Hand, in die Tür der Türkin schlüpften.

Frédéric präsentierte den seinen wie ein Bräutigam seiner Braut. Doch die Hitze dort, die Furcht vor dem Unbekannten, ein Anflug von schlechtem Gewissen und selbst die Lust, auf einen Blick so viele Frauen zu seiner Verfügung zu haben, erschütterten ihn dermaßen, daß er sehr blaß wurde und ohne ein Wort auf der Stelle stehenblieb. Alle lachten, erfreut über seine Verwirrung; in der Meinung, man mache sich über ihn lustig, ergriff er die Flucht; und da Frédéric das Geld hatte, war Deslauriers wohl oder übel gezwungen, ihm zu folgen.

Man sah sie herauskommen. Es gab einen Aufruhr, der drei Jahre später noch nicht vergessen war.

Sie erzählten sich ausführlich die ganze Geschichte, jeder die Erinnerung des anderen ergänzend; und als sie fertig waren, sagte Frédéric:

– Das ist doch das Beste, was wir erlebt haben!

– Ja, vielleicht wirklich? Das ist das Beste, was wir erlebt haben! sagte Deslauriers.

ANHANG

AUS DEN NOTIZBÜCHERN

Flauberts Notizbücher, Keimzellen seiner Werke, sind kostbare Funde für den Nachvollzug ihrer Entstehung. Es waren zumeist kleine, ledergebundene Hefte mit Goldschnitt und Metallverschluß, in denen er Gedanken, Erlebnisse und Notizen seiner akribischen Recherchen historischer, gesellschaftlicher oder naturwissenschaftlicher Fakten aufzuzeichnen pflegte. Zur »Erziehung der Gefühle« gibt es von 1862 bis zum Erscheinen des Romans 1869 zahlreiche Eintragungen, von denen etliche eindeutige Zusammenhänge mit einzelnen Passagen aufweisen oder die Grundidee seiner großen Gesellschaftsanalyse andeuten.

C.H.

Sie stand neben dem Klavier und sang ein Lied – ein Wort war italienisch, und jedesmal machte sie einen Ruck mit dem Hals, wie ein Vogel in seinem Gefieder, der beim Kampf den Kopf hin- und herdreht. (Der schillernde Lack des Pianos, in dem sich die Lampen spiegeln)

Gedehnte, geöffnete, fast volle Lippen, die Lust auf einen geraubten Kuß machen.

Eines der schönsten Dinge von Paris, die *Soiréen im Freundeskreis.* Der ewige Tee ... trockenes Gebäck, das Mädchen in weißer Schürze, die Erdbeeren, nach denen geschickt wird.

Der Wunsch, seinen *Jour* zu haben!

Madame Moreau
Als hätte man dich vergoldet
Esmeralda
Andalusierin aus Barcelona
Byrons Frauen

Heftigkeit, die eine Liebe besitzen muß, wenn sie durch in der Jugend bewunderte literarische Gestalten verstärkt wird. Zusammentreffen von Ideal und Wirklichkeit.

Mademoiselle X… ehemaliges Zimmermädchen (von Monsieur), eine hübsche Lorette, läßt sich in ihrer Nähe in Auteuil nieder. Nimmt ein kleines Landhaus nebenan. Die Herren, die abends aus dem Haus ihrer ehemaligen Herrin kommen, gehen zu ihr, und nach den Fellatio-Übungen richtet sie in aller Bescheidenheit folgende Frage an sie: »War das so gut wie Madame?«

Ein Kind (16 Jahre) wartet in einem Boudoir auf den Verlust seiner Jungfernschaft – Souper auf dem Tisch – ißt nur die Konfitüren und schläft auf Radierungen mit schlüpfrigen Darstellungen ein. (S. Lag.)

Selbige fährt nach Le Havre, um ihrem Geliebten adieu zu sagen, der sich nach Amerika einschifft – läßt sich unterwegs umarmen – und kehrt mit dem Herrn zurück, ohne ihren Geliebten gesehen zu haben.

Madame Moreau (Roman)
Der Ehemann, die Frau, der Liebhaber, alle lieben sich, alle sind feige.

– Fahrt auf dem Schiff nach Montereau, ein Gymnasiast.

– Madame Sch. – Monsieur Sch. ich.

– Entwicklung einer Adoleszenz – Jurastudium – leidenschaftliche Liebe, anständige Frau (Kinder im Geleit). Der Mann, gut, führt ihn bei den Loretten ein… (Abend) Maskenball bei der Präsidentin. Schuß. Paris … Theater, Champs-Élysées … Ehebruch mit schlechtem Gewissen (Angst und Schrecken) Der Ehemann in der Klemme und die philosophische Entwicklung des Liebhabers. Am Schluß der Rattenschwanz. Alle kennen gegenseitig ihre Lage und wagen nicht, sie sich einzugestehen. Man trennt sich. Ende: man sieht sich von Zeit zu Zeit, dann stirbt man.

Anfangs hat der Mann einigen Verdacht, liegt auf der Lauer, lauscht an der Tür (falscher Biedermann). (Überraschung für den Leser) Doch da der Liebhaber sehr schüchtern ist und über Regen und Sonnenschein spricht, ist Monsieur Moreau ein für allemal beruhigt. Obwohl er hinter leichten Mädchen her ist, *liebt* er seine Frau und ist eifersüchtig (Staunen des jungen Mannes) (gibt Intimitäten über sie preis) (Fritz leidet darunter und fragt danach) – Guter Familienvater.

Je mehr sich der junge Mann in der Gesellschaft der Loretten hervortut und *abhärtet,* desto eifersüchtiger wird die immer tugendhaftere Madame Moreau.

Sie erscheint nur zwei- oder dreimal zum Rendezvous. Doch erregt, in Tränen. Schlechter Schuß. Denn er wagt erst im letzten Stadium seiner Leidenschaft einen Vorstoß. Er hat fast nur spaßhaft seine Liebe erklärt und war doch *überrascht* von der Leichtigkeit, mit der sie zu dem Rendezvous gekommen ist. Die ersten zwei- oder dreimal verpassen sie sich zufällig und absichtlich. Dann fühlt sie die Reue des Anständigen und geht hin. Aber die Zeit des gemeinsamen Einverständnisses ist vorüber.

(Stets) parallel die leichte Liebe darstellen und zeigen, daß sie sich nicht davon unterscheidet. Er erinnert sich an *andere.*

Wunsch der anständigen Frau, eine Lorette zu sein. Wunsch der Lorette, eine Dame der Gesellschaft zu sein.

Sie liebt ihn, wenn er sie nicht mehr liebt, das ist der Augenblick (in dem er sie besitzt) oder (in dem sie sich anbietet)

Da er es nicht wagt, seine Liebe zu erklären, stürzt er sich wieder auf die Loretten.

Zynismus, der die Schüchternheit versteckt. Brutale Ablehnung (ironisch und als guter Junge) des Nachtlagers, das sich auf fehlendem Geldbeutel gründet. Innere Wut. Ebenso wie er nicht bekommen konnte, was ihm der Besitz des Ideals bedeutet. Das muß am selben Tage geschehen. Der Ehemann (besitzt) die Lorette und (die)(seine) Frau zugleich.

Ein von einer Frau geliebter Mann wird zur selben Zeit von anderen geliebt, Macht der Ausstrahlung – Theorie der Liebe, die die Schauspielerinnen wecken.
Wie die andere ihre Ablehnung (heimlich) auf die Tugend, auf die Pflichten gegründet hat.

Stärker wäre es, Madame Moreau nicht umarmen zu lassen, die sich, keusch und enthaltsam, vor Liebe verzehren würde. – Sie hätte dann ihren schwachen Moment, den der Liebhaber nicht bemerken würde, von dem er nichts hätte.

Den ganzen zweiten Teil über keine Handlung.

Monsieur Moreau muß ein Unternehmer im Bereich der Kunst sein, dann ein reiner Unternehmer.

(Gießer) (Kunsthändler) (reine Kunst- und Theaterzeitschrift) (chemische Produkte – Herstellung von Steingutfayencen)

(Die Tochter von Madame Mor)

Parallel die Bitte um ihre Hand und die Gespräche über den Unterhalt zeigen. Vorher geregelte Konditionen, etc. (Dann) die beiden Entjungferungen.

Schließlich ist sie verrückt, hysterisch. Der Mann, gut geworden, pflegt sie (Fr hat die beiden verlassen)

Die Lorette ist eine tugendhafte und fromme Schloßherrin auf dem Lande. Madame Moreau hat aus übermäßiger Tugend allem abgeschworen. Kluger und vernünftiger Geist. Wille jenseits ihrer Möglichkeiten.

Doch wenn es eine Parallele zwischen den beiden Frauen gibt, der ehrbaren und der verdorbenen, dann richtet sich das Interesse auf den jungen Mann. (Es wäre also eine Art Erziehung der Gefühle?) Die Lorette müßte ganz im Hintergrund bleiben, als Kontrast?

Sich vor *Lys dans la vallée* hüten.

Der Liebhaber würde sich am Schluß (durch seinen Fortschritt) über die beiden erheben.

(B) (das ganze Buch (das ist dann ein anderes Buch) wäre nur das. Die Bourgeoise und die Lorette X) (X gegenseitiger Haß)

(mit allen Nebenfiguren jeder dieser beiden Welten und als Verbindung der Mann und der Geliebte, wie sie an beiden Gesellschaften teilhaben.)

1. Treffen (Blendung) Bestimmt die Adoleszenz und durchdringt das Aufblühen. Sie speist in der Kajüte des Dampfers.

---

2. – Er besucht sie von Zeit zu Zeit. (schüchtern) Selten. Dann häufiger. *Gewöhnt sich an seine Begierde.* Er kommt nicht auf die Idee, sie zu nehmen. Im übrigen ruhige Verfassung, denn durch die Nutten haben sie ein leichtes, stets vorhandenes Ventil.

…

Tische im Café de Paris. Er zwingt sich, die Prostitution zu lieben, bis hin zu übersteigerter Idealisierung. (Kurze Zeit in der Provinz.)

---

3. Periode – Hausfreund.

Madame Moreau liebt ihre Kinder. Begreift sie Frédérics Liebe? Sie liebt *ihn* erst, als ihre Kinder sich von ihr zu lösen beginnen. Gegensatz zum Wesen ihrer Tochter. Undurchsichtigkeit des Sohnes, der Saint-Cyrien wird. Dann ist sie *allein* (der Ehemann vernachlässigt sie mehr und mehr, Streitehe), (eher von seiten der Frau als vom Mann) und es ist ganz natürlich, daß sie merkt, wer sie beachtet. (Vertrauter der Frau und des Mannes.)

(Die Haut der Frau.)

Sie akzeptiert ein Rendezvous (in einem Miethotel in der Rue Tronchet) (daß der Leser denkt, jetzt wird gefickt) Wird nicht gevögelt, sie will nicht. Im übrigen stellt Frédéric sich dumm an. (x) Seine Liebe nimmt daraufhin ab, und ihre steigert sich. Denn es fehlt ihm an allem. x und von diesem Tage an liebt sie ihn glühend. Aber er hat sich nicht getraut, weiterzumachen. Der Zufall spielt auch hinein, die äußeren Umstände, kurz, die Gelegenheit ist für immer verpaßt.

(Von ihr abgewiesen, stürzt sich Frédéric auf die Loretten – Eifersucht von Madame Moreau) (sie macht ihrem Mann heftige Vorwürfe. Aber sie gelten Fritz) (Außerdem ist sie niedergeschlagen und besorgt über die Ausgaben, die Schulden ihres Mannes)

Landhaus in der Umgebung von Paris.

Sie verteidigt ihren Mann, als er in bezug auf seine Rechtschaffenheit angegriffen wird.)

Obwohl es keine Umarmung zwischen ihnen gab, leben sie in Angst und Schrecken. Anonyme Briefe, etc.

Fr gilt als ihr Liebhaber. Feigheit. Er läßt die Leute in diesem Glauben.

(Monsieur Moreau eifersüchtig auf Fr, als seine Frau ihn noch nicht liebt. – eifersüchtig auf die Lorette, als Frédéric sie nicht mehr liebt.)

Er, der Ehemann, ist in einem romantischen, fast idyllischen Fahrwasser – erst Bordellbesucher, dann Liebhaber von Loretten, dann unterhält er kleine Grisetten. Er stattet sie mit Wäsche aus. Wird immer unbeständiger, wird rührselig (A) und liebt trotzdem seine Frau und seine Kinder. (wird sehr häßlich, äußerlich, entwickelt sich zum kindischen Alten)

Zwei schöne Vasen, eine ganze piekfeine Kamingarnitur wandert von Madame Moreau zu der Lorette. Fr findet sie dort wieder. Gehört zu seiner Jugend.

Stufenweise Steigerung der Geldnot. Zwei oder drei Umzüge, trauriger Eindruck. Alles wird enger. Die Wohnung ist immer kleiner, nur noch ein Dienstmädchen. Dann die Provinz (an) einem abgelegenen Ort. (Das materielle Glück der Ehe stieg im ersten Teil des Romans. Im zweiten geht es bergab.)

Letzte kurze Begegnung: Besuch von Madame. Sie bietet sich an. Aber sie reizt ihn nicht mehr, und er hat Angst vor kommenden Unannehmlichkeiten. Sie nicht lächerlich machen. Er hat Mitleid mit ihr. Sie geht. Er sieht sie in die Droschke steigen. Und alles ist zu Ende.

Loretten (Nebenfiguren) rund um die Lorette, die die Hauptfigur ist.
Bourgeoise Ehen und Ehebrüche rund um die Ehe der Moreaus.

(B) Madame Moreau macht prachtvolle ironische Bemerkungen darüber und macht sich todtraurig über das Gefühl lustig.)

(Die Gemeinheit der Ausschweifungen ihres Mannes bringen sie von dem Ehebruch ab. Sie möchte ihn innerlich verachten können.)

Frédérics Leidenschaft hat Unterbrechungen. Zuerst glühend, dann schüchtern und beständig, dann abgewiesen (denn da liebte er sie so sehr, daß er ihre Scham nicht begriff und sich zurückzog)

(Er kehrt zu Mme Moreau zurück) (Sie akzeptiert ihn wieder) als keine anderen Frauen mehr in seinem Herzen sind.

(Sie gibt vielleicht nach. Der Stolz hält sie zurück – und der Gedanke, daß man ihren Sohn später ihretwegen beleidigt. Sie sieht ihn schon verletzt, im Duell getötet, auf einer Bahre nach Hause getragen. Szene mit allen Einzelheiten.

Je stärker sie in Versuchung ist, desto strenger wird ihre Tugend.

Was die Umarmung letztlich verhindert, als alles reif dafür ist, ist nicht die Tugend, die sie davon abhält, sondern zufällige Bedingungen. Psychologisch ist der richtige Moment vorüber.)

Monsieur Moreau ist jetzt sehr sanft mit seiner Frau. Er geht nie grob mit ihr um. Sie ist im Gegenteil die Heftige.

Der grauenhafte Zustand setzt sich bis zur Hochzeit ihrer Tochter fort. Fritz nimmt nicht daran teil. Er ist bei der Hochzeit der Lorette, die am selben Tag stattfindet. Ihre Tochter verläßt sie plötzlich. Abgrund, sie ist allein.

Letzte Begegnung.

Zeigen, daß der Sentimentalismus (seine Entwicklung seit 1830) der Politik folgt und ihre Phasen wiedergibt.

Zur Erziehung der Gefühle.
Alle Zähne sind Menschen. Eine stumme Armee. Jeder hat seine Physiognomie.

Leiden beschnittener Mitteilsamkeit. Es gibt einen Moment, wo sie einen nicht (mehr) verstehen (Wenn man über Kunst und Dichtung spricht – und sogar über Gefühl). Man wollte sie umarmen, ihre Seele an sich drücken, und man stößt sich die Brust an einer eisernen, von Nägeln starrenden Wand. (Das muß im Dialog gezeigt werden) (im 1. Teil) (Im zweiten ist Fr damit nicht mehr so empfindlich)

(O) Die Unfähigkeit, ein Geheimnis zu hüten, was auch immer es sei, ist das charakteristische Merkmal der Verdorbenen.

Ein völliger Mangel an Einbildungskraft, unmäßige Lust, zuviel Sinnlichkeit, kein logisches Denken, zuviel Träumereien haben ihn daran gehindert, ein Künstler zu sein.

Eine Frauenrunde, die schwerwiegende Fragen erörtert.
Frauenmode, 1843
Tuniken aus kohlgrünem Krepp (sechs Röcke), jeder Rock einen Ton dunkler, so daß das blaßgrüne Kleid zur Taille hin dunkelgrün wird.

Kleine Spitzenbordüre, über die Handgelenke fallend (Hochzeitskleid)

April Männer: Überrock, eine Knopfreihe, eng tailliert, Hut mit etwas breiterer Krempe, Schnauzer und Backenbart (Handgelenke) (Manschetten) vom Hemd über den Ärmel geschlagen.

Frauen: Hüte mit breiten geschwungenen Krempen aus Krepp mit einer herabhängenden Feder.

Tonqualitäten:
Gentilly, Montmartre, Picpus, Ivry, Belleville.

Man macht eine Mischung, die in einen Behälter kommt, zum Waschen, um die Steine herauszulösen. Sie wird gesiebt. Zum Trocknen legt man sie in ein Becken. Dann wird sie auf einem Gitter ausgebreitet (Gußformen). Auf Formen aus Gips würde es schneller trocknen. Es darf keine einzige harte Stelle, nicht eine *Blase* im Ton sein, es muß eine völlig homogene Masse sein.

Emaille:
Die Emaille besteht aus Sand, mit Zinn oxydiertem Blei, aus Salz in verschiedenen Zusammensetzungen. Emaille und Ton müssen die passende Zusammensetzung haben. Zum Kristallisieren legt man es in Tiegel oder Öfen. Dann wird es in Mühlen zerstoßen und zerrieben.

Das Schmelzmittel von Emaille ist Mennige.

Drei widerspenstige Gruppen:

1. Wilde, 2. reiche Müßiggänger, 3. Kinder. Fourier wundert sich, daß kein einziger Schriftsteller ein Buch über *die Verbrechen der Wirtschaft* geschrieben hat. Wirft den Saint-Simonisten vor, *Erbschaften erschleichen* zu wollen.

Die Stimme der Clubs.

Gestern erlaubt sich ein Mensch in einem Club, der seine Sitzungen in der Rue Bourg-l'Abbé abhält, seine Stimme für das Régime von '93 zu erheben und zu erklären, daß allein in Paris dreitausend Köpfe fallen müßten. Ausgepfiffen und zur Polizeistation geschafft.

(X) Der Citoyen Cabet hat seinen 6000 Brüdern einen Patrioten aus Barcelona präsentiert, der die spanische Demokratie vertrat.

Fast alle Clubs verlangen den Aufschub der Wahlen, den Rückzug der Truppen.

Der *zentrale Club der Taubstummen von Frankreich.* Sie verlangen die Bürgerrechte und daß man den Leiter des Taubstummeninstitutes auswechselt.

'49 gab es Bankette von sozialistischen Frauen.

Mordversuche bei versprengten Mobilgardisten. Es besteht der Beschluß, daß man ihnen, bis auf die Knöpfe, die gleichen Uniformen gibt wie den Linientruppen.

Dr. Néreau, Dienstarzt der Ambulanz der Assomption (Brief an den Bürgermeister von Paris), hat die Substanzen untersucht, die auf der Straße verkauft werden. Der Schnaps enthält wenig Alkohol, er ist mit einer farblosen, scharfen Flüssigkeit vermischt und mit einem Sud aus Gerberlohe oder Tabak gefärbt.

Letzterer Substanz schreibt er die Hitzigkeit einiger Kämpfer zu.

Die Zeitungsausrufer stören die öffentliche Ruhe, weil sie schon um 5 Uhr morgens zu arbeiten beginnen.

Die Commune von Paris, Vorreiter der Clubs.

In den ersten Märztagen werden viele Stockdegen auf den Straßen verkauft.

Die Schüler der École Polytechnique haben einen Club gegründet. Die Gründungsversammlung findet am 1. März im Foyer der Oper statt.

Ständige Klagen über die Akkumul. von Ämtern. *Die Commune de Paris* verfolgt die Akademiemitglieder, die Gelehrten.

Nach Juni.

Kellergewölbe der Tuilerien. Die ersten Gefangenen wurden am Freitag, dem 23. mittags hergeschafft. Man hat sie hineingepfercht. Es waren 900. Sie wurden namentlich aufgerufen; (und man) und Musketensalven prasselten los. Alle dachten, sie würden erschossen, und drängten sich aneinander.

Ein Offizier hat durch ein Kellerloch in der École militaire auf die Unglücklichen geschossen, die um Brot baten, und hat, nachdem er einen getötet hatte, mit höhnischem Lachen gefragt: »Noch jemand, der Hunger hat? Ich geb ihm was.«

Als sie sie kommen sehen, rufen die Nationalgarden von Compiègne, Noisy, Noyon, Joinville »Vivent les Rouennais.« Die Gefangenen meinen, es würde »Vive le roi« gerufen. Wieder pfeifen Kugeln durch das Gewölbe.

– Dreck. Lampe, die wie ein Blutfleck aussieht. Von Zeit zu Zeit kleine zuckende, blaue, grüne oder gelbgetönte Flammen aufgrund von Ausdünstungen. Ein unschuldiger Gutsbesitzer durch die Gitterstäbe von einem Nationalgardisten erschossen.

Sein Gehirn bleibt am Eimer kleben, und die Leiche liegt länger als 12 Stunden auf dem Boden. Der Nationalgardist (Besitzer eines Jagdscheins) sagt: »Nun, ich schreibe meiner Frau, daß ich einen hübschen Spatz erwischt habe.« (März 1849)

Montataire: links von der kleinen Siseraie-Insel, wenn man der Bahn nach Paris den Rücken zukehrt, ein Stück Wiese, auf dem Arnoux' Fabrik stehen muß. Ende des grünen Hügels. (Er steigt wieder an)

Hügel (vom Friedhof), Bäume, Terrasse, (alte Mauer) mit Balustrade, an der Ecke einen Turm. Der Hügel bricht plötzlich ab, kleines Haus zwischen Hügel und Vordergrund. Schaut man zur Bahn, Fluß, Weide, Bahnlinie, Hügel.

Die Fabriken, niedrige schwarze Gebäude, sämtliche Schornsteine qualmend – liegen auf der anderen Straßenseite.

Lieferbedingungen des Bestattungsunternehmens mit Preisen.

Weißblaue Perlenschnüre: wie Boas von den Stelen bis an den Fuß der Gitterstäbe hängend.

Zügelloses Heidentum. Kleine Leuchter. Emailleschilder. Schmuckteller: »Zu seinem Namenstag.«

Père-Lachaise: die Hauptwege sind wie Straßen gepflastert. Auf den Gräbern: Blumenständer aus Gußeisen, zwei kleine Mädchen aus Gips an einer Schnur hängend.

Läden mit religiösen Artikeln. Die heilige Genoveva mit Rosen in der Schürze, Spindel unter dem Arm. Kleine Figurengruppe, eine Nonne darstellend, die ein kleines Mädchen unterrichtet. Passionsszenen aus bunt bemaltem Gips. »Heiligenfiguren mit neuer Farbe.«

Montmorency
Sog voller Wonne den Geruch des Misthaufens ein. Wollte etwas davon im Taschentuch mitnehmen.

Chaillot, Entbindungsheim.
(Schild) Am Anfang der Straße an einem (hohen) Pfosten: »Heil- und Entbindungsanstalt unter Leitung von Madame X, Schülerin der Maternité« (und weitere Titel).

Auf der Straße, an der Tür, nur das Schild »Heilanstalt unter Leitung von Madame X«.

Hübsches kleines Bürgerhaus, weiß, braune Läden, Erdgeschoß, erster Stock, zweiter Stock, Mansarde.

Zimmer mit persischer Tapete, geschlossene Läden (zur Straße hin) (wie in Bordellen): zum Garten hin sind sie offen. Überall Klaviere! Spiegelschränke, tugendhaft bourgeoise Strukturen.

Bedienung durch Dienstmägde, Zimmermädchen, anständig, sehr sauber.

Die Hebamme, eine Frau, die sich aushalten läßt, vierzig Jahre, sehr gutes Benehmen, Taktgefühl, große, hagere, braunhaarige *Dame von Welt.* Sie spricht über sämtliche Ärzte von Rang und Namen, die ihre Freunde sind.

Die Insassen bestehen im allgemeinen aus Töchtern und Nichten (Provinz), vom Vater (und) (oder) vom Onkel geschwängert.

Sie langweilen sich und sitzen meist im Salon und essen am gemeinsamen Tisch. Die Pariserinnen, die einen Monsieur haben, besuchen sich nicht und essen auf ihrem Zimmer.

Man hört jedes Wort aus dem Nebenzimmer, so dünn wie die Wände sind. Deshalb wird nur geflüstert. Man könnte meinen, in einem Haus der Verschwörungen zu sein, aus Neugier liegt man ständig auf der Lauer.

Es wird viel Klavier gespielt. *Il baccio.*

Montmartre. Haus von Regimbart, Mme Lepic.
Rechts in der Kurve, kleine Pforte, (zwei) vier Fenster. Man sieht von der Straße aus, was im Erdgeschoß vor sich geht. Provinzielle Atmosphäre. Ein kleiner Garten mit blechverkleidetem Gitterzaun.

Mont-Fessas: Hochwald.

Trockenes Laub (Eiche) auf der Erde. Die Sonne macht daraus so etwas wie goldene Flecken auf einem braunen Teppich.

Zwei hohe Bäume, deren Stämme sich berühren: *siamesische Zwillinge.*

Stille.

Zwei Frauen mit Reisigbündeln auf dem Rücken gehen vorüber.

Ein leiser, sehr zarter Vogelschrei. Das Pferd schnaubt.

Wir kreuzen noch einmal die Landstraße nach Fleury und kommen in den Hochwald von Franchard. – Busch von Franchard

---

Manchmal der Vordergrund im Schatten und der Hintergrund beleuchtet. (Am Fu) Unten zwischen den Bäumen Farne wie Tänzerinnen in ihren Röcken.

Auf einem einzelnen Rumpf drei (große) wunderbare Stämme.

Franchard: Die Felsen am Boden, wie gewölbte Steinplatten. So feiner Sand, daß man Lust bekommt, ihn in ein Glas für Tintenlöschsand zu tun. Kleine dornige Bäume. (rech) Unten in der Schlucht: rechts ovale Felsen, zwischen kleinen Bäumen = Wacholder. Birken. Wirkt wie ein Grabmal. Ganz hinten (erscheint) Arbonne wie eine Bergspitze.

Welches ist in der Umgebung von Paris die richtige Gegend für Ammen?

Was muß alles für ein reiches Begräbnis bestellt werden?

Lagier oder Pradier. Physiognomie einer amtlichen Versteigerung.

Duplan nach Erklärungen über die *Vatnaz* fragen. Dussardier muß einen Beweis des Diebstahls der Vatnaz in der Hand behalten – so interessiert, wie sie daran ist.

Büro des Bestattungsinstitutes.

Der Angestellte legt eine Zeichnung vor, die die verschiedenen (Arten von Wagen) (Klassen) zeigt.

Ein Leichenwagen mit Vorhängen und Metallaufbau. Einer mit Federbüschen. »Das ist sehr bequem.« Eine gewisse Anzahl von Wagen jeder Klasse. Dann wird ein Programm vorgelegt, das Einzelheiten des ganzen Dekors zeigt: Zöpfe für die Pferde, Achselschnüre und Livreen für die Männer.

Man schlägt (aus Sparsamkeit) einen mittleren Standard vor, bei dem einzelnes aus der einen und der anderen Klasse genommen wird. »Die Kirche bietet Ihnen nur den üblichen Altarschmuck, es wäre besser, zumindest den Hochchor zu schmücken.« Lettern, Wappen. Totenlampen, Kerzen für den Katafalk.

Vorreiter.

Ein Mann zum Tragen der Orden.

(Man fährt) zur Kirche, um die Messe zu besprechen. »Die verschiedenen Preisklassen der Kirche haben nichts mit denen der Bestattungsinstitute zu tun«, sagt ein Vikar. Er tadelt die Kosten der Bestattungsunternehmen. »Warum Zöpfe? Man läßt Sie viel bezahlen. Viele Kerzen, das ist besser. Das wirkt sehr schön. Ist der Herr geneigt?« (Denn das macht mehr her und gibt ihm das Recht, mehr für seine Messe zu verlangen) Schließlich schlägt der Vikar eine schöne Messe mit Musik vor. Man muß ein verbindliches Zahlungsversprechen unterschreiben, sämtliche Kosten zu übernehmen.

Soll Kollekte gesammelt werden? Wenigstens eine kleine Summe – Stühle

---

Im Rathaus:
»Auf welchem Friedhof?« Man kauft den Grabplatz nach Metern. Kluge Leute kaufen ihn tief und nicht breit. Konzession für 50 Jahre oder für immer.

(Hof) (Erdgeschoß) gepflastert – Wagen

Erdgeschoß, Zimmer 11. Im Hintergrund Atelierfenster. Schulbänke. Tische, wo schon alte Frauen sitzen. Im Hof Waschtische ohne Schüsseln, Küchentische, alte Samtfauteuils.

Körbe. Leute in Kittelhemden. Koffer. Teppichreste.

Unten: 12,(14), 13, 14, 15, gegenüber: 16.

»Ich empfehle den Liebhabern«

Der Auktionär legt sich ins Zeug. »Eine bezaubernde Garnitur«, – »598 Francs für diese schöne Louis-XVI.-Garnitur« »Was Besseres gibt es nicht. Sie ist sehr schön.«

»Eine wunderbare Bronzestatue.« Die Händler in schwarzer Weste (mit kleinem rotem Kragen) schneuzen sich. Ihre ruhige Art bildet einen Gegensatz zur Erregung der übrigen. Die Möbel, die zu verkaufen sind, stapeln sich an der Wand bis an die Fenster hinauf. (Wie) Große Möbel unten, kleine oben, ganz kleine Sachen auf den Seiten. Links (der Schreibtisch des Taxators und seines Schreibers).

»Innen (ein Buffet) alles aus Palisander, meine Herren (150 Francs)

200 Francs, zum ersten, zum zweiten, zum dritten. Sechs kleine Stühle. 40 Francs, 42, 43, 44, meine Herren, 44 Francs, sechs hübsche kleine handbestickte Polsterstühle. Meine Herren, es sind sechs. Ein bißchen staubig, aber neu.« Publikum: 1. sitz. 2. stehend 3. auf den Bänken. Einer der Auktionatoren hebt die Möbel auf den Tisch, ein anderer bringt sie her und trägt sie wieder weg. Holztruhe: 40 Francs.

Der Auktionator bringt die verkauften Möbel in einen angrenzenden Saal. Der Ausrufer nimmt eine Prise Tabak aus den Händen des Auktionators und ruft (fährt fort zu rufen):

»Meine Damen, wir haben Stühle, damit Sie sich setzen können.« – »Bezaubernde kleine Möbel, ganz mit Seide bezogen, alle fünf, 285.« – Klavier mit Intarsien, der Ausrufer spielt im Stehen eine Tonleiter: »1000 Francs … 600 Francs.«

Ein Anschlagzettel an Madame Arnoux' Tür, der mit dem übereinstimmt, der (an der Tür von Mme Arn) (der Auktionäre) (im Journal des Petites Affaires)

Man geht zum Auktionator und fragt, wessen Sachen versteigert werden, und der Auktionator nennt den Namen.

Nogent. Wenn man der Mühle auf der Saint-Edme Brücke den Rücken zuwendet: (das Viertel von) am linken Flußufer: der Fischplatz, Haus Tiphaine, Ort des alten Stadtwalls. Darunter lag die Kapelle Saint-Vinnebault.

(Der Fluß) ist) spiegelblank. Hier und da hohes Schilf – Insekten. Am Ufer große schwarze Schilfkolben, Wasserfläche des Livon wie Silber. Unten sieht man die Steine.

GLOSSAR

A

Aktien der Nordbahn: Flaubert schreibt 1866/67 an seinen Freund Feydeau: »Mein Held Frédéric hat den legitimen Wunsch, mehr Geld in der Tasche zu haben, und spielt an der Börse, verliert ein wenig, verliert schließlich alles, 50 bis 60000 Francs. Ein junger Bourgeois, der von diesen Dingen keine Ahnung hat und nicht weiß, was die 3% bedeuten. Das spielt sich im Sommer 1847 ab. Wie haben also von Mai bis Ende August die Aktien gestanden, mit denen vorzugsweise spekuliert wurde?
… Es wäre sehr nett, wenn Du mir diese Angabe schicken könntest, die in meinem Buch nicht mehr als 6 oder 7 Zeilen einnehmen darf. Aber erklär mir das eindeutig und wahrheitsgemäß.«

Albert, Martin (1815–1895): Sozialist, Arbeiter, Organisator der geheimen republikanischen »Gesellschaft für Menschen- und Bürgerrechte« 1833 in Lyon; 1848 Mitglied der Provisorischen Regierung.

Alton-Shée, Edmond d', Pair von Frankreich (1810–1874): Anhänger Guizots, der 1847 zur Opposition überging, Republikaner wurde und 1848 aktiv an den Aufständen teilnahm.

Ah! j'ai t'y ri: »Ach, was habe ich gelacht in diesem Lumpenloch von Paris.«

Anthony: Titelheld des gleichnamigen Dramas von Alexandre Dumas (Vater), ein großer Erfolg des romantischen Theaters. Anthony symbolisierte das Ausnahmewesen, einen verworfenen Charakter in offenem Kampf gegen die Gesellschaft, Opfer seiner Größe und der menschlichen Bosheit.

Artois, Comte de (1757–1836): Bruder von Louis XVI. und Louis XVIII.; 1789 Haupt der konterrevolutionären Emigration, nach 1815 Führer der Ultraroyalisten, 1824 bis 1830 König von Frankreich, gestürzt durch die Julirevolution.

Attentat vom 12. Mai: 1839 auf Betreiben der »Geheimen Gesellschaft der Jahreszeiten« geführter Angriff auf die Präfektur und den Justizpalast, der in einen Aufstand mündete. Barbès wurde inhaftiert, zum Tode verurteilt und dann begnadigt.

Aumale, Duc d' (1822–1897): vierter Sohn von Louis-Philippe, General und Historiker, der führend an den Kolonialkriegszügen gegen Algerien teilnahm.

Austen: leitender Kopf der »Gesellschaft der Jahreszeiten«, wegen Teilnahme am Aufstand vom 12. Mai 1839 in der Festung vom Mont-Saint-Michel eingekerkert. Als er den Verstand verlor, wurde er für einen Simulanten gehalten und in Einzelhaft geworfen.

B

Bakkalaureat: niedrigster akademischer Grad in Frankreich.

Balbus: römischer Rechtsgelehrter zur Zeit Ciceros.

Bankett des XII. Arrondissements: Ein von der Reform für den 13. Januar 1848 organisiertes und vom Präfekten verbotenes Bankett. Die Kammer erfuhr davon erst am 7. Februar und stimmte mit nur 43 Stimmen für die Regierung. Einige Tage später brach die Revolution aus.

Barante, Guillaume-Prosper, Baron de (1782–1866): Historiker und Staatsmann. Frédéric leiht Dussardier sein Werk »Geschichte der Herzöge von Burgund.«

Barbès, Armand (1809–1870): revolutionärer Demokrat aus dem Kleinbürgertum, der zusammen mit Blanqui die »Geheime Gesellschaft der Jahreszeiten« leitete, mehrfach inhaftiert und 1848 einer der Führer der Nationalgarde.

Barège: feiner Wollstoff, hergestellt in der gleichnamigen Stadt in den Pyrenäen.

Barrot, Odilon (1791–1837): Jurist und Politiker, Haupt der dynastischen Opposition, der in der Nachfolge Guizots sehr zur Entspannung der Lage beitrug.

Barthélémy, Auguste-Marseille (1796–1867): Dichter und Gründer des satirischen Journals »Némésis«.

Bartholomäusnacht: Nacht zum 24. 8. 1572, in der Tausende von Hugenotten, die sich anläßlich der Hochzeit von Heinrich von Navarra und Maragrete von Valois in Paris aufhielten, samt ihren Anführern auf Befehl von Katharina von Medici ermordet wurden, die sogenannte Pariser Bluthochzeit.

Baucher, François (1796–1873): Erfinder einer Dressur, die das Pferd zum willenlosen Werkzeug des Reiters macht.

Béarneser: Henri IV. (1593–1610), der aus Béarn stammte.

Befreiung der Neger: In den französischen Kolonien wurde 1848 die Sklaverei abgeschafft.

Bénier: Direktor des Generalversorgungsamtes, der 1847 den Staat durch Unterschlagung von 300 000 Francs schädigte.

Béranger, Pierre-Jean de (1780–1857): Dichter politischer Chansons gegen feudale Reaktion und Klerikalismus, die die sozialen Zustände anprangerten. Zur Zeit der Restauration war er in Kerkerhaft.

Berlocken: im 18. und 19. Jahrhundert an der Uhrkette getragene Anhänger.

Birne: Spitzname Louis-Philippes, der einen birnenförmigen Schädel hatte.

Blanc, Jean-Joseph-Charles-Louis (1811–1882): Sozialist und Historiker aus dem Kleinbürgertum, Februar 1848 Arbeitervertreter der Provisorischen Regierung, der den Juniaufstand 1848 und später die Pariser Kommune verriet.

Blanqui, Louis-Auguste (1805–1881): kleinbürgerlicher Sozialist, der den Gedanken der gewaltsamen Machtergreifung durch eine Verschwörergruppe verfocht.

Bourgeois: Ausdruck, der einen Angehörigen des Mittelstandes bezeichnet.

Brantôme, Pierre de Bourdeilles (1527–1614): seine »Mémoires« beschreiben in romanesker Form Geschichte und Sitten am Hofe von Charles IX. und seinen beiden Nachfolgern.

Bréa, Jean-Baptiste-Fidèle (1807–1848): General, der, ebenso wie der General Négrier und der Abgeordnete Charbonnel, am 25.6. 1848 in den Pariser Vorstädten von Aufständischen getötet wurde. Der Erzbischof von Paris, Monseigneur Affre, starb bei dem Versuch, einen Waffenstillstand auszuhandeln, durch eine versprengte Kugel.

Bou-Maza: Führer des Widerstands gegen die französische Kolonisierung Algeriens, der 1847 gefangengenommen wurde und dann in Paris von einer Regierungspension lebte.

Bugeaud, Thomas-Robert (1784–1849): Marschall, der in der Nacht vom 23. zum 24. Februar 1848 das Kommando über die Truppen von Paris erhielt, aber am 24. durch Befehl Louis-Philippes zum Rückzug gezwungen wurde.

C

Carbonaro: Die Carbonari war ein revolutionärer Bund aus Italien, der während der Restaurationszeit in Frankreich aktiv war. Nach 1830 wurden viele Mitglieder zu Befürwortern der Regierung Louis-Philippes.

Carcellampe: 1800 von Bertrand Carcel *(1750–1812)* erfundene Öllampe mit Uhrwerk und Pumpe, die ein helles Licht gab.

Caussidière: Polizeipräfekt der Provisorischen Regierung, der sofort neue Uniformen mit blauen Hemden, roten Gürteln und Krawatten einführte.

Cavaignac, Godefroy (1801–1845): Bruder des Generals Louis-Eugène Cavaignac, führender Agitator für die Republik unter der Julimonarchie, der nach einer Kerkerhaft nach England floh und, 1841 nach Frankreich zurückgekehrt, Mitarbeiter der Zeitung »La Réforme« und Präsident der Gesellschaft der Menschenrechte wurde.

Cavaignac, Louis-Eugène (1802–1857): General und Kriegsminister, der den Juniaufstand des Pariser Proletariats blutig niederschlug und 1848 in der Präsidentenwahl Louis Napoléon Bonaparte unterlag.

Chalier, Joseph (1747–1793): piemontesischer Revolutionär, führender Kopf der Bergpartei in Lyon, dessen Hinrichtung das Signal für den Aufstand von Lyon gegen den girondistischen Konvent wurde.

Cham, Amédée de Noé (1819–1884): berühmter Karikaturist, Mitarbeiter bei dem Pariser Witzblatt »Charivari«.

Chambolle: Bis 1848 Leiter der Zeitung »Le Siècle«, der als Mitglied der dynastischen Opposition zusammen mit den Abgeordneten Pidoux und Creton gegen den Amtsmißbrauch des zukünftigen Napoléon III. kämpfte.

Chambord, Henri Charles de Bourbon, Comte de (1820–1883): letzter Bourbone der Hauptlinie, Anwärter auf den Thron.

Changarnier, Nicolas (1793–1877): General und Politiker, der als Oberbefehlshaber der 1. Militärdivision in Paris den Aufstand der Republikaner und Sozialisten am 29. Januar und am 13. Juni 1849 niederschlug, in dem das Konservatorium für Kunst und Handwerk die letzte Bastion Ledru-Rollins gewesen war.

Le Chevalier de Maison Rouge: dramatische Bearbeitung des gleichnamigen Romans von Alexandre Dumas (Vater).

Citoyen: in der Französischen Revolution üblich gewordene Anrede für alle Bürger, anstelle von »Monsieur«, »Madame«, »Mademoiselle«. Status eines Menschen, der Inhaber der neu erworbenen Bürgerrechte ist.

Comines, Philippe de la Clite (1445–1509): Staatsmann und Historiker, Vorläufer Machiavellis.

Concierge: ein Hausmeister, der wie ein Portier in einer Loge am Eingang sitzt.

Considérant, Victor (1792–1867): Philosoph und Ökonom, Anhänger des utopischen Sozialismus von Charles Fourier, der nach dessen Tod seine Lehren weiterverbreitete.

Coulez, bons vins …: »Fließt, ihr guten Weine, geruht zu lächeln, ihr Frauen«

Couplet: scherzhaftes Lied mit Kehrreim.

Cousin, Victor (1792–1867): Philosoph, Begründer der Schule des »eklektischen Spiritualismus«, einer besonderen Variante der idealistischen Philosophie. Cousin hatte über Presse und Reden großen Einfluß auf seine Zeit.

D

Déjeuner: Leichte, warme Mittagsmahlzeit.

Délassement: »Délassements-Comiques«, ein Pariser Theater.

Desmoulins, Camille (1760–1794): Advokat, einer der ersten bewußten Republikaner, in der Revolution auf seiten Dantons.

Directoire: Exekutivbehörde der ersten französischen Republik (1795–1799).

Domino: beliebte Kostümierung, bestehend aus einem weiten schwarzseidenem Mantel mit Kapuze und schwarzer Maske.

Drouillard: ein 1847 wegen Wahlbestechung verurteilter Bankier.

Dulaure, Jacques-Antoine (1755–1835): Historiker und antiklerikaler Publizist, Mitglied des Konvents. Frédéric leiht Dussardier Barantes Werk: »Geschichte von Paris«.

DuMersan (1780–1749): damals berühmter Schreiber von Vaudeville-Stücken und Münzkenner.

Dumouriez, Charles-François (1739–1849): General, Girondist, 1792 Außenminister, Oberbefehlshaber der Nordarmee, wurde zum Verräter der Französischen Revolution und emigrierte 1793 nach England. Louis-Philippe hatte 1793 unter Dumouriez gedient und war ebenfalls zum Feind übergelaufen. Er wurde vom

Balkon des Rathauses zum König ausgerufen. Sein Verrat an der Revolution war in einer berühmten Karikatur dargestellt, in der er zwei Bälle mit der Aufschrift »Freiheit« und »Revolution« verschwinden ließ.

Dunod de Charnage (1679–1720): Jurist und Historiker.

Dupont (de l'Eure), Jacques-Charles (1767–1855): liberaler Politiker, 1848 Präsident der Provisorischen Regierung.

E

Edikt von Nantes: 1598 gewährte Henri IV. den Hugenotten politische Gleichberechtigung und Garantie ihrer politischen und kirchlichen Sonderrechte. 1685 von Louis XIV. aufgehoben.

École Polytechnique: Höhere Bildungsanstalt mit großem Prestige, deren Schüler meist als Offiziere in die Armee gingen.

Eigentum sei Diebstahl: Anspielung auf den Ausspruch Proudhons »Eigentum ist Diebstahl« in seiner Schrift von 1840 »Was ist das Eigentum?«

Elle reparaîtra ...: »Sie kommt wieder, die schreckliche Versammlung, die euch noch nach vierzig Jahren Kopfzerbrechen bereiten wird, ein furchtloser Riese mit gewaltigem Schritt.«

Enfantin, Barthélemy-Prosper (1796–1864): utopischer Sozialist und einer der Führer der Saint-Simonisten.

Ernährungskrise: die Hungersnot im Winter 1846/47 endete in einem Aufstand der Bauern in Buzançais und der Ermordung des dortigen Großgrundbesitzers.

Estoile, Pierre Taisan de l' (1546–1611): Chronist der Zeit von Henri III. und Henri IV.

Estaminet: Kaffeehaus, in dem geraucht werden darf.

Extrapost: Flaubert hatte Frédéric zuerst mit dem Zug von Fontainebleau nach Paris zurückfahren lassen wollen. Später wurde ihm bewußt, daß diese Bahnverbindung erst 1849 geschaffen wurde. Er zerriß die Passage und schrieb sie neu.

F

Falloux, Frédéric, Comte de (1811–1886): Publizist und Politiker, Verfasser des klerikalen Unterrichtsgesetzes von 1850, Legitimist; 1848 Referent für die Nationalwerkstätten, setzte deren Aufhebung durch. Das Dekret, das allen dort beschäftigten Arbeitern zwischen achtzehn und fünfundzwanzig Jahren befahl, zwischen Entwässerungsarbeiten in der Provinz und Militärdienst zu wählen, wurde am 22. Juni im »Moniteur« veröffentlicht und führte zu den erbitterten Straßenkämpfen vom 23., 24., und 25. Juni.

Feerie: Zauberposse.

Flocon, Ferdinand (1800–1866): Politiker, Redakteur der Zeitung »La Réforme«, im Februar 1848 Sekretär der Provisorischen Regierung. Er war in der Öffentlichkeit beliebt und bekannt wegen seiner exzentrischen Kleidung und der notorischen Pfeife.

Fouquier-Tinville, Antoine-Quentin (1746–1795): öffentlicher Ankläger des Revolutionstribunals während der Französischen Revolution, nach dem Sturz Robespierres im Juli 1794 hingerichtet.

Fourier, Charles (1772–1837): utopischer Sozialist, der eine harmonische Gesellschaft in Arbeitsgenossenschaften, sogenannten »Phalangen«, proklamierte, den Klassenkampf jedoch ablehnte.

Foy, Maximilien-Sébastien (1775–1825): überzeugter republikanischer General, der nach der zweiten Restauration die Armee verließ. Seit 1819 Abgeordneter im Kampf gegen die Ultraroyalisten mit ungeheurer Popularität. Sein Tod war ein nationales Ereignis der Trauer. In wenigen Wochen brachte eine öffentliche Sammlung für die Witwe und seine Kinder eine Million Francs ein.

François I. (1494–1547): König aus dem Hause Orléans, einer der bedeutendsten Förderer der Renaissancekunst und -wissenschaft.

Franken, Gallier: Laut einer These Augustin Thierrys stammte die Aristokratie von den Franken ab, und die Französische Revolution galt als Aufstand der unterdrückten Gallier.

Froissart, Jean (1333–1419): Dichter und Historiker, Autor einer großen Schrift über die Zeit von 1326–1400.

G

Gaspardo le Pêcheur: »Gaspardo der Fischer«.

Geheimbünde: im zweiten Kaiserreich existierten etliche Geheimbünde, zu denen wichtige Köpfe aus Regierung und Wirtschaft gehörten.

Generalmarsch: Am Vorabend des 23. Juni 1848 gab Ledru-Rollin auf Bitte von General Cavaignac den Präfekten der umliegenden Departements den Befehl, sämtliche Truppen und Nationalgarden nach Paris zu schicken.

Genoude, Antoine-Eugène (1792–1849): legitimistischer Publizist, Leiter der »Gazette de France«, die im Kampf gegen die Julimonarchie für die gleichen Reformen eintrat wie das Blatt der bürgerlich liberalen Opposition »Le Siècle«.

Grisette: Provinzlerin, die sich in Paris mit Näharbeiten am Leben erhielt, aus Armut oft zur Prostitution gezwungen. Der Name beruht auf der traditionellen Kleidung aus grauem Tuch.

Guizot, Guillaume (1787–1874): Historiker und Politiker, 1832–37 Unterrichtsminister; 1840–48 Außenminister; 1847 gleichzeitig Ministerpräsident der Partei der bürgerlichen Doktrinären, mit deren Hilfe Louis-Philippe wieder an die Macht kommt; 1848 in der Revolution gestürzt. Sehr servil gegenüber England, das Frankreich durch seine Wirtschaftspolitik schadete, daher hatte er den Spitznamen »Lord Guizot«.

H

Humann, Jean-Georges: Finanzminister im Kabinett Guizot, der im Zusammenhang mit der geforderten Senkung des Wahlzinses eine mit einer Erhebung der Steuerleistung verbundene Volkszählung durchführte.

I

Institutionen: des römischen Rechts von Gajus und Justinian, Einleitung in einzelne Zweige der Rechtswissenschaft.

Italienische: die Italienische Oper in Paris.

J

Jardinière: Gestell für Topfpflanzen.

J'ai deux grands bœufs…: »Ich hab zwei große Ochsen im Stall, zwei große weiße Ochsen …«. »Les Bœufs« war das berühmteste Lied dieser Zeit, komponiert von Pierre Dupont, einem bekannten, bei den Republikanern beliebten Sänger aus Lyon.

Jesuiten: Die Jesuiten waren 1845 aus Frankreich vertrieben worden und setzten dennoch ihre Schulungen in vielen Landesteilen fort.

Jouffroy, Théodore (1796–1842): Publizist und Philosoph, Schüler von Victor Cousin.

K

Kalbskopf: Name einer revolutionären Vereinigung, die jedes Jahr am 21. Januar den Jahrestag der Hinrichtung von Louis XVI. feierte.

Kapitel von Saint-Denis: Das Kapitel von Saint-Denis bestand in einer Anzahl von Bischöfen, die für die Königsgräber in Saint-Denias verantwortlich waren. 1847 hatten die Pairs von Frankreich eine Erhöhung der Subventionen beschlossen.

Klageweiber: »die schönen Klageweiber der Proszeniumslogen« waren die 1752 bei der Aufführung von Rousseaus Komischer Oper »Le Devin du Village« in Fontainebleau bis zu Tränen gerührten Hofdamen.

Konstantin Nikolajewitsch (1827–1892): Großfürst von Rußland.

L

La Casquette: »Zieht den Hut vor meiner Mütze, auf die Knie vor dem Arbeiter!«

Lafarge, Marie-Fortunée Cappelle (1816–1853): der Vergiftung ihres Ehemannes angeklagt und am 14. September 1840 zu lebenslanger Zwangsarbeit verurteilt, erst kurz vor ihrem Tod nach zwölf Jahren begnadigt. Der Lafarge-Prozeß war auf Grund seiner unklaren Beweise ein Ereignis von ungeheurer Popularität.

Lafayette, Marie-Joseph Motier, Marquis de (1757–1834): Konstitutioneller Monarchist, General und Politiker, 1789 zum dritten Stand übergegangen, später Gegner der Revolution, der Louis-Philippes Regierung unterstützte.

Lafitte, Jacques (1767–1844): Bankier und Finanzminister bis 1831, Führer der Opposition gegen Guizot.

La Foire aux idées: Satirische Revue von Pierre Leroux am Vaudeville-Theater, die sich gegen die Republikaner richtete.

La Guirlande des jeunes Personnes: »Der Liederkranz der Jugend.«

Lamartine, Alphonse de (1790–1869): Dichter der französischen Romantik, liberaler Politiker, Mitbegründer und erster Außenminister der Republik vor 1848. Bei einer Rede beim Hôtel de Ville am 25. Februar 1848 vor Arbeitern, die die rote Fahne für die

Republik forderten, hatte Lamartine erklärt, die rote Fahne sei 1791 nur um das Champs de Mars, die Trikolore aber um die Welt gegangen.

L'Assemblée nationale: eine Zeitung der Orléanisten.

Lamennais, Félicité (1782–1854): Theologe, der für die Religionsfreiheit und die Trennung von Staat und Kirche eintrat. In seinem Hauptwerk »Worte eines Gläubigen« von 1834 verkündete er im Namen der Religion die Souveränität des Volkes.

Laromicière, Louis de (1806–1865): General und Politiker, der Cavaignac bei der Niederschlagung des Juniaufstandes 1848 half.

Laromignière, Pierre (1756–1837): Philosoph; Empirist in Nachfolge Condillacs.

Lasting: Kammgarnatlas.

Le Frère de l'Albanaise: »Der Bruder der Albanerin.«

Legitimist: politische Gruppierung, nach deren Meinung die Erbansprüche auf den Thron unantastbares Recht sind.

Léotade: ein wegen Sittlichkeitsverbrechen angeklagter Erzieher, der 1848 zu Zwangsarbeit verurteilt wurde.

Leroux, Pierre (1798–1871): Hegelianer und Saint-Simonist, ein Philosoph, der den Ausdruck »Sozialismus« prägte. Er vertrat in der Nationalversammlung das Département Seine, wo er als Schüler Saint-Simons die Ideen seines Hauptwerkes: »Von der Menschheit, ihrem Ursprung und ihrer Zukunft« durchzusetzen versuchte. »La Foire aux idées« – »Der Jahrmarkt der Gedanken«, sein satirisches Volksstück, war der große Erfolg der Zeit.

Les Mystères du Vatican: »Die Geheimnisse des Vatikan.«

Lorette: Pariser Ausdruck für leichtlebige mondäne Frauen, die sich aushalten lassen.

Louis-Philippe: Herzog von Orléans, 1830–1848 König von Frankreich, sogenannter »Bürgerkönig«, dessen Macht auf Wahrung der Interessen der Großbourgeoisie basierte. Gestürzt in der Februarrevolution 1848.

Louis XI. (1423–1483): seit 1461 König von Frankreich, Wegbereiter des Absolutismus.

Louis XIII. (1601–1643): seit 1610 französischer König, Sohn von Henri IV. und Maria von Medici; stand seit 1630 vollkommen unter dem Einfluß Richelieus.

Louis XIV., der »Sonnenkönig« (1638–1715): König seit 1643, Vollender des französischen Absolutismus, dessen Hofhaltung in Versailles zum Vorbild für ganz Europa wurde.

Louis XV. (1710–1774): Urenkel von Louis XIV., seit 1715 französischer König. Herzog Philippe d'Orléans und Kardinal Fleury führten für ihn die Regierungsgeschäfte. Seine Mätressen, die Marquise de Pompadour und die Comtesse Dubarry, hatten ebenfalls großen Einfluß auf ihn und seine Politik. Er hinterließ große Staatsschulden.

Louis XVI. (1754–1793): französischer König von 1774–1792, durch die Revolution abgesetzt und 1793 guillotiniert.

Louis XVIII. (1755–1824): Bruder von Louis XIV., 1791–1814 in der Emigration, 1814–1824 durch die Verbündeten als König eingesetzt, in den »hundert Tagen« 1815 vertrieben.

Luxembourg: Das Palais Luxembourg, wo die Kammer der Pairs von Frankreich politische Vergehen aburteilte.

Lykurg (9. Jahrhundert): Gesetzgeber Spartas.

M

Mably, Gabriel Bonnot de (1709–1785): Historiker und utopischer Kommunist, der auf Grund der natürlichen Gleichheit der Menschen das Privateigentum bekämpfte.

Madras: Halbseide.

de Maistre, Joseph de (1753–1821): Religions- und Staatsphilosoph, Ideologe des klerikalen Absolutismus.

Malebranche, Nicolas (1638–1715): Katholischer Philosoph, Vertreter des Okkasionalismus, führte den Kartesianismus in die christliche Lehre ein.

Malthus, Thomas Robert (1766–1834): englischer Geistlicher und Ökonom, dessen Theorie die kapitalistische Gesellschaftsordnung rechtfertigte.

Marie, Pierre-Thomas-Alexandre-Amable (1797–1870): Minister der öffentlichen Arbeiten in der provisorischen Regierung von 1848, unter dessen Leitung die Nationalwerkstätten errichtet wurden. Sehr unbeliebt nach seiner Rede vor der Kammer über aufständische Zusammenrottungen.

Marrast, Armand (1801–1852): republikanischer Publizist, der in der Zeitung »Le National« vehement gegen Louis-Philippe polemisierte, später Mitglied der Provisorischen Regierung von 1848, Bürgermeister von Paris und Präsident der Nationalversammlung.

Mazas: Name des Gefängnisses, in das Louis-Napoléon bei seinem

Staatsstreich am 2. Dezember 1851 alle führenden politischen Gegner geworfen hatte.

Merlin de Douai, Philippe-Auguste (1754–1838): seit 1815 im Exil lebender Jurist und Politiker.

Mickiewicz, Adam (1798–1855): polnischer Dichter, Hauptvertreter der gegen die Fremdherrschaft gerichteten national-polnischen Romantik, seit 1832 als Emigrant in Paris, wo seine Vorlesungen am »Collège de France« großes Aufsehen erregten.

Mirabeau, Honoré-Gabriel-Victor Riqueti, Comte de (1749–1791): konstitutioneller Monarchist, 1789 Abgeordneter des Dritten Standes, führender Kopf des liberalen Adels und der Großbourgeoisie. Autor des Erotik-Klassikers *Lauras Erziehung*.

Molé, Louis-Mathieu, Comte de (1781–1855): Außenminister unter Louis-Philippe, zeitweilig auch Ministerpräsident.

Monaldeschi, Giovanni, Marchese: Günstling der Königin Christine von Schweden, am 10. 11. 1657 in der Hirschgalerie des Schlosses Fontainebleau von ihr zum Tode verurteilt, weil er sich ihrer Gunst gerühmt und Geheimnisse ausgeplaudert hatte.

Montalembert (1810–1871): ein mäßigender Geist, der in der zweiten Republik eine wichtige Rolle spielte.

Morelly: utopischer Kommunist des 18. Jahrhunderts, der die Ursache aller Übel im Privateigentum sah. Sein Hauptwerk, »Codex der Natur«, entstand 1755.

N

Nadaud, Martin (1815–1898): ehemaliger Maurer, der 1849 in der gesetzgebenden Versammlung Deputierter von Creuse war, 1851 aus Frankreich verbannt, später einer der ersten Präfekten der 3. Republik.

Norvins, Jacques Marquet, Baron de (1769–1845): Historiker und Verfasser der »Histoire de Napoléon«.

O

Orléanisten: Anhänger des Hauses Orléans, des älteren Zweiges der Bourbonen.

Ortscheit: Querstange, an deren Enden die Zügel befestigt sind.

Osagen: Sioux sprechender Indianerstamm in der zentralen und südlichen Prärie der USA.

P

Pâtisserie Anglaise: berühmtes Pariser Café.

Phalansterier: Anhänger Fouriers.

Pharamond: erster König der Franken, Begründer des salischen Gesetzes.

Piscatory (1799–1870): Diplomat und Politiker, seit 1849 Parlamentarier, der sich entschieden feindselig gegenüber den Ambitionen des Prinz-Präsidenten zeigte.

Pius IX.: Papst Pius IX., seit 1846 im Vatikan, hatte dort eine Anzahl von Reformen durchgeführt, die ihm den Beifall der französischen Republikaner eingetragen hatten.

Poniatowski, Josef, Fürst (1763–1813): polnischer General, französischer Marschall, der in französischen Diensten das polnische Heer gegen Österreich befehligte und, nachdem er Napoléons Rückzug gedeckt hatte, bei Leipzig ertrank.

Pradier, James (1792–1852): berühmter Bildhauer, dessen Salon ein wichtiger Treffpunkt der Kunst- und Literaturszene war. Bei ihm hatte Flaubert Victor Hugo und Louise Colet kennengelernt.

Praslin: Die Herzogin von Choiseul-Praslin war im August 1847 von ihrem Ehemann ermordet worden, der sich selbst vergiftete, um dem Gericht zu entgehen. Die Regierung stand unter dem Verdacht, den Selbstmord begünstigt zu haben, damit nicht ein Pair von Frankreich des Mordes angeklagt würde.

Presse: Zeitung, deren Redaktion am 29. März 1848 von demonstrierenden Republikanern angegriffen wurde. Am 15. Mai überfielen die Demonstranten die Nationalversammlung. In beiden Fällen wurde die Ordnung von der Nationalgarde wiederhergestellt.

Pritchard, George (1796–1883): englischer Kaufmann und Missionar in Haiti, der die Königin Pomaré und die Bevölkerung zum Widerstand gegen die Franzosen ermuntert hatte. Der von England wegen seiner Gefangennahme geforderte Schadensersatz führte bei der feindseligen Haltung der Franzosen gegen England zu großen Protesten, wurde aber dennoch von der Regierung Guizot gezahlt. Flaubert irrt hier in der Zeit, denn die Pritchard-Affäre spielte sich drei Jahre später ab als die von ihm ins Jahr 1841 gelegte Romanszene.

Proudhon, Pierre-Jospeh (1809–1865): Sozialist, Theoretiker des Anarchismus, der als Gegner des wissenschaftlichen Sozialismus eine Reform des Kapitalismus auf friedlichem Wege anstrebte. Im März 1848 hatte er zwei Pamphlete geschrieben, in denen er die staatliche Organisation der Arbeit kritisierte.

Q

Quinet, Edgar (1803–1875): Philosoph, Dichter, Historiker und Politiker, der in seinen Vorlesungen heftig die Jesuiten und den Katholizismus angriff. 1848 Deputierter der Linken in der gesetzgebenden Versammlung.

R

Raout: große, feine Gesellschaft.

Rateau, Jean-Pierre Lamotte (1800–1887): 1848 Abgeordneter der Nationalversammlung. Sein Antrag im Januar 1849, die verfassunggebende Nationalversammlung aufzulösen und die Wahl einer gesetzgebenden Nationalversammlung auszuschreiben, wurde mit drei Stimmen Mehrheit angenommen.

Régence: durch Sittenlosigkeit berüchtigte Regierungszeit von Philippe d'Orléans, 1715–1723.

»Robert Macaire«: Held eines von dem Schauspieler Frédérick Lemaître verfaßten gleichnamigen Melodrams, nach einer mittelalterlichen Sage der verräterische Mörder des Ritters Aubry de Montdidier.

Rochefort: Der Rochefort-Skandal war eine Betrugsaffaire, in der die Regierung eine zweifelhafte Rolle spielte.

Römische Republik, Venedig, Polen, Ungarn: Am 3. Juli 1849 nahm die Französische Armee die Republik Rom ein und stellte die Papstherrschaft wieder her. Die Republik Venedig, die im März 1848 ausgerufen worden war, brach am 27. August 1849 zusammen. Aufstände in Polen waren bei der Nachricht vom Sturz Metternichs schnell unterdrückt. In Ungarn half im August 1849 die russische Armee dem österreichischen Kaiser, den Widerstand zu beenden.

Rouget: Rotbarbe.

Rue de Poitiers: die Versammlung von führenden Legitimisten und Orléanisten in der Rue de Poitiers bereitete die Wahl der Legislative im Mai 1849 vor, bei der die Republikaner in der Minderheit waren. Man hatte geglaubt, den Weg zur Wiedererrichtung der Monarchie zu ebnen, half jedoch in Wirklichkeit Louis-Napoléon, die Basis des zweiten Kaiserreiches zu legen.

Rue Transnonain: Ort eines Massakers, bei dem anläßlich des Aufstandes der Republikaner am 13. April 1834 alle Bewohner eines Hauses von General Bugeauds Truppen umgebracht wurden. Daumier hat das Ereignis in seiner Lithographie »Das Massaker in der Rue Transnonain« festgehalten.

Ruhdorff, Adolf August Friedrich (1803–1873): deutscher Rechtsgelehrter, namhafter Kenner des römischen Rechts.

S

Saint-Simon, Claude-Henri, Comte de (1760–1825): Sozialphilosoph, der mit Fourier und Owen den utopischen Sozialismus vertrat.

Sainville: Lustspieldichter des Palais-Royal-Theaters.

Sallesse, Jeanson, Péquillet: berühmte Helden der Aufstände.

Savigny, Friedrich Karl von (1779–1861): deutscher Rechtswissenschaftler, Begründer der Historischen Rechtsschule.

Schnecke: Name einer Kutsche.

Seidenweber in Croix-Rouge: Flaubert schreibt an seinen Freund Jules Duplan: »Lieber Alter, ich erzähle, oder vielmehr eine Kokotte meines Romans erzählt ihre Kindheit. Sie war Arbeiterkind in Lyon. Ich könnte Einzelheiten über das Interieur derselben gebrauchen.

1. Skizziere mir in ein paar Zeilen das Innere eines Lyoneser Arbeiterhaushaltes.

2. Arbeiten nicht die Weber (die, glaube ich, Seidenweber sind) in sehr niedrigen Zimmern?

3. In ihrer eigenen Wohnung?

4. Arbeiten auch die Kinder?

In meinen Notizen finde ich folgendes: der Jacquardweber bekommt durch den *Weberbaum,* auf dem sich der Stoff, je länger er wird, aufrollt, dauernd den Rückstoß des Brustbaums in den Magen.

5. Ist es der Weberbaum, von dem die Stöße kommen? Erklär mir den Satz deutlicher.

Kurz, ich möchte in vier Zeilen das Bild einer Arbeiterwohnung schaffen, als Kontrast zu einer anderen, die später kommt, dem luxuriösen Ort der Entjungferung unserer Heldin...«

Septembergesetze: 1835 erlassene Gesetze, die die Regierungsgewalt stärkten.

Soult, Nicolas-Jean de Dieu (1769–1851): einer der fähigsten Generale von Napoléon I., 1830 Kriegsminister, 1847 Generalmarschall von Frankreich. Er leistete sich den Luxus von zwei Wachen vor der Tür, ein Ärgernis der Opposition.

Souper: Nachtmahl.

Spanische Heiraten: 1846 hatte Louis-Philippe die Heirat der Königin von Spanien und ihrer Schwester mit einem italienischen Prinzen und einem seiner Söhne erreicht und damit den Zorn und die Besorgnis Englands provoziert.

Steuben: einer der Leiter der »Gesellschaft der Jahreszeiten«, wegen Teilnahme am Aufstand vom 12. Mai 1839 in Festungshaft in Mont-Saint-Michel, wo er sich die Kehle durchschnitt.

Stroh: vor den Häusern reicher Leute wurde im Krankheitsfall Stroh auf die Straße geschüttet, um den Kutschenlärm einzudämmen.

T

Teste-Cubières: Im Mai 1847 wurde Teste, dem Präsidenten des Obersten Gerichtshofes und ehemaligen Minister für öffentliche Arbeit, der Prozeß gemacht, weil er ein Bestechungsgeschenk von General Cubières zum Ausgleich einer Salzminenkonzession angenommen hatte. Teste wurde mit dem Entzug der Bürgerrechte und drei Jahren Gefängnis bestraft, Cubières mit dem Entzug der Bürgerrechte und einer Geldstrafe.

Thiers, Adolphe (1797–1877): Staatsmann und Historiker, mehrmals Minister der Julimonarchie, Führer der gemäßigten Opposition im zweiten Kaiserreich, später bis 1873 Präsident der Dritten Republik und verantwortlich für die Niederschlagung des Kommuneaufstandes. Frédéric leiht Dussardier seine Werke: »Geschichte der Revolution«, »Geschichte des Konsulats und des Empire«. Bei den »Jours« im Hause Dambreuse preist man ihn nach der Revolution wegen seines 1849 erschienenen Buches »Du communisme«.

Tombak: goldfarbene Legierung aus Kupfer, Zink, etc.

Tour de Nesle: Gleichnamiges Stück von Alexandre Duma (Vater), in dem es in einem ironischen Monolog heißt: »Das sind große Damen.«

Troplong, Raymond-Théodore (1795–1869): französischer Rechtsgelehrter.

Turf: Bahn für Pferderennen.

U

Union générale des Houilles françaises: »Vereinigte französische Kohlewerke.«

V

Valois: französisches Königshaus, das in gerader Linie von 1328 bis 1498 regierte, in Nebenlinien bis 1589.

Vaudeville: volkstümliche Komödie, durchsetzt mit bekannten Melodien. Name eines von 1827–1869 in Paris bestehenden Volkstheaters.

Vesuvierinnen: ein Feministenclub.

W

Wahlergebnis: gemeint war ein Vertrauensvotum für den König und die Regierung, nach dessen positivem Ausgang sich Guizot »zufrieden« erklärte, eine Bemerkung, mit der er sich den wilden Spott der Opposition einhandelte.

Wronski, Joseph Maria (1778–1853): seit 1810 in Paris lebender polnischer Mathematiker und Philosoph.

Z

Zachariae, Karl Salomo (1769–1853): deutscher Publizist und Rechtsgelehrter, Verfasser des »Handbuchs des französischen Zivilrechts«, Verfechter der Prinzipien der Französischen Revolution.

Zollunion: Die Freihandelsbewegung, geleitet von dem Ökonom Bastiat, nahm 1846 Gestalt an und setzte sich erst fünfzehn Jahre später durch. Die Anhänger der Schutzzölle waren der Meinung, daß der Freihandel England nütze und der französischen Wirtschaft schaden müsse.